Um Céu Além da Tempestade

SABAA TAHIR

UM CÉU ALÉM DA TEMPESTADE

Tradução
Jorge Ritter

3ª edição
Rio de Janeiro-RJ / São Paulo-SP, 2022

VERUS
EDITORA

Editora
Raïssa Castro

Coordenadora editorial
Ana Paula Gomes

Copidesque
Maria Lúcia A. Maier

Revisão
Manoela Alves

Diagramação
Abreu's System

Título original
A Sky Beyond the Storm

ISBN: 978-65-5924-018-0

Copyright © Sabaa Tahir, 2020
Todos os direitos reservados.

Tradução © Verus Editora, 2021
Direitos reservados em língua portuguesa, no Brasil, por Verus Editora. Nenhuma parte desta obra pode ser reproduzida ou transmitida por qualquer forma e/ou quaisquer meios (eletrônico ou mecânico, incluindo fotocópia e gravação) ou arquivada em qualquer sistema ou banco de dados sem permissão escrita da editora.

Verus Editora Ltda.
Rua Benedicto Aristides Ribeiro, 41, Jd. Santa Genebra II, Campinas/SP, 13084-753
Fone/Fax: (19) 3249-0001 | www.veruseditora.com.br

CIP-BRASIL. CATALOGAÇÃO NA PUBLICAÇÃO
SINDICATO NACIONAL DOS EDITORES DE LIVROS, RJ

T136c	
Tahir, Sabaa, 1983- Um céu além da tempestade / Sabaa Tahir ; tradução Jorge Ritter. – 3. ed. – Rio de janeiro, RJ : Verus, 2022. (Uma chama entre as cinzas ; 4) Tradução de: A Sky Beyond the Storm Sequência de: Um assassino nos portões ISBN 978-65-5924-018-0 1. Ficção americana. I. Ritter, Jorge. II. Título. III. Série.	
21-70856	CDD: 813 CDU: 82-3(73)

Camila Donis Hartmann – Bibliotecária – CRB-7/6472

Revisado conforme o novo acordo ortográfico.

Seja um leitor preferencial Record.
Cadastre-se no site www.record.com.br e receba
informações sobre nossos lançamentos e nossas promoções.

Atendimento e venda direta ao leitor:
sac@record.com.br

*Uma dedicatória
em duas partes*

*i.
Para todas as crianças da guerra
Cuja história jamais será contada.*

*ii.
Para meus filhos
Meu falcão e minha espada
De todos os mundos nos quais habito
O de vocês é o mais belo.*

PARTE I
DESPERTAR

I
O PORTADOR DA NOITE

Eu despertei no alvorecer de um mundo jovem, quando o homem sabia caçar, mas não cultivar, conhecia a pedra, mas não o aço. Havia um cheiro de chuva e terra e vida. Havia um cheiro de esperança.

Levante-se, amado.

A voz estava carregada com milênios além da minha compreensão. A voz de um pai, de uma mãe. De um criador e de um destruidor. A voz de Mauth, que é a Morte em pessoa.

Levante-se, filho da chama. Levante-se, pois seu lar o espera.

Quem dera eu não tivesse aprendido a estimá-lo, meu lar. Quem dera não tivesse trazido à luz mágica alguma, amado esposa alguma, gerado criança alguma, apaziguado fantasma algum. Quem dera Mauth jamais tivesse me dado um nome.

◆ ◆ ◆

— Meherya.

Meu nome me arrasta para fora do passado, para o cume de um monte varrido pela chuva no interior do território navegante. Meu antigo lar é o Lugar de Espera, conhecido pelos humanos como Floresta do Anoitecer. Farei meu novo lar sobre os ossos de meus inimigos.

— Meherya. — Os olhos de Umber, brilhantes como o sol, trazem o vermelho-vivo da ira antiga. — Estamos esperando suas ordens. — Ela segura um gládio na mão esquerda, a lâmina embranquecida pelo calor.

— Os ghuls já deram retorno?

Os lábios de Umber se curvam.

— Eles fizeram buscas em Delphinium, Antium. Até mesmo no Lugar de Espera — ela diz. — Não conseguiram encontrar a garota. Nem ela nem a Águia de Sangue são vistas há semanas.

— Mande os ghuls procurarem Darin de Serra em Marinn — digo. — Ele forja armas na cidade portuária de Adisa. Em algum momento eles vão se reunir.

Umber inclina a cabeça e observamos o vilarejo abaixo de nós, uma miscelânea de casas de pedra capazes de suportar o fogo, adornadas com telhas de madeira incapazes de fazê-lo. Embora seja em grande parte idêntico aos outros lugarejos que destruímos, ele tem uma distinção. Trata-se do último povoado em nossa campanha. Nossa salva de despedida em Marinn antes de eu enviar os Marciais para o sul para se juntarem ao restante do exército de Keris Veturia.

— Os humanos estão prontos para atacar, Meherya. — O brilho de Umber se avermelha, o desprezo por nossos aliados marciais tornando-se palpável.

— Dê a ordem — digo a ela. Atrás de mim, um a um, meus semelhantes se transformam de sombra em chama, iluminando o céu frio.

Um alarme soa no vilarejo. O vigia nos viu e berra, tomado de pânico. Os portões da frente — apressadamente erguidos após ataques em comunidades vizinhas — são fechados enquanto lamparinas brilham e gritos tingem o ar noturno com terror.

— Feche as saídas — digo a Umber. — Deixe as crianças levarem a história adiante. Maro. — Eu me viro para um fiapo de djinn, seus ombros estreitos não correspondendo a seu poder interior. — Vocês têm força suficiente para o que precisam fazer?

Maro anui. Ele e os outros djinns passam por mim impetuosamente, cinco rios de fogo, como aqueles despejados pelas jovens montanhas ao sul. Em seguida arrebentam os portões, deixando-os em chamas.

Uma meia legião de Marciais avança, e, quando o vilarejo já está tomado pelo fogo e meus companheiros se retiram, os soldados começam a matança. Os gritos dos vivos desaparecem rapidamente. Os dos mortos ecoam por mais tempo.

Após o vilarejo não passar de um amontoado de cinzas, Umber vem até mim. Assim como os outros djinns, ela agora tem um brilho tênue.

— Os ventos estão bons — digo a ela. — Vocês chegarão em casa rapidamente.

— Nós gostaríamos de seguir com o senhor, Meherya — ela diz. — Somos fortes.

Por um milênio, acreditei que a vingança e a ira eram meu destino. Jamais eu testemunharia a beleza de meus semelhantes movendo-se pelo mundo. Jamais sentiria o calor de sua chama.

Mas o tempo e a tenacidade me permitiram reconstituir a Estrela — a arma que os adivinhos usaram para aprisionar meu povo. A mesma arma que usei para libertá-los. Agora os mais fortes entre meus semelhantes se reúnem. E, embora já tenham se passado meses desde que destruí as árvores que os aprisionavam, minha pele ainda vibra com sua presença.

— Vão — ordeno-lhes com ternura. — Vou precisar de vocês nos próximos dias.

Eles partem, então caminho pelas ruas de pedra do vilarejo, farejando sinais de vida. Umber perdeu os filhos, os pais e o amante em nossa guerra distante com os humanos. Sua ira a tornou meticulosa.

Uma rajada de vento me leva para a muralha ao sul do pequeno povoado. O ar é testemunha da violência descarregada aqui. Mas há outra fragrância também.

Um sibilo me escapa. O cheiro é humano, mas com a camada de um brilho sobrenatural. O rosto da garota surge em minha mente. *Laia de Serra*. Sua essência me passa essa impressão.

Mas por que ela estaria se escondendo em um vilarejo navegante?

Considero vestir minha aparência humana, mas decido que não. Trata-se de uma tarefa árdua, que não deve ser levada adiante sem uma boa razão. Em vez disso, fecho bem meu manto contra a chuva e rastreio a fragrância até uma cabana enfiada ao lado de um muro frágil.

Os ghuls em meu encalço dão gritinhos de empolgação. Eles se alimentam da dor, e o vilarejo está tomado por ela. Eu os afasto e adentro a cabana sozinho.

O interior está iluminado por uma lamparina tribal e um fogo agradável, sobre o qual fumega uma frigideira de pão queimado. Rosas de inverno adornam a cômoda e um copo de água do poço transpira sobre a mesa.

Quem quer que estivesse aqui partiu há pouco.

Ou então quis que parecesse assim.

Eu me aprumo, pois o amor de um djinn não é pouca coisa. Laia de Serra ainda tem garras em meu coração. A pilha de cobertores ao pé da cama se desintegra em cinzas ao meu toque. Escondido embaixo dela e tremendo de terror, há um garoto que obviamente *não* é Laia de Serra.

E, no entanto, ele se parece com ela.

Não no semblante, pois, onde Laia tem o coração envolto em tristeza, esse garoto está tomado de medo. Onde a alma de Laia é endurecida pelo sofrimento, esse garoto é delicado e tem uma alegria até agora intocada. Ele é uma criança navegante, não tem mais que doze anos.

Mas é o que está lá no fundo que me remete a Laia. Uma escuridão impenetrável em sua mente. Seus olhos negros encontram os meus, e ele ergue as mãos.

— F-Fora! — Talvez ele tenha querido dar um grito, mas a voz soa esganiçada, as unhas cravadas na madeira. Quando avanço para quebrar seu pescoço, ele ergue as mãos mais uma vez, e uma força invisível me empurra alguns centímetros para trás.

O poder dele é selvagem e desconfortavelmente familiar. Eu me pergunto se é mágica djinn, mas, embora alguns casais djinn-humano tenham se formado, nenhum filho pode nascer deles.

— Fora, criatura imunda! — Encorajado com meu recuo, o garoto joga algo em mim. Tem toda a pungência de pétalas de rosas. Sal.

Minha curiosidade desaparece. O que quer que viva dentro dessa criança parece ser sobrenatural, então busco a foice que trago às costas. Antes que ele possa compreender o que está acontecendo, enfio a arma em sua garganta e me viro, com os pensamentos acelerados.

O garoto fala, paralisando-me. Sua voz ressoa como a de um djinn vomitando uma profecia. Mas as palavras parecem truncadas, uma história contada através de água e pedra.

— *A semente adormecida desperta, o fruto de sua floração consagrado no corpo do homem. E desse modo vossa ruína é gerada, Amado, e com ela o rompimento... o... rompimento...*

Um djinn teria completado a profecia, mas o garoto é apenas um humano de corpo frágil. O sangue jorra do ferimento em seu pescoço, e ele desaba, morto.

— Céus, o que é você? — digo para a escuridão que há dentro da criança, mas ela se foi, levando consigo a resposta à minha pergunta.

11
LAIA

A contadora de histórias na hospedaria Ucaya tem a sala de convívio lotada em suas mãos. O vento geme pelas ruas de Adisa, sacudindo ruidosamente os beirais do lado de fora, e a kehanni tribal vibra com igual intensidade. Ela entoa sobre uma mulher que luta para salvar seu verdadeiro amor de um djinn vingativo. Mesmo os hóspedes mais encharcados de cerveja estão arrebatados.

Enquanto a observo de uma mesa no canto, eu me pergunto como é a experiência de ser uma kehanni. Oferecer o dom da história àqueles que você encontra, em vez de suspeitar que eles possam ser inimigos dispostos a matá-la.

Diante do pensamento, passo os olhos pela sala novamente e levo a mão à adaga.

— Se você baixar mais um pouco esse capuz — Musa de Adisa sussurra ao meu lado —, as pessoas vão pensar que você é uma djinn. — O Erudito está esparramado em uma cadeira à minha direita, com meu irmão, Darin, sentado do outro lado. Estamos perto de uma das janelas embaçadas da hospedaria, aonde o calor do fogo não chega.

Não solto a arma. Minha pele formiga, o instinto me dizendo que olhos pouco amigáveis me observam. Mas todos assistem à kehanni.

— Pare de acenar com sua lâmina, *aapan*. — Musa usa o termo honorífico navegante que significa "irmãzinha" e fala com a mesma exasperação que às vezes ouço em Darin. O apicultor, como Musa é conhecido, tem vinte e oito anos, mais velho que Darin e eu. Talvez seja por isso que ele gosta de bancar o mandão conosco. — A hospedeira é minha amiga — ele diz. —

Não há inimigos aqui. Relaxe. De qualquer forma, não podemos fazer nada até a Águia de Sangue voltar.

Estamos cercados de Navegantes, Eruditos e apenas alguns Tribais. Ainda assim, quando a kehanni termina sua história, a sala explode em aplausos. É algo tão repentino que puxo metade da lâmina para fora.

Musa afasta minha mão do punho.

— Você liberta Elias Veturius de Blackcliff, incendeia a Prisão Kauf, faz o parto do imperador marcial em meio a uma guerra, enfrenta o Portador da Noite mais vezes do que posso contar — ele diz — e dá um pulo por causa de um barulho alto? Achei que você fosse destemida, *aapan*.

— Deixe Laia em paz, Musa — diz Darin. — Melhor se assustar que morrer. A Águia de Sangue concordaria.

— Ela é uma Máscara — diz Musa. — Eles nascem paranoicos. — O Erudito observa a porta e sua alegria desaparece. — A esta altura, ela já deveria estar de volta.

É estranho nos preocuparmos com a Águia. Até alguns meses atrás, achei que iria para o túmulo a odiando. Mas então Grímarr e sua horda de bárbaros karkauns cercaram Antium, e Keris Veturia traiu a cidade. Milhares de Marciais e Eruditos — incluindo a mim, a Águia e seu sobrinho recém-nascido, o imperador — fugiram para Delphinium. A irmã da Águia, a imperatriz regente Livia, libertou os Eruditos ainda escravizados.

E de alguma forma, entre aquele momento e agora, nós nos tornamos aliadas.

A hospedeira, uma jovem Erudita mais ou menos da idade de Musa, emerge da cozinha com uma bandeja de comida. Ela avança em nossa direção, o cheiro tentador de ensopado de abóbora e pão com alho a precedendo.

— Musa, querido. — A hospedeira coloca a comida na mesa e me sinto subitamente faminta. — Vocês não vão ficar mais uma noite?

— Sinto muito, Haina. — Ele joga um marco de ouro em sua direção e ela o agarra habilmente. — Isso deve bastar pelos quartos.

— E um pouco mais. — Haina guarda a moeda no bolso. — Nikla aumentou os impostos eruditos mais uma vez. A padaria de Nyla foi fechada na semana passada, quando ela não conseguiu pagar.

— Perdemos nosso maior aliado. — Musa fala do velho rei Irmand, que está doente há semanas. — A situação só vai piorar.

— Você era casado com a princesa — diz Haina. — Não poderia falar com ela?

O Erudito sorri, meio sem jeito.

— Não, a não ser que você queira que os impostos subam ainda mais.

Haina se afasta e Musa se serve de ensopado. Darin surrupia uma travessa de quiabo frito, ainda estalando de óleo.

— Você comeu quatro espigas de milho na rua uma hora atrás — sibilo para ele, agarrando um cesto de pão.

Enquanto luto pelo pão, a porta se escancara. A neve deriva sala adentro, juntamente com uma mulher alta e esguia. O cabelo louro-prateado, preso em uma trança no alto da cabeça, está na maior parte escondido embaixo do capuz. O pássaro que grita em seu peitoral brilha por um instante antes de ela fechar a túnica e avançar a passos largos até a nossa mesa.

— Que cheiro incrível. — A Águia de Sangue do Império Marcial senta na cadeira de frente para Musa e pega a comida dele.

Diante de sua expressão petulante, ela dá de ombros.

— As damas em primeiro lugar. Isso vale para você também, ferreiro. — Ela desliza o prato de Darin em minha direção, e eu ataco a comida.

— E então? — Musa diz para a Águia. — Esse pássaro reluzente na sua armadura a fez entrar para ver o rei?

Os olhos claros da Águia de Sangue brilham.

— A sua esposa — ela diz — é um saco...

— Ex-esposa — corrige Musa, em um lembrete de que um dia eles se adoraram, mas agora não mais. Um fim amargo para o que esperavam que fosse o amor de uma vida inteira.

Eis um sentimento que conheço bem.

Elias Veturius adentra minha mente como quem não quer nada, embora eu tenha tentado deixá-lo trancado do lado de fora. Ele surge diante de mim como o vi pela última vez, o olhar penetrante e arredio, na fronteira do Lugar de Espera. *Todos nós somos apenas visitantes na vida uns dos outros*, ele disse. *Você vai esquecer a minha visita em breve.*

— O que a princesa disse? — Darin pergunta à Águia, e expulso Elias da cabeça.

— Ela não falou comigo. O camareiro dela disse que a princesa ouviria meu apelo quando a saúde do rei Irmand melhorasse.

A Marcial encara Musa como se fosse ele que tivesse recusado a audiência.

— A *maldita* Keris Veturia está sentada em Serra decapitando todos os embaixadores que Nikla envia. Os Navegantes não têm outros aliados no Império. Por que ela se recusa a me ver?

— Eu adoraria saber — diz Musa, e um tremeluzir iridescente próximo de seu rosto me diz que seus diabretes, criaturinhas aladas que servem como seus espiões, estão próximos. — Mas, embora eu tenha olhos em muitos lugares, Águia de Sangue, dentro da cabeça de Nikla não é um deles.

— Eu tenho que voltar para Delphinium. — A Águia olha fixamente para a tempestade de neve que esbraveja na rua. — Minha família precisa de mim.

A preocupação franze seu cenho, algo incomum em um rosto tão estudado. Nos cinco meses desde que escapamos de Antium, a Águia de Sangue frustrou uma dezena de tentativas de assassinarem o jovem imperador Zacharias. A criança tem inimigos entre os Karkauns assim como entre os aliados de Keris no sul. E eles são incansáveis.

— Nós já esperávamos isso — diz Darin. — Então estamos decididos?

A Águia de Sangue e eu anuímos, mas Musa limpa a garganta.

— Eu sei que a Águia precisa falar com a princesa — ele diz. — Mas gostaria de declarar publicamente que acho esse plano arriscado demais.

Darin dá uma risadinha.

— É assim que sabemos que se trata de um plano da Laia... completamente maluco e com grande chance de terminar em morte.

— E onde está sua sombra, Marcial? — Musa olha em volta em busca de Avitas Harper, como se o Máscara pudesse aparecer do nada. — A que maldita tarefa você sujeitou aquele pobre homem agora?

— Harper está ocupado. — O corpo da Águia fica tenso por um momento antes de ela continuar a devorar sua comida. — Não se preocupe com ele.

— Eu preciso fazer uma última entrega na forja. — Darin se levanta. — Nos encontramos logo mais no portão, Laia. Boa sorte a todos.

Observá-lo sair da hospedaria me enche de ansiedade. Enquanto eu estava no Império, meu irmão permaneceu aqui em Marinn a pedido meu. Há uma semana nos reunimos, quando a Águia, Avitas e eu chegamos a Adisa. Agora estamos novamente nos separando. *Apenas por algumas horas, Laia. Ele vai ficar bem.*

Musa empurra meu prato na minha direção.

— Coma, *aapan* — ele diz, sem a menor maldade. — Tudo fica melhor quando não se está com fome. Vou pedir aos diabretes que fiquem de olho em Darin, e encontro vocês no portão nordeste. Sétimo sino. — Ele faz uma pausa e franze o cenho. — Tenham cuidado.

Enquanto ele se afasta, a Águia de Sangue limpa a garganta.

— Guardas navegantes não têm nenhuma chance contra um Máscara.

Não discordo. Vi a Águia segurar sozinha um exército de Karkauns para que milhares de Marciais e Eruditos pudessem escapar de Antium. Poucos Navegantes poderiam encarar um Máscara. Nenhum é páreo para a Águia de Sangue.

Ela vai para o quarto se trocar, e, pela primeira vez em muito tempo, estou sozinha. Lá fora, um sino bate a quinta hora. O inverno traz a noite cedo, e o telhado geme com a força da ventania. Reflito sobre as palavras de Musa enquanto observo os hóspedes ruidosos da hospedaria, tentando me livrar do sentimento de estar sendo observada. *Achei que você fosse destemida.*

Quase ri quando ele disse isso. *O medo só será seu inimigo se você deixar.* O ferreiro Spiro Teluman me disse isso há muito. Há dias em que vivo essas palavras com muita facilidade. Em outros, elas são um peso em meus ossos que não consigo suportar.

Certamente, fiz as coisas que Musa disse. Mas também abandonei Darin com um Máscara. Minha amiga Izzi morreu por minha causa. Escapei do Portador da Noite, mas, sem querer, eu o ajudei a libertar seus irmãos. Eu fiz o parto do imperador, mas deixei minha mãe se sacrificar para que a Águia de Sangue e eu pudéssemos viver.

Mesmo agora, meses mais tarde, vejo minha mãe em meus sonhos. Cabelos brancos, marcada por cicatrizes, os olhos flamejando enquanto empunhava o arco contra uma onda de inimigos karkauns. Ela não tinha medo.

Mas eu não sou minha mãe. E não estou sozinha em meu medo. Darin não fala do terror que enfrentou na Prisão Kauf. Tampouco a Águia fala do dia em que o imperador Marcus assassinou seus pais e sua irmã. Ou de como ela se sentiu ao fugir de Antium, sabendo o que os Karkauns fariam com seu povo.

Destemida. Não, nenhum de nós é destemido. "Malfadados" seria uma descrição melhor.

Eu me levanto quando a Águia de Sangue desce a escada. Ela traja o vestido cinza acinturado de uma criada do palácio e um manto da mesma cor. Quase não a reconheço.

— Pare de olhar. — A Águia enfia uma mecha de cabelo por baixo do lenço pardo, escondendo a coroa de tranças, e me cutuca em direção à porta.

— Quantas lâminas escondidas na saia?

— Cinco... Não, espere... — Ela desloca o peso de um pé para o outro. — Sete.

Abrimos caminho porta afora e seguimos pela rua repleta de neve e gente. O vento corta e busco com dificuldade minhas luvas, sem sentir a ponta dos dedos.

— Sete lâminas. — Sorrio para ela. — E você não pensou em trazer luvas?

— Em Antium é mais frio. — O olhar da Águia desce até a adaga em minha cintura. — E eu não uso lâminas envenenadas.

— Se usasse, talvez não precisasse de tantas.

Ela me abre um largo sorriso.

— Boa sorte, Laia.

— Não mate ninguém, Águia.

Ela some na multidão noturna como um espectro, os catorze anos de treinamento tornando-a quase tão indetectável quanto estou prestes a me tornar. Eu me agacho, como se fosse amarrar os cadarços das botas, e descerro a invisibilidade sobre mim entre um momento e o próximo.

Com seus terraços em níveis e suas casas pintadas com cores vivas, Adisa é encantadora durante o dia. Mas, à noite, é simplesmente deslumbrante. Lamparinas tribais balançam em quase todas as residências, seus vidros multicoloridos reluzindo mesmo na tempestade. A luz do interior das casas vaza através das treliças ornamentais que cobrem as janelas, lançando fractais dourados sobre a neve.

A hospedaria Ucaya se encontra em um terreno mais elevado, com vista tanto para o Porto de Fari, na extremidade noroeste de Adisa, quanto para o de Aftab, a nordeste. Lá, em meio às montanhas de gelo flutuante, baleias irrompem na superfície da água e voltam a submergir. No centro da cidade, a torre queimada da Grande Biblioteca lanceia o céu, ainda de pé apesar do fogo que quase a destruiu quando estive aqui da última vez.

Mas são as pessoas que captam meu olhar. Mesmo com a tempestade rugindo ao norte, os Navegantes se vestem com suas melhores roupas. Lãs vermelhas, azuis e roxas bordadas com pérolas de água doce e espelhos. Mantos majestosos forrados de pele e pesados com linhas de ouro.

Talvez eu possa ter uma casa aqui um dia. A maioria dos Navegantes não compartilha dos preconceitos de Nikla. Talvez eu também possa usar belas roupas e viver em uma casa cor de lavanda coberta por telhas verdes. Rir com amigos, me tornar uma curandeira. Conhecer um Navegante bonito e bater em Darin e Musa quando eles caçoarem de mim a respeito dele.

Tento segurar essa imagem em minha mente. Mas eu não quero Marinn. Eu quero areia, histórias e um céu estrelado. Quero erguer o olhar para aqueles olhos cinza-claros cheios de amor e de um toque de travessura que tanto anseio. Quero saber o que ele me disse em sadês, um ano e meio atrás, quando dançamos no Festival da Lua em Serra.

Eu quero Elias Veturius de volta.

Pare, Laia. Os Eruditos e Marciais em Delphinium estão contando comigo. Musa suspeitou de que Nikla jamais daria ouvidos aos apelos da Águia, então planejamos uma maneira de *fazer* com que a princesa real a ouvisse. Mas isso não vai funcionar se eu não atravessar estas ruas e adentrar o palácio.

Enquanto abro caminho rumo ao centro de Adisa, trechos de conversas passam flutuando. Os adisanos falam de ataques em vilarejos distantes. Monstros que rondam os campos.

— Ouvi falar de centenas de mortos.

— O regimento do meu sobrinho partiu há semanas e não temos nenhuma notícia deles.

— Apenas rumores...

Só que não são rumores. Os diabretes de Musa relataram tudo esta manhã. Meu estômago se retorce quando penso nos vilarejos fronteiriços totalmente incendiados, os moradores executados.

As ruelas que atravesso ficam mais estreitas, e as lamparinas de rua, mais escassas. Atrás de mim, ecoa um tilintar de moedas e me viro, mas não há ninguém ali. Caminho mais rápido quando vejo o portão do palácio. Ele é cravejado de ônix e madrepérolas, selênico sob o céu róseo nevado. *Fique longe daquele maldito portão*, Musa me avisou. *Ele é guardado pelos Jadunas, e eles podem te ver mesmo com a sua invisibilidade.*

Os Jadunas e a mágica que exercem vêm das terras desconhecidas além dos Grandes Desertos, milhares de quilômetros a oeste. Alguns servem à família real navegante. Me deparar com um deles significaria prisão — ou morte.

Ainda bem que o palácio tem entradas laterais para as criadas, mensageiros e jardineiros que mantêm o lugar funcionando. Esses guardas não são Jadunas, de maneira que passar despercebida por eles é bastante simples.

No entanto, uma vez dentro, ouço o ruído novamente — uma moeda escorregando contra outra.

O palácio é um complexo enorme em forma de U, cercado de hectares de belos jardins. Os corredores são largos como bulevares e tão altos que os afrescos pintados na pedra clara acima mal podem ser vistos.

Há também espelhos por toda parte. Quando viro uma esquina, olho de relance para um deles e vejo o brilho de moedas de ouro e roupas de um azul intenso. Meu coração se acelera. *Um Jaduna?* A figura se vai rápido demais para dizer.

Volto na direção por onde a pessoa desapareceu. Mas tudo que encontro é um corredor patrulhado por uma dupla de guardas. Vou ter de lidar com o que quer que esteja me seguindo quando ele se revelar. Neste momento, preciso chegar à sala do trono.

No sexto sino, disse Musa, *a princesa vai deixar a sala do trono para a sala de jantar. Vá pela antecâmara ao sul. Coloque sua espada sobre o trono e caia fora. Assim que os guardas virem a arma, Nikla será conduzida aos aposentos dela.*

Ninguém será ferido e teremos Nikla onde a queremos. A Águia de Sangue estará à espera e fará seu apelo.

A antecâmara é pequena e cheia de mofo, com uma ligeira fragrância de suor e perfume que se misturam no ar. Como Musa previu, está vazia. Passo silenciosamente por ela e adentro as sombras da sala do trono.

Onde ouço vozes.

A primeira é de uma mulher, brava e ressonante. Há meses não ouço a princesa Nikla falar e levo um momento para reconhecer as modulações de sua voz.

A segunda voz me paralisa, pois é carregada de violência e assustadoramente suave. É uma voz que não deveria estar em Adisa. Uma voz que eu reconheceria em qualquer lugar. Ela chama a si mesma de *imperator invictus* — comandante suprema — do Império.

Mas, para mim, ela sempre será a comandante.

III
O APANHADOR DE ALMAS

O ensopado tem gosto de memórias. Não confio nelas.

As cenouras e as batatas estão macias, o faisão descolando dos ossos. Mas, no momento em que dou uma garfada, quero cuspir. O vapor ondula no ar frio da minha cabana, invocando rostos. Um guerreiro de cabelos loiros em uma selva a meu lado, perguntando se estou bem. Uma mulher pequena tatuada com um chicote pingando sangue e um olhar cruel o suficiente para combinar com ele.

Uma garota de olhos dourados, suas mãos em meu rosto, me implorando para não mentir.

Pisco e a tigela está do outro lado da sala, em cacos sobre o console de pedra acima da lareira. A poeira cai das cimitarras magistralmente produzidas que pendurei meses atrás.

Os rostos se foram. Estou de pé, as lascas de uma mesa rústica que acabei de construir perfurando minhas palmas.

Não lembro de jogar a tigela ou me levantar. Não lembro de agarrar a mesa com tanta força a ponto de minhas mãos sangrarem.

Aquelas pessoas — quem são elas? Elas estão na fragrância de uma fruta de inverno e na sensação de um cobertor macio. No peso de uma lâmina e no choque de um vento norte.

E em minhas visões noturnas de guerra e morte. Os sonhos sempre começam com um grande exército se lançando contra uma onda de fogo. Um rugido irrompe através do céu, e um redemoinho gira, senciente e faminto, devorando tudo em seu caminho. O guerreiro é consumido. A mulher fria e a garota de olhos dourados desaparecem. Ao longe, as florações róseas suaves das árvores frutíferas de tala derivam para a terra.

Os sonhos me deixam inquieto. Não por mim, mas por essas pessoas.

Elas não importam, Banu al-Mauth. A voz que reverbera em minha mente é grave e antiga. É Mauth, a mágica no coração do Lugar de Espera. O poder de Mauth me protege das ameaças e me proporciona um entendimento sobre as emoções dos vivos e dos mortos. A mágica me deixa estender a vida ou terminá-la. Tudo a serviço da proteção do Lugar de Espera e do conforto para os fantasmas que se demoram por aqui.

Grande parte do passado desapareceu, mas Mauth me deixou algumas memórias. Uma é o que aconteceu quando me tornei o Apanhador de Almas pela primeira vez. Minhas emoções me impediam de acessar a mágica de Mauth. Eu não conseguia passar adiante os fantasmas rápido o suficiente. Eles juntaram forças e escaparam do Lugar de Espera. Uma vez soltos no mundo, eles mataram milhares.

A emoção é o inimigo, lembro a mim mesmo. Amor, ódio, alegria, medo. Todos são proibidos.

Qual foi seu juramento a mim?, pergunta Mauth.

— Eu ajudaria a passar os fantasmas para o outro lado — digo. — Eu iluminaria o caminho para os fracos, os cansados, os caídos e esquecidos na escuridão que segue a morte.

Sim. Pois você é meu Apanhador de Almas, Banu al-Mauth. O Escolhido da Morte.

Mas um dia eu fui outra pessoa. Quem? Eu gostaria de saber. Eu gostaria...

Do lado de fora das paredes da cabana, o vento assobia. Ou talvez sejam os fantasmas. Quando Mauth fala novamente, suas palavras são seguidas por uma onda de mágica que tira o interesse de minha curiosidade.

Desejos só causam dor, Apanhador de Almas. Sua vida antiga acabou. Cuide do que está por vir. Intrusos estão a caminho.

Respiro pela boca enquanto limpo o ensopado. Enquanto visto meu manto, considero o fogo. Na primavera passada, os efrits queimaram a cabana que estava aqui. Ela pertencia a Shaeva, a djinn que foi a Apanhadora de Almas até o Portador da Noite matá-la.

Reconstruir a cabana me custou meses. O chão de madeira clara, minha cama, as prateleiras para os pratos e condimentos — são todos tão novos que ainda exsudam a seiva. A casa e a clareira em torno dela proporcionam uma proteção contra os fantasmas e as criaturas sobrenaturais, da mesma forma que o faziam quando pertenciam a Shaeva.

Este lugar é o meu santuário. Não quero vê-lo incendiado novamente.

Mas o frio lá fora é feroz. Tapo o fogo e deixo algumas brasas queimarem no fundo das cinzas. Então enfio as botas e apanho o bracelete de madeira entalhada em que sempre me pego trabalhando, embora não lembre de onde ele veio. Na porta, olho para trás, para minhas lâminas. É difícil abandoná-las. Foram um presente de alguém. Alguém com quem um dia eu me importei.

Razão pela qual elas não interessam mais. Eu as deixo e saio para a tempestade, esperando que, com um reino para proteger e fantasmas para cuidar, os rostos que me assombram finalmente desapareçam.

♦♦♦

Ao sul, os intrusos estão tão distantes que quando paro de caminhar como o vento, a tempestade que rugia em torno da minha cabana não passa de um rumor. O mar do Anoitecer cobre minha pele com sal, e, através da rebentação, ouço os invasores. Dois homens e uma mulher seguram uma criança. Encharcados, sobem com dificuldade as rochas costeiras reluzentes em direção ao Lugar de Espera.

Todos têm a mesma pele marrom-dourada e cabelos com cachos soltos — uma família, talvez. Os destroços de um barco flutuam nas águas rasas atrás deles e eles tropeçam enquanto correm, desesperados para escapar de um bando de efrits do mar que jogam detritos em sua direção.

Embora eu permaneça escondido, os efrits olham para a floresta quando sentem minha presença e reclamam, desapontados. Enquanto batem em retirada, os humanos continuam em direção às árvores.

Shaeva quebrava ossos e corpos e os deixava nas fronteiras para que outros os encontrassem. Não tive coragem de fazer como ela, e é isso que recebo em troca. Para os humanos, o Lugar de Espera é simplesmente a Floresta do Anoitecer. Eles esqueceram o que vive aqui.

Os poucos fantasmas que eu ainda não passei adiante se reúnem atrás de mim, protestando contra a presença dos vivos, o que lhes causa dor. Os homens trocam olhares. Mas a mulher que carrega a criança cerra os dentes e continua avançando rumo ao abrigo da linha de árvores.

Quando ela entra na densa floresta, os fantasmas a cercam. Ela não consegue vê-los. Mas seu rosto fica pálido e ela geme de desgosto. A criança em seus braços se agita.

— Vocês não são bem-vindos aqui, viajantes. — Saio de trás das árvores e os homens param.

— Eu preciso alimentá-la. — A ira da mulher redemoinha à sua volta com um toque de desespero. — Eu preciso de uma fogueira para mantê-la aquecida.

Os fantasmas sibilam enquanto a floresta murmura. As árvores refletem os humores de Mauth, e ele não gosta de intrusos tanto quanto os espíritos.

A última vez que tirei uma vida com a mágica de Mauth foi meses atrás. Matei um grupo de guerreiros karkauns com um mero pensamento. Uso o poder novamente agora, encontrando um fio da vida da mulher e o puxando. Em um primeiro momento, ela segura a criança mais firme. Então respira, ofegante, e leva a mão à garganta.

— Fozya! — um dos homens chama alto. — Volte...

— Eu não vou! — Fozya cospe, mesmo enquanto espremo o ar de seus pulmões. — O povo dele é assassino. Quantas pessoas ele matou, se escondendo aqui como uma aranha? Quantas...

As palavras de Fozya ficam em minha mente. *Quantas pessoas ele matou... Quantas...*

Gritos fervilham em minha mente: o lamento de milhares de homens, mulheres e crianças que morreram depois que deixei os muros do Lugar de Espera caírem no verão passado. As pessoas que matei como soldado, amigos que morreram em minhas mãos — todos marcham pelo meu cérebro, julgando-me com olhos desprovidos de vida. É demais. Não consigo suportar isso...

Tão subitamente quanto o sentimento toma conta de mim, ele desaparece. A mágica me inunda: Mauth acalma minha mente e me oferece paz. Distância.

Fozya e sua gente precisam ir. Dreno a vida da mulher novamente. Ela quase deixa a criança cair. A cada passo que dou em sua direção, ela recua aos tropeços, finalmente desabando na praia.

— Está bem, nós iremos embora — ela arfa. — Sinto muito...

Eu a solto e ela foge para o norte, seus companheiros apressando-se atrás dela. Eles seguem pela costa, lançando olhares assustados para as árvores até saírem de vista.

— Saudações, Apanhador de Almas. — A fragrância de sal me envolve completamente enquanto as ondas espumam aos meus pés e se fundem em uma forma vagamente humana. — O seu poder aumentou.

— Por que tão longe em terra, efrit? — pergunto à criatura. — Atormentar pessoas é tão interessante assim?

— O Portador da Noite pediu destruição — diz o efrit. — Nós... temos muito prazer em agradá-lo.

— Você quer dizer que temem desagradá-lo.

— Ele matou muitos do meu povo — diz o efrit. — Eu não gostaria de ver mais nem um deles sofrer.

— Deixe-os em paz. — Anuo na direção dos humanos que partiram. — Eles não estão mais em seu domínio. Além do mais, não fizeram nada para vocês.

— Por que você se importa com o que acontece com eles? Você não é mais um deles.

— Com quanto menos fantasmas eu tiver de lidar, melhor — digo.

O efrit avança como uma onda em minha direção, enrolando-se em torno de minhas pernas e me puxando, como se para me arrastar para debaixo d'água. Mas o poder de Mauth me protege. Quando o efrit me solta, tenho o claro sentimento de que ele está me testando.

— Vai chegar o dia — diz o efrit — em que você vai desejar não ter dito essas palavras. Quando Mauth não conseguir mais tirar os gritos da sua cabeça com sua mágica. Nesse dia, procure por Siladh, lorde dos efrits do mar.

— É você?

A criatura não responde. Em vez disso, colapsa na areia e me deixa molhado até os joelhos.

De volta à floresta, passo adiante uma dúzia de fantasmas. Fazer isso significa compreender e desemaranhar sua dor e ira para que possam abandoná-las e deixar essa dimensão. A mágica de Mauth me envolve, permitindo-me uma compreensão rápida e profunda do sofrimento dos espíritos.

A maioria leva apenas alguns momentos para seguir em frente. Assim que termino, confiro se há algum ponto fraco no muro da fronteira, que é invisível aos olhos humanos. As árvores se abrem para mim enquanto caminho por um terreno escorregadio como uma estrada do Império.

Tem sido assim desde que me entreguei a Mauth. Quando construí a cabana, a madeira aparecia em intervalos regulares, cortada e lixada como se por um artesão. Jamais fui mordido, nem fiquei doente, tampouco tive de me esforçar para encontrar uma caça. Essa floresta é uma manifestação física de Mauth. Embora para uma pessoa de fora ela pareça com qualquer outra floresta, Mauth a transforma para servir às minhas necessidades.

Só enquanto você for útil para ele.

Gritos e rostos surgem em minha mente novamente, mas desta vez não desaparecem. Caminho como o vento de volta para a tempestade para o coração do Lugar de Espera: o bosque djinn ou o que restou dele.

Antes de me juntar a Mauth, eu evitava o bosque. Mas agora ele é um lugar onde posso esquecer meus problemas, uma vasta campina sobre um penhasco acima da cidade dos djinns. Além da mancha escura do lugar sinistramente silencioso, o rio Anoitecer corre sinuoso, uma serpentina reluzente.

Examino as cascas escurecidas das poucas árvores remanescentes do bosque, imóveis como sentinelas e solitárias em meio à chuva intensa.

... me guie até a Prisão Kauf... me ajude a tirar o meu irmão de lá.

As palavras provocam uma memória de uma garota de olhos dourados. Cerro os dentes e vou até a maior árvore, um teixo sem vida cujos galhos estão escurecidos pelo fogo. O tronco está profundamente marcado. Ao lado dele há uma corrente de ferro com anéis quase do tamanho da minha mão, roubada de um vilarejo marcial.

Levanto a corrente e a descarrego contra um lado do tronco da árvore, então contra o outro, aprofundando as marcas. Após alguns minutos, meus braços começam a doer.

Quando a mente não ouvir você, treine seu corpo. Sua mente vai segui-lo. Céus, vá saber quem me disse essas palavras, mas me ative a elas nos últimos meses, sempre retornando ao bosque dos djinns quando perco o controle de meus pensamentos.

Após meia hora, estou encharcado de suor. Tiro a camisa, meu corpo grita, mas acabei de começar. Enquanto levanto pedras, açoito a árvore e corro pelo terreno escarpado que leva à cidade djinn. Os rostos e sons que me assombram desaparecem.

Meu corpo é a única parte de mim que ainda é humana. Ele é sólido, real e sofre de fome e exaustão, como de costume. Fustigá-lo significa que tenho de respirar de determinado jeito, me equilibrar de determinado jeito. Fazer isso exige toda a minha concentração, não deixando nada para meus demônios.

Uma vez exauridas as possibilidades do bosque djinn, eu me arrasto até a extremidade leste, que desce até o rio Anoitecer, rápido e traiçoeiro em virtude da tempestade. Arfando, mergulho e atravesso o meio quilômetro de uma margem à outra, esvaziando a mente de tudo, exceto da corrente de água gelada.

Encharcado e exausto, retorno ao ponto de partida com a mente limpa. Estou pronto para enfrentar os fantasmas que estarão esperando nas árvores, pois, mesmo enquanto nado, sinto uma grande perda de vida ao norte. Terei muito a fazer hoje à noite.

Volto para o velho teixo para pegar minhas roupas. Há alguém ao lado dele.

Mauth introduziu uma consciência do Lugar de Espera em minha mente que lembra bastante um mapa. Busco essa consciência agora, procurando o brilho pulsante que indica a presença de um forasteiro.

O mapa está vazio.

Estreito os olhos para ver melhor através da chuva — um djinn, talvez? Não; mesmo as criaturas sobrenaturais deixam uma marca, sua mágica as seguindo como a cauda de um cometa.

— Você adentrou o Lugar de Espera — falo alto. — Estas terras são proibidas para os vivos.

Não ouço nada a não ser a chuva e o vento. A figura não se mexe, mas o ar crepita. *Mágica.*

Aquele rosto passa por minha mente. Cabelos negros. Olhos dourados. Feitiçaria nos ossos. *Qual era mesmo seu nome? Quem era ela?*

— Não vou machucá-lo — falo como faria com os fantasmas, com cuidado.

— Não mesmo, Elias Veturius? — a figura diz. — Nem agora? Nem depois de tudo o que aconteceu?

Elias Veturius. O nome invoca muitas imagens. Uma academia de pedras cinzentas e tambores trovejantes. A pequena mulher de olhos glaciais. Dentro de mim, uma voz grita: *Sim. Elias Veturius. É quem você é.*

— Esse não é meu nome — digo para a figura.

— É sim, e você precisa lembrar. — Seu tom de voz é tão baixo que não consigo dizer se é um homem ou uma mulher. Adulto ou criança.

É ela! Meu coração acelera. Pensamentos que eu não deveria ter invadem minha mente. Será que ela vai me dizer seu nome? Será que vai me perdoar por esquecê-lo?

Então duas mãos ressequidas surgem na escuridão e baixam o capuz. A pele do homem é tão clara quanto linho descorado, o branco dos olhos, lívido e sanguíneo. Embora eu tenha esquecido grande parte de quem eu era, esse rosto está marcado em minha mente.

— Você — sussurro.

— Exatamente, Elias Veturius — diz Cain, o adivinho. — Estou aqui para atormentá-lo uma última vez.

IV
LAIA

K eris Veturia está em Marinn, a apenas alguns metros de mim. *Como?* Quero gritar. Dias atrás, os diabretes de Musa relataram que ela estava em Serra.

Mas o que isso importa quando Keris pode chamar o Portador da Noite? Ele deve ter galgado os ventos e a trazido para Adisa.

Meu coração pulsa nos ouvidos, mas me forço a respirar. A presença da comandante por aqui complica as coisas. Mas ainda preciso tirar Nikla da sala do trono e levá-la para seus aposentos. Os Eruditos e Marciais em Delphinium possuem poucas armas, pouca comida e nenhum aliado. Se Nikla não ouvir o que a Águia de Sangue tem a dizer, qualquer esperança de ajuda estará perdida.

Silenciosamente, avanço com todo o cuidado até Nikla e Keris entrarem em meu campo de visão. A princesa navegante está sentada ereta no enorme trono de madeira vinda do mar de seu pai, com o rosto nas sombras. Seu vestido bordô é justo na cintura e se derrama no chão como uma poça de sangue. Dois guardas mantêm vigília atrás do trono, com mais quatro de cada lado.

A comandante está posicionada diante de Nikla em sua armadura cerimonial. Ela não porta armas, tampouco veste uma coroa. Mas ela não precisa disso. O poder de Keris sempre esteve em sua sagacidade e violência.

A pele reluz prateada em sua nuca, pois Keris está trajando a camisa de metal vivo que roubou da Águia de Sangue. Fico admirada com sua estatura — ela é uns quinze centímetros mais baixa que eu. Mesmo depois de toda a dor que Keris causou, você poderia vê-la de longe e pensar nela como uma garotinha inofensiva.

À medida que me aproximo, as sombras no rosto de Nikla mudam e se agitam. Deleitando-se com a dor da princesa, ghuls giram à sua volta em um halo profano, invisível aos olhos dela.

— ... não consegue tomar uma decisão — diz Keris. — Talvez eu deva falar com o seu pai.

— Eu não vou incomodar o meu pai enquanto ele estiver doente — diz Nikla.

— Então ceda, princesa. — A comandante ergue as mãos abertas, como se outra pessoa falasse palavras tão repugnantes. — Os ataques sobre o seu povo vão cessar. Os djinns vão recuar. Os Eruditos são um peso para os seus recursos. Você sabe disso.

— Razão pela qual eu encorajei partida deles de Adisa — diz Nikla. — No entanto, o que você pede é... — A princesa balança a cabeça.

— Estou oferecendo tirar uma população problemática das suas mãos.

— Para escravizá-los.

Keris sorri.

— Para oferecer a eles um novo propósito de vida.

A ira faz minhas mãos tremerem. Minha mãe, Mirra de Serra, conseguia escalar paredes sem o menor esforço. Quem dera eu tivesse a mesma habilidade misteriosa. Eu a usaria agora para saltar sobre Keris quando ela menos esperasse.

Seguro minha adaga — não aquela que eu deixaria sobre o trono de Nikla, mas uma mais antiga. Elias me deu essa arma muito tempo atrás. Ela é terrivelmente afiada e coberta de veneno até a ponta. Corro o dedo enluvado ao longo da lâmina e me aproximo lentamente do trono.

— E o que dizer dos milhares de Eruditos que você matou? — Nikla balança a cabeça, inadvertidamente afastando os ghuls, que chilreiam, irritados. — Eles não tinham nenhum propósito? Você perpetrou um genocídio, imperatriz. Como vou saber que não fará isso de novo?

— O número de Eruditos mortos foi muito exagerado — diz Keris. — Aqueles que executei eram criminosos. Rebeldes e dissidentes políticos. Você repudiou o seu próprio marido por falar contra a monarquia. Meus métodos foram simplesmente mais duradouros.

Uma camareira surge por detrás do trono, o rosto solene enquanto se inclina para sussurrar algo no ouvido de Nikla.

— Perdoe-me, imperatriz — diz a princesa. — Estou atrasada para o meu próximo compromisso. Nos falaremos de manhã. Meus guardas podem levá-la para seus aposentos.

— Se você não se importa — diz a comandante —, eu gostaria de um momento para apreciar a sala do trono. A beleza dela é renomada, até mesmo no Império.

Nikla fica imóvel, os punhos cerrados sobre os apoios de braço ricamente entalhados.

— Certamente — ela diz por fim. — Os guardas ficarão de prontidão no corredor.

A princesa se retira, acompanhada de seus soldados. Sei que deveria segui-la. Encontrar alguma outra maneira de levar adiante uma ameaça para que ela seja levada para os seus aposentos.

Mas fico olhando para a comandante. Ela é uma assassina. Não — ela é um monstro vestido de assassina. Um refugo dos infernos disfarçado de gente.

Ela examina atentamente o domo de vitral acima, onde barcos de velas reluzentes bordejam os mares azul-turquesa de Marinn. Dou um lento passo em sua direção. Quanto sofrimento teria sido evitado se eu tivesse tido coragem de matá-la meses atrás, nas cercanias de Serra, quando ela estava aos meus pés, inconsciente?

Eu poderia acabar com ela em um só golpe. Ela não consegue me ver. Fixo o olhar em seu pescoço, na tatuagem azul vívida que rasteja em sua nuca.

O peito dela sobe e desce suavemente, um lembrete de que, não importa o que tenha feito, ela é humana. E pode morrer, como qualquer um de nós.

— É a garganta ou nada, Laia de Serra. — A voz da comandante é suave. — A não ser que você atravesse meu uniforme até a artéria em minha perna. Mas sou mais rápida que você, então você provavelmente fracassará.

Eu avanço, mas Keris se vira na direção do ruído ligeiro do meu manto enquanto voo sobre ela. O choque do impacto dos nossos corpos solta minha invisibilidade. Antes que eu consiga respirar de novo, a comandante me derruba de costas no chão, os joelhos cerrados em torno das minhas coxas, uma mão prendendo meus braços enquanto a outra segura a lâmina de Elias contra minha garganta. Eu nem a senti tomá-la de mim.

Eu me encolho, mas o colarinho alto da minha camisa me protege do veneno na lâmina. A pele prateada do peito de Keris brilha. Ela inclina a cabeça, com um olhar reptiliano que me atravessa.

— Como você vai morrer? — ela pergunta. — Na batalha, como sua mãe? Ou no terror, como a minha? — A mão dela está firmemente cerrada em torno do punho da adaga. *Fale. Mantenha-a falando.*

— Não ouse... — Arfo enquanto ela pressiona a arma em minha traqueia. — Não ouse falar da minha mãe desse jeito... sua... bruxa...

— Não sei por que você se deu o trabalho, garota — ela diz. — Eu sempre s-sei...

A faca em minha garganta afrouxa. Os olhos de Keris se dilatam e ela tosse. Eu me contorço por baixo dela, rolando para longe. Ela dá um salto em minha direção, e, quando tropeça, eu me permito um sorriso. Ela está perdendo a sensação nas mãos. Nas pernas. Eu sei, pois testei o veneno em mim.

Tarde demais, Keris nota minhas luvas. Tarde demais, ela larga a lâmina de Elias e olha fixamente para o punho, percebendo como consegui envenená-la. Se ela o tivesse ingerido, estaria morta. Mas, na pele, é mais um inconveniente. Um inconveniente ruim o bastante para me deixar em vantagem. Trôpega, a comandante recua enquanto puxo um punhal da bota.

Mas Keris Veturia guerreou quase a vida inteira. Seu instinto assume o controle, e, enquanto tento cortar sua garganta, ela me dobra ao meio com um golpe rápido abaixo do esterno. Minha arma cai e busco minha última faca. Com uma pancada em meu punho, Keris a lança ruidosamente ao chão.

Vozes soam do lado de fora. Os guardas.

Eu me lanço subitamente sobre ela enquanto está distraída, e ela me joga para longe com tamanha energia que me espatifo no trono, a cabeça confusa enquanto escorrego para o chão. Ela abre a boca para gritar para os guardas — provavelmente a única vez na vida em que pediu ajuda. Mas o veneno roubou sua voz, e, após lutar para se levantar, ela finalmente desaba.

É agora ou nunca, Laia. Céus, onde estão minhas lâminas? Eu a estrangularia, mas ela poderia acordar no meio do golpe. Ela estará desacordada por um minuto, no máximo. Preciso de uma arma.

O punho da adaga de Elias aparece por debaixo do trono. Bem quando ponho minhas mãos nele, ainda respirando com dificuldade, sou jogada para trás como uma boneca de pano.

Meu corpo se choca contra um pilar de quartzo. A sala do trono se anuvia e então clareia enquanto uma figura que não é a comandante, mas que certamente não estava aqui um momento atrás, se aproxima de mim.

Pele clara. Manto negro. Olhos castanhos calorosos. Sardas dançando por um rosto dolorosamente belo. E um emaranhado de cabelos ruivos que não é nada comparado ao fogo que arde dentro dele.

Eu sei quem ele é. Eu sei. Mas, quando o vejo, não penso: *Portador da Noite! Djinn! Inimigo!*

Eu penso: *Keenan. Amigo. Amante.*

Traidor.

Corra, Laia! Meu corpo se recusa a obedecer. O sangue corre de um corte profundo do lado de minha cabeça, salgado e quente. Meus músculos gritam, as pernas doendo como costumavam doer após um açoitamento. A dor é uma corda à minha volta, cada vez mais apertada.

— V-Você... — consigo balbuciar. Por que ele assumiria essa forma? Por que, quando a evitou até agora?

Porque ele a quer em pânico e com a guarda baixa, sua idiota!

Seu cheiro de limão e madeira queimada enche meus sentidos. Um cheiro tão familiar, embora eu tenha tentado esquecê-lo.

— Laia de Serra. Que bom ver você, meu amor. — A voz de Keenan é suave e cordial. Mas ele não é Keenan, lembro a mim mesma. É o Portador da Noite. Depois de eu ter me apaixonado por ele, de ter lhe dado o bracelete da minha mãe como uma demonstração de amor, ele revelou sua verdadeira forma. O bracelete era um pedaço há muito tempo perdido da Estrela, um talismã necessário para ele libertar seus irmãos aprisionados. Assim que o dei a ele, Keenan não tinha mais utilidade para mim.

Ele coloca uma mão sobre o meu braço para me ajudar a ficar de pé, mas eu o empurro para longe e me levanto com dificuldade.

Faz mais de um ano desde que vi o Portador da Noite em sua forma humana. Não percebi que presente isso foi até agora. Tanta preocupação naqueles olhos escuros. Tanta atenção. Tudo para mascarar uma criatura vil que não quer nada mais do que acabar comigo.

A comandante logo vai acordar. E, embora o Portador da Noite não possa me matar — ele não pode matar ninguém que tocou a Estrela —, Keris Veturia pode.

— Maldito seja. — Olho para além do Portador da Noite, onde Keris está caída. *Se eu pudesse chegar até ela...*

— Não posso permitir que você a machuque, Laia. — O Portador da Noite soa quase como se pedisse desculpa. — Ela serve a uma finalidade.

— Para os infernos com a sua finalidade!

O Portador da Noite olha para as portas.

— Não há sentido em gritar. Os guardas encontraram tarefas mais urgentes para resolver em outro lugar. — Ele se agacha ao lado de Keris, sentindo seu pulso com uma estranha delicadeza. — Você gostaria de assassiná-la, Laia de Serra. — Então se ergue e se aproxima. — Pois Keris é a fonte de todos os seus desgostos. Ela destruiu sua família e transformou sua mãe em uma assassina da sua gente. Ela aniquilou seu povo e ainda o atormenta. Você faria qualquer coisa para detê-la, não é? Então o que a torna tão diferente de mim?

— Eu não sou *nem um pouco* parecida com você...

— Minha família também foi assassinada. Minha esposa foi morta em um campo de batalha. Meus filhos foram executados com sal, aço e chuva de verão. Minha gente foi aprisionada e exterminada.

— Por pessoas que já se foram há mil anos! — grito. Mas por que falar com ele? Ele está tentando ganhar tempo até a comandante despertar. Keenan acredita que sou tola demais para perceber.

A fúria inunda minhas veias, entorpecendo minha dor, fazendo-me esquecer a comandante. Uma fúria que tinge tudo de vermelho, que desperta uma escuridão ruidosa dentro de mim. A mesma sensação selvagem que cresceu em meu peito meses atrás, quando dei a ele meu bracelete. A fera que se soltou na Floresta do Anoitecer, quando achei que ele mataria Elias.

O Portador da Noite me encara de olhos arregalados, a boca curvada em uma careta desumana.

— *O que você é?* — ele diz, um eco de uma pergunta que ele já fez antes.

— Você não vai vencer. — Minha voz é um rosnado irreconhecível que se eleva de alguma parte antiga e visceral da minha alma. — Você machucou gente demais com a sua vingança. — Estou a centímetros dele agora, encarando aqueles olhos familiares, o ódio derramando-se dos meus. — Não importa o que será preciso nem quanto tempo isso vai levar. Eu vou derrotar você, Portador da Noite.

O silêncio se estende entre nós. O momento é impossivelmente longo, tão quieto quanto a morte.

Então ouço um grito sinistro e incessante, capaz de estourar os tímpanos. O vitral acima de nós começa a rachar e vejo lascas no trono. Tampo os ouvidos. De onde isso está vindo?

Sou eu, me dou conta. *Eu estou gritando. Só que não sou eu, não é? É algo dentro de mim.* No momento em que compreendo, sinto que meu peito se abriu ao meio. A luz escura que se despeja do meu corpo ruge, como se liberta após um longo aprisionamento. Tento pará-la, mantê-la controlada dentro de mim.

Mas ela é poderosa demais. Ouço passos correndo, vejo um brilho de olhos pintados. Moedas retinem — um som de que me lembro agora. A faixa na cabeça dos Jadunas.

Preciso correr, preciso escapar deles.

Em vez disso, desabo de joelhos, e o mundo todo desaparece.

V
O APANHADOR DE ALMAS

A emoção que explode em mim diante da visão do rosto do adivinho parece pouco natural. Como um animal, garras para fora, rasgando minhas entranhas.

— Não preciso da sua ira, Apanhador de Almas. — O adivinho agarra meu ombro e dá um puxão em sua direção. Quase escorrego na chuva incessante. — Eu preciso que você escute.

Os fantasmas sentem a presença de Cain e guincham tão alto que parece que há milhares deles em vez de apenas algumas dúzias. A mágica de Mauth se derrama sobre mim, abafando o frio e os gritos, calando minha raiva. Arranco a mão de Cain de mim.

— Você perturba os espíritos, adivinho — digo. — Os vivos são maldições para eles.

— Vivos! É assim que você chama isto? — A risada dele retumba por seu peito como uma pedra solta. — Quem dera o Portador da Noite tivesse me matado quando arrasou o que restava do meu povo. Mas eu escapei da prisão dele, e ele não esperava por essa, não é...

— Escapou? — Os djinns e eu temos nos evitado há cinco meses. Não tenho interesse em me meter com eles agora. — O que você quer dizer com *escapou*?

— Eles estarão aqui a qualquer momento. Ouça bem, pois tenho pouco tempo.

— E eu não tenho nenhum. Você *não* pode estar aqui. — Minha ira cresce rapidamente, quase incandescente, e espero que ela desapareça, que Mauth a leve embora.

Mas alguns segundos se passam e não sinto a paz chegar. *Mauth?* Eu o chamo em minha mente.

— O seu mestre está ocupado com outras coisas — diz Cain. — Combatendo um monstro da sua própria criação. — A boca do adivinho se retorce, e ele olha de relance sobre o ombro, através das árvores, em direção à cidade dos djinns coberta pela névoa. — Os fantasmas das nossas transgressões buscam vingança. Assim eu disse muito tempo atrás. E assim é. Nossos erros voltam para nos assombrar, Elias. Nem mesmo Mauth pode escapar deles.

— Mauth não é bom nem mau — digo. — Não há certo ou errado com a morte. A morte é a morte.

— E a morte o acorrentou. Você não vê? — Os dedos esqueléticos de Cain se curvam em minha direção, e o bosque djinn se enche de uma luz estranha, dourada, mas com uma sombra em seu coração.

Em um primeiro momento, ela é reluzente demais para que eu veja sua fonte. Mas, quando ela desaparece, pisco os olhos e tenho a impressão de que milhares de cordas se contorcem em torno do meu corpo, prendendo-me ao chão.

— Você precisa escapar deste lugar. Diga-me, *Apanhador de Almas*, o que você vê quando sonha?

O guerreiro, a mulher fria e a garota de olhos dourados surgem em minha mente. Minhas mãos se curvam em punhos.

— Eu vejo... Eu...

Um uivo sinistro se eleva da cidade dos djinns. Um lobo, eu havia pensado, se não fosse a ira primitiva subjacente. Outros se juntam a ele para criar um coro de arrepiar os cabelos, e Cain tropeça em minha direção.

— Os djinns sentiram meu cheiro — ele sussurra. — Não demorarão a chegar. Ouça bem. Você vê uma guerra, não é? Um exército avançando contra uma onda de fogo. Mais além, belas flores cobrem o chão e, para além de tudo isso, uma bocarra faminta. Um turbilhão que jamais será saciado.

— Você está manipulando a minha mente.

— Você acha que Mauth me deixaria entrar na sua mente, garoto? Ele o tem enjaulado, acorrentado, preso. Eu *não* lhe dei os sonhos. Você os vê porque eles são a verdade. Porque alguma parte do seu velho eu ainda vive dentro de você. Ele grita para ser libertado.

— O Apanhador de Almas não se importa com liberdade...

— Mas Elias Veturius se importa — insiste Cain, e percebo que não consigo me mover, hipnotizado pelo uso que ele faz daquele nome. Do *meu nome*. Do meu *velho nome*. — Elias Veturius ainda vive. E é imperativo que ele ainda viva, pois a Grande Guerra se aproxima, e não é o Apanhador de Almas quem irá vencê-la; é Elias Veturius. Não é o Apanhador de Almas quem é uma chama entre as cinzas; é Elias Veturius. Não é o Apanhador de Almas quem se inflamará e queimará, devastará e destruirá. *É Elias Veturius*.

— Elias Veturius está morto — digo. — E você é um invasor. Os muros do Lugar de Espera existem por uma razão...

— Esqueça os muros. — O rosto de Cain é feroz. — Para os fantasmas, há uma ameaça maior. Há forças mais poderosas que a morte...

Os uivos soam novamente, muito claros ainda que em meio à chuva intensa. A mágica de Mauth me protegerá; ela já cresce em torno do meu corpo, um escudo contra os djinns.

Mas os djinns não me preocupam. Meu dever é com os fantasmas, e, se algo os ameaça, eu preciso saber o que é. Perguntas inundam minha mente. Perguntas para as quais preciso de respostas.

— O que você quer dizer com "esqueça os muros"? — Dou um puxão no velho em minha direção. — De qual ameaça você está falando?

Mas ele olha sobre meu ombro para as figuras que emergem da escuridão, os olhos queimando como pequenos sóis através da cortina de chuva.

— Ele nos pertence, Apanhador de Almas. — A voz que fala é sibilante e carregada de rancor. Uma das djinns dá um passo à frente com um gládio na mão. — Devolva-o — ela diz. — Ou sofra nossa ira.

VI
A ÁGUIA DE SANGUE

A princesa Nikla não fugiu para seus aposentos. Nenhum sino de alarme tocou.

Em vez disso, ela caminha a passos largos por um longo corredor na direção de onde me escondo. As enormes portas entalhadas da sala de jantar cerimonial — onde ela não deveria estar — ficam à minha frente, do outro lado do corredor e da escada de ébano onde estou.

Há dezenas de Marciais trabalhando no palácio, o apicultor me disse. Você não vai chamar atenção, mas mantenha a cabeça baixa. Mandarei os diabretes quando Laia tiver feito a parte dela e Nikla estiver em seus aposentos. Eles vão levar você até ela.

Quando Laia promete algo, ela cumpre. Oro aos céus que ela não esteja morta. Os Eruditos de Delphinium pedirão a minha cabeça se algo acontecer a ela.

Além do mais, eu passei a gostar dela.

Meu bolso farfalha. São os diabretes me trazendo um pergaminho. Eu me agacho, como se tivesse visto uma ranhura no corrimão, e leio a mensagem rabiscada apressadamente.

Keris Veturia no palácio.

Mal tenho tempo de entender como a comandante chegou até aqui — e como os diabretes de Musa não perceberam isso —, quando a princesa se aproxima. Ela para diante da sala de jantar, a menos de três metros de distância. Das portas fechadas, ouve-se uma conversa. Uma vez que esteja lá dentro com todos os cortesãos, ela não sairá durante horas.

Faça alguma coisa, Águia. Mas o quê? Raptá-la? Matar os guardas dela? A ideia é assegurar um tratado, não começar uma guerra.

Malditos infernos. Eu disse a Livia para mandar um diplomata. Avitas Harper teria sido perfeito. Ela poderia tê-lo despachado para Marinn e me deixado ficar em Delphinium. Eu teria sido capaz de me concentrar em Grímarr e nos Karkauns. E eu estaria livre de Harper e do desejo enlouquecedor que perturba minha mente e confunde minhas palavras quando ele está perto.

Mas não. *A família real navegante precisa falar com alguém que lutou em Antium*, lembro de Livia dizer. *Alguém que sabe o que Grímarr está fazendo lá.*

Só de pensar nisso meu sangue ferve. Quatro semanas atrás, Grímarr emboscou uma caravana de provisões que ia para Delphinium. Ele substituiu o alimento por membros marciais e eruditos — braços e pernas decepados durante seus violentos ritos de sangue. Um de seus homens se escondeu na caravana e tentou me capturar, gritando: "Ik tachk mort fid iniqant fi!" Eu o estripei antes que tivesse uma tradução.

Quando os paters de Delphinium souberam do incidente, ficaram horrorizados. O apoio deles diminui, mesmo enquanto os Karkauns devastam minha capital. Nós *precisamos* dessa aliança.

Então aqui estou, parada a três metros da princesa de Marinn, atrevida como uma prostituta do porto de Navium. Não trajo armadura de batalha. Nem máscara. Apenas um uniforme roubado e o rosto marcado por cicatrizes.

A princesa não entra na sala. Em vez disso, ela olha fixamente para os peixes, conchas e samambaias entalhados na porta, como se jamais os tivesse visto antes. Por um instante, parece em pânico.

A ideia de comandar os Marciais como imperatriz — e me sujeitar à política e às expectativas dessa posição — me deixa doente. Talvez Nikla sinta o mesmo.

Uma das guardas de Nikla limpa a garganta. Metade dos sentinelas aqui é composta de mulheres — algo que o Império poderia usar um pouco mais. Essa guarda também é mulher, alta, de rosto aquilino, pele escura e voz firme.

— Vossa Alteza. Foi um longo dia. Talvez sua camareira possa comunicar a sua ausência.

— Você está se metendo onde não devia, tenente Eleiba. — Os ombros de Nikla ficam tensos. — Eu a trouxe de volta para a guarda a pedido do meu pai. Não...

Nikla se vira enquanto fala e me vê.

— Você — ela diz. — Não reconheço...

Não mate os malditos guardas, Águia. Tratado, não guerra. Empurro a princesa e ela tropeça para trás, os pés pegos na bainha do vestido. Antes que os seguranças possam pedir ajuda, empunho minha adaga. Acerto a têmpora do primeiro guarda com o punho dela e o derrubo.

Enquanto ele cai, arranco sua lança e bato com a base dela no rosto do guarda atrás de mim. Um ruído surdo me diz que acertei o alvo. Enfio a lança entre as maçanetas da porta da sala de jantar de maneira que os guardas e cortesãos que estão lá dentro não possam sair.

Uma das guardas, Eleiba, foge correndo com a princesa, gritando por ajuda. A terceira guarda está sobre mim agora, mas eu a desarmo e acerto sua cabeça com a parte sem fio de sua cimitarra. Antes que ela bata no chão, lanço uma faca na fugitiva Eleiba.

Ela afunda em seu ombro e Eleiba estremece, quase caindo.

— Corra, princesa! — ela grita, mas sou rápida demais para ambas. Vejo uma porta. De acordo com o mapa que Musa me fez memorizar, ela leva a uma pequena câmara de reuniões. Conduzo Nikla e Eleiba para lá.

— Para dentro. — Indico a porta. Eleiba rosna para mim, mas fixo o olhar sobre a princesa. — Você sabe quem eu sou?

Ela estreita os olhos e acena com a cabeça.

— Então sabe que, se eu quisesse matá-la, poderia. Não estou aqui para machucá-la. Eu só quero conversar. Diga para sua guarda desistir.

— Prefiro a morte — reage Eleiba com irritação. — Princesa, vá...

Eu me esquivo, deixando a cimitarra cair, e, no instante em que o olhar de Eleiba baixa para ela, eu a soco direto no rosto. Ela cai como uma pedra.

— Entre. — Aponto a cimitarra para a garganta de Nikla. Os soldados já estrondam pelo corredor em nossa direção. — *Agora*, princesa.

Ela mostra os dentes, mas recua para dentro da câmara. Fecho a porta e ignoro os gritos que se aproximam.

Viro a cimitarra na mão e a passo para a princesa.

— Um gesto de boa vontade. Como eu disse, só quero conversar.

Nikla toma a arma com a rapidez de alguém experiente com uma lâmina e pressiona a ponta contra minha garganta. Ao longe, sinos de alarme ressoam. Os guardas dela logo estarão aqui.

— Bem, garota — ela diz. — O que a Águia de Sangue de um aspirante a imperador teria a me dizer?

— Eu sei que Keris está aqui para uma aliança, mas você não pode confiar nela — digo. — Ela traiu uma cidade inteira do seu próprio povo para se tornar imperatriz. Dezenas de milhares de pessoas deixadas à mercê dos Karkauns graças à sua sede de poder.

— Eu não nasci ontem. Eu seria uma tola se confiasse na sua imperatriz.

Fico vermelha de raiva diante dessa palavra.

— Ela *não* é minha imperatriz — sibilo. — Ela é uma cobra, e aliar-se a ela é um grave erro.

— Keris está me oferecendo um tratado que acabaria com os ataques djinns sobre os vilarejos navegantes — diz Nikla. — Você pode fazer o mesmo?

— Eu... — Preciso de um momento para pensar. Apenas um momento. Mas mal consigo respirar com a lâmina, muito menos chegar a uma solução para o problema de Nikla. Todos os truques que aprendi na aula de retórica fogem de minha mente. Subitamente desejo que Elias estivesse aqui. Ele é capaz de convencer até uma pedra a lhe dar água. — São os homens de Keris que estão realizando aqueles ataques-surpresa — digo. — Ela se aliou aos djinns. Poderíamos combatê-los juntos.

— Você e que exército? — Nikla ri e baixa a cimitarra. Não porque esteja cansada, mas porque não está mais com medo. — Você não tem nem comida suficiente para seu povo passar o inverno, não é? Você é uma tola, Águia de Sangue. Não posso lutar contra Keris e seus aliados sobrenaturais. A única coisa que posso fazer é um acordo com ela. Sugiro que você faça o mesmo.

— Prefiro morrer.

— Então é isso que vai acontecer. — Os guardas de Nikla dão pancadas na porta, gritando seu nome. — Em alguns segundos, nas mãos dos meus soldados. Ou mais tarde, nas mãos da sua imperatriz.

Ela não é minha imperatriz!

— Keris é diabólica — falo. — Mas eu a conheço. Posso derrotá-la. Só preciso...

A porta se parte e Nikla me observa, pensativa. Minhas palavras não a convencem, mas talvez ameaças...

Nesse instante, um grito agudo rasga o ar. É tão ensurdecedor que me encolho e cubro os ouvidos, mal percebendo que Nikla deixa cair a cimitarra e faz o mesmo. As batidas na porta cessam enquanto se ouvem súplicas do lado de fora. Com um grande ruído, as janelas da câmara racham e o chão se enche de vidro. Ainda assim, o grito continua.

Minha pele formiga, e, bem no fundo do meu corpo, minha mágica de cura se inquieta, agitada como um cachorrinho em uma tempestade.

Laia. Algo está errado. Posso sentir.

Tão rápido quanto começaram, os gritos cessam. Nikla se endireita, com o corpo trêmulo.

— O que...

A porta é arrombada e seus guardas — incluindo Eleiba — vertem para dentro.

— Keris vai traí-la antes do fim. — Passo voando pela princesa e pego a cimitarra do chão. — Se você sobreviver a ela e precisar de uma aliada de verdade, me procure em Delphinium. Estarei esperando.

Com isso me despeço com uma discreta mesura. Então corro para a janela quebrada e me atiro para fora.

VII
LAIA

Não estou sozinha. Sei disso, mesmo inconsciente. Mesmo nesse estranho espaço azul onde não tenho corpo.

Não estou sozinha, mas a presença que está comigo não está fora de mim. Está *em* mim.

Há algo — ou alguém — dentro da minha mente.

Eu sempre estive aqui, uma voz diz. *Eu só estava esperando.*

— Esperando? — digo, e minhas palavras são tênues na vastidão. — O quê?

Que você me despertasse.

Agora desperte.

Desperte.

— Desperte, Laia de Serra.

A sensação é de que alguém jogou areia nos meus olhos enquanto os abro com dificuldade. A luz de lamparinas me agride e cinco mulheres de olhos pintados miram fixamente a cama onde estou deitada. Elas trajam vestidos pesadamente bordados que flamejam na cintura, os cabelos adornados com cordões de moedas douradas que pendem sobre a testa.

Jadunas. Os detentores da mágica — e aliados da família real.

Ah, céus. Eu me sento lentamente, como se estivesse confusa, mas minha mente corre para um pensamento: preciso cair fora daqui o mais rápido possível.

O quarto parece estar no segundo ou terceiro andar de uma casa de campo navegante e está coberto por tapetes de seda reluzentes e telas com desenhos de estrelas. Através de uma janela em arco, as paredes do palácio brilham com a luz de mil lamparinas. Sua beleza é interrompida pelo badalar dos sinos de alarme.

Fingindo tontura, eu me deito novamente. Então reúno forças, salto da cama e me atiro por uma abertura que há entre as mulheres. Passo por elas e estou quase na porta, apenas alguns metros mais...

Ela é fechada na minha cara. As Jadunas me puxam de volta, e, quando tento gritar, minha voz se engasga. Busco minha invisibilidade, mas ela se foi. O Portador da Noite ainda deve estar na cidade, pois não importa o quanto eu a busque, ela não vem.

As Jadunas me sentam em uma cadeira e me seguram firmemente. Não tento me libertar. Não ainda.

— Vocês... Vocês estavam me seguindo — digo.

— Relaxe, Laia de Serra. — Reconheço a mulher que fala. Ela me deu um livro certa vez, do lado de fora da Grande Biblioteca de Adisa, enquanto esta era destruída pelo fogo. — Nós não gostaríamos de machucá-la. Nós a salvamos do Mehe...

— Cale-se, A'vni! — Uma mulher mais velha olha ferozmente para A'vni antes de voltar o olhar escuro para mim. — Olhe para mim, garota — diz a velha, e, embora eu não queira obedecer a sua ordem, sua voz me compele. *Que mágica é essa? Será que ela também foi tocada por um efrit?* Enquanto ela força meu rosto em sua direção, cravo as unhas nos braços da cadeira e tento sair correndo. — Segurem-na!

— D'arju... — A'vni protesta, mas D'arju nem dá atenção e penetra em minha mente com seu olhar. As íris castanhas queimam contra a tinta que as emoldura. A combatividade deixa meu corpo. Ela me hipnotizou e não consigo fugir de seu domínio.

— Nós não queremos machucá-la — diz D'arju. — Se quiséssemos, nós a teríamos deixado para o Portador da Noite.

Ela não espera que eu responda, mas luto com seu controle e forço as palavras a saírem.

— Só para poderem observar a Keris me matar lentamente?

— Ele não está caçando você para matá-la — diz D'arju. — Ele está caçando você para poder abri-la ao meio e compreender o que vive dentro de você.

Tento não demonstrar meu alarme. *O que vive dentro de mim?*

— Uma mágica antiga, garota. — D'arju responde a pergunta que só aconteceu em minha mente. — Que espera há mil anos por alguém com a força para despertá-la. — A mulher sorri com uma alegria intensa que me faz confiar nela um pouco mais. — Achei que seria Mirra de Serra. Ou Isadora Teluman, ou talvez Ildize Mosi. Mas...

— Mas mesmo os antigos podem estar errados — diz A'vni ironicamente, e as demais Jadunas dão risadinhas. Espero que D'arju fique brava, mas ela sorri. E algo que ela disse finalmente me impacta.

— Você... Você conhecia minha mãe?

— Se eu a conhecia? Eu a treinei, ou tentei treinar. Ela nunca gostou de receber ordens. Ildize era mais obediente, embora talvez isso só tenha acontecido por causa de sua civilidade navegante. Eu não conheci Isadora, mas o poder que havia naquela garota! — D'arju assobia. — Uma pena que o Império a pegou antes de nós.

Minha mente gira.

— Poder — digo. — Você quer dizer o poder que os efrits deram?

D'arju ri com desdém.

— Se o seu poder veio de um efrit, então eu sou uma djinn. Agora, quieta. Me deixe trabalhar.

A velha arrasta meu olhar para o seu novamente, e minha mente parece se dobrar e se deformar — uma tração lenta e tortuosa, como se alguma parte de mim estivera imersa em um pântano milenar e estivesse finalmente emergindo em direção à luz. Quando isso acontece, percebo que eu estava enfiada em um aposento nos fundos da minha própria mente.

— Que a paz esteja convosco, Rehmat. — A voz de D'arju treme, e sei instantaneamente que, embora ela esteja olhando para mim, não está falando comigo. — Vossas servas estão aqui. Nosso juramento foi cumprido.

— Que a paz esteja convosco, Jadunas. Vosso dever está completo. Eu vos libero de vosso juramento.

As palavras saem da minha boca. São meus lábios que se movem. Mas a voz grave não é minha. Nunca usei a palavra *vosso* na vida. Além do mais, a voz não soa nem um pouco como a minha. Não é humana. Soa mais como uma tempestade de areia, se ela falasse serrano arcaico.

— Então essa é a nossa guerreira — diz Rehmat, não mais tão formal. — A manifestação final do seu sacrifício tão antigo.

— Não foi nenhum sacrifício abrigar você em meio ao nosso povo, honorável — diz D'arju.

— Cem Jadunas aceitaram meu poder em seus próprios ossos, filha. — O rosnar grave de Rehmat não tolera discordâncias. — Foi um grande sacrifício. Vocês não sabiam como isso afetaria os seus filhos, ou os filhos deles. Mas está feito. Agora eu vivo em milhares e milhares.

— Confesso, honorável — diz D'arju —, que não pensei que Laia de Serra seria quem despertaria você. A Águia de Sangue talvez tivesse sido uma escolha mais adequada, ou o apicultor. O ferreiro Darin, quem sabe.

— Ou mesmo Avitas Harper — diz outra Jaduna. — Ou Tas, o jovem matador de demônios.

— Mas eles não desafiaram o Portador da Noite. Laia o desafiou. Regozijem-se — diz Rehmat —, pois o caminho está determinado. Agora nossa jovem guerreira tem de trilhá-lo. Mas, se ela vai desafiar o Meherya, não posso viver em sua mente.

Meherya. O Portador da Noite.

D'arju balança a cabeça com veemência.

— Ela deve se unir a você...

— Ela tem de me escolher. Se um falcão se recusa a voar, será possível ele se unir às alturas?

Agora A'vni se manifesta, juntando as mãos para que não tremam.

— Mas... Mas não há quem possa hospedar você, honorável.

— Eu não preciso de um hospedeiro, filha. Apenas de um canal.

Ah, céus. Isso não soa promissor. Luto para controlar minha mente, meu corpo. Mas ambos continuam firmemente sob o controle dessa voz. *Rehmat*. Um nome estranho, um nome que eu jamais tinha ouvido.

— Isso vai machucá-la? — pergunta A'vni, e, se ela não tivesse ajudado a me raptar, eu poderia me sentir grata por sua preocupação.

— Eu vivo no sangue dela. — Rehmat soa quase triste. — Sim. Vai doer. Segurem-na.

— Mas que infernos... — Por um breve momento, volto a mim mesma e luto contra as Jadunas. A'vni estremece, mas me prende à cadeira, com o auxílio das demais.

Quando Rehmat volta a falar, é apenas comigo: *Sinto muito por isso, jovem guerreira.*

O fogo trespassa cada membro do meu corpo, como se meus nervos fossem arrancados da minha pele e salgados. Se pudesse gritar, eu jamais pararia. Mas as Jadunas me amordaçaram e eu luto contra elas, perguntando-me o que eu teria feito para merecer isso. Pois, certamente, esse será o meu fim.

Uma figura vagamente humana emerge do meu corpo. Ela me lembra um pouco quando os ghuls assumiram a forma do meu irmão para me assustar muito tempo atrás em Serra, na forja de Spiro Teluman. Mas enquanto os simulacros gerados pelos ghuls são pedacinhos da noite, essa criatura é uma fatia do sol.

Meus músculos viram gelatina. Tudo que posso fazer é estreitar os olhos contra a claridade, tentando distinguir detalhes de sua forma, mas não é ela ou ele ou eles, tampouco jovem ou velho. Com um último clarão, seu brilho diminui até ficar suportável.

D'arju cai de joelhos diante da aparição. Quando esta oferece à Jaduna uma mão reluzente, os dedos de D'arju a atravessam. O que quer que Rehmat seja, ele não é corpóreo.

— Levante-se, D'arju — ordena Rehmat na mesma voz grave. — Pegue sua gente e vá. Um humano se aproxima.

Tento me sentar, mas não consigo. *Que humano?*, tento dizer, mas soa como *quummm*.

As Jadunas deixam a sala silenciosamente, com exceção de A'vni.

— Não podemos ajudá-la? — ela pergunta. — É uma batalha solitária que ela precisará combater, Rehmat.

— Sua generosidade é bonita de ver, A'vni — responde Rehmat. — Não tema. Nossa jovem guerreira não está sozinha. Há outros cujos destinos estão entrelaçados ao dela. Eles serão seu escudo e sua armadura.

Não ouço a resposta de A'vni, pois, quando pisco, as Jadunas já se foram. Rehmat se foi. Não me sinto cansada nem fraca, e a dor que destruiu meu corpo minutos atrás se tornou um incômodo entorpecido. Ainda estou na casa de campo — as joias espalhadas sobre a cômoda devem pertencer às Jadunas.

Será que foi tudo um sonho? Se foi, como cheguei aqui? Por que não tenho nenhuma marca em mim de minha luta com a comandante e com o Portador da Noite?

Esqueça isso. Saia daqui.

Sinos de alarme ainda ressoam e os gritos que emergem da rua são tão altos que posso distingui-los através da janela fechada.

— *Procurem na próxima rua. Encontrem-nos!*

A porta é escancarada e uma mulher adentra a sala. Eu me agacho atrás de uma cadeira, lâmina na mão, e a mulher joga o capuz para trás.

— Laia! Malditos infernos. — A Águia de Sangue veste trajes de couro navegantes e, embora seus cabelos ainda estejam cobertos, ela se parece mais consigo mesma. — Estive procurando você por toda parte. O que aconteceu?

— Eu... Eu fui... — *Levada pelas Jadunas, que realizaram um tipo de ritual que levou a... uma coisa sair de dentro de mim, mas agora ela se foi e não faço a menor ideia do que tudo isso quer dizer.* — Eu me meti numa briga com o Portador da Noite — digo. — Escapei por uma janela.

A Águia anui de maneira aprovadora.

— Eu também. A parte da janela, quero dizer. Me conte no caminho o que aconteceu. Nós precisamos encontrar os outros no portão. Há guardas por toda parte...

Vendo um brilho de iridescência, ergo a mão — um dos diabretes de Musa. Um momento mais tarde, um pergaminho surge entre meus dedos.

Portão nordeste comprometido. Soldados em toda parte. Em que infernos vocês duas se meteram? Vão para o porto. Encontro vocês lá.

— Legal que ele conseguiu encaixar uma reprimenda, mas não disse qual porto — murmura a Águia.

— É o Porto de Fari — digo. — Onde desembarcamos quando chegamos aqui pela primeira vez. Mas vamos precisar atravessar metade da cidade primeiro. E se as ruas estão lotadas de soldados...

A Águia abre um sorriso sinistro.

— Ruas são para amadores, Laia de Serra. Nós vamos pelos telhados.

VIII
O APANHADOR DE ALMAS

Os djinns arrancam Cain das minhas mãos e o adivinho se espatifa no chão a alguns metros de distância. Tenho certeza de que a força do impacto vai quebrar o frágil corpo ao meio. Mas ele se apoia nos cotovelos enquanto três djinns o cercam, bloqueando sua fuga.

— Ele pertence a nós. — O djinn no comando se coloca entre mim e o adivinho. A chuva se represa em seu pesado capuz e os olhos de chama queimam com ódio. — Volte para os seus fantasmas. Não vale a pena perder tempo com ele, Apanhador de Almas.

Talvez não. Mas Cain sabe de algo sobre os sonhos. Ele sabe de uma ameaça ao Lugar de Espera. Ele tem informações de que preciso. *Velho maldito.*

— O adivinho foi humano um dia — digo. — Portanto ele é minha responsabilidade. Ele será removido do Lugar de Espera, mas não por vocês.

Um dos djinns dá um passo à frente. Seu capuz tomba, revelando a forma humana, o cabelo entrelaçado junto à cabeça, a pele de um marrom mais escuro que o meu. Ele parece vagamente familiar, mas não sei dizer por quê. Ele ri com desdém.

— Palavras grandiosas para um garotinho.

Os pelos em minha nuca se arrepiam com o desrespeito na voz da criatura. *Você não é mais um garoto, mas um homem, com o fardo de um homem sobre os ombros.* As palavras são da minha antiga vida, faladas para mim por Cain, embora eu não consiga lembrar quando.

No entanto, lembro como identificar um inimigo e me desloco para o lado bem a tempo de evitar a rajada de calor que a líder djinn lança sobre mim.

Mas meu alívio dura pouco. Ela ataca novamente e, desta vez, sou envolvido pelas chamas. Não tenho armadura ou manto para me proteger. A mágica de Mauth se eleva, salvando-me do pior do ataque. Mas sinto uma ligeira lentidão no escudo. *Combatendo um monstro da sua própria criação*, Cain disse.

Agora não é o momento para distração, Mauth, grito em minha mente. *A não ser que você queira que eu vire churrasco.*

Mauth não responde, mas o esforço para me matar parece ter exaurido os djinns, pelo menos momentaneamente. Armas convencionais não servem para grande coisa contra os djinns, a não ser que elas estejam cobertas com sal. De qualquer forma, só tenho meus punhos, então lanço um soco. Meu punho bate em uma carne sólida e ardente, e parte de mim exulta de satisfação quando ela recua, aos gritos.

— Umber! — Outro djinn se afasta de Cain para ajudá-la.

— Volte, Maro! — grita Umber, mas Maro é lenta demais e deixa uma abertura suficiente para eu saltar por ali disparando os punhos. Eu me desloco naturalmente rápido e o preconceito dos djinns trabalha contra eles. Eles não esperam minha competência e sou capaz de pegar Cain e jogá-lo sobre meu ombro, deixando o bosque para trás.

Os djinns talvez vivam no Lugar de Espera, mas não são mais Apanhadores de Almas. Eles não têm o mapa da floresta memorizado como eu tenho. Eles vão me rastrear, mas levará tempo.

Enquanto caminho como o vento, procuro baixar meus batimentos cardíacos acelerados e reprimir a parte de mim que vibra com a violência e a simplicidade da batalha. *Coisa boa uma luta*, essa parte sussurra, *pois você nasceu para isso. Seu corpo foi feito para isso.*

Não respondo à voz. Em vez disso, procuro acelerar o passo até sentir a fragrância do sal marinho. Estamos a centenas de quilômetros do bosque dos djinns, não muito longe de onde interceptei os humanos anteriormente. Ondas quebram além da linha das árvores e mantenho a água às minhas costas. Os djinns não se aproximarão de lá. Eles odeiam sal.

O adivinho se encolhe quando o largo no chão.

— O que você sabe sobre as visões? — pergunto. — Você falou de uma ameaça ao Lugar de Espera?

Quando o velho hesita, olho de relance sobre seu ombro em direção à floresta.

— Eu poderia deixar que o pegassem — digo. — Eu poderia deixar que você apodrecesse na cadeia deles. Fale.

Cain suspira.

— Vou lhe dar o que deseja. Mas tem um preço.

Suas mãos são implacáveis quando se fecham sobre as minhas, erguendo-as até seu coração.

— Eu quero ser liberto, Apanhador de Almas. Você é o Banu al-Mauth, o Escolhido da Morte. Você é um dos poucos nesta terra que têm o poder de pôr um ponto-final na minha vida. Peço que o faça rapidamente.

As imagens que vi meses atrás na cidade dos djinns me assaltam. Cain como um jovem rei erudito, ganancioso por mágica e poder. Cain demandando conhecimento do governante djinn antes de se tornar o Portador da Noite. Cain manipulando uma jovem djinn apaixonada e de bom coração chamada Shaeva para que traísse seu povo.

Shaeva, que passou o manto do Lugar de Espera para mim. Que foi acorrentada a um destino que ela não merecia por causa deste homem.

— Por que você não deixou os djinns matá-lo simplesmente? — pergunto.

— Porque eles não querem me matar — responde Cain. — Não ainda. Quando os djinns morrem, dizem profecias. É isso que eles querem de mim.

— Você não é um djinn.

— Eu extraí o poder deles por um milênio, Apanhador de Almas. — O adivinho olha para trás, para a linha escura de árvores. — O Portador da Noite matou os outros adivinhos rápido demais para aprender qualquer coisa com a morte deles. Mas ele está me poupando. Se ele ouvir o que eu tenho a dizer, será o fim de todas as coisas. Isso eu juro, por sangue e por osso. Mate-me, Elias, antes que ele e sua gente possam ouvir a profecia, antes que possam me usar. Mate-me, e o mundo quem sabe continue a existir.

— Eu não vou matá-lo.

— Você se lembra? *A verdadeira liberdade... do corpo e da alma.*

— Mentiras — digo. — Como todo o resto que você me contou.

— Não são mentiras, mas esperança — ele diz. — Esperança pelo futuro. Esperança para os Eruditos, meu povo, com quem eu falhei. E esperança para você, Apanhador de Almas, mesmo quando você acredita que seu destino está escrito. Ele não está, não importa o que Mauth ou o Portador da Noite possam dizer.

A voz emudecida dentro de mim soergue. *Lute, Apanhador de Almas*, ela diz enquanto tento calá-la. *Lute*.

Ao longe, a floresta brilha em tons alaranjados. Os djinns se aproximam.

— Me conte sobre os sonhos e a ameaça ao Lugar de Espera e o conduzirei a algum lugar seguro dos ataques dos djinns.

— Eu não quero segurança. A morte será minha libertação, Elias Veturius. E a sua. Jure que desferirá o golpe e você terá o que quer.

— Então fique com os seus segredos. — Pressinto um truque, algo que ele não está querendo dizer. Tento arrancar isso dele, mas ele permanece fechado como um caracol. — Eu não vou matá-lo.

— Lembre-se de que eu quis ser generoso — ele sussurra. — Lembre-se de que eu tentei, Elias, enquanto você amaldiçoa o meu nome. E conte a eles. Você é meu mensageiro aqui, no fim, e, se não contar a eles, não haverá um céu além da tempestade. Não haverá um Lugar de Espera, fantasmas ou esperança. Apenas dor e sofrimento.

Ele me agarra e crava os dedos em meu couro cabeludo, como se fosse abrir um buraco no meu crânio. Grito e tento me livrar, mas, embora eu seja quinze centímetros mais alto e quarenta quilos mais pesado, Cain me mantém tão facilmente cativo quanto uma criança de seis anos que é arrastada para Blackcliff.

— Um presente para você, Elias — ele diz. — Um presente por tudo o que tomei. A garota de olhos dourados é Laia de Serra, a herdeira da Leoa. Eu gravo com fogo o nome dela em você, e nenhum poder nesta terra conseguirá arrancá-lo... — Ele flameja com a mágica e uma torrente de memórias explode em minha mente.

O fogo no olhar dela quando a encontrei e...

Uma noite escura no deserto tribal. Sussurrando "Você é meu templo" e...

As lágrimas dela enquanto colocava um bracelete muito familiar em minhas mãos. *Tome isto. Eu não quero...*

— Não. — Tento tirar as mãos de Cain de mim. — Pare com isso.

— A mulher com a coroa de tranças — o maldito olhar do adivinho me penetra — é Helene Aquilla, Águia de Sangue e Esperança do Império.

Gravo com fogo o nome dela em você, e nenhum poder nesta terra conseguirá arrancá-lo...

A mão de Helene buscando a minha nas celas de abate de Blackcliff e...

Seu rosto iluminado pelo luar nas estepes ao norte do Império, sorrindo enquanto o vento uivava e...

Deixe-me ir, Elias, enquanto eu fugia de Blackcliff...

— Céus, Cain. — Eu o empurro, mas ele não para. A mágica de Mauth se acumula dentro de mim, uma crepitação incandescente na ponta dos meus dedos, gritando para ser liberta. — Pare... Malditos, sangrentos céus... — As palavras soam estranhas em minha boca e percebo que não praguejo há meses. — Seu velho canalha maluco!

Mas Cain está decidido, e suas palavras me atingem como um soco.

— A mulher com os seus olhos é sua mãe, Keris Veturia, filha de Quin e Karinna, instrutora e executora. Gravo com fogo o nome dela em você, e nenhum poder nesta terra conseguirá arrancá-lo...

O rosto cansado da comandante olhando para mim e...

Volte para a caravana, Ilyaas. Criaturas sombrias andam pelo deserto à noite e...

A tatuagem subindo sinuosa por seu pescoço e...

Minha mente transborda com seus nomes, seus rostos, com tudo que somos uns para os outros. *Laia. Helene. Keris. Amada. Amiga. Mãe.*

Essas coisas não podem ser levadas em consideração, pois tenho um dever, e esses nomes, esses rostos, são um impedimento para isso. No entanto, não consigo deixar de ver as memórias que Cain me oferece.

Laia. Helene. Keris.

— Tire esses nomes da minha cabeça, Cain — quero gritar, mas só consigo um sussurro. *Laia. Helene. Keris.* — *Tire* esses nomes...

Mas o adivinho me segura ainda mais forte, e, temendo que ele derrame mais memórias para dentro de mim, reajo com a mágica de Mauth. Ela se enrola em torno da garganta de Cain como um laço e estrangula sua energia, exaurindo-o em segundos. O adivinho desaba e me sento a seu lado, compreendendo tarde demais que era essa sua intenção. É por isso que ele me deu as memórias. Cain não está morto ainda. Mas logo estará.

Enquanto o encaro, posso sentir o cheiro da areia fria do deserto e o medo da tribo Saif. Vejo as estrelas irem embora enquanto ele me roubava de minha família. De qualquer alegria que eu poderia ter tido.

— Foi a única maneira, Elias — ele sussurra. — Eu... — Seu corpo se enrijece como o de Shaeva antes do fim. Ele olha ao longe, e, quando fala, é como se houvesse muitos dele. — *Nunca foi um. Sempre foram três. A Águia de Sangue é a primeira. Laia de Serra, a segunda. E o Apanhador de Almas é o último. A Mãe guarda todos eles. Se um fracassar, todos fracassam. Se um morrer, todos morrem. Volte para o início e lá encontre a verdade. Lute até o seu fim. De outra forma, tudo estará perdido.*

Ele estremece e fixa o olhar no meu.

— Diga a elas. Jure!

Cain soa como a si mesmo novamente, mas, quando agarra meu braço, não há força no gesto. Sua mão pende e um ronco escapa de seu peito.

— Elias — ele diz. — Lembre-se...

Ele sussurra algo, duas palavras que mal escuto. Então os djinns irrompem das árvores e eu corro deles sem parar até chegar à clareira próxima de minha cabana, onde sei que estarei seguro.

Cambaleante, caminho até ela, o coração aos pulos em um lembrete visceral da minha própria mortalidade. Na floresta, os fantasmas se lamentam, em busca de consolo. Mas eu os evito. Meu corpo treme, e espero, ofegante, que Mauth cure minha pele queimada e afaste os pensamentos que povoam minha mente. *Laia. Helene. Keris.*

Quando a mágica ressurge em mim, quero chorar de alívio. Mas embora minhas queimaduras desapareçam e meu coração cesse seu frenético batimento, nenhuma onda de esquecimento leva embora as memórias. Elas desfilam por minha visão, afiadas como facas que atingem meu cérebro.

A vergonha me consome quando penso em todos aqueles que matei como Máscara. Não consigo mais contar quantos foram; foram tantos. Não apenas estranhos, mas amigos — *Demetrius. Leander. Ennis.*

Não, não. Essas memórias são uma insensatez, uma vez que a emoção não tem lugar no meu mundo.

Mauth, chamo. *Me ajude.*

Mas ele não responde.

IX
A ÁGUIA DE SANGUE

O nono sino bate quando chegamos ao cais e Laia respira ofegante como se tivesse corrido cem provas de velocidade no auge de um verão serrano.

— Precisa de um minuto? — pergunto.

O olhar que ela me lança me faz recuar um passo cuidadoso.

— Ou dez — ela sibila.

Paro em um beco que leva à baía mais a oeste de Adisa. O vento assobia através do ancoradouro, mas a neve cessou e há uma multidão de adisanos na rua.

Vendedores ambulantes vendem macarrão fumegante mergulhado em caldo de alho, bolos de mel fritos e polvilhados com açúcar e uma centena de outras comidas que me deixaram com água na boca. Jovens batedores de carteira se enfiam no meio do povo, aliviando habilmente as vítimas de suas moedas.

Por toda parte, os soldados de Nikla patrulham em grupos de dois e quatro, a armadura azul em escamas reluzindo.

— Nós precisamos sair para a água — diz Laia. — Musa não vai estar no cais. Ele é conhecido demais.

— Ali. — Anuo para onde uma peixeira descarnada de cabelos brancos grita alto o suficiente para despertar os mortos. Apesar disso, a velha tem poucos fregueses, situada como está, na ponta final do cais. Atrás dela, um bote vazio balança na água. — Do tamanho certo para duas pessoas. E fácil de manejar para nos fazer passar pelo mercado noturno. — Barcos iluminados por lamparinas trabalham no Porto de Fari, os famosos mercadores flutuantes de Adisa. — Vou me livrar da velha. Você pega o...

— Não vamos atacar uma velha! — sibila Laia. — Ela poderia ser a avó de alguém.

A garota erudita avança cais adentro e abre caminho, acotovelando-se em meio à multidão formigante. A peixeira nos vê e balança um peixe rosa-prateado enorme no ar.

— Carpa de inverno fresquinha! — grita, como se eu não estivesse a um metro de distância. — Fatie, asse, cozinhe!

Laia olha para os barris de peixes à venda atrás dela.

— Os negócios estão difíceis, vovó?

— Não sou sua avó — diz a peixeira. — Mas tenho uma bela carpa para você. Dez cobres e ela poderia alimentar sua família por uma semana. Quantos filhos você...

— Nós precisamos do seu barco. — Empurro Laia para o lado. Não há tempo para gentilezas. Além dos soldados de Nikla, vi tropas marciais, homens de Keris, patrulhando os limites do mercado. Passo um marco de ouro para a velha. — E do seu sigilo.

Um marco é uma fortuna para alguém que provavelmente ganha uma prata em um mês. Mas a peixeira joga a moeda para cima e a devolve para mim.

— Barcos não são baratos, Marcial. Tampouco o silêncio.

A mulher ergue o pescado no ar novamente.

— Carpa de inverno, fresca da baía! — ela berra e me seguro para não tampar os ouvidos. — Frite, faça um ensopado, alimente seu barbeiro!

Keris roubou o tesouro antes de trair Antium. Assim, estou com poucas moedas. Mas cerro os dentes e acrescento dois marcos ao primeiro. A peixeira os guarda no bolso e anui para o bote, sem parar um instante de berrar.

Olho atravessado para Laia enquanto seguimos para o barco.

— Contente que deixamos a querida vovó viver?

A Erudita dá de ombros.

— Assassinato não é a resposta para tudo, Águia. Pegue aquele chapéu. O seu capuz é muito chamativo.

A noite cai à medida que nos afastamos do ancoradouro e adentramos o tráfego do porto.

— Você não poderia usar o seu truque de desaparecer? — pergunto a Laia. Seria muito mais fácil ter alguém vigiando o que acontece às minhas costas se ninguém puder vê-la. Mas ela balança a cabeça.

— O Portador da Noite está na cidade. Não consigo... — Ela olha sobre meu ombro, os olhos se arregalando. Eu giro, esperando um Máscara, a comandante, um pelotão de soldados navegantes. Minhas adagas já estão nas mãos. Mas não há nada, fora a banca da peixeira e o cais. — Desculpe. — Ela leva um dedo à têmpora, dando um salto quando outro bote bate no nosso. — Eu achei... Deixa para lá. — Então meneia a cabeça e me lembro com certo desconforto de sua mãe, Mirra de Serra, que conheci como cozinheira.

Laia se refaz enquanto manobro pelo porto movimentado. Musa sempre falava dele, e, para a minha surpresa, vejo que não exagerou a respeito de sua beleza. Passamos por um veleiro ankanês, suas velas azuis adornadas com um olho enorme. Em sua esteira, uma dúzia de barcos deriva, reluzindo com lamparinas de papel e conduzidos por Navegantes que vendem sorvete de ameixa e carpas, camarões inquietos e abóboras azuis verrugosas.

— Águia — Laia sussurra. — Máscara!

Eu o vejo imediatamente — ele está no convés de um barco tão enorme que deixa metade do mercado flutuante na sombra. Abaixo do céu enevoado, a bandeira do mastro está claramente iluminada. Ela é negra, com um *K* branco gravado sobre ela. A bandeira de Keris.

Mas ela a modificou da última vez que a vi. Uma coroa pontiaguda repousa sobre o *K* agora. Sua visão me dá vontade de quebrar o remo ao meio.

— É o *Samatius* — digo. — Um dos barcos que deixei no comando de Quin Veturius em Navium. — Céus, vá saber por onde anda o velho agora.

Nesse momento, vejo outro Máscara remando através do tráfego do mercado. Meu coração se acelera. Esse teve o bom senso de deslustrar o prateado do rosto e veste um chapéu molenga de pescador.

— Harper está aqui — digo, e, após um momento, Laia o vê.

— Ele está sozinho. Você acha que Darin e Musa escaparam?

— Infernos, espero que sim — respondo. Não temos ferreiros suficientes em Delphinium. Como Darin é habilidoso para fazer lâminas inquebráveis de aço sérrico, nós precisamos dele. Não posso retomar o trono do meu sobrinho se não tivermos nenhuma cimitarra.

Abrimos caminho em direção a Harper, parando com frequência para comprar provisões a fim de não chamar a atenção para nós. O mercado é bonito — uma das maravilhas do mundo.

Mas é de Antium que sinto saudades. Sinto falta dos pilares altos da Câmara de Registros, dos domos e arcos do Bairro Ilustre. Sinto falta do movimento organizado dos mercados e dos picos brancos altíssimos da cordilheira Nevennes, visíveis de qualquer parte da cidade.

Sinto falta do meu povo. E temo pelo que estão certamente sofrendo, sob o domínio de Grímarr.

— Se preocupar não vai ajudar. — Laia avalia meus pensamentos. — Mas falar a respeito talvez ajude.

— Sem a ajuda dos Navegantes — digo —, as coisas só vão piorar para nós. Nesse momento nós temos apoio porque os paters de Delphinium sabem o que aconteceu em Antium. Mas ao sul do Império, a traição da comandante é um rumor. Um rumor que ela esmagou implacavelmente.

— Ela tem o apoio de todas as famílias ao sul — diz Laia. — E tem o exército. Mas isso não quer dizer que ela venceu. O que é que você diz toda vez que estou cansada demais para puxar a corda de um arco? "A derrota na sua mente..."

— "É a derrota no campo de batalha." — Sorrio para ela. Quando comecei a ensiná-la a atirar com o arco, eu esperava que ela desistisse assim que percebesse como é difícil.

Mas eu estava errada. Quando desdenhosamente eu não lhe dava atenção, ela se dedicava ainda mais. Algumas noites, eu a via praticando no campo de arco e flecha, perto da caserna da Guarda Negra. Laia não é uma Máscara, mas ela sabe matar um homem a trinta passos de distância.

— Você está certa, é claro — digo. — Keris talvez nos queira mortas, mas não estou com pressa alguma de ir para o Lugar de Espera. E você?

O corpo de Laia fica tenso. Tarde demais, me dou conta de como minha observação foi insensível.

— Eu, hum... sinto muito.

— Não tem problema. — Laia suspira. — Homens são um desperdício terrível de ar.

— Lixo absoluto — concordo.

— Entulho inútil — ela acrescenta com um largo sorriso.

Dou uma risadinha antes de olhar inadvertidamente para Harper, camuflado em meio a um amontoado de escaleres. Laia segue meu olhar.

— Ele é um dos poucos que não é, Águia de Sangue.

— Estamos quase lá. — Harper não é um assunto que tenho interesse em discutir. Nem agora, nem nunca. Mas Laia balança a cabeça.

— Pobre Avitas — ela diz. — Ele não tem chance alguma, não é? Céus, os olhos dele vão saltar das órbitas quando vir você nestes trajes de couro navegantes.

Meu rosto esquenta e me sinto atingida. Não esperava uma indelicadeza da parte dela.

— Não precisa ser maldosa — digo. — Eu sei que não sou... — Gesticulo vagamente para ela, com curvas em todos os lugares certos.

Laia apenas ergue as sobrancelhas.

— Eu estou sendo sincera, Águia — ela diz. — Você é linda. Não é de admirar que ele não consiga tirar os olhos de você.

Um sentimento estranho e caloroso me invade, semelhante àquele que sinto após vencer uma batalha ou tomar meia dúzia de copos de bebida.

— Você... — *Você realmente acha isso?*, quero dizer, porque, se Faris ou Dex ou mesmo Elias me dissessem que sou linda, eu daria uma punhalada no rosto deles. — Você só está dizendo isso porque é minha...minha...

— Amiga? É tão difícil assim admitir isso? — Laia olha para cima, como se clamasse aos céus. — Uma rebelde erudita e a Águia de Sangue marcial são amigas e o mundo não desabou. O que devemos fazer?

— Vamos começar por sair daqui vivas — digo. — Ou teremos de fazer novas amizades na vida após a morte, e nós sabemos como isso termina.

Então Harper nos alcança, passando agilmente para o nosso barco, que é maior, e abandonando o seu bote. Ele passa tão perto que fecho os olhos para sentir melhor seu calor. Quando os abro, ele está ao meu lado, olhando fixamente para minha boca. Seus olhos verde-claros queimam enquanto seu olhar viaja por meu corpo. Eu deveria dizer para ele olhar para outro lugar. Céus, eu sou a Águia de Sangue. Laia está sentada a apenas alguns metros de distância. Isso não é bom.

No entanto, só por um instante, deixo que ele me olhe.

— Ah... Águia. — Ele se refaz. — Me perdoe...

— Não importa. Relatório, Harper — rosno para ele, odiando a severidade em minha voz, mas sabendo que ela é necessária.

— Soldados, Águia.

— Isso não é um relatório...

Harper me empurra para o lado enquanto uma flecha acerta o mastro junto a mim. Eu não a ouvi em meio ao ruído do mercado. Ele pega um remo enquanto Laia me chama.

— Águia! — A Erudita olha para a esquerda, depois para a direita. Vejo os legionários na hora. Eles estão sabiamente disfarçados de mercadores e vêm em nossa direção com rapidez.

Estamos cercados.

X
LAIA

Em um momento, estou boquiaberta diante da quantidade impressionante de soldados marciais que se aproxima de nós.

No momento seguinte, os legionários saltam para o nosso barco de uma dezena de botes diferentes. Mal tenho chance de gritar para avisar, e um braço forte e enluvado enlaça meu pescoço.

Nosso barco balança violentamente enquanto Harper e a Águia combatem os soldados que nos cercam. Chuto de volta e acerto o joelho do meu captor. Ele solta um grunhido e subitamente não sinto peso algum.

Só me dou conta de que ele me jogou para fora do barco quando a água bate contra mim como um soco gelado.

Uma memória surge em minha mente: Elias falando comigo em Serra quando eu lhe disse que não sabia nadar. *Me lembre de consertar isso quando tivermos alguns dias.*

Eu me debato, em pânico. Não consigo sentir o rosto. Minhas pernas se mexem mais lentamente e as roupas pesam sobre meu corpo, como mãos me puxando para baixo para me recepcionar nas profundezas do mar.

Deixe-se levar, penso. *Deixe-se levar e largue esta batalha para outra pessoa. Você vai reencontrar sua família. Você vai ver Elias de novo.*

Deixe-se levar.

Uma figura dourada surge diante de mim na água, desencadeando uma enxurrada de memórias. O quarto em Adisa. As Jadunas. A dor dilacerante enquanto uma *coisa* saía do meu corpo. As Jadunas tinham um nome para ela.

Rehmat — um nome estranho, penso, enquanto a vida me deixa. As Jadunas não disseram o que ele significava. Suponho que não importa mais.

— Saudações, Laia. Escute com atenção. — As palavras de Rehmat estalam como um chicote e meu corpo estremece. — Você não vai se deixar levar. Lute, garota.

O que quer que Rehmat seja, ele está acostumado a ser obedecido. Giro os braços e esperneio na direção do brilho do mercado flutuante. Então me debato até minha cabeça irromper da superfície.

Uma onda me acerta a boca e me engasgo com a água do mar.

— Lá! — uma voz grita, e, momentos mais tarde, uma mão branca me puxa para dentro do bote.

— Dez infernos, Erudita! — diz a Águia de Sangue. — Você não sabe nadar?

Não tenho tempo de responder. Harper aponta para o cais, onde um pelotão de Marciais lança escaleres.

— Estão vindo outros, Águia — ele diz. — Precisamos cair fora daqui.

Ouço um breve gritinho e vejo o brilho de asas enquanto um pergaminho cai do ar no colo da Águia de Sangue.

— Musa e Darin estão esperando a noroeste daqui — ela diz, após ler. — Um pouco para a frente do mercado flutuante.

— Segurem-se. — Avitas vira o barco na direção do mercado e acertamos um grupo de mercadores, que lançam para o alto cestas, peixes, cordas e pessoas. Pragas e gritos nos seguem enquanto os Marciais fazem chover flechas em chamas, sem se importar com o alvo.

— Vamos, Laia!

Com a destreza e a elegância de leopardos, Avitas e a Águia saltam para outro barco e então para mais outro, abrindo caminho com a mesma confiança que teriam em terra firme.

Mas meus passos são lentos pelo ar gelado que bate em minhas roupas encharcadas. Eu me arrasto para a frente como um urso bêbado, mal conseguindo pular de um convés a outro.

A Águia de Sangue se vira para trás. Com um golpe de sua lâmina, ela me livra de meu manto. Graças aos céus, estou vestindo uma camisa, pois com mais dois golpes, minha jaqueta se rasga ao meio e a Águia a arranca.

Embora meus dentes batam, consigo me movimentar com mais leveza. Por ora os Marciais estão a uma distância considerável de nós, mas isso não vai durar muito. Já vejo um grupo deles dando a volta no mercado para interceptar nossa rota de fuga.

— Não temos como romper o cordão de isolamento deles. — Avitas para sobre um bote pilotado por um garoto navegante aterrorizado, que mergulha na água para escapar de nós. As pessoas do mercado flutuante afastam rapidamente seus barcos e se apressam para evitar a confusão. Não temos para onde correr.

— Águia, você terá de nadar por baixo do cordão — diz Avitas. — Laia, se você puder usar sua invisibilidade, eu vou distraí-los...

O rosto da Águia empalidece.

— De jeito nenhum!

Enquanto os dois discutem, busco meu poder, mas a mágica me escapa. *O Portador da Noite*. Aquele monstro ainda está à espreita na cidade, me bloqueando.

— Não é assim, Laia de Serra. — O clarão que se manifesta ao meu lado desta vez é tão real que me surpreendo que meus companheiros não consigam vê-lo.

— Vá embora — sibilo, me sentindo completamente maluca por falar com algo invisível.

— O Portador da Noite enfraquecia seus poderes — diz Rehmat. — Mas isso foi antes de você me despertar. Você está mais forte agora. Pode usar sua invisibilidade. Pode até esconder seus amigos consigo.

A Águia de Sangue saca o arco e derruba nossos perseguidores um a um. Mas eles são muitos.

Ao meu lado, o brilho de Rehmat pulsa.

— É aqui que você deseja morrer, filha de Mirra e Jahan? — ele pergunta. — Imagine seu poder como um manto de escuridão. Abrigue-se ali. Então cubra a Águia de Sangue e o Máscara dentro dele.

— Como eu vou saber que você não está me enganando? Que você não é uma armadilha do Portador da Noite?

— Confie em mim ou morra, menina — rosna Rehmat.

Um escaler se avulta na escuridão. Há um Máscara a bordo, e eu congelo, tomada de medo. Então a Águia passa por mim e salta para o barco do Máscara enquanto nosso bote cambaleia. O Máscara mostra os dentes e saca as cimitarras, rebatendo o ataque da Águia golpe a golpe.

Outro barco de soldados bate no nosso e Avitas está atrás da Águia, em um combate incrivelmente rápido. Os dois são um monstro de quatro braços, destruindo, defendendo, desafiando os homens de Keris a se aproximar.

— Eles não podem lutar para sempre, Laia — diz Rehmat. — Busque a mágica. Salve-os. Salve-se.

— Eu *tentei*...

— Tente com mais vontade. — A voz de Rehmat, antes severa, agora soa como aço. — Você é filha de *kedim jadu*, garota. Mágica antiga. Durante séculos, esperei um *kedim jadu* para desafiar o Portador da Noite. Você fez isso, em toda a sua glória e coragem, e agora treme, menina? Agora você duvida?

Há um tom irrefutável na voz de Rehmat que provoca algo no cerne do meu ser. É como se a criatura simplesmente revelasse algo que há muito está gravado na trajetória da minha vida. Talvez ele tenha interferido na minha mente, ou foi o Portador da Noite.

Ou talvez meu instinto esteja aguçado com tantas traições e, quando ele canta a verdade, eu a ouço. Talvez eu finalmente acredite que minhas vitórias ocorreram porque decidi lutar, quando outros poderiam ter desistido.

A Águia lança as flechas e o barco balança debaixo dos meus pés. Avitas pragueja enquanto os Marciais se aproximam.

O mundo parece desacelerar, como se o tempo deixasse de existir. É um momento de completo caos, e, dentro dele, ouço a voz da vovó. *Enquanto há vida, há esperança.*

Eu não vou aceitar a morte. Por que deveria, quando ainda há vida ardendo em minhas veias? Não vou deixar o Portador da Noite vencer tão facilmente quando é a minha fúria que irá destruí-lo, quando é a minha força que libertará os Eruditos do jugo de seu terror.

Invisibilidade. O poder se derrama sobre mim e estremeço com sua força. *É isso? É isso que eu posso fazer?*

— Imagine a escuridão envolvendo a Águia de Sangue e Avitas Harper — diz Rehmat. — Vamos, rápido!

Isso é mais difícil, pois não compreendo como fazê-lo. Amplio a escuridão que me cobre e tento jogá-la sobre a Águia de Sangue. Ela bruxuleia.

— De novo — pressiona Rehmat. — Desta vez segure por mais tempo!

O suor irrompe de meu cenho enquanto tento de novo. E de novo. A cada vez, a Águia bruxuleia, embora não pareça notar. O Máscara com quem ela está combatendo fica boquiaberto de espanto, e ela o abate.

— Águia!

Um longo *shabka* — barco com um único mastro e dois conjuntos de remos — se avulta na escuridão. Darin está de pé na proa e sou inundada por uma sensação de alívio. Ele, entretanto, parece querer esganar a Águia.

— Onde está a Laia? *Onde está a minha irmã?*

A Águia apara uma flecha que quase lhe acerta o coração.

— Ei, calma! — ela grita. — Ela está bem...

Nesse instante, lanço a escuridão por uma área vasta o suficiente para cobrir tanto ela quanto Avitas. Em um segundo, os dois estão lutando, no segundo seguinte, os homens de Keris baixam as armas e olham fixamente para um barco vazio.

Pego onde acredito que esteja o ombro da Águia, rezando aos céus que nem ela nem Avitas pensem em enfiar uma cimitarra em meu pescoço.

— Eles não conseguem vê-los! — sussurro. — Vão para o barco do Musa. Rápido!

Sinto uma corrente de ar quando a Águia passa furtivamente por mim e sobe para o convés do *shabka*. Harper a segue, e busco forças no fundo do meu ser para lançar minha invisibilidade sobre Musa e um Darin de olhos arregalados.

— Parem de remar — sibilo para o apicultor. — Ninguém se mexa!

O *shabka* deriva, mesmo enquanto os Marciais procuram na escuridão. Todo seu poderoso contingente não é nada contra minha mágica.

Os soldados se aproximam do nosso barco, mas, após fazer uma busca por passageiros, eles nos contornam e seguem em direção ao bote onde fomos vistos pela última vez. Seguimos em silêncio enquanto longos minutos se passam. Quando os soldados estão fora de vista, Musa e a Águia pegam os remos e remam o mais rápida e silenciosamente possível, até as luzes do mercado serem um brilho distante atrás de nós. Finalmente, deixo cair nossa invisibilidade. Todos falam ao mesmo tempo.

— Graças aos céus vocês estão todos...

— Que *malditos infernos* foi...

— Laia! — Uma voz se destaca sobre as outras, e um vulto magro emerge por detrás do assento de Musa.

Ele parece uns quinze centímetros mais alto do que da última vez que o vi, mas o sorriso brilhante e os olhos vivos que encontrei pela primeira vez na Prisão Kauf são os mesmos.

— *Tas?* — Não acredito que é ele até voar em minha direção e lançar sua figura franzina em meus braços. — O que você está fazendo aqui? Você deveria estar protegido em Ayo!

— Tas foi minha "entrega" — diz Darin. — Eu estava preocupado que ele não chegasse a tempo, ou teria te contado.

— Vocês vão ter que pôr a conversa em dia mais tarde — diz Musa. — Agora, creio que Laia precisa nos contar sobre o seu amigo invisível.

Rehmat. Ele quer dizer Rehmat.

— Um dia — eu o miro com raiva — a sua bisbilhotice vai lhe trazer tantos problemas que nem os seus diabetes vão poder ajudá-lo.

— Mas não hoje, *aapan* — ele diz. — Fale.

Quando termino de contar a história, o amanhecer é uma sugestão descorada no horizonte, uma vez que as nuvens de neve deram lugar a um céu alaranjado. A baía está calma, o vento sopra a nosso favor, e nos deslocamos rumo a noroeste, na direção de um rio que nos conduzirá ao coração do Império. Musa recolheu os remos e içou as velas, e nos sentamos em um círculo junto à popa do *shabka*.

— Então é isso — diz Darin. — Você simplesmente decidiu que é você contra o Portador da Noite?

— Parece o certo. — Não acrescento que não faço a menor ideia de como vou destruir o djinn ou por onde vou começar.

— Essa não é uma boa razão para ir caçar a criatura mais perigosa que já existiu. Por que deveria ser você?

A desaprovação do meu irmão é enlouquecedora. Ele sabe do que eu sou capaz, mas, ainda assim, tenho de me explicar.

Sinto uma pontada aguda de saudades de Elias. Ele viu minha força bem antes de mim. *Você vai encontrar uma saída*, ele me disse certa vez em Serra, enquanto fugíamos da comandante e de seus homens.

— Eu não confio em mais ninguém para fazer isso, Darin. Outras pessoas têm muito a perder.

— E você não tem nada a perder? — Por um instante, vejo como Darin vai ficar quando envelhecer. Meu irmão carrega estoicamente o peso da nossa família assassinada, mencionando muito pouco nossos pais, nossa irmã ou nossos avós. Mas sei que ele está pensando neles agora.

Não respondo à sua pergunta, e Harper limpa a garganta.

— Deixando o Portador da Noite de lado por um instante... — A mão do Máscara pousa levemente sobre a cana do leme. — Essa coisa... Esse Rehmat. Ele estava vivendo dentro de você?

— Como um parasita? — pergunta Musa. — Ou um demônio?

— Não fiquem tão horrorizados — digo. — O que quer que seja, ele está dentro de vocês também. De todos vocês. Pelo menos foi isso que as Jadunas disseram.

Musa olha para baixo, claramente se perguntando se alguma fera sobrenatural vai irromper de seu peito.

— Então, se um de nós tivesse perdido a cabeça e uivado para o Portador da Noite...

— Eu não *uivei*...

— Nós estaríamos presos a essa luta contra ele? Sem querer ofender, *aapan*, mas por que não um deles? — Musa anui para Harper e a Águia. — Eles poderiam se aproximar o suficiente para enfiar uma faca na barriga daquele monstro flamejante.

— Eu tenho um sobrinho para proteger — diz a Águia. — E o Império para retomar. Mesmo se eu quisesse caçar o Portador da Noite, não poderia.

— Estou com ela — diz Harper, sorrindo ligeiramente com o súbito enrubescer nas faces da Águia, antes de assumir mais uma vez sua expressão impassível.

— Seria melhor — digo. — Mas não são eles. Sou eu. E a presença de Rehmat explica a minha invisibilidade. As suas habilidades em particular, Musa. E talvez até mesmo o fato de que eu e você — olho para Darin — nunca fomos incomodados pelos fantasmas, como Afya.

— Mas, se ele está em todos nós — diz Harper —, Tas, Darin e eu também não deveríamos ter alguma mágica?

— Vai ser preciso um exército para derrubar o Portador da Noite, Laia — diz Darin. — Isso pode ser um plano para deixá-la sozinha e vulnerável.

— Rehmat talvez seja uma bruxaria dos feiticeiros karkauns — sugere a Águia. — Nós vimos o que Grímarr é capaz de fazer.

Espero a opinião de Musa, mas sua cabeça está inclinada, como se ele ouvisse seus diabretes.

— Talvez Rehmat seja bom — Tas se manifesta. Quase esqueci que ele estava aqui, de tão calado. — O mundo não está cheio só de coisas ruins, sabiam? E Elias? Nós devíamos procurar saber o que ele pensa.

Há um momento de silêncio, mas Darin o preenche rapidamente.

— Talvez Musa possa enviar uma mensagem para ele — diz meu irmão. — Enquanto isso, Tas, vou lhe mostrar como ajustar as velas. É melhor aproveitarmos o vento enquanto o temos.

Eles vão para a popa do *shabka*, e o apicultor toca meu ombro.

— Os Marciais estão reunindo forças pela costa sul das terras tribais. Eles estão planejando uma invasão. Os diabretes acabaram de trazer a notícia.

— As Tribos sabem disso? — pergunto. — Elas precisam saber. Já ocorreram conflitos.

Musa balança a cabeça.

— Isso não é um conflito. E as Tribos não estão sabendo. Alguma mágica sobrenatural acoberta os Marciais. Os diabretes ouviram a conversa de alguns generais. Eles planejam atacar na lua cheia.

Em três semanas.

— Você pode avisá-las — sugiro. — Há tempo suficiente para mandar uma mensagem.

— Eu vou mandar — diz Musa. — Mas só os céus sabem se vão confiar nela. Keris e o Portador da Noite são fortes demais, Laia. As Tribos vão sucumbir. E ela seguirá para o norte...

Para Delphinium. Para terminar o que começou em Antium. Musa vai falar com a Águia. Próximo da vela roxo-escura, o sorriso de Darin brilha enquanto ele mostra a Tas os cordames. *O mundo não está cheio só de coisas ruins, sabiam?*

Bem que eu gostaria de acreditar nisso.

◆ ◆ ◆

Os dias passam rapidamente, cheios de pescarias, treinamentos com a Águia e conversas com Darin, Musa e Tas. Quando o sol se põe, maravilhamo-nos com as camadas cintilantes em tons de violeta, rosa e verde que iluminam os céus do norte.

No nascer do sol do quinto dia, vemos a extremidade da baía de Fari. A costa rochosa é escarpada e os topos das árvores imponentes de uma floresta antiga surgem azuis por baixo de um céu claro, estendendo-se para oeste até onde a vista alcança.

O Lugar de Espera.

Harper conversa com a Águia enquanto Musa e eu ouvimos a uma das histórias de Tas. No entanto, todos caímos em silêncio diante da visão da mata. Sussurros soam ao vento e sou atravessada por um tremor.

— Sabe de uma coisa — Musa baixa a voz para que só eu possa ouvir —, se você conseguisse falar com o Elias, talvez ele nos deixasse passar...

— Não.

— Isso nos pouparia quase três semanas.

— Nós *não* vamos passar pelo Lugar de Espera, Musa — digo. — Entre todas as pessoas, você deveria entender o que significa o amor da sua vida se transformar em outra pessoa. Não quero vê-lo. Nunca mais.

— Apicultor. — A atenção da Águia está fixa sobre o mar vazio atrás de nós. — Daria para fazermos essa coisa andar mais rápido?

Estreito os olhos, mas, mesmo à luz do luar, só vejo o branco das ondas. Então uma flecha trespassa o ar, cravando-se na cana do leme, a centímetros da mão de Musa. Ele pragueja e a Águia o empurra para o lado, retesa o arco e libera uma saraivada de flechas.

— Homens da comandante! — ela grita enquanto um amontoado de escaleres aparece atrás de nós. — Protejam-se... ahh!

Ouço o baque doentio de aço penetrando carne, e a Águia cambaleia. Estou de pé agora, armando e lançando flechas o mais rápido que consigo.

— Cuidado, à esquerda! — dispara Musa enquanto mais escaleres surgem ao sul. E ao norte.

— Alguma ideia? — pergunto ao apicultor à medida que os barcos se aproximam. — Porque estou ficando sem flechas.

— Uma. — Musa me olha e então mira as árvores do Lugar de Espera. — Mas você não vai me agradecer por ela.

XI
O APANHADOR DE ALMAS

Após ter matado Cain, eu sonho durante uma semana inteira. Estou de pé sobre um grande campo escurecido, flanqueado por rostos familiares. Laia de Serra está à minha esquerda, Helene Aquilla à direita. Keris Veturia está ao longe, os olhos cinzentos fixos em algo que não consigo ver. *A Mãe guarda todos eles.* As cimitarras em minhas mãos brilham com sangue.

Além de nós, um redemoinho enorme e feroz. Ele tem mil cores, dentes, vísceras e garras gotejantes. A tempestade nos alcança e enlaça um gancho pútrido em torno de Laia.

Elias!, ela grita. *Me ajude!*

Helene chega até Laia, mas o redemoinho ruge e engole as duas. Quando olho para Keris, ela não está mais ali. Em seu lugar, agora está uma criança loira de olhos cinzentos que pega minha mão.

— Um dia — ela sussurra. — Eu fui assim.

Então ela também é consumida pela bocarra enquanto sou arrastado para dentro da terra, para uma morte interminável.

Acordo trêmulo e coberto de suor, como quando a comandante nos fazia treinar à meia-noite em um inverno serrano.

Ainda está escuro, mas me levanto trôpego, lavo o rosto e saio, sob uma chuva fina e enfadonha. Os pombos enlutados ainda não começaram a cantar. O amanhecer está distante.

Passar os espíritos me toma poucas horas. Quando termino, a luz obscurecida pela tempestade pincela o topo das árvores. O Lugar de Espera está estranhamente silencioso e sinto um aperto no peito ao pensar no dia que terei pela frente, sem nada para me fazer companhia exceto meus pensamentos.

— Certo — murmuro para mim mesmo. — Vamos para o bosque dos djinns.

Penso em levar minhas cimitarras, mas me lembro do sonho e as deixo. Meu apego ao bracelete já é perturbador o suficiente. Ontem achei que o havia perdido. Revirei a cabana à procura dele, apenas para encontrá-lo em meu manto.

O bracelete de Laia, grita uma voz interna. *É por isso que ele é importante para você. Porque você a amava.*

Corro como um raio para o bosque dos djinns e deixo a voz para trás em busca do teixo sem vida. A chuva fina me mantém frio enquanto malho com a corrente — lado esquerdo, direito, esquerdo, direito. Mas o exercício, embora exaustivo, não me oferece conforto.

Em vez disso, lembro de Blackcliff — de rir histericamente com Helene durante um inverno, quando a comandante mandou a classe dos cadetes treinar em meio a uma tempestade.

Por que estamos rindo?, eu lhe perguntara.

Porque rir faz doer menos.

— Pequenino.

Quando a Sopro chama dos limites do bosque dos djinns, sinto um alívio. Largo a corrente e vou até ela. Há apenas uma meia dúzia de fantasmas vagantes que se recusam a deixar o Lugar de Espera. A maioria está aqui há poucas semanas, e sei que um dia os passarei adiante.

Mas o fantasma da minha avó — cujo nome em vida era Karinna — está aqui há mais de trinta anos. Já a procurei muitas vezes desde que me juntei a Mauth. A cada vez ela me escapou, buscando a solidão nos grotões mais profundos da mata.

Agora ela me envolve como fumaça, um pouco mais que um tremor no ar.

— Você viu meu amorzinho?

— Eu conheço o seu amorzinho — digo. Ela se corporifica completamente pela primeira vez, tão vívida que perco o fôlego.

Ela lembra demais minha mãe. Keris.

— O seu amorzinho ainda vive, Karinna — digo. — Mas, com o tempo, ela também vai morrer. E vai passar adiante com mais facilidade se você estiver esperando por ela do outro lado.

Karinna é só movimento de novo, indo de um lado para o outro em um piscar de olhos.

— Meu amorzinho não vive — ela diz. — Meu amorzinho morreu. Mas eu não consigo encontrá-la em nenhum lugar.

— Por que você acha que ela morreu, Karinna? — Eu me sento em um toco próximo e deixo que ela venha até mim. Quando ela está perto o suficiente, busco, com a mágica de Mauth, tentar compreender a necessidade dela. Essa é a parte mais complicada de passar um fantasma adiante. Aproxime-se demais, e eles fogem. Não se aproxime o suficiente, e eles protestam, irados, por não compreendê-los como desejariam.

Karinna não resiste à mágica. Ela mal a nota. Espero que ela anseie por perdão ou amor. Mas sinto apenas agitação vindo dela.

E medo.

— Ela se foi — diz Karinna, e minha mente gira enquanto tento seguir seu movimento incessante pelas árvores. — Meu doce amorzinho *se foi*. Se ela ainda existisse neste mundo, eu saberia. Mas ela não partiria sem mim. Jamais. Ela esperaria. Você a viu?

— Karinna. — Tento de outro jeito. — Você me diria como morreu? Se eu souber, talvez possa ajudá-la a encontrar seu amorzinho.

Normalmente os fantasmas ainda pensam sobre sua morte, às vezes até as discutem. Mas, desde que estou no Lugar de Espera, nunca ouvi Karinna dizer sequer uma palavra sobre sua passagem.

Ela desvia o rosto.

— Achei que estivéssemos seguras — ela diz. — Eu jamais teria partido, jamais a teria levado se não achasse que estávamos seguras.

— O mundo dos vivos é caprichoso — digo. — Mas o outro lado, não. Você vai estar segura lá.

— Não. Não há mais lugares seguros. — Ela rodopia à minha volta. O ar crepita de frio, a chuva se torna torrencial. — Nem mesmo depois do rio. Isso é loucura. Eu não vou.

Depois do rio. Ela quer dizer o outro lado.

— O outro lado não é como o nosso mundo...

— Como você pode saber? — O medo dela se aguça e se expande, um miasma venenoso. — Você não esteve lá. Você não faz ideia do que se esconde no além.

— Outros fantasmas passam adiante e encontram a paz.

— Não é verdade! — ela guincha. — Você os manda para o abismo e eles não sabem o que os espera! Um redemoinho, uma grande fome...

O sonho.

— Karinna. — Sou tomado por um sentimento de urgência, mas não demonstro. — Me conte sobre esse redemoinho.

Nesse momento o espírito de minha avó ganha força e parte para leste, na direção do rio. Segundos mais tarde, sinto o que ela sente: forasteiros na extremidade norte.

— Karinna, espere... — Mas ela partiu. Céus, vá saber quando a encontrarei novamente.

Minha ira contra os forasteiros é alimentada pela partida de Karinna. Se eles não tivessem invadido o Lugar de Espera, eu poderia ter conseguido algumas respostas dela.

Caminho como o vento para o norte, considerando se devo matá-los ou simplesmente assustá-los. Quando chego ao rio Anoitecer, não diminuo o passo. Para os espíritos, o Anoitecer é um caminho para o outro lado. Para mim, é só um rio. Mas hoje, enquanto o atravesso, a névoa do meio da manhã se eleva e traz consigo um torvelinho de memórias. As memórias dos fantasmas, me dou conta. Alegria e contentamento, paz e...

Agonia. Não física, mas algo mais profundo. Uma ferida da alma.

Jamais tropecei caminhando como o vento sobre o Anoitecer. Atravessá-lo é como pular um córrego em vez de um rio largo o suficiente para conter uma dúzia de barcas mercadoras.

Mas a dor me atinge e mergulho na água gélida. Algo me agarra — mãos que puxam e pressionam com tamanha força que posso sentir a pele rasgar em meus braços e pernas...

Djinns! Luto para chegar à superfície e nado para a margem mais distante. Os últimos meses de treinamento me fortaleceram e me liberto, chutando violentamente.

Um truque baixo me emboscar dentro d'água, mas um truque para o qual eu deveria estar preparado.

Em terra firme, olho para trás e me preparo para outra batalha contra os djinns. Mas o rio está sossegado, movendo-se rápido e certeiro. Não há sinal de nada que possa querer me machucar. Inspeciono meus braços e pernas.

Não há nenhum ferimento, embora eu tivesse certeza de que havia sangue neles.

Sou tentado a voltar para o rio, mas os intrusos me esperam. Parto com tudo na direção nordeste, o gelo se formando em minhas roupas, cabelos e rosto. O vento me castiga, sobrenatural e furioso, até que, pela segunda vez em uma semana, caminho pela fronteira do Lugar de Espera, preparado para expulsar quem quer que seja tolo o suficiente para entrar.

No fim das contas, os tolos são muitos.

Quase uma centena, na realidade. Há soldados em escaleres, a maioria dos quais lança flechas contra um grupo amontoado à beira d'água, em um curto trecho de praia. Estes poucos estão embrenhados em um combate próximo, com mais uma dúzia de soldados marciais.

A praia se estende até os penhascos, com alguns caminhos traiçoeiros que levam ao meu domínio.

— Para a mata, Tas, corra!

O homem que fala é alto e de cabelos cor de areia, a pele marrom combinando com a da jovem mulher a seu lado. A armadura dela está aos pedaços, o manto, em farrapos. Ela está encapuzada de maneira que não consigo ver seu rosto. Mas eu a conheço. Eu conheço o jeito como ela se move, a cor da sua pele e a postura de seus ombros.

— Laia! Cuidado! — grita um homem erudito de pele escura e cabelos pretos compridos. Ele detém três legionários com uma cimitarra, uma adaga curta e uma nuvem de centenas de diabretes que estonteiam seus inimigos. Eles o defendem com uma ferocidade protetora e inusitada. Enquanto isso, Laia gira, arma o arco e atira em um soldado que se aproxima dela.

— Tire o Tas daqui. *Agora!* — ela grita. O homem de cabelos claros pega o garoto pelo braço e o arrasta trilha acima, na direção de onde estou parado.

A floresta resmunga. Talvez Mauth esteja ocupado, como disse o adivinho. Mas ele ainda sente o ataque sobre seu território. E não gosta disso.

— Vocês invadiram o Lugar de Espera, a floresta dos mortos. — Saio de trás das árvores. Embora eu não grite, a mágica de Mauth carrega minhas palavras até uma mulher loira que luta na retaguarda de um Máscara. Até o Erudito com os diabretes, até Laia, até os soldados que me olham, boquiabertos. — Vocês não são bem-vindos.

Um dos legionários cospe sangue na praia e olha ferozmente para seus homens.

— Atirem uma flecha naquele filho da...

Ele toca a garganta e cai de joelhos. Seus homens se afastam.

Enquanto o inimigo se agarra à areia, olho para os demais, deixando-os sentir todo o peso da opressão do Lugar de Espera. Então sugo sua vitalidade — de todos, menos a do garoto — até os soldados arfarem e tropeçarem pela água rasa de volta para os barcos. Eu me viro para os outros, que ainda lutam para respirar.

Eu devo matá-los. Shaeva estava certa em deixar corpos despedaçados ao longo da fronteira. Essas interrupções constantes são uma distração que mal posso me permitir.

Mas o garoto, que está agachado atrás de um rochedo, grita por ajuda. O sofrimento dele toca algo fundo em mim que não consigo descrever. Alivio a mágica.

Os forasteiros restantes inspiram longas e trêmulas tragadas de ar. Os quatro que estão na praia sobem rapidamente a trilha, distanciando-se dos soldados. O garoto sai de seu esconderijo, o olhar cauteloso fixo em mim. Seu companheiro avança agressivamente, levando a mão à cimitarra.

— Você — ele diz.

Darin, penso enquanto ele parte para cima de mim. *O nome dele é Darin.*

— Achei que você fosse uma pessoa decente — ele sibila para mim. — Mas você...

— Calma. — O Erudito alto dá um passo à frente de Darin. Sua nuvem de diabretes já não o acompanha. — Não vamos irritar a criatura outrora chamada Elias. É ele quem tem que nos tirar daqui.

— Cai *fora*, Musa...

— Eu não vou ajudá-los. — Estou perplexo que eles acreditem que eu os ajudaria. — Partam imediatamente.

— Não vai acontecer, infernos. — Helene... *não, a Águia de Sangue*... aparece no topo da trilha. O sangue encharca seu uniforme e ela manca pesadamente. Então olha para os Marciais, que recuaram um pouco. — A não ser que você queira mais meia dúzia de fantasmas para preencher o seu dia... ah...

— Cuidado, Águia. — O Máscara a ampara, e tem algo a respeito dele que me faz mirá-lo fixamente, um instinto que me compele a examiná-lo mais de perto. Nós significamos algo um para o outro. Mas o quê? Não tenho memórias dele.

A Águia tropeça. É provável que a dor na perna a atinja agora que a adrenalina da batalha passou. Sem pensar, eu a seguro de um lado enquanto o Máscara a pega do outro. A sensação que ela me passa é tão familiar, a torrente de memórias tão inebriante, que a largo subitamente.

— Não me deixe cair, seu idiota. — Ela se desequilibra para a frente. — A menos que você queira carregar os meus ossos pelos próximos cem quilômetros.

— Não seria a primeira maldita vez.

E é só quando ela abre um largo sorriso para mim que percebo que minha voz não foi a do Apanhador de Almas, mas a de outra pessoa. A pessoa que eu era. *Elias Veturius.*

— Fique quieto e me ajude a encontrar um lugar para sentar, para eu poder tirar essa flecha, está bem? Laia? Você está com o kit? — A Águia olha rápido sobre o ombro. — Harper, em que infernos ela se meteu?

Harper murmura algo para a Águia e ela me olha com o cenho franzido.

— Cuidem dos seus ferimentos — digo. — Depois partam. Voltem para a praia. Para os seus barcos. Para uma morte rápida, não importa. Mas vocês não vão entrar no Lugar de Espera.

— Ele é seu irmão — Musa se manifesta, indicando Harper com a cabeça. O Máscara olha boquiaberto para Musa, que parece não notar.

Inclino a cabeça, examinando Harper. O cabelo dele é liso, enquanto o meu encrespa nas extremidades. Ele é mais baixo e magro do que eu e os olhos são verdes em vez de cinzentos. Eles são grandes como os meus, mas encurvam-se para cima nos cantos. Temos a mesma pele marrom-dourada. Os mesmos ossos pronunciados na face e a mesma boca generosa.

— Como ousa... — dispara a Águia de Sangue, com os olhos brilhando. — Musa! Isso não é...

— Assunto meu? É sim, se salvar a nossa vida. — O Erudito se vira para mim. — Você estava olhando de um jeito engraçado para ele. O instinto provavelmente dizendo que há uma conexão. O seu instinto está certo. Mesmo pai. Mãe diferente... para a sorte dele. — O Erudito ri para si mesmo. — Você não deixaria o seu próprio irmão morrer, deixaria? Você foi criado com as Tribos. Família é tudo.

— Talvez um dia — digo. — Agora não mais.

— Chega. — A voz que fala conjura riso e assombramento, a pele como mel, o cabelo da cor da noite. Ela emerge da trilha do penhasco e me encara por um longo tempo, em silêncio.

Seu olhar me incomoda. Faz minha pele esquentar, ficar febril, traz memórias em minha mente de uma academia com muros de granito e uma dança sob a lua cheia. De uma caminhada pelas montanhas, uma hospedaria distante, seu corpo contra o meu...

— Você vai nos deixar passar, Apanhador de Almas.

— Laia de Serra — digo seu nome suavemente. — Não é sua hora. A floresta não vai permitir.

— Pois eu digo que vai. Você vai nos deixar passar.

Há uma gravidade na voz de Laia que não havia antes, um brilho que se manifesta junto a ela. A luz me parece familiar, no entanto não consigo me lembrar de tê-la visto antes.

Inúmeros fantasmas se reúnem atrás de mim, mas ficam em silêncio. Laia baixa o olhar, mantém os punhos cerrados, e sou invadido por um súbito e estranho pensamento. Ela está discutindo com alguém — ou algo. Como um homem acostumado com vozes murmurando em minha cabeça, reconheço quando outras pessoas igualmente as ouvem.

Anuindo como se concordasse com alguém, Laia passa por mim em direção ao Lugar de Espera. Aguardo os fantasmas uivarem, que Mauth proteste, mas a floresta está imóvel.

Os demais a seguem floresta adentro. Se eu não os deter, algo será alterado para sempre. Algo que começou com aquele maldito adivinho me devolvendo minhas memórias.

Reúno minha mágica, preparado para expulsá-los.

Mas Laia me olha por sobre o ombro com dor e traição no olhar, e deixo a mágica se esvair. Uma emoção estranha me invade.

Vergonha, percebo. Profunda e torturante.

XII
A ÁGUIA DE SANGUE

O Apanhador de Almas nos guia para longe dos limites da floresta até uma trilha lodosa usada por animais selvagens. Olho para ele, procurando vestígios do meu amigo Elias Veturius. Mas a não ser pelas linhas duras do seu corpo e pelos planos agudos do seu rosto, não há nenhum outro traço do garoto que conheci.

Paramos em uma pequena clareira e ele observa enquanto Laia remove cuidadosamente a flecha e cobre meu ferimento. Ouço o estalo de um galho atrás de mim e saco minha cimitarra.

— É só um esquilo — diz o Apanhador de Almas. — Os soldados não vão entrar aqui. Os fantasmas os enlouqueceriam.

Sinto um arrepio na nuca. Sei que há fantasmas aqui, mas eles são silenciosos, muito diferentes dos demônios barulhentos que possuíram meus homens nos portões de Antium.

— Por que eles não nos enlouquecem? — É a primeira vez que Tas fala algo.

O Apanhador de Almas olha para o garoto e sua voz se torna mais suave.

— Não sei — ele diz com o cenho franzido, com o mesmo semblante que assumia em Blackcliff, quando a comandante nos mandava atrás de um desertor e ele não sabia como se sentir quanto a isso.

Esqueça Blackcliff, Águia. Há coisas mais importantes para pensar. Infernos, como voltar para o meu sobrinho e descobrir quais serão meus próximos passos além de atravessar esta mata por três semanas.

Quando chegar a Delphinium, terei partido por dois meses. Céus, vá saber o que vou encontrar quando voltar.

Quando resmungo isso para Laia, ela balança a cabeça.

— Não se ele nos ajudar. — Ela olha para o Apanhador de Almas e ele ouve. Ele pode ser um servo de um mundo de fantasmas agora, mas ainda está ligado a Laia, ainda é parte de sua canção, não importa se admite ou não.

— Vocês terão passado ao amanhecer — ele diz. — Mas fiquem por perto. Os fantasmas não são as únicas criaturas sobrenaturais que caminham no Lugar de Espera. Há criaturas mais antigas que tentariam lhes fazer mal.

— Os djinns — diz Laia. — Aqueles que o Portador da Noite libertou.

O Apanhador de Almas lança um olhar breve e ilegível para ela.

— Sim. Um humano pode passar pela floresta sem que eles percebam. Mas meia dúzia? Eles logo saberão que vocês estão aqui.

— Você não poderia... — Musa coloca as mãos em torno da garganta e finge um estrangulamento, sem dúvida se referindo a como o Apanhador de Almas pode asfixiar as pessoas.

— Eu preferiria não. — A voz do Apanhador de Almas é tão fria que Musa, que vive e respira insolência, fica calado. — Vou caminhar vocês como o vento para atravessar a floresta. Mas como vocês são muitos, isso levará tempo. E nós seremos seguidos.

— Mas os djinns estavam agora mesmo destruindo o interior navegante — diz Darin. — Como...

— Nem todos eles — diz Musa. — O Portador da Noite leva apenas alguns deles em seus ataques-surpresa. Mas milhares estavam aprisionados. E eles costumavam viver aqui. Ainda vivem? — Musa olha em volta rápido e com cuidado. — Você os deixa entrar?

— Esse era o lar deles antes de ser o meu. — O Apanhador de Almas inclina a cabeça, e esse é outro gesto que reconheço. Nesse momento, seus instintos lhe gritam um aviso. — Vamos logo, já nos demoramos demais. Garoto... — Ele estende uma mão para Tas, que parece decepcionado diante da indiferença do Apanhador de Almas.

Eu compreendo a dor dele. Em Antium, quando Elias me deu as costas, eu não me dei conta do que ele havia se tornado. Não realmente. Mesmo agora, ele parece o mesmo de sempre. Ele parece concreto. Real.

Mas ele colocou o dever acima de tudo. Ele vestiu sua máscara e deixou de lado sua humanidade. Exatamente como fomos treinados a fazer.

Tas toma a mão do Apanhador de Almas e formamos uma corrente: Tas se segura a Harper, que se segura a mim, que me seguro a Musa, que se segura a Darin, que se segura a Laia.

— Andem como fariam normalmente — diz o Apanhador de Almas. — Fechem os olhos, se quiserem. Não importa o que vocês vejam, não se soltem uns dos outros. Não toquem em suas armas. Não tentem lutar. — Ele olha para mim quando diz isso e eu anuo, a contragosto. Reconheço uma ordem quando ouço uma.

Segundos mais tarde, sobrevoamos as árvores, que passam indistintamente, mais rápido do que achei que fosse possível. Tenho a sensação de estar em um barco rasgando um mar tempestuoso com o vento às minhas costas. Galhos desfolhados passam voando, um carvalho enorme, uma clareira de relva congelada, um lago, uma família de raposas.

O cheiro do oceano desaparece e estamos no meio da mata fechada, o dossel tão cerrado que não enxergo o céu noturno. Abaixo dos meus pés, a vegetação rasteira é macia e flexível. Não compreendo como o Apanhador de Almas consegue nos deslocar através de uma floresta tão densa sem nos deixar cair. Mas, como na época em que ele era um soldado que lutava comigo, ele o faz com absoluta confiança. Após uma hora, eu me permito relaxar.

Então Laia grita. Seu cabelo se soltou da trança e flutua atrás dela. Além dele, meia dúzia de sombras se agitam, cada uma com olhos que flamejam como minúsculos sóis.

Sinto um aperto no peito e anseio tanto por minha cimitarra que quase desobedeço à ordem do Apanhador de Almas e me solto de Harper. Porque, por um segundo, acho que uma das sombras *é ele*. O Portador da Noite. O monstro que tirou minha máscara de mim, que maquinou a maldição que se abateu sobre meu povo.

Mas essas formas são diferentes. O Portador da Noite é um tufão de ira e sutileza. Essas criaturas são apenas uma sombra disso. Ainda assim, sua raiva é palpável, como o ar que precede uma tempestade de raios.

— Apanhador de Almas! — grito.

— Eu os vi. — Ele soa quase entediado, mas, quando olha para trás, tem a concentração decidida de um Máscara cercado pelo inimigo. Ele corta para o norte, então oeste de novo, então norte, então oeste, até que minha cabeça gira e não sei para que direção estamos indo.

O sol cai abaixo do horizonte, e, por um momento, tenho a impressão de que escapamos dos djinns. O rio Anoitecer não passa de um brilho azul e uma corrente de som antes de ficar para trás. Mas não muito depois de o atravessarmos, eles nos alcançam. Desta vez, não conseguimos despistá-los. Os djinns guincham, enlouquecidos, e nos cercam.

Ahhh, Águia de Sangue. A voz é sibilante e parece avançar como um verme em minha mente. *Sem o seu sacrifício, jamais teríamos sido libertos. Aceite uma prova da nossa gratidão, uma espiada no seu futuro.*

— Não! — grito. — Eu não quero...

Nós a vemos, pequeno pássaro, não uma Águia, mas uma coisinha fraca, derrotada e desprotegida. Os pais mortos, uma irmã que se foi, a outra irmã prestes a se juntar a ela...

— Parem! — Eu os amaldiçoo, mas eles não cessam. Os minutos são horas e as horas são dias enquanto os djinns escavam meus pensamentos. Não consigo mantê-los afastados.

Você não ama aquela criança, eles dizem. *Ele é seu sangue, mas você quer que ele morra para assumir o trono. Você sempre quis o trono, Águia malvada, malvada.* Eles enchem minha mente com imagens de violência: meu sobrinho, o doce Zacharias, deitado, imóvel, seu rosto sem vida, sua inocência tornando tudo ainda mais horrível, o fardo do reinado que ele jamais soube que carregava.

Enquanto choro e imploro para que ele seja trazido de volta, Keris ri. As cicatrizes no meu rosto machucam, uma dor profunda na alma. A cozinheira fala em meu ouvido, pobre Mirra que não vive mais entre nós, mas não consigo ouvi-la, pois um grande rugido ressoa, um redemoinho que se aproxima e que vai devorar a todos nós...

Então ouço o Apanhador de Almas, embora ele não esteja próximo de mim.

— Não os ouça — ele diz. — Eles querem romper a corrente. Eles querem separá-los e consumir suas mentes. Não os deixem. Lutem.

— Não consigo — sussurro. — Eu...

— Você consegue. Isso é o que você faz melhor.

Isso é o que eu faço melhor. Porque sou forte, e busco essa força agora. Eu vi minha família sangrar até a morte aos meus pés, eu lutei pelo meu povo e enfrentei uma horda de Karkauns sozinha sobre uma montanha de corpos sem vida. Eu sou uma lutadora. Eu sou a Águia de Sangue.

Você é uma criança.

Eu sou a Águia de Sangue.

Você é fraca.

Eu sou a Águia de Sangue.

Você não é nada.

— Eu sou a Águia de Sangue! — grito, e as palavras ecoam de volta para mim, não em minha própria voz, mas na voz de meu pai e de minha mãe, de Hannah e de todos os que sucumbiram em Antium.

Coisinha arruinada, desfeita, você vai perder ainda mais antes do fim, porque é uma tocha na escuridão, pequena Águia, e a luz de uma tocha uma hora se apaga.

Subitamente paramos em uma clareira. Uma cabana mal iluminada se sobressai no escuro. Caminho, trôpega, em sua direção, com Darin e Harper. Laia tem um braço em torno de Tas, os dentes à mostra.

O Apanhador de Almas está posicionado entre nós e os djinns, que trajam mantos pesados e andam de um lado para o outro além da clareira. Ele não carrega armas. Não precisa, pois, nesse momento, o Apanhador de Almas incorpora a violência silenciosa de sua mãe.

— Vocês não vão tocar nesses humanos — ele diz. — Vão embora.

Uma djinn se distancia dos demais.

— Eles são a sua fraqueza, Apanhador de Almas. — Ela exsuda maldade, vibra com ela. — Você sucumbirá e o Lugar de Espera sucumbirá com você.

— Não hoje, Umber — diz o Apanhador de Almas. — Eles estão sob a minha proteção. E você não tem poder aqui.

Quanto mais suavemente a comandante falava, mais perigosa ela era. A voz do Apanhador de Almas soa muito baixa, e o poder pulsa através dele.

O ar na clareira se torna carregado. O fogo nos olhos dos djinns brilha com menos intensidade, como se subitamente dominado.

Os djinns recuam e desaparecem entre as árvores. Quando percebo que se foram, minhas pernas enfraquecem e meu ferimento dói. Harper está a meu lado, ele próprio trêmulo, enquanto tenta me amparar. Musa está distante, com os olhos petrificados. Darin está pálido e coloca um braço em torno dos ombros trêmulos de Laia.

Tas não parece afetado e olha de relance de um para o outro.

— O que... O que aconteceu?

— Você está bem, Tas? — Laia o puxa para perto. — Não era real o que eles disseram. Você sabe que...

— Eles não falaram com o garoto. — O Apanhador de Almas lança um olhar avaliador para nós. — A fronteira está fechada. Mas eles vão estar à espera e são mais fortes à noite. Vocês estão exaustos. Assim como eu. Venham. Eles não podem nos atingir na cabana.

A cabana é grande e cheia a aparas de madeira, mas é fechada como um barril e sólida como Blackcliff. Em um canto há um fogão, com panelas de cobre penduradas na parede. Ao lado delas, há uma prateleira com cestos de cenouras, abóboras e batatas. Réstias de alho e cebola estão penduradas acima, com uma enorme variedade de ervas.

Há também uma mesa nova, com um banco longo de cada lado. A parede dos fundos contém uma lareira, e na frente dela um tapete tribal macio com almofadas espalhadas. A cama do Apanhador de Almas é simples, mas lamparinas tribais estão penduradas acima dela, tornando-a quase aconchegante.

Após um momento, eu me dou conta do que a cabana me faz lembrar: da carruagem de Mamie Rila.

O Apanhador de Almas prepara uma refeição, e, embora eu saiba que deveria ajudar, não faço nada, ainda entorpecida em razão dos ataques dos djinns. Apenas Tas tem disposição para fazer alguma coisa, e ele coloca os pratos e copos até que o Apanhador de Almas pede que ele se sente.

Eu sempre preferi a comida de Elias nas longas jornadas. De longe, vejo que a refeição que ele nos serve é farta e bem temperada. Mas não a experimento. Pelo silêncio na mesa, ninguém mais a experimenta também.

Mais tarde, nos revezamos no banheiro, e, embora a água esteja gelada, esfrego uma semana de salmoura com gratidão. Quando saio, Musa, Darin e Tas estão dormindo profundamente no chão. Harper se deitou em seu saco de dormir e mantém os olhos fechados. Mas, se ele estiver dormindo, então sou um leão-marinho. Imagino o que os djinns lhe disseram. Mas não pergunto.

Em vez disso, eu me sento ao lado de Laia, que está de pernas cruzadas diante do fogo. Ela passa um pente pelos longos cabelos, claramente ignorando Elias, que lava a louça. As mangas da camisa dele estão enroladas, as mãos fortes esfregando a panela do ensopado com areia. Seu cabelo está mais longo, encrespado nas pontas, mas, fora isso, parece que ele vai virar para mim a qualquer momento com um sorriso no rosto e uma história que vai me matar de rir.

— Da última vez que nós três estivemos juntos no mesmo ambiente, eu estava prestes a matar você — digo para Laia. — Sinto muito por isso.

— Um dia... eu te perdoo. — Laia sorri, mas seus olhos estão tristes. — Você quer falar sobre o que acabamos de passar?

Balanço a cabeça. Após um momento, percebo que talvez ela tenha perguntado pois também se sente perturbada com o que os djinns lhe disseram.

— E... E você?

Ela abraça as pernas e se encolhe.

— Eu estava sozinha — ela sussurra. — Todos tinham partido. O Portador da Noite tinha levado Darin. Você. Tas. Afya Ara-Nur. Até o... o Apanhador de Almas. E tinha essa... essa tempestade. Mas ela estava viva e...

— Faminta — digo. — Uma bocarra querendo devorar o mundo. Eu senti isso também.

O Apanhador de Almas se vira para nós. Cruzamos o olhar por um momento, até que ele desvia o olhar frio e cinzento para Laia.

— Vocês falaram de uma fome, Águia de Sangue — ele diz. — Como vocês a sentiram? Como ela era?

Considero.

— Era uma tempestade. Enorme. E parecia... céus, não sei...

— Por que você está perguntando, Apanhador de Almas? Você sabe algo sobre ela? — Laia questiona e, diante do silêncio dele, ela se inclina para a frente. — Você também a viu. Onde?

Mas o Apanhador de Almas balança a cabeça.

— Em sonhos — ele murmura.

— Você tem de saber algo — digo. — Caso contrário, por que nos perguntou?

Ele se junta a nós diante do fogo, colocando uma boa distância entre si e Laia.

— O adivinho falou dela — ele diz finalmente.

— Adivinho? — pergunto. — Os adivinhos não têm sido vistos desde que os djinns foram libertos. — Cain? O que ele disse? Ele está aqui no Lugar de Espera? Ele andou por aqui esse tempo todo?

— Ele está morto — diz o Apanhador de Almas. — Todos os adivinhos estão mortos. O Portador da Noite os matou quando libertou os djinns... Todos, menos Cain. Ele morreu uns dias atrás. Eu... estava lá.

— Morto? — Não consigo imaginar isso. Os adivinhos são imortais. Por mais que eu os despreze, o poder deles impressiona.

Mas, se eles *estão* mortos, o que isso significa para Zacharias? Os adivinhos nomearam Marcus o Pressagiado — *o Maior Imperador, tormento de nossos inimigos, comandante do exército mais devastador*. Eles legitimaram a dinastia dele. O apoio deles era vital.

— Por que o Portador da Noite os mataria? — pergunto.

— Pelo que Cain e os adivinhos fizeram com os djinns.

Diante do olhar de confusão meu e de Laia, o Apanhador de Almas nos observa. Então nos conta da invasão de Cain e da traição de Shaeva. Do desespero do Portador da Noite para proteger sua gente. Essa parte da história é tão familiar que cerro os punhos em solidariedade. Sei bem o que é deixar meu povo na mão.

Quando a história termina, as perguntas que tenho em mente me fogem. Tudo que consigo pensar é no que Cain me disse antes da queda de Antium. *O Portador da Noite não é um monstro, criança, embora possa fazer coisas monstruosas. Ele é partido pela tristeza e, desse modo, preso em uma batalha virtuosa para corrigir um erro grave.*

— Então os adivinhos eram Eruditos. — Laia soa tão surpresa quanto eu. — A primeira vez que encontrei Cain, ele me disse, mas eu não entendi. Ele disse que era culpado. Que todos os adivinhos eram culpados.

— Ele sabia que ia morrer — falo. — "O momento de expiar nossos pecados se aproxima", ele disse. Lembro disso porque não consegui parar de pensar a respeito.

— Os djinns dizem profecias quando a morte deles está próxima. — O Apanhador de Almas ergue as mãos para o fogo e me surpreendo com isso. Achei que ele não sentisse frio. — Quando os adivinhos roubaram os poderes dos djinns, o tiro saiu pela culatra. Os adivinhos foram deixados em um estado de morte em vida. Eles não conseguiam dormir, descansar ou morrer. Mas podiam ver o futuro de maneira bem mais clara do que os djinns já conseguiram um dia. Nessas visões, só havia um caminho para a liberdade.

— Liberdade para eles — diz Laia. — E quanto ao restante de nós? Ele nos chamou de chama entre as cinzas, Apanhador de Almas. Ele disse que a Águia era...

— Uma tocha na escuridão. Se eu tivesse coragem de me deixar consumir pelas chamas. — *Céus, como eu fui ingênua.* — Mentiras. Para eles, nós éramos apenas um meio para chegar a um fim.

— Talvez — diz o Apanhador de Almas. — De qualquer maneira, o adivinho tinha uma mensagem para você. Para vocês duas.

Os olhos escuros de Laia disparam em minha direção.

— Quando você planejava nos contar?

— Estou contando agora. — A serenidade do Apanhador de Almas é irritante, e quase saem labaredas das narinas de Laia. — Antes de morrer, Cain também disse uma profecia: "Nunca foi um. Sempre foram três. A Águia de Sangue é a primeira. Laia de Serra, a segunda. E o Apanhador de Almas é o último. A Mãe guarda todos eles. Se um fracassar, todos fracassam. Se um morrer, todos morrem. Volte para o início e lá encontre a verdade. Lute até o seu fim. De outra forma, tudo estará perdido".

Ele recita a profecia como um escriba lê um documento, não como se revelasse as últimas palavras de uma criatura que ajudou a causar destruição e morte inimagináveis.

— Isso foi tudo — diz após uma pausa. — Ele morreu logo em seguida.

— A primeira... o último...? — Laia balança a cabeça. — Não faz sentido.

— Os adivinhos não são conhecidos pela clareza — diz o Apanhador de Almas. — Antes... — ele dá de ombros — eu nunca consegui entender o que eles diziam.

— Malditos sejam — cospe Laia. — Os djinns estão assassinando pessoas inocentes. O Portador da Noite tem uma frota dirigindo-se para Sadh sob a bandeira de Keris. As terras tribais vão sucumbir a não ser que eles sejam detidos. Não temos tempo para charadas de adivinhos. Por outro lado... — ela considera — ele acertou uma coisa. Eu vou lutar até o fim. Não vou desistir. Não enquanto o Portador da Noite estiver vivo.

— Os problemas do mundo humano não me dizem respeito — retruca o Apanhador de Almas, e o caráter definitivo de suas palavras é arrepiante.

— O adivinho pediu que eu passasse adiante a mensagem. Ele estava morrendo, e eu não quis negar seu último pedido.

Ele se levanta e vai para seu beliche, tirando a camisa enquanto caminha. Sou calada pela visão, por aquela pele dourada, os músculos rígidos, as saliências e cicatrizes de seus ombros largos, um espelho de meus próprios ombros.

Se ele ainda fosse Elias, eu teria jogado um travesseiro na cabeça dele por ser tão óbvio em exibir seus atributos. Agora a visão só me deixa triste.

A meu lado, Laia desata os nós de seu saco de dormir, então esfrega os olhos. O que eu poderia dizer a ela? É um tormento amar alguém impossivelmente, sem nenhuma chance de retribuição. Não há salvação para isso, não há cura, não há conforto.

Estendo meu saco de dormir e deito de costas para ela, de maneira que ela possa sofrer em paz.

O fogo vai se apagando e tento dormir, mas as palavras dos djinns gritam em minha mente. *Você quer que ele morra para assumir o trono.* Se Zacharias morrer, será porque eu não o protegi. Eu não conseguiria viver comigo mesma se não garantisse a segurança do meu sobrinho, um bebê inocente.

Sem o apoio de Marinn, a tarefa será difícil. Keris quer ver Livia e Zacharias mortos. Grímarr está à espreita em Antium, atormentando meu povo e sufocando minhas provisões. Os paters de Delphinium perderam a fé. Nossos armamentos e soldados são limitados. Nossa comida está acabando. E a comandante, ela tem todas essas coisas. Além de uma horda de djinns na retaguarda.

Meu olhar pousa em Harper. Exceto Laia, todos estão dormindo. Ninguém veria se eu me deixasse olhar para ele. Se eu considerasse sua beleza e sua força. Mas eu me obrigo a desviar o olhar.

Você é a única capaz de conter a escuridão. Eu me atenho às palavras de meu pai, ditas pouco antes de ele morrer. São essas palavras que vão me sustentar. As palavras que vou entoar para mim mesma.

Vou encontrar aliados. Vou proteger minha família. Vou comprar, emprestar ou roubar armamentos. Vou recrutar soldados.

Vou ver meu sobrinho no trono. Nem que isso signifique meu próprio fim.

XIII
LAIA

O fogo na cabana queima baixo, e a Águia de Sangue adormece, coisa que não consigo fazer. Mil preocupações marcham pela minha cabeça, e finalmente saio sem fazer barulho para não acordar todo mundo.

A noite está congelante e o céu brilha com a dispersão da galáxia. Um cometa cruza o firmamento e desaparece no escuro, e isso me faz lembrar de uma noite como essa, um ano atrás, quando eu estava em uma outra cabana com Elias, pouco antes de ele finalmente me beijar.

Nós rimos juntos aquela noite e em muitas noites depois. Mauth provocava uma dor de cabeça de rachar em Elias toda vez que nos beijávamos, mas às vezes roubávamos algumas horas.

Certa vez, enquanto Darin se recuperava de Kauf, Elias e eu escalamos uma montanha até chegarmos a uma cascata, a alguns quilômetros da cabana. Ele deveria me ensinar a nadar, mas aprendemos outras coisas um sobre o outro aquele dia.

E, após as piadas indispensáveis sobre Mauth querendo manter Elias casto, nos fartamos de peras frescas e queijo e brincamos de jogar pedrinhas na água. Conversamos sobre todos os lugares que gostaríamos de conhecer. Adormecemos sob o sol, com os dedos entrelaçados.

Parte de mim quer mergulhar nessa memória. Mas a maior parte quer simplesmente partir.

Cada momento na cabana do Apanhador de Almas tem sido uma tortura. Cada segundo olhando para aquela *coisa* de olhos mortíferos no corpo do garoto que eu amava me dá vontade de incendiar o lugar. Sacudir aqueles ombros largos. Beijá-lo. Bater nele. Deixá-lo bravo ou triste. Fazer com que ele sinta *alguma coisa*.

Mas nada disso importaria. Elias Veturius partiu. Resta apenas o Apanhador de Almas. E eu não amo o Apanhador de Almas.

— Laia?

Tas sai da cabana tremendo em um pijama fino, e eu o cubro com meu manto. Olhamos para os topos das árvores da Floresta do Anoitecer, cobertos de névoa e arroxeados madrugada adentro.

O Portador da Noite está em algum lugar além destas fronteiras, infernizando com seus djinns. Keris está nos arredores com seu exército. A oeste, Grímarr e os Karkauns atormentam o povo de Antium.

Tanta maldade. Tantos monstros.

Tas se aconchega no manto.

— Este é novo — ele diz. — Mais quente. Mas eu gostava daquele que você costumava usar. Ele me lembrava o Elias.

Tas olha para cima quando não respondo.

— Você desistiu dele — comenta.

— Eu desisti da ideia de que haveria uma resposta fácil nisso tudo — digo.

— Por quê? — pergunta Tas. — Você não viu o que fizeram com ele em Kauf. O que o diretor fez. Eles tentaram acabar com o espírito dele. Mas ele não fraquejou, Laia. Ele jamais desistiu. Nem de Darin, nem de mim, nem de você. O Elias lutou. E ele ainda está ali em algum lugar, tentando escapar.

Eu tinha a esperança de que fosse assim. Agora, não mais. *Todos nós somos apenas visitantes na vida uns dos outros.*

— Achei que você fosse diferente, Laia. — Tas se descobre do meu manto. — Achei que você o amasse. Achei que você tivesse esperança.

— Tas, eu tenho... — começo, mas percebo que não é verdade. As coisas ficaram obscuras por tanto tempo. Só um tolo para ter esperança. — O Elias que conhecíamos se foi.

— Talvez. — Tas dá de ombros. — Mas acho que, se fosse você que tivesse sido acorrentada na floresta, o Elias jamais desistiria. Se fosse você que tivesse esquecido quanto o amava, ele encontraria uma maneira de fazê-la lembrar. Ele seguiria lutando até trazê-la de volta.

Meu rosto queima de vergonha enquanto Tas retorna para a cabana. Minha vontade é dizer para ele: "Você é só um garoto. Não faz ideia do que está falando".

Mas não digo. Porque ele está certo.

◆ ◆ ◆

O Apanhador de Almas me acorda ao amanhecer com um cutucão no ombro. É a primeira vez que ele me tocou em meses e de maneira tão mecânica que desejei que ele tivesse me acordado com um palavrão ou um chute nas canelas, como a cozinheira costumava fazer.

— Hora de partir. — Ele larga minha mochila, já fechada, ao lado da minha cabeça. Os outros estão de pé e prontos. Tas olha esperançosamente para o fogão, mas ele está frio e vazio.

Melhor assim.

— Você está bem? — Darin pega minha mochila enquanto coloco as botas.

— Que pergunta idiota, não é?

Ele parece tão arrependido que eu até sorrio.

— Sim — respondo. — De certa maneira foi bom tê-lo visto assim. Eu precisava lembrar que Elias partiu.

Levamos alguns poucos minutos para chegar à fronteira do Lugar de Espera. Além da linha de árvores, o terreno desce em suaves montes ondulados, a relva amarelada apontando por sobre a neve outrora caída. A presença do Império se assenta sobre mim como um manto de ferro.

O Apanhador de Almas não avança para além das árvores. Ele segura algo na mão, examinando-o de maneira ausente. Meu coração dá um salto quando percebo o que é: meu bracelete. O que ele fez para mim meses atrás. O bracelete que eu lhe devolvi.

Ele ainda está ali em algum lugar, tentando escapar.

— Os djinns vão perceber que vocês partiram — diz o Apanhador de Almas, com o bracelete ainda na mão. — Ao anoitecer, eles vão vir atrás de vocês. Andem rápido. Eu não gostaria de dar as boas-vindas a nenhum de vocês por aqui.

Então se vira e uma mãozinha se estende para o deter.

— Elias — diz Tas. — Você não se lembra de mim?

O Apanhador de Almas olha para o garoto, e penso em como ele falou com Tas após termos escapado de Kauf, agachando-se sobre um joelho para que ficassem da mesma altura.

— Meu nome é Apanhador de Almas, garoto.

Dou um passo à frente para tirar Tas dali, mas ele se segura firmemente ao Apanhador de Almas.

— Eu sou o Tas — ele diz. — Você que me deu esse nome. Em sadês, significa...

— Andorinha — diz o Apanhador de Almas. — Eu lembro.

Então em um piscar de olhos ele vai embora, deixando um silêncio pesado atrás de si.

A Águia de Sangue se vira para oeste.

— Há uma guarnição a dez quilômetros daqui — ela diz. — Nós podemos pegar alguns cavalos lá e reabastecer nossas provisões antes de partirmos para Delphinium.

Todos a seguem, mas minhas pernas pesam como chumbo e cada passo é trabalhoso. *Céus, o que está acontecendo?* Quando um brilho surge no canto da minha visão, sou tomada por uma sensação de alívio.

— Eu estava me perguntando onde você se meteu — digo para Rehmat. — É você? — Gesticulo para meus pés teimosos. — Você poderia parar com isso? Eu preciso alcançar os outros.

— Sua indisposição de andar por uma estrada onde você não deveria andar não tem nada a ver comigo — diz Rehmat. — O coração sabe o que sabe.

— Bem, *eu* não sei o que ele sabe, então, por favor, me esclareça.

Rehmat não diz nada por um momento, mas, quando o faz, é com uma nota de censura. Lembro do rosto do vovô quando Darin era particularmente cabeça-dura.

— O destino de milhões depende de sua força, Laia de Serra — diz Rehmat. — Você desafiou o Portador da Noite. Você me despertou. Juntos, precisamos evitar que ele desencadeie o apocalipse que ele quer infligir sobre o mundo. Essa ignorância intencional não está à sua altura. Você não quer abandonar Elias Veturius. Aceite isso.

Subitamente, sinto-me exposta e covarde.

— Eu não sou... Eu *vou* combater o Portador da Noite. Vou destruí-lo, e não porque você me disse para fazer isso. Mas o Elias, quer dizer, o Apanhador de Almas, não tem nada a ver com isso.

— Tem, sim, e o seu coração sabe disso. Vá contra os seus desejos ao seu próprio risco.

— O meu coração — eu me endireito — se apaixonou por um djinn assassino. Não dá para confiar nele.

— O seu coração é a *única* coisa em que podemos confiar. — Com isso, a criatura desaparece, e fico ali parada na relva congelada, minha mente me levando para a frente enquanto meu coração esquecido pelos céus me puxa de volta.

Darin nota que eu fiquei para trás e corre até mim. *Infernos, o que eu vou dizer a ele? Como vou explicar isso?*

— Não posso mudar a sua decisão — ele diz quando posso ouvi-lo. — Posso?

— Você... — gaguejo. — Como você...

— Você lembra mais a mãe do que jamais admitiria.

— Eu não posso abandoná-lo, Darin — digo. — Preciso pelo menos *tentar* romper essa barreira. — Quanto mais penso no que quero fazer, mais sentido faz. — Vou partir para o sul. Alguns meses atrás, uma kehanni tribal tentou me contar sobre o Portador da Noite, mas espectros a mataram. O Portador da Noite queria que o passado dele ficasse escondido. O que significa que tem de haver algo a respeito dele que vale a pena descobrir... Segredos, fraquezas, informações que posso usar para destruí-lo. Talvez aquela kehanni não seja a única contadora de histórias que conhece tudo o que cerca o Portador da Noite. Talvez exista outra pessoa que possa contá-la.

— Certo. Bem, eu vou com você. — Darin se vira para avisar os outros, mas eu o detenho.

— Não, o nosso povo precisa de você — digo. — Eles precisam de Musa. Eles precisam de uma voz na corte do imperador. A Águia é bem-intencionada, mas a prioridade dela é o Império, não os Eruditos. Além disso — olho para a floresta —, falar com o Apanhador de Almas, chegar até ele, já vai ser bem difícil. Não quero nenhuma distração.

Darin discute comigo por longos minutos, e, bem adiante, os outros nos esperam.

— Céus, como você é teimosa, Laia — ele diz finalmente, passando a mão no cabelo e deixando-o eriçado. — Eu odeio isso. Mas, se você está decidida, não vou lhe dizer o que tem de fazer. Não que um dia tivesse conseguido, mesmo.

Ele vasculha a mochila e retira um pacote volumoso.

— Isso era para ser surpresa para quando chegássemos a Delphinium. — Oferece-me o presente e, quando vou desamarrar o barbante, ele me impede. — Não... Não abra. Espere até estar na estrada.

Penso em chamar os outros, mas um brilho próximo de asas me diz que Musa saberá de minha decisão em algum momento, de qualquer forma. Tas e Harper também compreenderão. E embora a amizade da Águia tenha sido uma agradável surpresa nesses últimos meses, sua lealdade é para com o Império, o qual desejaria ter Laia de Serra em Delphinium, apoiando uma aliança entre Eruditos e Marciais.

— Você vai ficar bem? — Ergo o olhar para o rosto do meu irmão e sinto os primeiros sintomas de ansiedade me abaterem.

Mas ele exibe o sorriso jovial da mãe.

— Nós vamos brigar menos quando não estivermos na mesma cidade. E eu não vou sentir sua falta roubando a minha comida ou mandando em mim como se fosse a minha avó em vez de uma pirralha...

Dou um empurrão nele e Darin belisca minhas bochechas, como se eu fosse uma criança.

— Ah, *cai fora*...

Ele me puxa para um abraço e dou um grito enquanto ele me tira do chão.

— Se cuide, irmãzinha — ele diz, com uma voz séria. — Somos só nós agora.

PARTE II
A COLHEITA

XIV
O PORTADOR DA NOITE

Quando era um jovem djinn, eu vagueava pelas árvores, admirado com o som e o silêncio, a luz e a terra fragrante. Na minha ignorância, incendiei a floresta. Mas o riso de Mauth foi carinhoso, sua instrução, paciente. Ele me ensinou a dançar das sombras para as chamas, a pisar com leveza para não perturbar as pequenas criaturas com as quais eu compartilhava o Lugar de Espera.

Depois de conhecer a ondulação da floresta e as curvas do rio, de andar à espreita com os lobos e aproveitar os ventos com os falcões, Mauth me guiou para a fronteira do Lugar de Espera. Para além dela, fogos queimavam e pedras se chocavam. Os filhos do barro riam, lutavam, roubavam a vida e a traziam à terra com sangue e alegria.

— O que eles são? — Eles me hipnotizavam, e eu não conseguia desviar o olhar.

Eles são sua responsabilidade, *dissera-me Mauth. Frágeis, sim, mas com espírito semelhante ao dos grandes carvalhos, fortes e centenários. Quando o corpo deles chega ao fim, esses espíritos têm de ser passados adiante. Muitos o farão sem você. Mas outros precisarão da sua ajuda.*

— Para onde eles vão?

Adiante, para o outro lado. Para um céu crepuscular e uma costa tranquila.

— Como eu cuido deles? Como posso ajudá-los?

Você os amará.

A tarefa parecia um presente. Após alguns minutos os observando, eu já estava praticamente apaixonado.

◆ ◆ ◆

Keris Veturia parte de Marinn com grãos, couro, ferro e um tratado que inclui a expulsão de todos os Eruditos que caminharem nas Terras Livres. Embora isso não inclua a venda deles, o que a irritou muito. Mesmo assim, após dias de negociação, isso é uma vitória. Ela deveria se sentir satisfeita.

No entanto, apesar de toda sua sagacidade, Keris ainda é humana e ferve de raiva com a fuga da Águia de Sangue e com o fato de que eu a proibi de caçá-la pessoalmente.

A imperatriz me encontra nos terraços ajardinados com vista para o Porto de Fari, com a expressão ilegível enquanto examina a delicada ponte em arco e o pequeno lago límpido como um espelho do terraço abaixo. Uma jovem família cruza a ponte, um pai segurando uma criança risonha debaixo de cada braço, enquanto a mãe as observa com um sorriso.

— Os efrits do mar acelerarão seus barcos até as terras tribais, Keris — digo. — Ancore na costa de Sadh. Em duas semanas, eles darão início aos ataques.

— E Marinn? — Keris quer as Terras Livres. Ela quer essa cidade. Ela quer o trono de Irmand e a cabeça de Nikla pendurada em um poste.

— Será uma suspensão temporária. — Acompanho o progresso da família por um caminho caprichosamente coberto de pedras até um mirante. — Como prometido.

Keris inclina a cabeça, os olhos cinzentos cintilando.

— Como queira, meu lorde Portador da Noite.

Aparo as arestas da imperatriz enquanto ela parte, direcionando a mente para a estratégia e a destruição. Quando ela está fora de vista, um vento frio me atinge, depositando dois djinns em forma de chamas no chão, ao meu lado.

— Khuri. Talis. — Eu os recebo calorosamente. — Foi rápida sua viagem?

— Os ventos foram generosos, Meherya — diz Khuri.

— Alguma notícia da sua gente?

— Faaz partiu um rochedo para liberar a travessia do rio ontem. — A voz de Khuri trai o orgulho que sente pela habilidade dos irmãos, e sorrio ao ouvi-la. Ela mal tinha cem anos de idade quando os Eruditos chegaram. Ela perdeu os irmãos mais novos na guerra e os pais para a dor. — E Azul mandou uma tempestade de neve para Delphinium dois dias atrás.

— Talis?

— Meu poder foi sempre uma luta, Meherya — ele diz em voz baixa.

— Apenas porque você o teme. — Ergo a mão até seu rosto e ele respira tremulamente, deixando a calma dos meus anos fluir através dele. — Um dia você não o temerá mais.

— A garota... Laia... — Khuri cospe o nome. — Ela e seus companheiros entraram na floresta. Nós os perseguimos, mas ela fugiu, Meherya.

Abaixo, a mulher navegante exclama enquanto seu filho lhe oferece um pequeno tesouro que encontrou no jardim.

A chama de Khuri se aprofunda com a visão, os punhos cerrados enquanto as crianças guincham de alegria.

— Se ao menos você nos dissesse *por que* a garota tem de viver, Meherya. Por que não podemos simplesmente matá-la?

Sinto o mais ligeiro toque em minha mente. Um anseio de responder à sua pergunta.

— Khuri — eu a repreendo, pois seu poder é compulsivo. Eu a treinei pessoalmente, muito tempo atrás. — Isso foi desnecessário.

Um momento mais tarde, ela solta um grito tão agudo que nenhum humano pode ouvir. Um bando de estorninhos explode das árvores atrás de nós. A jovem família abaixo observa os pássaros, exclamando de seus murmúrios. Talis se encolhe e tenta se retirar, pois, quando ele deixou o patético Cain morrer, também foi punido. Ainda o seguro com minha mágica, não permitindo que ele desvie o olhar.

Khuri desaba no chão, olhando com horror para os pulsos, que estão presos a correntes finas da cor de sangue coagulado.

— Eu destruí a maior parte delas depois da queda — falo sobre as correntes. — Nunca gostei de tê-las em nossa cidade, mas nossos capitães de guarda insistiram.

— P-P-Perdoe-me, por favor...

Quando o fogo de Khuri bruxuleia até virar cinzas, removo as correntes e as guardo em um saco, depois as ofereço a ela. Ela treme incontrolavelmente, curvando-se para trás.

— Fique com elas — digo. — Talis se juntará a mim no sul. Você tem uma tarefa diferente, Khuri.

Explico o que ela tem de fazer e não há dúvida no bruxulear de sua chama. Enquanto ela ouve, sou tomado de tristeza. Tristeza por ter sido obrigado a machucá-la. Tristeza porque não posso contar a ela e a Talis a verdade, pois sei que eles não poderiam suportá-la.

Após a partida dos dois, perambulo até a beira do terraço. O pai desenrola um tecido e começa a distribuir bocados de comida para sua família.

Sorrio e me lembro de duas pequenas chamas de muito tempo atrás, e minha rainha rindo de mim. *Você os mima, Meherya. Tanta doçura vai enfraquecer o fogo deles.*

No fim, é claro, os humanos tomaram o fogo deles, aniquilaram-no com sal, aço e chuva de verão.

Dou as costas para a família navegante e giro céu adentro em uma espiral ascendente. Um momento mais tarde, o pai grita, pois sua esposa agarra a própria garganta, subitamente incapaz de respirar. Logo depois, seus filhos também sufocam, seus gritos transformando-se em berros.

Os guardas vão vir, vão tentar ressuscitar a mãe e as crianças. Mas não vai adiantar. Elas já se foram, e nada as trará de volta.

XV
O APANHADOR DE ALMAS

Após Laia e seus amigos terem partido para o Império, meus dias são tranquilos. Tranquilos demais. A morte está à espreita. Há escassez de alimentos em Delphinium. Espectros assassinam Eruditos que fogem de Marinn. Efrits fustigam as Tribos para enfraquecê-las antes da invasão de Keris Veturia.

Eu deveria estar perdendo o sono com os fantasmas que devo passar adiante.

Mas o Lugar de Espera segue teimosamente vazio, exceto por alguns espíritos que vagueiam por ele. O farfalhar dos galhos secos e os passos das criaturas invernais não são nada diante do silêncio do lugar. E é nesse silêncio, enquanto passo os olhos pelas árvores em busca de fantasmas, que noto algo apodrecido.

O cheiro me atinge primeiro. É o odor pútrido de um animal em decomposição ou de uma fruta largada para os insetos. Ele emana de uma sempre-verde perto do rio Anoitecer, um espécime tão largo que seriam necessários vinte homens tocando a ponta dos dedos para dar a volta nele.

À primeira vista, o gigante parece saudável, mas no fundo dos seus galhos, folhas que deveriam ser de um verde exuberante estão doentiamente alaranjadas. A terra em sua base está esponjosa, deixando suas raízes expostas.

Quando me ajoelho para tocar o solo, a dor trespassa meu espírito. Ela é crua e corrosiva e me mostra cada arrependimento ao qual já me debrucei, cada erro do qual já me dei conta. Por debaixo da dor, há a fome dos meus pesadelos. Ela me envolve em uma brancura ofuscante. Sou jogado para trás, e, quando me sento, o sentimento passou, embora meu corpo ainda trema.

— Mas que *malditos* infernos! — arfo, mas não há ninguém para me ouvir. Engatinho de volta até a árvore e toco a terra. Nada acontece. O solo em volta dela é tão sem vida quanto as vastidões de sal a oeste de Serra. Pequenas carcaças se espalham pelo chão: besouros. Aranhas enroladas em si mesmas. Um gaio recém-emplumado com o pescoço quebrado.

Nem penso em chamar Mauth. Ele não falou comigo desde o dia em que Cain reacendeu minhas memórias.

Talvez as memórias tenham causado isso. Talvez estejam consumindo a floresta da mesma maneira que estão me consumindo. Mas eu as tenho há dias e esse apodrecimento é algo novo.

— Pequenino.

Quase pulo da minha própria pele, mas é apenas a Sopro.

— Uma garota caminha pelas árvores. — Sopro inclina a cabeça, como se perguntasse por que estou no chão. — Uma humana perto da fronteira oeste. Você acha que ela sabe onde está o meu amorzinho?

— Uma garota? — Eu me levanto com dificuldade. — Que garota?

— Cabelos escuros e olhos dourados. De coração pesado e carregando o fardo de uma alma antiga. Ela já esteve aqui antes.

Laia. Busco o mapa do Lugar de Espera e a encontro rapidamente, um ponto brilhante avançando a oeste. Ela deve ter entrado na mata há pouco.

— Karinna — digo, sem querer perder o espírito de vista mais uma vez. — Você pode esperar por mim aqui? Logo estarei de volta e então poderemos conversar.

Mas Karinna desaparece em meio às árvores, resmungando para si mesma, novamente perdida na busca por seu amorzinho.

Eu me viro na direção do sol que se põe. A presença da garota pode ser a explicação desse apodrecimento no Lugar de Espera. Se ela estiver prejudicando a floresta, vou precisar persuadi-la a partir.

Quando a encontro, o céu está tomado de estrelas e os topos das árvores dançam ao vento. Ela acendeu uma fogueira. Nenhum fantasma a observa e não há decomposição na floresta perto dela. Ela parece uma garota normal atravessando uma floresta normal.

Uma memória toma conta de mim. O rosto dela pairando sobre o meu no deserto serrano enquanto a chuva caía intensamente à nossa volta. Eu estava envenenado — delirando. Foi Laia quem evitou que eu derivasse para longe, quem me prendeu à realidade com sua vontade indomável. *Fique comigo.* Ela pousou as mãos em meu rosto. Eram carinhosas, calmas e fortes.

Você não é bem-vinda aqui. As palavras estão em meus lábios, mas não as pronuncio. Em vez disso, eu a observo. Talvez, se eu olhar para ela por tempo suficiente, veja a alma antiga da qual Sopro falou.

Ou talvez ela seja simplesmente bela, e olhar para ela lembre a luz do sol fluindo para dentro de um quarto perdido há muito tempo para a escuridão.

Pare, Apanhador de Almas. Eu me aprumo e me aproximo fazendo ruído, para não assustá-la. Mas, mesmo quando estou certo de que ela me ouviu, Laia não ergue o olhar. O cabelo dela está preso em uma longa trança por baixo de um lenço preto, e ela olha fixamente para um pote de água fervente.

— Eu me perguntei quanto tempo levaria. — Ela remove o pote, acrescentando água fria do rio. Então desenlaça o manto e começa a tirar a camisa.

Fico perplexo até me dar conta de que ela vai tomar banho e me viro de costas, sentindo o pescoço arder.

— Laia de Serra — digo. — Você invadiu o Lu...

— Juro aos céus, Elias, se você terminar essa frase, eu *vou* te atacar. E você não gostaria disso.

Algo me dá uma pontada por dentro, mais abaixo em meu corpo. Uma voz maliciosa em minha cabeça me pressiona a dizer: *Talvez eu faça isso.*

— Meu nome não é Elias.

— Para mim é.

As emoções dela são dissimuladas, então busco minha mágica. Por um segundo, consigo senti-la. Tristeza, raiva, amor e... desejo. Laia subitamente fica em branco, como se uma parte dela estivesse me expulsando.

— Não faça isso comigo. — A voz dela vibra com raiva. — Eu não sou um de seus fantasmas.

— Eu só queria compreender por que você está aqui. Se precisa de algo, eu posso lhe dar e depois você pode ir.

— O que eu quero, você não pode me dar. Não ainda, pelo menos.

— Você me deseja — digo. O discreto respingar de água cessa. — Eu posso satisfazê-la, se é por isso que você está aqui. Não vai dar nenhum trabalho e, se isso significa que você irá embora, estou disposto a fazê-lo.

— Me satisfazer? Como você é generoso. — Ela ri, mas não soa alegre.

— Desejo é algo simples. É como a necessidade de abrigo e calor. E não vai ser desagradável.

Ouço um passo leve e me viro, esquecendo que ela está praticamente nua. Vejo uma pele curvilínea e dourada, tornando-se esguia junto ao ondulado dos quadris. Laia juntou o cabelo no topo da cabeça, e sua expressão é incrivelmente calma.

Eu não devia ter olhado. Direciono o olhar para o topo das árvores, que é infinitamente menos interessante.

— Você realmente acha que vai ser tão fácil? — Ela corre um dedo magro ao longo das minhas omoplatas, antes de repousar a mão em meu cabelo e dar a volta para me ver de frente. Então fica na ponta dos pés e me puxa para perto, parando antes que nossos lábios se toquem. — Para mim, Elias, o desejo não é algo simples. Não é abrigo. Não é calor. Ele é um fogo que nos ameaça e nos devora. Quanto mais você o nega, mais quente ele queima. Então você nem se lembra do abrigo ou do calor. E só há lugar para aquilo que você quer e não consegue ter, para a desolação que vem depois disso.

Observo que os cílios dela são incomumente longos, mas é o desafio sereno em seus olhos que me faz pensar por que ela não tem o mundo sob seu domínio. Minhas mãos se deslocam para sua cintura nua e eu a puxo para perto. Mas fazer isso é um erro, pois eu não esperava que sua pele fosse tão macia, tampouco que a pressão de seu corpo evocasse uma onda crescente de calor no meu.

— Isso é um sim? — *Diga sim.* — Se eu a satisfizer, você vai embora?

Sei que as íris dela são douradas, mas, na escuridão, parecem quase pretas enquanto examinam meu rosto. Ela suspira tão baixo que mal percebo.

— Deixa para lá. — Laia se afasta, e não preciso da mágica de Mauth para sentir a tristeza dela. — Não importa o que *você* faça, Apanhador de Almas, isso não vai me satisfazer. Vire-se, por favor.

Faço o que ela pede, embora a decepção me trespasse. Não me permito demorar em busca de uma razão para isso.

— Nesse caso, eu a acompanho para fora daqui. Sua presença perturba os fantasmas. E há algo como um apodrecimento perto do rio.

— Não há fantasmas, Elias — diz Laia. — Você está fazendo um excelente trabalho. Não sei nada sobre esse apodrecimento. O rio está a cem quilômetros de distância e eu entrei no Lugar de Espera somente esta tarde. Se algo está errado com o rio, sugiro que você procure em outra parte pelo culpado.

A água pinga da toalha de rosto e ela volta a se banhar. A fragrância do sabonete sopra na minha direção, leve e açucarada, como uma fruta de verão. Eu costumava me perguntar a respeito desse perfume. Como ele se prendia a Laia mesmo quando viajávamos pelos caminhos poeirentos do desfiladeiro ao sul, mesmo quando tudo o que tínhamos para nos lavar era água de chuva.

— Por que você está aqui? — Sou vencido pela curiosidade. — Por que está viajando pela floresta?

— Preciso chegar às Tribos — diz Laia. — Aos acampamentos perto de Aish. Viajei junto ao Lugar de Espera por alguns dias e decidi que era mais seguro fazer isso pela floresta do que pelas terras do Império. As patrulhas de Keris ainda caçam inimigos dela.

— Em breve as terras tribais serão uma zona de guerra. E não desejo dar as boas-vindas ao seu espírito aqui.

— Os seus desejos não importam muito para mim — ela diz. — De qualquer forma, as tribos Saif e Nur estão lá. Preciso encontrar Mamie e Afya Ara-Nur. Ver se elas podem me ajudar a aprender alguma coisa sobre o Portador da Noite.

— Você não pode se demorar por aqui. Os djinns andam por estas matas. Você viu o que eles podem fazer.

— Você falou que eles não perceberiam se um humano caminhasse sozinho pela floresta — ela diz. — E eles não perceberam. Pelo menos, ainda não. Pode se virar agora.

Ela coloca uma camisa e solta o cabelo, que se derrama em cachos negros pelas costas. Outra memória me atinge. Uma hospedaria muito distante. Uma parede. Uma cama. As pernas dela apertando minha cintura. Sua pele macia cedendo sob meus lábios, e a alegria plena de conseguir mais do que um momento roubado com ela. O sentimento de aquilo ser certo — de casa.

Empurro a memória para o fundo da mente.

— Me deixe levá-la para o sul — digo. Eu poderia deixá-la na fronteira, perto do mar do Anoitecer. Se for ela que estiver causando o apodrecimento, ele vai desaparecer quando ela partir.

— Não vou caminhar como o vento com você — ela diz. — Além do mais, achei que eu poderia falar com os fantasmas enquanto viajava. Talvez eles saibam sobre o Port...

— Não. — Fecho a distância entre nós e ela fica boquiaberta com a brusquidão do gesto. Mas então seu rosto se endurece e sinto o aço contra minha garganta.

— Você não vai me tocar — ela diz tranquilamente. — E nem pense em me levar a nenhum lugar sem a minha permissão.

Ela está um pouco ofegante, mas segura a lâmina com firmeza. Não lhe digo que isso não faria diferença. Que, se ela a enfiasse em mim, Mauth me curaria.

— Se você deseja tão desesperadamente me manter longe de problemas — ela diz —, venha comigo. Se os djinns aparecerem, eu o deixarei me levar para onde você quiser.

A mágica de Mauth sinaliza com uma pontada, uma cobra sonolenta se contorcendo ao sentir uma ameaça distante.

Anuo, concordando. *Eu o deixarei me levar para onde você quiser.* O jeito como ela me olha é determinado, mas há um calor nele. Um calor opressivo por trás de sua objetividade. O que ela está pensando, quando me olha desse jeito? Para onde eu a *levaria*, se pudesse?

A voz aprisionada dentro de mim responde: *Para algum lugar tranquilo. A chuva tamborilando e um fogo crepitando, uma cama macia e horas e horas pela frente.*

Dou as costas para a voz e para ela.

— Vou estar por perto — eu lhe digo. — Não precisa me procurar.

Então caminho como o vento para longe, o suficiente para poder me recuperar, antes que Laia faça nascer mais emoções dentro de mim.

XVI
A ÁGUIA DE SANGUE

Quando chegamos a Delphinium, meu ferimento causado pela flecha reabriu e sangra livremente pela coxa. Cerro os dentes com a dor enquanto meus homens arrastam os portões antigos de madeira para abri-los, o que deposita uma pequena avalanche de neve fresca sobre minha cabeça. Quando desmonto diante do castelo decrépito que é o novo lar do imperador, minhas pernas quase cedem.

— Harper — digo. O semblante dele está carregado, a mão meio estendida em minha direção, mas eu o enxoto para o castelo. — Providencie tudo para que Musa, Darin e Tas estejam bem acomodados. Preciso encontrar Livia.

A bandeira da Gens Aquilla tremula alta em cima do telhado pontiagudo do castelo, assim como a bandeira da águia e do martelo do meu sobrinho. Delphinium nunca se pareceu com o restante do Império. Faltam-lhe os domos e as colunas de Antium ou os vastos pomares de Serra.

Delphinium é uma cidade de telhados de sapê e ruas de pedra, incrustada na enorme cordilheira Nevennes. Seus moradores são hostis, impetuosos e pouco preocupados com seu povo. Taius, o Primeiro, nasceu aqui quinhentos anos atrás, quando a cidade não passava de um entreposto comercial para caçadores, comerciantes de peles e peixes.

Ouço as mensagens de tambores enquanto subo os degraus. *Caravana de provisões atacada ao norte de Estium, trinta mortos. Feiticeiro Grímarr visto no ataque à caserna de Strellium. Setenta mortos.*

O tempo que fiquei distante fortaleceu Keris e seus aliados. Tenho de encontrar uma maneira de reequilibrar o poder para o meu lado novamente.

Os homens no portão da frente me saúdam e mal aceno para que fiquem à vontade antes de me voltar para Faris, que vem a meu encontro a passos largos para me cumprimentar.

— O imperador? — pergunto.

— Encantando os que vieram fazer pedidos à imperatriz regente. — Ele olha de relance para baixo. — Águia, você está ensanguentando toda a escada.

— Um arranhão — digo, e, quando ele revira os olhos em vez de sufocar de preocupação, como Dex ou Harper fariam, sou grata por me entender. — O imperador não deveria se expor. Por que Livia está atendendo essas pessoas com ele?

— Você pode discutir isso com ela. — Faris ergue as mãos. — Ela não dá ouvidos nem a Rallius nem a mim. Diz que as pessoas precisam ver o imperador delas.

É claro que Livia diria isso. Ela não se dá conta de quantas tentativas de assassinatos nós frustramos.

Dex surge no corredor atrás de Faris, em sua habitual armadura marcial, exceto pela túnica azul-dourada que o marca como guarda pessoal de Livia.

— A segurança é a menor das nossas preocupações, Águia — ele diz. — Há uma dúzia de paters alardeando sobre os ataques recentes nas caravanas de provisões. A imperatriz regente deve encontrá-los em uma hora, mas talvez eles deem mais atenção a ela se você, e sua cimitarra, estiverem presentes.

— Eu estarei lá — digo. Delphinium nos recebeu de braços abertos cinco meses atrás. O povo aqui também deu as boas-vindas aos Eruditos.

Mas então Livia os libertou. A comandante enviou assassinos para derrotar nossos aliados e meu sobrinho. As tropas não têm sido pagas há semanas. E começamos a racionar para evitar a fome, uma vez que Keris bloqueou todas as estradas ao sul das colinas Argent.

E ainda há mais notícias ruins.

Enquanto passo por ele, Faris espia atrás de mim.

— Onde está sua pequena arqueira?

Eu sei de quem ele está falando. A partida súbita de Laia do nosso grupo foi dolorosa. Parte de mim respeita sua ausência de sentimentalidade. Ela tinha uma missão a cumprir e fez o que tinha de fazer.

Ainda assim, eu gostaria que ao menos ela tivesse se despedido.

— Pequena arqueira? Ela tem uma mira melhor do que a sua, seu asno. — Dou um soco no braço de Faris e ele faz uma careta. — E também é mais corajosa. Não o vi fazendo o parto de um bebê em meio a um cerco. Pelo que me lembro, você estava tentando não desmaiar. Dex, me ajude aqui.

Dex reduz o passo para acompanhar meu manquejar.

— Grímarr atacou mais três caravanas de provisões. Ele as queimou completamente. Os homens dele estão gritando a mesma coisa que gritaram durante todos os ataques.

— *Ik tachk mort fid iniqant fi.* Você encontrou alguém para traduzir isso?

— É karkaun arcaico — diz Dex. — Vou seguir trabalhando nisso. Tenho boas notícias: meu tio mandou avisar que estará aqui em uma semana. Ele vai trazer mil homens.

— Graças aos céus. — Isso vai aumentar nosso contingente para pouco mais de dez mil homens, além do apoio dos Eruditos. Não é nada contra as centenas de milhares de homens que Keris comanda, mas foi ela que me ensinou que há muitas maneiras de se vencer uma guerra e nem todas dependem de um quantitativo de combatentes superior.

— Nós seremos obrigados a racionar provisões novamente — acrescenta Dex.

— A Gens Lenida está nos mandando grãos, batatas e maçãs de suas reservas — digo. — Despachem um pelotão de guardas para receber os suprimentos. Essa remessa vai nos garantir mais tempo.

— Tempo para quê, Águia? — pergunta Dex. — Qual é seu plano? Os paters vão lhe fazer essa mesma pergunta. Você está preparada para responder?

Pelo visto não.

— Mais alguma coisa? — demando.

— Um pedido do conselho erudito. E... — Ele mede as palavras. — Os ankaneses mandaram um embaixador. Sem escolta, nem mesmo um cavalo. Simplesmente apareceu nos portões hoje, do nada. Ele disse que você voltaria ao meio-dia e que só veria você.

Meu pai visitou Ankana muito tempo atrás. *Eles acham que somos Bárbaros*, me contou em seu retorno. *Estão tão à nossa frente que me surpreendi que tenham concordado em me receber.*

— Devo fazê-lo esperar até que a imperatriz regente possa recebê-lo também? — pergunta Dex.

Balanço a cabeça. Livia já tem problemas suficientes com os quais lidar.

— Envie-o aos meus aposentos. Imediatamente.

— Talvez um médico primeiro? — Dex franze o cenho quando me vê mancando. — O tenente Silvius chegou de Navium enquanto você esteve fora. Viajou com seu tio Jans. — Dex se demora um pouco no nome do médico e escondo um sorriso. Pelo menos ainda resta alguma alegria nesse mundo.

— Eu me curo rapidamente — digo. — Mas veja aposentos no castelo para Silvius. Em Navium, ele se virou com provisões limitadas, pelo que me lembro. Nós precisamos desse tipo de habilidade. E consiga-me aquela tradução. Procure nos costumes e ritos dos Karkauns... Me pareceu mais um cântico que um grito de guerra.

Quando o embaixador de Ankana bate à minha porta, já me banhei para tirar o pó da estrada e vesti minha armadura cerimonial. A maior parte dos ferimentos superficiais está curada e o buraco em minha perna parou de sangrar.

— Saudações, Águia de Sangue. — O homem tem minha altura, pele marrom-escura e cabelos crespos grisalhos. Ele fala serrano com muito pouco sotaque. Seus pés calçam pantufas que lhe permitem caminhar silenciosamente, mas sua túnica azul, pesadamente bordada com animais e flores prateadas, farfalha quando ele se curva. — Eu sou o embaixador Remi E'twa.

— Apesar de ele não carregar nenhuma arma, a largura de seus ombros e seu andar decidido denotam poder. Ele é um guerreiro. — Você lembra o seu pai — ele diz enquanto fecho a porta. — Eu o conheci muito tempo atrás. Era um homem bom. Aberto aos nossos modos. Eu lhe ensinei palavras de despedida. *Emifal Firdaant.*

— O que significam? — pergunto.

— Que a morte me leve primeiro. — Diante da minha expressão, Remi sorri. — O seu pai também ficou confuso. Mas então ele falou da esposa e das filhas e acabou compreendendo. Senti uma profunda tristeza com a morte dele.

Gesticulo para o embaixador se juntar a mim em minha sala de estar.

— O seu povo há muito evita negociar com o Império. O que mudou?

O embaixador parece surpreso com minha sinceridade, talvez acostumado a modos mais corteses.

— Você tornou a escravidão ilegal, Águia de Sangue — ele diz. — Uma exigência para qualquer negociação com a nossa nação. Se você puder jurar que essa questão seguirá dessa forma, estou aqui para abrir o intercâmbio entre o imperador Zacharias e Ankana e negociar um acordo. Como demonstração da nossa boa vontade, trouxe uma dúzia de sapadores ankaneses...

Nós temos sapadores militares, quase digo, mas mordo a língua. Entre todos os meus homens, é provável que eu possa contar meia dúzia de sapadores. Keris tem o restante.

— E trabucos portáteis — ele diz. — Menores e mais leves do que os que vocês tinham em Antium, mas tão potentes quanto. Você precisará deles, creio eu, para as batalhas que estão por vir.

A soberba dele me exaspera, mas, considerando que tenho poucos sapadores e nenhum trabuco, engulo o incômodo.

— Você vê o futuro — digo. — Como os adivinhos.

— Nosso dom não é roubado. — Remi faz questão de soar neutro. — Foi conquistado após longos anos de estudo. Nós vemos impressões. Os adivinhos viam detalhes.

— Quando você olha para mim, o que vê?

Não era isso que eu ia perguntar. Mas é o que quero saber desde o momento em que Dex me disse que o embaixador estava aqui.

— Quando olho para você agora, eu vejo *Dil-Ewal* — ele diz. — Aquela que cura. Quando olho para seu futuro, eu vejo... — Ele faz uma pausa e dá de ombros. — Outra coisa.

Então passa elegantemente para a discussão do acordo comercial, explanando o que ele quer em troca dos sapadores e trabucos. Concordo em lhe vender grãos e gado — céus, vá saber onde vou consegui-los — e lhe informo que a coroa vai considerar a venda de cimitarras, o que parece satisfazê-lo. Após sua partida, uma batida soa em minha porta.

Eu a abro e vejo a cabeça de minha irmã inclinada em um ângulo esquisito. Zacharias agarra um cacho do cabelo dela e o puxa com vigorosa alegria.

— Que loucura a possuiu de deixar o cabelo solto? — Faço cócegas no pé de Zak, que solta Livia e se joga para mim com um "ba!".

Livia diz que ele é pequeno demais para falar. Mas acho que ele sabe quem o ama mais. Quando pego Zacharias nos braços, ele busca minha trança, mas apenas a afaga antes de agarrar meu rosto.

— Seu pequeno traidor. — Minha irmã ri. Zacharias é tão belo quanto ela quando bebê, com cabelos castanhos cacheados e bochechas que convidam a beliscar. A cor de sua pele é uma mistura dos tons de Livia e Marcus, um marrom-dourado reluzente, e ele me observa com os olhos amarelo-claros da família Farrar. — Ele sentiu sua falta. — Livvy se ajeita no lugar de onde saí. — Se recusou a dormir direito sem a tia Águia para niná-lo. Mas eu disse a ele que você tinha ido fazer algo muito importante.

Olho de relance para suas damas de companhia: Merina e Coralia Farrar. Elas são primas de Marcus — e nem um pouco como ele. Elas amam minha irmã e Zacharias de um modo ardentemente protetor, mas não precisam tomar parte em questões de Estado. Livia as dispensa, e elas tomam o imperador de mim, acompanhadas por um discreto capitão Rallius e três outros Máscaras.

Após eu contar a Livia tudo o que aconteceu em Marinn, ela se levanta, agitada.

— Nós sabíamos que a comandante jogaria sujo — ela diz. — A intenção dos ataques dos djinns foi deixar Marinn de joelhos a tempo para ela demandar um tratado. — Minha irmã anda de um lado para o outro no quarto. — Às vezes minha vontade é jogar tudo para o alto, pegar Zacharias e ir para bem longe daqui, para algum lugar quente ao sul, onde ninguém nos conhecesse. Onde pudéssemos ter uma vida normal.

— O seu povo precisa de você — digo. — E precisa dele. Ele é filho de um Plebeu e uma Ilustre, trazido ao mundo por uma Erudita. Zacharias é um símbolo de esperança e união, imperatriz. Um lembrete do que poderia ser o Império.

— Graças aos céus você finalmente se convenceu disso. — Livia sorri. — Alguns meses atrás, você queria me esganar por libertar os Eruditos.

— Mas você foi em frente mesmo assim — digo. — Você é corajosa. Só precisa ser mais paciente também.

Quando Livia e eu adentramos a sala do trono, uma sala de jantar com vigas de madeira e muitas teias de aranha, duas dúzias de paters estão reunidos. Meu tio, Jans Aquillus, também está lá, e anui quando entro. Ele será um dos poucos com quem Livia e eu poderemos contar para ficar do nosso lado.

Ofereço um cumprimento, mas dou um passo para trás, uma mão na cimitarra, para permitir que Livia fale. Pela milésima vez, lamento não estar com minha máscara. Sua prata me fazia lembrar de quem eu era e do que eu era capaz de fazer. E lembrava a todos os outros também. Muito frequentemente, os paters se esquecem disso.

— Vinho, soldado — Livia pede a um serviçal, postado junto à porta. Quando este desaparece, pater Cassius bufa ironicamente.

Ele é um sujeito alto e de ombros caídos, cabelos grisalhos fartos e pele pálida como um pergaminho.

— Ele vai ter dificuldade em encontrar — diz Cassius.

— Um subproduto da guerra, Cassius — diz Livia. — Não estamos fazendo uma festa ao ar livre.

— Não, não estamos — o pater Agrippa Mettias se manifesta. Ele é inteligente, direto e um excelente guerreiro, um típico homem do norte. Embora tenha pouco menos de trinta anos, comanda habilmente sua gens desde os dezesseis.

Com sua pele marrom-escura e maçãs do rosto pronunciadas, é extraordinariamente belo. Os velhos paters grisalhos o provocam por isso, mas ele parece não se importar. Sua autoconfiança me faz gostar dele ainda mais. É um bom aliado, e eu odiaria perder seu apoio.

— Keris tomou as terras ao sul da Gens Mettia — ele diz. — Ela me declarou um traidor. A maior parte da minha família escapou, mas os que não conseguiram foram decapitados. Ela ofereceu as minhas terras como recompensa pela cabeça do imperador. E dez mil marcos a mais pela minha.

Malditos céus. Todos os assassinos de Antium a Sadh estarão a caminho daqui por um prêmio desses.

— Sinto muito pela dor de sua família, pater — diz Livia. Talvez eu tenha imaginado, mas o rosto dele parece se suavizar um pouco.

— Esse é o preço da lealdade, imperatriz regente. — Mettias encara pater Cassius. — Estou disposto a pagá-lo, mesmo que outros não estejam.

— Apoiado — murmura tio Jans, e metade dos paters se juntam a ele.

— Mas... — Mettias fixa o olhar ardente em mim — nós precisamos de um plano. Keris aos poucos está nos enfraquecendo. Um assassino foi encontrado nos arredores do castelo há uma semana. E em cada cidade visitada por ela, o povo a proclamou *imperator invictus*.

Meu punho se cerra sobre a cimitarra. *Comandante suprema*. Trata-se de um título honorário para o soberano de um império, mas, quando outorgado pelo povo, carrega muito mais peso. Antes de Taius ser nomeado imperador, os clãs marciais o chamavam de *imperator invictus*. Quando seus filhos ambicionaram o trono após sua morte, o segundo filho ganhou o título — e o trono — em virtude de sua valentia no campo de batalha.

— Como? — Tio Jans anda de um lado para o outro na sala. — Como, se ela deixou o nosso povo sofrer e morrer?

— As pessoas do sul não sabem, ou dizem não saber, o que realmente aconteceu em Antium — Livia argumenta. — Não quando ela lhes promete riquezas e escravos das terras tribais.

Uma porta lateral se abre e eu me viro, esperando o serviçal com o vinho. Mas é Faris que paira na soleira.

— Águia. — Ele está tão pálido que por um momento me pergunto se ele foi ferido. — Pode me dar um instante?

Deixo a sala e vou para o corredor, onde Faris espera com meio pelotão, três dos quais são Máscaras.

— Aconteceu algo nas cozinhas. — Ele gesticula para os soldados ficarem de guarda e parte, apressado.

Infernos, se um assassino entrou aqui, juro que não vou deixar barato. Mesmo se ele estiver morto — o que deve estar, caso contrário estaríamos a caminho das masmorras —, os paters não vão tolerar outra falha.

Quatro legionários flanqueiam a entrada da copa. Com eles, está o serviçal que Livia mandou que buscasse o vinho, com o rosto desagradavelmente verde.

— Eu tenho mais dois guardas nas saídas. Águia... — Faris está perdido e subitamente não tenho certeza do que estou prestes a ver. Empurro as portas e paro onde estou.

Pois não é o cadáver de um assassino que eu encontro, nem mesmo um assassino vivo. É um banho de sangue. Um silêncio miserável empesteia a atmosfera, e não preciso olhar para os corpos destroçados para saber que estão todos mortos. Um dos rostos é familiar. Merina — a dama de companhia de Livia e babá do meu sobrinho.

— Merina desceu para pegar chá para a imperatriz regente — diz Faris atrás de mim. — O auxiliar que veio em busca do vinho os encontrou.

Cerro os punhos. Tanto Plebeus quanto Eruditos trabalhavam nestas cozinhas. Era um dos lugares em que eles se relacionavam bem. Todos eram sobreviventes de Antium. Todos leais ao imperador.

E foi isso que ganharam por sua lealdade.

— O assassino?

— Se matou. — Faris anui para a parede atrás de mim. — Mas nós sabemos quem o enviou.

Eu me viro. Borrifado sobre as pedras ensanguentadas, há um símbolo que ao mesmo tempo me enfurece e deixa enjoada.

Um K com uma coroa de pontas em cima.

XVII
LAIA

O inverno é severo na Floresta do Anoitecer. As densas sempre-verdes me protegem do vento atroz, no entanto não me resguardam do semblante gelado de Elias.

No primeiro dia após ele ter me encontrado, tento caminhar a seu lado e manter um diálogo. Ele parte tão rápido à frente que mal o vejo. Pelo resto do dia, caminho sozinha, sentindo a falta de Darin, Musa, Tas e até da Águia de Sangue. Em determinado momento, chamo Rehmat, pensando que finalmente posso perguntar sobre sua origem. Mas ele não responde.

Mais tarde aquela noite, quando saco uma refeição de tâmaras desidratadas e pão árabe, Elias desaparece, retornando quinze minutos mais tarde com um pãozinho quente recheado com frango picado, passas e amêndoas.

— Você roubou isso?

Diante do menear de ombros, fico indignada.

— Isso é fruto do trabalho duro de alguém, Elias.

— Apanhador de Almas, por favor.

Ignoro a resposta.

— Não vou comer, se você o roubou.

— Você não o comeria, não é? — O olhar dele é fugaz e não consigo saber se está zombando de mim ou fazendo uma simples observação. — Eu sempre deixo um marco de ouro — ele diz categoricamente. — Padeiros são menos propensos a trancar suas portas assim.

Estou prestes a responder quando noto a tensão em seus ombros e como ele cerra os punhos.

Quando Elias e eu viajamos através da cordilheira Serrana após escaparmos do Poleiro do Pirata, eu não queria conversar, pois havia tirado minha primeira vida — um Tribal que tentou nos matar.

Elias foi tão cuidadoso comigo na época. Conversou comigo, mas não me apressou. Ele me deu tempo. Talvez, com sua mente tão profundamente emaranhada a Mauth, eu deva fazer o mesmo.

No dia seguinte, fico calada e ele relaxa um pouco. À noite, quando paramos, rompo o silêncio.

— Eu vi sua mãe, sabia? — digo a ele. — Encantadora como sempre.

Ele cutuca o fogo com um graveto.

— Ela tentou me matar — sigo em frente. — Mas então o mestre *dela* e *meu* ex-amante apareceu. O Portador da Noite... você se lembra dele. Ele estava totalmente trajado de Keenan. Cabelos ruivos, olhos castanhos, aquelas sardas...

Olho furtivamente para Elias, mas, exceto por uma ligeira tensão no queixo irritantemente másculo, ele não reage.

— Você pensa em algum momento em Keris como a sua mãe? — pergunto. — Ou ela será sempre a comandante? Alguns dias, não consigo acreditar que a cozinheira e a minha mãe fossem a mesma pessoa. Sinto falta dela. Do meu pai e da Lis também.

Percebo que anseio por falar da minha família. Compartilhar a minha tristeza com alguém.

— Eu sonho com eles — digo. — Sempre o mesmo pesadelo. Minha mãe cantando aquela canção e o barulho do pescoço deles que-quebrando...

Ele não diz nada, apenas se levanta e desaparece noite adentro. O espaço que Elias deixa é enorme, a solidão corrosiva de mostrar o coração para alguém apenas para descobrir que essa pessoa jamais quis vê-lo. No dia seguinte, ele está calado. E no seguinte também. Até que três dias se passam. Então dez.

Falo sobre tudo debaixo do sol — mesmo de Rehmat — e ainda assim ele não diz nada. Céus, jamais conheci um homem tão teimoso.

Após duas semanas, nós acampamos cedo, e Elias desaparece. Normalmente, quando ele parte, caminha como o vento e não consigo segui-lo. Mas, desta vez, ele adentra a floresta furtivamente e o encontro em uma clareira, levantando uma pedra acima da cabeça, então a jogando com força no chão. Ele faz isso repetidas vezes.

— Calma — digo. — O que essa pobre rocha fez para você?

Ele não parece surpreso com minha presença, embora estivesse absorto em seu estranho ritual.

— Isso ajuda quando... — Elias gesticula com a cabeça e ergue a rocha de novo. Desta vez, quando a larga, eu me sento em cima dela.

— Você precisa de um bicho de estimação, Elias — digo —, se está procurando companhia em rochas.

— Eu não preciso de um bicho de estimação. — Ele se inclina, me pega pela cintura e me joga sobre o ombro.

Dou um grito.

— Elias Veturius, me... me *põe* no chão...

Ele me larga com cuidado no limite da clareira e volta para o seu rochedo.

— Você precisa de um bicho de estimação. — Recupero o fôlego, que havia ficado um pouco curto, e o circulo. — Um gato? Não. Solitário demais. Talvez um cavalo, embora, do jeito que você caminha como o vento, talvez ele não tenha muito uso. Uma aranha saltadora de Ankana, quem sabe? Ou um furão?

— Furão? — Ele parece quase ofendido. — Um cão. Um cão seria legal.

— Um cãozinho. — Anuo. — Um cãozinho que não pare de latir para você ter que prestar atenção nele.

— Não, não, um cão grande — ele diz. — Forte. Leal. Um pastor de Tiborum, talvez, ou um...

Elias não termina o que ia dizer, pois percebe que está se envolvendo em uma conversa de verdade. Sorrio para ele, mas ele me faz pagar por minha vitória, caminhando como o vento e desaparecendo, resmungando algo sobre ver os fantasmas.

— Por quê? — murmuro para as árvores uma hora mais tarde, incapaz de dormir. — Por que eu fui me apaixonar primeiro por uma criatura de fogo obcecada em se vingar e depois por um idiota nobre que, que...

Que abriu mão da sua liberdade e do seu futuro para que eu e Darin pudéssemos viver. Que se acorrentou a uma eternidade sozinho por causa de um juramento.

— O que eu devo fazer? — murmuro. — Darin, o que você faria?

— Por que você pergunta à noite, garota? A noite não vai lhe responder. — A voz de Rehmat é um sussurro, sua forma, uma sombra exígua delineada em ouro.

— Achei que tinha imaginado você. — Ofereço a Rehmat um sorriso, pois, por mais imperiosa que seja a criatura, sua presença diminui minha solidão. — Por onde você andou?

— Não importa. Você queria falar com o seu irmão. No entanto, você não fala. Por quê?

— Ele está a centenas de quilômetros de distância.

— Você é uma *kedim jadu*. Ele é um *kedim jadu*. E ele é sangue do seu sangue. Se você quiser falar com ele, fale com ele. Equilibre a sua mente. Busque.

— Como... — Interrompo a pergunta e considero a questão. Rehmat estava certo sobre o meu desaparecimento. Talvez ele esteja certo sobre isso também.

Fecho os olhos e imagino um lago profundo e imóvel. O vovô às vezes fazia isso com seus pacientes, crianças cuja barriga doía por razões que não conseguíamos ver, ou homens e mulheres incapazes de dormir por dias a fio. *Inspire. Deixe o ar o nutrir. Expire. Expulse seus medos.*

Mergulho na tranquilidade. Então o chamo, imaginando minha voz se estendendo através dos quilômetros.

— Darin. Você está aí?

No primeiro lugar onde vasculho, há apenas silêncio. Começo a me sentir uma idiota. Então...

Laia?

— Sim! — Quase dou um pulo de tão empolgada. — Sim, sou eu.

Laia, o que é isso? Você está bem?

— Sim, estou bem — digo. — Eu... Eu estou no Lugar de Espera.

Elias está com você? Ele ainda está sendo um idiota?

— Ele não é um idiota!

Imaginei que você fosse dizer isso. Eu queria ter certeza de que era você mesmo. Tem certeza de que está bem? Você parece...

Rehmat surge tão subitamente que seu brilho me cega.

— Criaturas sobrenaturais! Aproximando-se a oeste. Elas devem ter ouvido você, Laia. Me perdoe... eu não tinha percebido. Você precisa se armar!

A luz dourada some tão rapidamente quanto surgiu e sou deixada sozinha na densa escuridão. Eu me levanto tropegamente, a adaga em punho, a pulsação acelerada. Um grilo estrila por perto e o vento sussurra através dos galhos. A floresta está tranquila.

E então, em um instante, caio no mais completo silêncio. Formas esvoaçam por entre as árvores, rápidas demais para seguir. Serão djinns? Efrits?

Corro, tentando tirar vantagem da noite. *A escuridão pode parecer uma inimiga*, disse a Águia de Sangue certa vez, insistindo que eu usasse uma venda enquanto ela me treinava em um combate corpo a corpo. *Deixe que ela seja uma amiga, em vez disso.*

As sombras se aproximam. Céus, onde está Elias? É claro, quando seus fortes punhos e seu ar assassino poderiam ser realmente úteis, ele não está aqui.

Algo frio raspa em mim e a sensação que tenho é de que estou mergulhada na neve. Corro em torno do fogo e o chuto para reavivar as brasas. Elas flamejam por um instante, então desaparecem, não antes de eu ver o que se esconde no escuro.

Espectros.

Fique calma. Elias e eu combatemos criaturas como essas no deserto, a leste de Serra. Para matá-las é preciso arrancar a cabeça delas. Uma pena que tenho uma adaga em vez de uma cimitarra.

A invisibilidade não vai enganá-los. Tudo que posso fazer é correr. Chuto as brasas no rosto dos espectros, e, enquanto eles guincham, fujo por uma abertura nas árvores. Eu os sinto atrás de mim, por toda a minha volta, e os ataco com a adaga. Eles recuam, e tenho alguns centímetros a mais, alguns segundos a mais.

Foi o Portador da Noite que os enviou? *Laia, sua tola. Você acha que ele simplesmente a deixaria fugir?*

Em meio à minha respiração ofegante e ao estalar da vegetação rasteira sob minhas botas, ouço o murmurar de um regato. A maioria das criaturas sobrenaturais odeia água. Parto na direção do som, escorregando em pedras molhadas, e só paro quando a água está na altura dos meus joelhos.

— Saia daí, garotinha. — Os espectros falam como um só, suas palavras agudas e esganiçadas, como se um vendaval vindo da cordilheira Nevennes tivesse ganhado voz. — Saia daí e encontre o seu fim.

— Por que vocês não vêm aqui me pegar? — rosno. — Um banho cairia bem para vocês, seus patifes maltrapilhos.

A luz azul das estrelas deixa as sombras que emergem da mata absolutamente nítidas. Uma dúzia de espectros, em um primeiro momento. Então duas dúzias. Então mais de cinquenta, as roupas esfarrapadas tremulando em um vento inexistente.

Eles poderiam ter me atacado na mata, mas não o fizeram. O que significa que me querem viva.

Pense! Há uma razão para os espectros estarem aqui, o que não inclui me matar. *Então os encare, Laia. E rogue aos céus que você não esteja errada.* Sem aviso, saio correndo da água na direção deles.

Espero que se movam. Em vez disso, eles me pegam e apertam. *Que péssima ideia, Laia.*

Um frio impossível me trespassa e solto um grito. A sensação me consome por inteira, e tenho certeza de que será uma morte lenta, como ser emparedada e saber que você jamais escapará.

Enquanto meu corpo é imobilizado, minha visão muda subitamente para um vasto mar, escuro e caudaloso. Então para o rio Anoitecer. Eu o vejo de cima, como um pássaro. Sigo seu traço sinuoso através do Lugar de Espera. Mas há algo errado. O rio desaparece, apodrecendo nas margens. Não há fantasmas serpenteando as árvores. Em vez disso, gritos ecoam no ar e há rostos na água. Milhares deles, todos presos. O ar fica pesado e me viro para encarar um redemoinho de dentes e tendões, obscenamente violento. Uma bocarra que não se satisfaz jamais.

Mas ela não vai me engolir. *Não!* Embora as imagens ainda reverberem em minha mente, tenho consciência suficiente para reagir com minha lâmina, esquivando-me das sombras à medida que elas tentam me apanhar.

Percebo que elas querem meus gritos. Elas querem minha dor.

— Vocês não a terão — rujo para elas. — Fiquem com a minha ira em vez disso. O meu ódio.

— Laia... — A voz de Elias me chama de algum lugar e os espectros chilreiam e se afastam.

— Ela não pertence a este lugar, Apanhador de Almas — eles dizem. — Ela não está morta.

— Tampouco vocês. — As palavras de Elias me causam um arrepio, pois são pronunciadas na voz fria e impassível do Apanhador de Almas. De um Máscara. — Vão embora.

Ele reúne sua mágica e sinto o ar se comprimir à minha volta. Os espectros se encolhem e saio em disparada através deles.

— Vamos, Elias! — grito quando o alcanço. — Caminhe como o vento! Agora! — Os braços dele se fecham à minha volta e partimos.

Tremo com o frio que ainda congela meus ossos e pressiono o corpo contra o dele, desesperada por seu calor. Elias se desloca tão rapidamente que fecho os olhos para não enjoar. Devorador, o redemoinho gira à minha volta e tento convencer a mim mesma de que estou segura.

Segura. Segura. Segura, cantarolo a palavra no ritmo do batimento cardíaco de Elias, um lembrete de que, apesar de seu juramento e de sua mágica, de seu desapego e de sua distância, ele ainda é humano. Quando ele reduz o passo, tenho o som memorizado.

A fragrância do mar do Anoitecer corta o ar e o rugir surdo das ondas. Gaivotas guincham, e, longe, a leste, o sol irrompe através de uma espessa camada de nuvens.

Viajamos centenas de quilômetros. No fim das contas, ele conseguiu o que queria: me tirar de seu território. Tão logo nos livramos das árvores, ele me solta. Eu caio e arranho a mão no tronco de uma árvore, na tentativa de me equilibrar.

— Os espectros ficaram bem para trás. — Elias olha a noroeste, onde uma torre de guarda marcial paira no topo de uma colina de terra batida. — Mas podem rastreá-la. Vá rápido para um povoado humano. Quando estiver completamente claro, você estará segura para retomar sua viagem.

— Eu vi algo, Apanhador de Almas — digo. — Um oceano cheio de... céus, não sei. E rostos. Rostos presos ao rio Anoitecer. Eu vi aquele... aquele redemoinho, e ele queria devorar a mim e a você e...

— E tudo mais. — Elias olha para mim, e os olhos claros que aprendi a amar escurecem. Uma emoção insondável bruxuleia por eles, um eco de quem ele era.

— Nós podemos viajar juntos. — Toco o braço dele e Elias tem um sobressalto com o choque que corre entre nós. *Ele ainda é humano. Ainda está aqui.* — Podemos falar com os fakirs, as kehannis. Você poderia pedir...

Diante de seu olhar frio como gelo, eu me interrompo, tentando apelar para a humanidade de Elias. Mas daria na mesma me atirar contra uma parede de pedra. Ele não está nem aí para mim. Ele se importa com o Lugar de Espera. Ele se preocupa com os fantasmas.

— Quantos fantasmas você passou adiante, Elias? Quanta podridão você já viu?

Ele inclina a cabeça e me analisa.

— Não é por minha causa — digo. — Tem alguma coisa *errada*. E se for algo que o Portador da Noite está fazendo? A sua missão é proteger e passar adiante os fantasmas. Os fakirs tribais também se dedicam aos mortos. Talvez eles saibam de onde vem essa podridão.

Fique comigo, penso. *Fique comigo para que eu possa te lembrar de quem você era.*

— Um cavaleiro se aproxima. — Elias olha de relance sobre meu ombro. A claridade do céu é suficiente para eu ver a espuma nas ondas, e estreito os olhos para vasculhar o horizonte a oeste.

— Tribais — digo. — Musa lhes disse que eu estava vindo. Eles devem ter batedores observando a floresta.

— Não são Tribais. Há mais alguém. — Elias dá um passo para trás. — A voz na sua cabeça, Laia — ele diz, e então lembro que lhe contei sobre Rehmat. — Cuidado com ela. Essas criaturas nunca são bem o que parecem ser.

Eu o encaro, surpresa.

— Eu não sabia que você estava ouvindo.

Cascos ribombam atrás de nós. A meio quilômetro a noroeste, um bando de homens e cavalos surgem no topo de uma colina. Ao longe, uma das formas bruxuleia estranhamente. Ela meneia a cabeça em minha direção.

Dois olhos de sol penetram através da distância, prendendo-me como um inseto na parede.

— Elias — sussurro. — Elias, é um djinn...

Silêncio. Eu me viro para ele, para lhe pedir que nos tire dali caminhando como o vento. No entanto, quando passo os olhos para a linha de árvores, sinto um aperto no peito. Elias não está mais ali.

XVIII
O APANHADOR DE ALMAS

O teixo sem vida no bosque dos djinns suporta o fardo da minha frustração, o tronco rangendo enquanto bato com a corrente repetidamente contra ele. A garota vai ficar bem. Ela é rápida e inteligente. Ela tem mágica.

Ela vai sobreviver.

Ela não é "a garota". É Laia. E, se ela morrer, será sua maldita culpa.

— Cale-se — resmungo e golpeio a árvore de maneira particularmente selvagem. Um corvo próximo grasna e voa para o céu aberto de inverno.

Você é um idiota, a voz sibila, me ridicularizando como tem feito durante a última semana, desde que deixei Laia no limite do Lugar de Espera.

Minha exaustão é absoluta, produto do sono repleto de pesadelos e pensamentos consumidos por Laia. Ergo a corrente, buscando o doce esquecimento que toma conta de mim quando meu corpo grita que não consegue seguir adiante.

O esquecimento não se materializa. Como Cain prometeu, Laia permanece em minha mente. Cada história que ela contou. Seu corpo trêmulo quando escapamos dos espectros. Sua mão em meu braço enquanto ela tentava me persuadir a consultar os fakirs com ela.

E suas perguntas. *Quantos fantasmas você passou adiante, Elias?* Desde que ela partiu, vasculhei o Lugar de Espera por espíritos e só encontrei meia dúzia em muitos dias. *Tem alguma coisa errada.*

Ouço um gemido baixo e animalesco, e, quando me viro, vejo um espírito exalando morte e contorcendo as mãos no limite do bosque dos djinns.

Imediatamente me desloco em sua direção. A mágica de Mauth permite que eu mergulhe em sua memória e vejo uma frota de barcos ao largo de uma bela costa dourada. Invasores usando o emblema de Keris Veturia. Os domos prateados e as agulhas brancas finas de Sadh desabando em chamas. O povo da cidade fugindo e morrendo.

Falando sadês, o espírito pouco a pouco conta sua história, e eu o conduzo lentamente na direção do rio. Me concentrar nele acalma minha mente. Essa é a minha missão. E não sucessivas noites de sonhos obsessivos. Não ajudar uma garota a atravessar a floresta. Não falar com um fakir.

— Meus filhos — diz o espírito. — Onde eles estão?

— Foram poupados — respondo. — Eles encontrarão o caminho até o povoado mais próximo. Não tema por eles.

— Eles viram aquilo? — O espírito pertence a uma mulher tribal e ela vira os olhos escuros em minha direção. — A tempestade?

— Me conte sobre essa tempestade — digo. — Libere o seu medo.

O fantasma estremece. Ele está preso demais a seu medo. Deixo que minha mágica forme espirais enfumaçadas à sua volta e tento reduzir sua dor. Mas é em vão.

— Ela era enorme. E estava faminta. Ela queria me devorar.

— Quando você viu isso? — Se esse espírito realmente vislumbrou a tempestade, ele será o primeiro fantasma a mencioná-la, depois de Karinna. Sinto um arrepio na nuca. — Onde?

— Quando o Portador da Noite veio até mim. Ele ergueu sua foice. Nossa kehanni disse que, se você olhasse nos olhos de um djinn, veria o seu futuro, então tentei não olhar. Mas não consegui evitar. É isso que vai acontecer comigo quando eu cruzar para o outro lado? Eu vou ser devorada?

— Não — digo. — Não é — respondo, mas não falo com convicção. Antes, eu sabia em meus ossos que os fantasmas iriam para um lugar melhor. Agora não tenho tanta certeza.

— Alguma coisa levou os outros espíritos — diz o fantasma. — Mas eu escapei. Não sei para onde eles foram. Nem por quê.

— Você não precisa mais se preocupar com isso. — Eu me forço a acreditar, pois, se não o fizer, ela também não vai acreditar. — O outro lado a espera, e com ele a paz.

Finalmente ela parte, e, quando o próximo fantasma surge, também vem da invasão de Sadh.

— Eu não quero ir — ele grita. — Por favor, ele está me esperando. Ele vai me devorar!

Pelos próximos três dias, cada fantasma que passo adiante fala do redemoinho. Espero mais espíritos, pois está claro que Keris Veturia não está fazendo prisioneiros. Mas, por outro lado, fantasmas tribais sempre foram raros no Lugar de Espera. Seus fakirs normalmente os passam adiante sem nenhuma intervenção do Apanhador de Almas.

Os fantasmas que não adentram a mata se tornam cada vez mais difíceis de lidar. Dia após dia, ouço a mesma história. Seguro e extraio dolorosamente o mesmo terror. Um sentimento deprimente me assombra, de que estou fazendo algo terrivelmente injusto ao passar os espíritos adiante.

Então, após passar adiante um garoto que é muito mais jovem do que as vítimas usuais do Portador da Noite, vou nadar no rio Anoitecer, para purgar minha mente das preocupações.

E percebo que a podridão se espalhou.

O cheiro é pior do que antes, como o rescaldo de uma batalha. Os troncos de dezenas de árvores se esfarelam com a decomposição. A terra parece crestada e enfumaçada, como se estivesse queimada, e peixes mortos espalham o mau cheiro ao longo das margens do rio. Provo sua água e a cuspo quase no mesmo instante. O gosto lembra fortemente a morte.

Laia estava certa. Algo está profundamente errado com o Lugar de Espera. E não posso mais ignorar.

XIX
A ÁGUIA DE SANGUE

Tentamos evitar que o massacre nas cozinhas vaze. Mas é impossível. Em uma semana, a notícia corre por toda Delphinium.

— Se ela consegue chegar às cozinhas, pode chegar a qualquer pessoa. — Pater Cassius anda de um lado para o outro na sala do trono. Uma chuva gelada martela o telhado, e, embora estejamos no início da tarde, as nuvens de tempestade são tão densas que parece noite. Teremos neve de manhã. Posso sentir o cheiro.

Uma dúzia de homens anui ou resmunga, concordando com Cassius — quase metade do nosso conselho consultivo. Musa e Darin, que estão aqui representando os Eruditos, trocam um olhar.

— Ela ainda não chegou ao imperador. — Livia se endireita no assento adornado que serve como trono. — Nem mesmo perto.

— Porque está distraída com sua campanha nas terras tribais — diz Cassius. — Nós precisamos considerar um tratado. Pedir clemência...

— Não haverá clemência por parte da comandante — digo. — Eu treinei ao lado dela durante catorze anos. Ela não sabe o que significa piedade. Se cedermos, vamos morrer.

— Você não lembra o que ela fez em Antium? — Calado até agora, Darin encara Cassius. — Milhares do seu povo foram mortos. Milhares do meu povo também.

— Silêncio, Erudito! Só porque aquele tolo do Spiro Teluman treinou você...

— Não invoque o nome dele. — A firmeza na voz de Darin me faz lembrar de sua mãe. — Spiro Teluman era dez vezes mais homem que você. Quanto ao silêncio, já chega de ficarmos calados. Sem a nossa ajuda, vocês não têm a menor chance de retomar o Império de Keris. Vocês precisam dos Eruditos, pater. Lembre-se disso.

Cyrus Laurentius, um diplomata como meu pai, interfere.

— Keris traiu Antium se unindo aos Karkauns. Ela é o verdadeiro inimigo, Cassius. Céus, não fazemos ideia do que o nosso povo está sofrendo.

— E o que fizemos para ajudá-los? — Pater Cassius olha fixamente para mim.

Sua censura ecoa em minha mente enquanto a discussão esquenta. Perambulo pela sala, ignorando os paters. *E o que fizemos para ajudá-los?*

Zacharias tem de assumir o trono. Mas ele ainda é uma criança sem poder e não há nada que um Marcial respeite mais do que o poder. Keris empunha o dela como uma lâmina. Razão pela qual ela insistiu em ser aclamada *imperator invictus* em vez de meramente imperatriz. Razão pela qual ela está obcecada em conquistar e pilhar as terras tribais.

Nós precisamos de uma vitória que traga repercussões. Uma vitória que envie uma mensagem poderosa não só para os paters do Império como para o nosso povo.

— Águia de Sangue — Harper sussurra atrás de mim. — Em que está pensando?

Eu lhe respondo alto o suficiente para a sala ouvir.

— Pater Cassius está certo sobre uma coisa. Nossos cidadãos em Antium já esperaram tempo suficiente por sua libertação.

— Infernos, como vamos enfrentar o exército karkaun quando mal temos homens suficientes para defender Delphinium? — pergunta pater Cassius.

— Achei que você tinha estudado estratégias de guerra, Águia.

— Nós não vamos usar nosso exército. Vamos recrutar o que está na cidade. Há cinquenta mil Karkauns em Antium. — Enquanto falo, a forma de uma missão vai ganhando força. — Para reprimir uma população bem superior ao quádruplo desse contingente. Muitas mulheres e crianças ainda estão vivas. Eu conheço o nosso povo, paters. Se pudermos lembrá-los de que não estão sozinhos, eles se insurgirão. E, se retomarmos a cidade, podemos mostrar aos aliados de Keris a nossa força e trazê-los para o nosso lado.

Pater Mettias, que até esse momento havia observado as discussões ao lado do fogo, olha para mim de soslaio.

— Como mulheres vão lutar contra aqueles monstros? Como você vai armá-las?

— Você esqueceu que a Águia é uma mulher, Mettias? — Livia examina o jovem pater com aspereza suficiente para deixá-lo sem jeito. — Não nos oprima com velhos preconceitos. Você é melhor do que isso.

— Nós temos reservas de armas escondidas na cidade. — Olho de relance para Dex, que anui. — Nossos espiões nos disseram que os homens de Grímarr não descobriram todas elas. E o Darin aqui sabe fazer aço sérrico.

Uma briga junto à porta faz com que todos nos viremos ao mesmo tempo. Um guarda voa para dentro da sala e ouvimos o ressoar do choque de cimitarras. Agarro Livia e a empurro para baixo junto ao trono enquanto os paters cerram fileiras à nossa frente.

— Não ouse me dizer que preciso provar a minha identidade, garoto — retumba uma voz. — Eu já usava um colar de ossos de karkauns antes que o cachorro do seu pai pusesse os olhos na sua mãe.

Uma figura alta de ombros largos adentra a sala do trono marchando e solto minha arma. A armadura brilha, não há um fio de cabelo fora do lugar e ele parece saído de uma inspeção militar em vez do que provavelmente foi uma dura caminhada de vários meses.

— Saudações, Águia. — Quin Veturius avança em minha direção, anuindo imperiosamente para os outros paters. — Que conversa é essa sobre roubar aliados da minha filha?

◆ ◆ ◆

Os paters são céticos em relação ao meu plano, mas, no fim, não lhes deixo outra opção. Não retomaremos a capital em um único dia, no entanto essa missão é o primeiro passo. Ela vai dizer para o nosso povo que nós não o esquecemos e que eles têm de estar prontos para lutar.

Enquanto deixo a sala de audiências, Harper me segue, correndo para acompanhar meus passos através dos corredores movimentados em direção aos meus aposentos.

— Traga-me os relatórios dos espiões de Antium — digo. — E avise o nosso povo na cidade. Parto em três dias.

— Nós iremos através da cordilheira Nevennes? — pergunta Harper.

— Ou das colinas Argent?

— Da cordilheira. Uma pequena força. Muito pequena. Arranje-me dois homens... os melhores. E chame Musa...

— Já estou aqui, Águia. — O Erudito nos seguiu sala afora. — Eu precisava falar com você um momento. — Seu belo rosto está tenso, e eu estranho, pois ele normalmente parece estar rindo de todo mundo. — Mandei um bando de diabretes para Marinn para ficar de olho nas coisas — ele diz. — Eles não voltaram. Nem um deles.

— Bem, é uma longa jornada... — Harper começa, mas Musa balança a cabeça.

— Eles podem fazer essa jornada em um dia. Dois dias, se se distraírem. Eu os enviei assim que chegamos no Império. Semanas atrás, agora. Você tem espiões no reino, Águia?

— Alguns — digo. — Mas eles têm andado calados. Dex vai conferir isso para mim. Conseguiremos algumas respostas para você. Enquanto isso, eu poderia usá-lo em Antium.

Ele olha de mim para Harper, com as sobrancelhas erguidas.

— Você não teria outra pessoa para fazer isso?

— Harper vai permanecer aqui para proteger a imperatriz regente. — Ignoro a tensão em sua postura e a evidente descrença demonstrada em seu corpo. — Os Eruditos devem ser representados na missão. Laia disse que você leva jeito com uma lâmina. E seus amiguinhos podem vir a nos ajudar.

Musa anui e assim que ele está fora do alcance da nossa voz, Harper se vira para mim.

— Meu lugar é com a Águia de Sangue...

— A situação está muito precária por aqui, Harper. — Cruzo rapidamente um pátio e entro em um corredor de pedras mal iluminado que leva aos meus aposentos. Finalmente. Preciso me afastar dele. Ele está próximo demais. Bravo demais. Eu gosto do Harper desprovido de emoções. Do Harper frio. O Harper impetuoso, aquele que olha para mim como se eu fosse preciosa para ele, é esse que tenho de evitar. — Eu preciso de alguém em quem confio guardando as duas pessoas mais importantes do Império.

— Você confia em Dex. Confia em Quin. E confia em Faris.

— Dex também vai ficar. A imperatriz regente precisa do seu guarda particular. Mas Faris virá comigo. Preciso da força dele. E Quin vai insistir em nos acompanhar.

Harper se aproxima tanto que sou forçada a parar. Olho de um lado para o outro do corredor, mas não há ninguém. Mesmo se tivesse, duvido que ele se preocupasse. Ele está furioso, o queixo cerrado, lutando para manter o controle.

Pela milésima vez, gostaria que tivesse minha máscara de volta. Tê-la comigo facilitaria demais encará-lo.

— Por que você não quer que eu vá, Águia de Sangue? — A voz dele é baixa e sombria, de um jeito que jamais ouvi. Quando meu olhar cruza com seus olhos verdes, eles brilham de frustração, mas há algo mais profundo que me chama a atenção.

Dou um passo atrás e ele balança a cabeça.

— Você é a Águia de Sangue — ele diz. — E eu jurei protegê-la.

— Vou designá-lo para outro lugar — digo, mas minhas palavras nem de longe carregam alguma convicção. Nós dois sabemos que não confio em ninguém como nele. — Eu não preciso... disso.

— Eu sei do que você precisa, Águia. — Ele corre uma mão pelo meu braço, tão cuidadoso apesar da raiva. — Eu quero que você me peça.

Eu preciso que você desapareça. Que nunca vá embora. Eu preciso jamais ter conhecido ou sentido você. Você. Você. Você. Eu preciso de você.

— Eu preciso que você fique aqui — digo. — E mantenha minha irmã e o imperador vivos.

Dou um passo atrás e deslizo para dentro do quarto, então fecho a porta na cara dele. Por um longo momento fico congelada, encarando-a. Ele está ali, do outro lado. Talvez o coração dele bata forte como o meu. Talvez as mãos dele tremam como as minhas.

Ou talvez eu o tenha finalmente afastado de vez. Sei qual opção eu preferiria. E me odeio por isso.

◆ ◆ ◆

Dez dias mais tarde, entro em Antium e encontro uma cidade arruinada. Sei disso pelo que vejo — as lamparinas de rua quebradas e a fuligem das piras funerárias pairando sobre tudo. Sei disso pelo som — um silêncio causado pelo terror, pontuado por gritos ocasionais. Sei disso fedor de podridão, lixo e carne queimada.

Mas ainda assim é a minha cidade. Os Karkauns conseguem poluir as ruas, mas não conseguem derrubar as enormes paredes de granito. Eles podem devastar, matar e torturar, mas não conseguem esmagar o meu povo.

Quin, Musa, Faris e eu nos agachamos nas ruínas de um velho mercado, onde sedas, potes e sacolas estão espalhados por todos os lugares, como se um tornado tivesse passado por ali. A lua brilha acima de nós e a observo com desconfiança. Em circunstâncias normais, eu jamais conduziria uma missão de assassinato em uma noite tão clara.

Mas isso não pode esperar. Grímarr é um dos aliados mais fortes de Keris. Ele é o monstro por trás do desespero nesta cidade. Ele precisa morrer.

Atrás de nós, estão os Máscaras que Harper escolheu para nos acompanhar. Ilean Equitius é dez anos mais velho que eu e primo do meu velho amigo Tristas, que sua alma repouse nos céus. Septimus Atrius é da gens de Dex e tem aproximadamente a idade de Musa. Nenhum deles demonstra nenhuma emoção com o que veem. Ambos sobreviveram ao cerco karkaun. Eles sabem do custo se fracassarmos hoje à noite.

Não preciso lhes dar ordens. Além do plano reserva de Quin, repassamos toda nossa estratégia uma centena de vezes na semana que levamos para chegar aqui.

No coração da cidade, um sino toca duas vezes.

Quin, Ilean e Musa se levantam. O velho se vira para mim.

— Quinto sino — ele diz, e então os três desaparecem. Faris, Septimus e eu ficamos esperando.

E esperando.

E se eles não conseguirem se livrar dos guardas? E se formos traídos? Temos poucas fontes na cidade. Confiar nelas é arriscado. Elas podem ser torturadas para revelar o nosso plano. Ou Quin, Ilean e Musa podem ser dominados. Em minha mente, cada cenário é pior que o anterior e me vejo apertando o punho da cimitarra até ficar com os nós dos dedos brancos.

— Estamos falando de Quin Veturius, Águia — sussurra Faris. — O velho vai sobreviver a todos nós. Tê-lo ao nosso lado é quase como ter Elias de volta.

Uma coruja de celeiro pia na rua, além do mercado. O sinal. Faris e Septimus me seguem através do Bairro Mercador de Antium, até o distrito de prostituição.

Aqui, as ruas oferecem alguns dos únicos sinais de vida na cidade. Apesar de todo o seu ódio aos "pagãos", os porcos karkauns ainda desejam suas prostitutas.

Grímarr não é diferente. Nossa espiã, Madame Heera, que tinha um dos melhores bordéis de Antium, nos disse isso em suas missivas codificadas. Nos meses em que Grímarr esteve na cidade, ele matou seis de suas garotas.

Ele as mata lentamente, na Praça Taius. Escolhe as noites de lua cheia, para que todos possam ver. Uma pessoa de cada lar deve comparecer, ou a família toda paga o preço.

Cerro os dentes com o barulho vindo dos bordéis e me desloco rapidamente. O vento frio da noite abafa nossos passos. Logo estamos parados do outro lado da rua do bordel de Madame Heera. Não sobrou nada dos guardas karkauns, exceto algumas manchas de sangue nas pedras do calçamento.

O bordel está parcamente iluminado. Uma janela no andar de cima está aberta. Dentro, alguém chora. Por trás do som, ouve-se um canto sinistro que só pode vir dos Karkauns.

Faris, Septimus e eu atravessamos a rua correndo e vamos até a lateral do prédio, na direção de uma janela que deveria estar destrancada.

Enfio a lâmina por baixo do parapeito e a viro. A janela não cede.

O entoar acima se intensifica, um rumor baixo que arrepia os pelos dos meus braços.

— *Ik tachk mort fid iniqant fi. Ik tachk mort fid iniqant fi.*

Dex jamais encontrou a tradução, embora tenha compartilhado seu conhecimento dos ritos de sangue karkauns.

— Quebre a janela — sussurra Faris. — Não temos escolha, Águia.

Anuo e espero longos minutos pelo terceiro sino. Quando ele ressoa, enrolo a mão na capa e atravesso a janela com um soco.

O ruído do vidro despedaçando é o mais alto que já ouvi na vida, mesmo com os sinos. Espero um grito de aviso, mas ele não vem. O único som é daquele canto infernal.

Quando estou certa de que ninguém nos ouviu, passo pela janela com a ajuda de um calço e adentro um quarto sujo com manchas na parede e uma cama destroçada.

— Vamos lá... — sibilo para Faris e Septimus, mas a janela é pequena demais para eles entrarem. — Porta dos fundos — sussurro. — Vou destrancá-la.

— Águia — murmura Faris. — O plano não é esse.

No entanto, já atravessei o quarto e estou no corredor, avançando furtivamente no escuro. Destranco a porta pela qual Faris e Septimus vão passar e sigo por uma escada tomada pelo lixo.

— Á-Águia.

Dou um salto com o sussurro e corro os olhos pela escuridão para ver uma figura agachada na lateral do vão da escada. Heera. Ela carrega, hesitante, uma tigela cheia de líquido em cada mão.

Sangue para os rituais karkauns.

Estou ao lado dela no mesmo instante.

— Está tudo bem, Heera. — Olho atrás de mim, meus nervos gritando um aviso. Ela é a madame da casa, a mulher que pode alcovitar o prazer para eles. Os Karkauns não a matariam, a não ser que quisessem que ela, ou o corpo dela, fosse uma mensagem.

— Ele sabe, Águia — sussurra Heera. — Grímarr. Ele sabe que você veio para matá-lo. Ele quer você. O seu sangue. Os seus ossos. Ele está... Ele está esperando...

Se ela diz algo mais, eu não ouço. À direita, por detrás de uma porta fechada, o assoalho range.

Então a porta se escancara e um exército de Karkauns se derrama na minha direção.

XX
LAIA

O djinn está encapuzado e coberto por um manto, mas posso dizer que não é o Portador da Noite. O ar em torno da criatura não está gelado ou distorcido. Os humanos que cavalgam com ele não se afastam, encolhidos.

Minha mente dispara. Nada bloqueia sua linha de visão e o sol nasce no mar às minhas costas. Um grito de alarme confirma que eles me viram. Céus, vá saber como me encontraram.

A voz de Rehmat ressoa a meu lado, embora a criatura não se manifeste.

— Por que você está parada aí como uma corça enfeitiçada pela lua, garota? — ele demanda. — Se eles a pegarem, vão matá-la.

— Eu estou ao alcance dos arcos deles. Se quisessem me matar, já teriam atirado em mim. — Avalio a proximidade dos soldados e, embora minha coragem fraqueje quando vejo o brilho prateado de um Máscara, lembro a mim mesma que posso usar minha invisibilidade, se for preciso. — E se eu deixasse que eles me pegassem? Há um djinn com eles. Eu poderia enganá-lo para ele me dar informações sobre o Portador da Noite.

— Você não tem como enganar um djinn. — Ouço um longo fungar. — E eu sinto cheiro de bruxaria no ar.

— Preciso saber sobre o Portador da Noite — digo. — Existe maneira melhor do que informações vindas do seu próprio povo?

— Não posso ajudá-la se você estiver com os djinns — Rehmat me avisa. — Não posso ser descoberto.

Rehmat não havia mencionado isso antes.

— O que acontece se eles o descobrirem?

Nesse momento os soldados encimam a elevação de uma colina próxima e avançam a galope em minha direção. Com o rosto sombreado pelo capuz e coberto pelo manto, a djinn lidera.

Se eu simplesmente ficar aqui, ela vai perceber que há algo errado. Então resolvo correr. O Portador da Noite provavelmente contou para os djinns que não consigo usar minha invisibilidade em meio à gente deles. Se ela tentar me matar, ou se eu não conseguir obter informações dela, eu posso simplesmente desaparecer. As terras tribais não estão distantes, e há dezenas de ravinas e desfiladeiros que prestam muito bem como esconderijos.

Chamo minha mágica e a deixo falhar, como se ela estivesse além do meu alcance. A djinn avança avidamente — meu artifício funcionou. Quando os soldados fecham o cerco, eu me viro para oeste, na direção dos contrafortes relvados que lentamente se aplanam até o deserto tribal.

— Espalhem-se! — A voz da djinn é cristalina como a primeira brisa do inverno e os soldados imediatamente lhe obedecem. — Não a deixem passar.

Eu me agacho no chão, faço o meu melhor para parecer aterrorizada e tento escapar. Um choque de calor queima minhas costas e uma mão ardente se fecha em meu braço, mais apertado que uma algema de tortura marcial.

A djinn me vira para encará-la. Apesar do vento, seu capuz segue baixo, e tudo que consigo distinguir são as chamas que queimam em seus olhos.

— Laia de Serra — ela diz. — O Meherya terá prazer em vê-la, sua verme.

A djinn anui para o Máscara, que tira correntes de uma mula de carga. Elas são feitas de algum material negro reluzente que não reconheço. Quando o Máscara as fecha em mim, uma comichão desagradável corre pelos pelos meus braços.

Eu sinto cheiro de bruxaria no ar.

Tenho um pressentimento e tento conjurar minha invisibilidade. No entanto, apesar das garantias de Rehmat de que sua presença fortaleceu meu poder, a mágica não responde.

— Precaução extra. — A djinn chocalha minhas correntes. — Com humanos, todo cuidado é pouco. — Ela curva os lábios com a última palavra e dá as costas.

Meu plano de obter informações dela parece súbita e idiotamente infantil. Não faço nem ideia do que ela é capaz de fazer. O Portador da Noite é o primeiro djinn e, desse modo, possui um conjunto de poderes: cavalgar o vento; prever o futuro; ler mentes; manipular o ar, a água, o fogo e o tempo. Esta djinn pode possuir todas essas habilidades ou um tipo de mágica do qual nunca ouvi falar.

Qualquer que seja seu poder, agora estou vulnerável a ele. Rehmat disse que os djinns não poderiam mais usar seus poderes para me desestabilizar. Mas ele não falou nada sobre correntes que reprimem a mágica.

— Você estava certo — sussurro para Rehmat. — Infernos, eu estava errada. Por favor, me ajude a sair daqui!

Mas Rehmat não reaparece.

— Para onde vocês estão me levando?

A djinn segue em silêncio, e minha vontade é atacá-la. Mas tudo que posso fazer é mirá-la ferozmente. Eu me viro para o Máscara.

— Para onde estamos indo?

— Nós estamos...

— Silêncio, Marcial — diz a djinn, e sua animosidade em relação a ele não é menor do que em relação a mim. Para minha surpresa, o Máscara para de falar, embora seu olhar seja em si um monólogo. — Você também. — Ela olha para mim, e ainda que uma resposta tenha pairado em meus lábios, não consigo dizê-la. *Oh, céus.* O poder da djinn, pelo visto, é a coação. E não tenho defesa contra isso.

O pânico passa por minha mente, pois, se ela roubou minha mágica e me desnudou para a dela, estou perdida. Não consigo tirar informação alguma da djinn. Só posso lhe servir até ela ficar satisfeita.

O medo só é seu inimigo se você deixar. Pense, Laia. O poder da djinn deve ter limites. Por exemplo, será que ela consegue controlar os animais que montamos? Ou apenas os humanos?

Eu a observo com o canto dos olhos enquanto viramos para sudeste na direção das terras tribais. A égua castanha que ela monta cavalga como se fizesse parte dela, calma e fluida. Quando os tambores ribombam uma mensagem de uma guarnição próxima, seu animal é o único que não demonstra nenhuma reação.

Cutuco os flancos do meu cavalo com os calcanhares para ver se ele reage. Ele se sobressalta, mas continua em um passo firme. A djinn olha de relance para trás.

— Pare, garota — ela diz. — A criatura não vai obedecer.

O Máscara cavalga a meu lado, com o rosto impassível. Ele é um homem magro e de pele escura que parece um pouco mais velho que a comandante. O corte refinado da camisa e o revestimento elaborado da armadura indicam que ele é um Marcial hierarquicamente importante. Mas ele segura as rédeas como se elas fossem seu único poder no mundo.

Abro a boca para lhe perguntar se ele já conseguira se libertar alguma vez. Mas, quando o faço, não sai nenhum som. Ela silenciou minha voz também.

Meu movimento chama a atenção do homem e seu olhar cruza com o meu. Por baixo da máscara prateada, seus olhos azul-claros faíscam um tipo de fúria desesperada. Ele odeia o que está sendo feito com ele, tanto quanto eu.

O que significa que, embora seja um Marcial e um Máscara até a raiz dos cabelos, poderia ser um aliado.

Anuo para minhas mãos e, muito lentamente, faço minha pergunta sem emitir um som. *Você conseguiu se libertar alguma vez?*

Por quase um minuto, ele permanece imóvel. Então anui, uma única vez.

Nesse instante a djinn se vira e mira o Máscara, como se sentisse sua revolta interior. Ela estreita os olhos e ele balança a cabeça como um fantoche, os lábios absolutamente cerrados.

Cavalgamos incessantemente durante horas, o único som o *clip-clóp* dos cascos dos cavalos e minha respiração ofegante. Os animais vencem os quilômetros mais rapidamente do que seria natural, sem dúvida ajudados pela habilidade inata da djinn com o vento. De tempos em tempos, tambores marciais distantes batem uma mensagem. Tento compreender o significado das batidas, mas, apesar das tentativas da Águia de Sangue de me ensiná-las, só consigo captar algumas palavras. *Sadh. Inimigo. Sul.*

O cuidado da djinn conosco é o mesmo que ela teria com um bando de animais. Quando paramos, ela ordena que eu me alivie atrás de um rochedo, como se eu fosse um cão que ela tivesse levado para passear. Mas meu corpo obedece às suas ordens e ardo de vergonha. E ódio.

Na primeira noite, acampamos em um pequeno oásis. Ela ajusta minhas correntes e me prende a uma tamareira.

— Nem pense em escapar, garota. — Então se vira para o Máscara. — Novius, não é? Mantenha seus homens longe dela. Você será responsável por alimentá-la e cuidar de qualquer ferimento que ela tenha. Passe unguento nos pulsos dela. Vocês não podem se falar. Você não vai soltá-la ou ajudá-la a fugir. — E, com o anuir de Novius, a djinn desaparece deserto adentro.

O Máscara obedece às suas ordens e, quando tento capturar sua atenção mais uma vez, ele olha furtivamente para o escuro antes de se concentrar em minhas mãos.

Para onde?, pergunto.

Novius balança a cabeça. Ou ele não pode responder, ou não quer. Tento de novo.

Fraquezas?

O Máscara olha de relance sobre meu ombro e rapidamente responde, sem emitir som:

Orgulho. Ira. Mais fraca ao meio-dia.

Isso está de acordo com o que Elias disse sobre os djinns serem mais fortes à noite. Analiso minhas correntes. A djinn leva a chave pendurada no pescoço. Exceto por seu estranho brilho, o cadeado se parece com qualquer outro.

Chaves mestras?, pergunto. Elias me ensinou a abrir cadeados quando ele, Darin e eu atacávamos carruagens fantasmas marciais para libertar Eruditos. Faz meses que não pratico, mas Elias insistiu que era como aprender a nadar. Uma vez que você sabe, jamais esquece. Ele também disse que os Máscaras sempre carregam um conjunto de chaves mestras.

Mas Novius apenas desvia o olhar.

À meia-noite, quando os soldados estão dormindo e Novius assumiu a vigília, a djinn se materializa saída do deserto e se senta a meu lado. A luz do luar tinge de azul as chamas dos seus olhos, que contêm um vazio que me faz recuar e encolher.

— Conte-me sobre você, garota. — Ela se ajeita logo além do meu alcance. — Eu permito que você fale.

Em um primeiro momento, tento manter a boca fechada, mas ela pressiona meus lábios e a compulsão de falar é irresistível. *Pequenas verdades, Laia*, digo para mim mesma. *Não revele nada.*

— Meu nome é Laia de Serra — digo. — Tenho dezenove anos, um irmão...

A djinn desconsidera minhas palavras com um aceno.

— Conte-me sobre a sua mágica.

— Eu posso ficar invisível.

— Quando você encontrou essa mágica? De onde ela veio?

— Um ano e meio atrás — digo. — Quando os Marciais arrombaram a minha casa e eu estava tentando fugir. Eu não sabia que a possuía. — Faço uma pausa, pois não posso dizer que a mágica veio de Rehmat. A criatura parecia inflexível ao não querer que sua existência fosse revelada. — E-Eu acho que a recebi de um efrit que encontrei quando estava fugindo de Serra...

O queixo da djinn se tensiona.

— Efrits — ela diz. — Traidores e ladrões. Nenhum efrit deveria ter concedido poder algum a você.

Relaxo um pouco, mas é precipitado demais.

— E a escuridão que você tem aí dentro? — Ela se inclina para a frente. — Quando foi a primeira vez que você sentiu isso?

Umedeço os lábios. *Rehmat?*, penso, mas a criatura não pode se arriscar a aparecer. Ela deixou isso bem claro.

Meu silêncio irrita a djinn.

— Fale!

— A primeira vez foi perto da Prisão Kauf — digo. — Depois que dei meu bracelete ao Portador da Noite.

— *Nosso* bracelete — ela me corrige, com uma ira cuidadosamente contida enrijecendo os ombros. — A Estrela jamais foi sua, humana.

No limite da clareira, Novius se vira e nos olha por um longo momento. Suas mãos baixam para a cimitarra e a djinn volta sua atenção para ele. Quase imediatamente, ele gira para o outro lado, com a coluna estranhamente endireitada. *Orgulho*, ele me disse quando perguntei sobre as fraquezas da djinn. *Ira.*

Tento memorizar os movimentos dela, o jogo de emoções que há em seu corpo. Se o Portador da Noite mandou que ela viesse ao meu encalço, ela deve ser próxima dele. Mas há algo que ela mal consegue conter. Um ódio para conosco que ela não se importa em esconder.

— A sua escuridão interna já se comunicou com você?

— Por... Por que ela falaria comigo? — Quando ela não responde, sigo em frente. — O que ela significa? Foram os efrits que a colocaram em mim?

— Sou eu quem faz as perguntas, garota — ela diz. — Você consegue invocar essa escuridão?

Nesse momento, fico agradecida pelo fato de Rehmat não ter ouvido meus apelos, porque posso responder com sinceridade.

— Não — digo. — Eu poderia invocar minha mágica se você tirasse essas correntes de mim.

A djinn sorri como uma hiena diante da presa, antes de lhe rasgar a garganta.

— Como isso a ajudaria? — ela questiona. — Mesmo sem as correntes, a sua mágica é fraca. Eu sentiria a sua presença e caçaria você tão facilmente quanto um Máscara caça uma criança erudita ferida.

A imagem é cruel e eu a encaro ferozmente. Ela bufa com desdém.

— Pfff, o seu conhecimento não encheria o dedal de um diabrete. Mas não importa. Em duas noites, estaremos em Aish. O Meherya vai abri-la. Arrancar a verdade dessa sua mente fraca. E vai doer, garota.

— Por favor. — Deixo um pouco de desespero entrar na voz. Tive uma ideia. — Não me leve até ele. Me deixe ir embora. Não vou atacá-la, eu juro. Não vou machucar ou matar você, nem usar aço ou chuva de verão contra você...

— Machucar?! — Ela ri, com a mesma fúria indiferente. — Matar?! Pode uma minhoca machucar um lobo, ou uma formiga matar uma águia? Nós não tememos chuva de verão, e não existe lâmina forjada por um ser humano ou efrit, diabrete, ghul ou espectro, nem qualquer objeto deste mundo, que possa nos matar, sua ratinha. Nós somos criaturas antigas agora. Não somos mais sensíveis e vulneráveis como éramos antes. Não importa quanto você queira nossa morte, isso é impossível.

Ela se recosta, tentando se recompor, mas seu corpo treme enquanto ela aperta os lábios. Pondero a respeito do que ela disse. Não é verdade. Não é verdade porque...

— Você vai esquecer as palavras que acabei de falar.

Minha mente se anuvia e agora estou encarando a djinn, desnorteada. Acho que ela disse algo. Algo importante. Mas as palavras me escapam como areia entre os dedos. *Lembre-se, Laia,* uma parte dentro de mim grita. *Você precisa se lembrar! A sua vida depende disso. Milhares de vidas dependem disso!*

— Você... — Levo a mão à têmpora. — Você disse algo...

— Agora durma, garota — sussurra a djinn. — Sonhe com a morte.

Enquanto ela se levanta, a escuridão me encobre. Minha mãe passa por meus pesadelos. Meu pai. Lis. Vovó. Vovô. Izzi. *Lembre-se,* eles dizem. *Você precisa se lembrar.*

Mas não consigo.

XXI
O APANHADOR DE ALMAS

Deixar o Lugar de Espera costumava enfurecer Mauth. Mas, assim que ele se juntou a mim, me deu mais liberdade. O que agora é útil, pois a tribo Nasur negocia em Aish, bem ao sul da fronteira do Lugar de Espera. A fakira deles, Aubarit, é alguém em quem confio completamente. Ela pode saber algo sobre a podridão que afeta a floresta.

Enquanto caminho como o vento, um vendaval uivante varre os longos trechos de terra ressequida, acrescido por redemoinhos de poeira e a ocasional tempestade de areia. Da última vez que lidei com um tempo tão esquisito, o Portador da Noite estava por trás do fenômeno. Não tenho dúvida de que ele e sua gangue estão por trás deste também. Apenas um dia após minha partida, preciso me abrigar.

Faz anos desde a última vez que viajei com uma caravana, então sou obrigado a repassar minhas lembranças com a Águia de Sangue. Nós tínhamos vários esconderijos por aqui quando éramos cincos. Uma memória se destaca: ela me desafiou a roubar uma enorme panela de pudim de arroz que borbulhava no meio de um acampamento tribal. Foi uma aposta estúpida, mas estávamos com fome e ele cheirava bem. Escapamos dos Tribais que vieram atrás de nós por pura sorte. Encontramos ao acaso uma caverna próxima e nos escondemos por três dias.

Enquanto sigo para essa mesma caverna agora, penso que jamais provei algo tão bom quanto aquele pudim de arroz. *Ele parece mais doce porque você quase morreu para roubá-lo*, disse Helene com um largo sorriso enquanto nos empanturrávamos. *Faz você apreciar cada mordida.*

A caverna ficava perto de um paredão enorme a várias horas ao norte de Aish e me sinto aliviado em descobrir que ela não só ainda está ali, como o regato próximo corre caudaloso. Não gosto de ficar preso nem de nada que impeça que eu cumpra meu dever. Mas pelo menos não vou sofrer de sede.

Começo a fazer uma fogueira do lado de fora da caverna e avalio meu reflexo no regato — meu rosto, cabelo e roupas têm todos o tom bege das rajadas de areia.

— Você bem que poderia ser um de nós, Banu al-Mauth — diz uma voz grave. — Embora jamais seríamos tolos o suficiente para andar em ventos como esses.

Uma figura diáfana adentra a luz do fogo. Em um primeiro momento estou confuso, pois, apesar da sua forma, ela não pode ser humana.

— Rowan Goldgale — diz a figura. — Já nos encontramos antes.

Reconheço o nome.

— Sim — digo. — Você tentou assassinar a mim e a meu amigo durante as Eliminatórias. Agora você e seus colegas efrits da areia estão queimando carruagens tribais e saqueando vilarejos.

— São todas atitudes que fomos forçados a tomar. — Rowan se aproxima e eu olho atrás dele, perguntando-me se ele trouxe consigo seus amigos saqueadores. Mas ele balança a cabeça. — Eu vim sozinho, Banu al-Mauth, humilde e sincero, na esperança de que você possa ouvir o meu apelo.

Convido Rowan a se sentar e ele cruza as pernas no chão da caverna, seu contorno ficando suficientemente sólido, de maneira que posso distinguir seu nariz em forma de bico e os lábios finos.

— O Portador da Noite está se movimentando contra o mundo humano — Rowan diz enquanto gesticula. A areia em meu rosto, cabelo e roupas forma uma nuvem, caindo em uma pilha ordenada, deixando-me marginalmente mais humano. — Ele escravizou a minha gente e nos obrigou ao silêncio, mas seus planos...

O rei dos efrits da areia estremece e me inclino para a frente. Efrits sempre me passaram a impressão de possuírem uma travessura maliciosa. Mas Rowan não poderia parecer mais sério.

Mundo humano. Penso em Laia e na Águia de Sangue, e minha curiosidade assume o comando.

— Quais são os planos dele? Ele já está matando à vontade.

— Meus votos me impedem de compartilhar os planos dele, mas...

— Isso é conveniente — digo. — Então por que mencioná-los?

— Porque o meu povo lê os ventos do deserto como os adivinhos leem os seus sonhos. Eles veem um grande comandante que...

— Eles veem alguma coisa sobre o Lugar de Espera? — pergunto, e Rowan parece surpreso. Suponho que reis raramente são interrompidos. — Há podridão na floresta e preciso saber por quê. As suas profecias do vento mencionam isso?

— Não, Banu al-Mauth, mas...

— Se você não tem nada para me contar sobre os planos do Portador da Noite ou o Lugar de Espera — digo —, então não tenho interesse no que você viu. — Eu me levanto e o efrit, sobressaltado, se levanta também.

— Por favor, Banu al-Mauth. Você é destinado a mais do que isso...

— Não me faça cantar, Rowan. — Penso em uma canção que alguém cantarolou para mim muito tempo atrás. *Efrit, efrit da areia, uma canção é mais do que ele pode suportar.* — Minha voz é horrível. Parece um gato sendo estrangulado.

— Você vai desejar...

— Lady Cassia Abate era uma velha enrugada — canto —, mas dizem que sua filha era uma belíssima fo...

A cançãozinha suja de marinheiro é a primeira letra que me ocorre, e, antes que eu termine o verso, Rowan uiva e desaparece, deixando apenas uma nuvem de poeira atrás de si.

Quando a caverna está em silêncio novamente, volto a atenção para o jantar. O efrit provavelmente foi uma armadilha enviada pelo Portador da Noite para me distrair de minha missão. Não é possível confiar nessas criaturas. Foram efrits, afinal, que tentaram matar a mim e a Águia durante as Eliminatórias. Foram efrits que queimaram a cabana de Shaeva.

Ainda assim me sinto inquieto. E se Rowan não foi uma armadilha? Será que eu não deveria tê-lo ouvido?

Por um longo tempo, não consigo dormir. Sento junto ao fogo, gravando formas no bracelete de Laia. Quando deito a cabeça, a mágica de Mauth finalmente se mexe e leva embora a inquietação. Quando desperto, o efrit e seu aviso estão esquecidos.

♦♦♦

Chego a Aish na noite seguinte, bem depois do pôr do sol. Faz anos que não venho aqui — não faz muito a cidade não passava de um entreposto comercial sazonal construído em torno de um oásis. Mas, desde que estive aqui como um cinco de Blackcliff, Aish se desenvolveu em um assentamento permanente.

Assim como a maioria das cidades tribais, sua população é oscilante. Mas o ataque da comandante a Sadh inchou a cidade com refugiados. Os prédios caiados, construídos com três ou quatro andares, são ornados com arcos. Os muitos portões estão completamente abertos, cada um mais tumultuado que o anterior, com algumas pessoas buscando abrigo e outras fugindo.

Ao norte dos muros, o acampamento Nasur está um caos. Um fluxo constante de feridos chega, na maior parte mulheres e crianças, todas falando sobre a queda da cidade de Sadh.

— Os Marciais não tomam escravos nem prisioneiros — uma mulher de cabelos grisalhos conta para a kehanni Nasur. — Eles simplesmente matam.

Logo me pergunto se Laia conseguiu chegar aqui. Ela havia partido para Aish. *Você está aqui por Aubarit, Apanhador de Almas. Não por Laia.*

A tribo Nasur não é a única que se refugia ao norte dos portões da cidade. Reconheço as carruagens verdes e douradas da tribo Nur e as verdes e prateadas da tribo Saif. Enquanto corro os olhos pelo vasto acampamento, em busca da carruagem da fakira, uma figura familiar de cabelos escuros passa, apressada.

Ela segura duas crianças feridas, e, ao vê-la, quase a chamo. Eu deveria reconhecê-la por minhas próprias memórias, mas, em vez disso, são as memórias que Cain me deu de Laia, Helene e Keris que me dizem quem ela é.

Mamie Rila. Minha mãe adotiva.

Ela deixa as crianças com uma curandeira tribal e corre de volta pelo caminho de onde veio. Então, subitamente, para onde está e vasculha a escuridão.

— E-Elias?

— Banu al-Mauth agora, Mamie Rila. — Saio para a luz.

Ela endireita o corpo e faz uma mesura com a cabeça.

— É claro. — Sua voz é baixa, mas não consegue esconder a amargura. — Por que você está aqui, Banu al-Mauth?

— Eu preciso falar com Aubarit Ara-Nasur.

Mamie considera a questão por um momento, então anui.

— Se você for visto por aqui... — Ela suspira. — Eles vão achar que você está aqui para ajudar. Venha.

Ela evita o centro caótico do acampamento e se dirige para o círculo externo de carruagens. Os guerreiros da tribo Nasur montam guarda nos espaços vazios, dardejando a escuridão com o olhar, talvez esperando pelo brilho de uma lâmina marcial, ou, pior, pelas chamas que se movem rapidamente, anunciando a aproximação dos djinns.

— Ali. — Mamie anui para além dos guardas, para uma carruagem aninhada nas sombras do muro de Aish.

— Obrigado. — Eu a deixo e passo furtivamente pelos guardas da tribo Nasur, na direção da carruagem de Aubarit. Lamparinas multicoloridas bruxuleiam luminosamente no interior, e, quando bato na porta, ela abre quase imediatamente.

— Banu al-Mauth!

Aubarit segura uma mortalha nas mãos, sobre a qual costurou os padrões geométricos de sua tribo tradicionais para enterros. Ela faz uma reverência, confusa com minha chegada súbita, e se afasta para eu entrar.

— Perdoe-me, eu não sabia...

— Sente-se, fakira. — Pego sal da tigela ao lado da porta e o coloco nos lábios. — Fique à vontade.

Ela se senta na ponta de sua bancada, os dedos entrelaçados profundamente dentro da mortalha, o exato oposto de "à vontade".

— Você gostaria de um pouco... — Ela gesticula para o chá quente na mesa ao lado de sua bancada, pegando outro copo do guarda-louça acima, mas balanço a cabeça.

— Aubarit, eu preciso saber se você...

— Antes de você começar, Banu al-Mauth, peço que nos perdoe. Tem havido tantos mortos, mas não há fakirs suficientes. Você deve estar sobrecarregado, mas a guerra...

— Quantos mortos desde ontem?

— Nós enterramos duas dúzias — ela sussurra. — Só consegui fazer os ritos para a metade deles. Quanto ao restante... suas almas já haviam partido. Eu... Eu não queria mandar tantos mortos para você...

A implicação de suas palavras gela meu sangue.

— O Lugar de Espera não tem recebido muitos fantasmas, fakira — digo.

— Ao contrário. Passei adiante apenas uma dúzia deles na semana passada. Achei que você e os outros fakirs haviam passado adiante os mortos no ataque de Keris Veturia. Mas, se você só realizou os ritos para metade deles e os outros fakirs estavam igualmente atarefados demais, deveria haver centenas de fantasmas chegando ao Lugar de Espera.

A fakira quase deixa cair a mortalha. Seu medo é palpável.

— O muro...

— Está intacto. Os fantasmas não estão escapando para o mundo humano. Se o que você diz é verdade, eles não estão nem chegando. E os que entram não querem seguir adiante. Não por causa do sofrimento que passaram em vida, mas porque temem o que há do outro lado.

Percebo um breve brilho de terror nos olhos de Aubarit, mas não tenho tempo para isso.

— Eles falam de um grande redemoinho — digo. — De uma fome insaciável que deseja devorá-los. O que os Mistérios dizem desse redemoinho? Dessa fome?

A pele escura de Aubarit empalidece, evidenciando suas sardas.

— Eu não ouvi falar de nenhum redemoinho nos Mistérios. Tem o *Sumandar a Dhuka*, o Mar de Sofrimento...

— O que é isso?

— E-Eu...

Em Blackcliff, os centuriões nos davam um tapa quando estávamos com medo demais para levar adiante uma ordem. Agora entendo por quê.

— Fale, fakira!

— E, embora o Mar de Sofrimento se agite, eternamente inquieto, Mauth preside verdadeiramente, uma defesa contra a sua fome.

A voz de Laia sussurra em minha mente. *Eu vi algo, Apanhador de Almas. Um oceano cheio de... céus, não sei.*

— O que mais você sabe sobre esse mar?

— Ele é o repositório do sofrimento humano — diz Aubarit. — Toda tristeza e dor que você tira dos espíritos e dá para Mauth... vão para o mar. Da mesma forma que você é um guardião entre os fantasmas e o mundo dos vivos, Mauth é o sentinela entre o Mar do Sofrimento e o nosso mundo.

Aubarit larga o chá e fica mais agitada a cada palavra.

— Mas os Mistérios são vastos, Banu al-Mauth. Não temos mágica para nos ajudar a compreendê-los, apenas palavras passadas através dos séculos. Não sabemos nem de onde vêm. A resposta que você busca pode estar em uma parte dos Mistérios chamada de Sinais, mas não conheço nada sobre eles. Meu avô morreu antes que pudesse me ensinar qualquer coisa sobre isso. Ele e uma dúzia de outros fakirs. Obra do Portador da Noite.

— Existe algum fakir que conheça inteiramente os Sinais, Aubarit?

— O fakir An-Zia — ela diz. — Não sei se ele escapou de Sadh.

— Tem de haver alguma maneira... — Alguém bate apressadamente na porta da carruagem, e eu me interrompo.

— Fakira. — Reconheço a voz de Mamie do lado de fora. — Banu al--Mauth, venham rápido.

Abro a porta.

— Volte mais tarde — digo rispidamente, mas ela bloqueia a porta antes que eu possa fechá-la.

— Fogo no horizonte — ela diz. — Precisamos fugir ou nos abrigar em Aish.

Aubarit abraça a mortalha.

— Fogo...

— Djinns, fakira. — Mamie pega seu braço e a puxa para fora da carruagem. — Os djinns estão vindo.

XXII
A ÁGUIA DE SANGUE

Graças aos céus pelo aviso de Heera, pois, quando o primeiro Karkaun coberto de peles parte rugindo para cima de mim, minhas adagas estão desembainhadas, afundando em seu ventre antes que eu consiga ver claramente seu rosto. O segundo atravessa minha cimitarra, e se isso é tudo que eles têm, lutarei contra todos os Karkauns nesta cidade até o bordel de Madame Heera transbordar com suas vísceras.

Chuto a tigela com o sangue de Heera. Malditos por acharem que poderiam usá-la dessa maneira. Céus, vá saber por quanto tempo ela sofreu antes de me avisar.

— Para trás, seus imundos! — Faris urra do lado de fora.

Os Bárbaros o encontraram e a Septimus. À medida que os Karkauns surgem dos quartos e corredores, eu recuo em direção à escada. Estes não são os seus melhores guerreiros. Apenas a linha de frente enviada para tentar nos matar, nos dominando simplesmente por estarem em maior número.

— *Ik tachk mort fid iniqant fi! Ik tachk mort fid iniqant fi!*

Acima, o entoar se acelera e a voz de Grímarr se eleva sobre as demais.

A porta de trás se estilhaça, escancarada, e o corpo de um Bárbaro passa voando por ela. A compleição gigante de Faris preenche o vão da porta e ele adentra o corredor como uma fera, tirando Karkauns do caminho até parar ao meu lado.

— Que infernos está acontecendo aqui, Águia?

— Grímarr está preparando um rito — digo, acima da gritaria. — Sou a convidada de honra. Onde está Septimus?

Um Karkaun corpulento avança em minha direção.

— Como ousa empunhar aço, prostituta marcial? — ele grita, brandindo alto a cimitarra. Alto demais. Eu o trespasso e então lhe arranco a cabeça.

— Nas ruas, derrubando um a um. — Faris chuta a cabeça do Karkaun para o lado, suas cimitarras voando contra os inimigos que ainda surgem aos montes no corredor e descendo a escada. — Eles nos cercaram.

— Nós precisamos subir lá — digo. — Ele só está ganhando tempo até terminar sua maldita canção.

Abrimos caminho à força, de volta na direção da escada. Mas os Bárbaros continuam vindo, deslizando no chão banhado de sangue, a morte dos companheiros apenas alimentando sua fúria.

— Porta da frente, Faris — grito. — Abra um maldito caminho!

Ele parte com tudo para cima dos Karkauns e sigo em sua esteira, esfaqueando e golpeando até sermos cuspidos para a rua tomada de corpos — graças ao trabalho de Septimus. Acima, através da janela aberta, o entoar de Grímarr atinge um tom febril.

— *IK TACHK MORT FID INIQANT FI!*

— Me diga que você tem um gancho de escalada.

Faris balança a cabeça, ofegante. Oro aos céus que suas roupas estejam molhadas por causa de todos os Karkauns que ele matou, e não porque está prestes a morrer diante de mim.

— Vamos ter que saltar. — Faris anui para um prédio de pedra branco, com um terraço a quatro metros do telhado do bordel.

— Vá, Águia! — Septimus grita de um canto estratégico em algum lugar acima de nós. Uma flecha passa zunindo, acertando com um ruído surdo o peito de um Karkaun que se aproximava de mim sorrateiramente. — Vou dar cobertura para vocês.

Saio correndo do bordel e viro em um beco. Enquanto corro, tenho a impressão de que somos observados. Mulheres e crianças, na maior parte, pois os homens já se foram há meses. Os únicos garotos que sobraram são os que vão crescer para serem sacrificados pelos Karkauns.

A não ser que eu os detenha.

Gritos ecoam atrás de nós, seguidos por um bando de Karkauns. Três deles caem sobre Faris e um salta sobre mim, me derrubando. Minha cimitarra rola no chão e o Karkaun prende meu corpo, seu peso e fedor roubando minha respiração. Suas mãos carnudas se fecham em torno da minha garganta. Eu me debato e o arranho, mas ele apenas ri com a saliva escorrendo pela barba clara.

Subitamente, suas mãos relaxam e o sangue jorra de sua boca. Ele cai para o lado e uma mulher marcial de pele escura e cabelos crespos dá um passo à frente e arranca sua faca de cozinha da garganta do Karkaun.

— Águia de Sangue. — Ela me oferece a mão. — Eu sou Neera. Como posso ajudá-la?

— Leve-nos para aquele terraço — eu aponto, e Neera parte correndo.

Faris e eu pegamos os escudos dos Karkauns abatidos e em meio minuto chegamos ao terraço de frente para o bordel.

A distância entre os prédios parece maior agora e olhar para baixo me deixa tonta. *Nem pense nisso.* Tomo distância, corro e salto, pousando tão pesadamente sobre o telhado do bordel que, para meu horror, acabo escorregando. Mas então Faris está ali e me puxa com um grunhido. Mais Karkauns se aproximam e caminhamos agachados pelo telhado até estarmos acima de uma janela aberta que estremece com a força do entoar de Grímarr.

— Pronto? — pergunto a Faris.

Ele se balança do telhado através da janela aberta, derrubando um par de guardas. Eu o sigo e de repente estou em um quarto espaçoso sem nenhuma mobília, com uma porta em uma extremidade. Grímarr está de pé sobre um braseiro grande que emite nuvens de fumaça branca e sufocante. Ele está nu da cintura para cima e pintado de anil, os olhos rolando para trás.

Inúmeros guardas de Grímarr, todos armados com bestas, estão posicionados à frente dele, virados para a janela. As setas acertam o meu escudo e o de Faris simultaneamente.

— Malditos infernos! — Faris cambaleia para trás e, com o impacto, seu escudo racha. O meu se quebra ao meio, e ele me puxa para trás, cobrindo-me até os Karkauns ficarem sem munição.

As bestas baixam e os guardas não têm tempo de recarregá-las antes de estarmos sobre eles.

Enquanto abato seguidamente vários Karkauns, o som de botas é ouvido do lado de fora dos aposentos de Heera.

— A porta, Faris!

Ele chega lá no momento em que ela é arrombada e cai por baixo de uma onda maciça de novos guerreiros.

— Eu estava errado sobre você, Águia de Sangue. — Grímarr não parece nem um pouco assustado com o fato de que os homens que o protegiam estão todos mortos. Em vez disso, abre um largo sorriso com sangue nos dentes. — Achei que você não passava de uma mulher, mas você... — Ele mal se esquiva da faca que jogo contra sua garganta. Balanço a cabeça. Homens e seu blá-blá-blá dos infernos. Eles acham que palavras importam em uma luta quando, na realidade, são apenas uma distração. — Então lute, garota, lute! — ele ruge e me chama em sua direção. — O calor do seu sangue recém-derramado será como mel em meus lábios.

Pena que não posso lançar um desafio de sangue karkaun. De acordo com o que Dex me contou, eles não são complexos. Você só precisa derramar seu próprio sangue, jogar todas as lâminas em um canto e lutar sem armas até a morte. O corpo do perdedor é profanado, e seu nome, feitos e história, apagados. Seria um fim justo para Grímarr.

Mas, nesse momento, preciso apenas matar o maldito. E rápido.

Faris está de pé, bloqueando a investida violenta de Karkauns na porta, e eu corto através dos três que estão entre mim e Grímarr. Enquanto eles desabam, eu me lanço contra o feiticeiro, derrubando-o de joelhos. Mas ele desvia a lâmina que tento enfiar em seu coração e entrelaça um braço à minha volta, puxando-me para um abraço sufocante. Não consigo respirar, apenas arranhá-lo enquanto ele puxa minha armadura para trás e morde meu pescoço como um lobo raivoso.

Puxo uma adaga do cinto e esfaqueio sua coxa. O braço de Grímarr se solta e dou um soco nele, o primeiro golpe quebrando o nariz, o segundo, esguichando sangue e alguns dentes. Ele balança para trás, mas se levanta imediatamente com um rolamento, e saco minha cimitarra. O sangue escorre por meu pescoço, fazendo minha fúria arder ainda mais.

Grímarr é rápido demais para se deixar expor a um golpe mortal, mas abro sua pele macia com meia dúzia de cortes, profundos o suficiente para deixá-lo mais lento.

— Águia! — Faris está sobre um joelho, ainda lutando, mas enfraquecendo rapidamente. *É agora ou nunca, Águia.*

— Você não pode me matar. — Grímarr avança com um escudo. — *Ik tachk mort fid iniqant fi*. O seu sangue é o instrumento através do qual...

— De novo com essa falação?! — Giro um meio passo para trás e finto com a adaga na mão direita. Ele fica ao alcance da minha cimitarra e eu a ergo com a intenção de arrancar sua cabeça.

Mas um de seus lacaios se atira contra mim. Eu enfio a adaga na barriga do canalha e golpeio para cima com a cimitarra, decepando o braço de Grímarr.

Ele grita, um som breve e agudo. Então seus homens abandonam a luta com Faris, cercam Grímarr e o arrastam para longe de nós, escada abaixo.

— Vamos! — Faris agarra minha mão e a puxa. — Eles são muitos, Águia.

— Espere... — Pego do chão o braço decepado e o levo comigo. Em seguida saio pela janela, desço pelo terraço e corro rua afora, que está tranquila nesse momento. Os Karkauns que haviam nos emboscado estão mortos ou fugiram. — Septimus! — eu o chamo, mas não vem nenhuma resposta do Máscara, escondido no quarto andar de um prédio, de frente para o bordel.

— Ele está morto, Águia. Uma flecha karkaun o derrubou.

Neera surge no vão de uma porta do que deve ser sua casa, gesticulando para entrarmos enquanto o ruído surdo das botas ecoa perto dali. Quando estamos seguros, ela me estende um manto.

— Para o, hum... — E anui para o braço de Grímarr, que goteja sangue por todo o chão.

— Desculpe a bagunça. — Rasgo algumas faixas do manto para Faris cobrir seus ferimentos e enrolo o braço rapidamente. — Precisamos chegar à Praça Taius.

Eu gostaria de pendurar o corpo de Grímarr na praça, mas seu braço terá de servir. Neera indica a porta dos fundos.

— Pelos telhados ou pelas casas. — Ela olha para Faris, que está fantasmagoricamente pálido, então para a mordida que verte sangue em meu pescoço. — Casas, eu acho.

Duas crianças me espiam por detrás de sua saia.

— Você já fez o suficiente — digo. — Vá embora daqui. Leve os seus filhos. Se alguém contar para os Karkauns que você me abrigou...

— Nenhum Marcial diria uma palavra. — A voz de Neera soa rouca de emoção. — Tampouco os Eruditos. Não há traidores aqui, Águia. — Os olhos dela são ferozes. — Nós a estávamos esperando.

— Quando amanhecer — digo a ela —, haverá uma mensagem na Praça Taius. Diga isso para o máximo de pessoas que puder.

Corremos pelo pátio de sua casa, onde uma das vizinhas nos espera e nos faz passar rapidamente por uma porta. Lá, outra mulher, uma velha e sábia Erudita, nos guia para a próxima casa. E assim atravessamos a cidade. Em cada casa, sussurramos a mensagem.

A Águia esteve aqui. Ela atingiu o coração dos Karkauns. Quando ela voltar, será chegada a hora de lutar.

Ver o fervor nos olhos do meu povo me faz desejar liderar o ataque agora mesmo. Mas precisamos de tempo para reunir nossa provisão de armas e contrabandeá-la para dentro da cidade e para que a mensagem se espalhe de maneira que, quando atacarmos, as mulheres estejam preparadas para lutar.

O quinto sino já bateu faz tempo quando Faris e eu emergimos da loja de um relojoeiro na Praça Taius. Sua visão — as piras e o que ainda queima sobre elas — deveria me enfurecer, mas me sinto doente e insensível, sangrando de uma dezena de ferimentos e enjoada com o mau cheiro.

— Malditos infernos, garota. — Quin surge das sombras. — Você está atrasada. — A armadura dele está manchada de sangue, mas ele não parece ter ferimento algum. Musa se materializa atrás dele, mancando. — Você é bom de luta. — Quin anui para o Erudito de maneira aprovadora. — Teve mais sorte que Ilean, de qualquer forma. Ele está morto. — O velho olha para mim. — Não vejo o corpo, Águia.

— Grímarr escapou. — Dizer essas palavras me dá vontade de gritar. — Ele sabia que estávamos vindo e encheu o bordel com seus guerreiros. Vamos ter que nos virar assim mesmo. A praça está limpa?

— Pegamos a maior parte dos guardas — diz Musa. — Mas estão vindo outros. Você tem alguns minutos.

— Ótimo — digo. — Quanto a vocês dois, caiam foram daqui, caso eu não consiga.

— Venha conosco, Águia — insiste Musa. — Os Karkauns receberam a mensagem...

— A mensagem não é para eles. Vão.

Quando Marcus era o imperador, costumávamos pendurar corpos no muro caiado, na extremidade sul da praça. Sigo na direção desse muro, acompanhada de Faris. Então passo o braço pútrido de Grímarr para meu amigo. Ele abre um largo sorriso e o empala bem alto com a lança de um dos guardas abatidos. Pego o manto encharcado de sangue e, abaixo do braço, deixo uma mensagem: "LEAL ATÉ O FIM". É um chamado de guerra e um lembrete de que não esqueci meu povo. De que vamos lutar.

— *Ikfan Dem!*

O grito irrompe a alguns metros de onde estamos. A patrulha karkaun. Faris me afasta do muro e eu faço uma careta, colocando a mão no pescoço onde a mordida ainda sangra. Flechas voam perto da minha cabeça.

— Vamos — ele diz. — Há um portão do outro lado da praça que leva direto para os túneis. Podemos chegar lá, se formos rápidos.

Serpenteamos rapidamente através das piras, mas há Bárbaros demais e muito pouca cobertura.

— Águia! — Faris grita um aviso quando uma flecha corta o ar.

Sinto um espasmo nas costas quando ela atravessa minha roupa e penetra meu ombro. Em segundos, minha camisa está encharcada de sangue. Outra flecha me trespassa a coxa.

— F-Faris. — Caio de joelhos, e, embora ele tenha flechas no braço e no ombro, me levanta do chão e cambaleamos, um passo torturante após o outro.

Duas vezes mais, seu corpo estremece quando é atingido. Mas ele não para, arrastando-me consigo pelas piras, através de um trecho calçado de paralelepípedos e de uma rua estreita repleta de ossos, vidro e lixo.

— Ali. — Vejo um disco de cobre embutido nas pedras logo à frente.

— O portão. — Então desabo, tateando. Minha cabeça gira. Só vou sobreviver a isso se conseguir fugir. Chegar a algum lugar onde possa me curar.

— Não consigo... abrir...

Faris agarra o portão e o abre à força. Os uivos dos Karkauns se aproximam.

Meu amigo olha na direção da praça e então para mim. Se descermos por esse caminho juntos, eles nos seguirão quase imediatamente e nos pegarão.

— Águia — diz Faris. — Escute...

— Não diga nada — eu o interrompo. — *Infernos*, não diga nada, Faris Candelan.

— Não podemos sobreviver os dois — ele diz, com a pele mais branca que um osso, o corpo trêmulo pela perda de sangue. — Eles estarão aqui em segundos. Se eu ficar, posso ganhar tempo para você fugir.

— Eu também estou ferida. Talvez não consiga. — Minha cabeça está confusa e os gritos soam mais altos agora. Altos demais.

— Você vai conseguir. Vá.

— Capitão Faris Candelan, entre nesse túnel *agora*. É uma ordem!

— Eu não tenho mais forças — ele diz. — Mas ainda me resta uma boa batalha. Me deixe lutar. O Império precisa da sua Águia. Ele não precisa de mim. — Seus olhos claros me atravessam e não consigo falar.

Não. *Não*. Eu conheço Faris desde que tínhamos seis anos e passávamos fome no matadouro de Blackcliff. Era Faris quem conseguia fazer Elias rir em seus piores dias, foi ele que me ajudou a manter a sanidade quando Marcus ordenou que o caçássemos. Foi Faris que me levou à Madame Heera pela primeira vez e que protegeu minha irmã. *Não, Faris. Por favor, não.*

— Eu já lhe disse, é uma ordem... — Não tenho tempo de terminar a frase. Ele pega as alças da minha armadura e me empurra contra o portão. Caio pesadamente, os joelhos cedendo. — Faris, seu *idiota*...

Por um momento, sua silhueta é tudo que consigo ver, iluminada pelo amanhecer.

— Foi uma honra servir ao seu lado, Helene Aquilla — ele diz. — Mande lembranças ao Elias, se o vir. E, céus, acabe com a miséria do Harper. O pobre coitado merece aproveitar um pouco depois de tudo que você o fez passar.

Irrompo em uma risada maluca, o rosto encharcado com sal ou sangue, não sei dizer ao certo. Os Karkauns latem como cães, e Faris ergue sua cimitarra e empurra com a bota o portão fechado. As lâminas se encontram e o ouço rugir seu último grito de batalha.

— Leal até o fim!

Cambaleio na direção de uma tocha que bruxuleia logo à frente. De onde ela veio? *Infernos, quem se importa? Vá até ela.* Bem quando a alcanço, os ruídos de luta acima cessam. Ouço por longos minutos, esperando que o portão se mova e meu amigo apareça.

Mas ele não aparece.

Ele está morto. Malditos infernos. Faris está morto. Morto por minha causa, como meus pais e minha irmã e a cozinheira e Demetrius e Leander e Tristas e Ennis, e não mereço viver quando todos eles morreram.

Talvez a morte me encontre também, nessas veias escuras de uma cidade que eu deveria ter salvado.

Mas não. Eu não posso morrer. Há muito em jogo. E já se perdeu demais. Os Karkauns vão encontrar seus compatriotas mortos. Vão encontrar Faris. E vão vir atrás de mim.

O Império precisa de sua Águia. A última coisa que quero fazer é me mover, mas com muito esforço me apoio nas mãos e nos joelhos. Sustento meu maldito corpo e engatinho, orando aos céus que meu amigo não tenha acabado de dar a vida por nada.

XXIII
LAIA

No segundo dia do meu cativeiro, os djinns nos levam para o sul, e em poucas horas o mar do Anoitecer se perdeu de vista. Logo estamos no coração do deserto tribal. Formações rochosas estranhas se elevam céu adentro, cada uma exibindo uma centena de tonalidades solares diferentes, castigadas pelo vento. Nuvens de chuva arroxeadas descansam pesadas no horizonte, e o vento gelado traz consigo a fragrância acentuada, quase medicinal, de creosoto.

De tempos em tempos, a djinn vai à nossa frente prospectar o terreno em sua montaria, não sem antes reforçar a compulsão que já instou em nós ao demandar o silêncio novamente.

Mas, na manhã do terceiro dia, ela deixa de fazer isso.

A maioria dos soldados não nota e cavalga adiante com olhos mortíferos, os corpos balançando ao som dos cascos dos cavalos. Apenas o Máscara Novius, que cavalga ao meu lado, levanta a cabeça quando ela parte. Um músculo salta em seu queixo enquanto luta contra o controle da djinn.

Eu o observo sorrateiramente. Sua máscara brilha na melancólica luz do sol de inverno, e, embora ele olhe fixamente à frente, sinto que está consciente de cada movimento que faço.

Rehmat não vai ou não consegue me ajudar. Não tenho mágica. Tento contatar Darin, mas de nada adianta. Viajamos em uma velocidade inacreditável. Se eu não agir logo, estarei em Aish — e nas mãos do Portador da Noite — amanhã, ao cair da noite. Céus, vá saber o que ele vai fazer comigo. Talvez não me mate. Mas há coisas piores do que a morte. O destino da minha mãe como escrava da comandante me ensinou isso.

Lá adiante, a djinn é uma silhueta distante no horizonte. Com o maior cuidado possível, pouso a palma da mão esquerda onde Novius possa vê-la.

Me ajude, desenho lentamente. *Tenho um plano.*

Um minuto se passa. Então outro. *Você não vai soltá-la ou ajudá-la a fugir.* Ele não consegue se libertar do controle da djinn. Talvez eu tenha sido uma tonta de pensar que qualquer um de nós pudesse.

No entanto, após alguns minutos, ouço um ruído estranho. Como um rugido rouco e abafado.

Agora Novius olha para mim, a fúria gravada em cada marca de seu rosto. Percebo que foi ele que emitiu o som. Que ele conseguiu se livrar, pelo menos um pouco, do controle da djinn.

Então subitamente ele choca seu cavalo contra o meu. Se eu pudesse, teria dado um grito. Minha montaria tropeça, jogando a cabeça para trás, agitada, empinando. Tento me agarrar à sela, mas ela escapa dos meus dedos. Minhas costas encontram o chão do deserto com tanta força que quase arranco a língua com uma mordida.

O Máscara talvez odeie ser controlado, mas é um Marcial até a raiz dos cabelos. Eu o encaro e Novius cruza o olhar com o meu com a mesma ira dominada. Ele desmonta, me pega pelos braços amarrados e me empurra na direção do meu cavalo.

Adiante, a djinn vira o corcel e galopa de volta até nós.

— O que é isso? — O animal relincha quando ela o para com um puxão. — O que aconteceu? — Ela olha para mim. — Fale, garota! E não pense que vai me enganar.

— E-Eu caí do cavalo.

— Por que você caiu do cavalo? Foi de propósito? Uma distração? Conte a verdade!

— Não foi de propósito — digo sinceramente. — Eu perdi o equilíbrio.

— Sem querer, olho de relance para o Máscara. A djinn estreita os olhos.

— Novius falou com você? Vocês dois estão planejando algo?

— Não — digo, agradecendo aos céus que o urro abafado do Máscara mal se poderia chamar de fala.

A djinn me observa por um longo momento antes de dar as costas. Novius me ajuda a montar de novo em meu cavalo, e a djinn volta a cavalgar à frente, permanecendo perto o suficiente para evitar que eu escreva uma mensagem a Novius. Mas longe o suficiente para eu esconder o pergaminho que ele deslizou para dentro da minha manga.

◆ ◆ ◆

Não encontro o momento ideal para ler o pergaminho aquela noite — a djinn nos observa de muito perto. Na manhã seguinte, um vendaval seco poderoso cria uma tempestade de areia. A djinn insta os cavalos em frente até que a visibilidade é tão ruim que eles gemem e resfolegam. Ela os força até uma formação rochosa, onde desmontamos para esperar. Uma hora mais tarde, com o sol feito um disco enferrujado no céu, a tempestade de areia não perdeu força.

A djinn parece quase doentiamente pálida enquanto se agacha junto a um rochedo. Os demais soldados estão parados ao lado de seus cavalos, estranhamente imóveis, como bonecos de corda navegantes congelados no lugar.

Enquanto o vento nos castiga, os olhos flamejantes da djinn seguem fixos em mim. Eu me distraio pensando na última vez que viajei por este deserto. Izzi ainda estava viva. Faz tanto tempo que não penso em minha amiga — seu jeito delicado e sua inquietação silenciosa. O modo como ela amava a cozinheira como a uma mãe. Ela era como uma irmã para mim, ainda que não de sangue.

Sinto falta dela.

— Garota. — A voz da djinn me traz de volta para meu sofrimento. — Você já andou por estas terras antes. Quanto tempo estas tempestades duram? Fale.

— Algumas horas, no máximo. — Minha voz é um grasnado. — Será necessário limpar os olhos dos cavalos antes de partirmos. Ou eles vão ficar cegos com a areia.

A djinn anui, mas não me silencia. Talvez esteja cansada demais por ter usado seu poder sobre nós durante tantos dias. Ou talvez, como sugeriu Novius, ela esteja em seu momento mais frágil.

Para meu alívio, ela para de olhar fixamente para mim e se levanta para caminhar em meio aos soldados. Tão devagar que quase não me mexo, busco o pergaminho. Então enfio a cabeça entre os joelhos, como se protegesse os olhos.

Não ouso me proporcionar mais luz, então levo um minuto para ler as letras apertadas. Assim que termino, não consigo acreditar. Eu esperava instruções sobre como conseguir as chaves mestras do Máscara. As linhas gerais de um plano para me libertar.

Mas é claro que ele não poderia me oferecer isso. A djinn lhe ordenou que não me ajudasse. Ainda assim, não faz sentido.

Não existe lâmina forjada por um ser humano ou efrit, diabrete, ghul ou espectro, nem qualquer objeto deste mundo, que possa nos matar. Não importa quanto você queira nossa morte, isso é impossível.

O que significam essas palavras? Por que ele...

A memória me vem tão rapidamente que fico tonta. A djinn me disse essas palavras dias atrás — e ordenou que eu as esquecesse. Mas o Máscara também estava ouvindo, e ela não deu essa ordem para ele.

A djinn ainda está com os soldados, então releio o pergaminho para não esquecer seu conteúdo e deixo o vento levá-lo. A segunda parte do que ela disse é mentira. Djinns podem morrer, sim. Vi isso com meus próprios olhos.

O Portador da Noite matou Shaeva com uma lâmina. E ela era pelo menos tão antiga quanto os djinns presos no bosque. Talvez mais antiga.

Fecho os olhos e tento lembrar como era a arma. Uma foice negra que brilhava como um diamante, malignamente curva e presa a uma empunhadura curta. Era feita de um metal estranho — um metal que eu nunca tinha visto.

Mas o vi depois daquilo, percebo, olhando para as correntes que me prendem.

Não existe lâmina forjada por um ser humano ou efrit, diabrete, ghul ou espectro, nem qualquer objeto deste mundo, que possa nos matar.

Só pode ser uma lâmina forjada pelos djinns, então. Criada a partir de um metal que só eles podem acessar. Ou talvez a foice não tenha propriedades especiais. Talvez o Portador da Noite tenha usado uma arma para esfaquear Shaeva, mas mágica para matá-la. Mas não — no mínimo, essas correntes inibem minha mágica, e sou uma mera humana. O que elas fariam com os djinns, que são nascidos da mágica?

Estou tão consumida pelos pensamentos sobre a foice que não noto que a tempestade cessou até a djinn me chutar e ordenar que eu me levante.

É início da noite quando noto uma estranha mancha escura no horizonte. Parece um lago enorme, suas correntes brilhando prateadas na luz que se esvai. O vento traz o ruído de cavalos, o cheiro de couro e aço. Nesse instante compreendo que não se trata de um lago, mas de um exército, e que o brilho não é de ondas, mas de armas.

A cidade de Aish está sendo atacada.

A djinn grita ordens para Novius nos levar em direção à cidade antes de esporear o cavalo e partir à nossa frente. Um momento mais tarde, um sussurro faz coceiras em meu ouvido.

— Laia. — Rehmat não aparece, mas soa como se estivesse bem ao meu lado. — Vamos soltá-la dessas malditas correntes.

— Achei que você não podia ajudar — sussurro de volta.

— Khuri foi falar com a sua gente. Temos alguns minutos. Primeiro, você precisa da sua arma...

— Como você sabe o nome dela?

— Eu sei muitas coisas que você não sabe, garota. Novius está com a sua espada. Assim que você ficar invisível, pode pegar de volta. Agora... essas correntes. Acho que você pode...

— O Portador da Noite — interrompo Rehmat — usou uma foice para matar Shaeva. Você sabe algo sobre isso?

— Eu sei o que vive nas suas memórias.

Coro, pensando nas outras coisas que ele provavelmente viu em minhas memórias, mas afasto o constrangimento. A resposta de Rehmat foi... cuidadosa. Cuidadosa demais.

— Shaeva morreu pela lâmina? — pergunto. — Ou pela mágica do Portador da Noite?

— Pela lâmina.

O Máscara me olha de relance e percebo que provavelmente pareço maluca, tagarelando comigo mesma. Baixo a voz.

— Se tudo o que você sabe da lâmina é o que está na minha memória, como sabe que ela pode matar um djinn? E, céus, por que não me contou a respeito disso?

— É impossível tirar a arma do Portador da Noite, Laia — diz Rehmat. — E não é garantido que ela vá destruí-lo.

— Mas a foice pode matar *outros* djinns — quero gritar, mas me contento com um sussurro furioso. — Os que estão destruindo tudo pelo deserto tribal, deixando um rastro de mortes e terror. Aqueles ali. — Anuo na direção de Aish e do exército que se aproxima cada vez mais da cidade.

— Laia. — Rehmat bruxuleia, agitado, e me pergunto se a criatura não é uma "coisa" e sim um "ele", pois há algo irritantemente masculino a respeito de sua obstinação. — Nós precisamos compreender as fraquezas do Portador da Noite se quisermos detê-lo. Precisamos saber a história dele. Seu plano de encontrar as kehannis tribais foi sábio. Mas, para levá-lo adiante, você precisa escapar. Você está cavalgando em direção a uma guerra.

— Não há dúvida disso — respondo, e a ideia que me ocorre é algo que Afya aprovaria, uma vez que ela é absolutamente insana.

— Ora, garota. Não seja tola...

— Por que você está com medo? — Até o momento, Rehmat pareceu sábio, ainda que um pouco arbitrário. Jamais o senti alarmado como sinto agora. — Porque acha que o Portador da Noite vai te descobrir? E te destruir?

— Sim — Rehmat responde, após uma longa hesitação. — É disso que eu tenho medo.

Não, não é. Sei disso imediatamente. A criatura está mentindo. Escondendo algo. É a primeira vez que sinto isso com certeza, e uma estranha angústia me percorre. Jamais conheci ou ouvi falar de alguém como Rehmat, mas eu havia passado a confiar nele. Achei que era um aliado.

— Deixe-me ajudá-la, Laia. — Rehmat modula o tom de voz no último instante a fim de soar calmo e ponderado, em vez de autoritário. — Você não pode cair nas mãos do Portador da Noite no meio de uma guerra...

— Cair nas mãos dele no meio de uma guerra — digo à criatura — é exatamente o que preciso fazer.

XXIV
O APANHADOR DE ALMAS

Um clarim ressoa dos prédios ao sul de Aish, ecoando de torre em torre, sob um clangor frenético. O vento aumenta, carregando o mau cheiro de sangue e terra queimada.

O acampamento tribal está um caos. Homens e mulheres jogam crianças em carruagens e arrebanham pertences. Fogos de cozinha crepitam. Camelos e cavalos padecem enquanto seus donos trabalham freneticamente para prender selas e rédeas.

No entanto, quando os Tribais me veem, muitos param o que estão fazendo e vejo a esperança renascer em seus olhos.

— Banu al-Mauth! Você está aqui para nos ajudar?

— Você vai destruir os djinns?

Eu os ignoro enquanto os guardas da tribo Nasur convergem sobre a carruagem de Aubarit.

— Fakira — um deles diz. — Nós precisamos nos abrigar na cidade antes que os portões se fechem.

A kehanni de cabelos grisalhos da tribo os segue, franzindo o cenho.

— Melhor fugir para o deserto — ela diz. — Os Marciais vão estar ocupados com Aish. Eles não nos caçarão.

— A tribo Saif vai fugir — manifesta-se Mamie Rila. — Mesmo se eles nos perseguirem, nós podemos evadi-los. — Ela se vira para mim. — Ajude-nos, Banu al-Mauth. Há djinns demais. Marciais demais. E uma cidade cheia de pessoas inocentes que não fizeram nada para esta invasão acontecer. Você podia usar sua mágica para derrotar o inimigo...

— Não é assim que a mágica funciona, kehanni.

— Mas, se você ajudasse, menos pessoas morreriam. — Aubarit pega meu braço e me segura mesmo quando tento me livrar dela. — Haveria menos fantasmas para passar adiante...

O fato é que eu não busco menos fantasmas. Eu busco compreender o que está acontecendo com eles.

E se for algo que o Portador da Noite está fazendo? As palavras de Laia ecoam na minha cabeça. As poucas fakiras que poderiam responder às minhas perguntas foram assassinadas pelo Portador da Noite. Nas batalhas que ele lutou, onde centenas de fantasmas deveriam fluir para o Lugar de Espera, nenhum deles chegou.

Talvez esta seja uma oportunidade para saber por quê.

— Procurem água. — Elevo a voz, e os Tribais próximos caem em silêncio. — Os djinns a odeiam.

— A única água fica nos poços de Aish — diz Mamie Rila.

— A escarpa de Malikh tem água. — A informação não me custa nada. — O regato está caudaloso.

Os clarins de Aish voltam a chamar, um zunido grave que provoca exclamações por todo o acampamento. O fogo que se aproxima não está mais distante. Os djinns estão aqui.

As perguntas de Aubarit e Mamie caem no vento insensível enquanto flutuo, passando pelos Tribais que lutam para entrar na cidade e pelos refugiados de Sadh que procuram abrigo onde não haverá nenhum. O exército de Keris Veturia vai se derramar pelos muitos portões de Aish. As ruas largas que são perfeitas para as caravanas tribais, os viajantes e os mercados abertos se transformarão em campos de morte.

Este é o mundo dos vivos.

Coloco o capuz para ninguém me reconhecer e examino o horizonte. Gritos ecoam do sul e chamas iluminam o céu, movendo-se como tufões. Djinns. O medo dos Tribais gela o ar, deixando a noite fria mais gelada ainda.

Um telhado oferecerá visão melhor e vislumbro uma treliça que eu poderia escalar. Mas ela está bloqueada por uma carruagem contendo um velho e duas crianças pequenas. Uma mulher luta para atrelar o cavalo à carruagem enquanto a filha, que mal alcança os arreios, tenta prendê-los.

Olho em volta à procura de outro lugar para escalar. Sem encontrar nenhum, levanto a criança para dentro da carruagem e prendo as correias para ela. A garota me espia e então abre um sorriso radiante. Ele contrasta tanto com o pânico ao nosso redor que fico paralisado.

— Banu al-Mauth! — ela sussurra.

Levo o dedo aos lábios e firmo os eixos da carruagem. A mãe da criança suspira de alívio.

— Obrigada, irmão...

— Vá para Nur — digo a ela, mantendo o capuz abaixado. — Avise-os sobre o que está por vir. Diga para os outros fazerem o mesmo. Vá.

A mulher sobe no assento da carruagem e estala as rédeas, mas a apenas alguns metros adiante seu avanço é interrompido pelas pessoas que se amontoam nas ruas. Sua filha olha para mim, na esperança de que eu lhes abra caminho.

Dou as costas para a criança, escalo a treliça e parto para leste, na direção do som dos tambores marciais retumbantes. Um grito distante e uníssono os segue:

— *Imperator invictus! Imperator invictus!*

Keris Veturia chegou. Com ela, um exército para levar adiante os assassinatos e saques após os djinns terem enfraquecido a cidade. Suas tropas ainda estão a uma boa distância, mas uma frente de cavaleiros se destaca da tropa principal para eliminar os infortunados Tribais que cruzam seu caminho.

Minha mãe os lidera. Ela é facilmente reconhecível, distinguindo-se por sua pequena estatura, mas sobretudo pela brutalidade com a qual mata. Keris traja uma armadura de aço e couro e empunha uma lança longa que lhe permite empalar facilmente do topo de uma égua branca de patas rápidas. Enquanto observo, ela assassina duas mulheres, um idoso e uma criança que fica paralisada enquanto Keris voa em sua direção e a extermina.

Eu não deveria sentir nada. A emoção é uma distração do meu dever.

No entanto, minha mente se enoja diante da visão de minha mãe assassinando alegremente uma criança. Embora eu raramente me pergunte sobre meu pai, penso nele nesse momento. Talvez ele também adorasse causar dor. Talvez seja essa a razão pela qual eu me importo tão pouco com os vivos. Talvez a falta de humanidade dos meus pais seja o motivo pelo qual eu fui capaz de me tornar o Escolhido da Morte.

Subitamente, Keris vira o cavalo e examina a linha do horizonte de Aish. Seu olhar pousa sobre mim. Estranho. Eu poderia ser um arqueiro. Um soldado. Qualquer um.

No entanto, de alguma forma, ela sabe que sou eu. Sinto isso em meus ossos. Olhamos fixamente um para o outro, conectados pelo sangue, pela violência e por todos os nossos pecados.

Então ela volteia o cavalo novamente e desaparece no bando de soldados que retornam para o exército principal. Abalado, dou as costas e caminho como o vento na direção das chamas causadas pelos djinns que mancham o céu ao sul. Passo como um raio sobre fogos de cozinha, camas de corda, viveiros de pombos e galinhas enjauladas. Os sons de guerra enchem meus ouvidos.

Levo as mãos às cimitarras, esquecendo que elas estão na minha cabana há meses. Quero lutar, percebo. Quero uma batalha que não esteja na minha cabeça. Uma batalha que possa ser vencida com base na força física, no treinamento e na estratégia. Eu poderia encontrar uma arma. Combater com os Tribais. Seria uma sensação boa.

O peso cauteloso da mágica de Mauth me dá um puxão, e eu dou uma sacudida. Batalhas significam morte. E eu já lidei o suficiente com a morte. *O Portador da Noite. Encontre o Portador da Noite.*

Quanto mais perto chego da extremidade sul da cidade, pior estão as chamas, até que sou forçado a parar em uma bomba d'água para molhar um lenço.

Gritos ecoam abaixo de mim e um prédio vira escombros diante dos meus olhos. Um djinn encapuzado olha fixamente para ele antes de se virar e demolir outro prédio. Atrás dele, uma djinn feita de fogo paira no ar como se fosse sua própria carruagem. Um vento estranhamente seco a acompanha, instigando as chamas.

Andando à espreita pelas ruas, vejo uma djinn tomada pelas labaredas, seu corpo pulsando de ódio. Eu a reconheço imediatamente: Umber. Ela torce o gládio enquanto corta ao meio qualquer pessoa que bloqueie seu caminho, assim como outros que estão desesperadamente tentando fugir de seu ataque. Enquanto a observo, ela ergue um homem no ar e esmaga sua garganta — lentamente.

O espírito dele deixa o corpo e, por um momento, paira sobre ele. Então o ar tremeluz como os olhos de um gato nas sombras e o espírito desaparece.

Ele não vai para o Lugar de Espera. Ou para o outro lado. Eu o sentiria, se assim fosse — eu o saberia em meus ossos. Então que infernos estou vendo?

Sigo Umber furtivamente pelos telhados, observando enquanto ela mata. O ar à sua volta tremeluz e bruxuleia à medida que sucessivas almas desaparecem. Cada desaparecimento deixa para trás um vazio, um vácuo que flutua pesado no ar.

Antes que Umber me veja, vou embora caminhando como o vento na direção do prédio mais alto de Aish, o da guarnição marcial. Jamais desejei tanto estar com Shaeva. Por sua competência calma e seu infindável conhecimento. Ela saberia o que está acontecendo. Saberia como parar tudo isso.

Mas ela não está aqui, então tenho de compreender isso sozinho.

Para o Portador da Noite, os Eruditos — e seus aliados, as Tribos e os Navegantes — são o inimigo. Presas que devem ser destruídas. E, no entanto, apesar de ter libertado milhares de seus parentes do bosque djinn, ele usa essencialmente um exército marcial para levar adiante todos os assassinatos. A única conclusão lógica é que os djinns não podem combater humanos diretamente.

Talvez eles tenham se enfraquecido em virtude de seu aprisionamento. Talvez sua mágica seja limitada. Toda a mágica vem de Mauth, e até eu percebi uma queda na força de Mauth, uma letargia.

E então?, pergunto a mim mesmo. *O Portador da Noite está roubando fantasmas para alimentar sua mágica?*

A ideia é tão boa quanto qualquer outra. Se Mauth é a fonte de toda a mágica, e ele é a Morte, então faria sentido que os fantasmas pudessem estar vinculados a essa mágica.

Se eu pudesse ficar face a face com o Portador da Noite, poderia testar mais essa teoria. Chego ao topo do telhado plano do prédio da guarnição e protejo os olhos. As edificações em volta estão tomadas pelas chamas. Não vou conseguir ver nada daqui.

Quando me preparo para partir, algo reluz no ar. Uma figura sai da fumaça que se encapela pelo telhado, coberta por um manto, com olhos ardentes. Ela traz uma foice malignamente curva em uma das mãos. A lâmina está conectada a um cabo longo, e seu brilho escuro é familiar.

A foice, percebo, tinha um cabo mais curto antes. É a arma que o Portador da Noite usou para matar Shaeva, meses atrás.

— Veio me agradecer, usurpador?

Sua fala é mansa, mas sua voz não me causa mais arrepios. Tampouco fico apreensivo quando olho para ele. Ele é apenas uma criatura viva, que ama e odeia, deseja e pranteia. Uma criatura que está interferindo no meu trabalho no Lugar de Espera.

A mágica de Mauth se intensifica, sentindo a ameaça.

— Você mexe com os espíritos, djinn — digo. — Você mexe com Mauth. Você precisa parar com isso.

— Então você não está aqui para me agradecer. — A surpresa fingida na voz do Portador da Noite me enerva. — Não consigo entender por quê. Há muito menos trabalho para você, agora que não tem fantasmas para passar adiante.

— O que você está fazendo com os espíritos?

— Silêncio, verme! — Umber sai das chamas e se posta ao lado do Portador da Noite. — Como ousa falar assim com o Meherya? Faaz! Azul! — Dois djinns se materializam das chamas. — Khuri! Talis!

— Paz, Umber. — O Portador da Noite embainha a foice e mais quatro djinns aparecem. Os dois primeiros, Faaz e Azul, eu vi demolindo prédios e alterando o tempo. A terceira, Khuri, está em sua forma de sombra. O último, que presumo que seja Talis, traja seu rosto humano, e reconheço seus olhos escuros e o corpo compacto. Ele estava com Umber após eu ter matado Cain.

E foi o djinn que lançou pensamentos na mente de Laia e dos outros, ressuscitando seus medos mais profundos e seus momentos mais sombrios.

O Portador da Noite plana mais perto. Sombras fervilham à sua volta, mais profundas e sinistramente vivas. Elas se contorcem com uma perversidade espectral que se prende a ele como um peso. Apesar disso, seu poder segue inalterado e ele parece mais forte.

O ar tremeluz atrás dele. Outro djinn. Um djinn que Umber não chamou. Estreito os olhos — o que ele está fazendo? Dou um único passo na direção do djinn, pois há um quê de fantasma nele, uma sensação de proximidade com os mortos.

Isso é o mais perto que chego. O Portador da Noite estala os dedos e Khuri adentra as sombras, reaparecendo segundos mais tarde com uma figura humana desacordada.

— Você é a criatura de Mauth agora, garoto. Tão dedicado ao seu dever — diz o Portador da Noite. — Vamos testar essa dedicação?

A figura está amarrada com correntes feitas do mesmo material reluzente que a foice do Portador da Noite. A roupa dela é escura e o cabelo longo esconde seu rosto. Mas eu sei quem ela é. Eu conheço sua forma e seu encanto porque o adivinho a colocou em minha cabeça e não consigo tirá-la.

O Portador da Noite agarra o cabelo de Laia e puxa sua cabeça para trás.

— Se eu cortar a garganta dela, Apanhador de Almas, você se importará?

— Por que você está pegando os fantasmas? — Eu me forço a ignorar Laia. — Para fortalecer os seus djinns? A você mesmo?

— Nem uma palavra para a mulher que você amava? — pergunta o Portador da Noite. — E a sua gente acha que eu é que sou cruel. Você se lembra daqueles que matou, garoto? Ou foram tantos que o rosto deles se mistura? Acho que é a segunda opção. É assim que os humanos passam a vida. Assassinando, destruindo e esquecendo. Mas... — Ele olha para a cidade em volta. — Eu compreendo cada morte causada a serviço do meu propósito. Eu não as assimilo facilmente. Eu não sou mais bondoso que você e o seu povo, que não conseguem se lembrar do rosto ou da forma dos seus inimigos? As suas casas, vidas e amores são construídos sobre o túmulo daqueles que vocês nem chegaram a saber que existiram...

Laia, que pende inerte da mão do Portador da Noite, subitamente desperta. Suas correntes saem voando e se chocam com Umber, que grita com o impacto. Espero que Laia desapareça. Que escape.

Em vez disso, ela se lança sobre o Portador da Noite.

Por um momento, eles rolam em um emaranhado de sombra e carne. Mas, quando ele se levanta, tem os pulsos de Laia em uma das mãos.

— Você não pode me matar, garota — ele desdenha dela. — Ainda não aprendeu isso?

— É o que todos dizem — ofega Laia, olhando ferozmente para ele e o outro djinn. — Mas vocês são monstros. E monstros têm fraquezas.

— Monstros? — Ele a gira até que Laia me vê de frente. — O monstro está ali. Passeando por uma cidade em chamas, ignorando os gritos de seu próprio povo. Sem se preocupar com nada, exceto seus preciosos fantasmas. Ele nem vai chorar por você se eu a matar lentamente.

— Você não pode me matar — ela diz, ofegante. — A Estrela...

— Talvez eu tenha superado aquele pequeno soluço — diz o Portador da Noite. — O que você diz disso, Apanhador de Almas? Gostaria de outro fantasma para o seu reino? Ou talvez eu acabe com a alma dela também. Você a deixaria morrer, sabendo que o espírito dela jamais atravessará o rio?

Minha atenção passa novamente para o que está acontecendo atrás do Portador da Noite. A garota se debate e o arranha.

Mas ela não é "a garota". Cain se certificou de que ela nunca mais fosse "a garota".

Se ela se deixasse intimidar, eu poderia desviar o olhar. Mas, em vez disso, ela desafia o Portador da Noite, chutando e lutando, mesmo enquanto ele a esgana.

Uma memória vem à tona — um dia, muito tempo atrás, em Blackcliff, a primeira vez que nos vimos. Céus, a determinação nela, a vida. Desde aquela época, ela era uma chama, não importa quanto o mundo tentasse apagar o seu fogo.

Nossos olhares se encontram.

Vá embora, Apanhador de Almas, digo a mim mesmo. Olhe para o djinn atrás do Portador da Noite. Descubra o que ele está fazendo. Salve os espíritos de qualquer que seja o destino saído dos infernos que ele esteja infligindo sobre eles.

Vá embora.

Mas por um momento, apenas um momento, a parte irada e aprisionada de mim, o meu velho eu, se liberta.

E não consigo ir embora.

XXV
A ÁGUIA DE SANGUE

Os túneis escuros de pedra que correm por baixo de Antium são desenhados como uma rede, para permitir se movimentar facilmente quando o tempo está ruim. Se você conhece os túneis, atravessá-los é uma brincadeira de criança.

Para mim, eles são um pesadelo, fedendo a mofo e morte, tomados pelos detritos da nossa fuga de Antium meses atrás. Roupas e sapatos. Cobertores e relíquias de família. E agora meu sangue, uma trilha dele que qualquer rastreador poderia seguir.

Minha respiração ofegante é pontuada pela corrida esfuziante dos roedores, seus olhos brilhando ao longe no escuro. *Vamos. Continue em frente.* Eu me arrasto pelas pedras úmidas durante horas, abrindo caminho pelo lembrete interminável do que os Karkauns fizeram conosco.

Não, penso. *Do que fizemos com nós mesmos.*

Quando quase todo o meu sangue já se esvaiu, quando sei que meu poder de cura não vai me salvar, eu paro. Minha tocha já queimou quase inteira. *Você é uma tocha na escuridão... se tiver coragem de se deixar consumir pelas chamas.* Cain certa vez me disse isso.

Só que isso não é mais verdade. Os adivinhos se foram. Não há luz neste lugar. Apenas minha vida patética, finalmente chegando ao fim, e todos e tudo que deixamos para trás.

Espero que estejam em meu encalço, mas não é isso que acontece. Eu gostaria que tivessem vindo atrás de mim, que os Karkauns simplesmente me matassem rapidamente.

Meus olhos se ajustam à escuridão e percebo que estou diante do rosto de um esqueleto. Ele foi devorado, pois há vida nesses túneis mesmo que não seja humana.

O esqueleto não é grande. Uma criança com um cavalo de madeira agarrado às mãos mirradas. Ferida no ataque e deixada aqui, talvez. Ou quem sabe separada da família e abandonada para se defender sozinha.

O cavalo parece me encarar de volta. Ele me faz lembrar de algo. Já que estou esperando para morrer, bem que eu poderia tentar me lembrar. Parece importante, subitamente. Onde eu já vi esse cavalo?

Eu não vi, me dou conta. Mas vi um parecido. Muito tempo atrás, após Marcus me mandar caçar Elias e Cain me levar às cinzas de uma casa ilustre. Ele me contou a história de uma família que vivia ali. Um garoto. Infernos, como era seu nome? *Lembre-se. Ele merece ser lembrado.*

Mas é o nome do escravo erudito que surge em minha memória — Siyyad. Ele entalhou o cavalo para o garoto porque o amava como a um filho. E voltou para buscar o menino, embora isso tenha lhe custado a vida.

No entanto, não consigo me lembrar do nome da criança. E jamais saberei o nome desta aqui também. Seria uma criança erudita? Marcial? Uma criança navegante ou tribal, pega em meio ao caos?

Não importa. O conhecimento passa por mim como uma onda no oceano após um tremor de terra, impiedosa e interminável. Não importa, porque foi uma vida ceifada cedo demais. Mesmo se fosse uma criança karkaun, ela ainda mereceria ser pranteada, pois, na sua idade, ela seria meiga e bondosa, não moldada ainda pela violência dos mais velhos.

Quem quer que tenha sido, o garoto não mereceu nada disso. Foram os adultos que causaram isso. Eu causei isso. A comandante. Todos nós, em nossa luta por poder e controle, destruindo qualquer um que tenha cruzado o caminho.

Laia de Serra sabe do que estou falando. É claro que sabe, pois ela viveu isso. Toda a ira reprimida com o que foi feito com seu povo — eu jamais a compreendi até agora. Achei que servia a uma causa maior: proteger o Império. Mas tudo o que fiz foi proteger pessoas que jamais correram risco algum.

Talvez tenha sido isso que Elias aprendeu com Mamie e suas histórias. As histórias cujos vilões ou heróis eu jamais compreendi. Talvez todos nós precisemos de mais histórias como as dela.

— S-S-Sinto muito — sussurro para o esqueleto.

Céus, eu machuquei tanta gente. Percebo isso somente agora, no fim, quando não sou mais uma tocha, mas uma brasa sem ar, com a grande escuridão se fechando para sempre.

Tarde demais para dizer que sente muito, Helene. Penso em meu nome pela primeira vez em meses. *Tarde demais para consertar alguma coisa.*

Pelo menos salvei Harper. Pelo menos ele não veio comigo. Eu me deixei levar pelas lembranças do nosso beijo. Isso aconteceu meses atrás, mas me lembro de cada segundo. Como ele tinha gosto de canela, como seus olhos se fecharam enquanto ele me puxava para si, como...

Ping. Ping. Ping.

O som me arranca de meus pensamentos e olho fixamente para o esqueleto enquanto ouço. *Saudações, Morte,* penso e, estranhamente, é um alívio. *Você finalmente veio me buscar.*

Mas tudo segue em silêncio, até que, após alguns minutos...

Ping. Ping. Ping.

Eu me deixo levar para o escuro. Quero dormir agora. Quero ir embora me lembrando de Avitas Harper.

Ping. Ping. Ping.

Que malditos infernos é esse barulho? Tento me virar, mas não consigo. E então, na escuridão, uma voz:

— Levante-se, Águia de Sangue. Seu povo ainda precisa de você. Leal até o fim, lembra?

— P-Pai?

— Pai e mãe. Irmã e irmão e amigo. Levante-se.

Mãos me pegam por baixo dos braços e me colocam de pé, mas, quando me viro para olhar, penso que talvez não haja mão nenhuma. Cambaleio para a frente e me recosto contra a parede, um passinho de cada vez.

Ping. Ping. Ping. Ping.

Dessa vez foram quatro. Da última, haviam sido apenas três. Há um ritmo no ruído também, como uma música. Como algo que somente um humano poderia fazer.

Podem ser as cavernas. Quando estive aqui antes do cerco a Antium, ouvi um som igual a este. "Apenas as cavernas cantando suas histórias", disse Cain.

Se isso é uma canção, que malditos infernos ela está dizendo? Ela não para e continua mudando. Eu quero apenas morrer, mas ela não me deixa.

— É isso — diz a mesma voz de antes. — Continue em frente. Encontre esse som.

Logo, o som não é mais um *ping*, mas algo mais profundo, como o retinir de um sino. Mas não — ele é monótono e curto demais para ser um sino. E não é alegre ou agradável como um sino. Em vez disso, é frio e duro. Como eu.

À frente, vislumbro uma luz e me arrasto em sua direção. Minha visão aos poucos vai clareando. A luz fica mais intensa e brilhante até que tropeço para dentro de um aposento iluminado com tochas e quente com um fogo estranhamente azul-esverdeado. Ele queima em uma fornalha que não cria fumaça.

PING. PING. PING.

Um homem que eu nunca vi ergue o olhar de uma bigorna. A cabeça dele está raspada, e a pele escura, coberta de tatuagens. Talvez seja uma década mais velho que eu. Em uma mão ele segura um martelo e, na outra, um elmo que brilha com uma estranha luz prateada.

— Águia de Sangue. — Ele não parece nem um pouco surpreso enquanto caminha na minha direção, coloca um braço ao meu redor e me ajuda a deitar em uma cama no canto. — Eu sou Spiro Teluman. Estava à sua espera.

XXVI
LAIA

O Portador da Noite agarra minha nuca e aperta. Reprimo um grito, pois não vou lhe dar essa satisfação. Lágrimas vazam de meus olhos e revido. *Lute, Laia, lute!* Roubei minha adaga de Novius, abri o cadeado das minhas correntes e fingi para Khuri que estava fraca e derrotada — tudo por este momento. Não posso fracassar agora.

Enquanto olha para o Portador da Noite, Elias inclina a cabeça. Ele parece de outro mundo, espectral como os próprios djinns. Não há empatia em seu olhar. Nenhum traço do homem que foi um dia.

E embora isso faça parte do meu plano, embora ser capturada pelo Portador da Noite signifique me aproximar de sua pequena foice — agora compatível com o tamanho de uma foice normal —, eu gostaria de não me sentir tão desesperadamente sozinha em minha luta contra o djinn.

Sem querer, olho para Elias, sabendo que só vou encontrar a consideração gelada do Apanhador de Almas.

Em vez disso, vejo vitalidade em seu olhar, e meu corpo tem um choque de surpresa. Esse é o Elias que conheci em Blackcliff. O Elias que escapou de Serra comigo, que explodiu das profundezas de Kauf com meu irmão a reboque.

O Elias que achei que Mauth havia esmagado.

Ele entra em ação, mas, em vez de atacar o Portador da Noite, se move em direção à djinn que empunha a lança longa — Khuri a chamava de Umber. Então a desarma com dois socos e a derruba. Ela se choca contra Azul.

Khuri salta na frente de Elias e o encara com um olhar penetrante, sem dúvida tentando manipular sua mente. Mas ele se livra de sua mágica, investindo com a lança em sua direção de um jeito rápido demais para ser seguido. Ela desaba no chão, impactada pelo golpe.

O Portador da Noite me joga para cima do telhado e voa em direção a Khuri, que já se levanta, os olhos de chamas em um tom escarlate. *Corra*, cada célula do meu corpo grita. *Fuja, Laia!*

Imediatamente eu corro, lançando-me atrás do Portador da Noite em busca da foice assim que ele alcança suas preciosas guardiãs. Chegou o momento. Ou eu morro, ou essa foice vem comigo. Não há meio-termo. Cerro os dedos e a puxo com toda a força. *Por favor!*

Ela não cede.

O Portador da Noite começa a se virar, mas saco minha adaga e corto a tira de couro que prende a foice às costas do djinn. Ela se solta, e, por um momento, estou atordoada demais para me mover.

— Segure-se em mim.

Elias surge a meu lado e me puxa para seu peito, me rodopiando pelo telhado. Conseguimos escapar e meu sangue se esquenta com a vitória do momento. Eu tenho a foice. Elias está aqui comigo. *Elias*, não o Apanhador de Almas.

Vislumbro uma chama vermelho-escura — Umber. Damos uma guinada até parar subitamente, e Khuri está ali, com a boca retorcida em um esgar enquanto tenta arrancar a foice de mim. Elias grita e Umber ataca, arrancando de volta sua lança e acertando-o nos ombros. Embora a mágica de Elias devesse absorver o golpe, ela não o evita, pois Elias arfa, de joelhos.

— Isto — diz Khuri com uma calma absurda enquanto solta meus dedos do cabo da foice — não pertence a você, humana. — Sinto sua influência, sua compulsão.

— Khuri! — O grito do Portador da Noite é grave como um trovão, somado a um terror que jamais ouvi em sua voz antes. — Não!

Sobressaltada, ela se vira para ele e acerto um chute violento em seus joelhos. O cabo da foice se solta do aperto dela. As pernas de Khuri se dobram enquanto ela cambaleia para a frente, os dedos retorcidos diante de mim. Segurando a foice, eu a empurro e a lâmina a corta como se ela fosse de carne e osso, em vez de fogo e vingança.

Chamas se derramam por meus pulsos e eu recuo, encolhida, com a pele queimando. Khuri leva as mãos à garganta, mas sua força se foi e ela desaba no chão. Então fala, a voz em camadas, como se houvesse dezenas de Khuris dentro dela.

O filho da sombra e herdeiro da morte
Combaterá e fracassará com seu último fôlego.
A tristeza cavalgará os raios do dia,
A terra sua arena, o homem sua presa.
Na queda da flor, a órfã se curvará à foice.
Na queda da flor, a filha pagará um dízimo de sangue.

Lágrimas saltam de meus olhos diante da visão da djinn caída. Ela pega fogo, como Shaeva, e suas cinzas são levadas pelo vento. Embora ela seja minha inimiga, não consigo me alegrar com sua morte. Pois, quando ela se vai, o Portador da Noite grita.

— Khuri!

A tristeza em seu lamento gela meu sangue; já ouvi essa dor antes. O grito dele é meu pai gemendo em sua cela e o pescoço de minha irmã se quebrando. É vovó abafando o choro com o punho enquanto pranteava sua única filha e Izzi me dizendo que estava com medo ao dar o último suspiro. É toda morte que eu já sofri, mas muito pior, pois ele tinha acabado de trazer Khuri de volta. E lutara mil anos para recuperá-la.

— Sinto muito. — A foice cai languidamente de meus dedos. — Oh, céus, sinto muito mesmo...

O ar ao meu redor brilha em um tom fraco de dourado.

— Fuja, Laia de Serra — sussurra Rehmat, com uma tristeza palpável. — Fuja, antes que ele a queime até virar cinzas.

Não sei se Elias ouviu Rehmat ou se simplesmente sente a ira do Portador da Noite crescer como uma tempestade sobre o mar febril. Não importa. Quando meu olhar cruza com o do djinn, o braço do Apanhador de Almas me pega pela cintura, e, segundos mais tarde, estamos voando como o vento.

XXVII
O APANHADOR DE ALMAS

O soldado em mim analisa as fraquezas dos djinns: Umber sucumbindo à minha mágica enquanto eu esvaía sua energia vital; o gládio ferindo Khuri; a foice a matando.

O Apanhador de Almas em mim anseia pelo Lugar de Espera, abalado com a profecia de Khuri. Preciso da paz das árvores, da concentração que os fantasmas me dão. Preciso de Mauth para relaxar minha mente.

E o humano em mim se maravilha com a sensação dessa garota em meus braços — que ela vive, que não apenas sobreviveu ao Portador da Noite como empunhou a arma dele.

— Eu a tinha em minhas mãos — ela sussurra enquanto caminhamos como o vento. — Eu a tinha e a perdi.

Quando paramos, é com uma batida no topo de uma ravina seca tomada por seixos e árvores espigadas. Levo a pior na queda, encolhendo-me contra os pequenos rochedos que rasgam minhas roupas. Galhos gemem no vento feroz que corta através do deserto, e Laia esconde a cabeça com o braço, protegendo os olhos da areia.

— Elias, você está...

— Bem. — Eu a tiro de cima de mim rapidamente, então me afasto alguns metros. O céu acima está flamejante de estrelas e estamos tão longe de Aish que a cidade não é nem mesmo um brilho no horizonte. É difícil distinguir o rosto de Laia no escuro. Mas isso é um alívio. — A profecia que ouvimos — digo a ela. — As duas primeiras linhas eram sobre mim.

— Você? — Ela se levanta cautelosamente. — *O filho da sombra e herdeiro da morte...*

— *Combaterá e fracassará com seu último fôlego.* — Faço uma pausa por um longo momento. — Você conhece o preço do meu fracasso. Você o viu em primeira mão.

— É apenas uma profecia — diz Laia. — Nem todas as profecias são reais...

— A profecia de Shaeva se provou verdadeira — digo. — Cada linha. E ela também era uma djinn. Você estava certa, sabia? O Portador da Noite *está* fazendo algo com os fantasmas. Eu quase descobri o que era. Mas...

— Mas você me salvou em vez disso. — Laia me olha como se conhecesse minhas entranhas. — Elias. — A voz dela soa tensa. — Eu não me arrependo. Você voltou por mim... Eu senti tanto...

— Você vai ter que encontrar seu caminho de volta para onde quer que esteja indo — digo. — Já fiquei longe da floresta por tempo suficiente.

Ela diminui a distância entre nós e segura minha mão antes que eu possa ir embora caminhando como o vento. Seus dedos estão entrelaçados aos meus, e penso na noite que ela passou comigo em Blackcliff. Antes de partir, Laia tentou devolver minha lâmina. As palavras que ela disse na época ganharam outro significado agora.

Você tem uma alma. Ela foi ferida, mas está aí. Não deixe que tirem isso de você.

— Fale comigo — ela diz agora. — Só por um momento.

A ravina está cheia de árvores pontiagudas que assumem um tom azulado à luz das estrelas. Laia encontra uma rocha lisa e comprida e se senta, puxando-me junto.

— Olhe para mim, Elias. — Ela vira meu queixo em sua direção. — O Portador da Noite fisgou você. E eu servi como a isca perfeita. Ele te conhece, como conhece todos os humanos. Ele esperava que você me ajudasse e sabia que você se sentiria culpado por isso mais tarde. Ele *está* sempre um passo à nossa frente. Mas dessa vez o preço são milhares de vidas... dezenas de milhares...

— Os problemas do mundo humano não...

— Ele está tocando uma música e você está dançando no ritmo que ele quer. Esse é o seu problema. O Portador da Noite quer vê-lo acorrentado ao Lugar de Espera. Isso serve perfeitamente ao propósito dele. Porque, se você fica tentando controlar as coisas por lá, não combate por aqui.

— Se eu estou acorrentado ao Lugar de Espera, é por causa das minhas próprias escolhas, não por causa do Portador da Noite.

— Você está acorrentado por minha causa. — Ela me solta e leva as mãos ao rosto.

Vê-la desse jeito parece errado. *Não*, me dou conta. Parece errado vê-la desse jeito e não confortá-la.

— Você morreu, Elias, e ainda assim não podia se permitir fracassar. Você prometeu salvar Darin e o salvou, embora isso tenha levado à sua prisão. Você prometeu servir a Mauth e o serviu, embora isso vá levar à destruição do meu povo. Você é tão, tão... — Ela joga as mãos para cima. — Tão teimoso! E o Portador da Noite *sabe* disso! Ele está contando com isso, pois isso permite que ele devaste o mundo humano sem que ninguém o impeça.

A apreensão de Laia gira à sua volta, um fardo pesado demais para ela carregar sozinha.

— Você mesmo disse que a floresta está doente. Os fantasmas não estão passando adiante. Estou dizendo, a fonte desses males é o Portador da Noite. Se você quiser consertar o Lugar de Espera, você precisa impedi-lo de mexer com os espíritos.

Embora eu tenha certeza de que tive o bom senso de colocar um passo de distância entre nós, nossos joelhos se tocam. Ela puxa minha mão até seu coração, e meu pulso trepida em resposta.

— Obrigada por me ajudar — ela diz. — Eu sei que isso lhe custou. Mas se você não tivesse me ajudado...

— Você estaria bem. — Eu sei disso. — Você é durona e esperta. Você é uma sobrevivente, Laia. Sempre foi.

Ela sorri e olha para baixo, o cabelo encobrindo-lhe o rosto.

— Como é doce ouvir você dizer o meu nome — ela sussurra.

Um vento de deserto varre a ravina e inspiro a fragrância de Laia: açúcar, suor e algo incognoscível que faz minha cabeça girar. Afasto o cabelo de seu rosto e meu polegar se demora sobre sua face. Ela está corada, embora a noite seja fria.

Laia ergue o olhar para mim como se fosse falar alguma coisa e seus dedos pressionam meu antebraço. Meu desejo se agita nas profundezas do desejo dela e imagino seus dedos se cravando em minhas costas, seus olhos em mim como estão agora, suas pernas em torno dos meus quadris...

Pare. Você é o Banu al-Mauth.

Mas a voz desaparece quando ela se ajoelha na pedra e roça os lábios nos meus. Ela é cuidadosa, como se eu pudesse fugir. Mas sua pulsação batendo enlouquecida combina com a minha, e deixo minhas mãos caírem em sua cintura e a puxo para perto, meus lábios abrindo os seus. Mais perto ainda quando ela geme, suas unhas raspam minha nuca, e o som que isso provoca em mim não é nem de longe decente.

Laia sorri e se afasta, e eu desejo que ela não tivesse feito isso, pois no espaço que se abre entre nós a confusão toma conta, a fria realidade do meu presente varrendo o horizonte da minha mente.

Sou um tolo. Eu aqui, segurando Laia, beijando-a, tocando-a, me permitindo desejá-la. Tudo que fiz foi lhe dar esperança.

Ela deve sentir isso, pois inclina meu rosto em sua direção.

— Elias...

— Esse não é o meu nome. — Eu a afasto e me levanto, buscando a versão mais fria de mim mesmo: Máscara, Apanhador de Almas, Escolhido da Morte. Penso nos milhares de fantasmas que criei, nos milhares que morreram por minha causa: amigos, inimigos e pessoas cujos nomes eu jamais chegarei a saber.

O Portador da Noite estava certo sobre os humanos. *Assassinando, destruindo e esquecendo.*

— Por favor — digo a ela. — Eu não suportaria se mais pessoas sofressem por minha causa. Fique longe de mim. Me deixe em paz. Encontre algum lugar seguro para...

— Seguro? — Laia ri, e é um som terrível. — Não existe lugar seguro para mim neste mundo, Elias. A não ser que eu crie isso para mim mesma. Vá cumprir seu dever. Eu cumprirei o meu.

Antes que ela me dê as costas, eu já parti, caminhando como o vento para leste, voando cada vez mais rápido, até que a areia vira vegetação rasteira e a vegetação rasteira vira árvores. Não paro até estar em minha cabana. Ali, o único ruído é minha respiração ofegante. E, uma vez que ela desacelera, o silêncio se estabelece. Estou tão acostumado a ouvir o murmúrio dos fantasmas que sua total ausência não é natural.

Uma pequena figura emerge das árvores. Ela olha em volta com uma curiosidade inocente, e sei imediatamente quem é. A garota de Aish que me reconheceu. *É claro*. Ela e sua família não poderiam ter sobrevivido ao ataque.

— Bem-vinda ao Lugar de Espera, o reino dos fantasmas, pequenina — eu lhe digo. — Sou o Apanhador de Almas e estou aqui para ajudá-la a atravessar para o outro lado.

— Eu sei quem você é — ela diz. — Por que não nos ajudou? Eu o procurei.

— Você deve esquecer os vivos — digo. — Eles não podem mais machucá-la.

— Como eu poderia esquecer? A mulher prateada matou Irfa e Azma ao mesmo tempo. Azma tinha apenas quatro anos. Por que ela fez aquilo, Apanhador de Almas? Por que você não nos ajudou?

A criança é apenas um fantasma, mas levo horas para passá-la adiante, pois não sei como responder às suas perguntas. Como explicar o ódio de Keris por um inocente?

Quando tudo está acabado, quando finalmente respondo a cada pergunta e ouço cada mágoa, pequena ou grande, ela caminha para dentro do rio. Durante todo o percurso até em casa, espero a velha sensação de retidão me invadir. Mas ela não vem, nem quando entro em minha cabana e acendo as lamparinas.

Lar, digo a mim mesmo. *Estou em meu lar*. Mas não parece mais meu lar. Parece uma prisão.

XXVIII
A ÁGUIA DE SANGUE

Tem algo sentado sobre o meu peito.

O fato penetra minha consciência lentamente e não movo um músculo. O que quer que seja, é quente. Vivo. E não quero que ele perceba que estou desperta.

O peso muda. Uma gota de água morna pinga em minha testa. Fico tensa. Já ouvi falar da tortura de água karkaun...

— Ha! Ba-ba-ba-ba.

Duas mãozinhas se afundam em meu rosto de um jeito atrapalhado. Abro os olhos e encontro meu sobrinho sentado sobre mim, babando alegremente. Quando vê que estou desperta, ele sorri, revelando um dente perolado perfeito que não estava ali quando parti.

— Ba! — ele declara enquanto me sento cautelosamente.

— Achei que, se alguém poderia acordá-la, esse alguém seria o imperador. — Livia me oferece um lenço, sentada ao lado da minha cama.

Seco a baba de Zacharias e lhe dou um beijo, soltando cuidadosamente seus dedos do meu queixo e jogando minhas pernas para fora da cama. Rajadas de neve redemoinham do lado de fora das janelas de vidro, manchando de luz meu quarto, e a lareira flamejante faz pouco contra o frio que paira no ar. Eu me sinto vazia, como se alguém tivesse cavado minhas entranhas. Deixo de lado a sensação e me concentro em ficar de pé.

— Calma, Águia. — Livia afasta Zacharias de mim. — Spiro Teluman carregou você pelos túneis, e faz dois dias que você não para de perder e retomar a consciência. A mordida no seu pescoço estava infectada. Você estava delirando quando chegou aqui.

Devo ter levado pelo menos cinco dias para sair dos túneis. Malditos céus. Uma semana. Preciso reunir uma força de ataque para Antium. Convencer os paters do meu plano. Certificar-me de que temos armas, alimentos e cavalos suficientes. Alertar os combatentes que resistem na capital. Tantas coisas para fazer e andei dormindo.

— Eu preciso das minhas cimitarras, imperatriz. — Minha visão se turva quando me levanto e minha perna dói de algum ferimento terrível. Mas agradeço aos céus por meu poder de cura, pois, sem ele, eu teria morrido antes mesmo de chegar a Teluman. Caminho mancando até o roupeiro e coloco um uniforme limpo. — Onde está Teluman?

— Os paters o queriam nas masmorras, mas achei que seria a forma errada de agradecer ao homem que trouxe de volta a nossa Águia — diz Livia. — Ele está com Darin e Tas na forja. Falando nisso... preparei uma cama para o jovem Tas no quarto do Zacharias. O garoto não parece muito interessando em metalurgia, e achei que ele poderia fazer companhia ao imperador

— Os paters não vão gostar...

— Os paters não vão nem notar. Para eles, Tas é apenas um Erudito. Mas ele é inteligente e generoso. Ele gosta do Zacharias. Talvez possa ser um amigo para o meu filho. — O rosto de minha irmã se fecha. — Alguma normalidade em toda essa loucura.

Anuo rapidamente, porque a última coisa que preciso é que Livia pense de novo em fugir com o imperador para as terras do sul.

— Se Tas quiser, não tenho nenhuma objeção.

— Que bom. — Livia se alegra. — E tem algo mais que eu gostaria de discutir com você.

Sinto calafrios de apreensão, pois ela está com aquela expressão no rosto. A expressão que exibia antes de desafiar meu pai sobre jurisprudência marcial. A expressão que tinha antes de me enviar para Adisa.

— Keris se nomeou imperatriz e os paters aceitaram — diz Livia. — Você poderia fazer o mesmo.

Surpresa, levo um momento para encontrar a resposta adequada.

— Isso... Isso é *traição*...

— Ah, que bobagem. Ele é meu filho, Águia. — Ela olha para Zacharias e sorri quando ele balbucia para ela. — Eu jamais faria algo para prejudicá-lo. Eu quero o melhor para ele, e essa vida não é o melhor. Você salvou milhares de Marciais e Eruditos. As pessoas a amam...

— Governar é mais do que ser popular. — Ergo as mãos. — Eu precisaria ser tão diplomática quanto o nosso pai, tão inteligente quanto a nossa mãe e tão paciente quanto você. Consegue me imaginar tentando fazer as pazes com os paters? A maior parte do tempo eu só quero socá-los. Ter de encontrar embaixadores e conversar amenidades...

— Você se encontrou com o embaixador de Ankana e agora temos um tratado.

— Ele era um guerreiro como eu. Fácil de conversar. Eu fui feita para lutar, Livia, não para governar. De qualquer forma, os adivinhos nomearam Marcus nosso imperador. Zacharias é filho dele e o herdeiro escolhido pelos céus...

— Os adivinhos estão mortos. — Os lábios da minha irmã se retesam, e ela perde a paciência. — Todo mundo sabe. Keris e os aliados dela estão usando isso para questionar a legitimidade de Zacharias como imperador.

— Então eles são uns tolos, e vamos lutar...

Uma batida ressoa no aposento exterior, e jamais me senti tão aliviada em ser interrompida. Uma voz estranha fala:

— Imperatriz?

Minha cimitarra está empunhada em um instante.

— Infernos, quem será? Onde está o Far...

Então eu lembro.

Leal até o fim, ele gritou. O mantra da minha gens. Minhas cicatrizes doem, e o sentimento de vazio em meu peito faz sentido.

— Eu lhe apresento Deci Veturius. — Livia me olha como se eu pudesse quebrar, e tenho vontade de esganá-la. — O substituto de Faris. Harper já o investigou e o liberou.

— Imperatriz — Deci diz. — Perdoe-me. O capitão Harper está aqui para ver a Águia de Sangue.

Olho em volta em busca de uma saída. O armário tem uma passagem secreta. Ele está guardado, mas não por alguém que teria coragem de falar alguma coisa.

— Ela está... hum... — Livia fala para Deci enquanto passo pela porta em direção ao armário. — Ela está indisposta.

— Muito bem, imperatriz.

Livia corre atrás de mim, ignorando Zacharias, que mastiga os nós dos dedos da mãe.

— Harper está doente de preocupação. — Ela me olha de maneira reprovadora. — Não acho que ele tenha dormido desde que Quin voltou.

Meu coração pesa um pouco com isso, tolo que é.

— Imperatriz. — Tateio a entrada da passagem e ela se abre silenciosamente. — Se quisermos firmar a lealdade dos paters e atrair os aliados de Keris, precisamos ganhar Antium para o imperador — digo. — Eu tenho muito a fazer. Se me permite...

Minha irmã suspira, e Zacharias nos observa solenemente, como se quisesse se inteirar de um segredo.

— Um dia, minha irmã — diz Livia —, você vai ter que lidar com todas as coisas que tenta esconder de si mesma. E, quanto mais tempo esperar, mais vai doer.

— Talvez — respondo. — Mas não hoje.

Sigo furtivamente pelo corredor e entro no castelo, que está úmido e frio como de costume, embora com a agitação dos cortesãos, soldados e criados.

— Que bom vê-la bem, Águia. — Uma mulher marcial usando um uniforme de criada sorri ao passar com um soldado erudito a seu lado.

— Ouvi dizer que você fez Grímarr passar por um inferno — ele diz.

— Lamento que ele ainda esteja vivo, mas espero estar ao seu lado quando você o matar.

Por todo o caminho até a oficina de Darin, as pessoas gritam cumprimentos ou param para falar comigo sobre Antium.

— *Quando retomarmos a capital, Águia...*

— *Eu sabia que você ia se recuperar...*

— *Ouvi dizer que você abateu cem daqueles Karkauns bandidos...*

Quanto mais as pessoas se aproximam, mais rápido eu caminho. "As pessoas a amam", disse Livia. Mas é o imperador que elas devem amar. É pelo imperador que elas devem lutar.

Meus ferimentos doem, e levo mais tempo do que imaginei para chegar à oficina de Darin, um pátio semiaberto no meio do castelo. Apesar do frio, o Erudito está sem camisa, os músculos se encrespando enquanto ele mergulha uma cimitarra na forja e Spiro Teluman trabalha os foles. Quando passo por um dos arcos pontiagudos e adentro o pátio, noto uma curandeira erudita chamada Nawal, que observa Darin e tenta criar coragem para se aproximar.

— Ele não é nada mau, não acha? — Dou um salto diante da voz que ouço ao meu lado, a cimitarra a meio caminho de ser desembainhada. É Musa, que empurra suavemente minha lâmina de volta para a bainha. Ele tem uma dezena de hematomas e cortes, a maioria já meio curada. — Tão nervosa, Águia. Parece que você acabou de escapar de um bando de Karkauns por um fio de cabelo. — Ele dá uma risadinha sombria com a piada, mas o sorriso não chega aos olhos. — Perdoe-me — diz. — Rir dói menos do que enfrentar o que aconteceu. Sinto muito sobre o Faris. Eu gostava dele.

— Obrigada. E a sua piada foi terrível, então naturalmente o Faris a teria adorado. — Ofereço um sorriso ao Erudito. — Você não está tão mal, ao que parece.

Ele dá um tapinha no rosto, envaidecendo-se.

— Todo mundo diz que estou mais bonito ainda com essas cicatrizes.

— Ah, fique quieto. — Eu o empurro, surpresa em me ver rindo também, e vou até Darin. — Como estão as lâminas?

O irmão de Laia leva um susto, tão concentrado no trabalho que nem me notou.

— Nós fizemos duzentas lâminas desde que você partiu para Antium — ele diz. — Não posso dizer que sejam bonitas, mas certamente não vão quebrar.

Spiro se junta a nós, secando a neve derretida da cabeça raspada com um pedaço de pano.

— O trabalho está indo mais rápido agora — ele diz. — Você parece melhor, Águia.

— Estou viva por sua causa. — Estendo a mão para ele. — Não sei como lhe agradecer.

— Faça com que seus homens usem as armaduras que forjei no último ano. — Ele me puxa para um canto enquanto Darin e Musa conversam. — A imperatriz regente as transportou para cá a meu pedido. Mas os seus soldados dizem que elas não parecem naturais.

Tenho uma vaga lembrança de um capacete brilhante. Enquanto os Eruditos tentam encontrar desculpas lógicas para o sobrenatural, os Marciais desconfiam dele. Por isso que escondi meus poderes de cura por tanto tempo. Não desejava ser morta por praticar bruxaria.

— Não parecem naturais? — digo. — Mesmo?

— Os adivinhos me ensinaram a fazer armaduras. Elas vão ajudar nossos guerreiros a se fundirem à escuridão. Vão desviar flechas e são resistentes ao fogo. E perdem o brilho tão logo são colocadas.

Avalio o ferreiro enquanto reflito.

— Não lembro muito da jornada fora dos túneis, mas lembro de você dizer que estava à minha espera.

Ele se vira para a cimitarra, que aguarda ser polida.

— Os adivinhos me avisaram que você viria — ele diz. — Me disseram que muita coisa dependia de eu seguir trabalhando naquela maldita caverna, fazendo armaduras até você aparecer. Eu estava começando a achar que eles estavam malucos.

— Por que você? E... — Olho de relance para Darin. — Por que ele? Você sabia os riscos de aceitá-lo. De compartilhar seus segredos. É um milagre que vocês dois não tenham sido executados.

— Segredos jamais deveriam ser somente nossos. — A voz de Teluman é áspera, e ele olha fixamente para a cimitarra. — Eu tinha uma irmã — ele diz após um momento. — Isadora. Quando ela tinha dezesseis anos, se apaixonou por uma garota erudita. Elas foram pegas juntas por um Ilustre que estava cortejando Isa.

— Ah — digo. — Ah, não.

— Eu tentei levá-la para Marinn, onde ela poderia amar quem quisesse. Mas fracassei. O Império usou uma das minhas lâminas para executá-la.

Ou pelo menos foi isso que me disseram. Eles não me deixaram vê-la antes do fim.

Sua expressão de aversão por si mesmo é tão familiar para mim quanto meu próprio rosto.

— Você tem ideia de quantas lâminas eu fiz para eles antes de a Isa morrer, Águia? — ele diz. — Sabe quantas foram usadas para matar inocentes? Mas foi preciso que isso afetasse a minha família para eu finalmente fazer algo a respeito. Essa história vai me assombrar até o dia da minha morte.

— O que aconteceu com a garota erudita?

— Eu a encontrei. E a coloquei em um barco para o sul. Ela vive em Ankana. Às vezes escreve para mim. De qualquer forma, eu o conheci alguns meses depois. — Spiro anui para Darin. — Curioso, assim como a Isa. Um artista como ela. Cheio de perguntas como ela. E ele me contou que tinha uma irmã. — O ferreiro me encara, a neve salpicando seus vários piercings. — Eu esperei por você porque os adivinhos disseram que você poria as coisas no lugar. Que ajudaria a forjar um novo mundo. Vou cobrar isso de você, Águia. Estou cansado de me aliar a tiranos.

— Águia. — Darin nos interrompe com o cenho franzido. — Musa disse que um dos diabretes acabou de voltar do deserto tribal. Aish sucumbiu ao ataque de Keris. Ninguém viu Laia. Ela desapareceu faz dias.

— Desapareceu? — A preocupação me corrói, e me viro para Musa. — Eu achei que você tinha olhos por toda parte.

— E tenho — diz Musa. — Mas os diabretes não conseguem encontrá-la.

— O que significa que eu preciso encontrá-la — diz Darin. — Eu sei que precisamos de armas para os Eruditos, mas ela é minha irmã, Águia. Não posso perdê-lo agora. Nós precisamos de suas habilidades de ferreiro, sem mencionar o fato de que, se ele partir e Keris o pegar, Laia vai me matar.

— Darin, espere até conquistarmos Antium...

— E se aconteceu alguma coisa com ela?

— Sua irmã é durona — digo. — Mais do que você e tanto quanto eu. Onde quer que ela esteja, vai ficar bem. Vou pedir que meus espiões no sul fiquem de olho nela.

Na realidade, já enviei uma mensagem para Laia pedindo que ela diga às Tribos que oferecemos apoio em sua luta contra Keris se jurarem lealdade a Zacharias.

— Assim que eu tiver notícias dela, e terei notícias, prometo que você vai ficar sabendo.

O Erudito está prestes a protestar novamente, mas se eu continuar discutindo, vou perder a paciência.

— Musa. — Pego o apicultor pelo braço e o levo para fora da forja. — Venha comigo.

— Calma, Águia. — Ele me segue, relutante. — Embora eu *goste* de mulheres altas e mandonas, e embora eu saiba que este rosto é difícil de resistir, meu coração pertence a outra...

— Ah, cale a boca. — Quando estamos longe do pátio, eu me detenho. — Você não é tão bonito assim. — Ele pisca os cílios para mim, e desejo que fosse só um pouco mais feio. — Eu preciso de olhos em Antium, Erudito. Não posso contar com meus homens no momento.

— Humm... Infelizmente, os humanos são pouco confiáveis. — Musa tira uma maçã do manto e corta uma fatia. Seu cheiro doce trespassa a umidade, e ele me dá um pedaço. — O que eu ganho por ajudá-la, Águia de Sangue?

— A gratidão do imperador e de sua Águia de Sangue — digo e, diante do desgosto estampado em seu rosto, solto um suspiro. — O que você quer?

— Um favor — ele diz. — Quando e onde eu escolher.

— Não posso prometer isso. Você poderia pedir qualquer coisa.

Ele dá de ombros.

— Boa sorte em retomar sua capital.

É claro. Ele não facilitaria as coisas. Por outro lado, se eu estivesse no lugar dele, faria o mesmo.

— Está bem — respondo. — Mas nada... inconveniente.

— Eu não ousaria. — Musa aperta minha mão com uma solenidade ligeiramente exagerada. — Na realidade, vou lhe oferecer uma migalha agora mesmo. O capitão Avitas Harper está a caminho daqui. Ele está no corredor noroeste, passando por aquela estátua horrorosa de um iaque, e caminhando bem rápido.

— Como... — Eu sei como ele faz isso, mas a especificidade é impressionante.

— Dez segundos — murmura Musa. — Oito... seis...

Eu me afasto a passos largos e faço uma careta com a dor que sobe, trespassando minha perna. Mas não sou rápida o suficiente.

— Águia de Sangue — Harper me chama em uma voz que não consigo ignorar. Eu amaldiçoo Musa enquanto ele se afasta, rindo baixinho.

— Harper — digo. — Você saberia me dizer onde está Quin? — Sigo caminhando pelos corredores de pedras frias do castelo, depressa o bastante para que ele tenha de dar uma corridinha para me alcançar. Sinto tontura, pois, apesar de ter me curado rapidamente, não me recuperei do que aconteceu em Antium. — Eu preciso perguntar a ele se...

Harper se coloca à minha frente, segura minha mão e me puxa para um corredor lateral com uma força que me surpreende.

— Eu sei que você está brava comigo — ele diz. — Talvez eu mereça. Mas você também está brava consigo mesma. E não deveria. Faris...

— Faris sabia o que estava fazendo. — Livro minha mão com um puxão, e a dor na expressão de Harper me faz olhar para baixo. — Faris era um soldado. Ele me deu uma chance de sobreviver.

— Mas você ainda está brava — Harper diz calmamente.

— E por que não deveria estar? — rosno para ele. — Você sabe o que estão fazendo conosco naquela cidade. A cidade que eu perdi, Harper. A cidade que eu deixei a Keris trair...

— Você não deixou...

— Estava tudo tão silencioso — digo. — Todo o nosso povo encolhido porque estão desesperados de medo. Não da morte ou da tortura. Eles são fortes demais para isso. Não, eles estão com medo de ser esquecidos, Harper.

Harper suspira, parecendo enxergar através de mim: o momento em que pranteei Faris, em que olhei fixamente para o crânio de uma criança, pensando que a morte havia finalmente chegado.

Ele se aproxima o suficiente e posso sentir o cheiro de canela e cedro de sua pele, o aço em sua cintura. A neve derreteu em seu cabelo negro, cortado tão curto feito as penas de um corvo.

— Isso é terrível, Águia — ele diz. — Mas não é por isso que você está brava. Me diga por que você está brava.

O vazio que me corrói desde que acordei aumenta e não consigo detê-lo. Sinto cada ferimento. Cada cicatriz.

— Quando eu estava nos túneis — digo — e achei que ia morrer, eu pensei em você.

Embora as pessoas passem por nós, ninguém olha duas vezes. Tudo o que veem é a Águia de Sangue com seu braço direito. Um minuto se passa. Ainda assim, ele espera.

— Podia ter sido você comigo — sussurro finalmente. — Em vez do Faris. Mas não era. E, quando ele ficou para trás porque havia Karkauns demais, eu... — Meus olhos queimam. Maldito Portador da Noite por arrancar minha máscara. Neste momento, eu teria tirado forças dela. — Eu o conhecia desde pequena, Harper. Nós sobrevivemos a Blackcliff juntos. Céus, ele tentou me matar uma ou duas vezes quando éramos cincos. Mas, quando eu estava rastejando por aquele túnel, quando eu sabia que ele estava lutando e morrendo por mim, tudo que conseguia pensar era que eu estava grata por não ser você ali. Porque, se fosse você, nós teríamos morrido juntos.

Dou um passo atrás e as lágrimas ameaçam cair.

— Mas não era você — continuo. — Então o Faris morreu sozinho. Agora eu tenho paters para apaziguar, um exército para reunir e uma invasão para planejar. Tenho um Império para retomar. Mas temo por tudo que posso perder. Então, sim, Harper. Eu estou brava. Você não estaria?

Meus olhos estão tão cheios que não consigo ver sua expressão. Acho que ele estende as mãos para mim, mas desta vez, quando me afasto, ele não me segue. Melhor assim. Longe, a oeste, meu povo sofre sob o domínio violento de Grímarr. Eu os deixei na mão. Eu deixei aquele maldito saquear a capital. Não tenho tempo para agonizar a respeito de Harper ou ponderar quanto me custou lhe contar a verdade. Não tenho tempo de sentir.

Tenho uma cidade para tomar.

XXIX
O PORTADOR DA NOITE

Por séculos, os humanos foram suficientes. Eu dava boas-vindas com amor aos que vinham para a Floresta do Anoitecer, como Mauth me pedira. Não era um trabalho, pois muitos estavam perdidos e desejavam ser encontrados, curados e passados adiante para um lugar mais generoso.

Mas, com o tempo, uma solidão se abateu. Não importava quão ricas e variadas fossem as vidas dos humanos, eles eram estrelas cadentes no meu mundo. Brilhavam reluzentes por pouco tempo e então se consumiam.

Meus poderes eram um terreno familiar, e o Lugar de Espera não era um mistério. Mesmo as nuances dos fantasmas se tornaram previsíveis. Meu domínio estava inundado com espíritos à medida que a civilização humana se disseminava. Mas eu conseguia passá-los adiante com a maior facilidade.

Comecei a ficar inquieto. Um vazio me consumia, um vasto abismo que nada conseguia preencher. Eu queria. Eu ansiava. Mas não sabia o quê.

Mauth deve ter percebido minha agitação, pois em seguida senti novas centelhas adentrarem o Lugar de Espera. Totalmente formadas e tão desnorteadas quanto eu quando cheguei.

A sua própria gente, disse Mauth, guiando-me entre eles. Pois aqueles formados pelo barro e pelo fogo não devem caminhar sozinhos. E o Amado deve receber amor, assim como dar, pois, de outra forma, como eu poderia tê-lo chamado assim?

Eu cultivei essas jovens chamas até elas estarem completamente formadas e queimando, reluzentes. Juntos, descobrimos o nome delas. A sua mágica. Diriya aprendeu a manipular água no auge do calor do verão, quando havíamos esquecido o sabor da chuva. Pithar falava com a pedra muito antes de perceber que ela respondia, e ela ergueu Sher Djinnaat — nossa cidade. Supnar deu vida aos muros, de maneira que podíamos impregná-los com nossas histórias. Com o tempo, os djinns começaram a formar casais e a criar suas próprias chaminhas, cada uma mais bela que a anterior. Nós tínhamos uma cidade agora. Uma civilização.

Ainda assim, eu me sentia incompleto. Vazio.

◆◆◆

Pouco resta de Khuri. Apenas algumas cinzas, que reúno, intocadas pelo vento. Umber se prepara para voar e perseguir Laia e o Apanhador de Almas, mas eu a impeço.

— Eles não são importantes — digo. — Proteja Maro. Apenas a colheita importa.

Talvez ela me desafie. Suas mãos se estreitam sobre o gládio, fazendo Faaz e Azul darem um passo à frente, prontas para abrandar sua chama com pedra e água. Talis estremece, inconsolável com a perda de Khuri.

— Nós teremos a nossa vingança, chama brilhante — digo para Umber. — Mas não se pensarmos como mortais.

Da cidade, os gritos se elevam. Keris faz bem seu trabalho. E Umber está faminta para se juntar a ela.

— Descarreguem o seu ódio sobre os humanos — digo. — Eu voltarei.

Junto o pouco que tenho de Khuri e, aproveitando os ventos, adentro as profundezas da Floresta do Anoitecer até o lugar que mais odeio. O bosque djinn ou o que restou dele.

Quando entro, sinto que uma presença me observa da floresta. Um espírito. Um impulso antigo de passá-la adiante me invade, tão profundamente arraigado que, após mil anos ignorando os fantasmas, quase vou até ela. Mas sufoco o instinto.

As cinzas de Khuri voam através de um vento suave e considero a vida dela e tudo o que ela foi: o tom vermelho-escuro de sua chama; como ela amava os irmãos; como ela empunhou uma cimitarra quando eles estavam perdidos, destruindo uma legião inteira de invasores eruditos com sua ira.

Quando minha dor é tão aguçada quanto a foice que trago nas costas, forço as defesas de Mauth e procuro um lugar que existe para além da Floresta do Anoitecer. Um lugar de garras e dentes. Um Mar de Sofrimento.

O sofrimento me procura. *Mais*, ele demanda, e sinto sua fome insaciável. *Mais*.

— Logo — sussurro.

Considero, então, o problema de Laia. A garota agora sabe da foice. Ela se deu conta do que a arma pode fazer.

No entanto, não estou mais perto de compreender a estranha mágica que habita dentro dela. Hora de remediar essa questão.

Meu filho, não faça isso.

Mauth tentou falar comigo antes. Sempre ignorei aquela voz odiosa, tão antiga, tão sábia, tão monstruosamente sem sentimentos.

Tu és o Amado, diz Mauth.

— Não, pai — digo após um longo tempo. — Eu fui o Amado. Agora sou outra coisa.

XXX
LAIA

Após a partida de Elias, desabo sobre a rocha onde nos beijamos, atordoada, conforme me dou conta de quão profundo é meu fracasso. Não apenas porque Elias foi embora de novo. Afinal de contas, eu disse para ele ir.

É porque, além disso, não consegui a foice. Estou sozinha no meio do deserto tribal, sem água nem comida e nenhum jeito de conseguir qualquer uma dessas coisas rapidamente. Tudo que tenho é minha adaga e um coração partido.

— Rehmat? — A criatura não responde, e estremeço quando penso no desalento em sua voz após eu ter matado Khuri. Como se eu fosse uma criança cruel que quebrou o pescoço de um pássaro.

Escondo o rosto nas mãos e tento respirar, concentrando-me no perfume de sal, terra e zimbro do deserto. O vento açoita meu cabelo e minhas vestes, seu gemido ecoando em minha cabeça como o lamento do Portador da Noite. Anseio por vovó e vovô. Por minha mãe. Anseio por Izzi. Por Keenan. Por todos que partiram.

Mas tem uma pessoa que *não* partiu. Não ainda.

Fecho os olhos, como fiz semanas atrás na Floresta do Anoitecer, e penso sobre tudo que liga Darin a mim. Então o chamo suavemente, para não atrair atenção indesejada, como da última vez.

— Darin?

Os minutos escoam. Talvez eu não o tenha ouvido. Talvez tenha sido só uma ilusão...

Laia?

— Darin! — Eu me forço a sussurrar seu nome. — Você consegue me ouvir?

Sim. Uma pausa pesada. *Então eu ouvi mesmo você antes. Me perguntei se tinha imaginado isso.* Darin soa como se não dormisse há séculos. Mas é a voz dele, e quero chorar de alívio.

Como eu posso saber se isso não é um truque?

— Quando você tinha quinze anos, gostava tanto da nossa vizinha Sendiya que passou um mês desenhando um retrato dela, apesar de eu ter te avisado que ela era terrivelmente vaidosa. Aí ela o devolveu dizendo que você fez o nariz dela pequeno demais. Você ficou semanas chateado.

Não foram semanas. Talvez três dias.

— Três semanas — insisto, com um largo sorriso no rosto.

Ainda bem que a minha sorte melhorou.

— Ugh. — Faço um ruído enojado. — Não quero saber. Você tem um gosto terrível para garotas, Darin.

Não dessa vez! Ela disse que você a conhece. Nawal... Ela é curandeira.

Anuo, embora obviamente ele não consiga me ver.

— Conheço mesmo. Ela é boa demais para você.

Provavelmente. Você está bem? Onde está?

— E-Eu estou bem.

A mentira é um fardo pesado a carregar. Nunca fui capaz de enganar meu irmão. Não quando quebrei uma jarra da preciosa geleia da vovó e tentei culpar um gato pelo acidente; não quando nossos pais e Lis morreram, e eu disse a ele que eu poderia dormir sem que ele precisasse cuidar de mim. No fim das contas, ele assumiu a culpa pela geleia. E zelou meu sono por meses, embora tivesse apenas sete anos à época.

Laia, ele diz. *Me conte.*

Suas palavras são como um rochedo rompendo uma represa. Eu lhe conto tudo. Minha incapacidade de passar pela barreira com Elias e fazê-lo lembrar de sua humanidade. Minha impotência quando Khuri assumiu o controle de minha mente. A sensação da foice escapando de meus dedos. A única coisa que não menciono é a morte de Khuri. Ela é recente demais, ainda.

— E agora estou sem saída. — Fico surpresa que, ao terminar, uma linha fina arroxeada floresce no horizonte a leste, iluminando uma paisagem ondulante de cânions, desfiladeiros e enormes saliências de pedra que se projetam céu adentro. — Não tenho ideia do que fazer.

Sim, você tem, diz Darin. Simplesmente não consegue enxergar isso ainda. Você se sente derrotada, Laia. E não é de admirar. É um fardo muito grande para carregar sozinha. Mas eu estou com você, mesmo que não esteja ao seu lado. Você vai encontrar uma saída, como faz com tudo que acontece na sua vida. E você vai conseguir isso com força. Então pare, pense e me conte: o que você vai fazer?

Miro o deserto, um pontinho de nada diante da enorme vastidão. Essas rochas e essa terra estarão aqui e existirão durante muitos e muitos milênios, enquanto não passo de um momento no tempo que logo terá terminado. O pensamento é esmagador e não consigo respirar. Olho para as estrelas como se elas fossem me dar fôlego. Elas têm sido a única constante em minha vida nesses últimos dezoito meses.

Não. Meu coração tem sido constante também. E minha vontade. Não é muito, mas me fez chegar até aqui.

— Ouço água correndo por uma ravina próxima — digo para Darin. — Isso é tão raro no deserto que deve haver um povoado aqui perto, ou pelo menos uma estrada. Vou encontrá-la. E vou encontrar Mamie Rila e Afya.

Muito bem. Um passo de cada vez, irmãzinha. Como sempre. Cuide-se.

Então ele parte e estou sozinha de novo. Mas não solitária. Quando o sol nasce, encontrei o caminho até um povoado a um quilômetro mais ou menos da ravina. É um pequeno vilarejo tribal onde consigo barganhar notícias de Aish por uma mochila, um cantil e um pouco de comida.

Os moradores me contam de um avançado posto marcial a apenas alguns quilômetros de distância. Na calada da noite, entro furtivamente nos estábulos com minha mágica me encobrindo e uma sacola pequena de peras. Encontro o que parece ser uma égua, que fica parada enquanto abafo seus cascos com alguns pedaços de pano e ajusto sua sela. Quando vou colocar seus freios, ela quase arranca meus dedos com uma mordida. Tenho de suborná-la com quatro peras antes que ela me deixe guiá-la para fora do estábulo.

Pelas próximas duas semanas, sigo para Aish na esperança de encontrar as Tribos que escaparam da cidade. Duas semanas reunindo fragmentos de notícias sobre a localização do Portador da Noite. Duas semanas racionando água, negociando cavalos roubados e evitando patrulhas marciais por um triz.

Duas semanas dos infernos planejando como vou pegar aquela foice.

E, ao fim dessas duas semanas, uma tempestade que vinha se formando no horizonte finalmente desaba. É claro que ela não me atinge quando estou em uma hospedaria ou em um estábulo. Os céus se abrem enquanto disparo através de um cânion estreito. O vento assobia pela rocha escarpada e logo estou encharcada até os ossos, com os dentes batendo de frio.

Enquanto eu me esquivava pelo último vilarejo, soube que um grupo de sobreviventes de Aish estava reunido perto de uma torre de guarda abandonada a algumas horas ao sul do cânion. Centenas de famílias, muitas carruagens. A caravana Saif chegou até lá, juntamente com a caravana Nur.

Se os rumores são verdadeiros, Afya e Mamie estarão com elas. Mas se a tempestade não passar, não as alcançarei antes que busquem abrigo em outro lugar.

A chuva escorre pelas paredes do cânion agora e olho para o céu, apreensiva. Quando vivíamos em Serra, o vovô nos avisou para jamais visitar os cânions fora da cidade durante a temporada de chuvas. *Vocês serão varridos por uma enchente relâmpago*, ele disse. *Elas são rápidas como um raio e muito mais perigosas.*

Apresso o passo. Assim que chegar a Mamie e Afya, posso planejar. Keris está longe do fim de sua campanha nas terras tribais. Mas se pudéssemos pegar a foice, poderíamos derrotar seus aliados. E detê-la nesse meio-tempo.

O pensamento de matar um djinn novamente me invade com uma combinação bizarra de expectativa e náusea. A morte de Khuri passa diante de meus olhos pela centésima vez. O arquejar de seu corpo quando ela caiu. O grito de perda do Portador da Noite.

Khuri teria me matado. Ela e todo seu povo são meus inimigos agora. Sua morte não deveria me assombrar.

Mas assombra.

— Não há vergonha em lamentar a morte de uma criatura tão antiga, Laia de Serra. — O brilho de Rehmat é uma luz suave que reflete a água que empoça rapidamente aos meus pés. — Especialmente quando ela morreu por suas mãos.

— Se seu objetivo é destruir os djinns — ergo a voz de maneira que Rehmat consiga me ouvir com a chuva —, por que está tão triste com a morte de um deles?

— A vida é sagrada, Laia de Serra — diz Rehmat, sua voz profunda como uma trovoada retumbando acima de mim. — Mesmo a vida de uma djinn. É o esquecimento desse fato que nos leva à guerra em primeiro lugar. Você acha que Khuri não era amada?

A chuva cai mais pesada e não sei por que me importo em usar um capuz. Meu cabelo está encharcado e a água corre para dentro dos meus olhos e me cega, não importa quanto eu tente enxugá-los. Em poucas horas estará escuro. Preciso sair deste maldito lugar e encontrar uma área seca para passar a noite. Ou, pelo menos, um rochedo para me abrigar embaixo.

— Eu não queria matá-la — digo a Rehmat. — Em um momento ela não estava lá, e então...

— Você a matou. Essa é a natureza da guerra. Mas você não precisa esquecer o seu inimigo. Tampouco ignorar quanto a morte dele lhe custou.

— Muitos djinns mais vão morrer antes que isso tudo termine — digo. — Se eu chorar cada um deles, vou enlouquecer.

— Talvez — diz Rehmat. — Mas você continuará humana. Isso não vale um pouco de loucura?

— Seria melhor se você me ajudasse a conseguir a arma que poderia pôr fim a esta guerra — digo.

— A foice não pode ajudá-la se você não sabe empunhá-la.

— Eu sei que preciso da história dele — digo. — E vou buscá-la. Mas uma história não vai ajudar muito sem uma arma. — A água está na altura das minhas panturrilhas agora, subindo rapidamente. Acelero o passo. — Eu não tenho medo dele, Rehmat.

— O que você sabe sobre o Portador da Noite, Laia?

— Ele é cuidadoso — digo. — Furioso. Capaz de amar profundamente, mas cheio de ódio também. Ele passou mil anos tentando libertar os parentes.

— E o que sabe da mente dele?

— Infernos, como vou saber o que se passa naquela mente deturpada, Rehmat?

— Você se apaixonou por ele, não é? E ele por você. — Há um tom estranho na voz de Rehmat, que passa um instante depois. — Você deve ter aprendido algo.

— Ele... Ele sofreu — digo. — Perdeu a família. Pessoas que ele amava. E... — Um trovão retumba acima, mais próximo que antes. — O jogo dele é meticuloso. Assim que ele soube que eu tinha um pedaço da Estrela, começou a planejar. Quando as coisas não caminharam de acordo com o plano, ele mudou rapidamente.

— Então você acha, Laia de Serra, que o Portador da Noite, o Rei Sem Nome, vai permitir que você pegue a foice agora que ele sabe que você a quer?

— Você o conhecia? — Estou praticamente gritando, tentando me fazer ouvir com o barulho da chuva. — Antes de ele se tornar o que é?

— O que eu era antes não importa.

— Acho que importa, sim — digo. — Você quer que eu confie em você, mas como posso fazer isso se não me contar quem você é de verdade?

O vento uiva pelo cânion e soa como um grito. Ou uma gargalhada. Meu sangue gela e não é por causa da chuva. Da última vez que estive em uma tempestade tão forte e furiosa, eu estava no deserto a leste de Serra, lutando para levar um Elias envenenado para o Poleiro do Pirata. Aquela tempestade foi obra do Portador da Noite. Assim como a tempestade de areia que quase me separou de Elias apenas algumas semanas depois.

— Rehmat — digo. — Essa tempestade...

— É ele. — Assim como eu, a criatura se dá conta. — Ele sabe que você está aqui, Laia de Serra. E quer machucá-la. Escale, garota.

— Escalar? — O caminho onde estou é estreito demais, as paredes do cânion extremamente íngremes. A luz de Rehmat brilha intensamente como um sinal de alarme enquanto a terra abaixo treme.

— O cânion está inundando, Laia! Escale!

Rehmat voa alguns metros adiante, onde o cânion encurva em uma pequena crista. Tento correr, mas só consigo cambalear pesadamente através da água. Um rugido ensurdecedor rasga o ar. Algo se move atrás de mim, uma floresta despedaçada surgida do nada, devorando à medida que avança. Uma enchente relâmpago.

Avanço com dificuldade enquanto a água à minha volta sobe até meus joelhos, então minhas coxas.

— Mais rápido, Laia! — Rehmat berra e agora alcancei a crista, mas ela é escorregadia demais para eu me segurar nela. O rugido da enchente é tão alto que não consigo ouvir meus pensamentos. O paredão em frente se aproxima rápido demais.

— Socorro! — grito para Rehmat.

— A única maneira é me juntar à sua mente. — Rehmat se contorce ao meu redor. — Mas somos poderosos demais juntos, Laia. E o Portador da Noite está muito perto. Se eu passar minha mágica para você, ele vai nos sentir!

— Que se dane o Portador da Noite! — Salto, agarrando-me com unhas e dentes à crista. — Talvez esse canalha flamejante mereça saber que não vou simplesmente ceder e morrer, Rehmat! Ele precisa saber que vou lutar. Mas não posso fazer isso se você não me ajudar!

A água me golpeia e me arrasta da crista.

— Me ajude ou vou morrer! — grito. — Por favor, Rehmat!

A criatura se lança e, por um instante, eu a sinto dentro da minha mente. Mas é tarde demais. A enchente me engole, e, antes que eu possa recorrer à mágica de Rehmat, antes mesmo que eu possa compreender que ele se juntou a mim, a água me leva embora.

XXXI
O APANHADOR DE ALMAS

À primeira vista, a cidade dos djinns não parece ter mudado nada. O vento espalha folhas e terra pelas ruas vazias. As nuvens acima se elevam e agitam, prometendo uma tempestade. Um silêncio cobre os prédios desertos, pesado como as portas de um mausoléu.

Ao longe, o rio Anoitecer brilha com um tom prateado opaco, mais preguiçoso que de costume. Não há dúvida de que está tomado pelo entulho. Após deixar Laia, encontrei mais trechos sem vida ao longo de suas margens. Nas duas semanas desde então, esses trechos só aumentaram.

Eu não queria vir aqui. Por quase duas semanas, deixei a questão de lado. Mas Mauth não fala comigo. Os fantasmas continuam ausentes do Lugar de Espera. E tudo isso está ligado ao Portador da Noite. Aqui, em seu lar, talvez eu possa saber o motivo.

À medida que entro nas cercanias da cidade, ela parece diferente. Desperta. Deslizo pelas sombras e vejo o movimento de uma cortina balançando ao vento. Quando olho de novo, ela está parada. A ponta de uma capa passa esvoaçando por meu campo de visão, seguida pelo zumbido baixo de vozes conversando. Sigo o ruído e deparo com uma rua sem saída. Acho que sinto o cheiro de cravos, coentro e maçã no ar, mas, momentos mais tarde, a fragrância não está mais ali.

Tenho a impressão de que estou perseguindo memórias em vez de coisas reais.

O vento, que há pouco gritava pelas árvores do Lugar de Espera, agora não passa de uma música melancólica que ecoa através dos canos escondidos entre os prédios. As melodias são belas e mascaram o ruído da minha passagem.

A mágica de Mauth não chega à invisibilidade, então tenho de contar com tudo que aprendi em Blackcliff. Sigo pelas sombras e avanço com cuidado em direção ao centro da cidade. Lá, em uma rua alinhada com prédios altos, ouço vozes que não desaparecem. Vêm de um portão duas vezes mais alto que eu — ou, mais especificamente, de um pátio além dele. Não há como me aproximar sem me arriscar a ser descoberto. Olho para cima, mas os telhados da cidade são inclinados e lisos como vidro polido. Vou quebrar o pescoço se tentar atravessá-los.

Dez infernos. Malditos djinns por não plantarem nenhum arbusto sequer em torno de seus prédios. Eu me aproximo de um arco escuro, pedindo aos céus que nenhum djinn escolha passar por ele.

O murmúrio da conversa fica mais claro. Ainda assim, em um primeiro momento, não consigo entender. Então percebo o motivo. As vozes falam em rei arcaico. A língua dos djinns.

Mas o centurião de retórica de Blackcliff nos fez estudar o idioma. É a língua-mãe do sadês e do rei antigo, a língua dos Eruditos. Graças aos céus aquele bode velho era apaixonado por línguas antigas. Após alguns momentos, consigo traduzir:

— ... você não pode lutar, ainda não está curado. Não há honra na morte por imbecilidade...

— ... traga água quente e folhas de neem, rápido..."

— ... vai estar aqui em breve. Ele luta para nos livrarmos para sempre da maldição dos Eruditos..."

As vozes desaparecem. Capto o suficiente para compreender que estou em algum tipo de hospital ou enfermaria. Mas para quem? Os djinns adoecem? Quando vivi com Shaeva, ela não chegou a dar sequer um espirro.

Eu me aproximo um pouco mais e, nesse instante, duas formas caem como chumbos do céu, pousando na rua com o ruído de um trovão a alguns metros de onde estou.

Uma é Umber em sua forma de sombra, segurando firme o gládio. A outra é o djinn de pele e olhos escuros que a acompanhava antes — Talis.

Umber desaba ao tocar o chão, seu corpo de chamas fosco virando cinzas. Fico surpreso. Ela certamente não parecia tão fraca quando estava tentando me matar.

— Surfraaz! — Talis chama, e outro djinn pálido com um queixo pronunciado e cabelos escuros surge correndo da enfermaria.

— Eu disse para não deixá-la lutar! — dispara Surfraaz. — Olhe para ela...

— Tente dizer não a Umber. — Talis a levanta com dificuldade, e Surfraaz a segura do outro lado. Juntos, eles a carregam para dentro do pátio.

— Ela apagou rápido demais — diz Talis. — Desta vez, precisamos mantê-la inconsciente por um dia ou dois, senão...

Não ouço mais suas palavras quando ele desaparece de vista. A curiosidade me instiga a segui-los, mas não ouso arriscar ser visto. Em vez disso, saio furtivamente pelo arco e de volta por onde vim. Esta cidade é vasta. Se há uma enfermaria, haverá outra onde poderei descobrir o que está acontecendo.

— Quem é você?

A pessoa que fala surge sem avisar, do vão de uma porta pelo qual quase passo sem perceber. É uma djinn que me observa com curiosidade em vez de rancor. Ela inclina a cabeça, os cabelos castanho-avermelhados caindo em cascata pelas costas.

— Você tem um cheiro estranho. — Ela fareja o ar, mas não olha diretamente em meus olhos, momento em que percebo que ela é ao menos parcialmente cega. — Muito estranho, realmente...

Dou um passo para trás. Ela estende a mão rapidamente e em seguida a fecha em meu pulso.

— Humano! — grita. — Intruso!

Eu me livro dela e caminho como o vento pelas ruas. Mas os djinns sabem caminhar como o vento também, e em menos de um minuto meia dúzia deles está me seguindo, com os dedos arranhando minhas costas e ombros. "Usurpador!", eles gritam, e suas vozes soam em camadas, um eco que reflete nas paredes até parecer que a cidade inteira está me caçando.

Um deles me pega pelo pulso e solta seu fogo. A mágica de Mauth não me protege a tempo. A dor irrompe por meu braço e tropeço em meu voo, rolando até parar no limite da cidade djinn. O terreno vai se suavizando em uma grande planície deserta até chegar a uma escarpa. No topo, o bosque dos djinns. Fica a uns bons quatrocentos metros de distância, mas, se eu conseguir chegar até lá, talvez os djinns recuem. Eles odeiam o bosque.

No entanto, quando me levanto, cambaleante, os djinns que me seguiam se foram.

Todos, menos um.

Talis segura uma adaga de aço sérrico languidamente em uma mão, com a postura indicando que o aço não o afeta e que ele sabe como usar a lâmina. Ele me observa com a curiosidade que se reservaria a um cão estranho, não particularmente ameaçador.

Dou um puxão em Mauth para formar um escudo, mas ele responde de forma indiferente, como se não conseguisse decidir se quer acordar ou não. Quando o djinn se aproxima, eu recuo. Não o temo, mas também não sou idiota. Ainda posso sangrar. Ainda posso morrer. E Talis sabe disso.

— A mágica do nosso pai se desvanece. — Talis me circunda, me avaliando. — Mauth está preso em uma batalha com o Meherya, e temo que ele vá perder.

— Mauth é a morte. Para os vivos, a morte é a única garantia. Ela não pode ser derrotada.

— Você está errado — diz Talis. — Há muitas coisas mais poderosas que a morte. A sua gente as engrandece em canções, baladas e poesias.

— Amor — digo. — Esperança. Memória.

— Tristeza. Desespero. Raiva. — Talis me avalia, então põe a adaga de lado. — Não tema, Apanhador de Almas. Eu usei minha mágica em meus irmãos. Os djinns que o seguiam estão convencidos de que você está do outro lado da cidade.

— O que você quer? — pergunto. — A não ser que os tenha colocado atrás de um falso Apanhador de Almas por bondade. É isso?

— Quero falar com você — diz o djinn. — Sem rancor ou discórdia.

Diante da minha hesitação, ele ergue as mãos.

— Se eu quisesse machucá-lo, teria feito isso enquanto você ouvia a nossa conversa. Dezenas de djinns estavam ali, e todos adorariam vê-lo morto.

— Dezenas de djinns que mal conseguem reunir seus poderes, ao que parece.

As costas de Talis se enrijecem. Interessante.

— O que você estava fazendo em Sher Djinnaat, Apanhador de Almas? — ele pergunta.

Sher Djinnaat. A cidade dos djinns.

— O Portador da Noite está roubando fantasmas para restaurar a mágica dos djinns? — Eu lhe lanço a questão como uma lâmina, na esperança de pegá-lo com a guarda baixa. Seu rosto demonstra confusão e surpresa. Talvez eu não tenha acertado exatamente o ponto, mas cheguei perto da verdade. — Você responde às minhas perguntas — digo —, e eu respondo às suas. Uma conversa honesta, como você queria.

— Ah, uma barganha humana com uma criatura sobrenatural, como nas histórias que suas kehannis contam. — Talis ri. Para minha surpresa, o som não é ameaçador, mas acolhedor e um pouco triste. — Muito bem, Apanhador de Almas. Uma pergunta de cada vez. Você responde primeiro. Por que está aqui?

O treinamento para interrogatórios da comandante entra em ação. *Se você não tiver saída, ofereça as respostas mais curtas que puder enquanto mantém a ilusão de que está cooperando.*

— Estou em uma missão de reconhecimento — digo.

— O que você aprendeu, Banu al-Mauth? — ele pergunta. — Que não somos uma ameaça tão grande quanto você temia? Que os seus preciosos humanos estão seguros?

— Quanto à sua segunda e terceira perguntas — esclareço, para que ele não pense que eu perdi a contagem —, tomei conhecimento de que vocês têm problemas com os seus poderes, mas ainda são uma ameaça. Em relação à quarta, os humanos não são preciosos para mim. Não mais. Apenas o Lugar de Espera me importa. Apenas os fantasmas.

— Mentira. — O djinn gesticula para eu acompanhá-lo na direção da escarpa. — E Laia de Serra?

Uma quinta pergunta. No entanto, nenhuma das minhas respostas lhe deu qualquer informação real. Isso está fácil demais. Ou ele não cumprirá com sua palavra e se recusará a responder às minhas perguntas, ou tem mais alguma coisa no ar.

— Alguns nomes estão escritos nas estrelas — segue Talis. — Melodia e contramelodia, uma harmonia que ecoa no sangue. Eu ouço essa harmonia no nome de vocês: Laia-Elias. — Ele os diz para que soem como uma só palavra, para que soem como uma canção. — Talvez você tente negá-la, mas isso não é possível. O destino sempre o levará de volta para ela, pelo bem ou pelo mal.

— Eu não sou mais o Elias. E a Laia faz parte do meu passado — digo. — O Lugar de Espera é o meu presente e o meu futuro.

— Não, Apanhador de Almas — diz Talis. — A guerra é o seu passado. A guerra é o seu presente. E a guerra é o seu futuro. Os adivinhos sabiam disso. Eles o sentiram quando você era apenas uma criança. Que outra razão para o escolherem para Blackcliff?

Meu pesadelo volta à tona. O exército atrás de mim, as cimitarras sangrentas em minhas mãos. O redemoinho se revolvendo, insaciável.

Talis reduz o passo, o olhar fixo em meu rosto.

— O que você acabou de ver? — Há um tom de estranha urgência em sua voz. — A previsão do adivinho?

Estou surpreso, mas disfarço. Agora compreendo por que ele desperdiçou as outras perguntas. Era esta que ele queria fazer desde o início.

Mas Cain estava desesperado para manter a profecia em segredo dos djinns. *Se o Portador da Noite ouvir o que eu tenho a dizer, será o fim de todas as coisas.* O adivinho era enigmático e manipulador, mas jamais mentia. Não abertamente. Se ele estava com medo, talvez houvesse uma razão.

— Você já fez perguntas demais por ora. Minha vez — digo, e, embora Talis franza o cenho, impaciente, ele anui. — Por que o Portador da Noite está roubando os fantasmas que deveriam ir para o Lugar de Espera?

Talis fica em silêncio por tanto tempo que me pergunto se ele vai responder.

— Vingança — ele diz.

Penso na minha resposta, dada anteriormente. *Estou em uma missão de reconhecimento.* Quanto mais respostas tirar de mim, maior a probabilidade de que possa perguntar sobre a previsão.

Pense, Apanhador de Almas. Pense. O Portador da Noite não está usando fantasmas para arrebanhar mágica. Ele os está usando para se vingar. Mas se vingar de quê? As visões que tenho de pesadelos me vêm à mente e lanço outro palpite:

— O que o roubo de fantasmas do Portador da Noite tem a ver com o redemoinho que tenho visto em meus pesadelos?

Talis gira a cabeça em minha direção, incapaz de mascarar o choque.

— Que pesadelos?

Como não respondo, ele olha para a frente, frustrado.

— Ele busca criar uma espécie de portal entre a dimensão de Mauth e a sua. Ele quer trazer de volta ao mundo todo o sofrimento que já foi extinto.

E, embora o Mar de Sofrimento se agite, eternamente inquieto, Mauth preside verdadeiramente, uma defesa contra a sua fome. Aubarit me disse essas palavras. E agora parece que o Portador da Noite quer romper essa defesa. Para que, ainda não sei.

— O sofrimento é um estado da mente, um sentimento — digo. — Ele não pode fazer nada.

Talis dá de ombros.

— Isso soa como uma pergunta.

Maldito.

— Como o Portador da Noite está planejando usar esse sofrimento?

— O sofrimento é um monstro à espera de ser solto de uma jaula. Você só precisa olhar para sua mãe para perceber a verdade disso.

— Que malditos infernos você quer dizer com isso? — A pergunta sai de minha boca antes que eu possa me impedir.

— O sofrimento de Keris Veturia é profundo, Apanhador de Almas. Meus irmãos acreditam equivocadamente que ela não passa de um fantoche humano, uma criada para levar adiante o plano do Meherya. Mas o sofrimento dela é a razão por que ele vê a si mesmo nela. Por que ela vê a si mesma nele. O sofrimento é o copo do qual ambos bebem. É a língua que os dois falam. E é a arma que os dois empunham.

A Mãe guarda todos eles. Então Keris é mais imprescindível para o plano do Portador da Noite do que eu imaginava. O restante da previsão faz pouco sentido, mas essa parte, pelo menos, tem de se referir a ela.

Embora a palavra "guarda" soe bastante benevolente, quando estamos falando de Keris, não é. Provavelmente ela enviou espiões para vigiar Laia e a Águia de Sangue.

E a mim.

Considero Talis com uma suspeita renovada. O joguinho já foi longe demais. Hora de terminar.

— Qual é a intenção do Portador da Noite ao liberar esse sofrimento?

— Purgar rapidamente a terra de seus inimigos — diz Talis, direto —, de maneira que as criaturas sobrenaturais possam viver em paz.

Malditos infernos. Ele quer matar todos os Eruditos de uma vez. E usará esse redemoinho para fazer isso.

— Você vê agora por que a guerra é o seu destino? Eu conheço bem o juramento do Apanhador de Almas. *Iluminar o caminho para os fracos, os cansados, os tombados e os esquecidos na escuridão que se segue à morte.* Não há ninguém para iluminar o caminho para eles agora, Elias. Ninguém para proteger os espíritos. A não ser que você empunhe a tocha.

— Eu não vou voltar àquela vida. — Já combati o suficiente. Provoquei dor o suficiente. De todas as coisas que sinto saudades do mundo dos vivos, a guerra não é uma delas. — Além disso, se eu lutar pelos Tribais ou os Eruditos, só vou acabar matando Marciais. De qualquer forma, o Portador da Noite vai vencer. Eu não vou fazer isso.

Quando chegamos à escarpa, Talis se detém.

— E é por isso que tem de ser você — ele diz. — Um comandante que provou o fruto amargo da guerra é o único que tem o valor necessário para combatê-la. Pois ele entende o custo. Agora, vamos à minha pergunta.

— Sem mais perguntas — digo —, pois não tenho nenhuma para você. Não vou lhe contar o que o adivinho disse. Não perca seu tempo perguntando.

— Ah. — Talis observa meu rosto, e sinto que ele vê mais do que eu desejaria. — Isso já me dá a resposta que eu busco. Você vai lutar, Apanhador de Almas?

— Não sei — digo. — Mas, tendo em vista que você fez uma pergunta, acho que tenho mais uma, afinal. Por que vai me deixar viver? Você não tirou nada dessa conversa.

Talis passa os olhos pela escarpa, pelas raízes escurecidas e expostas do bosque dos djinns.

— Eu amo o Meherya — ele diz. — Ele é o nosso rei, o nosso guia, o nosso salvador. Sem ele, eu ainda estaria preso naquele maldito bosque, sendo sugado pelos adivinhos. — Ele estremece. — Mas temo pelo Meherya. E temo pelo meu povo. Temo aquilo que ele suscita do Mar do Sofrimento. A dor não pode ser subjugada, Apanhador de Almas. É algo selvagem e faminto. Talvez Mauth nos proteja dele por uma razão.

As nuvens acima se abrem e o sol brilha por um momento. Talis ergue o rosto para a luz.

— Um dia nós fomos criaturas solares — ele diz. — Muito tempo atrás.

A cavidade de suas bochechas e o ângulo de seu queixo são estranhamente familiares.

— Eu conheço você. — Então lembro de onde. — Eu vi você com Shaeva nas paredes do palácio... nas imagens que havia lá. Você era o outro guarda do Portador da Noite, da família dele.

Talis inclina a cabeça.

— Shaeva foi minha amiga por muitos anos — ele diz. — Eu lamento a morte dela até hoje. Tem de haver algo de bom em você se ela o considerou adequado para ser o Apanhador de Almas.

Ele parte e vou para a clareira do lado de fora da cabana. A relva macia não passa de uma grama queimada, pontilhada de neve. O jardim de verão de Shaeva é um torrão retangular coberto pela última nevasca. A cabana tem um aspecto sombrio, embora, como sempre, eu tenha deixado alguns gravetos queimando na lareira.

Tudo está quieto, e o silêncio é brutal, pois esta floresta é o lugar onde os fantasmas deveriam encontrar ajuda. E agora eles não podem encontrá-la, pois o Portador da Noite está capturando todos eles.

Dentro da cabana, não acendo a lamparina. Em vez disso, fico parado diante das duas cimitarras que juntam pó acima da lareira. Elas brilham insensivelmente e sua beleza é uma afronta quando você pensa para que finalidade foram feitas.

Penso no adivinho, naquele miserável odioso e seu grasnado. Não apenas em sua previsão, que não fez sentido, mas nas duas últimas palavras por ele proferidas. Palavras que ferveram meu sangue, que fizeram com que a fúria da batalha crescesse dentro de mim. O juramento que fiz a Mauth ressoa em minha mente, claro como um sino.

Governar o Lugar de Espera é iluminar o caminho para os fracos, os cansados, os tombados e os esquecidos na escuridão que se segue à morte. Você estará ligado a mim até que outro seja suficientemente valoroso para libertá-lo. Partir significa abandonar o seu dever, e eu o punirei por isso. Você se submete?

Sim, eu me submeto.

Ninguém me libertou. Ainda estou ligado a este lugar. E não sei o destino dos fantasmas que o Portador da Noite já capturou. Não importa se desejo combater ou não suas forças, o que não posso é deixar que ele roube mais fantasmas.

Estendo os braços com cuidado para as cimitarras, como se elas fossem queimar minhas palmas. Em vez disso, elas deslizam para minhas mãos como se estivessem esperando por mim.

Então deixo a cabana e tomo o rumo sul, em direção às Tribos, ao Portador da Noite, à guerra.

XXXII
A ÁGUIA DE SANGUE

A partir dos montes e ravinas das colinas Argent, Antium está encoberta, escondida por camadas espessas da névoa noturna que desce pela cordilheira Nevennes. Suas torres e muralhas desaparecem e reaparecem, uma cidade de fantasmas.

Não. Uma cidade de pessoas vivas, Marciais e Eruditos que respiram, esperando que você lidere o ataque.

Eu costumava adorar noites como essa na capital. Meu trabalho estaria feito, Marcus se retiraria para seus aposentos e eu caminharia pela cidade, ocasionalmente me detendo na banca de uma tribal que preparava um chá doce e rosado, polvilhado de amêndoas e pistaches. Mariam Ara-Ahdieh deixou Antium muito antes da chegada dos Karkauns. Eu me pergunto onde ela está agora.

— Tempo bom para uma batalha. — Spiro Teluman se ajeita ao meu lado, o punho de uma cimitarra exposto sobre o ombro. As habilidades lendárias do ferreiro e seu longo desaparecimento dão a ele uma aura enigmática. Os homens à minha volta, incluindo pater Mettias, o veem com certa admiração cautelosa.

Apesar das luvas, não sinto as mãos. No vale coberto de neve atrás de mim, quinhentos de meus homens se encolhem em suas capas, com a respiração se elevando em brancas baforadas.

— Tempo de quebrar espadas, Teluman — digo. — Não gosto disso.

— As cimitarras são de aço sérrico. — As tatuagens de Teluman estão escondidas pela armadura escura feita sob medida. Na penumbra, é quase impossível vê-lo. — Elas não vão quebrar. Como está a armadura?

— Estranha. — Veste como uma luva, passa despercebida e é tão leve que parece que estou usando apenas meu uniforme. Mas também é forte; Harper e eu a testamos durante horas antes de a vestirmos.

Ainda assim, exceto Mettias, os Marciais se recusaram a usá-la. "Bruxaria", disseram. Teluman tentou convencê-los, mas eu não estava disposta a emitir um comando que não seria seguido.

— Águia. — Harper surge à minha direita. Meu coração bate um pouco mais rápido, traidor que é. Essa é a primeira vez que ele falou diretamente comigo em dias. — Tem algo estranho — ele diz. — Não há guardas suficientes nas muralhas. As ruas estão vazias... as praças estão vazias. Isso não parece certo.

Essa é a última coisa que eu gostaria de ouvir. O povo de Antium espera ajuda. Eles esperam as armas e os soldados que lhes permitirão expulsar os Karkauns.

— Em que malditos infernos o Musa se meteu?

— Aqui. — O Erudito alto, também trajando a armadura de Teluman, se materializa da escuridão como um espectro. — Os diabretes disseram que os Karkauns estão reunidos perto de um maldito rochedo, próximo ao palácio principal. Eles o transformaram em um altar. Estão gritando, berrando, assassinando pessoas, essas coisas. E estão levando prisioneiros para lá. Principalmente Marciais. Alguns Eruditos também.

Ele deve estar se referindo ao rochedo Cardium.

— Mulheres? — Meu punho se cerra sobre a cimitarra que trago na cintura. — Crianças?

Musa balança a cabeça.

— Homens. Garotos. Soldados capturados. Os que não lutaram ou não podiam. Há milhares deles.

— Nossos espiões disseram que os homens foram mortos...

— Antium tem um enorme sistema de masmorras, não é? — pergunta Musa, e, diante do meu silêncio, ele anui. — Então eles não foram mortos — ele diz. — Eles foram escondidos. Foram salvos para... o que quer que seja isso.

— O Apanhador de Almas retém os fantasmas — diz Teluman. — Os Karkauns não podem convocá-los novamente para fortalecer seu exército.

— Neste instante, o Apanhador de Almas está a centenas de quilômetros do Lugar de Espera — diz Musa.

— Que infernos ele está fazendo tão longe...

— Céus, vá saber, Águia — diz Musa. — Um diabrete me trouxe a informação ontem. Não tive chance de mandá-lo de volta em busca de detalhes. — Ele me lança um olhar reprovador. — Andei um pouco ocupado.

— Ainda podemos recuar — diz Harper. — Levar uma mensagem a Quin e Dex. Esperar um momento mais oportuno para atacar.

— Reúnam os homens — ordeno, pois não há um momento mais oportuno. Eu perdi Antium. Deixei os Karkauns vencerem. E Keris usou meu fracasso para roubar o Império do meu sobrinho. Tenho de devolvê-lo a ele. E tenho de devolvê-lo para as pessoas que ainda sofrem atrás de suas muralhas.

Quando os homens estão reunidos, ergo a mão, pedindo silêncio. Eles me observam, curiosos, até mesmo os sapadores ankaneses, quietos no fundo da multidão.

— Esta noite — digo —, os Karkauns acreditam que nos derrotarão.

Os homens sibilam e cospem, sua ira tão afiada quanto a minha.

— Eles acham que podem transformar a nossa cidade em um campo de matança. Acham que a violência deles vai nos assustar. Mas nós somos Marciais. E não temos medo de nada. Quase todos vocês estavam em Antium. Vocês viram o que eles fizeram. E sabem o que eles têm feito desde então. Agora vou lhes dizer: não importa o que aconteça atrás daquelas muralhas, não importa que horrores eles tenham guardado, não há como voltar atrás. Nós vamos vencer ou morrer. Vamos retomar a nossa cidade para o nosso povo ou assistir à queda do Império. Agora. Esta noite. — Levo o punho cerrado ao coração. — Leal até o fim.

Eles não rugem em apoio, pois o segredo é nossa vantagem esta noite. Em vez disso, batem os punhos cerrados no coração, como eu fiz.

Nós nos deslocamos pelas colinas e descemos até a parte plana da cidade, longe de nossas montarias e da dezena de homens deixados para trás para cuidar delas. Sinto o impacto do frio e meus cílios congelam. No entanto, após alguns minutos de corrida, não os noto mais. Quando abatemos os sentinelas karkauns, minhas faces estão rosadas e meus dedos formigam.

Seguimos para a muralha norte, encobertos por uma densa floresta antiga. Na muralha há uma porta, coberta por tábuas e esquecida atrás de uma montanha de lixo.

Ali, um sapador ankanês chamado G'rus começa a preparar a porta com explosivos. Seus quatro camaradas desaparecem, cada um acompanhado de um Máscara. Outros quatro ankaneses viajam com Quin Veturius. Veremos se eles provarão seu valor hoje à noite.

Harper surge da escuridão com um gancho de escalada na mão.

— Soldados — ele sussurra. — Sobre a muralha e naquela direção.

Momentos mais tarde, ouvimos vozes vindas do alto. Não deveria haver soldados perto desse lado da muralha. De acordo com meus espiões, ele é pouco patrulhado.

Um grito ecoa do coração da cidade e trespassa a noite, agudo e aterrorizante. Meus homens se mexem desconfortavelmente. Pego o gancho de escalada de Avitas e caminho ao longo da muralha, longe o suficiente para os Karkauns não ouvirem o gancho cair.

Eu o lanço para cima e, quando ele se firma, subo devagar a muralha, mesmo enquanto Harper sibila protestos silenciosos abaixo de mim.

Uma vez no topo, observo os dois Karkauns. Eles têm altura e compleição medianas, como a maior parte do seu povo, cabelos longos e revoltos, e a pele tão clara quanto a minha. Os espessos casacos de pele obscurecem tanto a visão quanto o som, e antes que me percebam, estou sobre eles. O primeiro consegue emitir um grunhido antes que eu separe sua cabeça do corpo. O segundo saca sua arma, bem a tempo de eu tomá-la e lhe esfaquear a garganta.

Arrasto os corpos para o canto da muralha e os jogo para o outro lado, para o caso de outros Karkauns virem a procurá-los, e desço pela parede.

— Aquilo — diz Harper, tenso — foi uma loucura.

— Aquilo foi necessário — corrijo. — Falta muito?

G'rus gesticula para todos se abrigarem enquanto acende o pavio. Momentos mais tarde, uma explosão ensurdecedora rasga o ar, seguida por outra, mais adiante na muralha, e então por mais duas, com o intuito de chamar a atenção. Elas são maiores e mais próximas do centro da cidade. Quando os Karkauns se assegurarem de que não há invasores nesses lugares, estaremos longe daqui.

— Águia? — uma voz delicada me chama através da poeira e dos escombros, e uma figura emerge da escuridão. Ela é magra, tem a pele escura e cabelos crespos. Neera, a mulher que nos ajudou, Faris e eu, a escapar dos Karkauns.

Eu a alcanço em três passos e, antes que ela possa sacar uma arma, tenho uma faca em sua garganta.

— Leal — ela repete sem a menor hesitação o código que lhe passaram.

— Até o fim.

— Bom rever você, Neera. — Eu aperto sua mão, e seu sorriso é um brilho de esperança na escuridão.

— Rápido, Águia — ela diz. — Antes que os Karkauns venham.

Meus homens entram em duplas na cidade. Eles estão armados até os dentes e cada um carrega um pacote longo e fino com cerca de trinta quilos. Vinte cimitarras, leves e resistentes. Elas estão escondidas, enroladas e amarradas firmes às suas costas. Dez mil cimitarras para o nosso povo, tudo que pudemos surrupiar de Delphinium e da agora fechada Prisão Kauf. Tudo que conseguimos carregar.

— Vão! — sibilo para eles. — Mais rápido!

Musa me encontra minutos mais tarde.

— Os Karkauns estão a caminho — ele diz. — Temos alguns minutos, na melhor das hipóteses. Quin está preso nos túneis. Um dos meus diabretes disse que as passagens que você usou desabaram.

Os túneis estavam bem duas semanas atrás. E como Quin adora dizer, apenas um idiota acredita em coincidências.

— Foram os Karkauns — digo. — Avise Quin que seus sapadores precisam abrir caminho. Os Karkauns estão tentando arrebanhá-lo. Eles querem emboscá-lo quando ele sair dos túneis e evitar que os homens dele cheguem à cidade. Se Quin não conseguir passar, não vai fazer diferença se ele retornar.

Harper me leva para um canto e sussurra para que os soldados que ainda passam pela porta não nos ouçam.

— Ele devia estar quase saindo dos túneis a essa altura. Não vai chegar a tempo.

— Ele é Quin Veturius — digo. — Ele vai conseguir.

— Nós precisamos daqueles homens — diz Harper. — Não vamos conseguir tomar a capital com quinhentos homens e cidadãos destreinados, não importa quantos eles sejam. Não com dezenas de milhares de Karkauns aquartelados aqui. Seria impos...

— Não diga isso. — Coloco o dedo em seus lábios, e Harper silencia. — Nós estamos acima disso. Keris tirou essa palavra do nosso dicionário. O impossível não existe, não quando o Império está em jogo.

Os demais soldados passam pelo vão da porta. Harper e eu somos os últimos.

— Eu vou tomar essa cidade, Harper — digo a ele. — Com minhas próprias mãos, se necessário for. Venha. Tive uma ideia.

XXXIII
LAIA

Eu caminho ao longo do rio da morte, mas não estou sozinha.

— Senti sua falta, meu amor.

Uma sombra caminha a meu lado. Mãos pálidas puxam um capuz para baixo, revelando um cabelo ruivo flamejante e olhos castanho-escuros que escondem bem mais do que um dia imaginei. Não se trata do meu inimigo, mas do meu primeiro amor.

— Keenan — sussurro.

Minha pele queima e não consigo respirar. Em um piscar de olhos, vejo uma corrente de água enlameada agitando-se à minha volta.

Então Keenan fala e a imagem desaparece.

— Você está com problemas, meu amor. — Ele roça um polegar caloso em meu queixo e não há mentira quando me chama de seu amor. — Você está se afogando.

— Não sinto como se estivesse me afogando.

— Você é forte. — Ele pega minha mão e caminhamos. Algo me chama do fundo da minha mente, um grito trancado em um baú, em um armário, em um quarto que está longe demais daqui para chamar a atenção. — Você sempre foi, por causa da Estrela. Mas por outras razões também.

— A escuridão — digo. — A escuridão que vive dentro de mim.

— Sim — ele diz. — Me conte sobre ela. Porque eu também tenho uma escuridão dentro de mim, e eu saberia se fôssemos dois lados da mesma moeda.

— Dois lados... — Ergo o olhar para ele, confusa. Dói respirar, e, quando olho para baixo, minhas roupas estão encharcadas e meus braços e mãos sangram. Sinto o gosto de sal e levo a mão à cabeça. Minha cabeça sangra também. Uma voz dentro de mim chama. *Laia.* — Não posso lhe contar sobre isso — digo. — Não devo.

— É claro. — Ele é tão gentil. Tão carinhoso. — Não vamos despertá-lo se não devemos.

— Eu já o despertei — digo. — Eu o despertei quando o desafiei. — Olho para baixo, para meu corpo novamente. Estou tão cansada. — Keenan, eu... eu não consigo respirar.

— Você está se afogando, meu amor — ele diz com doçura. — Está quase indo.

O brilho de um raio cruza minha visão. Escuridão. O céu carregado de chuva. Água tomada por detritos à minha volta, arrastando-me consigo. Paredes altas de um cânion elevam-se de ambos os lados, riscadas de vermelho, branco, laranja e amarelo, como uma das pinturas de Darin.

Darin, meu irmão, que me ama, não como...

Lute contra ele, Laia, uma voz diz. Tão longe, mas insistente.

— Eu não devia estar aqui. — Puxo a mão do aperto de Keenan, pois, se ele me ama, é um tipo distorcido de amor.

— Não — ele diz. — Você não devia. — Embora sua voz seja gentil, algo por trás dela me afasta. No fundo de seus olhos castanhos, vejo o brilho de uma criatura selvagem, partida por uma fome insaciável. Subitamente, me sinto cercada por essa fome, como se ela fosse uma matilha de lobos se aproximando.

— Fique longe de mim — digo. — Não vou lhe contar *nada*...

O corpo de Keenan se transforma, tal como se transformou quando lhe dei o bracelete. Exceto que agora ele não é uma criatura saída das sombras, mas algo explosivo e selvagem, um fogo incontrolável, dotado de uma maldade que emana de cada bruxulear de seu corpo.

— Você vai me contar o que vive dentro de você e de onde isso veio...

— Só se eu morrer!

Neste instante, abro os olhos para um mundo de pesadelos. Um rio turvo de pedras, galhos e detritos me joga de um lado para o outro como se eu fosse uma boneca de pano, e, embora eu tente ficar na superfície, sou puxada para baixo de novo e de novo, até que a água tampa o meu nariz e não consigo respirar.

Não, penso. *Assim não. Assim não.* Eu grito enquanto rompo a superfície.

— Me deixe entrar, garota! — Rehmat surge à minha procura. — Eu posso salvá-la, mas você precisa me deixar entrar.

Mal consigo ouvi-lo antes que a água me puxe para baixo mais uma vez. Chuto e esperneio, a dor explodindo em minhas mãos e pernas à medida que a enchente me arrasta. Quando subo à superfície novamente, Rehmat está em algum ponto entre o furioso e o desesperado.

— Pare de lutar contra a enchente! — ele grita. — Mantenha os pés para cima!

Tento fazer o que ele pede, mas o rio é um gigante faminto que se agarra aos meus tornozelos, tão esfaimado quanto o redemoinho que vejo em meus pesadelos.

— Me deixe entrar, Laia!

Quando atravesso a superfície, imagino uma porta e a escancaro. Quase imediatamente, vou para baixo d'água de novo. Meu corpo todo está em chamas. Engulo litros de água e isso deve ser a morte.

Então, assim como naquele dia em Adisa, sou empurrada para o fundo da minha mente, desta vez com um empurrão. Meu corpo dispara para fora d'água, minhas roupas se rasgam e perco a mochila. O vento se dobra abaixo de mim e Rehmat o manipula tão facilmente como se ele fosse feito de argila.

Eu me pergunto se isso é real ou se morri afogada.

É real. Quando Rehmat fala, é de dentro de minha própria mente agora. A mágica da criatura satura meus membros e nos tornamos um, caminhando como o vento com a mesma facilidade com que trilho o chão. Ele me leva até o topo do cânion e eu desabo, olhando fixamente para a enchente relâmpago, assombrada e horrorizada. *Levante-se, Laia. O Portador da Noite está por perto...*

Ouço um ruído abafado a meu lado, então uma mão aperta minha garganta e me ergue. Encapuzado e envolto em sombras novamente, o Portador da Noite me encara com seu olhar solar odioso.

— Você... não pode me matar... Portador da Noite...

— Mas eu sou tão mais que o Portador da Noite agora, Laia. — Sua voz é como a enchente, devoradora e traiçoeira.

Mais uma vez, sou empurrada para um canto da minha própria mente. Olho fixamente para baixo, para o Portador da Noite, em toda sua ira. Mas não sinto medo, pois Rehmat não sente medo.

— Você andou escondido por muito tempo — sussurra o Portador da Noite. — O que é você? Fale!

— Eu sou suas correntes, Meherya. Eu sou o seu fim. — Mas Rehmat não soa triunfante. Soa angustiado e derrotado.

O Portador da Noite me solta. Dá um passo atrás, um choque lento percorrendo seu corpo. Espero que Rehmat use o momento para nos tirar dali. Mas ele não o faz. Tampouco ataca o Portador da Noite. Em vez disso, encaramos juntos o rei dos djinns, e uma emoção inesperada brota de dentro de Rehmat. Uma emoção que me faz encolher de asco.

Saudades.

O Portador da Noite parece tão paralisado quanto eu.

— Eu conheço você — ele diz. — Eu conheço você, mas...

Rehmat ergue a minha — a nossa — mão, mas não o tocamos. Não ainda.

— Eu sou o seu fim — diz Rehmat. — Mas eu estava lá no início também, meu amor. Quando você era um rei sozinho, solitário, sempre distante do nosso povo. Você estava passeando perto do mar um dia e encontrou uma rainha.

Tento assimilar o que estou ouvindo, mas é uma traição profunda demais para que eu entenda. Essa... Essa coisa viva dentro de mim era um djinn? E não apenas qualquer djinn, mas a *rainha* deles?

— Rehmat — diz o Portador da Noite, o nome ao mesmo tempo uma oração e uma maldição. — Você morreu. Na batalha do mar do Anoitecer...

Que malditos infernos está acontecendo?, grito em minha mente para Rehmat.

Ele — ou melhor, ela — me ignora. Mas, quando fala de novo, é do jeito que eu me acostumei a ouvir, como se finalmente tivesse se lembrado do motivo de eu estar aqui.

— Não morri — ela diz. — Eu vi o que estava para acontecer e recorri a uma mágica antiga, uma mágica de sangue. Abandone a sua foice, Meherya. Pare com essa loucura...

Mas o Portador da Noite hesita.

— Eu estava sozinho — ele sussurra. — Por mil anos achei que estava... — Ele balança a cabeça, e é um gesto tão humano que na realidade sinto pena dele. Porque, neste momento, ambos fomos traídos.

Maldição, Rehmat, grito com ela em minha cabeça. *Saia da minha mente. Laia...*

Saia! A mágica dela desaparece primeiro, então sua presença, e estou sozinha.

— Sinto muito — sussurro para o Portador da Noite. — Eu... Eu não sabia... — Por que estou dizendo isso para ele? Ele só vai usar essas palavras contra mim. Ele pode ter me amado, mas se odiava por isso, pois seu ódio pelo meu povo é o ar que ele respira.

Um aroma de cedro e limão inunda meus sentidos e retorno para uma adega a quilômetros de distância ao norte, onde um garoto de cabelos ruivos que eu amava me fez sentir menos sozinha. Passei tanto tempo odiando o Portador da Noite que jamais lamentei quem ele costumava ser. Keenan, meu primeiro amor, meu amigo, um garoto que compreendia minha perda tão profundamente porque ele havia passado por isso.

— Nós estamos condenados, você e eu — sussurra o Portador da Noite, e, quando ele toca meu rosto, o fogo em suas mãos esfriou e não me intimido. — A oferecer mais amor do que jamais receberemos.

Ele não é violência neste momento, nem vingança. Todo seu ódio se foi, substituído pela desesperança, e pouso as mãos em seu rosto. Ainda bem que Rehmat desapareceu, pois esse impulso estranho é somente meu.

Escorre sal dos dedos dele à medida que o fogo goteja dos meus. Se as pessoas soubessem como é acidentado o terreno dos corações partidos uns dos outros, talvez não fôssemos tão cruéis com aqueles que caminham conosco neste mundo solitário.

Mas nosso momento termina rápido demais. Como se percebesse o que estava fazendo, ele arranca as mãos da minha pele e eu tropeço para trás, em direção à beira do cânion. O Portador da Noite me salva, mas esse ato de misericórdia parece reacender sua fúria. Ele rodopia sob um vento espectral que uiva do céu sombrio.

Em um instante, estamos em guerra novamente.

Eu o acompanho até sumir e então olho para minhas mãos. Elas não estão marcadas pelo fogo, parecem intactas, como se eu tivesse tocado um humano e não uma criatura em chamas.

Ainda assim, elas queimam.

XXXIV
A ÁGUIA DE SANGUE

Enquanto adentramos a cidade, um clarim ressoa. Um chamado de alarme karkaun, acordando-os do sono, da bebida e dos entretenimentos menos apetitosos. Em minutos, o som ecoa através da cidade.

— Teluman. — Ao ouvir meu chamamento, o ferreiro emerge da noite com um grupo de vinte homens atrás de si. — Após você tomar as torres de tambores — digo a ele —, vá até as casernas a sudeste, no Bairro dos Mercadores. Uma boa parte do exército deles está lá. Queime tudo.

— Considere feito, Águia. — Teluman parte e me volto para Mettias.

Fico animada em ver que embora o ruído surdo das botas karkauns se aproxime de nós, o jovem pater não parece impressionado. Ele daria um bom Máscara.

— Certifique-se de que essas armas cheguem a cada Marcial e Erudito disposto a lutar — digo. — Espalhe a ordem para conter o ataque até Teluman soar os tambores. Musa, envie um diabrete para Quin. Quando ele passar pelos túneis, ele precisa trazer suas forças para o rochedo Cardium.

— Águia — Harper protesta, pois isso não faz parte do plano. — Grímarr está muito bem protegido. Ele terá a maior parte de seus homens lá. A intenção dele é atrair você.

— Você é um homem de poucas palavras, Harper. — Sinalizo para meus homens e nos afastamos das muralhas. — Então não desperdice o que você diz com coisas que eu já sei. Ele precisa morrer. E sou eu quem vai matá-lo.

Harper parece surpreso e então ri.

— Desculpe, Águia.

Musa, Harper e meus últimos trinta homens me seguem enquanto serpenteamos através das ruas que conhecemos melhor do que qualquer Karkaun. Deixamos armas por toda a cidade, organizando-as em um sistema pré-arranjado de becos, pátios e casas. Por todo lado, os Marciais e Eruditos de Antium nos saúdam, batendo os punhos no peito.

Bate o décimo primeiro sino. Nós nos aproximamos da Câmara de Registros, um prédio tão imponente quanto o anfiteatro de Blackcliff. O telhado da câmara, entalhado com esculturas das vitórias de Taius, é mantido por colunas de pedra tão largas quanto as árvores no Lugar de Espera.

Entramos e abrimos caminho através de uma espessa camada de cinzas do fogo que queimou aqui quando a câmara foi atingida por um projétil karkaun. Uma estátua de pedra de Taius se encontra caída de lado, a cabeça partida e semienterrada sob pergaminhos espalhados e restos de alvenaria.

A Câmara de Registros toma um lado inteiro da Praça Cartus. Anexos do palácio ocupam o outro lado, e lojas e negócios, o terceiro. O último lado está tomado por entulhos de pedras que levam a um vasto poço de ossos. Um paredão íngreme de granito se eleva acima do poço e, no topo, jaz o rochedo Cardium, onde uma dezena de enormes fogueiras ilumina o céu.

Enquanto envio homens para a praça para matar quaisquer guardas que apareçam, Musa surge e se agacha a meu lado.

— Spiro está com problemas. Ele está combatendo uma força karkaun em uma das torres de tambores. — Ele faz uma pausa. — Trezentos homens.

Malditos infernos. Nesse momento, Harper, que se adiantara para checar o terreno, retorna.

— A entrada do palácio para o rochedo está bloqueada por milhares de Karkauns — ele diz. — Eles estão trazendo prisioneiros das masmorras e...

— O nojo percorre seu rosto prateado. Avanço um pouco para ter uma visão melhor do rochedo, apenas para constatar prisioneiros sendo empurrados do topo para o poço de ossos trinta metros abaixo.

— De quanto tempo você precisa para ter nossos homens trajando aquelas peles fedorentas que os Bárbaros usam? — pergunto a Harper.

— Menos do que você precisa para subir naquele penhasco, Águia.

— Vá até o topo do rochedo, esconda-se em meio aos Karkauns e espere pelo meu sinal. Quando chegar a hora, acabe com eles. E...

O olhar de Harper cruza com o meu, os olhos flamejantes com a ira da batalha. Quero lhe pedir para ser cuidadoso. Para não correr riscos desnecessários. Para sobreviver. Mas esse sentimento não tem lugar na guerra.

— Não me decepcione — simplesmente lhe digo e dou as costas.

Levo alguns instantes para atravessar rapidamente a praça. Assim que chego ao poço, praguejo baixinho. Achei que poderia lançar um gancho de escalada a partir de sua beirada mais distante, mas ele é largo demais. O que significa que devo atravessá-lo, abrindo caminho pelos crânios, ossos e cadáveres.

Você é a única capaz de conter a escuridão. Meu pai me disse isso mais de um ano atrás. Então não penso mais. Simplesmente me movo, descendo para dentro do poço.

Ossos se esmigalham ruidosamente quando pouso e carnes macias se diláceram. Tenho ânsia de vômito com o mau cheiro, e a escuridão é algo saído de um pesadelo.

O tempo parece durar uma eternidade. O poço tem quase cem metros de diâmetro, mas poderia ser um continente. Pois, à medida que abro caminho por entre os mortos, ouço coisas.

Gemidos.

Fantasmas!, minha mente grita. Mas não são fantasmas. É algo muito pior. São aqueles homens que sobreviveram à queda. Quero encontrá-los. Conceder-lhes misericórdia neste lugar infernal. Mas há muitos deles e não tenho tempo. Teluman não soou os tambores ainda. Até onde sei, ele e seus homens poderiam estar mortos, e nosso ataque, terminado antes mesmo de começar.

A derrota na mente é a derrota no campo de batalha!

Uma vida inteira se passa enquanto caminho pelo poço, sobre a carne apodrecida dos cadáveres. Sei que jamais falarei desses momentos para ninguém, pois eles mudam irrevogavelmente algo dentro de mim. Se eu não matar Grímarr ao cabo disso, será aqui que morrerei também, e vou merecer, pois não vinguei a injustiça feita a todos aqueles sobre os quais caminho agora.

Finalmente alcanço o penhasco. Ele é acidentado e difícil de escalar. Meus olhos se ajustam da melhor maneira possível à escuridão, e mal consigo distinguir as saliências e reentrâncias na face da rocha que servirão de apoio à minha escalada.

Desembainho minhas facas, talho pequenas fissuras na rocha e começo a subir. O mundo abaixo desaparece. Ainda trago comigo a cicatriz da mordida de Grímarr, um lembrete em forma de meia-lua de que ele afundou as mandíbulas na minha cidade, no meu povo, e os sugou até o fim. Alimento a ideia da morte e penso qual será a sensação de segurar o pescoço daquele maldito em minhas mãos. Ou como será a sensação de quebrá-lo.

Um pé agonizante após o outro, vou galgando o imenso paredão de pedra. Quando me aproximo do topo, estou ofegante e coberta de suor, todos os músculos gritando. Eu me arrasto pelos centímetros finais, recuperando o fôlego enquanto espio sobre a beirada.

O rochedo Cardium tem o formato de uma cunha com uma ponta plana. O ponto mais estreito, onde estou, tem dez metros de diâmetro, e o mais largo, trinta. No seu limite mais distante, há três níveis de terraços para os espectadores das execuções que normalmente ocorrem aqui.

No momento, os terraços estão tomados por Karkauns, e Grímarr está a apenas alguns passos de distância.

Exceto por uma tanga, ele está nu, o corpo pálido encharcado de sangue. Ele balbucia como um maníaco — *Ik tachk mort fid iniqant fi!* — enquanto o ar à sua volta estremece. A pele onde decepei seu braço esquerdo está rósea e cicatrizada, como se ele tivera meses para se curar em vez de quinze dias.

O que significa que, mesmo que ele não tenha sido capaz de invocar fantasmas, ele tem outra mágica à sua disposição.

Uma fogueira queima atrás dele, defendida por um círculo de guardas. Enquanto calculo se eles estão em número suficiente para representarem uma real ameaça, os tambores retumbam com tamanha força que quase solto as facas que me seguram no lugar.

Torre norte pelo imperador legítimo. Atacar.
Torre leste pelo imperador legítimo. Atacar.
Torre oeste pelo imperador legítimo. Atacar.

Um grito se eleva, uma voz aderida por uma dezena, então uma centena, então milhares. Não é um grito de tristeza ou derrota, mas de fúria e vingança. Por toda Antium, mulheres, crianças, feridos e idosos que estiveram à mercê dos Karkauns pegam em armas. É um som de fervilhar o sangue. O som da vitória iminente.

Fecho os olhos e lembro da queda de Antium. Lembro dos meus homens, possuídos por fantasmas, matando seu próprio povo. Penso em Madame Heera e no choro dos bordéis.

Leal até o fim.

Dou um salto e arranco o capuz.

— Grímarr! — berro seu nome lançando três facas de arremesso em sua direção. Mas ele se movimenta com uma rapidez estranha para se esquivar delas. Sem virar o rosto para mim, ri um cacarejar sinistro.

— Águia de Sangue — ele diz. — Finalmente.

Seus homens se aproximam, mas cuspo em seus pés, corto minha mão e deixo o sangue pingar nas pedras do rochedo Cardium.

— Eu o desafio, Grímarr. — Minha voz viaja sobre as fogueiras até os terraços. — A combater sem aço ou pedras, sem lâminas ou arcos. Até um de nós cair morto.

Jogo no chão minha cimitarra e o cinto de facas que carrego preso à cintura.

— Até a morte. — Grímarr se vira com um largo sorriso, as órbitas dos olhos totalmente brancas, como um homem possuído.

Dez infernos. De alguma forma, o feiticeiro karkaun conseguiu dominar um fantasma.

— Venha então, garota. — Sua voz soa como se estivesse sobreposta a outra, com um eco assustador. — Venha para sua perdição, pois com a sua alma abrirei uma porta para os infernos.

Os Karkauns gritam, empolgados. Os guardas de Grímarr mantêm as mãos nas armas, mas dão um passo para trás. O desafio foi aceito.

Ignoro a tagarelice do feiticeiro e foco em como vou conseguir vencê-lo. Fantasmas emprestam uma força impossível aos humanos. Se Grímarr botar as mãos em mim, estou morta.

Ele se abaixa, preparando-se para saltar. É mais alto que eu, além de mais forte e robusto. No entanto, o fantasma que o possui o torna impossivelmente rápido. Eu avanço velozmente e acerto dois socos fortes em seu peito e um chute no pescoço.

Um homem normal cambalearia. Ele assimila os golpes e tenta agarrar minha perna ainda no ar. Por um triz, consigo desviar de seu ataque.

Corro em torno da fogueira e Grímarr mergulha atrás de mim, acertando-me com tanta força no estômago que quase perco o ar. Acerto uma cotovelada no seu globo ocular, fazendo uma careta enquanto ele é esmagado. Quando ele uiva de dor, escapo de seu alcance novamente. Dessa vez, eu me aproximo cuidadosamente da beira do penhasco. Grímarr estreita os olhos e recua, compreendendo minha intenção.

Parece que ele está se afastando de mim. Para além da fogueira, os homens zombam dele. Um rosnado irado se forma em seu rosto branco como leite. Ele acelera para a frente, incrivelmente veloz. Tenho apenas um segundo para me agachar e me lançar contra suas pernas o mais rápido que posso na esperança de que ele role sobre mim e caia no abismo.

Então ele simplesmente salta sobre mim. Em segundos, vai me derrubar no chão e quebrar meu pescoço, espinha ou ambos. Com um giro, eu me levanto e agarro meu cinto de facas, jogado perto da fogueira. Quando me viro, ele está ali, a espuma manchando a boca, os olhos com aquele branco sinistro.

Ele é forte demais, jamais vou derrotá-lo em um combate sem armas. E, como Marcial, não dou a menor importância para isso. A guerra tem regras, e esse monstro não seguiu nenhuma delas. Salvar o povo de Antium significa que tenho de escolher entre a honra e a vitória. Sem hesitar, escolho a vitória.

Ele vê a lâmina tarde demais. Eu a enfio em seu coração, em seguida a arranco, então golpeio de novo, de novo e de novo.

Com a violência do ataque, ele não deveria ser capaz de falar. Mas o fantasma dentro dele se revolta.

— Desafio... karkaun... — ele diz, rouco. — Sem... aço...

— Eu não sou Karkaun. — Chuto para cima a cimitarra que pousava próxima dos meus pés e golpeio seu pescoço. Grímarr bloqueia o ataque, o fantasma que habita nele lhe emprestando forças quando ele deveria estar sangrando até a morte, e com um jogo de pernas eu me afasto.

— Você acha... que vai vencer — ele sussurra e avança, cambaleando, exangue.

— Esta é a minha cidade. E, enquanto viver, eu lutarei por ela.

— Cidades. — Grímarr cai de joelhos. — Cidades não são nada. Eu não sou nada. Você não é nada. *Ik tachk mort fid iniqant fi.*

Os ombros dele relaxam, e, quando ataco com a cimitarra para arrancar sua cabeça, ele não consegue me deter. Seu sangue jorra sobre mim enquanto chuto o corpo que se contorce sobre a beira do penhasco. Cravo os dedos em seus cabelos e ergo a cabeça decapitada.

— Este é o seu líder? — Eu me viro para seus homens. — Este é o homem que vocês chamavam de rei?

Por um momento aparentemente interminável, os Karkauns ficam em silêncio. A cidade está cheia dos ruídos de batalha, e ao longe a batida surda de botas marchando ecoa. *Quin!*

Vamos, Harper, penso. *Se já houve um sinal mais claro que esse...*

Um grito de vitória ressoa dos prisioneiros marciais que desfilam em frente à multidão karkaun, e tudo vai para os infernos. A batalha começa ao fundo da aglomeração karkaun, mas meus homens se movimentam rapidamente. As lutas se espalham e os Karkauns gritam buscando suas armas ao perceber que o inimigo está entre eles.

Tiro mais uma faca do cinto e mergulho na confusão. Todo meu ódio, toda minha frustração, toda noite insone durante a qual me enfureci contra minha própria inação se despejam de mim.

Quando os prisioneiros marciais percebem o que está acontecendo, eles se entregam à luta com correntes e tudo. Sem Grímarr para liderá-los e sem os fantasmas para lhes conferir força, os Karkauns entram em pânico, esfaqueando tudo o que veem pela frente. Enquanto morrem na ponta das minhas lâminas, ouço a frase que Grímarr proferiu. *Ik tachk mort fid iniqant fi.*

Em meio à multidão de Karkauns, um esquadrão dos meus homens abre caminho, lutando para vir na minha direção. Tento me juntar a eles, mas os Karkauns nos cercam. Musa, que estava ali um segundo atrás, de repente desaparece, suas cimitarras em pleno ar, e lembro a mim mesma de lhe perguntar quem foi o maldito que o treinou antes de ser rodeada pelo inimigo novamente.

Vejo um cabelo preto como as penas de um corvo e uma pele marrom. Harper aparece a meu lado, rosnando, salpicado de sangue, rasgando os Karkauns com uma selvageria que se iguala à minha. Morte a morte, pressionamos os Bárbaros a recuar.

Até que um agrupamento deles se posiciona entre nós. Uma das cimitarras de Harper se perde. Ouço o esmigalhar ruidoso de um punho contra ossos. Uma adaga karkaun brilha alta e o sangue espirra no ar.

Em um instante Harper está ali. No seguinte, não está mais. Enquanto luto, espero vê-lo, espero que ele se levante. Mas ele não se levanta.

Minha mente fica terrivelmente vazia. Grito e luto contra os Karkauns mais próximos de mim, o coração batendo, aterrorizado. Não era o sangue dele. Ele teria bloqueado facilmente aquele ataque. Não. Não. Não. Eu devia ter ordenado a ele que ficasse em Delphinium. Eu devia ter ordenado a ele que acompanhasse Quin. Eu não devia ter tentado retomar Antium, não se fosse esse o preço a pagar.

E agora... agora...

Morto. Não pode ser verdade. Harper não pode estar morto. Eu não disse nada do que deveria ter dito. Eu não o toquei, não o beijei nem lhe disse que, sem ele, jamais teria sobrevivido por tanto tempo. *Morto como seu pai e sua mãe e Hannah e Faris e todos os que você ama...*

Subitamente, Harper está combatendo em meio aos Karkauns, a meu lado mais uma vez, mancando, mas vivo. Eu agarro seu braço, me assegurando de que ele é real, e ele olha para mim, surpreso.

— Você... — Malditos infernos, acho que estou chorando. Não. É suor. Tem de ser. — Você está...

Os olhos de Harper se voltam para o que quer que esteja às minhas costas. Ele me empurra para o lado e empala um Karkaun até o cabo de sua cimitarra. Do sul, os tambores ressoam novamente.

Retirada do inimigo, quadrante sul. A notícia renova as forças dos meus guerreiros e dos prisioneiros. Um grupo de Karkauns, os que estão mais próximos do palácio, começa a fugir, temendo por suas vidas.

Harper abre um largo sorriso e se vira para mim enquanto mais e mais Karkauns fogem do rochedo Cardium.

— Eles estão fugindo!

Eu anuo, mas mal consigo formar um sorriso de volta. Ainda sinto um aperto no peito de vê-lo sumir, do medo que tomou conta de mim como um punho de ferro quando achei que ele havia partido.

A marcha rítmica dos soldados marciais ressoa mais alta, e, enquanto seguimos os Karkauns em fuga, vejo um homem de cabelos grisalhos e o emblema da Gens Veturia. Avanço rapidamente na direção de Quin, qualquer coisa para fugir dos pensamentos que rondam minha mente.

— Dez infernos, meu velho. — Dou-lhe um tapa nas costas. — Você demorou.

Ele passa os olhos pelos Karkauns.

— Parece que você tem a situação sob controle. Que tal os mandarmos rastejando de volta para suas tocas?

A noite é sangrenta, mas os Karkauns não são nada sem seu líder. Os que combatem são rapidamente destruídos, e os demais simplesmente fogem, escapando da cidade como ratos de um navio em chamas.

— Leve a mensagem para os paters no sul — ordeno a Harper. — Diga a eles que os que juraram lealdade ao imperador Zacharias libertaram Antium hoje.

A leste, o amanhecer ilumina o horizonte e meus homens se reúnem em uma escadaria na Praça Cartius. Quin hasteia a bandeira com a águia e o martelo de Zacharias no topo do palácio.

Enquanto ele a iça, os sobreviventes de Antium emergem nas ruas. Homens marciais e eruditos emaciados, acorrentados, mas altivos. Mulheres segurando armas em uma mão e crianças na outra. Todos lutadores.

A praça se enche, então as ruas. Vejo Neera na multidão e um canto começa a ecoar, em um primeiro momento sussurrado, em seguida gritado por todos que lutaram por Antium, por todos que sobreviveram.

— *Imperator invictus! Imperator invictus!*

Meu sangue esquenta quando o ouço. Primeiro de orgulho, depois de inquietação. Pois eles não o estão entoando para Zacharias.

Estão entoando para mim.

— Eles deveriam estar entoando o nome do imperador — sibilo para Quin, que desceu e está a meu lado na escada. — Não... isso.

— O imperador é uma criança, Águia. Um símbolo. Você é a general que lutou por eles. Você compreendeu a força do espírito deles. E você foi destemida. Deixe-os a chamarem do que quiserem.

Minha mente se prende a uma palavra: *destemida*. Eu não sou destemida. Ser destemida significa ter um coração de aço. Mas meu coração traiu a si mesmo. Ele é frágil e esperançoso.

E agora eu sei que ele pertence inteiramente a Avitas Harper. Não importa quanto eu queira negar isso, minha reação quando achei que ele estava morto me diz que estou total e estupidamente apaixonada por ele. Ele é o ponto fraco na minha armadura, a falha na minha defesa.

Que meu coração traidor vá para os infernos.

PARTE III
A RAINHA DJINN

XXXV
O PORTADOR DA NOITE

Uma noite, a caminho de casa depois de visitar os ankaneses, parei para descansar e comer ao sul do Lugar de Espera, às margens do mar do Anoitecer. Enquanto deixava as estrelas e as ondas embalarem meu sono, um bruxulear chamou minha atenção. Um fogo que queimava brilhante e solitário, como a lamparina de um andarilho em uma grande planície escura.

Eu me aproximei e fluí para minha forma de chama, pois essa djinn carregava armas, e, embora eu não gostasse de combates, eu estava mais do que preparado para eles.

— Olá, irmão. — Ela trazia consigo uma fragrância de citro e zimbro, a voz rouca com um sotaque estranho. — Você compartilharia sua refeição comigo? Eu venho de muito longe e não comi sequer um bocado. Por sua bondade, lhe ofereço uma história. Isso eu juro.

Confesso meu atordoamento, pois eu conhecia todos os djinns do Lugar de Espera, mas esta eu jamais havia encontrado.

— Eu me chamo Rehmat e sou uma criatura de fogo, assim como você, meu rei — ela disse. — Mas nasci em outro lugar, o que me proporcionou viver com os humanos por um período e compreendê-los. Eu sangrei com eles e combati com eles, porém Mauth pediu que eu me juntasse a você, pois meu destino está ligado ao nosso povo.

Rehmat. Um nome estranho. Um nome com um significado que me perturbou.

Ela contou sua história, como prometera, e então viajou comigo para Sher Djinnaat. No entanto, depois disso, jamais se contentou em perma-

necer na floresta. Um humor estranho tomava conta dela: Rehmat amarrava suas lâminas às costas e saía a caminhar, uma poeta-guerreira que encontrava um lar onde quer que pousasse a cabeça.

A primeira vez que ela desapareceu do Lugar de Espera, procurei e procurei, até encontrá-la pendurada nos galhos de uma árvore Gandifur no extremo oeste, trocando poesias com a tribo Jadna — os antepassados dos Jadunas.

Ela derivou milhares de quilômetros ao sul, até os ankaneses, e lhes ensinou a língua das estrelas. Então cantou histórias com as primeiras kehannis das tribos, ensinando-as a tirar mágica das palavras. Ela encontrou Tribais que viam os mortos e os instruiu sobre os Mistérios que eles usariam mais tarde para passar adiante os fantasmas.

— Por que você sempre tem que ir para tão longe? Por que não permanece em Sher Djinnaat? — eu lhe perguntei certo dia, exasperado.

Seu sorriso fez meu coração ficar pesado, pois havia uma profunda tristeza nele.

— Você encontrou o seu propósito, meu rei. Você tem muita mágica em si. Eu ainda busco a minha. Quando encontrar o meu poder, eu retornarei. Isso eu juro.

Não havia me ocorrido que ela não tinha mágica, pois, para mim, ela ardia de vida e graça, humor e beleza.

Um dia, semanas após ela desaparecer novamente, acordei do sono. Sua voz angustiada me chamou através de centenas de quilômetros. Cheguei a uma ilha vazia de vida humana, mas fervilhando com outro tipo de vida. O oceano estava calmo, em um tom azul brilhante, os ventos doces como amoras de verão.

Encontrei Rehmat ao longo da costa norte da ilha. Ela usava sua forma humana, pele marrom e olhos castanhos, os cabelos negros em uma trança. Ela se balançava para a frente e para trás, os braços cerrados em torno das pernas.

— Rehmat? — Eu a peguei no colo, e ela deixou a cabeça cair em meu peito.

— Esta é uma ilha de morte, Meherya — sussurrou. — Muitos fantasmas passarão adiante a partir daqui. Não serei eu quem os conduzirá, mas outra que ainda não chegou. E você a chamará de traidora, embora ela não tenha querido prejudicar ninguém.

Então ela gritou, os olhos escuros queimando nos meus.

— A Chama trilhará estas areias, e aqui as sementes da rebeldia dele florescerão, mas por nada, pois a floresta o chamará e o sofrimento irá parti-lo.

Desse modo, ficamos sabendo do poder de Rehmat, um poder muito mais traiçoeiro do que qualquer coisa que já tenhamos encontrado. Ela previa o futuro. Minha capacidade de prever era limitada a impressões, breves imagens. Rehmat via uma possibilidade após a outra.

Ela retornou a Sher Djinnaat, como havia prometido. Mas o preço foi alto. Ela se trancou em casa e não falava com ninguém, exceto comigo. Implorei a Mauth que a libertasse do tormento de sua mágica. Mas ela falava cada vez menos. Nós fomos criados para passar fantasmas adiante. Nossos poderes tinham seus usos — e, embora talvez não gostássemos disso, os poderes dela tinham um propósito também.

— Se ao menos eu conseguisse dominá-lo — ela sussurrou para mim um dia, após um episódio particularmente difícil. — Eu ensinaria aos outros. Isso eu juro.

Cuidei dela durante aqueles meses complicados, e algo se acendeu entre nós, um fogo profundo na alma que outros haviam encontrado, mas que até então me escapara. O meu coração era dela, e eu sabia que, se ela não quisesse se tornar minha rainha, eu jamais teria uma.

Com o tempo, Rehmat aprendeu a compreender e controlar sua mágica. Como ela havia prometido, quando outras chamas despertavam e descobriam que eram assombradas pela maldição da previsão, era Rehmat que as ensinava a ver isso como um dom.

Após ela ter encontrado a paz com suas visões, ela descobriu a sua poesia novamente. Mas agora ela a compartilhava somente comigo, sussurrando-a nos recantos mais profundos do meu coração.

Quando ela consentiu em ser minha rainha, Sher Djinnaat celebrou por um mês. E quando trouxemos nossas próprias chaminhas para o mundo, a cidade inteira saiu às ruas para cantar a canção de boas-vindas. Tudo estava bem.

Até a chegada dos Eruditos.

Após eles assassinarem nossos filhos, Rehmat empunhou suas lâminas mais uma vez. Ela fortaleceu os djinns que ainda viviam. Ela usou séculos de experiência para superar os Eruditos em inteligência nos campos de batalha.

Mas não foi suficiente. Enquanto o maldito concílio de Cain conspirava para acorrentar os djinns, Rehmat foi abatida em combate perto do mar do Anoitecer, onde eu a vira pela primeira vez. Eu a puxei para mim enquanto sua chama bruxuleava e se escurecia, e ela fixou seus olhos de fogo líquido em meu rosto.

— Você é forte — eu disse. — Vai sobreviver a isso.

— Lembre-se do seu nome. — Havia tanta urgência em seu sussurro. — Você é o Amado. Lembre-se, ou você se perderá.

— Não vá embora — implorei a ela. — Não me deixe sozinho, meu amor.

— Eu verei você novamente. — Ela apertou minhas mãos. — Isso eu juro.

Então sua chama se apagou. Abandonei seu corpo convertido em cinzas, pois longe, ao norte, um grande mal se desenrolava. O aprisionamento do meu povo.

Eu tentei pará-lo. Mas, assim como aconteceu com Rehmat, foi tarde demais.

— Eu vos abandonei. — Abri caminho à força até o domínio de Mauth, aquele vasto mar amaldiçoado no qual joguei tanto sofrimento humano. — Eu vos abandonei e não sou mais vossa criatura.

— Vós sereis sempre meu, pois sois o Meherya.

— Não — eu lhe disse. — Nunca mais.

Voltei para um mundo desolado. Pois minha Rehmat havia partido. Meu povo havia partido, todos, exceto Shaeva.

Ela morreu lentamente — eu me certifiquei disso antes de trazê-la de volta para ser a Apanhadora de Almas, antes de acorrentá-la ao Lugar de Espera para passar os fantasmas adiante.

E chorei pensando nas palavras finais de Rehmat, pois ela se orgulhava tanto de manter suas promessas, e essa foi uma que não conseguiu cumprir.

Que tolo eu fui. Durante todos aqueles anos em que eu a conheci, ela nunca quebrou um juramento. Nem mesmo o menor e o mais simples.

Por que seu último e mais importante juramento seria diferente?

◆ ◆ ◆

XXXVI
LAIA

Demoro uma hora para encontrar minha mochila caída e mais três para descobrir um caminho que me leve a Afya e Mamie. Minhas roupas finalmente secaram, embora estejam duras com a lama e raspem dolorosamente contra os machucados e cortes da enchente relâmpago. Sinto como se cada osso do meu corpo estivesse quebrado.

A tempestade fugiu com o Portador da Noite, deixando em seu rastro o derramamento azul brilhante da galáxia. A luz facilita a visão, mas o chão do deserto castigado pela chuva está enlameado, perigoso e pesado. Meu passo é terrivelmente lento. Meu corpo treme e não é só de frio.

A desesperança toma conta de mim. Nesse ritmo, não alcançarei a torre de guarda antes de desabar de dor. Penso em chamar Darin, mas só vou preocupá-lo. E não quero atrair a atenção de nenhuma criatura sobrenatural agora. Se eu for atacada, não poderei lutar.

— Laia.

A forma luminosa de Rehmat lança um brilho sobre o deserto iluminado pelas estrelas, mandando as criaturas noturnas voarem para suas tocas. Ao lado dela, sou apenas um pontinho na escuridão.

Tenho mil perguntas. Mas, agora que ela está aqui, levo longos minutos para encontrar palavras que não estejam inundadas de rancor.

— Você é a esposa dele — digo finalmente. — A *rainha* dele.

— Eu *fui* a esposa dele. Não mais. Não sou sua esposa há mil anos.

Dias atrás, cheguei a me perguntar se Rehmat era do sexo masculino, por causa de sua terrível teimosia. Mas agora há uma mudança em sua voz, em sua forma. Ela não esconde mais quem é.

— Eu não contei a você — ela diz — porque achei que a verdade iria enfurecê-la. Fiquei preocupada de você não confiar em mim se soubesse que eu fui uma djinn...

— Você *é* uma djinn!

— Eu fui uma djinn. — Ela recebe meu protesto com uma desfaçatez de enlouquecer. — A mágica de sangue dos Jadunas não permitiu que eu mantivesse minha forma corpórea, meu fogo. Mas as almas djinns são ligadas à nossa mágica. Se a mágica vive, nossas almas também vivem.

— Então eles... extraíram você? — pergunto. — *Ele* não sabia que você não tinha morrido. Você o enganou também?

— Foi necessário.

— Necessário. — Rio. — E a morte de dezenas de milhares de pessoas do meu povo? Isso também foi necessário?

— O meu dom como djinn era o da predição. — Rehmat se mantém a meu lado com facilidade, iluminando o caminho, embora eu preferisse que ela não fizesse isso. O que eu quero no momento é escuridão. Escuridão para cuidar da minha dor. — Eu vi um caminho à frente, Laia. Antes da nossa guerra com os Eruditos, fiz amizade com os Jadunas. Nós compartilhamos muito saber através dos séculos. Quando fiquei sabendo que o Meherya se transformaria, fui até eles, esperando que a mágica deles pudesse me ajudar a impedi-lo.

Ela abre as mãos e olha para sua forma.

— Tudo o que eles tinham a oferecer era isso. Disseram que, quando eu morresse, extrairiam a minha alma e me acomodariam em seu próprio povo. Centenas de homens e mulheres se ofereceram. Fazer algo do gênero sem saber o efeito que isso teria em sua descendência foi uma prova dos nossos anos de amizade. Eles encontraram meu corpo enfraquecido após a batalha e me levaram para o lar deles, bem longe, a oeste.

— Então você viveu dentro deles — digo. — Como uma doença.

— Como olhos dourados. — Ela é suave como uma brisa. — Ou pele marrom. Eles viajaram para terras marciais, eruditas, tribais. As linhagens de sangue se espalharam. E a cada geração eu me tornava mais distante de um estado de vigília e cautela. Até que tudo que sobrou foi a fagulha da mágica. Em algumas pessoas, como você, a Águia de Sangue e Musa de Adisa, a mágica é despertada sob pressão. Em outras, como Tas do Norte, Darin ou Avitas Harper, a mágica está adormecida. Mas todos vocês têm *kedim jadu* dentro de si.

— Mágica antiga — murmuro. — Todo esse tempo você andava à espreita? Você tentou nos influenciar?

— Jamais — ela jura. — A mágica de sangue tem de cumprir algumas condições. Para eu renascer, tive de concordar em fazer três sacrifícios. O primeiro, que a minha vida como djinn permanecesse no passado. Eu jamais devo falar do tempo que passei com o Portador da Noite, das minhas atitudes como rainha, ou mesmo... dos meus filhos.

A dor em sua voz finalmente se manifesta. Penso em minha mãe, que relutava em falar de meu pai ou de Lis, tão profundas eram suas feridas.

— O segundo sacrifício — continua Rehmat — era que eu permanecesse adormecida até que um dos *kedim jadus* desafiasse diretamente o Portador da Noite. E o terceiro: que eu não tivesse um corpo, a não ser que um dos *kedim jadus* permitisse que eu o usasse como veículo.

Céus, jamais cometerei esse erro de novo.

— Por que você quis ficar distante dos djinns? Eles podem machucá-la?

— Não exatamente...

— Você ainda tem sentimentos por eles. — Lanço a acusação rápido demais para ela refutar. — Foi por isso que desapareceu no Lugar de Espera e quando eu estava com Khuri. Você não tem medo deles. Tem medo de si mesma perto deles.

— Isso não é...

— Por favor, não minta — digo. — Os djinns eram a sua família. Você os amava. Eu senti isso dentro de você. Aquele sentimento de... de saudade. É por isso que você não quer que eu consiga a foice? Por isso você sempre diz *derrotar* em vez de *matar*? Porque você o ama e não o quer morto?

— Laia... as perdas dele, o que ele sofreu... é incalculável.

— Eu não amo a minha família nem um pouco menos do que ele amava a dele. — Eu me viro para ela, e, se Rehmat tivesse um corpo, teria um olho roxo neste momento. — Eu perdi a minha mãe. O meu pai. A minha irmã. Os meus amigos. A minha avó. O meu avô. Eu fui traída pela Resistência. Traída pelo primeiro garoto que amei na vida. Abandonada por Elias. Você acha que eu não quero enfiar uma adaga no coração da comandante? Acha que eu não quero ver os Marciais sofrerem pelo que fizeram com o meu povo? Eu sei como é a dor da perda. Mas não se resolve isso com assassinato em massa.

— O seu amor é poderoso — diz Rehmat. — Foi o seu amor que me despertou, o seu amor pelo seu povo. O seu desejo de salvá-los. Mas o Portador da Noite não é humano, Laia. Você consegue comparar a ira de uma tempestade com a ira de um homem? Quando Mauth criou o Meherya, ele deu vida a uma criatura que poderia passar adiante fantasmas por milênios, apesar de toda a dor deles, de toda a sua tristeza. Você sabe o que o nome *Meherya* significa?

— Não — digo. — E não me importo. Eu gostaria de saber o que o seu nome significa. *Traidora*, talvez?

— *Meherya* significa *Amado*. — Ela ignora minha farpa. — Não só porque nós o amávamos, mas por causa do amor que ele oferecia. Para a sua gente. Para os fantasmas. Para os humanos que ele encontrava. Por milhares de anos.

Penso em todos aqueles que o Portador da Noite amou a fim de conseguir de volta a Estrela que libertaria o seu povo. Lembro de como ele me amou, como Keenan. Então algo me ocorre e meu rosto cora.

— Você... Você sabia que eu e ele... que nós...

— Eu sei — diz Rehmat após uma pausa. — E compreendo.

— *Amado* — sussurro. A palavra me deixa desesperadamente triste. Porque, mesmo que tenha sido isso que ele foi um dia, não é mais o que ele é.

— Amor e ódio, Laia — diz Rehmat. — São dois lados da mesma moeda. O ódio do Portador da Noite queima tão intensamente quanto seu amor. Mauth não ama ou odeia. Então ele não estava preparado quando seu filho se voltou contra ele. Mas podemos aprisionar o Meherya — ela diz. — Amarrá-lo. Minha mágica é a única força nesta terra forte o suficiente para contê-lo..

— Não — digo. — O Portador da Noite precisa morrer.

— A morte dele só provocará mais desesperança. Você precisa confiar em mim, garota.

— Por quê? — pergunto. — Você me enganou. E agora não vai me contar as fraquezas dele. Você não vai me contar nada sobre ele. Em vez disso, tenho de ir às tribos suplicar por pedaços da história dele, que podem ou não existir.

— Eu não posso falar do tempo em que estive ao lado dele. Se pudesse, eu contaria tudo para você. A única coisa que posso dizer é que ele foi o Amado. A força dele está no nome. E a fraqueza também. O passado e o presente dele. Você precisa compreender ambos para derrotá-lo.

— Para derrotá-lo — digo —, eu preciso daquela foice. E, se quiser que eu confie em você de novo, me ajude a consegui-la. Você sabe como ele pensa. Você o conhece tão bem que passou mil anos se escondendo só pela chance de derrotá-lo.

— Eu não o conheço mais.

— Então acredito que não temos mais o que conversar — digo. — Eu vou fazer isso sozinha.

Eu me afasto rapidamente dela, a areia fofa prendendo meus pés. Uma rajada de vento sopra o aroma de carne assada e cavalos. Quando chego ao topo da colina, vejo luzes fracas ao longe — o acampamento tribal.

— E se o fato de você querer roubar a foice for parte do plano dele? — Rehmat dá a volta e para na minha frente, de maneira que não posso seguir adiante sem passar por ela. — Uma armadilha, uma maneira de ser mais esperto que você.

— Então você vai me ajudar a ser mais esperta que ele.

Ela me avalia, flutuando como um dente-de-leão ao vento. Finalmente, anui.

— Eu vou ajudá-la a conseguir a foice — ela diz. — Isso eu juro. E... E a matá-lo, se é isso que você deseja.

— Ótimo — anuo, satisfeita que ela não esteja mais em minha mente. Pois, se estivesse, ela saberia que, apesar de suas palavras persuasivas, não confio em mais nada do que ela diz.

XXXVII
O APANHADOR DE ALMAS

As tribos que escaparam de Aish deixaram grande parte de suas carruagens e fugiram para os cânions labirínticos do deserto ao norte da cidade. É preciso habilidade considerável para rastreá-las. Ainda assim, após alguns dias, eu consigo. O que significa que seus inimigos também poderiam segui-las.

Encontro Aubarit no acampamento, sentada sobre o assento de sua carruagem. Ela se serve de uma tigela de ensopado, indiferente ao fato de que o prato cheira a cominho, alho e coentro, e faz meu estômago roncar. Os paredões de cada lado do acampamento são altos e o riacho próximo ruge pesado por causa das chuvas.

— Vocês precisam esconder o seu rastro — digo a ela, e, surpresa, Aubarit ergue o olhar enquanto desponto do escuro. — Os Marciais só não os encontraram porque estão ocupados demais enterrando corpos.

A fakira não sorri. Seus ombros estão tensos.

— Achei que as questões do mundo humano não lhe diziam respeito, Banu al-Mauth.

— E não dizem — respondo. — Mas as questões do Lugar de Espera, sim. E, neste momento, elas são a mesma coisa.

A fakira chama um dos Tribais e fala com ele em sadês. Ele olha curiosamente para mim antes de partir.

— Junaid cuidará dos nossos rastros — ela diz. — Você não perguntou sobre Mamie Rila, Banu al-Mauth, a tribo Nur ou a sua própria tribo.

— Eu não tenho tribo, Aubarit — lembro a ela. — No entanto, eu tenho um problema. Um problema que apenas as tribos podem me ajudar a resolver. — Admitir isso é frustrante, mas é verdade e não há como evitar. — Quem escapou de Aish?

— Tribo Nasur. Tribo Nur. Tribo Saif. Tribo Rahim. Algumas outras. Elas estão espalhadas pelos cânions, onde quer que tenha água. Talvez haja três mil Tribais pelas redondezas.

— Convoque as kehannis e os zaldars. — Eu me refiro aos líderes tribais. — Convoque os fakirs e as fakiras. Diga que o Banu al-Mauth precisa deles.

— Muitos ainda estão enlutados. — Aubarit não consegue esconder o choque diante de minha insensibilidade, mas balanço a cabeça.

— Não há tempo para luto — digo. — Não se eles quiserem sobreviver e se desejarem que seus mortos passem adiante em paz em vez de se atormentarem. Aproveite a ira deles, fakira. Convoque-os até mim.

Em menos de uma hora, a área em torno de sua carruagem está tomada de pessoas. Algumas são vagamente familiares, como uma mulher pequenina com tranças rubro-negras e um belo rosto. Os braços dela estão cruzados sobre o vestido espelhado verde e dourado, e ela está parada ao lado de um rapaz que parece sua versão mais alta. *Afya*. Lembro dela de minhas memórias de Laia. *E seu irmão, Gibran.*

Percebo que me sinto aliviado em vê-lo. Uma memória ricocheteia em minha mente — ele me atacando, possuído por um fantasma, e eu tentando desesperadamente detê-lo, com medo de machucá-lo para sempre ao fazer isso.

Mamie Rila chega com um caldeirão de chá e passa copos à sua volta para espantar o vento frio que sopra do norte. Ela anui silenciosamente para mim, mas mantém distância. Um homem alto que está ao seu lado dá um passo à frente. O cabelo crespo está meio escondido por baixo de um lenço e a pele é mais clara que a minha. Ele fecha a distância entre nós com dois passos, os braços abertos para um abraço.

— Ilyaas... irmão...

Eu me livro dele cuidadosamente.

— Ilyaas — ele diz. — Sou eu, Shan...

Reconheço o nome agora. Ele é meu irmão de criação. O outro filho que Mamie adotou. Anuo tensamente para ele. Ele tem as tatuagens de um zaldar, feitas recentemente. Atrás dele há outros rostos que reconheço. Os primos e irmãos de Mamie, seus sobrinhos e sobrinhas. Minha antiga família.

Eles me olham com espanto e cautela. Apenas Shan olha para mim como se eu fosse um deles.

Mamie Rila toca o braço dele suavemente, sussurrando algo em seu ouvido, e o sorriso dele desaparece. Após alguns momentos, ele dá um passo atrás.

— Perdoe-me, Banu al-Mauth — ele diz. — Se fui inconveniente.

De maneira alguma, a voz presa dentro de mim grita, mas eu a esmago.

— Fakira Ara-Nasur. — Vejo Aubarit falando com Gibran. — Está todo mundo aqui?

Diante de sua anuência, examino a multidão. As conversas se calam e o único som é o da areia sussurrando inquietamente contra as paredes do cânion.

— O Portador da Noite está roubando espíritos — digo. — Impedindo-os de seguir adiante.

A multidão suspira e Aubarit parece doente. A mão de Afya Ara-Nur pousa sobre a lâmina em sua cintura.

— As pessoas em Aish... — ela diz. — Todos os nossos mortos?

Anuo.

— Todos foram tomados e... — Eu me detenho antes de mencionar o redemoinho, meu antigo treinamento em Blackcliff entrando em ação. Compartilhe somente o que for necessário. Dizer-lhes para que o Portador da Noite está usando esses espíritos vai assustá-los. E pessoas assustadas resultam em soldados de infantaria fracos.

— Por quê? — Mamie Rila diz delicadamente, o chá esquecido nas mãos. — Por que fazer uma coisa tão horrível?

— A força dos djinns é mais limitada do que parece. — Deixo-os tirarem suas conclusões. — Eles são poderosos, sim, mas somente em explosões curtas. Quando o poder deles se esvai, eles demoram para se recuperar. Consequência de seu aprisionamento, talvez.

— Então... eles estão se alimentando dos espíritos? — pergunta Shan.

— De certa forma, sim — digo. — O Portador da Noite parece querer fantasmas sofredores. Aqueles que teriam ido para o Lugar de Espera. É por isso que o lugar está vazio. Ele os está capturando.

— Mas o que ele faz com eles? — Um jovem fakir que não reconheço se manifesta ao fundo da multidão. Mal consigo vê-lo, uma vez que a luz da tocha próxima da carruagem de Aubarit não chega até lá.

— Ainda não sei — digo, pois Talis não explicou como funciona o plano do Portador da Noite. — Mas os djinns *precisam* dos fantasmas, o que significa que precisam de humanos mortos. Os djinns aterrorizam uma cidade, fazem com que a população entre em pânico e capitule. Keris Veturia manda seu exército para matar à vontade. O Portador da Noite consegue seu sofrimento, e Keris reivindica outra cidade.

— O que podemos fazer contra os djinns? — pergunta Gibran, e sua irmã responde.

— Não é dos djinns que estamos atrás. — Ela olha de relance para mim. — Você quer os Marciais. Se os djinns não tiverem seus soldados de infantaria, haverá menos morte. Menos sofrimento. Menos fantasmas para o Portador da Noite roubar.

Além do círculo de zaldars, fakirs e kehannis, a multidão se amplia. O medo entre eles se dissemina como uma névoa insidiosa.

— Se nós combatermos os Marciais — diz Mamie Rila —, isso não vai simplesmente gerar mais fantasmas?

— Soldados raramente entram no Lugar de Espera — digo a ela. — Especialmente soldados marciais. Talvez porque eles vão para a batalha preparados para a morte. De qualquer forma, é sofrimento que o Portador da Noite quer. Agonia. Mas não daremos isso a ele.

— O que você propõe? — pergunta Shan.

— Lutarmos. — Minhas mãos se fecham em punhos e minha ira de batalha fervilha, inquieta. — Atacar em pequenos grupos de guerrilha. Ir atrás dos seus depósitos de alimentos, do seu gado, das suas provisões. Esvaziar os vilarejos por onde eles passam. Se os homens de Keris estão percorrendo terras desconhecidas, podemos dificultar essa caminhada. E fazer isso sem criar um excesso de novos fantasmas para o Portador da Noite roubar.

— Por que não evacuamos as nossas cidades? — pergunta Afya. — E nos espalhamos no deserto e na cordilheira serrana? O Portador da Noite quer morte, não é? Nós poderíamos simplesmente negar isso a ele nos escondendo.

— Por quanto tempo você vai se esconder? — diz Mamie. — Keris Veturia não vai desistir. Pode levar mais tempo, mas ela vai nos achar. E não apenas para nos matar.

Agora é Shan que se manifesta.

— O Império dela precisa de escravos. Ela matou gente demais durante o extermínio de Eruditos.

— Nós temos um tratado com eles... — uma voz fala mais alto, mas Mamie a desconsidera.

— Keris vendeu a sua própria cidade para os Karkauns — ela diz. — Você acha que tratados significam alguma coisa para ela?

— Nós deveríamos lutar — diz Gibran. — Se o custo de permanecer nas terras tribais for alto demais para os Marciais, eles vão partir. Keris tem outros inimigos ao norte. A Águia de Sangue e o sobrinho.

— Sim, mas se Keris a derrotar — diz Afya —, mandará os seus exércitos de volta para nós. Então o que vamos fazer? Seguir lutando? Viver em cânions e ravinas? Quando isso vai terminar?

A multidão se agita, pequenas conversas e discussões se iniciando e ecoando nos paredões de rocha. Eu os estou perdendo.

Então uma figura de cabelos escuros e olhos dourados emerge da multidão para a luz da fogueira. Ela veste uma túnica tribal bordada até os joelhos e tem os cabelos trançados.

O destino sempre o levará de volta para ela, pelo bem ou pelo mal.

— Laia. — Mamie Rila está ao seu lado instantaneamente. — Você deveria estar descansando...

Mas Laia balança a cabeça, uma nova tristeza pesando em seus ombros.

— Toda essa dor. Esse sofrimento. — Seus olhos dourados se fixam nos meus. — Tudo isso por causa do Portador da Noite. Afya quer saber quando isso vai terminar. Vai terminar quando o rei dos djinns estiver morto.

As Tribos anuem e sussurram em concordância.

— Matá-lo não é simples — ela diz. — Vai exigir o roubo de uma arma que ele carrega, além de uma mágica poderosa. Até conseguirmos essa arma, temos de encontrar outras maneiras de atrapalhá-lo. Retirar o apoio de seus aliados é uma delas. Keris é sua aliada mais poderosa. Nesse sentido, o plano de Elias é consistente. E ele conhece os Marciais. Sabe como eles pensam. Com ele, temos uma chance de vencer.

Os Tribais se entreolham quando ela usa meu antigo nome, embora eu veja Mamie esconder um sorriso. Considero corrigir Laia, mas ela os tem hipnotizados, então permaneço em silêncio.

— Os Marciais acabaram com o meu povo — ela diz. — Keris faria o mesmo com vocês. E o mestre dela, o Portador da Noite, continuaria cometendo aquela atrocidade com os seus mortos. Então, nos juntamos ao Banu al-Mauth e os combatemos? Ou nos submetemos como cães acovardados e deixamos que eles façam o que quiserem conosco?

— A tribo Saif lutará. — Meu irmão de criação se levanta, mas não me olha. — Por nossas terras e nossos mortos.

— A tribo Nur lutará — diz Afya após um cutucão de seu irmão. — Se as outras tribos se juntarem a nós — ela acrescenta.

— A tribo Nasur lutará. — Um zaldar de cabelos grisalhos dá um passo à frente. — E, se o plano do Banu al-Mauth funcionar, continuaremos. Se não... — Ele dá de ombros.

O sentimento se espalha, e, uma a uma, as tribos concordam com meu plano. Laia se vira para mim, inclinando a cabeça como se dissesse: *E agora?*

— Nos encontramos de manhã — digo. — Para discutir o primeiro ataque.

Enquanto o grupo se desfaz, Laia se aproxima. Ela parece exausta, coberta de cortes e arranhões, com um hematoma enorme em uma das faces. Sinto uma aflição esquisita no peito.

Ela leva a mão ao ferimento quando me vê olhando.

— Consegui isso em um rio — ela diz. — Então, a não ser que você destrua uma força da natureza, não há muito o que fazer. Além disso, foi você que me abandonou no deserto. Se quiser ficar bravo com alguém, vá procurar um espelho.

— Sinto muito. Mas...

— Não. — Laia coloca um dedo em meus lábios. — *Sinto muito* era o ponto perfeito para parar.

Ela está próxima o suficiente e posso ver a miríade de pequenos arranhões por todo seu rosto. Roço um deles ligeiramente.

— O rio que fez isso com você — digo. — Não gosto dele.

O sorriso de Laia é como o brilho de um raio no escuro.

— Você vai encontrar esse rio malvado, Elias? Vai fazê-lo pagar por isso?

— É Apanhador de Almas. E sim. — Meus pensamentos em relação ao rio tornam-se nefastos. — Talvez eu possa desviá-lo para um cânion ou...

O fogo derrete seus olhos dourados e Laia joga a cabeça para trás e sorri. Observá-la é como observar uma cascata despencando em um desfiladeiro. Como observar os Dançarinos do Norte iluminarem o céu. Não consigo descrever. Só sei que um aperto em meu peito se solta e fico diferente — mais leve — ao observá-la.

— Isso é bom — ela diz. — Já é um começo.

— Será uma luta difícil. — Forço os pensamentos na direção do desafio que estamos perto de enfrentar. — Keris é uma inimiga astuta.

Laia me mostra um pergaminho.

— Tenho uma mensagem da Águia. Ela está oferecendo ajuda. Quer lealdade em troca, mas isso pode dar às tribos uma chance de renegociar o seu tratado com o Império. — Então me examina. — Você pode ajudar com isso se quiser. Negocie bem e as tribos podem ficar mais dispostas a lutar com você. — Ela anui em direção aos Tribais que começam a se retirar. — Você não estava se saindo muito bem.

— Obrigado por falar com eles — digo. Diante de seu menear de ombros, indiferente e envergonhado, penso em quando me tornei o Apanhador de Almas.

Darin ainda se recuperava de Kauf, e Laia e eu caminhávamos na fronteira da Floresta do Anoitecer conversando sobre o Império.

Nada muda, ela disse. Nada nunca mudará.

Talvez sejamos nós que devamos mudar, respondi. *Se tivesse uma coisa que você pudesse fazer agora mesmo para mudar o Império, o que seria?*

Eu me livraria das carruagens fantasmas. Libertaria os Eruditos presos dentro delas. Poria fogo naquelas gaiolas mortuárias esquecidas pelos céus.

Você pode desaparecer. Eu tomei a mão dela, mesmo sabendo que Mauth me puniria por isso. *E eu posso caminhar como o vento. O que nos impede?*

Laia me ofereceu o mesmo sorriso. O mesmo menear de ombros. E então começou a planejar. Afya ajudou a esconder os Eruditos que libertamos no sul e Darin auxiliou na luta. Mas Laia era o coração de todo o plano.

— Você é boa em unir as pessoas — digo para ela agora. — Na verdade sempre foi.

— E você é bom em liderá-las. — Ela pega em meu braço e caminha comigo, e estou tão surpreso que a deixo me conduzir. — Se você quer os seus fantasmas de volta, vai ter que canalizar essa habilidade.

— Não é isso que estou fazendo?

Laia balança a cabeça.

— Elias, você precisa que as tribos lutem por você. Você precisa salvar os fantasmas de todo o sofrimento imposto a eles pelo Portador da Noite. Mas — ela se vira para mim — você não pode liderá-las se não compreendê-las. Ninguém quer empunhar espadas ao lado de alguém que os vê como inferiores. Você é distante demais. Frio demais. Se quer a lealdade das tribos, apele para o coração delas. Talvez você possa começar encontrando o seu próprio coração.

XXXVIII
A ÁGUIA DE SANGUE

— Lorde Kinnius! É uma satisfação conceder-lhe uma audiência. Livia se levanta de seu trono ônix e sorri para o Ilustre de aspecto abatido que a olha fixamente. Minha irmã chegou a Antium esta manhã, uma semana após tomarmos a cidade, e mal teve tempo de trocar de roupa.

Mas ela parece serena e à vontade, como se estivesse estabelecida aqui há eras. A chuva tamborila no telhado, lavando a sujeira dos Karkauns. A luz suave filtrada através dos janelões da sala do trono ilumina seu rosto na medida. Ela reina em cada poro como a imperatriz regente.

Estou a seu lado, flanqueada por Rallius e Harper. Quando o segundo se inquieta, quase olho para ele. Desde que tomamos Antium, tenho encontrado desculpas para fazê-lo. E não gosto disso. Avitas Harper é uma distração.

Ele foi uma distração enquanto supervisionei a limpeza do palácio, que os Karkauns haviam transformado em um chiqueiro. Ele foi uma distração quando mandei tropas para a cidade para ajudar as pessoas a reconstruí-la.

E ele é uma distração hoje na sala do trono, enquanto Livia dá as boas-vindas ao nosso primeiro aliado em potencial do sul.

Fixo a atenção no conselho consultivo — incluindo Teluman, Musa e Darin —, todos reunidos na frente do trono. O olhar do Lorde Kinnius pousa sobre os Eruditos, posicionados no mesmo nível dos Marciais e armados com lâminas de aço sérrico. Ele faz uma careta.

Minha irmã lhe oferece um sorriso brilhante em troca.

— Bem-vindo à capital.

— Ou ao que sobrou dela. — Kinnius olha em volta do trono, sem se dirigir a ela como imperatriz, e me irrito com sua insolência.

Harper me reprime com um olhar. *Nós precisamos de aliados*, ele parece dizer. Conquistar o apoio da Gens Kinnia, com seus armazéns de grãos, barcaças e ouro, é mais importante que o orgulho ou os títulos.

O sorriso de Livia não muda, mas seus olhos azuis gelam.

— A cidade está de pé, Lorde Kinnius — diz ela. — Assim como o seu povo, apesar da traição de Keris Veturia.

— Você quer dizer apesar do fracasso da Águia de Sangue.

— Eu não esperava que um homem do seu calibre intelectual fosse enganado pelas palavras adoçadas da usurpadora — Livia o repreende, e reprimo uma risada. *Calibre intelectual* realmente. — Milhares de pessoas em Antium testemunharam a traição de Keris — diz minha irmã. — Você pode falar com elas, se quiser.

Kinnius ri com desdém.

— Plebeus. Eruditos. — Ele olha para Darin de cima a baixo antes de se virar para Quinn. — Se eu soubesse que você estava tão desesperado por soldados, Veturius, talvez tivesse enviado um pelotão ou dois.

Graças aos céus Livia é a imperatriz regente, pois, se fosse eu, Kinnius teria a cabeça arrancada agora mesmo.

— Mas você não enviou um pelotão, não é? — O sorriso de Livia desaparece, e sou lembrada de que ela sobreviveu ao assassinato da nossa família. Ela sobreviveu a Marcus. Ela sobreviveu a dar à luz no meio de uma guerra. — Em vez disso, nós vencemos em Antium com a ajuda dos Eruditos, que se portaram com muito mais bravura do que você. Não se engane a meu respeito, Kinnius. Não estamos tão desesperados por aliados a ponto de tolerar insultos de um homem fraco demais para lutar pelo próprio povo. Se quiser discutir seu apoio a Zacharias, o imperador de direito, então fique. Se o seu medo de Keris é tão grande que você prefere adubar o campo com esterco, minha Águia de Sangue vai acompanhá-lo até os portões da cidade.

E você pode rastejar de volta para a cadela da sua imperatriz, penso, mas não acrescento.

— Ouvi dizer, Águia, que o povo a saudou como *imperator invictus*. — Kinnius se vira para mim. — Será que você deseja tomar o trono do seu sobrinho...

Tenho uma faca na garganta de Kinnius em dois segundos.

— Vá em frente. — Eu o faço sangrar um pouco. — Termine a frase, seu rato covarde.

— Águia — diz Livia docemente. — Tenho certeza de que Lorde Kinnius lamenta sua língua apressada. Não é, Kinnius?

Ele abre e fecha a boca, anuindo nervosamente. Dou um passo para trás, e Livia abre um sorriso para ele novamente. O gesto o atinge como um soco. Ela desce do trono e pega o braço dele.

— Venha dar uma volta comigo, Kinnius — diz. — Veja a cidade. Fale com as pessoas. Assim que souber a verdade do que aconteceu aqui, creio que terá uma opinião diferente.

Minhas mãos tremem, mesmo enquanto Livia leva Kinnius até a porta. Quin me olha demoradamente, e não é o único. Lembro do que o djinn me disse semanas atrás.

Você não ama aquela criança. Ele é seu sangue, mas você quer que ele morra para assumir o trono.

Mas eu morreria antes de deixar qualquer coisa acontecer ao meu sobrinho. Sei essa verdade em minha medula, e nada vai mudá-la.

Harper fica no palácio e sigo Livia e seus guardas pela cidade.

Apesar da chuva, os bazares estão cheios e as crianças passam correndo com espetos de carne assada e pães carregados de mel e geleia de ameixa. Dezenas de comerciantes que retornaram à cidade anunciam suas mercadorias. Várias pessoas cumprimentam a mim e a Livia com flores e sorrisos, enquanto olham desconfiadas para Kinnius. Ele tem a decência de ao menos parecer envergonhado.

Quando estou certa de que Livia tem o homem em suas mãos, retorno para meus aposentos no palácio. São pequenos e voltados para o leste, diferentes dos quartos enormes de Livia e Zacharias, que, embora estejam próximos, têm vista para a Nevennes. Suas janelas estão a abruptos vinte metros do chão, enquanto meu quarto fica no andar térreo. Mas minhas portas não são protegidas, já Livia tem quatro Máscaras diante das suas.

— Por que você não tem guardas protegendo seu quarto? — pergunta Dex, alguns minutos após minha chegada.

— Nós precisamos de patrulhas na cidade — digo. — E a imperatriz regente exige um destacamento completo. Eu posso me cuidar sozinha. Quais são as notícias?

— Nosso espião voltou de Adisa — diz Dex. — Ele está lá fora, esperando para fazer o seu relatório. E isso chegou das tribos. — Ele me passa um envelope. — Também, Darin de Serra deseja lhe falar em particular.

— Mande-o entrar — digo. — E encontre Musa. Prometi a ele que, se tivesse notícias de Adisa, ele seria o primeiro a saber.

Darin entra após eu ter ouvido nosso espião e lido a mensagem das terras tribais.

— Laia me contatou — ele diz. — Ela precisa de ajuda, Águia. E eu vou até ela.

Por um breve instante, considero protestar — nós ainda precisamos de mais armas e armaduras. Mas o brilho nos olhos de Darin me diz que ele não mudará de ideia.

— Eu pedi para você esperar até tomarmos Antium — digo. — E você esperou. Não vou impedi-lo agora. Mas peço que vá com as tropas que estou mandando. — Mostro a missiva que acabei de receber. — Tive notícias de Laia também. As tribos concordaram em apoiar o imperador Zacharias em troca de uma renegociação dos seus impostos e do nosso apoio militar. Quinhentos homens e dois sapadores ankaneses.

— É uma escolha e tanto, Águia.

— Se algo acontecer com você, é a minha garganta que a sua irmã vai cortar.

Darin ri.

— Vai mesmo.

Subitamente gostaria que tivéssemos nos conhecido quando éramos mais jovens. Que ele pudesse ter sido um irmão para mim também. Acho que ele é um bom irmão.

— Diga a Laia que mando lembranças. E que espero que ela esteja pondo em prática suas lições de arco.

Após Darin partir, fico orgulhosa por ter resolvido bem a questão. Mas então Musa de Adisa chega. Seguido pelo cabo Tibor, o espião que mandamos para a capital navegante e que já havia me passado seu relatório.

— Não consegui chegar a Marinn — diz Tibor. — Nem contatar nossa gente lá dentro. Ninguém consegue entrar. Eu tomei a rota norte, passei por Delphinium e atravessei o lago Nerual. Assim que cheguei à costa navegante, o tempo estava tão ruim que precisei voltar.

— O tempo estava ruim até aquele ponto? — Jamais vi o rosto marcado de Musa tão tenso, e Tibor balança a cabeça.

— Céu cinzento, um pouco de neve. Típico do fim de inverno. Mas o mar estava enfurecido perto de Adisa. Eu tentei passar, mas cruzei várias pessoas que disseram que seus barcos não conseguiam nem se aproximar da costa. Achei que era mais importante dizer isso a você do que continuar tentando e fracassando.

Quando Tibor nos deixa, eu me viro para o Erudito. Seus braços estão cruzados para esconder os punhos cerrados.

— É comum Marinn ter tempestades tão fortes a ponto de isolar completamente o reino?

— Nunca. Eu tentei espionar a comandante para ver se isso é obra do Portador da Noite. Mas há djinns por todo o sul, e os diabretes se recusam a chegar perto deles.

— Meus espiões têm mais medo de mim que dos djinns. — Eu me levanto, pois se vou convocar quinhentas tropas para viajar para o sul, preciso contar à imperatriz. Musa me segue porta afora e pelo corredor movimentado.

Uma janela está aberta e sinto as fragrâncias de Antium. Chuva e pinheiros da montanha, carne assada e pão feito em forno de cerâmica, coberto com manteiga e canela. Olho para os jardins, onde uma dúzia de Máscaras patrulha. Em meio à chuva fina, Dex caminha com Silvius, seus ombros se tocando enquanto passam um copo de algo fumegante de um para o outro. O vento carrega o som da risada de Dex, rica e alegre.

Como seria caminhar com Harper desse jeito? Compartilhar uma caneca de sidra? Tocá-lo sem achar que vou desmanchar?

— Águia?

Volto para Musa no mesmo instante.

— Vou mandar meus espiões para o sul para se infiltrarem na rede de Keris — digo. — Logo teremos notícias. Prometo. *Odeio quebra-cabeças sem solução. Já os tenho demais.*

— Mais alguma coisa? — diz Musa. — Pode falar.

— Só aquela tagarelice que os Karkauns estavam vomitando. *Ik tachk mort fid iniqant fi*. Não consegui saber o que significa, mas...

— "A morte desperta o grande mar" — Musa traduz, anuindo um cumprimento para um grupo de Eruditos que passa. — Ou... Não, espere. "A morte *alimenta* o grande mar."

Paro no meio do corredor, ignorando o resmungo irritado de um Máscara que quase tromba comigo.

— Por que você não me disse que falava Karkaun?

— Você não perguntou. — Musa continua caminhando, e agora me esforço para acompanhá-lo. — Os Navegantes costumavam comercializar com os Bárbaros, antes de Grímarr se tornar o líder imundo deles. A coroa achava que o príncipe consorte de Nikla deveria falar as línguas dos parceiros comerciais.

— Foi assim também que você aprendeu a lutar? — pergunto. — Porque Quin Veturius elogia alguém uma vez a cada dez anos, mais ou menos. *Se ele estiver se sentindo generoso.*

— Talvez seja por isso que gosto dele. — Musa mira o horizonte, pensativo. — Meu avô me ensinou a lutar. Ele era guarda no palácio. Salvou a vida do velho rei Irmand quando jovem. Ganhou uma propriedade apícola por causa disso. Meu pai se tornou curandeiro, mas eu passava mais tempo com as abelhas. Acho que ambos pensaram que o treinamento me tornaria mais durão.

— E tornou?

— Eu ainda estou vivo, não estou? — Ele abre um largo sorriso e me viro para ver Harper vindo pelo corredor com as mangas da camisa dobradas. Há chuva em seu cabelo e suas faces brilham. *Sem distrações, Águia. Não olhe para os antebraços dele, ou para o rosto...*

— Águia, Musa. — Ele não reduz o passo nem cruza o olhar com o meu, e então passa. Após virar no fim do corredor, me dou conta de duas coisas: primeiro, que meu coração está batendo tão alto que fico espantada que ninguém se vire para olhar. Segundo, que Musa *está* olhando para mim.

— Sabe... — ele começa, mas gesticulo para ele parar.

— Não me venha com alguma história triste de amor, perda e coração partido — digo.

Musa não ri, como espero que faça.

— Eu vi o seu rosto — ele diz. — Durante o ataque no rochedo Cardium. Quando Harper foi derrubado. Eu vi.

— Pare de falar — peço. — Não preciso de conselhos de um...

— Vá em frente, me insulte — diz Musa. — Mas você e eu somos mais parecidos do que você pensa, e isso não é um elogio. Você está em uma posição de grande poder, Águia. É um lugar solitário para estar. A maioria dos líderes passa a vida usando outras pessoas. Ou sendo usado por elas. O amor não é apenas um luxo para você. É uma raridade. É um presente. Não o jogue fora.

— Eu não o estou jogando fora. — Paro de caminhar e viro o Erudito para que fique de frente para mim. — Eu estou com medo, Musa. — Não quero me abrir sem pensar, especialmente com um homem cuja arrogância me exasperou desde o momento em que o conheci. Mas, para meu alívio, ele não caçoa de mim.

— Quantos em Antium perderam pessoas amadas quando os Karkauns atacaram? — ele pergunta. — Quantos, como Dex, escondem quem amam porque o Império os mataria por isso? — Musa passa a mão pelo cabelo negro, e ele fica espetado como o ninho de um pássaro. — Quantos como Laia, traídos e deixados sozinhos em sua dor? Quantos como eu, Águia, anseiam por alguém que não existe mais?

— Há mais do que o amor por outra pessoa — digo. — Há o amor pelo país... o amor pelo seu povo...

— Mas não é disso que estamos falando — diz Musa. — Você tem sorte de amar alguém que a ama de volta. Ele está vivo e próximo de você. Céus, faça algo a respeito. Pelo tempo que você ainda tiver pela frente. Pelo tempo que ainda terá. Porque, se não fizer, juro que você vai se arrepender. Você vai se arrepender pelo resto da vida.

XXXIX
LAIA

O exército marcial é menor do que eu esperava. Após a queda de Aish, imaginei dezenas de milhares de soldados, mas Keris conseguiu tomar grande parte das terras tribais com meros dez mil homens.

— Trezentos dos quais são Máscaras — diz Elias para os Tribais que ele apontou como líderes de pelotão para nossa primeira missão. Nós nos reunimos no topo de uma pequena colina nas terras escarpadas entre Taib e Aish. O exército marcial está espalhado a uns quinhentos metros de distância. Os sentinelas que estão mais afastados parecem parcos clarões iluminados pela lua em um céu noturno sem nuvens. — São os Máscaras que patrulham o perímetro do exército de Keris — diz Elias. — Vou cuidar deles. Ao meu sinal...

Ele repassa as tarefas de cada líder, e eles vibram com adrenalina e expectativa. Mas me sinto entorpecida de ansiedade por todos aqui: Afya parada ao lado de seu irmão, Gibran; o filho mais novo de Mamie Rila, Shan, e seu grupo de tribais Saif; Sahib, tio de Aubarit e o zaldar taciturno de sua tribo.

O restante dos sobreviventes de Aish, incluindo Mamie Rila e Aubarit, levantou acampamento e rumou para um conjunto de cavernas labiríntico a alguns quilômetros ao norte. Não podemos deixá-los na mão hoje à noite. Não podemos deixar na mão aqueles em Taib e Nur que sofrerão a violência de Keris se não a detivermos, e a seu exército.

Na escuridão ao sul, os fogos dos Marciais iluminam o horizonte. *Dez mil não são tantos*, digo a mim mesma.

Mas cem — o tamanho da nossa força — é menos ainda.

Foco, Laia. Elias me designou uma tarefa para esse ataque-surpresa, mas tenho minha própria missão para levar adiante. O Portador da Noite provavelmente estará com o exército. O que significa que a foice estará lá também.

Um brilho dourado no canto de minha visão me causa um arrepio. Embora eu caminhe na retaguarda do agrupamento, adentro ainda mais as sombras.

— E então? — pergunto.

— O Portador da Noite está com a comandante no acampamento — diz Rehmat. — Eu gostaria que você não o procurasse, Laia. Há kehannis nestas terras. Procure histórias em vez disso.

Mas todas as kehannis que escaparam de Aish se afastaram no momento em que ouviram o que eu queria. Apenas Mamie Rila foi corajosa o suficiente para falar comigo.

Nós tiramos nossas histórias dos lugares profundos, Laia. Eu me sentei no calor iluminado pelas lamparinas de sua carruagem, mas o ar esfriou enquanto ela falava. *Não são somente palavras. São magias. Algumas são potentes como veneno e provocam sua morte assim que você as fala. A mulher que você encontrou em Marinn — a kehanni da tribo Sulud — sabia disso. Por isso ela não podia contar a história do Portador da Noite ali mesmo. E por isso os espectros a mataram. Eu temo as palavras que você procura, Laia,* sussurrou Mamie Rila. *Eu amo demais a vida para pronunciá-las.*

— Se a história mata as kehannis — digo a Rehmat —, então não vale a pena.

— A arma sozinha não vai derrotá-lo.

— Laia. *Laia!* — Afya me cutuca e o grupo inteiro me encara. Elias, com os braços cruzados e a cabeça inclinada, mira meus olhos, confuso, e coro com seu olhar.

Percebo que estamos revisando o plano de ataque.

— Eu devo envenenar os depósitos de alimentos. Sem ser vista.

Todos se voltam para Elias, talvez à espera de um encorajamento. Mas, apesar de meu aviso de que ele é frio demais, Elias apenas anui.

— Meia-noite, então — diz e atravessa o agrupamento em minha direção. — Posso lhe falar um minuto? — Quando estamos sozinhos, ele olha para baixo com o cenho franzido. — Os djinns podem estar entre os soldados. E, quando sugeri pela primeira vez a missão, você pareceu relutante em usar sua mágica. Você vai conseguir manter sua invisibilidade?

Eu andei mesmo relutante. Desde que descobri quem Rehmat realmente é, minha mágica parece uma desconhecida. Como se pertencesse a outra pessoa.

— Eu vou ficar bem.

— Mantenha o foco.

— Você parece quase preocupado comigo, Elias.

— Apanhador de Almas — ele me corrige, soando tanto como um centurião de Blackcliff que quero chutá-lo. — As suas habilidades são importantes para o sucesso dos outros ataques, Laia. Entre, faça o que tem que ser feito e saia sem se distrair.

Afya vem até mim enquanto ele se afasta.

— Que encantador — ela diz e, diante do meu olhar carrancudo, me empurra. — Eu falei para você não se apaixonar por um sujeito que conversa com fantasmas. Mas você ouviu? Esqueça-o por um momento. A sua armadura não está bem. — Ela olha de um jeito crítico para a coleção de partes de proteção que juntei nos últimos meses e me guia na direção dos cavalos. — Vamos arrumar isso antes que tenhamos de partir.

Duas horas mais tarde, sigo Shan através do deserto com dez outros guerreiros da tribo Saif. Toda minha concentração está focada em nos cobrir com minha mágica, algo complicado de fazer quando somos tantos e estamos tão espalhados. Finalmente, Elias ordena que paremos em um vale próximo à linha de sentinelas. Suspiro quando ele sinaliza para eu deixar a invisibilidade. Com o olhar fixo nos sentinelas, ele parte caminhando como o vento.

— Não consigo me acostumar com isso — Shan me confessa. — Não importa quantas vezes Mamie me diga que ele partiu, ainda vejo meu irmão.

Sei tão pouco sobre Shan, mas lembro de Elias falando dele quando viajamos para a Prisão Kauf. Eles passaram os primeiros anos de vida juntos. Talvez Elias devesse ser lembrado disso.

— Você deveria dizer para ele — digo. — Ele precisa ouvir.

Surpreso, Shan olha para mim, mas, antes que possa falar, um pio atravessa a noite. Os sentinelas, que patrulhavam a área alguns segundos atrás, agora não estão em parte alguma. O Tribal se levanta.

— Essa foi rápida — ele sussurra. — Que os céus a protejam, Laia de Serra.

Fecho os olhos e busco minha invisibilidade. Ela vem relutantemente, mas, uma vez estabelecida, penetrar o acampamento é bem simples. Os fogos crepitam baixo, algo pelo qual sou grata. As sombras vão nos ajudar esta noite.

Uma tenda grande paira bem no centro do acampamento e uma bandeira negra tremula no topo dela, com um *K* no centro. Sinto coceira em minha cicatriz. Que pena que não posso esganar Keris Veturia com sua própria bandeira.

Envenenar seu exército terá de ser o suficiente. Passo costurando por homens que cochilam e guardas que varrem a terra de uma tenda, por um soldado que amaldiçoa a perda de uma aposta e alguns outros que jogam dados e cartas. Espio os depósitos de alimentos no canto sudeste do acampamento. Um cercado para os animais encontra-se no caminho. Está pouco patrulhado.

Enquanto dou a volta nele, ouço sussurros. Choros. Olhos vermelhos brilham — ghuls? Por que ghuls estariam à espreita em meio ao gado?

Eu me aproximo. As sombras no cercado se tornam rostos e corpos. Pessoas. Quase todos Eruditos, amontoados e acorrentados nos pulsos, com marcas de açoitamento supurando a pele visível.

Mantenha o foco, disse Elias, mas ele não sabia dos escravos. Não posso deixá-los aqui.

Há apenas dois soldados guardando o portão do cercado, provavelmente porque o restante do exército está bem próximo. Os chicotes em seus cintos deixam minha visão vermelha. Preparo o arco. Minha mãe conseguia atirar duas flechas tão rapidamente que elas acertavam os alvos quase ao mesmo tempo. Mas não sou tão habilidosa. Terei de ser rápida.

Armo, miro e atiro. Armo, miro e atiro. O primeiro Marcial cai silenciosamente segurando a garganta, mas meu segundo tiro voa escuridão adentro. Enquanto o guarda restante saca a cimitarra e grita por ajuda, os tambores ressoam um alarme pelo acampamento. Nossos guerreiros foram vistos.

O silêncio foi quebrado. O guarda em quem atirei berra o mais alto que pode.

— *Ataque! Cercados dos escravos! Ataque!*

Um sino toca, os tambores ribombam, cavalos passam galopando, soldados tropeçam para fora de suas tendas. Acerto uma flecha no Marcial que grita e faz uma careta com o ruído asqueroso que ela faz ao lhe acertar o peito. Ele cai para trás e quebro o cadeado do cercado com dois golpes de adaga.

Os Eruditos olham para fora, espantados. É claro. Eles não conseguem me ver.

Não arrisco deixar cair minha invisibilidade. Não confio em minha capacidade de buscá-la de novo se eu vir o Portador da Noite.

— Corram! — digo. — Para o deserto!

Eles saem aos tropeços, alguns acorrentados, outros feridos demais para conseguir algo mais do que mancar. Os Marciais aparecem quase imediatamente e os abatem. Então percebo como fui idiota. Mesmo se os Eruditos pudessem correr, eles não têm para onde ir. Se deixarem o acampamento, não vão saber se virar no deserto.

Sempre nós. Sempre o meu povo.

— Uf... — Um Erudito emaciado tromba em mim e salto rapidamente, pois preciso chegar aos depósitos de alimentos. O tempo é curto, o acampamento está um caos e o caminho para as carruagens de provisões está bloqueado.

O garoto em quem esbarrei passa voando por mim. Em um momento está atravessando duas tendas, no seguinte está paralisado, com uma cimitarra fincada no peito.

O Marcial que o matou livra a lâmina e segue em frente. O garoto cai.

Corro até ele e o encontro de lado, o olhar vítreo. Puxo sua cabeça para o meu colo e afago seu cabelo. E então, embora eu saiba que é algo tolo de fazer, deixo cair minha invisibilidade. Não quero que ele morra sozinho.

— Sinto muito — sussurro. — Sinto muito mesmo.

Quero perguntar seu nome. Quantos anos ele tem. Mas eu sei o seu nome. É Mirra. Jahan. Lis. Vovó. Vovô. Izzi. E sei quantos anos ele tem. Ele é o garoto de três anos jogado em uma carruagem fantasma negra antes que possa descobrir por quê. Ele é o avô de oitenta anos assassinado em sua casa por ousar encarar um soldado marcial.

Ele sou eu. Então sigo com ele até que sua última respiração o deixe. Isso, pelo menos, eu posso fazer.

Tenho um momento para fechar-lhe os olhos, mas nada mais. Passos pesados trovejam atrás de mim e me viro tão rápido que mal tenho tempo para me defender da lâmina de um soldado. Ele me derruba e eu grito, raspo um punhado de terra do chão e a atiro em seu rosto. Quando ele recua, enfio a lâmina em seu abdome, então o afasto com um empurrão. Tento buscar novamente minha invisibilidade, mas ela não vem.

Ao longe, vejo Elias montado em um cavalo enorme que ele roubou. Ele está todo de preto, com o rosto meio escondido por um lenço. Com seus olhos cinzentos brilhando tão frios quanto as cimitarras em suas mãos, é impossível não o ver como a criatura de guerra que foi criado para ser. Suas cimitarras cintilam com sangue e ele destrói os homens que tentam matá-lo, movendo-se com uma velocidade estonteante. Os Marciais à minha volta correm em sua direção, determinados a abatê-los.

Eu me afasto do centro do caos e corro para as carruagens de provisões. Cabras e porcos passam ao meu lado e mal evito seus chifres. Gibran deve ter conseguido abrir os cercados dos animais.

As carruagens de provisões estão no meu campo de visão quando algo no canto me faz virar. Em meio aos animais assustados, aos gritos dos soldados e ao fogo que atinge as carruagens, vejo um bruxulear negro. Um brilho de olhos solares.

O Portador da Noite.

— Rehmat? — sussurro para a escuridão. — Você está pronta?

— Ele está à sua espera, Laia — diz Rehmat. — Eu imploro... Não faça isso.

— Você prometeu ajudar — digo entredentes. — Você jurou.

— Eu estou ajudando você. Nós conseguiremos a foice. Mas não assim.

Perco o ânimo, talvez as forças. Acho que a segunda opção. Sigo para onde vi o djinn. Busco minha invisibilidade. *Desapareça, Laia!* Por um momento, a mágica me escapa, mas então eu a tenho nas mãos e me cubro com ela rapidamente.

— Você precisa distraí-lo, Rehmat — digo. — Só o tempo suficiente para que eu...

— Laia. — Uma mão quente se fecha em torno da minha, e dou um salto.

— Mantenha o foco. — Elias mira meus olhos, sua própria mágica penetrando a minha facilmente. — Você não chegou às carruagens.

— Como...

— Eu a vi. Com o garoto que morreu. — A tristeza brilha em seu rosto e suas mãos tremem. Lembro da noite nas casernas de Blackcliff, após a Terceira Eliminatória. Ele parecia como está agora. Como se seu coração tivesse sido arrasado. — Venha. Precisamos cair fora daqui.

— O Portador da Noite precisa morrer, Elias — digo. — Aquela foice que ele carrega é a única maneira de matá-lo. E ela está aqui. Ele está aqui.

— Ele espera que você a tome. — Elias não me solta, embora eu tente me livrar. — Não faça o que ele espera, Laia.

Olho na direção de onde vi o Portador da Noite e a foice brilha novamente. Ela está *tão* próxima.

Próxima demais, me dou conta. Óbvia demais. Rehmat e Elias estão certos. O Portador da Noite está tentando me atrair.

Dou as costas para a arma, cerrando os punhos para não me sentir tentada a me livrar de Elias. O Apanhador de Almas me abraça e pegamos o vento. Enquanto partimos, metade do acampamento está em chamas e o restante está um caos. Embora eu não tenha chegado às carruagens de provisões, nosso ataque funcionou. Os Marciais — e o Portador da Noite — sofreram um golpe hoje à noite.

Ainda assim, enquanto Elias e eu voamos pelo deserto, penso nos Eruditos mortos que escaparam do cercado. Penso no garoto que morreu nos meus braços. Penso na foice, novamente fora do meu alcance. E o ataque nem de longe se parece com uma vitória.

◆ ◆ ◆

As tribos se escondem no coração do deserto de Bluth, um labirinto de cânions, formações rochosas, ravinas e cavernas impossíveis de percorrer a não ser que você tenha viajado por eles antes. Os milhares de Tribais que escaparam de Aish estão espalhados pelas cavernas, em busca de água, montando acampamentos e mantendo um olho atento para invasores marciais.

Afya, Gibran, Shan e os outros chegam de volta ao esconderijo um pouco depois de mim. Mamie, Aubarit — todos, pelo visto — aguardam, eufóricos com a vitória. Eles querem saber cada detalhe.

Elias se livra rapidamente e desaparece no acampamento. Eu levo mais tempo, mas cerca de uma hora depois, deixo as comemorações e vou para a carruagem de Afya. Lá, tiro minha armadura e lavo o sangue na água gelada do regato. A Tribal me empresta uma camisa preta que fica pequena em mim, mas é mais limpa do que qualquer coisa que eu tenha. Então, talvez sentindo minha ansiedade, ela me joga um saco de mangas que roubou dos Marciais e me deixa sozinha.

Mas estou inquieta. Não consigo esquecer o rosto do garoto que morreu e os gritos dos Eruditos. Não consigo parar de pensar nos Marciais que matei a flechadas.

— Você lamenta pelo inimigo, Laia. — Rehmat se materializa ao meu lado. — Não há vergonha nisso.

— Não mesmo?

Ela desaparece e eu me levanto. Há somente uma pessoa neste acampamento inteiro que pode compreender como me sinto. Uma pessoa tão perdida quanto eu. Pego as mangas, coloco um longo manto e perambulo pelas cavernas até encontrá-lo.

Ele não facilitou em nada o trabalho. Sua tenda é preta como o piche e está incrustada nas sombras, atrás de duas carruagens de provisões que se abrigam em uma parede da caverna.

Eu entendo por que ele se esconde. Ninguém vai vir procurá-lo aqui. Ninguém vai vir parabenizá-lo ou lhe dar tapinhas nas costas pedindo que compartilhe como conseguiu derrubar tantos sentinelas.

— Elias — chamo baixo do lado de fora das abas, caso ele esteja dormindo. Por um longo minuto, não há resposta. Então:

— Entre.

Ele está sentado de pernas cruzadas, recostado em uma almofada verde bordada com pequenos espelhos, sem dúvida emprestada da carruagem de Mamie Rila. Uma única lamparina queima baixo, e ele enfia algo no bolso, ainda com uma faca pequena coberta de aparas de madeira na mão.

Não há sinal da armadura respingada de sangue ou de suas cimitarras. Ele se trocou para seus habituais trajes pretos, e como sempre à noite, parece ter colocado a camisa ao contrário. Escondo um sorriso, pensando em como a Águia de Sangue rolaria os olhos.

Então me deixo olhá-lo, as linhas duras do bíceps e do queixo, as saliências bruscamente entalhadas de seu abdome, o cabelo negro encrespando na nuca e caindo sobre o rosto enquanto ele se inclina para a frente para acender outra lamparina.

— Os guerreiros estão dormindo, Laia de Serra? — Seu barítono é suave, e seu timbre profundo provoca uma guinada em meu corpo. Mas ele não olha para mim. Elias não tem ideia do que faz comigo. Eu o odeio um pouco por sua ignorância.

Minhas mãos tremem e eu as emaranho na bainha do manto.

— Sim — respondo. — Mas eu não consegui.

— Eu entendo. Nunca consigo dormir depois de uma batalha. — Ele se recosta, e, se eu não o conhecesse tão bem, acharia que está relaxado. — O garoto erudito... Você o conhecia?

— Na verdade, não — respondo. — Mas ninguém deveria morrer sozinho.

— O fantasma dele não entrou no Lugar de Espera — ele conta, e percebo que, no tempo que levei para me trocar e tomar banho, ele já esteve em casa e voltou. — Ele cruzou para o outro lado. Eu o senti. A maioria deles cruzou.

— O Portador da Noite não os capturou?

Elias balança a cabeça.

— Nós matamos de maneira limpa. Rápida. Ele quer sofrimento.

Não sei o que dizer quanto a isso, então ergo a sacola de mangas.

— Trouxe algo para você.

— Pode deixar uma aqui. — Ele desfaz os nós caprichados de seu saco de dormir e volta as costas para mim. — Obrigado.

Então me sento a seu lado. Deixo o manto cair dos ombros e pego uma manga.

— Mangas não devem ser comidas sem companhia. — Rolo a fruta dourada sobre a coxa, amaciando-a, do jeito que eu costumava fazer no auge do verão serrano.

O olhar do Apanhador de Almas atenta para o movimento e de súbito fico contente por a roupa de Afya combinar com a minha pele. Elias segue o caminho da manga para cima e para baixo da minha coxa nua antes de desviar o olhar.

O gesto é tão indiferente que quase vou embora. Mas suas mãos estão cerradas em punhos, as veias dos braços se destacando, e, embora a franja esconda seu rosto, seu queixo está tenso.

Uma emoção quente de vitória percorre meu corpo. Não sei o que ele está sentindo. Talvez raiva. Mas algum sentimento é melhor que nenhum. Arranco o topo da manga com os dentes e então a aperto, sugando a polpa doce e deixando o suco escorrer pelos pulsos e pelo pescoço. Imagino-o me observando do jeito que quero que ele faça. Elias lambendo a doçura da minha garganta. Seus braços à minha volta, expulsando para longe o frio da noite.

— Como ela está? — ele pergunta em voz baixa.

— Boa — digo. — Mas mangas não são tão doces quando você não as compartilha com alguém que você ama.

Silêncio, então o sussurro do seu corpo se mexendo. Seus dedos estão sobre os meus, e minha respiração cessa quando ergo o olhar para ele. Em algum lugar no fundo daqueles olhos cinzentos, vejo o Elias que conheci. Sinto o calor do homem que resplandeceu com vida desde o primeiro momento em que o encontrei.

Eu o deixo tomar minhas mãos, cada centímetro de meu corpo formigando enquanto ele lambe o suco de meus pulsos. Elias corre um dedo por meu pescoço e o coloca na boca. Então leva a manga aos lábios e fecha os olhos. Seus longos cílios lançam sombras sobre suas faces e ele emite um ligeiro gemido de satisfação com o gosto da fruta. Com o ruído, meu desejo vai às alturas. Cada parte de mim anseia por ele.

— Laia. — Ele estende a mão, fechando-a em minha cintura. Minha respiração fica curta. A tenda de súbito está quente, e minhas faces coram à medida que ele se aproxima. O olhar de Elias mira meus lábios, os seus a apenas um respiro de distância.

Me beije, tenho vontade de dizer. *Me toque. Arranque essa camisa idiota.* Ele ergue a manga.

— E agora — sussurra —, está mais doce?

O dedo de Elias roça meus lábios, e corro os dentes ligeiramente sobre sua pele. Ele se sobressalta e se afasta, e eu me pergunto se seu coração bate tão forte quanto o meu.

— Não tão doce quanto poderia ser. — Eu o forço a me olhar. Por um momento, é Elias que vejo. O meu Elias, como em Aish.

Então ele parte, caminhando como o vento tão rápido que eu me assusto e largo a manga. Ela cai com um ruído surdo no chão, sua doçura estragada pela poeira.

XL
O APANHADOR DE ALMAS

Ao longo de dez dias, atacamos o exército da comandante com investidas pequenas e cirúrgicas. À medida que Keris reforça suas defesas, nossos ataques se tornam mais complexos e cobram um preço mais alto. Na quarta ofensiva, perdemos cinco guerreiros.

À noite, quando voltamos para o acampamento, os Tribais estão silenciosos. A maioria não me olha. Meu instinto é sentar-me ao lado deles. Lamentar com eles. Ouvir suas histórias. Mas isso só me faria lembrar da morte que eu impus e da morte que ainda tenho de impor. Então mantenho distância.

Quando estamos a dois dias de Taib, abandonamos os ataques-surpresa e cavalgamos em direção à cidade. Keris está um dia atrás de nós e precisamos ajudar com a evacuação. Tudo está indo de acordo com os planos.

Mas algo não está certo.

— O que o está incomodando, Elias? — diz uma voz atrás de mim.

Laia. Eu a evitei desde o nosso primeiro ataque. Aquela noite desejei confortá-la, pois, assim como eu, ela estava atormentada pelas mortes. Desejei ouvi-la, abraçá-la e passar as horas em sua companhia.

Mas, como Mauth disse, desejos só causam dor.

Murmuro uma desculpa e, quando vou partir, Laia coloca seu cavalo na frente do meu.

— Pare, Elias — ela diz. — Não estou aqui para seduzi-lo. Só porque estou apaixonada por você, não significa que não tenho orgulho...

— Você... — As palavras dela me envolvem como uma brisa em um dia quente. *Mauth, maldito seja, preciso da sua mágica para sumir com meus sen-*

timentos. Mas, a cada dia que passa, a mágica fica mais insensível. Hoje não foi diferente. — Você não devia dizer isso — consigo falar.

— Por quê? — ela pergunta jovialmente, ainda que suas mãos segurem as rédeas de um jeito tenso. Seus cabelos estão presos em uma trança e ela não tenta mais esconder as ondas de emoção nos olhos escuros. — É verdade. De qualquer forma, não estou aqui para falar de nós dois. Algo está te corroendo por dentro. São os ataques-surpresa?

Mesmo com perdas, nossas investidas têm sido bem-sucedidas. Não temos escassez de voluntários, pois nosso bando de guerreiros refugiados cresceu de um pouco mais de três mil cavaleiros e cinquenta carruagens para quase o dobro disso. Sobreviventes em fuga de Sadh e Aish se juntaram a nós, assim como Tribais que escaparam de vilarejos menores e agora estão espalhados pelo vasto deserto.

— É a comandante — eu lhe digo. — Sinto que estou deixando passar algo. Keris não comete o mesmo erro duas vezes. E a atingimos quatro vezes agora.

— Ela reforçou suas defesas.

Conheça o seu inimigo. Em Blackcliff, era a primeira regra que a comandante nos ensinava sobre a guerra.

— Se os nossos ataques estivessem lhe trazendo um custo muito alto — digo —, ela teria feito mais do que reforçar suas defesas.

— Nós dizimamos as provisões e o gado dela, Elias — diz Laia. — E a atrasamos em dias. Nossos ataques *estão* lhe custando. Ela vai chegar a Taib com um exército muito mais fraco do que imaginava.

Mas por que ela se importaria com Taib? Então eu finalmente compreendo e me sinto um tolo por não ter percebido isso antes. Keris está tentando nos distrair.

— Ela dividiu suas forças — digo. — Ela não está nem aí para Taib, Laia. Ela quer Nur.

Capturar a joia da coroa do deserto tribal renderá ao Portador da Noite três vezes mais almas que Taib. Reduzo o passo do meu cavalo e desmonto, jogando o cantil e algumas provisões em uma mochila.

— Eu preciso ir. Tenho de verificar se isso é verdade. Mas eu volto.

— Mande batedores — diz Laia. — Ou pelo menos diga aos guerreiros que está indo. Mesmo que você... não se preocupe com eles...

— Mohsin An-Saif. Sule An-Nasur. Omair An-Saif. Isha Ara-Nur. Kasib An-Rahim. — Aperto as correias das cimitarras e jogo a mochila às costas. — Esses são os guerreiros que morreram na noite passada. Eles deixaram para trás quatro mães, três pais, oito irmãos e dois filhos.

Cavalos se movimentam à nossa volta e alguns guerreiros me olham furtivamente. Enquanto alguns cumprimentam Laia, a maioria desvia o olhar de mim.

— Eu não falo com eles porque não sou o seu salvador, Laia — digo. — Não posso dizer a eles que tudo vai ficar bem ou que suas vidas vão estar seguras. Em vez disso, dou a eles a escolha de fugir dos seus inimigos ou lutar, sabendo que eles vão lutar. Sabendo que, como resultado, muitos morrerão. E estou fazendo tudo isso para os fantasmas encontrarem paz no Lugar de Espera. Estou fazendo isso para salvar os mortos, não os vivos.

— Muito bem — ela diz. — Mas ninguém quer lutar por nada, Elias. Você precisa dar a eles um motivo. Deixar que eles o conheçam e o compreendam. Deixar que eles se preocupem com você. De outra forma, talvez você volte e não encontre mais nenhum exército.

— O destino dos mortos deles é o motivo — digo. — E isso terá de ser suficiente. — Eu lhe passo as rédeas da minha montaria. — Não devo me ausentar por mais que algumas horas.

— Elias...

— Apanhador de Almas — eu a corrijo, antes de caminhar como o vento para o deserto, esquadrinhando o terreno por qualquer sinal do exército de Keris. Considero o que Laia disse enquanto viajo. *Ninguém quer lutar por nada.* Meu avô, Quin Veturius, é um lendário líder de guerra. Seus soldados o seguem porque confiam em sua sagacidade em batalha. Confiam que ele se preocupa com eles, com suas famílias e suas vidas.

Keris se vale do medo para liderar. De ameaças, reforçadas por uma compreensão feroz e sinistra da fraqueza humana.

A tribo Saif seguia o tio Akbi porque o amava. A mesma razão pela qual a tribo Nur segue Afya. Os guerreiros tribais não confiam inteiramente em mim. Tampouco me temem. Certamente não me amam. Porque sou seu Banu al-Mauth, eles me respeitam. Não tenho o direito de pedir mais.

Caminhar como o vento me empresta velocidade, mas não facilita encontrar o exército de Keris. Confiro cada cânion, cada depressão na qual eles possam estar à espreita, ziguezagueando sobre as terras tribais. Mas não encontro nada.

À noite, eu me abrigo em uma ravina. Enquanto preparo uma fogueira, relembro as memórias que Cain me deu de Blackcliff, do treinamento, *dela*.

A comandante me ensinou que, para derrotar seu inimigo, é preciso conhecê-lo melhor do que a si mesmo. Conhecer suas carências. Suas fraquezas. Seus aliados. Seus pontos fortes.

No dia seguinte, não parto em direção às ravinas ou aos cânions. Porque agora eu sei que não vou encontrar o exército da comandante lá. Em vez disso, sigo para o deserto aberto e toco o solo frio e ressecado.

Keris tem djinns que podem eliminar os ruídos e as visões do exército por meio de mágica. No entanto, ela não consegue apagar a passagem deles da terra. Quando metade do dia se foi, sinto um tremor distante. Milhares de botas marchando. Cavalos. Carruagens. Máquinas de guerra.

Sigo em direção ao zunido retumbante até que subitamente estou em meio ao exército. Caminho como o vento entre as fileiras ordenadas de soldados de infantaria, as cabeças inclinadas contra o vento cortante do deserto.

Um grito irrompe no ar.

— Invasão! — grita uma voz espectral. — Invasão! Encontrem o invasor!

É Umber que grita o aviso, e ela corta pelo céu em minha direção, aproveitando o vento para emprestar-lhe velocidade. Embora eu tenha saltado antes que os soldados notassem minha presença, mãos flamejantes me dão uma pancada violenta nas costas. Ela sentiu o meu cheiro.

— Ah, o salvador de humanos! — Umber me persegue completamente em chamas, com o gládio na mão. Então me golpeia através da armadura, cortando a pele das minhas costas. — Como se sente fracassando?

A mágica de Mauth oscila fracamente, mas não é o suficiente para bloquear o próximo ataque de Umber ou evitar que eu perca o controle do meu voo, como um pássaro ferido.

O chão surge rápido demais à minha frente e caio com uma pancada de entorpecer os ossos. A dor trespassa meu corpo em ondas impiedosas e o sangue corre do ferimento às minhas costas, mas Umber ainda não terminou. Enquanto me afasto dela, cambaleante, desesperado para escapar, ela golpeia meu abdome com a lâmina.

— Eu vou encontrá-lo, Apanhadorzinho de Almas — continua. — Você não tem como fugir de mim.

Maldição, mas eu posso tentar. Eu só preciso me afastar o suficiente dela de maneira que ela não consiga me rastrear. O fogo de Umber não queima tão reluzente quanto queimava em Aish. Ela ainda está se recuperando. Se eu for inteligente, posso enganá-la. *Vamos, Apanhador de Almas*, rosno para mim mesmo. *Você já lidou com situações piores.*

Forço a dor para um canto da mente e caminho como o vento, girando bruscamente em torno de Umber e atacando-a com minhas cimitarras. Elas penetram profundamente em seu quadril e ela grita — talvez por causa do ferimento, talvez por causa da cobertura de sal que apliquei na lâmina. Ela se choca contra a terra em uma explosão de poeira e fogo enquanto me afasto.

Mas a trégua não dura muito tempo. Após alguns segundos, ela está atrás de mim de novo. Minha cabeça dói e minha visão está dupla. Apanhador de Almas ou não, estou correndo perigo. Minhas cimitarras parecem bigornas em minhas mãos e mal consigo segurá-las.

— Onde está Mauth agora? — Umber me segue a cada virada, atacando-me com seu gládio e vibrando enquanto rasga meu ombro. — Onde está a mágica, Apanhadorzinho de Almas?

A terra crestada pelo sol se torna indistinta abaixo dos meus pés à medida que rolo repetidas vezes. Qualquer coisa para me livrar dela, para desacelerá-la.

Algum tipo de mágica oscila de repente à minha volta — uma mágica que não é minha, tampouco de Umber. Ela desaparece, sua virulência abruptamente silenciada. Não sei o que aconteceu com ela e não me importo. Eu continuo correndo, até que, finalmente, não consigo seguir adiante. Diminuir o passo poderia significar a morte, vá saber o que mais existe por aí. Mas eu preciso. Meu coração bate freneticamente e perdi sangue demais.

Assim que paro, vomito; se Umber aparecesse agora, eu seria um homem morto. A mágica de Mauth reduz o dano, mas não consigo ficar de pé.

Meu cantil ainda está na mochila — graças aos céus Umber não o arrancou de mim — e bebo todo o conteúdo enquanto tento compreender o que acabei de ver. O exército de Keris era vasto. Duas vezes o tamanho do exército que vínhamos atacando. Ele vai esmagar Nur como um Máscara esmaga uma mosca.

Nur precisa ser avisada. Laia, Afya, Shan — todos os Tribais que combateram comigo ainda têm tempo de proteger a cidade. Mas preciso chegar até eles.

Enquanto pondero, sinto uma coceira no pescoço.

Eu me levanto, um pouco trôpego, mas não há ninguém aqui. *Alucinações. Excelente.* Da última vez que alucinei em um deserto, quase morri envenenado.

Não hoje. O vento aumenta, empurrando-me para noroeste, então o sigo. Instinto é instinto. Às vezes é um grito em sua cabeça, às vezes é sua mente lhe dizendo que o vento quer que você se movimente em determinada direção.

Sempre que paro — e faço isso muitas vezes — tenho a mesma sensação de que estou sendo observado. Mas não é algo hostil. Tampouco bondoso. É algo cauteloso. Um animal observando o outro.

Ao pôr do sol, vejo as luzes da caravana tribal que parou para descansar. Embora tudo que eu queira é encontrar um canto sossegado do acampamento para cuidar sozinho dos meus ferimentos, o vento parece me empurrar para o centro dele. Balanço até parar ao lado da carruagem de Mamie Rila.

— Elias! — Laia larga a tigela e corre em minha direção. — Onde você... Você está sangrando!

— A-Apanhador de Almas — eu a corrijo, e Laia me lança um olhar feroz, enfiando-se debaixo do meu braço. Minhas pernas cedem assim que ela o faz. — Desculpe — balbucio. — Pesado... pesado demais...

— Eu arrastei você para cima e para baixo de um cavalo por uma semana quando você foi envenenado — ela diz. — Em uma armadura mais pesada que esta. Shan!

Meu irmão de criação aparece com outros dois Tribais. Após alguns minutos, estamos na carruagem de Mamie. Afya, Mamie e Shan estão inclinados sobre mim.

Laia se afasta, retornando um momento mais tarde com uma mochila preta. Ela expulsa todos da carruagem e corta minhas roupas de couro com uma tesoura, estremecendo ao ver meus ferimentos.

Uma piada oscila na ponta da minha língua. Algo sobre ela tentar tirar a minha camisa. Eu a engulo de volta, meu corpo tendo espasmos enquanto Laia aplica um unguento nos cortes provocados por Umber.

— Quem fez isso? — Seu queixo está tenso, e, se Umber lutasse com Laia neste instante, eu apostaria na segunda. — E por que a mágica de Mauth não protegeu você?

— Não sei. — Céus, minha cabeça está girando. O rosto de Laia se enevoa. — A mágica é mais fraca...

— Por sua causa? — Ela me olha de soslaio. — Porque você está se lembrando de quem é?

Balanço a cabeça.

— Ele está enfraquecendo. Mauth. Preciso falar com os zaldars... Afya...

— Você precisa ficar quieto. Esses cortes são profundos, Elias. Eu vou ter que costurar.

Não me incomodo de corrigir o nome. Minha força se esvai e há coisas mais importantes para dizer.

— Não podemos ir para Taib — digo a ela. — Keris está mandando seu exército para Nur.

— Afya e os outros zaldars já deram ordem de evacuar Taib — diz Laia.

— Vamos mandar Gibran na frente para avisar Nur. A que distância está o exército?

— Longe o suficiente para conseguirmos. Mas precisamos levantar acampamento agora. D-Deixar as carruagens. — Minha língua parece pesada na boca. — Qualquer coisa e qualquer um que não seja essencial. Só... me costure para eu poder dar a ordem.

— Outra pessoa pode dar a ordem. Não precisa ser sempre você! Foi tolice sair sozinho.

— Eu tinha de fazer isso — murmuro. — Ninguém mais. Nur não pode sucumbir, Laia. — Eu agarro o braço dela, mas não sei mais o que estou dizendo. — Se sucumbir, ele vai abrir a porta para o Mar...

A carruagem estrala e Shan aparece.

— Desculpe. — Ele estremece diante dos meus ferimentos. — Mas tem alguém aqui que quer vê-lo...

— *Olhe* para ele. — Laia coloca a mão no quadril e se levanta. Shan recua, alarmado. — Ele não vai falar com *ninguém*.

— Me deixe ficar de pé — grunho, e Laia me empurra de volta para a cama, algo que é ao mesmo tempo irritante e intrigante.

— Cale a boca — ela rosna para mim, os olhos brilhando. Em seguida se volta para Shan, mas ele deu um passo para o lado, e uma figura estranha, evasiva, agora está parada em seu lugar. Rowan Goldgale.

— Você — digo. — Como me encontrou?

— Encontrar? — O efrit ri, o zunido profundo de uma duna se movimentando. — Fui eu que o trouxe aqui, Banu al-Mauth. Você não sentiu o vento?

E eu pensando que meu instinto tinha me trazido de volta.

— Por que você me ajudaria?

— Porque você precisa dos efrits, Banu al-Mauth — ele diz. Atrás de Rowan, do lado de fora da carruagem, outras figuras tomam forma. Um efrit da água que reconheço vagamente como Siladh, lorde dos efrits do mar. Outro que ondula como o vento em uma garrafa. — E nós precisamos de você — diz Rowan. — É chegado o momento da nossa aliança, quer você queira, quer não.

XLI
A ÁGUIA DE SANGUE

Não reúno coragem para procurar Harper até o fim de tarde, e então não o encontro. Depois de uma hora buscando-o, um dos Guardas Negros me diz que ele está nas termas, nos níveis inferiores do palácio.

Percorro uma dúzia de corredores e desço três lances de escada para chegar a uma porta de madeira comum que parece, em um primeiro instante, como uma entrada para o armário de vassouras. Os tijolos aqui são antigos, provavelmente do Império erudito, um dos poucos lugares que não foram destruídos pelos Karkauns — provavelmente porque eles não gostavam muito de se banhar.

O corredor do lado de fora das termas está abandonado, as tochas de fogo azul, tremulando baixo. Através de uma janela no fim do corredor, a luz do crepúsculo adentra a noite.

É só uma porta, Águia. Passe por ela. Ele provavelmente nem está ali. Você vai tomar um banho e então vai embora.

No entanto, não consigo me decidir a entrar. Em vez disso, ando de um lado para o outro, desejando que Laia não estivesse longe com as malditas tribos, porque ela teria um conselho útil a dar. Eu gostaria que Faris estivesse aqui. Ele ficaria tão empolgado por mim que teria me incentivado como se eu estivesse indo para uma batalha.

Eu gostaria de ter tido mais amantes. Meu primeiro foi um garoto mercador que conheci em um baile de máscaras em Navium quando estava de licença. Ele era bonito, sedutor e muito mais experiente que eu. Eu estava usando uma máscara enfeitada em cima da minha — e não a tirei. O segundo foi Demetrius — uma relação insatisfatória e malfadada quando estávamos no penúltimo ano em Blackcliff, que deixou ambos incomodados. Ele queria paz. Eu queria Elias. Em vez disso, ficamos um com o outro, semana após semana, até eu finalmente terminar tudo.

Mas eu não me importava com nenhum deles. Não do jeito que me importo com Harper.

Admita, sua covarde, digo a mim mesma. *Do jeito que você ama Harper.*

Como eu temi essa palavra. Temi mais que os Karkauns, Keris ou os djinns. Mas pensar nela agora é estranhamente libertador. Um nó dentro de mim se solta, como se algo em meu íntimo finalmente se visse livre.

Vá em frente, Águia.

Abro a porta das termas e encontro Harper com uma toalha em torno da cintura e outra secando o cabelo escuro. A pele marrom de seu corpo brilha, e sigo uma gota d'água enquanto ela escorre sobre seus ombros largos, percorre o peito e vai até os músculos rígidos do abdome.

Percebo que o estou encarando e subitamente ergo o olhar, passando por ele e examinando se há mais alguém ali, a mão pousada em minha cimitarra.

— Águia? — Ele espia adiante de mim em direção ao corredor, presumindo que haja uma ameaça. — Você... O imperador está...

— Não. Nada disso. — Minha voz é rouca. As termas estão vazias, exceto pela presença de Harper. A piscina é enorme, com azulejos verdes e azuis. A água que a abastece vem de encanamentos subterrâneos. O vapor desaparece em dois grandes respiradouros para manter o ambiente frio. Olho para eles cautelosamente.

— Já conferi, Águia — diz Harper. — Estou sozinho.

Minha armadura estala enquanto alterno o peso do corpo de um pé a outro, ainda o encarando, momento em que me dou conta de que não planejei nada disso. Porque ninguém com a cabeça no lugar usaria uma armadura para seduzir a pessoa que vem desejando há meses.

O silêncio cai entre nós, e encaro seus olhos verde-claros com um apelo nos meus, implorando que ele compreenda, que não me deixe mais constrangida do que já estou.

— Águia... — ele começa, e ao mesmo tempo eu falo.

— Eu... hum... — Malditos infernos. — Você recebeu as ordens sobre a meia legião que deve seguir para o sul? — digo. — Porque eles não devem se atrasar, mas eu não estava certa se o arsenal era adequado...

— Por que você está aqui, Águia de Sangue? — ele pergunta.

— Eu... Eu estou...

Maldito Musa e seu maldito conselho. Eu não posso simplesmente me abrir e dizer por que estou aqui. Tenho sido horrível com Harper. Evitando-o, ignorando-o, gritando ordens para ele, jamais oferecendo uma palavra de gentileza ou gratidão. E se ele não sentir mais nada por mim? E se ele seguiu em frente? Há muitas razões...

— Águia... por que você está aqui?

— Como está a água? — guincho e começo a tirar a armadura. Quase na mesma hora, uma das fivelas de meu peitoral fica presa. Normalmente eu teria Livia ou um dos guardas para me ajudar, mas aqui, na frente de Harper, eu a puxo feito uma idiota, meu rosto ficando mais vermelho a cada segundo que passa. Como eu queria estar com minha máscara.

As mãos de Harper se fecham sobre as minhas.

— Eu faço isso para você — ele murmura, e, um momento mais tarde, a fivela se desprende. Ele solta as outras com dedos ágeis. Então se ajoelha para tirar as proteções de couro das minhas canelas. Após um instante, estou vestindo somente minhas roupas de baixo, e ele está parado, mais próximo do que antes.

— Você poderia... — Não consigo encará-lo, e ele se vira, deixando cair a toalha. *Ah, infernos*. Fecho os olhos imediatamente, embora não queira fazê-lo, e espero até ter certeza de que ele está na água.

Quando ele está de costas para mim, chuto as botas e jogo as roupas íntimas em um canto. Por um longo momento, minha mão paira acima do cabelo. Eu o uso trançado desde garota, desde que cheguei a Blackcliff. Os centuriões tentaram cortá-lo, mas Cain disse que, se eles tocassem em meu cabelo, ele lhes arrancaria os braços.

Raramente uso o cabelo solto. A última vez que me lembro de ter feito isso foi na noite da formatura, e apenas porque minha mãe insistiu.

Mas agora eu o solto. Ele se derrama sobre minhas costas e eu mergulho na água, deixando que o calor da piscina penetre meus músculos. Quando subo para respirar, Harper está virado para mim.

Cruzo os braços à frente meio sem jeito, consciente de que sou toda músculos, de que não tenho nada das curvas exuberantes de Laia ou da suavidade de Livia.

Harper avança em minha direção, me assimilando lentamente. Sua boca se curva da maneira mais próxima de um sorriso que já o vi exibir. Céus, há quanto tempo olho fixamente seu rosto sem perceber que estou fazendo isso, gravando na memória suas expressões mais sutis.

Por alguma razão, mantenho a atenção na água. Tenho medo de ser rejeitada. Ou ridicularizada. Ou de perceber que os sentimentos dele são mais superficiais que o poço de desejo que sinto em meu coração.

— Olhe para mim — ele sussurra. Mas não consigo. — Helene — ele diz, e o som do meu nome em seus lábios é maravilhoso. Meus olhos ardem, e sua mão toca meu queixo. — Olhe para mim.

Arrasto o olhar até o dele e fico sem ar diante da expressão que vejo em seus olhos. Um desejo similar ao meu, tão secreto quanto, tão intoxicante quanto. Ele não sonega nada com esse olhar. Não esconde nada.

— Me diga por que está aqui.

— Você sabe por quê. — Tento me virar e Harper me impede.

— Mas eu preciso que você diga. Por favor.

— Estou aqui porque faz meses que você me beijou, mas eu penso tanto naquele momento que parece que foi ontem — digo. — E porque, quando te vi caído na batalha, achei que eu seria... eu seria capaz de acabar com o mundo se algo acontecesse com você. E porque eu...

Agora suas mãos estão em meus quadris e ele me puxa para perto. Minhas pernas se elevam facilmente na água, prendendo-se em torno de sua cintura, seus dedos se cravando em minha pele. Ele murmura algo e beija minha garganta, lento e cuidadoso, enquanto segue a linha do pescoço até o queixo e finalmente se deixa ficar em minha boca, onde, de súbito, não é mais cuidadoso.

Mas eu não me importo, pois também não quero ser cuidadosa. Mordo seu lábio, selvagem, faminta, e ele emite um som gutural. Não percebo que chegamos à borda da piscina até a pedra fria tocar minhas costas e ele me levantar, seguindo com beijos nas minhas coxas e mais acima. Em suas mãos, sou bela, sagrada, amada. Sob seus lábios, sou desfeita.

Fecho os olhos e corro as mãos sobre seus braços firmes, ombros, pescoço, maravilhada com sua perfeição, sua força contida. Minha respiração se acelera, e minhas pernas e braços, com músculos definidos pelos anos de treinamento, estremecem com seu toque. Quando escorrego de volta para a piscina, trêmula e impaciente, ele abre um sorriso que é só meu.

— Helene — ele sussurra novamente em meu ouvido.

Suspiro.

— Diga mais uma vez.

— Helene.

Ele inclina minha cabeça em direção à sua, e, quando nossos corpos se unem enquanto grito seu nome, os dedos cravados em suas costas com a dor dele deslizando para dentro de mim, Harper diz o meu nome mais uma vez e outra. Até que não sou mais a Águia de Sangue, mas simplesmente Helene. A sua Helene.

XLII
LAIA

Mamie Rila me encontra não muito tempo depois de entrarmos em Nur. A cidade mudou enormemente desde a última vez que estive aqui. Os prédios cor de areia não têm mais as bandeiras tribais que um dia os adornaram. O único som nas ruas é o sussurro do vento e o balido ocasional de uma cabra esquecida.

De algumas maneiras, eu prefiro esta Nur, pois a presença opressiva dos Marciais não existe mais. Eles partiram há meses, Afya me contou, após a tribo Nur atacar suas casernas.

Agora estabelecemos uma base de operações não muito distante de onde encontrei a zaldara pela primeira vez, em um pátio escondido por treliças tomadas de videiras mortas pelo inverno. De cima, somos invisíveis.

Enquanto afio minhas lâminas, Mamie se aproxima com uma túnica grossa fechada em torno do corpo e um capuz de pele que emoldura seu rosto. Diferentemente da maioria das kehannis, ela não tem me evitado, apesar de minha interminável insistência a respeito da história do Portador da Noite.

— Como ele está? — ela pergunta, e não peço explicações.

— Ele está tentando tirar o maior número de pessoas da cidade — digo, referindo-me a Elias. — Falou que Keris estará aqui ao anoitecer.

— Eu não perguntei o que ele está fazendo, amor. — Mamie inclina a cabeça, os olhos escuros vendo coisas demais. — Perguntei *como* ele está.

— Fisicamente, está recuperado. — Para a maioria das pessoas, as lesões levariam meses para curar, mas não para Elias. — Mentalmente, está perturbado. A mágica deveria tê-lo curado em minutos, no máximo em algumas horas. O fato de que levou uma semana para isso o está deixando nervoso. Ele está preocupado com Mauth.

— Se a mágica está perdendo o domínio sobre o corpo dele, você acha..

— Que ela pode deixar a mente dele? — considero. — Não sei, Mamie. O traço não humano de Elias é uma escolha dele. Mauth simplesmente facilita as coisas, entorpecendo suas emoções. Mauth apagou as lembranças daqueles que Elias matou e machucou. Mas agora ele está sendo forçado a fazer isso de novo, coisa que ele odeia. Talvez esquecer seja uma bênção. Ele... Ele partiria para sempre, mas pelo menos não sentiria essa dor.

— Nós vamos trazê-lo de volta, Laia. — Mamie me leva para um banco próximo e me pede para sentar. — Primeiro, você tem de sobreviver. E isso significa...

— Que eu tenho de matar o Portador da Noite.

— Isso significa — Mamie ergue uma sobrancelha com a minha interrupção — que eu te devo uma história.

Fico imóvel. Ela havia sido tão inflexível que achei que não me ajudaria. Como se sentisse a direção dos meus pensamentos, ela dá de ombros.

— Eu aprendi a amá-la nessas últimas semanas, Laia — ela diz isso casualmente, como se não fosse algo extraordinário presentear alguém com amor. — Acho difícil negar alguma coisa àqueles que eu amo. Já comecei a pesquisar a história. Embora não seja fácil. Muitos dos nossos venerados idosos não querem falar sobre os djinns. No entanto, preciso de uma fonte para extraí-la. Uma pessoa. Um pergaminho. Mesmo um mito ao pé de uma fogueira. — Ela endireita o corpo. — Mas já cacei histórias antes e com esta não será diferente.

— Você disse que é como uma coisa viva, Mamie.

— É mágica kehanni, garota. Uma kehanni pode sentir uma história. Tatear os seus contornos, perceber a sua respiração. Eu não conto apenas uma história, eu a canto, eu me torno a própria história. É isto que significa ser uma kehanni. Todas nós, treinadas para contar histórias, temos um pouco de mágica nos ossos.

A ideia da mágica kehanni provoca uma centena de perguntas em minha mente, mas Mamie me beija na face e me deixa, claramente preocupada com sua nova tarefa.

Livre pela primeira vez em horas, encontro um lugar sossegado no canto do pátio, fecho os olhos e busco meu irmão.

Laia. Ele soa sobressaltado. *Por onde você andou?*

— Estou em Nur — digo. — Prestes a tentar pegar a foice. Tenho muito a fazer, mas preciso... preciso perguntar algo a você.

A foice? O Portador da Noite está aí?

— Ele está vindo — digo. — Darin, se eu fracassar, me prometa que você vai desafiá-lo. Que vai encontrar a foice. Que vai enfrentá-lo.

É claro, eu prometo. Na realidade, Laia, a Águia de Sangue está mandando tropas.

— Finalmente! Estamos esperando. Onde elas estão?

Não ouço a resposta de Darin, pois Elias adentra o pátio galopando em seu cavalo e minha concentração é rompida. *Depois*, penso comigo mesma. *Falo com ele depois.*

Elias desmonta do cavalo e vem em minha direção. Embora ele ainda esteja trajando seu uniforme negro, algo a respeito dele falando sadês em meio aos prédios pardos de Nur me faz sorrir e lembrar o Festival da Lua. Ele se vestiu como um Tribal e dançou comigo, gracioso como uma nuvem.

— Laia — ele diz —, você deveria descansar. Será uma longa noite.

— Você se lembra do Festival da Lua? — falo sem pensar, e, por um instante, ele parece confuso. — Em Serra. Foi a primeira vez que o vi sem máscara. Você me convidou para dançar...

— Pare. — Ele dá um passo cauteloso para trás. — Não estou pedindo por mim. Estou pedindo porque só vou machucá-la, Laia. Já provei isso repetidas vezes. Não quero machucá-la mais.

— Você ainda acha que pode decidir as coisas por todo mundo. — Minhas mãos se cerram em punhos. — Mas você não pode. Você não pode me fazer parar de te amar, Elias Veturius. Não quando eu sei que, em algum lugar aí dentro, você sente o mesmo.

Agarro seu manto, fico na ponta dos pés e o beijo. Forte. Irada e intensa. O nariz dele está frio do vento, mas seus lábios são macios e deliciosamente quentes. *Me beije de volta, seu tolo*, penso, e ele me beija, mas com cuidado demais, aprisionando o próprio desejo. Isso me deixa louca.

Quando me afasto, ele me olha fixamente, aturdido.

— Hã... Hum...

Eu o deixo ali, gaguejando. É uma pequena vitória. Mas mesmo essas são difíceis de acontecer ultimamente.

◆ ◆ ◆

A noite cai relutante, como se não quisesse testemunhar os horrores que vai trazer. Quando as estrelas finalmente dominam o céu, o horizonte clareia, brilhando laranja, então branco.

Os djinns se aproximam.

— Nós vamos precisar de mais do que mágica para sobreviver a isso, Laia. — Afya adentra o pátio. Seu olhar é treinado no brilho sinistro do céu, visível mesmo através das treliças. — Você está pronta?

— Não importa se estou pronta. — Enquanto mergulho minhas últimas flechas no sal, lembro das palavras que disse para minha mãe muito tempo atrás, um pouco antes de libertar Elias de Blackcliff. — Chegou a hora.

— Tenha cuidado. — Afya olha sobre o ombro para Elias, que manda os últimos Tribais para o deserto. — Não confio nele para defendê-la.

— Não preciso que ninguém me defenda, Afya.

Afya anui para as chamas que se aproximam.

— Com isso nos perseguindo, todos precisamos ser defendidos. — Ela segura minhas mãos e me deixa em direção à saída do pátio, onde Aubarit e Gibran engancham a última carruagem que parte da cidade. O ar oscila em volta deles: efrits do vento que os guiarão rapidamente através do deserto. O jovem Tribal diz algo para a fakira que lhe enrubesce as faces. Os dois têm passado muitas horas juntos, e isso me faz sorrir.

— Não temos muito tempo, Laia. — Elias fala ao meu lado, embora eu não o tenha visto se aproximar.

— Não caminhe como o vento. — O brilho suave de Rehmat flameja entre nós. — Ele vai senti-la.

Anuo, mas não digo nada. Minha ira em relação a Rehmat diminuiu. Ela tem aparecido pouco nas últimas semanas. Sempre que isso aconteceu, percebo uma aura fraturada em volta dela, como se seu foco estivesse em outro lugar.

Parece que levamos eras para caminhar como o vento pela cidade até a edificação da guarnição marcial abandonada. Quando chegamos ao prédio, os djinns já alcançaram Nur e os gritos começaram.

— *O lamento bárbaro nos une aos animais inferiores, à violência indizível da terra* — Elias murmura, e, quando o olho, ele dá de ombros. — O diretor da Prisão Kauf disse isso. Pelo menos uma vez, aquele velho maldito estava certo.

Realmente, um grito humano é algo único por sua crueza. Um grito sobrenatural, no entanto, é redondo e limpo, sem arestas. Uma pedra em vez de uma serra.

São as criaturas sobrenaturais que gritam agora, os efrits da areia que são imunes ao fogo e concordaram em prover uma distração para cobrir a evacuação dos Tribais.

Seguimos até o topo do telhado do prédio da guarnição. É um espaço amplo, com armaduras remendadas, sacos de areia e algumas pilhas de tijolos claros espalhados — o que quer que os Marciais deixaram de levar consigo quando as tribos os expulsaram.

— Isso o faz se lembrar de alguma coisa?

Elias olha em volta, perplexo.

— Deveria?

— Ano passado — digo. — Quando libertávamos Eruditos das carruagens fantasmas marciais. A única diferença é que agora eu posso fazer isto — puxo para trás seu cabelo escuro — e Mauth não vai lhe dar uma dor de cabeça daquelas.

Ele pega minha mão e a segura por um momento antes que o Apanhador de Almas assuma novamente o controle e me solte.

— Desejo sorte a você, Laia — ele diz. — Mas tenho minha própria missão. Se você estiver com problemas, não tenho como ajudá-la.

— Não espero que você ajude — digo. — Mas se algo acontecer comigo...

— A derrota na sua mente é a derrota no...

— Esse pessoal de Blackcliff e seus ditados. — Chuto sua bota. — Céus, me escute. Se algo acontecer, seja um irmão para Darin, por mim. Jure que será.

— Eu não... — Ele percebe minha carranca e anui. — Eu prometo.

— Obrigada, Apanhador de Almas.

— Elias — ele diz após um momento, com uma partícula ínfima de calor adentrando os olhos cinzentos e frios. — Vindo de você, eu prefiro Elias.

Agora é a minha vez de ficar perplexa. Se não estivéssemos prestes a confrontar o Portador da Noite, eu o beijaria. Em vez disso, tudo que posso fazer é encará-lo enquanto ele desaparece pela lateral do prédio.

Missão, Laia. Foco na missão.

À medida que corro pelo topo do telhado, o vento uiva do sul, um aviso de congelar a espinha da aproximação dos djinns e de seu exército humano.

Olho para cima e vejo todo o horizonte ao sul obscurecido por uma parede de areia gigantesca. A tempestade é dez vezes maior do que aquela que o Portador da Noite provocou neste mesmo deserto da primeira vez que eu e Elias o atravessamos. E ela avança rápido — rápido demais.

Quando percorri apenas metade da extensão do telhado, ela me atinge e me joga para trás com sua força. Embora eu incline a cabeça contra ela, a areia é tão espessa e o vento tão forte que mal consigo enxergar. Sou forçada a recuar, encontrando abrigo entre uma pilha de sacos de areia e a parede, que não me oferece nenhuma proteção. Eu me agacho, tossindo e colocando um lenço sobre os olhos para a areia não me cegar.

Meu plano era me esconder no depósito de armas do outro lado da parede. Mas não tenho como chegar lá agora. Não antes da chegada do Portador da Noite.

— Eu posso ajudar. — O brilho de Rehmat bruxuleia enquanto espessas nuvens de areia flutuam através dela. — Se você me deixar entrar.

— Ele não vai sentir você?

Ela hesita.

— Sim. Mas estou pronta para ele. E essa tempestade, ela está machucando você. — A forma de Rehmat muda, como se ela estivesse inquieta, e sua voz é tão suave que quase não a ouço. — Eu não gostaria de vê-la ferida, Laia. Não importa se você acredita ou não, estou ligada a você, como uma bela espada ao ferreiro.

Assim como aconteceu com Mamie, sinto uma onda de calor com suas palavras. Mas ela se mistura com cautela. Rehmat é tão sobrenatural. Tão incognoscível. Como posso confiar nela de novo?

— Não estou pronta para você se juntar a mim — digo, e ela recua, frustrada. Não quero magoá-la, mas não serei traída novamente. Ela não se encontrou com o Portador da Noite desde o episódio da enchente. Esta é uma oportunidade para ver se ela é verdadeiramente minha aliada em vez de aliada dele. — Vamos seguir com o plano.

Ouço um ruído surdo vindo do alto da torre. Uma voz fala e cerro a mão sobre o punho da adaga, lutando contra o anseio de desaparecer e tentando desesperadamente não me revelar ao tossir.

— Aumente os ventos para espalhar o fogo. — A voz retumbante do Portador da Noite percorre o telhado. — E leve a tempestade para o norte. Retarde a caminhada dos ratos que estão fugindo até que os Marciais possam abatê-los.

— Sim, Meherya — responde uma voz. Pelo que Elias nos contou, deve ser Azul, o djinn que controla o clima.

Azul parte e a tempestade de areia passa uivando por nós, os grossos grãos encapelando-se na direção da cidade evacuada pelas tribos. Atrás de mim, os gritos se intensificam enquanto os parentes do Portador da Noite incendeiam as casas. Pelo visto, os efrits da areia são excelentes atores.

Fico tensa, orando aos céus que o Portador da Noite não dê muita atenção aos gritos. Mas ele mal parece notá-los.

Em vez disso, ele mira a cidade de Nur. Em Aish, Sadh e na maioria dos vilarejos em Marinn, ele sempre encontrou o prédio mais alto na cidade para assistir ao morticínio. Por mais desprezível que isso seja, ao menos é previsível. Ele faz uma mesura com a cabeça e algo tremeluz atrás dele.

Maro, Rehmat me disse quando Elias e eu elaboramos pela primeira vez este plano. *O djinn que rouba as almas para ele. Os dois vão estar distraídos pelo esforço exigido para realizar um roubo tão vil. E confusos quando as almas não aparecerem. Quando estiverem profundamente imersos em seu trabalho, eu a avisarei.*

Isso é tudo que ela deve fazer. Elias vai neutralizar Maro. E eu tomarei a foice.

Os gritos da cidade tornam-se mais estridentes, mas o Portador da Noite continua imóvel. Tento não me inquietar, esperando que Rehmat apareça. Mas ela não aparece. Logo, ele se dará conta de que o enganamos. Que os gritos não são humanos. Céus, por que ela está demorando tanto?

Subitamente, o Portador da Noite endireita as costas. Ele se vira para os sacos de areia. Para mim.

Oh, céus.

— Laia! — Rehmat sussurra em meu ouvido. — Deixe-me entrar...

Eu a ignoro e me levanto, empunhando a adaga. Da última vez que o vi, ele não se comportou de maneira exatamente razoável, mas tampouco assassina.

— Saudações, Meherya — digo. — Você tem algo que eu quero.

Ao longe, um prédio desaba, e o fogo dos djinns ruge mais próximo. A fumaça forma espirais no ar, irritando meus olhos e garganta.

— Veio ver uma cidade queimar, Laia? — ele diz. — Não achei que você tivesse gosto por sangue. Ou punição.

Embora sua presença sempre tenha deformado o ar à sua volta, a sombra do Portador da Noite parece carregar um novo peso. O ódio em seus olhos flamejantes é infinito. Ele desembainha a foice com um giro da mão enfumaçada e a segura contra minha garganta.

Rehmat se manifesta ao lado dele.

— Meherya — ela diz. — Pare. Você não é assim...

— Você. — Ele desvia a ira para ela, mas a maldade o deixa, e agora só há dor. — Traidora da sua própria...

— Não... jamais...

— Você não se lembra de nada? — ele exclama. — Quem nós éramos, o que perdemos, o que sofremos...

Laia, ela fala em minha mente. *Deixe-me entrar. Por favor. Ele está perdido. Ele vai matá-la.*

Mas ele não me mata. Em vez disso, baixa a foice, e eu recuo, perplexa, à espera de uma nova crueldade. Mas ele me ignora completamente.

— Volte para mim — ele diz para Rehmat, embainhando a arma. — Ajude-me a refazer este mundo para a nossa gente. Você era uma guerreira, Rehmat. Você lutou, queimou e morreu pelo nosso povo. Pelos nossos... nossos filhos...

— Você ousa invocar nossos filhos? — A voz de Rehmat é crua e terrível. Enquanto ela fala, eu me aproximo da foice, preparando a adaga. — Enquanto assassina outras crianças como bem entende? Eu jamais me juntarei a você, Meherya. Eu não sou mais quem fui. Assim como você não é mais quem foi.

— Você não entende o motivo? — ele lhe suplica. — Eu faço isso porque amo. Porque eu...

Mergulho em direção às suas costas, cortando as correias de sua foice. Enquanto ele se vira, enquanto suas mãos flamejantes se erguem para arrancá-la de volta, eu peço ajuda, mas não para Rehmat.

— Elias!

Quase instantaneamente, uma voz grita atrás do Portador da Noite.

É Maro, uma lâmina de aço sérrico coberta de sal contra seu pescoço. Com o capuz abaixado, Elias está parado atrás dele.

O olhar do Apanhador de Almas se volta para mim brevemente. "Não posso ajudar", ele havia dito. E no entanto, quando o chamo, ele está ali. Como se soubesse o que estou pensando, ele dá de ombros e inclina a cabeça para o poço da escada. *Caia fora daqui.*

Com a foice na mão, vou embora.

XLIII
O APANHADOR DE ALMAS

Maro não chega a opor muita resistência. A habilidade dele é limitada ao roubo de almas. De outra forma, o Portador da Noite não o manteria tão próximo. O toque da minha adaga repleta de sal o faz encolher.

Para meu alívio, Laia partiu. Quando ela gritou meu nome, não hesitei um único instante. Não importa que eu havia dito que não a ajudaria. Não importa que eu tenha de interrogar Maro para descobrir que diabos ele está fazendo com os fantasmas. Quando Laia me chamou, tudo que importava era ela.

Mas agora ela se foi e o Portador da Noite se vira para mim. Arrasto Maro alguns passos para trás. O djinn ladrão de almas veste sua forma de sombra. Ele é magro, quase emaciado, e tem ombros estreitos. Quando ele abre a boca, introduzo minha lâmina, e ele arfa, bufando de dor.

— Você tem roubado fantasmas, Maro. — Fixo o olhar no Portador da Noite. — Diga-me como trazê-los de volta.

— Você não pode trazê-los de volta — diz o Portador da Noite. — Eles partiram.

— Eles alimentam o redemoinho. — O medo de Maro o faz falar. — Ele tem de ser alimentado para conseguirmos romper a parede entre os mundos.

— Silêncio, Maro! — o Portador da Noite sibila, mas toda sua ira se dirige a mim. — Solte-o, humano. — A mágica dele estala como um chicote e queima a pele dos meus braços tão severamente que quase solto Maro. Mas Blackcliff me treinou bem. Eu seguro o djinn e busco a mágica de Mauth.

Preciso de um escudo, algo para me proteger de maneira que eu possa tirar Maro daqui e questioná-lo sem a interferência do Portador da Noite.

Mas a mágica está longe demais, como quando Umber me perseguiu. O poder me preenche lentamente, como gotículas em um balde vazio.

— Devolva meus fantasmas — digo para o rei dos djinns —, e o deixarei partir.

Os olhos de chamas do Portador da Noite se estreitam, sua atenção se desviando para a cidade, para os gritos dos efrits, mais altos à medida que o fogo se aproxima. A compreensão acende seu olhar, e é algo terrível de assistir.

— Ah, Apanhadorzinho de Almas, eu percebo agora o jogo de vocês — ele diz. — Tão inteligentes ao esvaziar a cidade. Ao usar os efrits. Mas isso não muda nada. A sua gente é uma praga neste mundo. *Sempre* haverá mais humanos, sempre haverá mais para ceifar. Se não aqui, em outra cidade.

— Não se você não tiver o seu ladrão de almas. — Enfio minha lâmina em Maro novamente e, desta vez, o fogo vaza.

— Pare. — O Portador da Noite cerra os punhos. — Ou eu vou atrás de Laia, juro pelos céus. E arranco a alma daquele corpo torturado pessoalmente.

— Vejo que você anda passando tempo na companhia da minha mãe. — Normalmente, o Portador da Noite tem controle completo das situações, mas agora sua ira me dá segurança. Ele está vulnerável.

E eu posso tirar vantagem disso. Preciso compreendê-lo. Se ele fosse humano, eu me aproximaria com um pouco de mágica, um toque leve demais para ser sentido. Mas o Portador da Noite sentirá qualquer escrutínio, e sei que ele não o receberá nada bem. Se eu quiser entrar na mente dele, terei de forçar a entrada. Então raspo a última gota de mágica de Mauth e lanço minha consciência sobre ele.

No momento em que o faço, eu me deparo com um muro extremamente alto e compacto e derivo por ele como um fantasma. Instantaneamente sei que não estou na mente do Portador da Noite. Estou em algum outro lugar. Algum lugar real, mesmo que eu não tenha forma corpórea. O muro é feito de mágica, a qual dialoga com a minha própria mágica, pois ambas se originam da mesma fonte. Esse muro é uma criação de Mauth, e eu estou na dimensão dele.

Atrás do muro está o agonizante Mar do Sofrimento, poderoso demais para ser compreendido, vasto demais para qualquer criatura controlar, seja sobrenatural ou humana. Percebo que já o vi antes, todas as vezes que visitei Mauth em seu domínio.

O mar se avoluma contra o muro de Mauth enquanto o Portador da Noite derrama o sofrimento dos fantasmas roubados para dentro dele, conferindo-lhe mais poder do que ele deveria ter. A cada fantasma, o oceano feroz se fortalece mais e mais. A cada porção de sofrimento que lhe é oferecida, o muro de Mauth se desgasta um pouco mais. Um dia a barreira será completamente destruída.

Quanto tempo mais?, eu me pergunto. De quanto sofrimento mais o Portador da Noite precisa?

— *Onde está você?* — A pergunta do Portador da Noite é carregada de desdém. Em um piscar de olhos, acho que o vejo, uma linha de fogo na escuridão, flamejando de ódio. Entre nós, um enorme redemoinho de almas lamentosas nos chama, girando para baixo interminavelmente, mar adentro. Eu lhes estendo a mão, tentando puxá-las comigo, na tentativa de fazê-las escapar desse lugar terrível.

Então sou lançado para longe do mar, do muro, dos fantasmas, e de volta para o meu corpo. Ainda tenho um braço em torno de Maro, mas ele se livra de mim e corre na direção do Portador da Noite.

Malditos infernos. O rei dos djinns empurra Maro para trás de si e avança a passos largos em minha direção, vibrando morte em cada músculo do corpo.

Então uma flecha rasga a noite e acerta Maro com um estranho baque vazio.

Laia não fugiu. É claro que ela não fugiu.

Maro desaba, e o Portador da Noite solta um uivo, como fez em Aish. A essa altura já passei por ele escada abaixo, agarro Laia e pulo pela janela, aproveitado o vento para não quebrarmos o pescoço. Ainda assim, eu me choco no pavimento de laje com tanta força que saio rolando. Laia bate a cabeça com um ruído doentio, o suficiente para nocauteá-la. Eu a jogo por sobre o ombro e atravesso a cidade para longe do alcance dos djinns, até pousar no deserto que se estende para além do portão norte, agora vazio, depois que as Tribos o evacuaram.

— Apanhador de Almas! — Afya surge em uma colina, meu irmão Shan cavalgando com ela. — Que infernos aconteceu? — Seu rosto empalidece quando olha para Laia.

— Ela bateu a cabeça no chão.

O sangue escorre do canto da boca de Laia. Enquanto a deixo em segurança, sinto como se um punho gigante apertasse com força meu coração. *Por favor, por favor.* Não sei o que estou pedindo. Ou para quem estou pedindo. Só sei que, quando sinto sua garganta pulsar, finalmente consigo respirar de novo.

Olho sobre o ombro, mas o Portador da Noite não nos perseguiu. Vejo que estou tremendo, não de frio ou exaustão, mas de pavor. Eu achava que a intenção do Portador da Noite era destruir os Eruditos, mas, se ele derramar dor suficiente no Mar do Sofrimento, vai liberá-lo. E o mar destruirá toda a vida humana.

O horror disso é gigantesco, e, mesmo com a névoa causada por Mauth em meu cérebro, não consigo me levantar. Por quê? Por que ele está fazendo isso?

Ele está perdido, Apanhador de Almas. O luto o levou.

A voz da Morte é tão suave que quase não ouço.

— Mauth? — sussurro.

Afya e Shan trocam um olhar e se afastam.

Você andou longe por tempo demais, Banu al-Mauth, diz Mauth, e sinto a atração que não sentia há meses me invadir para retornar ao Lugar de Espera.

Então me viro para Afya e Shan.

— Eu vou voltar — prometo para eles. — Digam isso a ela.

As palavras mal saem da minha boca e me sinto inexoravelmente arrastado de volta para a Floresta do Anoitecer. Mauth fala de novo, e dessa vez suas palavras ressoam dentro do meu peito.

É hora de voltar para casa.

XLIV
A ÁGUIA DE SANGUE

Talvez o vento soprando do norte seja um presságio. A primavera não está longe, chegará em seis semanas, no máximo. E, no entanto, a tempestade que vem da cordilheira Nevennes jogou um metro de neve no chão e entra uivando pelas chaminés do palácio até o lugar soar como se estivesse possuído por fantasmas.

— Não é um maldito presságio — digo a mim mesma enquanto ando furtivamente perto das cozinhas. — Foi uma noite. Nunca mais precisa acontecer.

— Perdão, Águia de Sangue? — Um criado marcial que passa por ali olha alarmado para mim, mas aceno para que vá embora. Estou aqui há quase meia hora, pensando em como pedir as ervas de que preciso sem gerar fofoca. Se há uma coisa da qual tenho certeza é que não quero filhos. Jamais. Ver Livia dar à luz me provou isso.

— Eu estava te procurando. — A voz de Harper me faz pular e minhas faces queimam. — Vai ser difícil agir como se nada tivesse acontecido se você corar toda vez que me vir, Águia. — Ele segura uma xícara na mão, e o cheiro é familiar. Mamie Rila me ensinou a preparar a mistura quando eu precisava segurar meu ciclo lunar em Blackcliff. Treinar com cólicas era um tipo especial de danação. A infusão também previne a gravidez. — Acho que é isso que você está procurando.

— Como você...

— Você mencionou que não quer ter filhos — ele diz. — Uma vez. Ou dez. E já preparei essa infusão antes.

Anuo e mantenho a expressão neutra. Ele já teve amantes — é claro que sim. Muitas, imagino. Embora imaginar não seja a ideia mais sábia.

— A última Águia de Sangue não queria herdeiros inesperados — diz Avitas, e o fato de ele oferecer essa informação com uma expressão séria, apesar do meu ciúme óbvio, me dá vontade de beijá-lo.

Em vez disso, concordo enfaticamente.

— Certo. Obrigada. — Pego a xícara das mãos dele e faço uma careta, lembrando-me de seu gosto horrível.

O olhar de Harper se desvia por sobre meu ombro.

— Se você me der licença, Águia. — Então ele desaparece rapidamente, e um momento mais tarde compreendo a razão.

— Bom dia, irmã. — Livia surge no corredor, acompanhada de seus guardas. E não há nenhum lugar para jogar o maldito chá. A única coisa que posso fazer é bebê-lo o mais rápido possível, mas, é claro, está tão quente que quase me queimo tentando engoli-lo. — Cuidado — ela diz. — Você vai se queimar...

Livia respira fundo e seus olhos seguem Harper à medida que ele se afasta.

— Vocês... — ela diz, um sorriso lento se abrindo no rosto.

— Não significa nada. — Duas criadas emergem da cozinha segurando bandejas, uma Erudita e uma Marcial. Elas dão risadinhas, calando-se quando nos veem e fazendo uma reverência para Livia antes de se afastarem rapidamente. Arrasto-a para longe dos guardas. — Fique quieta...

— Seus olhos estão brilhando. — Ela engancha meu braço no dela e começa a andar rapidamente em direção aos seus aposentos. — A sua *pele* está brilhando. Me conte *tudo*.

— Não tem nada para contar!

— Mentira! — minha irmã sibila. — Você ousa enganar a imperatriz regente? Me conte, *me conte*, eu preciso de alguma alegria na vida, irmã...

— Nós acabamos de reconquistar a capital. Para o seu filho!

— Tudo bem, então não alegria, romance. — Ela crava os dedos no meu braço e dou um grito enquanto saímos para a tempestade. Queimo a garganta tomando o resto do chá para que ninguém mais sinta o cheiro. Não que seja da maldita conta de ninguém. Mas os paters são mais críticos que um bando de avós ilustres em um almoço formal.

— Tudo bem — digo. — Vou lhe contar um pouco, mas tire as garras do meu braço, esse não é um comportamento adequado para uma...

— Águia de Sangue — pater Mettias chama do outro lado do pátio nevado. — Imperatriz regente. — Seu olhar se demora em minha irmã. — O capitão Dex me pediu que a encontrasse. Mais uma remessa de alimentos acabou de chegar da propriedade ao norte do pater Lênidas, com um mensageiro. E há emissários das Gens Candela e Visselia. Eles a esperam na sala do trono.

— Obrigada, pater Mettias. — Livia olha para mim com a sobrancelha arqueada. *Nos falamos mais tarde.*

À medida que ela se afasta, noto como os olhos de Mettias a seguem. Seu rosto normalmente sombrio parece mais suave. Ele se recompõe e olha de volta para mim rapidamente.

Interessante.

A Gens Mettia é poderosa. Ter seu pater do nosso lado tem sido algo inestimável. Mas tê-lo ligado mais proximamente a nós daria à Gens Aquilla legitimidade inquestionável com todas as outras gens do norte.

— ... outra mensageira. — Percebo tarde demais que pater Mettias está falando há alguns segundos. — Ela está em seus aposentos, sob guarda.

— Sob guarda?

— A Navegante, Águia. — Pater Mettias me lança um olhar esquisito, provavelmente porque já disse isso. — Ela falou que a mensagem é urgente.

Enquanto o deixo e retorno para meus aposentos dentro do palácio, não me surpreendo ao ver Musa se aproximar. Dex o segue, parecendo irritado.

— Você não precisava prendê-la — diz o Erudito, indo direto ao ponto.

— Eu a conheço. Ela não é perigosa.

— É apenas protocolo — explico. — Nós pegamos outro assassino nos portões três dias atrás. Tenho de interrogá-la. Sozinha. Fique por perto. Se precisar de você, eu o chamo.

Dex e eu entramos nos meus aposentos, onde dois legionários esperam com uma terceira pessoa. Ela é mais alta que eu e usa o manto azul e prata do exército navegante. Sua pele escura está suja de terra e ela tem uma dúzia de ferimentos recentes que exsudam sangue. Seu cabelo é liso e curto. Eu a examino por um momento e então a reconheço.

— Eleiba — digo. — Guarda de Nikla. A sua rainha a enviou?

— Águia de Sangue. — Ela faz uma mesura com a cabeça em uma breve reverência. — Obrigada por me receber. Eu era guarda da princesa Nikla, mas fui desacreditada por ela. Fui dispensada por discordar de uma aliança com a imperatriz Keris Veturia.

Para minha surpresa, a mulher se ajoelha.

— Eu a procuro agora não como emissária ou embaixadora formal, mas como uma Navegante que teme pela sobrevivência do nosso reino. Nós precisamos desesperadamente da sua ajuda, Águia de Sangue.

Sinto um aperto no peito e penso em nossos espiões, que caíram no silêncio em Marinn, e nas tempestades que mantiveram o reino isolado.

— Sente-se. — Eu lhe puxo uma cadeira. — E me conte tudo.

◆◆◆

Embora os aposentos de Livia sejam próximos dos meus, eu me demoro para chegar lá, pois sei o que ela vai dizer quando ouvir o pedido de Eleiba. E não sei ainda como vou responder.

O ambiente está na penumbra quando Livia abre a porta e me puxa para o quarto com um dedo nos lábios.

— O bebê acabou de dormir — ela sussurra. — Meus ouvidos ainda estão zumbindo. Pobre Tas, ele o ninou por uma hora.

A porta entre o aposento de Livia e o de Zak está entreaberta, e Tas emerge.

— Já volto — ele sussurra. — Só vou jantar.

— Depois descanse, Tas — diz Livia. — Eu chamo a Coralia...

Tas balança a cabeça.

— Ela não conhece as canções que ele gosta — ele diz. — Não se preocupe, imperatriz regente. Logo estarei de volta, caso ele acorde.

Tas se afasta e eu me sento com minha irmã, procurando as palavras para explicar o que Eleiba me contou. No entanto, quando Livia começa a descrever exaustivamente seu dia — um pesadelo, pelo visto —, decido que não vou dizer nada hoje à noite. Amanhã será um dia cheio de decisões difíceis e conversas ainda mais difíceis. Deixemos que esta noite seja fácil.

— Estou tão cansada — diz Livia. — É errado que eu só queira que tudo isso acabe logo? Não dá para viver assim...

— Não diga isso. — Eu sei o que ela vai dizer. Mas, quanto mais ela falar sobre partir, mais real a ideia se tornará. — Seu filho é o imperador, minha irmã. E você, sua regente.

— Imperador do quê? — diz Livia. — De um império destruído. Alguns não o aceitam por causa do pai dele, outros porque temem Keris. Nós queremos que ele viva no mundo, mas é um mundo tão feio...

— Estamos fazendo progressos — digo. — Atualmente temos mais gens nos apoiando do que tínhamos uma semana atrás...

Livia se levanta e caminha até o espelho que nosso pai trouxe do sul para mim anos atrás. É uma das poucas coisas salvas da destruição dos Karkauns. Enquanto ela corre um dedo ao longo da borda dourada, eu me levanto e paro a seu lado. Livia deixa cair a cabeça sobre meu ombro.

Uma vez, eu encarei este espelho enquanto minha mãe cuidava dos meus ferimentos. Elias havia acabado de escapar de sua execução e Harper havia me dado uma surra terrível seguindo as ordens da comandante. Hannah estava lá aquela manhã com minha mãe e Livia. Nós quatro refletidas no espelho.

Agora somos só eu e Livia, e o espaço parece vasto demais. Vazio demais.

— Eu sinto saudades deles. — As palavras me escapam, e, assim que as digo, não consigo evitar que outras venham. — Às vezes acho que falhei com eles, Livvy...

— Você não falhou com eles. — Livia toma meus ombros, e, embora ela seja menor do que eu, vejo meu pai na firmeza de seu olhar, na força de suas mãos. — Você lutou contra a correnteza, Águia de Sangue. Ninguém teria suportado tudo isso como você. Sem você, estaríamos todos mortos.

Corro as mãos pelos olhos.

— O maldito Avitas me deixou molenga — murmuro, e Livia cai na gargalhada.

— Graças aos céus alguém conseguiu isso — ela diz. — E não vá ser egoísta com ele agora. Diga a ele como se sente, irmã.

Eu a empurro e volto para o meu chá, colocando os pés sobre sua mesa porque sei que isso vai irritá-la.

— À luz de velas e ao som do alaúde? — pergunto. — Devo fazer uma coroa de flores para ele também? Céus, Livia, só falta você querer que eu o peça em casamento.

— Não seria a pior ideia que você já teve.

Quase cuspo o chá.

— Harper e eu somos apenas... Isso não quer dizer nada...

Livia revira os olhos.

— E eu sou um urubu karka de três cabeças.

— Bem, de manhã você é.

— Tente *você* ter bom humor acordando a cada três horas com gritos por comida.

Eu rio e minha irmã sorri, o que tira anos de seu rosto.

— Ah, Helly — ela diz com tal doçura que não consigo nem ficar brava com ela por me chamar pelo velho nome. — É tão bom cuvir você rir. Você não ri o suficiente. É uma pena que o Avitas seja tão sério quanto você.

Abro um sorriso largo para ela.

— Ele tem outras habilidades.

Livia dá um risinho, um chiado estridente que soa como uma cabra sendo esganada. Quando lhe digo isso, ela ri mais ainda, até que estamos as duas rindo alto demais para não acordar uma criança.

No quarto ao lado, Zak dá um berro.

— Ah, não, agora foi você. — Livia me empurra e pega uma das lamparinas da mesa. — Desta vez é você quem vai fazer o Zak dormir! O pobre Tas precisa de um descanso, e eu preciso de sonhos.

— Eu tenho planos para esta noite — digo atrás dela. — Preciso fazer uma coroa de flores, lembra?

Minha irmã ri com ironia e entra no quarto do meu sobrinho, o tom da voz mais suave agora.

— Zakky, meu amor, a mamãe está *cansada*, eu já te dei de mamar duas vezes esta noi...

Ela silencia. Instantaneamente me levanto, atravesso o quarto com as cimitarras nas mãos, gritando por guardas. Ninguém conseguiria entrar sem vermos. Não há corredores para aquele maldito quarto. As janelas ficam a vinte metros do chão. Os jardins abaixo são guardados dia e noite.

Eu irrompo porta adentro. O aposento de Zacharias é pequeno, apenas quatro metros de uma parede a outra, mas, neste instante, poderia ser tão amplo quanto o espaço entre as estrelas. Pois Keris Veturia está parada junto da janela, a máscara reluzindo, uma adaga sinistramente curva na mão. E Livia está congelada à sua frente, sem lutar nem gritar. Apenas parada ali, os braços caídos ao lado do corpo, a voz baixa e suplicante.

Não fique parada aí, Livia!, quero gritar. *Mexa-se! Corra!*

Em vez disso, a súplica da minha irmã é silenciada quando a comandante dá um passo à frente e desliza a lâmina por sua garganta. O som lembra o de um tecido se rasgando, e, em um primeiro momento, não consigo acreditar no que ouço. No que vejo.

O grito que cresce dentro de mim jamais chega a sair, pois enquanto minha irmã cai, enquanto sua vida se esvai, só consigo pensar em chegar até Keris.

Mas a comandante segura um Zacharias agitado nos braços, e agora compreendo por que Livia congelou de medo. Quando dou um salto na direção da cadela de Blackcliff, ela joga Zacharias contra mim. Meu sobrinho berra enquanto voa pelo ar e largo as cimitarras para pegá-lo.

É um atraso de segundos apenas. Mas é o suficiente para a comandante escapar pela janela. Estou no beiral em três passos, a tempo de ver o volteio de uma capa e o brilho de dois olhos solares.

Então o Portador da Noite e sua lacaia partem, desaparecendo no rastro de um vento sibilante.

Livvy geme, e estou ao seu lado, seu filho aos prantos em meus braços enquanto o sangue escorre de sua garganta. Os guardas irrompem quarto adentro, silenciando ao ver a imperatriz regente caída.

Ergo a mão para calá-los. Não tenho muito tempo. O desejo de curar minha irmã me invade. Fecho os olhos e procuro sua canção. Ela me vem aos lábios imediatamente, mas, enquanto a cantarolo, Livia estende a mão para mim. Ela está escorregadia com o sangue, mas eu a seguro firme.

Sigo cantando, mas o rosto de Livvy está branco como osso. A necessidade de curar desaparece como nunca aconteceu antes. Zacharias busca por ela, chorando, sem dúvida se perguntando por que a tia Águia o segura tão apertado.

— Não nos deixe — sussurro para Livia, pois compreendo que ela já está longe demais. Que não posso mais curar esse dano. — Livia, por favor, não nos deixe sozinhos.

Seus olhos azuis se desviam dos meus para os de seu filho. Ela sorri para ele e toca seus dedos pequeninos. O choro de Zacharias se torna um choramingo.

Então a mão dela relaxa, e minha irmãzinha, minha Livvy, fecha os olhos para sempre.

XLV
LAIA

Durante dias derivo da consciência para a inconsciência após roubar a foice. Quando as tribos se abrigam em um cânion cem quilômetros ao norte de Nur, já sou capaz de ficar acordada por períodos mais longos. Mas minha recuperação é lenta. Sou como uma gata sem bigodes, incapaz de caminhar dez metros sem tropeçar.

Só o que quero é ficar na carruagem de Mamie Rila, cuidando da minha cabeça dolorida. Infelizmente para mim, Rehmat não é afeita a se perder em pensamentos. Uma semana após eu enfrentar o Portador da Noite, quando Mamie deixa a carruagem para preparar o jantar, a rainha djinn reaparece.

— Você acha que pode simplesmente cortar a garganta do Portador da Noite. — Rehmat paira na extremidade oposta da carruagem, mantendo distância da foice, que não me deixou um instante sequer. — Mas ele já espera por isso. Você precisa surpreendê-lo. Ser mais esperta que ele. E, para isso, você precisa da sua história.

— Eu acredito em você. — Eu me encolho no cobertor de tricô que Mamie me deu. — Eu sempre desejei a história dele, mas nós temos uma guerra para lutar, Rehmat. Você poderia ao menos me contar como a história dele nos ajudará a vencer?

— Uma guerra é como o sol, que queima toda a maciez e deixa somente as fissuras. O Portador da Noite está em guerra há muito tempo. Aprender a sua história nos ensinará sobre as suas fraquezas. E isso vai nos ajudar a explorar as fissuras.

Eu esperava algo mais específico.

— Você conhece as fraquezas dele — digo, começando a me sentir frustrada. — Mas não vai me contar quais são elas.

— A mágica não vai permitir...

— Mas você tentou? — pergunto. — Conte-me alguma coisa insignificante sobre a sua vida com ele. Qualquer coisa.

— Ele e eu... nós... — A forma dourada de Rehmat bruxuleia. — Nós éramos... — Sua voz some e ela grita, um som de gelar o sangue. A cor de Rehmat vai sumindo tão rápido que acho que ela vai desaparecer completamente.

— Pare! — Fico de pé. — Esqueça...

A rainha djinn é uma sombra pálida agora, sua vitalidade sugada pela mágica que a vincula.

— Eu já te disse — ela sussurra. — A mágica de sangue não vai me deixar falar da minha vida com ele. Você tem de perguntar à kehanni.

Alguns minutos mais tarde, Mamie Rila me vê saindo de sua carruagem. Ela me olha fixamente de onde está, mexendo uma panela de ensopado de abóbora e brandindo a colher.

— Volte para a cama, garota. Você ainda está se recuperando...

O fogo faz sua sombra ficar enorme na parede do cânion atrás dela. Shan ergue o olhar da pedra onde está amassando pão e abre um largo sorriso.

— Falou a mulher que estava dirigindo a nossa carruagem um dia após deixar um interrogatório marcial.

Estremeço enquanto me sento no chão ao lado de Mamie, a cabeça pulsando, o corpo trêmulo do som do grito de Rehmat. A foice está cruzada às minhas costas em uma bainha, desajeitada, mas preciosa demais para ser deixada sozinha.

Por todo o cânion, fogueiras foram acesas. Seu brilho é inteligentemente escondido sob abas e lonas ventiladas. O cheiro de alho-poró assado e pão com manteiga me dá água na boca.

— Achei que talvez você quisesse companhia — digo a Mamie. — E eu estou... um pouco só.

O rosto da kehanni se suaviza e ela me passa a colher para eu mexer o ensopado enquanto adiciona uma pitada de canela, seguida por um punhado de coentro seco. O onipresente vento do deserto assobia pelo cânion, abafando a conversa baixa de milhares de pessoas e fazendo as fogueiras dançarem, soltando fagulhas. Efrits caminham ao lado dos Tribais. À beira do cânion, guardas patrulham.

— Mamie — começo —, eu estava me perguntando...

Cascos de cavalos ressoam atrás de mim e me viro para ver Afya e seu irmão, Gibran, desmontarem perto de sua caravana.

— Alguma coisa? — pergunto para a zaldara, mas ela balança a cabeça.

— Nem um sapato esquecido que seja — diz. — Rowan estava conosco a maior parte da viagem. — Ela anui para o efrit da areia que deriva para um agrupamento de seu povo, reunido de um lado do cânion. — Ele não sentiu mágica alguma. Eles partiram.

Mamie serve uma tigela de ensopado de abóbora para mim e outro para Afya. Quando ela protesta, a kehanni a olha severamente e ela se senta.

Gibran se ajeita ao lado da irmã, atraído pelo cheiro do ensopado e pela pilha macia de pães feitos por Shan.

— Eles podem estar se dirigindo para Taib — ele diz. — Embora, a essa altura, já devam saber que a cidade está vazia.

— Pelo menos temos tempo para nos recuperar — digo. — E planejar o nosso próximo passo.

— Um pouco difícil fazer isso quando o nosso general está ausente — resmunga Afya. Mamie lança um olhar duro para ela, mas não culpo a zaldara por sua irritação. O desaparecimento de Elias provocou ondas de inquietação nas tribos, ainda que Afya lhes tenha dito que Elias prometeu retornar.

— Ele vai voltar — digo. — Nur foi uma pequena vitória em uma guerra maior, e ele tem interesse nela. Mamie — eu me viro para ela —, como está a busca pela história?

— Devagar — diz a kehanni, entre colheradas de ensopado. — Nossas histórias têm duas qualidades. *Sechei* e *Diladhardha*.

— Verdade... e... — Meu sadês é limitado, e balanço a cabeça.

— *Diladhardha* significa "compreender o âmago da dor" — diz Mamie. — Nós buscamos a verdade, Laia. E, quando a encontramos, temos de abordá-la com empatia. Nós temos de compreender as criaturas, sobrenaturais ou humanas, que povoam as nossas histórias. Respeitá-las. Amá-las, apesar das coisas desprezíveis que fazem. Nós temos de enxergá-las. De outra forma, como as nossas histórias vão ecoar no coração dos que as ouvem? Como vão sobreviver ao tempo?

A zaldara e Gibran ouvem, extasiados, e mesmo Shan, que viveu com a kehanni durante toda a vida, olha fixamente para ela, com a colher a meio caminho da boca.

— *Sechei* e *Diladhardha* são os primeiros passos para caçar uma história. Uma vez obtidos, então a história pode ser persuadida a sair das sombras. Eu já ouvi muitas histórias do Portador da Noite, mas nenhuma que me permita compreendê-lo, amá-lo ou respeitá-lo. Eu o conheço apenas como uma criatura capaz de exercer um grande mal. Eu temo amá-lo. Temo respeitá-lo. Temo que, se o fizer, vá me perder.

— Essas histórias são como dragões tirados de um poço profundo e sombrio — murmuro.

— Onde você ouviu isso? — pergunta Mamie.

— A kehanni da tribo Sulud — digo. — Ela conhecia a história do Portador da Noite. Mas os espectros a mataram antes que ela pudesse me contar.

A comida de Mamie está esquecida e ela olha para mim atentamente.

— Você se lembra de alguma coisa que ela lhe disse? Qualquer pista que seja sobre o que a história poderia abordar?

— Ela não chegou realmente a... — Eu paro e considero. — Ela falou sobre o nome dele. Disse que a história que ela contaria seria sobre o nome dele. Sobre quão... quão importante ele é.

— O nome dele — Mamie considera. — Meherya, você disse. Significa...

— Amado. — Fico triste só de pensar na palavra, e Mamie balança a cabeça.

— Só isso não basta — ela diz.

— Você bem que poderia ajudar, não é? — sussurro para Rehmat. Mas ela não responde.

Um chamado brusco ressoa da extremidade norte do cânion, seguido pelo raspar arrepiante de dezenas de cimitarras sacadas ao mesmo tempo.

Mamie chuta areia sobre o fogo e me manda na direção de sua carruagem. Afya corre para seu cavalo, seguida por Gibran. Então Afya me chama.

— Laia — ela diz. — Espere, olhe!

Ela mira mais adiante no cânion, e posso ver o brilho da armadura marcial e o que parecem ser duas dúzias de soldados.

Mas não são os soldados que chamam minha atenção. É a figura magra de pele marrom que cavalga com eles, o cabelo cor de areia solto no vento do deserto.

— Darin?

Estou distante demais para que ele me veja, mas manco através do acampamento em sua direção, até poder distinguir seu rosto. Ele me vê e desmonta, com um enorme sorriso no rosto.

— Laia!

— Baixem as armas — grito aos Tribais, muitos dos quais não o conhecem. — Céus, foi ele quem as fez!

Meu irmão passa por eles e me envolve em um abraço de urso. Não o deixo ir embora, mesmo quando ele tenta me colocar no chão. *Meu irmão. Meu sangue.* O único laço de sangue que me sobrou no mundo. Eu me percebo chorando, e, quando finalmente nos separamos, o rosto dele está molhado também.

— Graças aos céus você está bem — ele diz. — Eu tentei avisar que estava vindo, mas você não me deixou quando nos falamos. A Águia enviou meia legião comigo para ajudar as tribos a combater a comandante. A maior parte dos soldados está a alguns quilômetros daqui. Até onde sabemos, Aish sucumbiu.

— Tanta coisa aconteceu desde então. — Não sei por onde começar. — O que importa é que eu tenho a foice. Eu posso matar o Portador da Noite, Darin. Mas não conseguimos encontrá-lo, nem seu maldito exército. Achamos que eles estão aqui nas terras tribais. Provavelmente usando mágica espectral para se esconder. Nós só precisamos chegar até eles.

Darin olha para o comandante marcial que o acompanha — Jans, tio da Águia de Sangue. Algo se passa entre eles.

— Isso vai ser mais difícil do que você imagina, Laia — diz Darin, após um longo momento. — Keris enviou uma força enorme para o leste. Trezentos barcos. Eles partiram de Navium quando o restante das forças dela marchava sobre Nur.

— Não estou entendendo — digo. — Keris estava aqui... Eu a vi...

— Não mais. Ela e o Portador da Noite sitiaram Marinn. Eles estão a mil quilômetros daqui.

XLVI
O APANHADOR DE ALMAS

Por longos dias e noites, sinto uma paz tão grande como jamais senti desde minha fusão com Mauth. A primavera ainda não deu as caras no Lugar de Espera, mas o choque terrível do inverno finalmente diminuiu, e passo minhas noites conduzindo os fantasmas adiante.

Não é fácil, pois a podridão perto do rio se espalhou e os fantasmas se recusam a seguir em frente. Mas, quando me preocupo, o toque carinhoso da mágica de Mauth leva a preocupação embora. Há uma honestidade nesse trabalho. Uma clareza.

No entanto, certa noite isso muda, quando entro na cabana e derrubo algo de uma mesinha junto à porta. O objeto bate forte no chão e quica na direção da lareira. Olho fixamente para ele, perplexo. É um bracelete entalhado... mas de onde veio? Eu deveria me lembrar — eu *preciso* me lembrar.

Laia.

Seu nome irrompe em minha mente como fogos de artifício. As memórias que Cain me devolveu voltam todas ao mesmo tempo, com tudo que aconteceu desde então. Laia se machucou em Nur. Será que ela está bem? Afya e Mamie teriam cuidado dela, mas...

Uma lenta maré de mágica varre meus pensamentos. Minha preocupação desaparece. Minhas lembranças desaparecem.

Não!, uma voz grita em minha mente. *Lembre-se!*

Saio trôpego da cabana, o bracelete apertado na mão. Das árvores, um fantasma me observa.

— Você voltou — sussurra Karinna. — Você esteve longe por um longo tempo, pequenino.

— Sinto muito — digo a ela. — Eu estava... — *Lembre-se*, a voz em mim grita. Mas o que ela quer que eu lembre?

— Você viu o que está por vir — diz Karinna. — O redemoinho. Eu sinto o cheiro do conhecimento em você. E, no entanto, você não faz nada. E se ele machucar o meu amorzinho? Você me disse que ela estava por aí, ainda viva. E se o redemoinho a destruir?

Redemoinho. Fome. Escuridão. Sofrimento.

O Portador da Noite. Arrasto o nome da calda em que Mauth transformou meu cérebro. O Portador da Noite está despertando algo. Algo que ele não consegue controlar. Ele está usando fantasmas para fortalecê-lo, para que ele possa romper as proteções de Mauth e destruir o mundo humano.

— O que você vê não pode continuar — diz Karinna. — Vai machucar o meu amorzinho. Posso sentir isso. Você precisa detê-lo.

— Como? — A maré de esquecimento se derrama sobre mim, pois Mauth manipula minha mente, mas desta vez eu resisto.

— Sim. — Karinna anui. — Lute contra ele. Lute pelo meu amorzinho. Lute pelos que vivem.

— Mauth! — chamo, e ele me ignora novamente.

Ou talvez, percebo com um raio súbito de intuição, ele não consiga me ouvir. Continuo esperando que Mauth responda ao meu chamado. Mas ele combate interminavelmente o Portador da Noite. Em meio a uma luta, talvez eu não ouça o meu próprio nome ao meu lado, muito menos vindo de outra dimensão.

Eu me agacho ao lado da cabana. Por longos minutos, mantenho os olhos fechados e não me mexo. Sinto a mágica e a imagino tal qual Cain me mostrou, as cordas douradas espessas que mantêm este lugar unido. A imagem se desfaz em minha mente repetidas vezes. A cada vez eu a reconstruo, corda por corda, até sentir como se todo o Lugar de Espera estivesse em minha mente.

Então, como fiz com o Portador da Noite, eu me lanço sobre a imagem. Em um primeiro momento, ela estremece e bruxuleia, como se estivesse prestes a se dissolver. *Não, maldito...*

Nesse instante, sou tomado pela sensação mais esquisita, como se uma mão enorme me arrastasse para as entranhas da terra. Vejo meu corpo ajoelhado no mundo dos vivos.

Mas minha consciência não está lá. Sou puxado através de uma rede de mágica e logo estou em um promontório rochoso, sob um céu amarelo-claro. O promontório se estende atrás de mim, perdido na névoa. Um oceano selvagem se agita abaixo dele, as ondas tão enormes que desafiam a compreensão. Tenho um corpo — ou o aspecto de um, mas ele mais parece uma miragem do que algo real.

Quando ataquei a mente do Portador da Noite, eu vi esse mesmo lugar, essa mesma dimensão, da perspectiva dele. O lorde djinn enxerga Mauth como o muro entre ele e a vingança. Agora vejo a dimensão de Mauth da minha perspectiva.

Ao longo do horizonte, uma forma familiar, que lembra um homem, se aproxima.

Apanhador de Almas, diz Mauth. *Você não pertence a este lugar. Volte.*

— Tem algo de errado com o Lugar de Espera — digo a ele. — Eu tentei avisá-lo...

Eu luto guerras que você não faz ideia do que sejam, garoto. Volte.

— O Portador da Noite rouba a alma dos vivos.

Eu conheço os pecados do meu filho. Eles não lhe dizem respeito. Eu já cedi a você o suficiente da minha mágica para defender o muro. Para ajudar os fantasmas. Então vá e passe-os adiante. Você ficou tempo demais distante.

Eu tenho de chegar até ele. Mas como? Eu falo com a Morte em pessoa. Eu sou uma formiga, acenando as antenas, tentando conseguir a atenção do universo.

— Não há fantasmas — digo. — O Portador da Noite roubou todos eles. Restam apenas alguns, que não passarão adiante, pois só sentem um grande mal esperando por eles do outro lado.

Um longo silêncio.

Fale.

Conto a Mauth sobre a podridão ao longo do rio Anoitecer e sobre o medo dos fantasmas. Sobre a guerra do Portador da Noite e como ele usou

Maro para roubar almas. Sobre o que vi quando entrei na mente do Portador da Noite.

— Como você não sabe disso? — pergunto. — Como... Como não vê?

Eu não sou feito de fogo ou barro, Banu al-Mauth, ele diz. As minúcias das suas vidas humanas estão abaixo de mim. Têm mesmo de estar, de outra forma eu estaria atolado nelas.

Um suspiro sai como uma rajada de dentro dele, e sua mágica se enfraquece. *Para o meu desespero, a ira do Portador da Noite é interminável. Eu não sabia. Da mesma forma que você vê a minha dimensão de uma maneira, eu vejo a sua de outra.*

Um universo, eu me dou conta, tentando compreender o mundo de uma formiga.

Eu acreditava que os djinns precisavam ser libertos e devolvidos ao seu dever. Este é o propósito para o qual eu os criei. Não compreendi a profundidade da dor deles. Tampouco a fúria do Portador da Noite. Assim eu o combato e temo estar perdendo.

— Como você pode perder para ele? — pergunto. — Você é a Morte.

Se você subestimar a aranha, Banu al-Mauth, ela pode picar. E, se for venenosa, pode matar. Assim é com o Portador da Noite. Ele sabe onde picar. E está carregado de veneno.

— Por que você não tira a mágica dele como tirou de mim? — pergunto.

A mágica que você usa para passar os fantasmas adiante e defender o muro é uma extensão da minha própria mágica. Você a toma emprestado. Seu caminhar como o vento, no entanto, foi um dom que eu lhe dei. Não posso tirá-lo de você. Quando criei o Meherya, eu dei a ele toda a minha mágica. O que eu dei não posso tomar de volta. Até a Morte tem regras.

— Ele quer liberar o Mar do Sofrimento. Destruir toda a vida — digo. — Eu poderia matá-lo. E acho que posso lembrar aos djinns o seu dever. Colocá-los de volta em seu lugar. Mas eu preciso ser capaz de deixar o Lugar de Espera. Não posso ficar preso aqui.

Mauth parece olhar fixamente o oceano agitado. *Diga-me o seu juramento.*

— Iluminar o caminho para os fracos, os cansados, os tombados e os esquecidos na escuridão que se segue à morte.

Então é isso que você deve fazer. O equilíbrio tem de ser restaurado. Se isso significa deixar o Lugar de Espera, que assim seja. Mas atenha-se ao seu dever, Banu al-Mauth. A memória vai enfraquecê-lo. E a emoção não lhe servirá bem.

Mesmo enquanto ele diz as palavras, o entorpecimento rouba minha intenção. Mas, desta vez, algo se revolta firmemente contra isso.

— Se Cain não tivesse recolocado as memórias de Laia, Helene e Keris em mim — digo —, eu jamais teria deixado o Lugar de Espera. Jamais teria percebido o que o Portador da Noite está fazendo. Eu preciso das minhas memórias. Eu preciso das minhas emoções. — Penso em Laia e no que ela tem tentado me dizer há semanas. — Não posso inspirar humanos a lutar se eu mesmo não for um.

O Mar do Sofrimento bate contra o promontório, e formas enormes e repugnantes se mexem debaixo d'água. Dentes brilham. *Mais*, o mar rosna para mim.

Não vou interferir, diz Mauth. *Mas não se esqueça do seu juramento, ou você poderá ser destruído pela mágica que usei para segurá-lo. Você está ligado a mim por juramento até outro humano — não djinn — ser considerado apto a substituí-lo. O seu dever não é para com os vivos. O seu dever não é para consigo mesmo. O seu dever é para com os mortos, mesmo que isso cause a ruptura do mundo.*

As palavras de Mauth são tão conclusivas quanto o primeiro punhado de terra em um túmulo.

— Os djinns escaparam — digo. — Os fantasmas estão presos. O Portador da Noite arruinou cidades inteiras e roubou incontáveis almas. O mundo está rompido, Mauth.

Não, Apanhador de Almas, diz Mauth suavemente. *O poder do Mar do Sofrimento não pode ser controlado. Nem mesmo pelo rei dos djinns. Se ele o liberar, o mar não destruirá somente a humanidade. Ele destruirá tudo. Toda a vida. Até os próprios djinns. Eu temo, Banu al-Mauth, que o mundo esteja por ser rompido.*

❖ ❖ ❖

A maior parte da força de combate tribal está acampada no deserto de Bhuth, ao norte de Nur. No centro do acampamento, um grande ajuntamento de idosos, zaldars, fakirs, fakiras e kehannis se reuniu em torno de uma fogueira quase do tamanho de uma carruagem. Reduzo o passo à medida que me aproximo, pois uma discussão se inflama entre eles.

— Nós não iremos para a maldita Marinn... — o zaldar da tribo Nasur fala, gritando acima de uma dúzia de outras vozes. — Se quiserem ajudar os Navegantes, a escolha é de vocês...

— Se não formos todos juntos, o Portador da Noite vencerá. — A voz de Laia é baixa e ela luta para conter a frustração. — Ele terá a sua vingança sobre os Eruditos, e Keris caçará vocês como caçou o meu povo. Vocês serão escravizados. Destruídos. Assim como nós.

— Você tem a foice — outra voz se manifesta. — Vá você lutar contra ele. Não foi a violência do seu povo que causou a ira do Portador da Noite?

— Isso foi há mil anos... — Darin fala, e é quando noto que há Marciais dispersos em meio à multidão. Homens da Águia de Sangue.

— Não faz sentido ficarmos se formos caçados — diz Afya energicamente. — Nós iremos e lutaremos. Laia abaterá o Portador da Noite e talvez possamos vencer.

— Isso vai levar semanas...

— Meses — diz Gibran. — Talvez anos. Mas pelo menos vamos combater em vez de nos esconder como ratos.

Penso no aviso de Mauth, na profecia de Khuri. *Na queda da flor, a órfã se curvará à foice.*

Nós não temos meses ou anos. Temos semanas, se tanto. A primavera está próxima.

É Laia quem me vê primeiro. Laia, cujos olhos se arregalam quando saio da escuridão.

Sussurros de "Banu al-Mauth" correm pela multidão reunida em torno da fogueira. Eles poderiam gritar comigo. Perguntar por que eu parti. Em vez disso recuam, me dando espaço para passar. Atentos. Desafiadores.

— A maldade do Portador da Noite é mais profunda do que pensávamos — digo a eles. — Ele não está roubando seus fantasmas para fortalecer o povo dele. Ele os está roubando para poder destruir toda a vida. E se desejamos um futuro, qualquer que seja, não temos escolha a não ser detê-lo.

XLVII
A ÁGUIA DE SANGUE

Enterramos a imperatriz regente dois dias após seu assassinato, enquanto o sol se põe a oeste. Milhares de pessoas se alinham nas ruas de Antium, cobrindo-as com pétalas de rosas do inverno enquanto seis Máscaras a carregam para o Mausoléu Aquilla, na extremidade norte da cidade. Ali, sob um céu chuvoso e cinzento, ela é louvada com emoção por um punhado de paters e maters de diversas famílias que mal a conheciam.

Ou pelo menos foi o que me contaram depois. Não participo da cerimônia. Não deixo o palácio durante dias após sua morte. Em vez disso, planejo como destruirei Keris.

Duas semanas depois do funeral, estou enfiada em uma sala de reuniões com o conselho consultivo de Livia, ouvindo um grupo de generais recém-chegados que discutem por que o plano de guerra deles é o único que nos permitirá retomar Silas — e eventualmente Serra e Navium — das mãos de Keris.

— Nós deveríamos esperar — diz o velho general Pontilius, recém-chegado de Tiborum. Ele anda de um lado para o outro em torno da longa mesa onde estou sentada com Mettias, Quin Veturius, Musa, Cassius e outros seis.

— Não. Devemos atacar imediatamente — diz Quin. — Enquanto ela está tentando tomar as Terras Livres. Assegurar Silas e nos mover para o sul a partir dali.

— E se for uma armadilha? — pergunta Pontilius. — Ela pode ter um exército esperando por nós. Relatórios dizem que suas forças em Marinn chegam a quase quarenta mil homens. Ela tem outros trinta mil na reserva. Isso deixa cinquenta mil homens sobrando.

— Eles estão espalhados pelo sul... — sugere Musa, e Pontilius faz uma careta como se levasse um tapa.

— Como você sabe, Erudito?

No passado, Musa teria rido desse tipo de insolência. Agora, ele franze o cenho. As notícias de Eleiba sobre Marinn o deixaram mais moderado. Tudo que pude enviar foi uma força insignificante. Dois Máscaras. Duzentos soldados. É provável que nem tenham chegado a Marinn ainda. *Eles não chegarão a tempo,* Musa se irritou. *Precisamos atrair Keris para fora da cidade. E retomar o Império de maneira que ela não tenha escolha a não ser voltar.*

Ele poderia ter voltado com Eleiba. Musa até queria. Mas o povo dele está aqui, então ele ficou.

— Você sabe onde estava Musa de Adisa na luta para tomar Antium, Pontilius? — digo agora. — Ao meu lado, sangrando por um Império no qual ele jamais havia colocado os pés até alguns meses atrás. Lutando pelos Eruditos. Conte-me, *general*, onde você estava durante a luta?

Pontilius fica pálido.

— Você se deixou levar por um rosto bonito...

Minha lâmina está em sua garganta antes que ele termine.

— Não cometa o erro de pensar que não sou capaz de cortar sua garganta por indelicadeza, velhote. Todos nesta mesa sabem que eu não hesitaria — digo.

Pontilius engole em seco e, no que sem dúvida pensa ser um tom mais razoável, diz:

— Ele é um *Erudito*...

Meu soco acerta seu queixo com um estalo e ele tomba para trás, perplexo. Sinto vergonha por ele. Pontilius é mais jovem que Quin, deveria ser capaz de receber um soco de pé.

— Você... — ele cospe. — Como ousa?

— Ela poderia tê-lo matado. — Pater Mettias, abatido e calado até o momento, se manifesta. — Considere-se com sorte.

— Você deveria se lembrar, Pontilius — Quin diz o nome do pater com desprezo —, que a imperatriz regente Livia libertou os Eruditos. O conselho consultivo a apoiou.

— A imperatriz regente está morta. — Pontilius se afasta de mim o máximo que consegue. — E agora esta... esta mulher...

— Como o povo a nomeou *imperator invictus* e ela é a mater da Gens Aquilla, proponho que a Águia de Sangue passe a servir como regente — diz Quin.

Ele me avisou esta manhã que faria essa proposta, mas eu não esperava que fosse tão cedo — e gostaria que ele não tivesse mencionado o título de *imperator*.

— Até que tenhamos lidado com Keris — continua o velho. — Sim ou não?

Não é realmente uma pergunta, e o "sim" que ressoa pela sala é inequívoco.

— Ela não pode ser ao mesmo tempo Águia e regente — Cassius se manifesta, o cretino. Ele e Pontilius não olham um para o outro, mas minhas fontes me dizem que eles andaram conspirando. É uma pena que eu precise de seus homens. — Não há precedente.

— Não há precedente para uma comandante de Blackcliff trair o seu próprio povo se unindo a invasores bárbaros, deixar a capital para ser incendiada e se declarar imperatriz — digo. — Não há precedente para ela gozar do apoio de centenas de paters ilustres, incluindo você, apesar desses crimes. Não há precedente para ela assassinar a regente de direito com a ajuda de um ser sobrenatural saído dos infernos. — Abro as mãos. — Mas cá estamos. Nos ajudem ou nos deixem, paters. Não faz diferença para mim. Eu vou assegurar o Império para o meu sobrinho com ou sem a sua ajuda, com ou sem os seus homens.

Após a reunião, Dex vem ao meu encontro. Meu velho amigo tem olheiras debaixo dos olhos. Ele parece ter dormido tanto quanto eu, mas não me oferece palavras generosas ou compreensivas. Ele sabe que não quero nada disso.

— A nova ama de leite está pronta para conhecê-la, Águia — ele diz, e eu o sigo na direção das casernas da Guarda Negra, que transferimos para a área do palácio. — O nome dela é Mariana Farrar. Foi recomendada por Coralia Farrar. Elas são primas.

— Então ela tem parentesco com o imperador também — digo. — Como ele tem se comportado com ela?

— Muito melhor que com a última ama de leite — diz Dex. — Pedi a Silvius para observar também, tendo em vista que ele já trabalhou com mães e filhos. Ele não fez nenhuma objeção.

— Família?

— O marido dela trabalha nos curtumes. Eles escaparam de Antium conosco após o cerco. São bem conhecidos. Benquistos. Têm um filho de um ano e quatro meses. Será desmamado em breve.

Quando entro nos aposentos de Dex, Mariana se levanta. O sangue Farrar é evidente: ela tem os olhos amarelos de Marcus e Zacharias. Um rapaz com uma criança no colo está parado a seu lado — seu marido, presumo. Entendo que eles querem fazer uma reverência, mas minha armadura os deixa sem jeito.

— Eu sou a Águia de Sangue e regente do imperador. — O título parece estranho em minha boca, e recorro à Máscara que há em mim para dizer as palavras secamente. — Meu dever é proteger o Império e o imperador a qualquer custo. Você é parte necessária de um mecanismo elaborado para protegê-lo. Se fizer algum mal ao imperador, o que acha que eu farei?

Mariana ergue o queixo, mas sua voz é um sussurro, e ela tem de se forçar para mirar meus olhos.

— Me matar. É o que você deveria fazer.

Anuo para a criança e para o homem que a segura.

— Primeiro eu vou matar o seu garoto ali. Depois vou matar o seu marido. Eu vou encontrar todas as pessoas que você ama ou já amou na vida e vou matá-las também. E vou fazer questão de que você assista antes de jogá-la na prisão, para que você possa conviver para sempre com o horror das suas atitudes. Você compreende?

Mariana anui freneticamente, mas sustento seu olhar.

— Diga as palavras.

— Eu... Eu compreendo.

Dex e eu acompanhamos Mariana e sua família até a porta. Assim que se distanciam no corredor, eu me viro para ele.

— Quatro guardas quando ela amamentar, não dois — digo. — O marido dela e o filho seguem no palácio, em observação. Basta um olhar errado dela para o imperador e exijo ser informada.

Vou para o quarto de Zacharias, que agora se conecta ao meu, no segundo andar do palácio. O aposento fica de frente para o jardim, embora Zak não consiga vê-lo. A janela está coberta por tábuas, e, mesmo com uma série de lamparinas coloridas penduradas no teto, parece menos um quarto de bebê e mais uma cela de prisão. Provavelmente por causa de Silvio Rallius e Deci Veturius, cada um se avultando em um canto. Eu deveria ter ordenado que guardassem o quarto de Zacharias desse jeito antes.

Além dos Máscaras, Coralia está sentada toda de preto em uma cadeira de balanço, os olhos inchados enquanto observa Tas e Zacharias brincarem. Ela se levanta quando entro, mas gesticulo para que volte a seu assento.

Tas está no chão com meu sobrinho, fazendo um pequeno cavalo de madeira dançar ao longo de seu braço. Observo por um momento antes que o garoto note minha presença. Ele se levanta, mas abro espaço para ele e peço que se sente. Eu conheço sua história. Harper me contou a respeito dele, de Bee e das outras crianças de Kauf.

— Águia — ele chama após um instante, e posso dizer que ele criou coragem para isso. — Eu... Eu lhe devo desculpas. Se eu não tivesse deixado o Zakky aquela noite, se eu tivesse ficado com ele...

Vou até Tas e me ajoelho. Em um canto, Coralia funga silenciosamente, tentando abafar o choro.

— Então você estaria morto também — digo. — A culpa não é sua, Tas. Isso diz respeito a mim, somente a mim. Mas eu tenho um pedido para fazer a você.

Venho considerando isso há dias, desde antes do assassinato de Livia.

— O imperador precisa de companhia. Não de uma regente como eu ou de guardas como Rallius. — Anuo para o homem corpulento que observa Tas com seriedade. — Mas de um amigo. Um irmão. Alguém para rir com ele, brincar com ele, ler para ele, mas que também o oriente e o mantenha seguro. Alguém em quem ele confie. Alguém que o compreenda. Mas essa pessoa, Tas, tem de ser treinada em combate. Tem de ser educada. Você assumiria essa tarefa?

Tas se mexe desconfortavelmente.

— Eu... Eu não sei ler, Águia de Sangue.

— Você é um rapaz inteligente, vai aprender rápido. Se quiser, é claro... — Subitamente percebo que a criança pode estar com medo de dizer "não". — Pense no assunto. Quando virmos Laia novamente, talvez você possa perguntar a ela. Ela é sábia para aconselhar sobre esse tipo de coisa.

Zacharias pega o cavalo de Tas e o joga alguns palmos adiante. Em seguida rola de bruços, balançando-se na direção do cavalo e perplexo por não conseguir se aproximar dele.

Não consigo deixar de sorrir. Meu primeiro sorriso desde que Keris matou Livvy.

— Ele nunca fez isso antes.

Zacharias perde o interesse, rola novamente e coloca um pé na boca.

— Logo ele vai estar correndo por aí — diz Tas. — Por enquanto, o interesse são os pés. Bem saborosos, pelo visto.

— Sim, muito saborosos. — Levanto meu sobrinho e faço cócegas em seus dedos. Ele me mostra dois dentinhos e dá uma risadinha. — Ah, pequenino. — Eu me esquivo de sua mão em minha trança. — Determinado a desmanchar o penteado da tia Águia, estou vendo. Tas, por que você não vai tomar um ar e almoçar? Você não deveria ficar enfiado aqui o dia inteiro, pobrezinho.

Quando o garoto sai, levo Zacharias para os meus aposentos, dispensando os Máscaras que estão ali. Meu sobrinho busca a janela, em direção à luz, mas o mantenho bem distante e no escuro, onde é mais seguro. Onde a lâmina errante de uma assassina não possa atingi-lo.

Não dá para viver assim, lembro de Livia me dizer. Mas é tudo que temos. Ouço passos familiares atrás de mim, mas não me viro.

— Logo você caminhará na luz de novo, meu sobrinho — digo a Zacharias. — A tia Águia vai te proteger. Você vai cavalgar, fugir dos seus tutores e viver muitas aventuras com bons amigos. A tia Águia vai acabar com todos os seus inimigos. Eu pro...

As palavras morrem em meus lábios. Porque eu prometi à minha irmã que a protegeria. Prometi a mim mesma que não deixaria nada acontecer com ela, não depois do que aconteceu com meus pais e Hannah.

— Prometa, Águia.

Harper está parado a meu lado, cumprimentando o imperador com um raro sorriso e um beijo no topo da cabeça. Zacharias oferece um sorriso hesitante.

— Olhe o seu sobrinho nos olhos e faça o juramento — diz Harper.

Balanço a cabeça.

— E se eu não conseguir mantê-lo? — sussurro, porque a alternativa é gritar, e, se eu fiquei em silêncio enquanto minha irmã morria, posso ficar em silêncio agora.

— Você vai mantê-lo — diz Harper.

Balanço a cabeça e chamo Coralia, que pega Zacharias no colo. Harper me segue quando deixo o quarto. Foi bastante fácil evitá-lo nos últimos quinze dias — eu tive meses de prática. Antes que ele diga algo que me deixe em pedaços, eu falo.

— Traga Quin Veturius para o gabinete ao lado da sala do trono — peço. — Quero saber a opinião dele sobre o que fazer com Pontilius... O que você...

Harper pega minha mão e roça um dedo em meus lábios. *Shh*. Ele me puxa na direção oposta à da sala do trono e descemos uma escada de pedra. Perto dos últimos degraus, ao lado de uma pilha de lixo e próximo a uma tapeçaria enorme recentemente restaurada, ele toca parte da parede e a pedra se abre.

Eu conheço essa passagem. Ela leva a um corredor sem saída, com alguns armários de depósito pelo caminho. Rallius faz com que a guarda do palácio confira o lugar duas vezes por dia.

Mas, é claro, Harper saberia disso. Eu entendo por que ele me trouxe aqui e me sinto tão grata que meu desejo é agarrá-lo e beijá-lo aqui mesmo, com a porta do corredor aberta.

Esquecer é o que eu preciso no momento. Uma maneira de escapar do sentimento que aflige meu peito, como se o simples fato de dizer o nome de Livia fizesse meu coração murchar e morrer. Harper é uma distração. Uma distração de que preciso desesperadamente.

Ele solta minha mão assim que estamos no corredor e acende uma tocha. Quando ela flameja, retomamos a caminhada, passando por um quarto de despejo com lixo e madeira e adentrando outro, maior do que eu suspeitara. É grande o suficiente para um catre de cordas e uma mesinha com uma lamparina. No canto, há um bastão e uma pilha de pedras.

— É aqui que você dorme? — pergunto e olho para o catre, mas Harper nega.

— Só há fantasmas aqui, Águia.

O quarto é frio, embora eu mal o sinta. Desamarro meu manto, mas ele balança a cabeça e me passa o bastão.

— Ah. — Olho para ele apreensiva. — O que vou fazer com isto?

— Encontrei este lugar quando viemos a Antium pela primeira vez, após você me dizer como meu pai morreu. — Ele me olha nos olhos.

— Não estou entendendo.

— Eu vinha aqui para gritar na escuridão — ele diz. — Para gritar e quebrar coisas.

— Mas você é sempre tão calmo.

— Sempre, Águia? — Ele arqueia uma sobrancelha prateada, e uma onda de calor sobe em meu rosto. Harper não é sempre calmo. Isso ficou suficientemente claro nas termas.

— Eu não preciso gritar ou chorar ou... quebrar pedras. — Largo o bastão. — Eu preciso... preciso...

— Gritar — ele diz calmamente e me passa o bastão de novo. — E quebrar coisas.

É como se suas palavras dessem vida a algo confuso e doloroso que tem se abrigado dentro de mim, sem que eu o reconheça, por tempo demais. Algo que permanece à espreita desde que presenciei Marcus cortar a garganta do meu pai. Desde que ouvi Hannah gritar: *Helly!* Desde que vi Antium se incendiar. Desde que a cozinheira e Faris e Livvy morreram.

Só percebo que estou caída quando meus joelhos se chocam contra o chão. O grito irrompe de mim como um prisioneiro que não viu a luz por cem anos. Meu corpo se sente vivo, mas da pior maneira, uma traição a todos aqueles que partiram. Todos aqueles que eu não salvei. Grito de novo e de novo. O grito se dissolve em algo primitivo, então uivo e choro. Pego o bastão de Harper e quebro cada pedra que há no quarto.

Quando não restam mais pedras, largo o bastão e me encolho em uma bola no catre. Soluços contidos transbordam. Não choro assim desde que eu era criança e me confortava nos braços dos meus pais. Então até o choro cessa.

— Eu estou desfeita — sussurro para Harper as palavras que o adivinho me dirigiu muito tempo atrás. — Estou q-quebrada.

Ele se ajoelha e seca minhas lágrimas com os polegares. Então ergue meu rosto até o seu, seus olhos também úmidos, seu olhar ardente de um jeito que raramente vi.

— Você está quebrada. Mas as coisas quebradas são as mais afiadas. As mais mortais. As coisas quebradas são as mais inesperadas e as mais subestimadas.

Fungo e seco o rosto.

— Obrigada — digo. — Por... — *Por estar aqui. Por me dizer para gritar. Por me amar. Por me conhecer.*

Mas não digo nada disso. Eu me sinto grata agora por não termos feito amor aqui, neste lugar. Eu me sinto grata por tê-lo mantido afastado por tanto tempo, pois vai ser mais fácil agir dessa maneira de novo.

Devolvo o bastão para o canto onde ele estava e me levanto. Então vou embora. Harper não diz nada. Mas espero que ele entenda.

Eu já vi o que acontece com as pessoas que eu amo.

◆ ◆ ◆

No amanhecer do dia seguinte, vou ver Zacharias em seu quarto. Ele dorme no berço ao lado do catre de Tas. Rallius está de guarda, posicionado junto à porta.

— Águia — sussurra Rallius, antes de sair para o corredor para me dar um momento de privacidade.

Eu me detenho sobre o berço do meu sobrinho e o olho fixamente. Seus cachos castanhos são crespos e macios em minha mão, como o cabelo de Livia costumava ser quando ela era criança.

— Prometo que vou mantê-lo seguro. — Luto para conter as lágrimas que ameaçam escorrer. Já gritei e chorei o suficiente. Não mais. — Qualquer que seja o preço. Eu vou protegê-lo como não protegi os outros. Eu juro, por sangue e por osso.

E com isso vou embora para assegurar o império do meu sobrinho.

XLVIII
LAIA

A lua está alta e cheia quando Elias encontra Darin e eu sentados no topo de um rochedo à beira do cânion. Sinto o Apanhador de Almas antes de vê-lo, como alguém sente o ar vibrar quando um falcão mergulha sobre a presa.

— O que foi? — Quando olho para cima, Darin saca sua cimitarra, pois estamos de guarda. — O que você está vendo?

Meu coração bate contra o peito como um touro enjaulado quando Elias se aproxima. Darin o vê e resmunga.

— Posso chutá-lo? — pergunta meu irmão. — Vou chutá-lo.

— Ele salvou a sua vida, Darin.

— Só um chutinho — ele argumenta. — Nem vai machucar. Olhe para ele, céus. Provavelmente vai quebrar o *meu* pé.

— *Não*.

— Está bem. — Darin pega sua mochila, ignorando o anuir de cumprimento do Apanhador de Almas. — Eu sei quando não sou bem-vindo. — Assim que ele passa por Elias, meu irmão se vira e simula um chute, abrindo um largo sorriso.

Céus. Irmãos.

— Algum progresso com as tribos? — pergunto a Elias, pois quando vim para cá os zaldars ainda estavam discutindo se deveriam partir para Adisa ou tentar lutar por Aish.

Elias balança a cabeça.

— A maioria queria lutar por Aish — ele diz. — Alguns queriam partir para Marinn.

Meus dedos se fecham em torno do cabo da foice. A lâmina está guardada dentro de um pedaço de madeira, não passando de um belo cajado para o resto do mundo. Que é essencialmente o que ela vai ser se eu não conseguir chegar até o Portador da Noite e se Mamie não puder resgatar a história dele.

Nenhum de nós dormiu nas últimas noites, sabendo agora o que o rei dos djinns pretende fazer com todo o seu roubo de almas. Estremeço, o medo rastejando sobre mim como um tapete de aranhas.

Elias limpa a garganta e anui para a pedra.

— Você se importaria?

Surpresa, abro espaço rapidamente. Ele sempre parece hesitar até para chegar perto de mim. Mas não faço perguntas e me permito aproveitar o calor de seu corpo tão próximo do meu.

— É uma viagem de dois meses daqui até Adisa. — Ele estica as longas pernas à frente. — Se conseguirmos barcos para atravessar o mar do Anoitecer, se sobrevivermos ao bloqueio da comandante e se o tempo ajudar.

— Você poderia ordenar que os Tribais o sigam — digo. — A palavra do Banu al-Mauth tem um grande peso. E eles confiaram em você até agora.

— Só para ver suas cidades destruídas...

— Só para sobreviver — eu o corrijo. — Se você não os tivesse mobilizado, Nur e o seu povo teriam virado cinzas.

— Você me disse algo umas semanas atrás — comenta Elias. Suas mãos estão viradas para cima, e ele corre o polegar sobre um calo, detendo nele sua atenção. — *Você não pode liderá-las se não compreendê-las.* Agora eu compreendo as tribos. Eu compreendo o medo delas. Elas não querem morrer. E, se formos para Adisa lutar, nós as estaremos levando para a morte. Além disso, eu me pergunto se não estaremos fazendo exatamente o que o Portador da Noite quer ao irmos para Marinn.

— Você acha que ele está tentando nos atrair para lá?

— Acho que não devemos agir por impulso — diz Elias. — Precisamos pensar bem.

— Não temos muito tempo para pensar — argumento. — Faltam apenas algumas semanas para a primavera. *Na queda da flor, a órfã se curvará à foice.* Eu acho... — Sinto um calafrio. — Acho que essa profecia é sobre mim... Não consigo terminar o pensamento. Será que ainda há pessoas no mundo que experimentam a felicidade? Aproveitem, quero dizer a essas pessoas. *Aproveitem, porque logo tudo pode passar.*

Elias se aproxima e coloca o braço ao meu redor. Estou tão surpresa que é como se ele tivesse se transformado em um coelho falante.

— Você disse para eu ser mais humano... — Ele logo me solta. — Você parecia triste, então...

— Não. — Puxo seu braço para meu ombro. — Está tudo bem. Mas, se sua intenção é me confortar, seu abraço deveria parecer menos um galho de árvore e mais um... xale.

— Um xale?

É claro, eu tinha de escolher uma palavra especialmente pouco romântica.

— Assim. — Deixo meu braço repousar naturalmente em torno de sua cintura. — Não somos amigos de escola bêbados cantando canções de marinheiro. Nós somos... eu e você... nós...

Não sei o que somos. Procuro em seu rosto, perguntando-me se um dia verei a resposta nele. Mas ele o vira para cima, para a vastidão reluzente do céu, de maneira que não consigo ver sua expressão.

Ainda assim, após uma meia dúzia de batidas rápidas demais do meu coração, o braço dele relaxa, músculo por músculo, até envolver confortavelmente minhas costas. Sua enorme mão segura meu quadril, e, quando Elias me puxa para mais perto, tenho a impressão de que todo o calor do meu corpo se acumulou debaixo de seus dedos.

Por mais que ele seja o Banu al-Mauth, ainda cheira a tempero e chuva. Esqueço o frio e inspiro seu aroma. Não é tudo o que eu queria, mas não é pouco também.

Espero que ele se afaste, mas ele não o faz. Lentamente, a tensão me deixa. Com Elias a meu lado, sinto-me mais eu mesma. Mais forte e menos sozinha.

— Você acha que os djinns sabem? — pergunto a ele. — O que vai acontecer se o Portador da Noite liberar o Mar do Sofrimento?

— Eles devem ao menos suspeitar. — O ribombar de barítono zune através do meu corpo. — Eles não são tolos.

— Então por que o apoiam? — questiono. — Se eles foram aprisionados por mil anos e soltos apenas para promover o caos e morrer... Parece um desperdício terrível.

— Talvez o aprisionamento os tenha enlouquecido.

Mas isso não parece certo.

— Não é a loucura que prende o Portador da Noite — digo. — É a intenção. Ele *quer* destruir tudo. Acho que ele está escondendo esse fato de sua gente. — Estremeço. — No entanto, ele alega amá-los. Ele os *ama*.

Ouvimos passos atrás de nós e saltamos para longe um do outro.

— Banu al-Mauth! — Gibran e Aubarit se aproximam, ela faz uma mesura com a cabeça em respeito e então dá um tapa em Gibran, que rapidamente a imita.

— O jantar está pronto, Laia — diz Gibran. — Afya nos mandou para assumir a guarda.

Quando Elias e eu chegamos ao sopé do cânion, ele desaparece, os olhos distantes daquele jeito que me diz que está tentando resolver um problema. A maioria dos Tribais já se recolheu. Os poucos que ainda estão acordados sentam-se em torno da fogueira silenciosamente, qualquer discussão abafada pelo vento solitário que uiva pelo cânion, quase apagando as chamas.

— Maldito frio. — Afya bate os dentes em torno da colher. — E há muito pouca madeira. Não vamos conseguir ficar aqui muito mais tempo.

— Vocês convenceram alguém a mudar de opinião?

— Minha tribo vai ficar, assim como as tribos de Mamie e Aubarit — diz Afya.

— Os demais planejam partir com a primeira luz. Eles esperam retomar Aish.

— Aish não importa — diz Darin, encolhido junto ao fogo —, se o Portador da Noite liberar aquele redemoinho e matar todo mundo.

Deixo Afya e Darin e vou falar com Mamie, a alguns metros dali. Embora esteja frio o suficiente para o regato ter uma camada de gelo, ela está sentada no chão, olhando para as estrelas.

— Não consegue dormir? — pergunto a ela.

— Não quando sei que a história está por aí, à minha espera. — Mamie se vira para mim com seu olhar escuro e penetrante. — Eu a sinto em você, Laia. Perto de você. Quase parte de você. Repense tudo o que você sabe. Tem de haver algo que você esqueceu. Alguma parte da história escondida na sua mente. Quando o adivinho morreu, o que ele disse para o Elias mesmo?

— Ele disse para *voltar ao início*...

— E o livro? — pergunta Darin, que veio se sentar ao nosso lado. — Será que não há nada nele?

Eu o olho de soslaio.

— Que livro?

— O livro que eu te dei. — Ele parece ofendido. — Lá no Império. Um pouco antes de você partir para o sul.

Diante do meu olhar perdido, ele empurra meu ombro.

— Que inferno, Laia! Bom saber que a minha irmã me considera tanto assim. Quando nos despedimos, eu te dei um presente, lembra? Eu o encontrei em Adisa.

Corro para minha mochila, guardada na carruagem de Mamie, e trago um pacote embrulhado em tecido encerado. O barbante está duro das águas da enchente e tenho de cortá-lo. Dentro do pacote, há um livro gasto, encadernado em couro macio.

Reunião noturna, está escrito.

— Por que ele parece familiar?

— Você estava lendo esse livro — diz Darin. — Antes do ataque. Antes de o Máscara aparecer... Antes de a vovó e o vovô... — Ele para e limpa a garganta. — Enfim. Você o estava lendo.

Penso na profecia do adivinho e, apesar do calor que emana da fogueira e do meu manto, estou subitamente tremendo. *Volte para o início.* Eu me viro para Mamie.

— Isso poderia...

Ela já tirou o livro de mim.

— Sim — expira. — Era disso que eu precisava. Era isso que estava faltando.

Abro a mão, esperando que ela o devolva. Mamie me ignora e se levanta, a frustração substituída por uma determinação obsessiva.

— Eu não deveria ler... — falo às suas costas. Mas ela me dispensa com um aceno, o livro enfiado debaixo do braço enquanto procura uma história em um lugar aonde não posso segui-la.

XLIX
O APANHADOR DE ALMAS

Amor. Considero a palavra após deixar Laia e me retirar para minha tenda, espremida entre duas carruagens de provisões no canto mais distante do acampamento saif. Sem pensar, pego o bracelete de Laia e começo a entalhar.

O amor não pode viver aqui. Shaeva me disse isso quando me tornei Apanhador de Almas. No entanto, foi o amor que começou tudo isso — o amor que o Portador da Noite tinha pelo seu povo foi o que o levou a assassinar, a perder a razão, a se vingar.

E ainda é o amor que o motiva.

O modo como ele lutou durante séculos para salvar os djinns. Como uivou quando Khuri morreu. Como ficou furioso quando Laia atirou em Maro. Malditos infernos, até seu próprio nome. *Amado.* O amor está no cerne do que o Portador da Noite foi. Era sua maior arma.

Mas eu posso usá-lo como arma também.

♦♦♦

Os zaldars não apreciam muito ser acordados no meio da noite. Especialmente quando a maioria está planejando partir ao amanhecer.

Então preparo um caldeirão enorme de chá doce e quente, como Mamie Rila costumava fazer no auge do inverno.

— Mais mel — Laia sussurra após prová-lo, atacando sorrateiramente a reserva de Mamie.

Quando canecas de chá já passaram de mão em mão, e os zaldars, fakirs e kehannis estão acomodados em volta de uma grande fogueira, exponho meu plano.

— Nós temos de combater o Portador da Noite, pois a sobrevivência do mundo depende da nossa vitória sobre ele. — Um resmungar baixo se inicia, e me obrigo a falar mais alto para encobri-lo. — Mas não podemos ir para Adisa. É uma jornada de pelo menos dois meses através de terras infestadas de Marciais e mares traiçoeiros. E não sabemos se os Navegantes ainda estarão combatendo a essa altura, ou se Keris e os djinns já os terão derrotado.

— Diga de uma vez o que está pensando — o zaldar da tribo Shezaad fala tão insolentemente que sua fakira, uma mulher da idade de Mamie vestida de negro, lhe dá um tapa no alto da cabeça. Ele se encolhe, o olhar carrancudo como o de um gato de rua.

— Devemos tomar uma rota mais curta para Sher Djinnaat, a cidade dos djinns, no coração do Lugar de Espera. — Peso as palavras cuidadosamente, pois só terei esta chance de convencê-los. — Tudo que o Portador da Noite já fez na vida foi pelo seu povo. Ele não vai deixar que eles sejam mortos. Nós podemos atraí-lo e ao seu exército para longe de Marinn, onde temos vantagem.

— Como temos vantagem se é a cidade deles? — pergunta outro zaldar. — Eles vão cortar nosso exército ao meio com seu fogo.

— A maioria dos djinns na cidade está enfraquecida — Laia se manifesta. — Eles não se recuperaram do seu aprisionamento.

— Um exército de quatro mil Tribais e mil efrits não é algo pequeno — diz Afya. — O Portador da Noite vai saber que estamos vindo.

— Não se Elias e eu estivermos escondidos — intercede Laia. — Darin também. Nós podemos disfarçar nossos guerreiros e provisões. De longe, o exército vai parecer somente um bando de refugiados.

— Nós não gostamos disso, Apanhador de Almas. — Rowan Goldgale avança, seguido por seus lordes efrits. — E não vamos apoiar um massacre. Já testemunhamos massacres demais.

— A ideia não é matar os djinns — digo. — É atrair o Portador da Noite para longe das Terras Livres para impedi-lo de ceifar mais almas. Para que os exércitos navegantes possam se reagrupar. Os Navegantes são nossos aliados. Eles ofereceram refúgio para os Eruditos quando as tribos não tinham como. É errado abandoná-los quando nosso inimigo é o mesmo.

— Você diz *nosso* — destaca a kehanni Nasur —, mas é um Marcial.

— Ele é o Banu al-Mauth, kehanni. — A voz de Aubarit é gélida, e ela não é mais a garota assustada que conheci um inverno atrás. — O Escolhido da Morte. Tenha cuidado como você fala com ele, ou deixarei sua alma perdida por aí.

A kehanni engole qualquer resposta que tivesse preparado.

— Os Navegantes não nos ajudaram — ela enfatiza. — Sadh, Aish e Nur foram incendiadas e não ouvimos nada deles.

Uma velha emoção cresce dentro de mim. Uma das primeiras que senti quando Cain despertou minhas memórias. Raiva, pela teimosia de quase todos por aqui, por sua maldita recusa a enxergar as coisas.

Mas me contenho. Os zaldars temem levar aqueles que amam para uma morte rápida. Eles temem o fracasso. A kehanni da tribo Nasur teme o mesmo.

— É um risco — digo. — Mas dessa maneira forçamos o Portador da Noite a agir. A vir até nós. Vamos nos preparar para o ataque dele e, quando ele vier, segurar o exército pelo tempo que for possível para que...

Olho para Laia, parada nas sombras, a mão cerrada em torno da foice.

— Para que eu possa matá-lo — ela diz.

Não digo nada sobre o meu plano de conversar com os djinns em Sher Djinnaat, de tentar persuadi-los a servirem como Apanhadores de Almas novamente. Fazer isso agora só complicaria as coisas.

— Que outra escolha nós temos? — Afya se manifesta. — Chegar a Marinn a tempo de ser massacrados? Esperar aqui até esse redemoinho ou a comandante nos destruir? Nosso sofrimento começa e termina com o Portador da Noite. Vamos acabar com ele.

— *Se* ela conseguir acabar com ele — diz o zaldar da tribo Shezaad. — Dê a foice a alguém que possa empunhá-la. Por que não você, Apanhador de Almas?

Minha ira cresce e vejo que meus punhos estão cerrados, mas mantenho o silêncio, pois Laia dá um passo à frente, seus olhos escuros refletindo as chamas enquanto considera o zaldar.

— Quantas vezes você enfrentou o Portador da Noite e sobreviveu, zaldar?

O homem balança de um pé a outro.

— Eu já o desafiei e sobrevivi inúmeras vezes. Ele tentou me ferir, mas não vou deixar que me fira. Ele tentou me destruir, mas não vou deixar que me destrua. E também não vou aceitar receber ordens de um homem que tem tanto medo de combater os djinns que precisa criticar uma mulher para se sentir superior.

— Se levarmos a luta para Sher Djinnaat — digo —, escolhemos nosso próprio destino, em vez de deixar o djinn e Keris Veturia escolherem por nós.

— Eu quero me vingar daqueles *herrisada* pelo que fizeram com as nossas cidades —- diz Afya. — Com o nosso povo. A tribo Nur está com você, Banu al-Mauth.

Seus guerreiros estão atrás dela e, em uníssono, erguem os punhos e gritam:

— NUR!

— Você é nosso Banu al-Mauth. — Sentado atrás de Mamie Rila, Shan olha para trás, para seus guerreiros. — Mas também é nosso irmão. — Ele pega a mão de Mamie. — A tribo Saif está com você.

Agora, são os guerreiros da tribo Saif que gritam:

— SAIF!

— Os Marciais estão com você. — Jans Aquillus, líder da legião marcial, dá um passo à frente. Segundos mais tarde, Rowan Goldgale se junta a ele.

As tribos Nasur e Rasim manifestam seu apoio, então as tribos Ahdieh e Malikh — e mesmo os poucos guerreiros da tribo Zia que sobreviveram à destruição de Sadh. O líder da tribo Shezaad finalmente consente, pressionado por seus guerreiros e sua fakira.

Eu me viro para Laia. Ela foi a primeira pessoa para quem contei meu plano. Ainda assim, quero perguntar.

— Eu também estou com você. — Ela cruza os braços e me prende com seu olhar escuro. — Mas você tem o péssimo hábito de fazer tudo sozinho. Carregar todos os fardos. Combater todas as batalhas. Não desta vez, Apanhador de Almas. Desta vez, nós vamos fazer do meu jeito.

L
A ÁGUIA DE SANGUE

Os corredores parecem estranhamente vazios sem Livia. Antes, suas damas de companhia estavam por toda parte para lhe servir, e Livia só ia para o seu quarto para dormir.

Agora os soldados estão em todos os lugares, auxiliares e legionários em seus uniformes escuros. Máscaras em suas capas vermelhas cor de sangue. Passo por Quin Veturius e pater Mettias perto do campo de treinamento. Eles me saúdam, a respiração como fumaça no ar gelado, mas ambos têm uma pergunta nos olhos.

Por que você ainda está aqui, Águia de Sangue?

O exército de Antium está equipado, armado e pronto para partir para o sul. Cem barcaças esperam ao longo do rio Rei para carregar meus soldados até Silas. E então avante, até Serra, Navium e rumo à vitória.

Os batedores já trouxeram seus relatórios: o caminho está livre. Os paters do conselho consultivo, inclusive Quin e Mettias, estão ficando impacientes comigo. Finalmente temos os destacamentos militares para tomar o território de Keris. E embora ela tenha deixado milhares de soldados para guardar suas cidades, ela mesma está longe, combatendo a guerra do Portador da Noite em Marinn.

Eu deveria mandar minhas tropas para o sul. Eu deveria retomar o Império para o meu sobrinho. Mas não dou a ordem.

Porque é fácil demais.

Os planos de Keris são sempre mais complexos do que parecem em um primeiro momento. A comandante não deixaria simplesmente o sul desprotegido para eu atacar. Ela está tramando algo.

Enquanto caminho pelo palácio gélido, procuro um brilho de cor em meio à monotonia. Você sempre pode contar que Musa vá vestir pelo menos um item chamativo, e preciso de suas informações agora.

Algo bruxuleia perto do meu ouvido.

— Graças aos céus — exclamo. — Diga para o seu mestre parar de me espionar e vir falar comigo. — Eu me viro na direção dos meus aposentos. — Eu preciso... ai! — Sibilo ao ver um vergão aparecer em minha mão. — Você me *mordeu*?

Ele morde de novo, mas dessa vez tremeluz, visível, as asas iridescentes esvoaçando. O corpo dele é vagamente humano, mas verde e coberto por uma penugem amarelo-clara.

No entanto, é o rosto do diabrete que chama minha atenção antes que ele desapareça de novo. Agitado. Triste.

— O que está acontecendo? — Levo a mão à cimitarra. — Musa está bem?

O diabrete bruxuleia à minha frente e corro atrás enquanto ele me guia até os aposentos de Musa. Quando chego lá, ninguém responde à minha batida.

— Musa — chamo. — Você está aí?

O diabrete zune à minha volta freneticamente, e eu praguejo, olhando para ambos os lados. É claro, quando preciso de soldados, não há nenhum por perto.

— Erudito! — grito. — Estou entrando.

Dou alguns passos para trás e então chuto a porta, com as cimitarras nas mãos, esperando... não sei. Talvez a comandante novamente. Ou um djinn.

A sala de estar de Musa está vazia, e é só quando entro no quarto que vejo sua forma caída sobre a cama.

— Musa... — Estou a seu lado em dois passos. Seus olhos estão vermelhos, o rosto molhado e extenuado. — Infernos, o que aconteceu? Veneno? O que você com...

Então vejo um pergaminho em suas mãos. Eu o pego com cuidado. A missiva é de Eleiba, e não é longa.

Ayo sucumbiu. Adisa sucumbiu. Milhares de mortos. Princesa Nikla morta defendendo o rei Irmand. Ambos assassinados por Keris Veturia. Pedimos ajuda imediata.

— Ah, malditos infernos. — Eu me sento ao lado dele. — Céus, Musa. Sinto muito. Sinto muito mesmo.

O papel cai. Ele afunda o rosto entre os joelhos e chora. Sua dor é crua, sem pudor e tão diferente da minha. Após um momento, pego sua mão, porque parece algo que Laia faria. Ele a segura firme e chora, e meus olhos ardem enquanto o observo lidar com o horror de perder o amor de sua vida, assim como seu rei.

— Águia? — uma voz chama da porta. Harper examina o quarto, cimitarras em punho. — Os diabretes me chamaram.

— Está limpo — digo. Ele embainha as lâminas e eu lhe passo o bilhete. Nossos olhares se cruzam sobre a cabeça de Musa, e sei que ele está pensando o mesmo que eu: Keris Veturia precisa morrer.

Após um momento, Harper se ajoelha, e eu me levanto, grata pela chegada de outra pessoa. Alguém que vai saber lidar com a dor de Musa. Mas o Erudito não solta minha mão.

— Eu não deveria lamentar a morte dela. — Ele seca o rosto e quase não o ouço. — Ela prendeu meu pai. Tomou minhas terras. Meu título. Os Eruditos sofreram sob seu domínio.

— Ela parece... — *Terrível*, penso. — Complicada. — Estremeço tão logo digo isso. Mas Musa dá uma risadinha inesperada.

— Nós nos casamos dez anos atrás. Eu tinha dezoito anos. Ela tinha dezenove. O irmão dela era o príncipe herdeiro, mas morreu de uma doença, e o curandeiro do palácio, meu pai, não conseguiu salvá-lo. Ela... — Ele balança a cabeça. — A dor a levou. Os ghuls encontraram nela a presa ideal para se aproveitar e mexeram com a mente dela durante anos. Quando eu falei deles para Nikla, ela disse que eu estava louco. O rei Irmand ficou tão enlutado após a morte do filho que não percebeu o que estava acontecendo com a filha. Meu pai morreu na prisão. Minha mãe, logo depois. E no entanto...

— Ele olha de mim para Harper. — Eu ainda a amava. Não deveria, mas amava. — Suas mãos se fecham em punhos. — Keris matou os guardas de Nikla. Depois a esfaqueou no peito e a prendeu na parede do palácio. Então... matou o pai na frente dela. E os ghuls terminaram o serviço.

Céus. Os detalhes me perturbam porque são tão bárbaros. Tão vis.

Mas também por conta do momento. Primeiro Livia. Agora Nikla. Esses assassinatos são premeditados. Keris sabe como Musa e seus diabretes são essenciais. Ela está tentando nos enfraquecer.

— Eu preciso ir a Marinn — diz Musa. — Encontrar Keris. Matá-la. O herdeiro de Nikla é um primo em primeiro grau. Vá saber se ainda está vivo, mas ele é jovem. E vai precisar de ajuda.

Olho para Harper, desanimada. Como vou dizer para Musa que a comandante o está manipulando quando seu coração está partido? Eu gostaria que Laia estivesse aqui. Ou Livia.

Mas terá de ser eu. Nesse momento percebo que sem Livia, e até Zacharias atingir a maioridade, serei sempre eu. Para fazer um milhão de coisas que eu não gostaria de fazer.

Maldita Keris.

— Musa, isso foi um tremendo golpe — tateio e, enquanto ele vasculha meu rosto, pela primeira vez me sinto grata por não ter minha máscara. — Eu também fui vítima da crueldade de Keris. E essa crueldade jamais foi ao acaso.

— Você quer que eu fique — ele diz. — Mas os Navegantes foram meu povo primeiro. Eles precisam de mim. E você me deve um favor, Águia.

— Eu sei disso — digo. — Se você ainda quiser partir amanhã, então lhe ofereço meu melhor cavalo e uma escolta. Tudo o que peço é que, antes de ir, considere o que sabe sobre Keris Veturia. Ela é manipuladora. Implacável. Ela mata quem quer que seja para enfraquecer seus inimigos.

Musa fica em silêncio. Pelo menos ele está ouvindo.

— Ela quer você furioso. Sozinho. A caminho das Terras Livres em vez de trabalhando contra ela. O seu povo está aqui, Musa. Milhares de Eruditos expulsos por Nikla. Eles acreditam em você também.

— Vou esperar até amanhã — diz Musa. — Mas, se eu quiser partir, você não poderá me manter aqui.

— Eu não farei isso. Prometo.

Então nós o deixamos, e, embora eu queira colocar guardas do lado de fora de seu quarto para protegê-lo, não quero que ele ache que o estou prendendo. Espero que seus diabretes o mantenham seguro.

Durante todo o caminho até os aposentos de Avitas, onde podemos falar sem interrupções, penso no choro de Musa. A maneira como ele soava, como se sua alma tivesse sido arrancada do corpo.

— Não podemos permitir que ele vá — diz Avitas, tão logo adentramos seu quarto. — Ele é importante demais. E se...

— *Emifal Firdaant* — interrompo Harper. *Que a morte me leve primeiro.*

— O que isso significa?

Não respondo. Em vez disso, trago-o em minha direção, puxando-o pela bainha da cimitarra. Eu o beijo, tentando colocar nesse gesto tudo o que não posso dizer. As mãos de Harper pousam sobre meus quadris, trazendo-me para perto, em seguida soltando minha armadura.

Sei que agora não é o momento para isso. Eu deveria falar com nossos espiões e descobrir quais são os planos de Keris. Eu deveria encontrar Quin e perguntar se ele realmente acha que devemos partir para o sul.

Eu deveria me desvencilhar dele. Porque, todas as vezes que eu toco Harper, afundo cada vez mais em um lugar de onde eu sei que não serei capaz de sair caso o perca.

Minha alma dói com tudo que eu deveria fazer pesando sobre mim como uma montanha. Não consigo suportá-la.

Então o levo para a cama para fazer o que quero, não o que deveria. E torço para não pagar por isso.

◆ ◆ ◆

Avitas está dormindo quando acordo. O céu do lado de fora da janela está tomado por estrelas, e me permito apreciar sua beleza. Finjo que não tenho de decidir o destino de milhares de pessoas. Sou só uma mulher normal, na cama com meu amante. Sou uma soldada? Não. Sou algo completamente diferente. Sou uma padeira. Estou segura. O mundo está seguro. Vou me levantar, me trocar e ir fazer pães.

E é por isso que eu preciso me levantar. Para proteger todos os amantes e padeiros, todas as mães e pais, todos os filhos e filhas.

Tenho uma decisão a tomar. Estamos em um ponto tão afastado ao norte que o inverno ainda está longe de nos deixar, e se o exército for partir, então temos de partir hoje. Sinto uma frente fria chegar e não vou permitir que o rio congele e nos atrase.

Mas ainda não sei o que fazer. Deixo minha armadura e saio furtivamente para caminhar pela cidade, como sempre faço quando fico preocupada.

As ruas do lado de fora do palácio estão escuras e vazias, mas, quando estou quase nos portões, ouço passos atrás de mim. Harper. Ele se mantém próximo, pois é meu segundo em comando, e este é seu dever. Um momento mais tarde, asas farfalham perto do meu rosto: é a maneira de Musa me lembrar de que tenho uma promessa a cumprir.

Pense, Águia. O que a comandante quer? Dominar. Não apenas o Império, mas as tribos, Marinn, mesmo as Terras do Sul. Por que então ela deixaria o Império vulnerável para mim? Por que ela desejaria que eu navegasse para o sul?

Porque ela saberia exatamente onde estou. Ela me manteria ocupada, de maneira que poderia... o quê? Tomar Antium ou Delphinium? Não, nós já confirmamos que não há exércitos à espreita, esperando para atacar.

O céu clareia, o sol ainda se esconde atrás de nuvens espessas, e uma neve pesada cai. Os pomares por onde passo estão nus, mas esta é a última investida para valer do inverno antes da chegada da primavera. Logo os brotos surgirão nas árvores. Em um mês, estas florescerão, e o frio do inverno será apenas uma lembrança.

Os sinos tocam sete horas. A neve cai mais pesada. Eu preciso voltar. Ouvir o que Musa tem a dizer. Dar a ordem para partirmos antes que o rio congele.

Mas sigo caminhando porque ainda não tenho a resposta. Os pomares já ficaram bem para trás e percorro agora o campo aberto além da capital, algum instinto me atraindo para mais longe da cidade.

— Águia — diz Harper. — Nós deveríamos...

— Estou deixando algo passar — digo. — E não vou voltar até saber o que é. Não vou deixar que ela me engane, Harper. Nunca mais.

Agora caminho apressadamente e sou invadida por um velho sentimento — o desejo de curar.

— Harper. — Desembainho minhas lâminas. — Tem alguém por perto.
Contra a infindável imensidão branca, algo se move. Não. Muitas coisas. E rápido.

— Que malditos infernos! — diz Harper.

— Espectros — digo. — Meia dúzia deles. Perseguindo...

Não consigo encontrar um sentido para o brilho que estão perseguindo. Só sei que se esse brilho está fugindo dos espectros, então compartilhamos um inimigo comum.

— Você precisa decapitá-los — digo a Harper, mas ele já partiu para o ataque, a cimitarra reluzindo enquanto atravessa um dos espectros. Ele grita e o som é seguido por outro. Então estamos em cima deles, as mãos espectrais tentando nos agarrar. Um deles cerra os dedos em minha garganta e o frio me trespassa. — Não hoje — rosno enquanto me livro dele e o degolo. Os dois últimos me atacam, mas são fracos e assustadiços. Seus gritos ainda ressoam em meus ouvidos quando me volto para o bruxuleio no ar, que na verdade é uma nuvem reluzente de areia, com uma forma relativamente humana e claramente angustiada.

— Paz, Águia de Sangue — sussurra o efrit, e, embora eu sinta que *devo* curá-lo, me dou conta de que não posso cantar para ele. Efrits da areia odeiam canções. — Eu trago uma mensagem — ele diz. — De Laia de Serra. Uma mensagem que Keris não quer que você ouça.

— Como vou saber que posso confiar em você?

— Laia me disse para você me perguntar quais foram as últimas palavras de Marcus Farrar.

Laia é a única pessoa com quem compartilhei essa informação, alguns meses atrás, quando nenhuma de nós conseguia dormir.

— Muito bem — digo. — Quais foram as últimas palavras de Marcus Farrar?

— "Por favor, Águia". Satisfeita? — Diante da minha anuência, o efrit segue em frente. — O Portador da Noite buscou induzir o exército do Apanhador de Almas para Marinn. Então, em vez disso, o Apanhador de Almas deslocou suas forças na direção da cidade dos djinns, no Lugar de Espera. Lá, eles pretendem atrair o Portador da Noite e acabar com ele de vez. Mas...

Mas... — O efrit respira com dificuldade. Ele tem segundos, se muito. — Eles não têm como fazer isso sozinhos.

— Eu não tenho como deslocar um exército...

— Laia de Serra disse mais uma coisa. — A areia do efrit assume um tom opaco, e sua luz aos poucos vai desaparecendo. — *Lute até o seu fim. De outra forma, tudo estará perdido...*

As palavras do efrit vão se apagando. Entre uma respiração e a próxima, ele parte, sua forma de areia se desvanecendo ao vento.

Graças aos céus, Harper não é de falar muito, pois assim tenho um momento para juntar as peças. A comandante deixou o sul desguarnecido porque queria que eu atacasse. Porque, se eu estiver focada em Silas, não posso ajudar a única pessoa capaz de destruir o mestre dela.

— Águia — Harper diz finalmente. — Nós precisamos partir. Está ficando mais frio. O rio vai congelar e não vamos conseguir navegar para o sul.

— Que congele — digo a ele. — Hoje nós não vamos navegar. Hoje nós vamos marchar.

PARTE IV
SHER DJINNAAT

L I
O PORTADOR DA NOITE

Por anos eu vivi enraivecido. Vilarejos foram incendiados. Caravanas desapareceram. Famílias foram assassinadas. Mas, no fim, havia humanos demais. Eu aniquilei milhares e, no entanto, quando me virava, encontrava centenas mais.

A vingança levaria anos. Séculos. E eu não poderia fazer isso sozinho. Eu precisava me valer dos piores traços da humanidade. Tribalismo. Preconceito. Ganância. E, enquanto eu virava uns contra os outros, precisava reconstituir a Estrela, uma tarefa muito mais árdua. Pois ela havia se fragmentado, seus pedaços dispersos ao vento. Cada fragmento tinha de ser encontrado. Cada um devolvido a mim com amor.

A primeira humana que amei na vida foi uma Erudita. Husani de Nava — que mais tarde viria a ser Navium. Ela usava a lasca da Estrela como colar, modelado por seu falecido marido. A filha dela morreu de uma febre logo depois que aprendeu a falar. Então eu me apresentei a ela como um órfão de cabelos ruivos e olhos castanhos, lidando com minha própria dor. Ela me chamou de filho e me deu o nome de Roshan.

Luz.

Minha presença preencheu um vazio em sua vida. Ela me amou instantaneamente.

Levei mais tempo para amá-la. Embora eu vivesse no corpo de uma criança humana, minha mente era a minha própria, e eu não conseguia esquecer o que o povo dela havia feito com o meu. Mas ela apaziguou meus pesadelos e cuidou das minhas feridas. Ela enchia meu rosto de beijos e me abraçava tanto que comecei a ansiar pelo conforto de seus braços.

Após surgir em sua vida, eu aprendi a respeitá-la. E, com o tempo, passei a amá-la.

Ela me deu o colar depois de eu lhe dizer que estava deixando sua casa para buscar meu próprio destino. Todo o meu amor vai com você, filho amado. Foram essas suas palavras quando ela colocou o colar no meu pescoço, com lágrimas nos olhos.

Naquele momento, eu quis me transformar. Gritar com ela que um dia eu fora amado, mas todos que haviam me amado tinham partido. Que o povo dela não havia roubado apenas meu povo, mas também meu nome.

O único pai que eu tive foi Mauth, e o amor que ele tinha por mim estava enraizado no dever que ele pôs sobre meus ombros. Husani me ofereceu o amor de mãe: feroz onde Mauth era sóbrio, puro onde Mauth era calculista.

E como eu, aquele que ela mais amava, lhe retribuí? Como eu agradeci à humana que me deu tudo, que me ensinou mais sobre o amor em alguns anos do que eu havia aprendido em todos os meus milênios?

Eu a abandonei. Após pegar o seu colar, fui embora e não voltei mais.

Quando ela morreu, alguns anos mais tarde, morreu nirbara — abandonada. Ela deixou esta terra com o nome de seu filho adotivo nos lábios, sem saber para onde ele havia ido, se ele vivia ou o que ela havia feito para merecer o seu silêncio.

Eu chorei sua morte então. E choro ainda.

◆ ◆ ◆

Assim como as tribos, os Navegantes têm os próprios ritos para os mortos. Assim como as tribos, eles começam a compreender que, contra mim, esses ritos não significam nada.

O palácio da família real navegante é uma ruína à minha volta — assim como grande parte de Adisa. A cidade que abrigou meus inimigos foi devastada por Keris Veturia. Milhares de almas fluem de seus campos de morte para minhas mãos.

Maro ainda se recupera do ferimento provocado por Laia. Mas apanho quase tantos espíritos quanto ele. As almas dos homens são instáveis e rarefeitas. Elas vêm a mim facilmente. Quase com vontade.

— A cidade é sua. — Keris caminha animada pelas ruínas do palácio, o olhar se demorando no domo de vidro quebrado que costumava ficar sobre o trono de madeira vinda do mar de Irmand. Ela aparenta ser a dona do lugar. Esta é a sua cidade. O seu palácio. Uma extensão do seu Império. Como prometi.

Keris está salpicada com o sangue dos bravos soldados navegantes, nenhum deles páreo para sua selvageria.

— Antes de eu matá-la, Nikla levantou a bandeira branca...

Olho severamente para ela, e Keris faz uma mesura com a cabeça, pouco intimidada.

— Meu lorde — ela acrescenta.

— Adisa é uma cidade derrotada — digo a ela. — Mas os Navegantes não são um povo derrotado. Muitos na cidade fugiram. Quantos mortos?

— Mais de doze mil, meu lorde.

Mais, o Mar do Sofrimento sussurra em minha mente. *Mais.*

Miro minha tenente.

— O que a preocupa, Keris?

— Eu deveria ter matado a criança. — Ela balança o corpo de um pé para o outro, as botas esmagando o vidro multicolorido do domo. — Zacharias.

— Você teve a oportunidade. Por que não atacou?

— Eu precisava dele — ela diz. — Para atrair a Águia de Sangue. Mas, enquanto o segurava, eu me lembrei de Ilyaas.

— Não há fraqueza em ter se lembrado do seu filho — digo a ela. — A fraqueza está em negar isso. O que você sentiu?

Keris fica em silêncio por um longo tempo e, embora seja uma mulher madura, lembra por um momento a criança que foi muito tempo atrás. Suponho que, para mim, são todos crianças.

Ela segura o punho de sua maldita cimitarra.

— Não importa...

Eu não a deixo dar as costas, pois a fraqueza precisa abandoná-la, a fim de não apodrecer dentro dela.

— Quando você vir o seu filho de novo, será capaz de fazer o que precisa ser feito?

— Eu o vi — ela diz. — Em Aish. Ele parecia... diferente. Mas ainda o mesmo. Um Veturius. — Ela diz o nome sem emoção alguma.

Por um longo tempo, não falamos nada.

— Não sei — ela diz finalmente — se eu serei capaz de fazer o que tem de ser feito.

É um dos talentos dos humanos me surpreender, mesmo após milênios conhecendo sua gente. Seu olhar cruza com meus olhos flamejantes, pois, de todas as criaturas que caminham nesta terra, somente Keris Veturia jamais desviou os olhos dos meus. Os momentos mais sombrios de sua vida já passaram há muito tempo.

— Há certas coisas que não morrem. Não importa quantas lâminas coloquemos nelas — ela diz.

— Realmente, Keris. — Sei disso melhor que ninguém.

Miramos a cidade em chamas. Uma bandeira branca paira caída no ar estático. O mar se agita, faminto. *Mais.*

Milhares estão mortos. Tanto sofrimento.

Mas não o suficiente.

L I I
LAIA

Deixamos o deserto tribal e adentramos os campos ao sul do Império. É uma região escassamente povoada, então é bastante fácil ficar longe dos vilarejos e guarnições. Por volta de três semanas após nossa partida, o horizonte mosqueado se adensa em uma massa emaranhada de galhos verdes.

— O Lugar de Espera. Não falta muito, Laia — Darin diz a meu lado.

Eu o encobri, de maneira que parece que seu cavalo marcha sozinho, apesar de seus ocasionais relinchos furiosos e de seu vigoroso balançar de cabeça. Cavalgando à nossa frente, Elias também está invisível, embora eu possa ouvir o zunido constante da conversa entre ele e Jans Aquillus.

Por toda parte, armas e armaduras estão guardadas. Um grande número de guerreiros viaja dentro das carruagens enquanto suas montarias carregam provisões em vez de cavaleiros. Os efrits da areia assentam a poeira da caravana, de maneira que ela é imperceptível de longe, e os efrits do vento atraem nuvens sobre nós para nos deixar mais indistintos. Um djinn teria de se aproximar para dizer que isso é um exército, e, de acordo com os efrits, nenhum deles fez isso.

— Assim que chegarmos — diz Darin —, o Apanhador de Almas disse que não vamos precisar ficar invisíveis.

— Porque não vamos ser capazes de nos esconder dele — digo. Rehmat queria fortalecer a minha mágica juntando-se a mim. Mas estou exausta de esconder tantas pessoas por tanto tempo e não suportaria tê-la dentro da minha mente de novo. Sinto como algo invasivo demais.

— Não se preocupe em se esconder dele — diz Darin. — Nós chegamos até aqui, não é? Nenhum sinal daqueles canalhas flamejantes.

Tudo que posso oferecer é um fraco sorriso. O medo reacende em meus ossos. É um velho inimigo, meu companheiro desde a infância. Medo do que está por vir, medo do que nos espera em meio àquelas árvores, medo de que tudo que as Tribos e os Eruditos sofreram tenha sido apenas uma antecipação de algo pior.

— Estou com você, Laia. — Rehmat me cede espaço, sentindo minha desconfiança. Sua figura ensolarada flutua a meu lado, firme apesar do vento. — Quando ele aparecer, não a deixarei sozinha.

Anuo, mas ainda não confio nela. Pois tenho de matar o Portador da Noite, que um dia ela amou.

Amor. Sempre retorno para essa palavra. Darin foi para a prisão por amor. Elias abriu mão de seu futuro por amor. O Portador da Noite busca vingança por amor.

Procuro me livrar do sentimento de desolação, pois o amor é a razão pela qual eu vivo, pela qual, quando olho para Elias, não vejo o Máscara ou o Apanhador de Almas, não importa o quanto ele queira que eu pense assim. O amor é a razão pela qual a Águia de Sangue concordou em marchar seu exército por centenas de quilômetros para nos apoiar, em vez de tomar o Império da comandante.

No entanto, o amor não vai me ajudar se eu não tiver a história do Portador da Noite. Com o Lugar de Espera a apenas um dia de distância, estamos ficando sem tempo. Paro o cavalo ao lado para esperar a carruagem de Mamie Rila. Shan a dirige. Mamie está sentada ao lado dele, com os olhos fechados, resmungando.

— Ainda não, garota — ela diz quando encosto a seu lado, de alguma maneira sentindo a minha presença.

— Não temos muito tempo.

Quando ela abre os olhos, o branco de seus olhos está avermelhado, como se há dias não dormisse. Um profundo poço noturno acena de seu olhar e fico subitamente tonta, agarrando-me à sela da montaria para não cair. Só quando ela desvia o olhar que retorno a mim.

— Ainda não.

— Tem de ser logo — digo a ela. — Assim que entrarmos naquela floresta, ele saberá. E virá atrás de nós.

Mamie observa as árvores à frente, como se tivesse acabado de notá-las.

— Venha me ver na hora mais escura da noite — ela diz. — Quando as estrelas dormem. Venha e ouça a História. — Ela enfatiza a última palavra como se fosse uma entidade singular e fecha os olhos de novo. — Embora eu não saiba que bem isso vai lhe fazer.

◆ ◆ ◆

Rehmat me acorda de um sono profundo pouco depois da meia-noite. Uma meia-lua vultosa mancha a relva morta de azul e ilumina meu caminho até a carruagem de Mamie. Apesar de eu conseguir ver o trajeto claramente, meus passos são pesados. Eu implorei a Mamie pela história, mas agora que chegou o momento de ouvi-la, não sei se quero.

Enquanto vou até Mamie, vejo Elias de vigília, caminhando pelo perímetro do acampamento. Seu corpo inteiro se altera quando me aproximo, mas não com aquela tensão que ele tinha quando atravessamos juntos o Lugar de Espera. Agora é diferente. Elias não é alguém ressentido, que evita meu toque. Sua tensão mais parece a corda de um alaúde, ansiando por ser tocada.

— A Águia de Sangue vai estar aqui ao amanhecer. — Ele mantém a atenção fixa nas colinas ondulantes do Império. — Não levaremos mais que quatro dias para chegar ao bosque dos djinns.

A mata parece nodosa e intransponível e Elias sente meu ceticismo.

— A floresta vai se abrir para nós — ele diz. — E o bosque dos djinns vai nos receber.

Estremeço quando penso no lugar. Rehmat o odeia tanto quanto eu odiava a Prisão Kauf. Ela o odeia pois é onde seu povo sofreu. Mas eu o odeio pelo que aprendi lá. Pelo que vi e ouvi: minha mãe matando meu pai e minha irmã para poupá-los do tormento nas mãos de Keris. A canção da minha mãe e o som do seu crime. O estalo suave das vidas partidas, do seu coração destruído.

Ainda ouço aquele ruído em meus pesadelos. Repetido sucessivas vezes, para que eu nunca o esqueça. Repetido sucessivas vezes, para que fique à espreita no fundo da minha mente.

— Volte — diz Elias. Retorno das minhas lembranças e olho para baixo, surpresa, pois sua mão está entrelaçada à minha. — Eu estou com você, Laia. — Ele reproduz as mesmas palavras que disse quando fugimos de Blackcliff, no que parece eras atrás.

— Está mesmo? — sussurro, pois, embora queira acreditar, tenho medo de que ele vá embora de novo.

Elias tira um cacho de cabelo do meu rosto. Um gesto simples que me deixa em chamas.

— Estou tentando.

O espaço entre nós é grande demais, então me aproximo um passo.

— Por quê?

— Porque... — A voz dele é baixa e estamos perto de... algo. Céus, vá saber o que, mas só quero chegar lá. — Porque você é... você é minha... — Subitamente ele levanta a cabeça e recua com um meio sorriso pesaroso no rosto. — Ah... alguém está esperando você.

Olho de relance à minha volta e vejo Mamie desaparecendo atrás de uma carruagem próxima. Praguejo por dentro.

— Um dia — digo a Elias — nós não seremos interrompidos. E espero que você termine essa frase.

Quando chego à carruagem de Mamie, afasto os pensamentos sobre Elias. Pois não é a Mamie Rila familiar e querida que me espera, mas a kehanni da tribo Saif. Ela traja uma túnica cor de berinjela com mangas largas e gola aberta, bordada à mão em uma dúzia de tons de verde e prata, com minúsculos espelhos nas bordas. Sua vasta cabeleira cai maravilhosamente em cachos sobre os ombros, feito um halo noturno.

Sem dizer uma palavra, Mamie gesticula para que eu a siga. Olho para trás, preocupada que o acampamento esteja visível de cima, mas os efrits do vento provocaram uma névoa espessa para escondê-lo.

— Vá — sussurra Rehmat. — Eles estão seguros.

Mamie Rila e eu passamos pelos sentinelas e subimos uma colina coberta de nevoeiro. Quando chegamos ao topo, ela pede para eu me sentar na relva úmida e se ajeita de frente para mim. Não consigo ver o acampamento daqui. Não consigo ver nada, exceto Mamie.

— A História vive em mim agora, Laia de Serra — ela diz. — É diferente de qualquer história que eu já tenha contado. Sou outra pessoa. Mas não tema, pois eu voltarei.

Seus olhos ficam brancos e ela pega minhas mãos. Sua voz se torna mais grave, transformando-se de um cantar suave para um rosnado das profundezas da terra.

— Eu despertei no alvorecer de um mundo jovem — ela diz, e sou fisgada. — Quando o homem sabia caçar, mas não cultivar, conhecia a pedra, mas não o aço. Havia um cheiro de chuva e terra e vida. Havia um cheiro de esperança. *Levante-se, Amado.*

Pelas horas seguintes, não estou sentada com Mamie, mas com o Portador da Noite. Não estou no Império, mas no coração do Lugar de Espera e então nas terras para além dele. Não estou extasiada com a história de uma criatura que só estou começando a compreender. Eu *sou* essa criatura.

Fico sabendo de sua criação, sua educação, sua solidão. Sua relação com os humanos e o amor profundo pelo seu povo. Descubro Rehmat como ela era em vida, uma corajosa poetisa viajante. Quando Cain é mencionado — quando Mamie fala sobre o que ele e os Eruditos fizeram —, ardo de ódio. E, quando ouço sobre a vingança do Portador da Noite, sobre seu amor por Husani, meu coração se parte.

— ... Eu chorei sua morte então. E choro ainda.

Tão subitamente como começou, a História termina. Os olhos de Mamie escurecem de volta ao castanho familiar e, quando ela fala, é com sua própria voz.

— Acabou — ela diz.

— Não. — Eu a impeço de se levantar. — Não pode ter acabado. Tem de haver algo mais. Algo sobre... sobre a foice, ou sobre quando ele está no momento mais frágil. Algo mais sobre ele.

Mamie baixa a cabeça.

— Isso foi tudo que a escuridão me deu, meu amor — ela diz. — Vai ter que bastar.

Mas não basta. Eu já sei que não basta.

LIII
O APANHADOR DE ALMAS

A Águia de Sangue e seu exército aproximam-se do norte pelas planícies que se estendem a partir do Lugar de Espera. Quando o ribombar dos cascos parece ensurdecedor e o cheiro de cavalos e homens tomou conta do ambiente, a Águia ergue o punho e desacelera suas forças até pararem.

O vento uiva ao longo das planícies e os dois exércitos se encaram. Os Eruditos estão ao lado das tropas da Águia, mas há muito mais Marciais, e as Tribos viram seu povo ser destruído por estes últimos.

A Águia instiga o cavalo e se aproxima. Mesmo escassa no momento, minha mágica se eleva e sinto o que há nela. Amor. Alegria. Tristeza. E quando ela olha para Mamie, um poço profundo de ódio por si mesma.

O aviso de Mauth ecoa em minha mente. *O seu dever não é para com os vivos. O seu dever não é para consigo mesmo. O seu dever é para com os mortos, mesmo que isso cause a ruptura do mundo.*

No entanto, quando olho para o rosto marcado e desnudo da Águia de Sangue, o passado me envolve completamente. Ela não é somente a Águia. Ela é Helene Aquilla. Amiga. Guerreira. Camarada de armas. Nós cometemos atos de violência juntos. Nós sobrevivemos juntos. Nós salvamos um ao outro da morte, da loucura e da solidão nos longos anos em Blackcliff.

Ficar sem vê-la durante todo esse tempo facilitou ignorar as memórias que Cain me deu. Agora que ela está à minha frente, essas lembranças me atingem como um de seus ataques de cimitarra, rápidos e dolorosos.

— Saudações, Águia.

— Saudações, Banu al-Mauth. — Nós observamos um ao outro, cautelosos como dois falcões diante de um antílope abatido.

Ela ergue uma sobrancelha.

— Não quis começar sem mim? — pergunta.

— Não queria ouvir você reclamando a respeito. É mais por aí.

Um alívio coletivo de ambos os lados, e então todos desmontam e se cumprimentam. Laia passa por mim e puxa a Águia para um abraço.

— Onde está o meu tirano favorito? — ela pergunta com cuidado, pois os diabretes trouxeram a notícia da morte de Livia. Uma sombra atravessa o rosto da Águia.

— Zacharias está em um local seguro — diz —, com Tas, tio Dex e um destacamento completo de Máscaras. Achei mais prudente que ele permanecesse lá. — Sob seus olhos, há marcas de cansaço. — Mais uma guerra. Algum dia isso vai terminar, Apanhador de Almas? Ou será o legado que deixarei para o meu sobrinho?

Não tenho resposta para lhe dar, e ela se vira para cumprimentar Darin. Laia procura Musa e afaga seu rosto, conversando baixinho com ele com aquele seu sorriso doce. Embora eu não tivesse nada contra o homem um momento atrás, subitamente acho seu rosto irritante. Laia me vê e abre um largo sorriso.

— Céus, Apanhador de Almas — ela diz enquanto Musa se afasta. — Isso é ciúme?

— Você gostaria que fosse? — *Pare*, digo a mim mesmo. *Seu idiota*. Mas o velho eu, que a cada dia parece mais atrevido, ignora completamente o aviso.

— Ainda flertando em momentos inadequados, pelo visto. — Mãos fortes me viram. Meu avô, Quin Veturius, avalia as fileiras de Tribais atrás de mim. Se desdém pudesse definir algo, os dois exércitos teriam virado pó.

— Pelo menos você está liderando um exército. Você é bom nisso também, aposto. É algo que corre no sangue.

Quando meu olhar cruza com seus olhos cinzentos, um espelho dos meus, considero ir embora. Estamos prestes a lutar uma batalha, e, mesmo se vencermos, terei de passar adiante os fantasmas e esquecer todos esses rostos novamente. Mesmo que eu possa persuadir os djinns a retornarem como

Apanhadores de Almas, Mauth deixou claro que fazer isso não significaria reaver a minha liberdade.

Mas meu avô me puxa para um abraço de urso, quase quebrando minhas costelas.

— Senti sua falta, garoto — ele diz, e ergo os braços, pois há conforto em abraçar uma das poucas pessoas que conheço que é maior e mais forte que eu.

— Senti sua falta também, avô.

— Certo. — A Águia de Sangue se afasta de Mamie, parecendo abalada com o que quer que esta tenha acabado de dizer, mas se recompõe. — Como você planeja passar quase dez mil tropas, cavalos, carruagens e provisões por aquilo? — Aponta para a densa floresta.

— Passar por ela não é o problema — digo. — O problema é o que vai acontecer quando estivermos lá dentro. — Olho para sua enorme caravana de provisões. — Você trouxe sal?

— Infernos, não foi fácil — ela diz. — Mas temos uma dúzia de carroças de sal.

— Coloque sentinelas extras em torno delas — peço. — Vamos precisar de cada grão.

Chegamos ao Lugar de Espera uma hora mais tarde. Conversas cautelosas vão se silenciando à medida que adentramos a fileira de árvores. A vegetação rasteira limita o espaço entre os troncos. Instigo minha montaria arisca para seguir em frente e peço às árvores que abram caminho. A floresta está relutante, então pressiono mais. *Mauth. Este exército é essencial para minha causa.*

Um bruxuleio na mata e, então, lentamente, ela se abre. Onde não havia nada exceto uma trilha de veados, agora há uma estrada de terra, larga o suficiente para passar dez carruagens. Quando entro em sintonia com o mapa do Lugar de Espera, está tudo como sempre, apenas mais apertado, como se para abrir espaço para a nossa travessia.

Durante a maior parte do dia, cruzamos a floresta rapidamente. Não preciso avisar o exército para manter silêncio. As árvores pairam opressivamente sobre a estrada e as videiras se retorcem adiante, como se considerassem se deveriam se alimentar de um humano de passagem.

O lugar nunca pareceu tão vazio. Por um instante temo por Karinna, preocupado que o Portador da Noite também a tenha levado, até que a vejo esvoaçando perto de um regato. Ela foge quando vê o exército se aproximando. Laia, que cavalga a meu lado, também a vê.

— Quem é ela?

— Ninguém — digo rapidamente. Mas a Águia de Sangue, do meu outro lado, bufa, descrente. — É o fantasma da minha avó — acabo dizendo. — A esposa de Quin. Ele não sabe que ela está aqui, e precisa continuar assim. Saber disso só lhe causaria dor. Fiquem longe dela, de qualquer forma. Ela é muito tímida e passou por muitas coisas.

A Águia parece surpresa com minha veemência e chama Laia para uma conversa enquanto Avitas Harper encosta à minha direita.

— Banu al-Mauth — ele diz. — O chefe da caravana de provisões pediu para reduzirmos o passo. Disse que os cavalos precisam descansar.

Anuo e dou a ordem, e enquanto o Máscara estala as rédeas para passar por mim, penso em todas as perguntas que sufoquei quando o encontrei pela primeira vez, meses atrás. Então o chamo.

— Você... — Eu provavelmente devia ter pensado antes em como falar isso. — Eu não sei nada sobre o nosso pai. E achei que talvez você soubesse. É claro que, se não quiser...

— Ele era parecido com você — diz Avitas. — Eu tinha só quatro anos quando ele morreu, mas lembro do rosto dele. Os olhos eram verdes, no entanto. E a pele era bem mais escura que a nossa. Mais parecida com a de Musa. Ele tinha mãos grandes e uma risada que atravessava o vilarejo. Era um bom homem. — Avitas inclina a cabeça e me olha fundo nos olhos. — Como você.

As palavras de Avitas preenchem uma parte de mim que eu não sabia que estava vazia. Por anos, não me importei em pensar sobre meu pai. Subitamente, quero saber tudo.

— Você sabe por que ele veio para Blackcliff dar aulas? Normalmente, os centuriões são mais velhos.

— De acordo com a minha mãe, era isso ou ser dispensado. Aparentemente, ele não era dado a seguir ordens.

Sorrio com a resposta, e o papo se desenrola facilmente. Conversamos até o anoitecer, quando a Águia cavalga até nós.

— Vamos parar e acampar? — ela pergunta. — Ou vocês dois planejam fofocar a noite inteira?

Mais tarde, quando todos vão dormir, reflito sobre o dia. Sobre como me senti ao ver a Águia e meu avô, e ao conversar com meu irmão. Sobre como me senti em saber sobre meu pai.

Amorteci minhas emoções por tanto tempo que é perturbador sentir tanta coisa em um período tão curto. *A emoção não lhe servirá bem*, disse Mauth. Mas não há fantasmas para passar adiante agora. E estou cansado, cansado demais de dizer a mim mesmo para não sentir.

Então, no dia seguinte, em vez de me manter arredio ou mergulhar em preparações de guerra, procuro Shan. Rimos sobre os truques que ele usou para evitar se casar. Mais tarde, consigo tirar uma história de Mamie e converso com meu avô. Procuro a Águia e conversamos sobre Faris e Livia, sobre o Império, os djinns e a batalha que está por vir. Pela primeira vez em eras, a voz irada dentro de mim está em paz.

E então tem Laia. Há menos palavras entre nós, no entanto, nossa conversa nunca termina. Ela toca meus braços e ombros ao passar, e sorri quando me observa com a minha família. Se Laia percebe que estou olhando para ela, o olhar é retribuído com uma promessa e uma pergunta em seus olhos escuros. À noite, ela passeia por meus sonhos, e, quando acordo, a necessidade chega a doer.

Anos atrás, quando eu era um cinco em Blackcliff, fui mandado para a Nevennes em uma missão de espionagem. Era o auge do inverno, e uma manhã acordei e vi que a fogueira que eu havia preparado na noite anterior se apagara. Eu não tinha mais pederneira, então me agachei sobre a única brasa que sobrara. O brilho vermelho profundo no seu interior prometia calor, se eu me dispusesse a lhe dar tempo e ar, se eu fosse paciente o suficiente para esperar até que ela estivesse pronta para queimar.

Laia é muito mais paciente comigo do que eu fui com aquela brasa. Mas tenho dificuldade em me abrir com ela, porque se sobrevivermos a tudo o que está por vir, eu terei que voltar para o Lugar de Espera. E eu a esquecerei.

Ou talvez não. Talvez a memória de Laia me assombre mais que qualquer fantasma, mesmo quando ela voltar para o mundo dos vivos e construir uma vida sozinha ou com outra pessoa. O pensamento me deixa perigosamente próximo do desespero.

Tudo o que posso fazer é sufocar o sentimento. Por três dias, enquanto marchamos pela floresta, foco em memorizar a música de seu riso, a poesia de seu corpo, saboreando cada toque e cada olhar.

Até que, na terceira noite, eu me sinto compelido a procurá-la. Preciso pelo menos tentar, por alguns momentos, pôr o Apanhador de Almas de lado e deixar Elias Veturius falar.

Quando a lua vaga alta, deixo furtivamente minha tenda e vou em direção ao acampamento da tribo Saif, onde Laia normalmente dorme. As fogueiras queimam baixo, e, exceto por Mamie Rila, todos dormem. A kehanni me vê, ri ligeiramente e anui para a carruagem.

Uma lamparina brilha do lado de dentro, e a silhueta de Laia passa por uma janela. Meu coração bate mais forte. O que vou dizer a ela? *Estou com saudades. Sinto muito. Eu queria...*

Não completo o pensamento. Pois subitamente sinto um arrepio na nuca.

Quase antes de registrar a sensação, empunho as cimitarras e me viro para a floresta, onde algo se move sinuosamente em meio às árvores. *Fantasmas?* Não. Uma névoa, baixa e repulsiva, rastejando lentamente na direção do exército.

Acima, os efrits do vento guincham um aviso, seus gritos repentinos estremecendo o acampamento adormecido.

— Djinns! — eles gritam. — *Os djinns chegaram!*

Instantaneamente, berro ordens enquanto Mamie acorda as tribos, e a Águia de Sangue chama guardas extras para proteger nossa preciosa provisão de sal. Os sentinelas já têm flechas salgadas prontas para disparar e o exército se posiciona ao longo da área do acampamento rapidamente, com armas em punho.

Mas os djinns não se aproximam com fogo. Tampouco descem do céu. A arma escolhida por eles parece ser a névoa. Exclamações de medo ecoam pelas fileiras enquanto os soldados tentam afastar a neblina. Ela se enrola em torno deles, escondendo algo malévolo e ardiloso.

Laia emerge da carruagem com a foice na mão.

— Elias? — ela diz. — O que está acontecendo?

— Espectros — respondo, antes de gritar o aviso. — Espectros! Empunhem as cimitarras. Arranquem suas cabeças!

— Finalmente algo para matar. — Meu avô avança a passos largos do centro do acampamento. — Eu já estava ficando entediado. Elias, meu garoto...

Mas não ouço o resto. A névoa se fecha sobre nós, abafando o som e obscurecendo a visão. Sinto um aperto no coração. Mamie Rila e Shan estão próximos. A Águia e Avitas. Afya, Gibran e tantos outros. Todas essas pessoas com quem me importo, e a morte a voltar seus calcanhares.

Talvez eu deva ficar bravo comigo mesmo por deixar que a emoção me conduza. Mas não faz sentido. Não me arrependo do tempo que passei com minha família e meus amigos.

Os espectros atacam e ouço gritos envoltos pela névoa. Ergo as lâminas. O mapa em minha cabeça me diz onde eles estão e deixo a ira da batalha tomar conta de mim, rasgando-os. Um tornado de guinchos ressoa à minha volta enquanto arranco suas cabeças, certificando-me de que nenhum se aproxime de Laia ou de meu avô, de Águia ou Avitas, de Mamie ou Shan.

Então a névoa se agita e se desloca, assumindo um matiz laranja bruxuleante. O fogo cruza sobre nossas cabeças. Eu me afasto até conseguir ver e ouvir mais claramente.

— Protejam as carruagens de provisões! — grito, pois, se não tivermos comida, não importa se chegaremos ao bosque dos djinns amanhã. Morreremos de fome lá.

A Águia de Sangue aparece ao meu lado.

— Apanhador de Almas, não conseguimos ver o maldito inimigo. Como vamos...

— Podemos detê-los. — Sinto um grupo de djinns movendo-se logo além da linha de espectros. — Venha.

Ela me segue em direção às árvores sufocadas pela névoa ao sul do acampamento, suas cimitarras zunindo no ar quando os espectros se aproximam.

A Águia os decapita com esforço mínimo, e olho de relance para ela, lembrando como lutamos durante a Segunda Eliminatória.

— Você melhorou.

— Você é que perdeu o jeito. — Seu sorriso é um instante bem-vindo de alegria em meio às trevas. — Espere um pouco. Se os djinns estão próximos, devo salgar as lâminas.

É claro. Ela quer matar os djinns, ou pelo menos feri-los. Eu planejara assustá-los e fazer com que levassem os espectros consigo. Não posso deixar que a Águia atinja os djinns. Não quando prometi a Mauth que encontraria uma maneira de restaurá-los como Apanhadores de Almas.

— Fique aqui — peço. — Eu só vou...

— Sem chance. — Ela põe o sal de lado. — Eu não conduzi um exército marchando até aqui só para ser a idiota que observa, impassível, seu comandante morrer. — Ela para. — Escute.

São necessários alguns momentos para separar os gritos distantes e os embates das cimitarras do silêncio pesado que nos cerca. O olhar da Águia cruza com o meu.

Então ela dá um salto para o lado, bem a tempo de evitar um grupo de djinns em chamas que emerge velozmente da névoa. A Águia ruge, suas cimitarras cortando o ar, e uma figura flamejante desaba, apenas para outra tomar o seu lugar. Mas ela é mais habilidosa que os djinns com suas lâminas — e suas armas estão cobertas de sal. Isso não pode matá-los, mas certamente vai feri-los.

Ela se atira para trás de uma árvore enquanto um dos djinns a ataca com uma onda de calor. Então ela sai de sua cobertura e atinge o pescoço da criatura. Enquanto o djinn se afasta, voando com dificuldade, dou um empurrão na Águia, derrubando-a de costas.

— O que você está fazendo, Apanhador de Almas? — Ela se vira, perplexa, mas, antes que eu possa explicar, um djinn que reconheço, Talis, a ataca com uma lança e a derruba. A Águia bate com a cabeça no chão e fica imóvel.

Talis me atinge, mas o afasto com um empurrão.

— Espere — digo. — Por favor, espere. Não estou aqui para machucá-los.

O djinn se ergue com a lança em minha garganta.

— Você sabe o que aconteceu da última vez que um exército humano veio à floresta? — ele pergunta.

— Eu só quero conversar. — Fico de pé, levantando as mãos enquanto penso rapidamente. — Vocês estavam certos. O sofrimento não deve ser controlado. E o... o Meherya não pode controlar o que ele quer libertar. Foi o próprio Mauth quem me disse isso. Uma vez liberto, o Mar do Sofrimento destruirá toda a vida. Até vocês. Ele acabará com o mundo...

Outro djinn aparece, ainda em sua forma de fogo.

— Talvez o mundo precise ser destruído.

— Há milhões de pessoas que não têm nada a ver com isso — digo. — Que vivem a milhares de quilômetros daqui e não fazem ideia do que está por vir...

— E, no entanto, você está aqui com o seu exército, o seu aço, o seu sal, repetindo a história. — A ira de Talis é intensa, estimulada por um sentimento de traição. Ele confiava em mim e eu retribuí essa confiança trazendo um exército para o seu lar.

— Apenas para atrair o Meherya para longe de Marinn — digo rapidamente, pois a Águia de Sangue está se mexendo. — Talis... por favor, convença-o a depor as armas. A parar com essa matança sem fim.

— O que você quer que eu faça? — Talis se aproxima tanto de mim que, embora esteja em sua forma humana, minha pele queima. — Que eu me volte contra o meu próprio povo?

— Volte para Mauth — digo. — Assuma seus deveres como... como Apanhador de Almas... — Mesmo enquanto digo isso, a proposta soa tão profundamente injusta. Por que os djinns passariam adiante fantasmas humanos, se foram eles que os aprisionaram?

— Nós não podemos voltar. — O olhar de Talis é sombrio. — Não há volta para o que foi feito conosco. Para o que fizemos em retaliação. Estamos manchados agora.

Ele fala com tamanha convicção que a desesperança me invade. Eu sei o que é fazer coisas terríveis e jamais se perdoar por elas. Mauth quer que eu restaure o equilíbrio, mas como posso fazer isso? Há violência demais entre os humanos e os djinns.

— Talis! — Outro djinn emerge das árvores. — Precisamos recuar... Eles são muitos...

Talis me olha uma última vez, me avaliando, então redemoinha com o outro djinn, que o segue. A névoa desaparece com eles. Choros e gritos ressoam atrás de nós, onde a maior parte do exército ainda combate os espectros restantes.

Algo gelado cutuca minha garganta. Eu me viro e vejo a Águia de Sangue de pé, cimitarra em punho, pressionando minha pele.

— Por quais malditos infernos — ela sibila — você acabou de deixar o inimigo escapar?

LIV
A ÁGUIA DE SANGUE

O Apanhador de Almas leva a mão até minha espada, mas eu rosno e ele levanta os braços.

— Você está do lado deles — acuso. Ele estava falando com o maldito djinn. Barganhando com ele. Simplesmente permitiu que fossem embora. — Você não quer nem lutar contra eles.

— Que bem há em uma guerra, Águia de Sangue? — A tristeza gravada em seu rosto parece antiga, a tristeza de um Apanhador de Almas em vez do amigo que conheço desde a infância. — Quantos morreram por causa da ganância de um rei ou do orgulho de um comandante? Quanta dor existe no mundo porque não conseguimos superar o que foi feito conosco, porque insistimos em retribuir a dor?

— Esta guerra não é por causa de ganância ou orgulho. É porque um djinn louco está tentando destruir o mundo e nós precisamos salvá-lo. Céus, Apanhador de Almas, você não se lembra dos crimes dele? A família de Laia. Navium. Antium. Minha irmã...

— O que nós fizemos para os djinns primeiro?

— Aquilo foram os malditos Eruditos! — Eu o cutuco no peito, então recuo, pois é como cutucar pedra. — Os Marciais...

— Oprimiram os Eruditos por quinhentos anos — diz o Apanhador de Almas. — Os esmagaram, escravizaram e assassinaram em massa...

— Isso foi Marcus e a comandante...

— Você está certa — ele diz. — Você estava ocupada demais tentando me capturar. Uma grande ameaça para o Império, não? Um homem sozinho, fugindo para salvar a própria vida, tentando ajudar uma amiga.

Abro a boca, mas logo a fecho.

— Sempre há um motivo para não nos responsabilizarmos por alguma coisa. — Ele empurra minha lâmina para longe, e não o detenho. — Eu entendo por que você não quer se responsabilizar pelos crimes dos Marciais. Eu também não quero. Dói demais. Céus, as coisas que eu fiz... — Ele olha para suas mãos. — Acho que jamais estarei em paz com isso. Mas posso ser uma pessoa melhor.

— Como? — pergunto. — Eu falei com Mamie, sabia? Eu... — Eu não queria. Estava com vergonha. Mas me obriguei a ir até ela. Me obriguei a pedir perdão por aprisioná-la e à sua tribo quando estava caçando Elias. E me obriguei a me afastar quando ela se recusou a concedê-lo. — Como alguém supera pecados tão terríveis?

De maneira estranha, percebo que lhe perguntei algo que andei perguntando a mim mesma desde aquele momento no túnel, quando me vi encarando o cadáver de uma criança.

— Céus, como vou saber — ele diz. — Estou tão perdido quanto você, Águia. O Império nos treinou. Ele nos fez o que somos. Mas em algum ponto você o aceitou. Nem todo mundo aceita. Você... Você se lembra do Tavi?

Ergo a cabeça. É uma lembrança antiga, da qual não gosto. A lembrança de um amigo perdido quando éramos cincos. Tavi se sacrificou por mim, por Elias — e por um grupo de Eruditos que teriam morrido se não fosse a coragem dele.

— Tavi foi a primeira pessoa que conheci que rejeitou a ideia de que tínhamos de ser o que o Império esperava de nós — diz o Apanhador de Almas. — Eu não compreendi isso completamente até a Quarta Eliminatória. Às vezes é melhor morrer que viver como um monstro.

Ele pega minha mão e me sobressalto. Eu esperava que sua pele fosse fria, mas ele passa calor para meus dedos.

— Nós temos de lutar — ele diz. — Temos de dar a Laia a chance de matar o Portador da Noite. Mas não precisamos ser monstros. Não precisamos cometer os mesmos erros dos que já se foram. Eu demonstrei misericórdia pelos djinns. Talvez eles também demonstrem. Talvez, quando eles entenderem a intenção do Portador da Noite, se lembrem deste momento.

Penso em suas palavras por todo o caminho até o acampamento. Os espectros partiram, e, embora ainda haja certa confusão em meio às tropas, a ordem é restaurada rapidamente.

— Pelo menos duzentos mortos nas forças marciais. — Harper me encontra quando retorno. — Outros trezentos das tribos. Afya se feriu e Laia também.

Malditos infernos. Quinhentos mortos de dez mil não é um número pequeno. Não quando estamos enfrentando um exército três vezes maior que o nosso.

Enterramos os mortos rapidamente. Laia faz a triagem dos feridos, e, após algumas horas, estamos a caminho novamente. O Apanhador de Almas estabelece um passo punitivo, mas encaro meus soldados, desafiando-os a reclamar. Não ouço uma palavra. Ninguém quer ser pego na estrada de novo.

— Vamos chegar ao bosque dos djinns à meia-noite — o Apanhador de Almas diz para mim e para Quin, enquanto conduzimos a fila de soldados através da escuridão antes do amanhecer. — Os djinns odeiam aquele lugar. Eles não vão se aproximar. Pelo menos não tão cedo.

— Banu al-Mauth. — Uma efrit do vento se aproxima e me esforço para entender suas palavras. — O exército do Portador da Noite está a leste de nós, do outro lado do rio. Eles alcançarão o bosque amanhã, na primeira hora.

— É impossível — rosna Quin. — Eles não podem se deslocar tão rápido.

— A mágica lhes permite fazer isso — diz o Apanhador de Almas. — Foi assim que eles chegaram a Marinn após deixar as terras tribais. Teremos apenas um dia para nos preparar. Quanto tempo os sapadores levam para montar os trabucos, Águia?

— Algumas horas, de acordo com os ankaneses — respondo. — Embora — ergo as sobrancelhas para ele — me surpreenda que você queira usá-los.

— Nós usaremos as máquinas de guerra para deter. — Suas palavras são férreas. — Não para matar.

Mordo o lábio, tentando mascarar a frustração. Deter os djinns não será suficiente. E, se for essa a mentalidade que levaremos para a batalha, certamente vamos perder.

— Ele não é tolo, Águia. — Harper cavalga do outro lado e olha de relance para o meio-irmão. — Confie nele.

— Maldição, é na comandante que eu não confio — retruco. — Aquela bruxa vai encontrar uma maneira de usar isso contra nós. Precisamos de algo para usar contra ela. Eu estava pensando — viro para o Apanhador de Almas — sobre aquilo que você disse, que não precisamos repetir os erros dos que já se foram.

Ele me olha de soslaio.

— E?

— E os Marciais que seguem Keris não fazem isso porque amam sua imperatriz. — Minha boca se retorce com a palavra. — Eles a seguem porque a temem. E porque ela sempre vence.

— Você quer assassiná-la.

— Ela vai perceber antes — digo. — A cozinheira conhecia a comandante melhor do que ninguém. Ela disse para Laia descobrir a história de Keris. Disse que, se descobríssemos a história dela, saberíamos como destruí-la. Ela chegou a dizer para Laia falar com Musa a respeito, mas ele não sabia muita coisa. Ninguém conhece a história completa de Keris. Ninguém vivo, pelo menos.

O Apanhador de Almas percebe o que estou querendo dizer e puxa as rédeas do cavalo, esperando que Quin se distancie.

— Não vou chamar Karinna para que você a interrogue — ele diz. — Meu dever é passar os fantasmas adiante. Não atormentá-los.

— Eu só quero falar com ela — digo. — Se ela não quiser falar comigo, tudo bem.

O Apanhador de Almas se mexe sobre a montaria, agitado.

— Não vou chamá-la para você. Mas... — Ele olha para as árvores, os topos visíveis agora que o amanhecer se aproxima. — Ela está curiosa a seu respeito. Eu a vi te observando. Acho que você a faz lembrar da filha.

Eu me sinto enojada ao pensar que faço qualquer pessoa se lembrar da maldita Keris Veturia, mas o Apanhador de Almas segue em frente.

— A curiosidade dela pode ser uma vantagem, Águia. Karinna não olhou para nenhum outro ser vivo aqui. Nem para o próprio marido, que, presumivelmente, ela amava. Você vai precisar ser gentil. Paciente. Nenhum movimento rápido. Deixe-a falar. Mas ofereça um assunto. Encontre água corrente. Ela gosta disso. E espere até a noite. Fantasmas preferem o escuro. Por fim...

Ele volta os olhos cinzentos para mim, e eles são gélidos e severos, o olhar de um Apanhador de Almas oferecendo um aviso.

— Ela chama Keris de *amorzinho*. Lembra dela como criança. Saber quem Keris se tornou a angustiaria.

Durante horas, pondero o que dizer para a fantasma. Quando chego a uma conclusão, o sol está alto e as tropas resmungam de exaustão. A estrada faz uma curva ascendente através de um trecho fechado de árvores antes de se nivelar em uma planície ampla e acidentada.

— O bosque dos djinns — o Apanhador de Almas nos informa.

Ele se estende por quilômetros, plano como os Grandes Desertos, com apenas uma árvore queimada interrompendo o espaço vazio. No centro, um grande teixo sem vida eleva os membros queimados rumo ao céu. Uma corrente cai pendurada de seu galho mais baixo.

— Parece assombrado. — Laia tem um calafrio enquanto instigamos nossos cavalos relutantes em direção ao campo.

— E é — diz o Apanhador de Almas. — Mas é grande o suficiente para o exército. E... — aponta para um vale além dos limites do bosque — lá está Sher Djinnaat. A cidade dos djinns. Este é o melhor e mais defensável lugar de onde podemos lançar um ataque.

Desmonto e caminho até a margem do bosque, que cai bruscamente uns quatro metros.

— Nós podemos posicionar nossos lanceiros aqui. — O Apanhador de Almas aparece a meu lado e observamos o vale. É enorme, limitado pelo rio a leste e ao sul, e pela floresta a oeste. — Então arqueiros e catapultas.

— Não combina com Keris atacar de um ponto mais baixo — digo. Apesar de o sol brilhar acima de mim, o vale está encoberto por uma névoa densa, similar à que se infiltrou em nosso acampamento na noite passada. — Não combina com ela nos dar alguma vantagem. Mesmo se suas forças forem numericamente superiores às nossas.

— Ela tem os djinns — diz o Apanhador de Almas. — Eles trarão fogo para neutralizar os lanceiros e os trabucos. Será uma batalha terrível, Águia. Tudo o que estamos fazendo é ganhar tempo para Laia.

— Em todos os nossos anos em Blackcliff — digo —, jamais imaginei que seria assim que combateríamos. Nos defendendo da nossa antiga professora enquanto uma Erudita caça um djinn.

— Eu não trocaria você por ninguém para ter ao meu lado, Águia de Sangue — ele diz, com uma firmeza na voz que faz meu coração doer e lembrar de tudo que passamos juntos. — Ninguém.

Tendas são erguidas, cavalos são cercados, fogueiras são acesas e latrinas são cavadas. Quando se torna claro que tudo está bem encaminhado, eu me afasto dos preparativos de guerra e parto em direção às árvores.

Sigo para o norte, para longe de Sher Djinnaat e do bosque dos djinns. A primavera chegou à mata e o verde dos inúmeros pinheiros é quebrado pelos galhos coroados de rosa da ocasional árvore tala. A uma hora do acampamento, chego a um pequeno regato. Eu me sento e então canto.

É uma canção doce, pois não quero chamar a atenção de criaturas que vão me machucar. A canção é de cura. De mães e filhas. De minha própria mãe e de seu amor sereno, que me banhou como os raios do sol enquanto ela viveu.

Sinto um arrepio no pescoço. Não estou mais sozinha.

Eu me viro lentamente e prendo a respiração. Lá está ela, um fiapo de criatura, como o Apanhador de Almas disse. Ela me observa e não abro a boca.

— Meu amorzinho está por perto — ela sussurra. — Mas não consigo encontrá-la. Você sabe como eu posso encontrá-la?

O aviso de Elias ecoa em minha mente.

— Eu conheço o seu amorzinho — digo. — Mas... ela está um pouco... um pouco diferente.

— Só existe um amorzinho. — Karinna soa brava. — O meu amorzinho. A minha pequenina.

— Me conte sobre ela — peço. — Me conte sobre o seu amorzinho.

Karinna dá as costas para mim, como se fosse partir, e penso no que o Apanhador de Almas disse. Para ser paciente. Para lhe oferecer um assunto.

— Eu só quero ajudar você a encontrá-la — digo. — Minha... Minha mãe se foi. — Sinto um aperto de tristeza no coração, uma emoção que me segue há tempo demais. Uma emoção que odeio me permitir sentir. — Minhas irmãs também. Meu pai. Eu sei o que é perda. Eu sei o que é dor.

— Sim. — Karinna se volta para mim, inclinando a cabeça espectral. — Eu sinto isso em você como sinto no outro.

— No outro? — Levo a mão à cimitarra e o movimento a assusta. Ela recua e ergo as mãos, mantendo a voz baixa. — Que... Que outro? Com quem mais você tem conversado?

— Um espírito. — Karinna passa esvoaçando por mim, e acho que sinto suas mãos ao longo do meu cabelo. — Assombrado como você.

Ela passa atrás de mim e evito me mexer. Não quero que, ao olhá-la, ela tenha partido. Mas ela volta e paira na frente do meu rosto.

— Venha, passarinha triste — sussurra. — Caminhe comigo. Vou levá-la até o outro fantasma. Vou lhe contar sobre o meu amorzinho.

LV
LAIA

— Você já comeu?

Darin me encontra em meio aos Tribais, onde cuido dos que ainda sofrem com os ferimentos provocados pelo ataque dos espectros. Aubarit acabou de se juntar a mim, sua compreensão intrínseca a respeito do corpo tornando-a uma parceira excelente. Olho para meu irmão e sou tomada por uma sensação de vertigem. Não tive tempo de comer. Não tive tempo de fazer nada além de tentar ajudar os feridos.

— Ela não comeu. Nem eu. — Musa, com seu cabelo longo preso em um nó no topo da cabeça, carrega minhas provisões. *Mais para irritar o Marcial bonitinho*, como ele mesmo admitiu.

— Vão, vocês dois. — Aubarit pega minha bolsa, que Musa carrega. — Vocês estão trabalhando há horas. Gibran pode me ajudar. — Ela olha por baixo dos cílios para o belo e jovem Tribal que acompanha Darin.

— Ah, o amor da juventude — diz Musa, e olho de soslaio para ele, me perguntando se há amargura em seu comentário. Mas o sorriso tira anos de seu rosto, que ultimamente anda desolado e abatido.

Darin nos conduz para a tenda da Águia de Sangue. É a maior do acampamento e funciona também como centro de comando. Lá dentro, a Águia, Avitas e Elias estão reunidos em torno de uma mesa central, com Spiro, Quin e alguns paters marciais. Afya está de pé do outro lado, movendo pedras sobre um grande mapa.

Darin vai imediatamente para o canto mais distante da tenda, onde alguém deixou frutas secas, pão e ensopado de lentilha. Meu estômago ronca, esperançoso. Não lembro quando foi a última vez que comi.

O Apanhador de Almas olha para mim quando entro e brevemente para Musa, antes de se voltar mais uma vez para a Águia.

— ...as catapultas não vão estar prontas até amanhã — ela diz. — E, tendo em vista que isso coincide com a chegada do inimigo, não teremos muito tempo para bombardear a cidade.

— Não estamos tentando bombardeá-los — responde Elias. — Nós só queremos que os djinns em Sher Djinnaat mantenham distância até que Laia possa chegar ao Portador da Noite. Se colocarmos arqueiros aqui — ele aponta para o mapa — ao longo do rio...

— Ele está com ciúme — Musa sussurra em meu ouvido. — Vá por mim.

— Ele não está com ciúme. — Antes achei que talvez estivesse, mas, embora Elias tenha sido mais ele mesmo nos últimos dias, ainda mantém distância. — Ele é o Apanhador de Almas e está aqui a serviço dos mortos.

— Bobagem. — Musa me cutuca. — Olhe para ele.

— Ele está me ignorando.

— Ah, como você é tapada, *aapan*. — Musa me olha, exasperado, enquanto seguimos em direção à comida. — Para ignorá-la, ele primeiro tem de estar ciente da sua presença. E ele está. Ele está ciente de cada movimento que você faz. Se você tropeçasse agora mesmo...

E com isso Musa estica o pé traiçoeiramente. Eu tropeço e quase caio de cara no chão, me equilibrando bem a tempo. Um instante antes de eu me endireitar, o Apanhador de Almas estende a mão, como se para me amparar. A Águia de Sangue e Avitas Harper trocam um olhar. Musa segura meu braço e observa a situação com um sorriso largo e presunçoso.

— Está vendo? — ele diz. — Eu falei... Ai! — Ele se encolhe quando enfio os dedos em seu braço com mais força que o necessário.

— Ele tem uma batalha para planejar, Musa — digo. — Ele não tempo para mim agora. Nem eu para ele.

— O amor pode ser mais poderoso na batalha que o planejamento ou a estratégia. O amor nos mantém lutando. O amor nos faz sobreviver.

— Céus, pare de se meter...

— Eu me meto porque tenho esperança, *aapan*. — O humor deixa sua voz, e tenho certeza de que ele está pensando em sua amada Nikla. — A vida é curta demais para não se ter esperança.

Musa pede licença e vai até Darin, mas, quando meu irmão termina de me servir um prato, só consigo beliscar. Após alguns minutos, saio em direção à noite. Uma gota de chuva pousa em meu nariz. Em segundos, um chuvisco de primavera começa a cair, prometendo uma manhã enlameada.

Não quero ir para a carruagem de Mamie, onde tenho dormido. Em vez disso, perambulo pelo acampamento com o capuz baixo para que ninguém me chame. Uma forma dourada aparece e Rehmat fala:

— O que a está incomodando?

Que eu não confio em você, penso. *Que talvez eu morra ao amanhecer. Que eu nunca me senti tão sozinha na vida.*

— Amanhã eu lutarei ao seu lado — digo a ela. — Vou permitir que você se junte a mim para derrotarmos o Portador da Noite. Mas agora só quero ficar sozinha.

Ela faz uma mesura com a cabeça, concordando.

— Eu tenho outra pessoa que preciso procurar. Retornarei quando for chegada a hora, jovem guerreira, e não antes disso. — Seu brilho desaparece, deixando-me no escuro novamente.

Passo por um grupo de soldados que lutam para manter as lamparinas acesas enquanto trabalham nas catapultas. Como será amanhã? Eu sei o que as tropas da Águia de Sangue devem fazer e onde os efrits devem estar. Eu sei como as tribos serão divididas e onde esperamos que as forças de Keris ataquem.

Mas enfrentar o Portador da Noite... Não consigo conceber a ideia. Rehmat diz que derrotá-lo não será tão simples quanto matá-lo com a foice que trago amarrada às costas.

E a história de Mamie não me acrescentou quase nenhuma informação.

O amor pode ser mais poderoso na batalha que o planejamento ou a estratégia. Foi o que Musa disse. Mas meu amor é um oásis no deserto. Escondido em uma fresta onde jamais verá a luz, jamais florescerá em algo maior.

Bobagem, Laia. Uma voz mais calma prevalece — uma voz mais sábia. Se há algo que eu aprendi desde o dia em que o maldito Máscara matou meus avós e prendeu Darin, é que é preciso amar enquanto for possível. Porque amanhã tudo que você ama pode ter virado cinzas.

Passo pela tribo Saif e pela carruagem de Mamie Rila com o pensamento em Elias. Em como me senti na primeira vez que o vi. O fogo flamejante em seus olhos, a necessidade de liberdade, tão parecida com a minha. A maneira calma e cuidadosa como ele ganhou minha confiança após escaparmos de Blackcliff e como ele acreditou em mim antes que eu mesma acreditasse.

E a maneira como ele me abraçou após eu ficar sabendo, neste mesmo bosque, que minha mãe era uma assassina e estava viva.

Depois, ele disse coisas que eu não quero lembrar. Temi nunca mais ver o homem que as disse, não importava quantas vezes eu o chamasse pelo nome.

Se eu parecer diferente, lembre-se de que eu te amo. Não importa o que acontecer comigo. Diga que você vai se lembrar, por favor.

— Eu lembro — sussurro e atravesso o bosque dos djinns. — Eu lembro.

◆ ◆ ◆

A tenda de Elias se encontra na extremidade norte do acampamento, mais próxima das árvores que do restante dos soldados. Mas só de olhar para ela e de ouvir a voz dentro de mim que me conecta a ele, sei que Elias não está lá. Sigo essa voz na direção sul, para o limite do bosque dos djinns, onde ele está parado sozinho, encharcado, olhando para Sher Djinnaat.

Eu me aproximo dele e ouço o sibilar de uma lâmina. O aço gelado encontra minha garganta. Ele distingue meu rosto e baixa a cimitarra imediatamente.

— Desculpe. — Então volta a atenção para a cidade. — Estou nervoso.

— Eu também. É sempre assim antes de uma batalha?

— Você mesma já lutou em um bom número delas — ele diz.

— Não em uma em que tudo depende de mim.

— Você não está sozinha. Tem Darin, Afya, Mamie e as tribos. — Seu olhar retorna para mim. — A Águia de Sangue e os Marciais. Musa e os Eruditos. Aqueles que a amam. Aqueles... Aqueles que você ama.

— Faltou mencionar você — digo. — Você mais do que todos.

Elias balança a cabeça.

— Eu estou aqui porque tenho de estar — ele diz. — É meu dever. Meu fardo para compensar meus erros. Eu não mereço o seu amor, Laia...

— Você não aprende? — pergunto. — Não cabe a você decidir se merece ou não o meu amor. Eu decido isso. Você merece o meu amor. Merece o amor que Mamie tem por você e o amor que a Águia de Sangue tem. Você fez coisas terríveis? Eu também. Nós nascemos na guerra, Elias. É tudo que conhecemos. Os seus erros só definem o resto da sua vida se você deixar. Não deixe.

Ele me olha, pensativo, e estende a mão para mim. Sinto uma faísca entre nós e ele hesita, mas então entrelaça os dedos nos meus.

— Faz tempo que quero te perguntar uma coisa — disparo, pois, se eu não perguntar agora, jamais irei. — Mas tem a ver com algo anterior ao seu juramento a Mauth. Não sei se você vai se lembrar...

— Quando o assunto é você, eu lembro de tudo — ele diz, e meu pulso se acelera.

— Depois que escapamos de Nur com Afya, você nos deixou — digo. — Você me disse algo antes de partir. Eu estava dormindo, mas...

— Como você sabe que eu te disse algo? — Ele se vira para mim, mas seu rosto está encoberto pela sombra.

— O que você disse?

— Eu disse... — Mas ele se interrompe. O chuvisco aumenta, ameaçando se transformar em um aguaceiro. — Deixa para lá. — Então ergue a voz enquanto a chuva se intensifica. — Nós devíamos voltar para o acampamento, Laia. Você precisa de roupas secas...

Mas o acampamento está cheio de gente, armas e lembretes de que o dia de amanhã está chegando. Balanço a cabeça, e, quando ele me puxa, cravo os calcanhares no chão.

— Me leve para outro lugar — digo. — Você pode caminhar como o vento. Tem de haver um lugar aonde possamos ir.

Ele dá um passo em minha direção, lenta e deliberadamente. Seus olhos ardem, varrendo minha pele com calor e carinho. Nós poderíamos caminhar como o vento apenas de mãos dadas, mas ele abraça minha cintura e enterro a cabeça na vastidão musculosa de seu peito, enquanto voamos através da escuridão.

Não penso em amanhã ou na guerra com o Portador da Noite. Simplesmente mergulho na sensação de seu toque. Inspiro seu cheiro, a fragrância de chuva e tempero que se mistura em meus sonhos.

Paramos abruptamente, tropeçando alguns passos antes de ele nos firmar.

— Este é o único lugar na floresta aonde os djinns não vêm — ele diz A cabana dele.

A porta não está trancada, pois nenhum humano iria tão longe no Lugar de Espera. Uma vez dentro, Elias raspa um pavio contra a pederneira e um brilho fraco irrompe da lareira. Quando a chama está mais alta, ele acende quatro ou cinco lamparinas antes de se voltar para mim.

— Você precisa de roupas secas. — Ele abre um baú perto da cama e o remexe até encontrar uma camisa preta macia.

Largo a foice ao lado das armas de Elias e me troco no banheiro. Tiro as roupas encharcadas e me seco. Fico grata que não haja espelho. A camisa dele fica enorme em mim e meu cabelo está um desastre, os doze alfinetes que usei para domá-lo esta manhã se emaranharam em uma grande massa. Vou levar anos para tirá-los. Suspiro, pego a escova de Elias e volto para a sala.

O Apanhador de Almas vestiu um uniforme seco e tirou os sapatos. Ele se ajeita sobre um tapete de pele de veado de frente para o fogo e aquece as mãos.

— Você pode dormir ali. — Aponta para a cama. — Eu durmo no chão. Pelo menos você terá uma boa noite de descanso até amanhã.

Dormir não é o que eu tinha em mente, mas dou de ombros e me sento perto dele, de pernas cruzadas. Com todo cuidado, começo a tirar os alfinetes do cabelo. Os primeiros me fazem estremecer, tão emaranhados que temo puxar metade dos fios com eles.

Elias olha para mim e prendo a respiração. O fogo tinge sua pele marrom com um tom dourado profundo, enganador, e o cabelo escuro e despenteado cai sobre os olhos. A cabana está gelada, mas, sob seu olhar, não sinto frio. A atenção que ele me oferece não tem nada a ver com a do Apanhador de Almas.

Ele observa o alfinete em minha mão e meus vãos esforços para removê-lo.

— Me deixe tentar. — Ele dá a volta e se senta sobre uma enorme almofada, as pernas longas estendidas de cada lado.

Sinto suas mãos em meu cabelo, removendo o alfinete com cuidadosa habilidade. Um calafrio me perpassa e ele se aproxima, o peito em minhas costas. O roçar de sua barba por fazer em minha nuca é enlouquecedor, e me vejo agarrando o tecido da minha camisa. Subitamente fico sem palavras, os pensamentos em um misto de desejo, confusão e raiva. *Por que você é tão cruel?*, quero gritar para ele. *Por que oferecer calor, carinho e seu toque se está tão determinado a ser o Apanhador de Almas em vez de ser o homem que eu amo?*

No entanto, expulso os pensamentos. Não vou sentir raiva hoje à noite. Tampouco medo. Apenas esperança.

Meu corpo se funde no dele e inclino a cabeça para trás, para facilitar que ele alcance os alfinetes. Ele puxa um particularmente teimoso, e fico impressionada que mãos tão grandes e calosas de segurar adagas e cimitarras consigam tirar tão habilmente alfinetes do meu cabelo.

— Essa sua mágica se estende a nós de cabelos? — sussurro.

O riso baixo e profundo de Elias ecoa em meu peito.

— Pelo visto, sim. Eles parecem bastante cooperativos.

— Eles devem gostar de você.

Ele se afasta de novo, e, embora eu queira protestar por não conseguir mais senti-lo, suas pernas se pressionam contra as minhas de uma maneira que não deixa dúvida de que não sou a única cujo coração bate mais rápido agora.

— Aquela noite no deserto, quando eu estava partindo — ele diz, os lábios tão próximos do meu ouvido que eu tremo, a emoção percorrendo meu corpo. — Eu falei, sim, algo para você.

Ele tira mais um alfinete. Minha camisa escorrega de um ombro, e os músculos firmes de seu braço roçam minha pele.

— Eu disse: você é o meu templo. — Sua voz é baixa e rouca.

Inclino o corpo de modo a tocar o dele, incapaz de parar, desejando-o com um anseio tão profundo que chega a doer. Seu cheiro me embriaga e o inspiro para jamais esquecê-lo. Mesmo enquanto ele remove cuidadosamente outro alfinete, suas coxas fortes se apertam em meus quadris. Eu o sinto inteiro, o suficiente para saber que, Apanhador de Almas ou não, ele me quer tanto quanto eu o quero.

— Você é a minha sacerdotisa — ele diz. Seus lábios roçam meu pescoço, e não estou sonhando. Elias tira o último alfinete e corre os dedos pelo meu cabelo, agora completamente solto, com extremo cuidado. Seu toque em minha cintura é menos paciente; ele gira meu corpo até minhas pernas se abrirem, meu peito pressionado contra o dele.

Minhas mãos caem sobre seus quadris e arfo. Cravo os dedos neles enquanto ele inclina minha cabeça para trás e corre os lábios ao longo do meu pescoço. Eu o quero. Céus, como o quero. Ainda mais porque posso sentir que ele se contém, que seu corpo inteiro vibra de desejo.

— Você é a minha reza — ele diz, seu olhar cruzando com o meu, e vejo o conflito nele. Eu o vejo oscilar entre o Apanhador de Almas e Elias. Entre o dever e a esperança. Entre a responsabilidade jogada sobre ele e a liberdade que ele tanto anseia.

Eu sei o que ele vai dizer em seguida. Eu o ouvi declamar seu mantra muitas vezes, embora jamais desse jeito. Mas, enquanto ele oscila entre a pessoa que se tornou e quem ele deseja ser, não digo nada. *Você está aí*, penso. *Volte para mim.*

— Você é a minha libertação — ele sussurra.

Um suspiro então, uma fatia de tempo que marcará o antes e o depois deste momento. Uma batida de coração durante a qual não sei quem vencerá a batalha dentro dele ou se o nosso amor será suficiente.

Neste instante seus olhos clareiam e ele é Elias Veturius, caloroso, belo e meu. Eu o puxo para mim, regozijando-me na sensação de sua boca sensual enquanto roubo as palavras de seus lábios. Corro as mãos pelos planos duros de seus ombros, seus braços, mas não é o suficiente — eu quero mais, eu o quero inteiro.

Elias me puxa para perto, tão faminto quanto eu, me beijando com o mesmo ardor intenso, como se soubesse que esta noite, nossa última noite, nossa única noite, jamais voltará a acontecer.

LVI
O APANHADOR DE ALMAS

Se Mauth faz alguma objeção a Laia e eu estarmos juntos, eu não a ouço. E se o Apanhador de Almas, obcecado com seu dever, sussurra para mim que sou um tolo, não o ouço também. Eu me deixo perder na sensação dos lábios de Laia contra os meus, seu perfume enchendo meus sentidos. Laia passa os dedos pelo meu cabelo, beijando-me do queixo até as cristas dos meus ombros.

Suas unhas se cravam em minhas costas e ela me morde, de maneira suave e vigorosa ao mesmo tempo. Praguejo o frisson de ardor que toma conta de mim e a afasto.

Nós temos uma batalha para lutar amanhã. Eu tenho um dever a cumprir. Isso não vai terminar bem.

— Laia...

Mas ela balança a cabeça, os olhos dourados flamejantes, levando um dedo aos meus lábios.

— Você me ama — ela diz. — E eu te amo. Isso é tudo que importa hoje.

Ela desce as mãos pelo meu peito, monta em mim e, com um puxão leve, rasga os botões da minha camisa, a provocação inundando cada movimento seu. *Me impeça*, ela me desafia. Mas eu não vou impedi-la. Por nada neste mundo, e, em segundos, estou tirando a camisa dela.

Eu me admiro com a perfeição de cada curva, cada músculo, cada cicatriz, cada centímetro de seu corpo, mas não tenho palavras para descrever, e Laia desvia o olhar, envergonhada, erguendo os braços para se cobrir.

— Não ouse — digo apaixonadamente. — Você é perfeita. — Então ela sorri, o sorriso com o qual tantas vezes sonhei.

— Esse é o olhar mais gratificante que já vi em seu rosto — ela diz.

Eu a puxo para mim, roçando os dentes sobre seus lábios, então descendo pelo pescoço, passando pela perfeição firme da clavícula até a seda abaixo. Malditas roupas. Tiramos o que sobrou delas, sorrindo enquanto o fazemos, e então, ainda sobre mim, ela toma minha mão, movendo-a para a parte mais doce do seu corpo, deixando a cabeça cair para trás, a respiração rasa enquanto sigo seu desejo. Eu sorrio, incomumente satisfeito ao observar seus olhos tremularem, fechados, enquanto ela se embala sobre mim, perdida em seu prazer.

Seu corpo estremece e quase perco o controle ao sentir Laia perder o dela. Quando ela está parada novamente, olha para mim, baixando a cabeça, subitamente tímida, e ergo seu queixo. A luz de seu fogo se aprofunda nos olhos dourados, que queimam como brasas.

Então eu a beijo lentamente, como desejei por tanto tempo. Eu me demoro saboreando a plenitude de sua boca, traçando círculos nas curvas macias de seus quadris. Quando desço os lábios sobre seu corpo, observo seu rosto, as delicadas mudanças em sua expressão, a maneira como seu pulso palpita na garganta, rápido como o meu.

Mas ela geme impacientemente e o som me desfaz. Eu a viro de frente para mim, colocando apenas um pouco do meu peso sobre ela. Os dedos de Laia se entrelaçam aos meus, e, quando os ergo acima de sua cabeça, ela se curva em minha direção.

— Sim...

— Laia. — Eu a desejo tanto que me segurar é um tormento. Mas não quero machucá-la. Eu sou Elias agora, mas amanhã, e todos os dias depois, terei de ser o Apanhador de Almas novamente. — Você tem certeza?

Ela responde enganchando a perna em torno dos meus quadris e me puxando em sua direção até que não é somente ela que está se movendo, mas nós dois. E, embora eu não queira nada além de desaparecer neste momento, ela sussurra meu nome.

— Elias — ela diz entre dois arfares, e sei que quer que eu a olhe. Hesito, pois, se o fizer, meu coração estará desnudo. Mas o amor emana dela em ondas suaves, me envolvendo, e finalmente a olho.

O olhar firme de Laia me captura e me sinto perdido, hipnotizado pela paixão obscura que floresce ali enquanto ela se perde no movimento dos nossos corpos, na antiga alquimia que funde a agonia do desejo ao êxtase da satisfação.

Não desvio o olhar enquanto ela grita meu nome, enquanto seus dedos se cerram sobre meus punhos, enquanto seu corpo se arqueia em direção ao meu, enquanto vamos para o mesmo lugar, aquela encruzilhada inefável de dor e prazer, unidos finalmente como um.

◆ ◆ ◆

Horas mais tarde, estamos deitados de costas, ambos respirando golfadas de ar como água, e ela se apoia nos cotovelos e olha para mim, séria.

— Nós precisamos vencer — diz.

— Por quê?

— Porque esta não pode ser a única noite que passaremos juntos. — Seus dedos são leves enquanto desenham linhas em minha pele, mas a voz é decidida. — Eu quero uma vida com você. Aventuras. Refeições. Madrugadas na frente de fogueiras. Mil caminhadas na chuva. Você me convencendo a tirar a roupa em lugares inapropriados. Eu quero fi... — Ela se interrompe com tristeza nos olhos, embora tente esconder o sentimento. Mas eu sei o que ela ia dizer. Porque também quero filhos, talvez não agora, mas um dia.

— Eu quero mais — ela diz.

Dou um sorriso, mas ele desaparece rapidamente quando lembro que Laia quer destruir os djinns. E eu não quero. E, se por algum milagre o Portador da Noite for derrotado e os djinns forem restaurados para o seu lugar como Apanhadores de Almas, ainda não haverá futuro para nós. *Você está ligado a mim por juramento até outro humano — não djinn — ser considerado apto a substituí-lo.*

— O que foi? — Laia cruza os braços no meu peito e apoia o queixo ali, de maneira que só consigo ver seus olhos. — O que está devorando você?

Jamais poderemos ter uma vida juntos. Nada de aventuras. Nada de refeições. Nada de madrugadas. Nada de caminhadas na chuva. Nada de convencê-la a tirar a roupa em lugares inapropriados.

Nada de filhos.

Esta noite é tudo que teremos. Tão logo Mauth tenha recuperado todo seu poder, ele me reclamará de volta. E Laia desaparecerá novamente.

Enquanto procuro palavras para responder à sua pergunta, a luz muda. A noite foge, e a cabana, quente e marrom-dourada momentos atrás, agora se desvanece gradualmente em tons azulados.

Ao sul de onde estamos, o exército e os soldados devem estar despertando. Mais além, perto do rio, o Portador da Noite se prepara para desencadear um apocalipse sobre todos nós.

Puxo Laia e a beijo uma vez mais, colocando todo meu amor, esperança e desejo no beijo. Tudo que eu queria lhe dar em uma vida juntos.

Ela sente o que estou fazendo, e sinto o gosto de sal em seus lábios.

— Elias... — ela sussurra. — Não...

Mas eu balanço a cabeça.

— Apanhador de Almas — digo. — É Apanhador de Almas.

Ela anui e endireita os ombros.

— É claro — diz. — Nós precisamos ir.

Pegamos nossas roupas, secas depois de uma noite ao lado do fogo, e nos vestimos em silêncio: botas, armas e armadura. Quando Laia prende a foice, solta um suspiro, como se sentisse seu fardo. Em seguida ela sai porta afora, esperando de costas para mim, na clareira.

Fecho a porta da cabana firmemente, respirando fundo enquanto sou atingido por uma premonição tão forte quanto a de qualquer adivinho. Nós dois jamais voltaremos juntos aqui novamente.

LVII
A ÁGUIA DE SANGUE

Enquanto saio da floresta, para sempre alterada, não penso nas palavras que ouvi. Não penso no que vi. Não posso arriscar que um djinn — qualquer djinn — pesque os pensamentos da minha mente.

Em vez disso, penso em Avitas Harper. A sua calma, o seu calor, a maneira como ele olha para mim, como se eu fosse a única coisa no mundo que importa.

É noite profunda quando volto. O acampamento está em silêncio. Eu o encontro caminhando de um lado para o outro do lado de fora da minha tenda, o cenho franzido quando me vê.

— Eu sei — digo, pois tenho seu discurso "você não pode sair caminhando por aí, você é a Águia de Sangue" memorizado. — Mas tive de cuidar de um assunto sozinha.

— Me conte...

— Não posso. — Libero os guardas diante de minha tenda. — Tudo depende do meu silêncio.

— Águia de Sangue...

— Helene — sussurro. — Hoje à noite, me chame de Helene.

Ele me observa por um momento antes de exibir aquele meio sorriso que me enlouquece. Então me puxa para dentro da tenda, as mãos no meu cabelo, os lábios colados aos meus, antes que a aba tenha fechado. Eu o arrasto para meu catre e nos deitamos sobre ele silenciosamente, ávidos um pelo outro, sem nos preocupar em nos despir completamente até termos saciado nosso desejo.

Mais tarde, de madrugada, desperto com um calafrio.

— O que foi? — ele pergunta, ainda sonolento, o braço esticado sobre meus quadris.

— Nada — digo. — Volte a dormir.

— Você também deveria.

— Eu vou. — Eu o beijo e observo seus cílios escuros, suas faces angulosas como uma cimitarra, a maneira como sua pele ondula quando ele se senta. — Harper — digo, hesitante. — Avitas...

— Humm?

Eu te amo. Palavras tão simples. Mas elas não são suficientes. Elas não transmitem o que eu quero dizer.

— *Emifal Firdaant* — digo a ele.

— Você já disse isso antes. — Ele corre os dedos pelo meu cabelo. — O que significa?

Não consigo encará-lo enquanto traduzo.

— Que a morte me leve primeiro.

— Ah, não, meu amor. — Ele me puxa para perto. — Você não pode ir primeiro. O mundo não teria sentido para mim sem você.

Com isso ele fecha os olhos, mas não consigo dormir. Olho fixamente para o alto da tenda e ouço a chuva tamborilar a lona. *Emifal Firdaant*, rogo aos céus. *Emifal Firdaant.*

LVIII
LAIA

Quando Elias e eu chegamos de volta ao acampamento, a Águia de Sangue dispara:

— Temos um problema com as catapultas, Apanhador de Almas. — Ela veste a armadura de batalha de Spiro, o cabelo preso junto à cabeça em sua trança impecável. — Por onde vocês andaram...

A Águia nos analisa e suas sobrancelhas claras se arqueiam, então se franzem quando ela assimila a devastação em meus olhos e o frio distanciamento nos de Elias.

Musa aparece a meu lado. Embora deva saber que não passei a noite aqui, ele não diz nada. Os diabretes esvoaçam à sua volta em uma nuvem agitada.

— Eu falei para eles irem embora — ele diz, notando que eu os observava. — Eles têm medo dos djinns. Mas se recusaram. — Então anui para o centro do acampamento. — Darin está te procurando, *aapan*. Ele e Spiro estão perto da carruagem de Mamie Rila.

Agradeço ao Erudito com um menear de cabeça e corro para encontrar meu irmão e o ferreiro, o primeiro segurando um saco, o segundo, uma cimitarra.

— Um presente para você, Laia. — Darin ergue a sacola. — Para acompanhar essa sua foice. Não posso ver minha irmãzinha e salvadora de todos nós andando por aí com uma armadura que não combina.

— Como se não tivesse pressão o suficiente — digo, meio brincando.

A armadura é leve e flexível, mas transmite outra sensação também, que não consigo descrever.

— Ela é forjada com sombras — diz Spiro. — Eu aprendi isso com os adivinhos. Ela vai ajudá-la a se fundir ao ambiente, tornando mais difícil distingui-la. E vai protegê-la do fogo dos djinns.

Ele fecha um cinto em torno da minha cintura com uma cimitarra curta e uma adaga presas a ele. Darin engancha meu arco às costas, sobre a foice, e ambos sorriem quando me avaliam, como dois irmãos mais velhos, orgulhosos.

Um clarim tribal soa um aviso. O inimigo está próximo. Respiro fundo, preparando-me, enquanto um grupo de Marciais em formação passa correndo em direção à beira da escarpa. Um carrinho cheio de blocos gigantes de sal cruza ruidosamente a meu lado. A voz de Elias ecoa através do acampamento, fria e calma, ordenando que as tropas ocupem suas posições.

Todos se mexem à minha volta, mas estou inerte, como se tivesse raízes me prendendo ao chão. E se eu fracassar? Essa não é uma luta justa. A comandante tem mais de trinta mil homens. Nós temos menos de um terço disso. Ela tem espectros, djinns e uma horda de Máscaras. Nós temos algumas dúzias de Máscaras e efrits que podem ser enfraquecidos com canções, aço ou fogo.

Keris tem o Portador da Noite.

Nós temos a mim.

A mão de Darin se fecha sobre meu ombro. Ele sabe o que se passa em minha cabeça, é claro que sabe.

— Escute. — Ele me olha com os olhos de minha mãe, de alguém que acredita em você tão profundamente que não lhe resta escolha a não ser também acreditar. — Você é a pessoa mais forte aqui. A mais forte de todo o acampamento. Mais forte que eu, Spiro, a Águia de Sangue, o Apanhador de Almas, Afya. Você é filha da Leoa. Neta da vovó e do vovô. Minha irmã e de Lis. — Seus olhos se enchem de lágrimas, mas ele continua. — Me diga o que você conseguiu. Diga.

— Eu... Eu sobrevivi à comandante — falo. — E a Blackcliff. E às mortes na nossa família. Eu sobrevivi ao Portador da Noite. Eu o desafiei. Eu salvei você. Eu lutei. Eu lutei pelo nosso povo.

— E continuará lutando. — Darin segura meus dois ombros agora. — E você vai vencer. Não há uma única pessoa em quem eu confie mais do que você para fazer o que precisa ser feito hoje, Laia. Nem uma sequer.

Partindo da Águia ou Elias, essas palavras seriam encorajadoras. Do meu irmão mais velho, elas me dão vida. De todas as pessoas, algo a respeito dele ao acreditar em mim me faz segurar firme a cimitarra, erguer o queixo e aprumar o corpo. Eu vou vencer hoje.

— Eu posso ir com você — ele diz. — Eu quero ir. Por que você deveria combater sozinha quando *não* está sozinha?

Mas balanço a cabeça, pensando no estalo do pescoço do meu pai, de Liz. Na maneira como a comandante usou minha família para manipular minha mãe.

— O Portador da Noite sempre usou o meu amor como arma contra mim, Darin — digo. — Não quero que ele faça isso de novo. Não posso me preocupar com você. Siga o plano.

— Laia... — Ele parece hesitante, então me abraça. — Eu amo você. Lute. Vença. Vamos nos ver de novo quando isso terminar.

— Laia! — Elias chama conforme Darin entra no acampamento. Afya e Gibran estão a seu lado. Um pelotão de Tribais e Eruditos armados com arcos longos espera próximo. — Está na hora. Somos os últimos.

— Rehmat? — digo em voz baixa, correndo na direção de Elias. Mas a criatura não aparece.

Serpenteamos em meio às árvores, os últimos de mil soldados que Elias já despachou. O caminho que seguimos nos leva a leste, subindo em curvas antes de terminar em um penhasco que cai vinte metros até o rio. Ao nosso lado, centenas de Tribais e Eruditos esperam, com os arcos na mão.

Céus, vá saber como o Portador da Noite limpou o caminho para o exército de Keris. Talvez ele tenha manipulado a floresta, como Elias, ou tenha feito seus djinns abrirem uma trilha. Qualquer que tenha sido o caso, os Marciais inimigos se aproximam por um trecho estreito de água rasa ao longo do rio, o único lugar onde podem cruzar sem barcos.

E na distância certa das escarpas para não ficarem expostos às nossas flechas.

— Não atire — Afya sussurra à minha esquerda. — Apenas os arcos longos têm o alcance.

Embora minha mira tenha melhorado, sigo seu conselho. De qualquer forma, estou aqui para observar o Portador da Noite. Espioná-lo quando ele não puder fazer o mesmo.

Apesar de o céu estar limpo, a floresta da qual os Marciais vão emergir está encoberta de névoa. E, diante dos nossos olhos, a névoa fica mais densa.

— Que malditos infernos foi aquilo? — Afya aponta para um espesso banco de nuvens que segue ao longo do rio, vindo do sul. Ele traz um fedor sulfúrico e corre completamente ao contrário do vento, que sopra do norte, favorecendo nossas flechas.

— O Portador da Noite — diz Elias. — Ele sabe que estamos aqui. Mensageiro!

Um jovem Erudito aparece imediatamente ao lado de Elias.

— Chame os efrits do vento — ele pede. — Diga a eles para dispersarem a neblina.

O garoto desaparece e agora a névoa encobre o rio abaixo. Ouvimos ruídos de respingar na água, mas olhar para baixo é como olhar para um balde de leite.

— Eles estão atravessando — sibila Afya. — Precisamos fazer alguma coisa.

— Ainda não — diz Elias. — Vamos esperar os efrits.

Rastros da névoa fedorenta se aproximam do rochedo onde nos abrigamos, e ouvimos gritos agora, ordens dadas enquanto o exército de Keris atravessa o riacho. Dali, eles vão se deslocar ao longo de uma área descampada que se estende entre esse penhasco e a cidade dos djinns. E então, basta escalar a escarpa para combater nossas tropas.

Eu me mexo ansiosamente enquanto os minutos se arrastam.

— Elias...

— Ainda não. — Seus olhos claros estão fixos na névoa. Os soldados se agitam, inseguros, e ele grita para a tropa: — Aguentem firme!

Então há um ruído acima de nós e os guinchos dos efrits do vento enquanto eles disparam através da névoa, girando, rasgando e cortando, dispersando-se como uma criança espalha folhas no outono.

Elias ergue a mão e sinaliza para os arqueiros ao longo da linha da escarpa armarem os arcos e mirarem. A nuvem se rarefaz o suficiente para vermos os homens abaixo cruzando o rio em grandes grupos.

Elias baixa o braço e o dedilhar de mil flechas sendo lançadas ao mesmo tempo ecoa através do ar. Um dos homens de Keris grita um aviso, mas vagarosos como estão os homens pela água, eles não conseguem erguer os escudos a tempo e caem em ondas. Elias ergue e baixa o braço novamente, antes de sinalizar para atirarem à vontade. Outra onda de soldados tomba, e então outra.

Nós poderíamos detê-los aqui mesmo. Talvez mil arcos longos tribais sejam suficientes para acabar com os Marciais. Para fazer Keris rastejar de volta a Navium lambendo as feridas. Para fazer o Portador da Noite pensar duas vezes.

Então uma faca, o punho ainda brilhando como se saído da forja, cai sibilando do céu e se aninha no peito da pessoa parada a meu lado. Afya.

Ela grunhe e dá um passo para trás, olhando fixamente a lâmina, surpresa, antes de desabar em meus braços. *Não, oh, céus, não.*

— Afya! — Gibran grita e coloca o braço em torno da cintura dela. — *Zaldara, não!*

— Leve-a para a triagem — digo. — Rápido. Não atingiu o coração. Vá, Gibran!

Mas as nuvens acima queimam, alaranjadas, e então em um vermelho profundo raivoso à medida que os djinns emergem voando do céu. Umber, com seu gládio flamejante, está entre eles. Ela pousa com um ruído surdo no chão, nem a dez metros de distância, derrubando as árvores em volta. Afya e Gibran saem voando enquanto o gládio da djinn varre o terreno, incendiando duas dúzias de soldados ao mesmo tempo.

— Recuar! — grita Elias, o que já esperávamos, mas mesmo assim ainda não estou preparada para as mortes rápidas impostas pela djinn. Para a maneira como ela rasga nossas tropas, como folhas de papel ao vento. Uma vintena de nossos homens é abatida. Duas vintenas. Cinco vintenas.

— Corra, Laia!

— Afya... Gibran...

— *Corra!*

Elias me leva pelo braço com raiva na voz. Instantaneamente sei que sua raiva vem do medo, pois permaneço parada, imóvel, enquanto a morte se aproxima.

No entanto, embora Umber esteja à minha frente, embora pudesse me derrubar com seu gládio, ela apenas rosna e me dá as costas. Elias caminha como o vento comigo em meio às árvores e de volta para o bosque dos djinns, enquanto os soldados que deixamos para trás chegam aos poucos pela mata.

Nosso acampamento é uma espécie de caos organizado e Elias está instantaneamente latindo ordens. As catapultas estão carregadas e os efrits do mar pairam sobre elas para defendê-las dos djinns. As máquinas de guerra estão voltadas não para o exército que se aproxima, mas para Sher Djinnaat. Não lançaremos fogo ou pedras, mas enormes blocos de sal para evitar que os djinns na cidade se juntem a seus irmãos e decidam a batalha antes de termos chance de combatê-la.

— Quantas baixas? — a Águia pergunta para Elias.

— Quase duzentas do nosso lado — ele diz. — Talvez mil do lado deles.

— Nós mandamos o mensageiro como você pediu — ela conta. — Keris devolveu a cabeça dele. O corpo amarrado ao cavalo.

— Apanhador de Almas! — Rowan Goldgale se materializa diante de nós. — Os Marciais estão aqui. O Portador da Noite...

Elias segura a Águia de Sangue, que já saca a cimitarra para enfrentar o combate.

— Não dê a menor vantagem para Keris, Águia de Sangue. Ela vai ter algo na manga. Ela sempre tem.

A Águia sorri implacavelmente.

— E quem disse que eu também não tenho, Apanhador de Almas?

Ele abre um largo sorriso, o velho sorriso de Elias, e com isso ela parte. O céu brilha, os djinns fazendo chover um inferno sobre o exército, tentando o seu melhor para nos destruir antes que possamos revidar.

Elias se vira para mim, mas eu o empurro.

— Vá — digo. — Contenha-os.

— Laia...

Eu o deixo, porque, se disser adeus, já estarei cedendo. Eu o verei de novo. Verei, sim.

O acampamento está uma loucura, mas não tenho medo, pois Umber poderia ter me abatido e não o fez. O Portador da Noite me quer para si.

Uma velha calma me invade. A mesma calma que senti antes de resgatar Elias da execução, antes de invadir Kauf. A calma de fazer o parto do filho de Livia no meio de uma batalha. Uma calma nascida de saber que estou tão preparada quanto poderia estar.

Mergulho nas árvores a oeste do bosque dos djinns e subo até um pequeno platô rochoso com vista para Sher Djinnaat. A rocha é impossível de passar despercebida. Especialmente para um djinn que observa a batalha de cima.

Quando chego ao platô, o brilho dourado de Rehmat surge à minha frente.

— Estou aqui, Laia.

— Graças aos céus por isso — respondo. Ela dá a volta para me ver de frente e há algo quase formal na maneira como suas mãos se entrelaçam junto à cintura. Ela inclina a cabeça, uma pergunta oferecida sem a intermediação de palavras.

Eu anuo, e ela flui para dentro de mim, juntando-se à minha consciência tão completamente que fico sem ar. Eu sou Rehmat e ela é Laia. E embora eu saiba que é assim que deve ser, embora ela se limite a apenas um canto da minha mente, eu me irrito com sua presença. Odeio ter outra pessoa em minha cabeça.

Caminhamos até a beira do promontório e espiamos abaixo. O exército de Keris chegou à escarpa e sobe a passos largos. A primeira onda de soldados é empalada pelas estacas ali posicionadas, mas o exército não será contido por muito mais tempo.

Umber se precipita em um mergulho, incinerando as estacas, e os Marciais de Keris passam, jogando-se contra as forças de Elias.

Meus olhos ardem enquanto observo. Tantos mortos. Para quem eles lutam não importa, pois somos todos a mesma coisa para o Portador da Noite. Ele nos manipulou para nos odiarmos. Para vermos o outro lado como ele nos vê. Não como humanos, mas como vermes que devem ser abatidos.

Mas onde está a criatura? Em parte alguma, embora seus djinns estejam destruindo tudo.

Sinto a foice pesada às minhas costas. Pesada demais. Eu a desembainho. Uma luz pálida brilha sobre a lâmina de diamante negro antes de o sol desaparecer atrás de uma nuvem. A chuva ameaça cair e olho fixamente para a tempestade que se aproxima. Pena que ela não cai sobre nós, pois os djinns odeiam água. Mas o céu não se abre.

— Vamos, seu monstro — sibilo, esperando que o vento carregue minhas palavras até ele. — Venha até mim.

— Como quiser, Laia de Serra.

Aquela voz grave rosnada. A voz dos meus pesadelos. A voz que levou tantos de nós.

Eu me viro e encaro o Portador da Noite.

LIX
O APANHADOR DE ALMAS

As tropas de Antium não desejam lutar. Vejo isso em seus olhos, sinto em seus espíritos enquanto cerram escudos para enfrentar a cavalaria de Keris, que ruge subindo a escarpa.

Se eu conseguir levar as coisas do meu jeito, eles não lutarão por muito tempo. Mas preciso chegar até Umber. Ela é a segunda em comando do Portador da Noite e lidera os djinns em sua ausência. Se eu conseguisse que ela me ouvisse, poderíamos terminar com essa loucura.

O ar fica pesado e estranho. Como se uma mão invisível pressionasse a terra, buscando rasgá-la. O redemoinho, temo, está próximo.

Umber cruza o céu ao longo da escarpa, rindo enquanto incinera as estacas que colocamos para deter as tropas de Keris. Nossos soldados gritam primeiro de raiva e então de medo enquanto o chão troveja e treme abaixo deles. É Faaz, usando seus poderes para desequilibrá-los.

— Rowan!

O efrit da areia e seus irmãos voam em direção à djinn, e meu exército mantém posição.

Protegida por armaduras e portando as próprias lanças, nossa infantaria contém a linha, apoiada por rajadas e rajadas de flechas de mil arqueiros eruditos. Estremeço diante da morte, brutal e sem fim. Os gritos dos feridos enchem o ar.

As catapultas da Águia de Sangue rangem enquanto ela lança seus mísseis incomuns: blocos gigantes de sal. Um dos djinns grita e desaba quando um bloco se aproxima. Uma saudação é ouvida de nossos soldados, mas

Umber se vinga com mais devastação. Ela passa em meio às dúzias de arqueiros que guardam uma das catapultas, ignorando as flechas cobertas de sal que penetram sua forma de fogo e cortando as cordas a fim de inutilizar nossa máquina de guerra.

Enquanto caminho como o vento até a linha de frente, uma velha ira cresce em mim, o lobo de batalha uivando, ladrando por sangue. Minhas cimitarras brandem enquanto as tiro da bainha e caminho em meio aos combatentes tão facilmente como se tivesse nascido da fumaça. Eu poderia matar dezenas deles, se quisesse. Centenas.

Mas não são humanos que eu quero. E não será matar que vai me ajudar. Eu tenho de chegar até Umber.

Eu a encontro no limite oeste da linha, rompendo uma falange que combate por ali e golpeando seus escudos para o lado. Enquanto ela arranca as flechas que a atingiram, Spiro Teluman consegue deslizar por baixo dela, apontando a cimitarra para seu pescoço.

Mas a lâmina apenas resvala através do corpo flamejante e Umber o desarma com um giro do gládio. Então avança para matá-lo, mas desta vez sou mais rápido e desvio sua arma com minhas cimitarras.

— Usurpador — ela sibila. — O seu lugar não é aqui, lutando ao lado deles.

— E o seu não é assassinar pessoas que não tiveram nada a ver com o seu aprisionamento. — Corro e a atraio na direção da floresta, onde há menos soldados. Mas, mesmo sendo veloz, ela golpeia meu braço com força. Seria um golpe de quebrar os ossos, se não fosse a armadura confeccionada por Spiro. Umber ruge e ataca novamente, mas eu me defendo, prendendo sua lâmina entre minhas cimitarras.

— A sua gente é uma doença. — Ela tenta liberar o gládio, mas não a deixo. — Uma doença que precisa ser erradicada.

— Não somos só nós que seremos erradicados — digo a ela. — Se o Portador da Noite trouxer o Mar do Sofrimento para este mundo, tudo e todos morrerão. Incluindo você. O mundo vai acabar...

— Então deixe que ele acabe — ela grita. — E finalmente teremos paz...

— A paz dos mortos — retruco. Por que ela não entende? — Você não consegue sentir, Umber? O ar está estranho. O Portador da Noite contou a você o que está fazendo? Ele compartilhou o plano dele com você?

— O Meherya não precisa compartilhar nada conosco. Ele é o nosso rei. Ele nos libertou. E vai nos livrar de você e da sua gente, para podermos viver em paz em Sher Djinnaat...

— Ele está despertando o Mar do Sofrimento — grito, pois a argumentação não parece estar funcionando. — Ele quer reunir cada pedaço de dor, horror e solidão que tiramos dos mortos e devolver para o mundo. Você acha que, quando o mar despertar, ele terá misericórdia de vocês por serem djinns?

— Você não sabe nada do que nós sofremos!

Arranco o gládio de suas mãos e o jogo para o lado.

— Eu não vou matá-la — digo. — Mas o seu Meherya vai. Olhe para mim e veja que não estou mentindo. Se você deixar o seu rei continuar a ceifar almas, o que ele despertar vai nos matar.

Dou um passo para trás e baixo as lâminas, mesmo enquanto a batalha se aproxima.

— Por favor — digo. — Detenha-o. Talvez ele não se dê conta do que está fazendo, do que está liberando.

— Eu não iria contra o Meherya. — Umber balança a cabeça, um tremor se propagando através de suas chamas. — Ele entende o que você não é capaz de entender, Apanhador de Almas. Nós estamos quebrados demais. Jamais vamos poder voltar a ser o que éramos.

— Vocês são necessários — digo desesperadamente. — Essenciais para o equilíbrio...

— Equilíbrio? — grita Umber. — Quem mais se beneficia do equilíbrio, Apanhador de Almas? Mauth, que deixou nossos filhos morrerem, mas espera que façamos o seu desejo? A sua gente, que mata, fere e nos passa toda a sua dor para que a limpemos? Nós mantivemos o equilíbrio por milênios, e veja o que isso nos rendeu. Se isso é tão importante para você, então diga para Mauth encontrar mais humanos para passar os fantasmas adiante.

Ela voa e se distancia, e a batalha se fecha à minha volta, rápida demais para eu escapar. Corto através de um ajuntamento de legionários. Não muito longe de mim, Darin, Spiro e um grupo de tribais Saif combatem um pelotão de soldados de Keris.

Avanço para ajudá-los, mas outra batalha estoura à minha frente, e vejo um brilho loiro passando rapidamente, uma máscara prateada e olhos cinza-claros reluzindo com uma fúria dos infernos.

Minha mãe empala uma Tribal e um soldado auxiliar com dois golpes de cimitarra enquanto degola um Erudito com a outra, movendo-se com tamanha velocidade que seria possível pensar que ela estava caminhando como o vento. Suas habilidades são de outro mundo e, no entanto, de uma selvageria que é profunda e unicamente humana. Embora eu a tenha visto lutar centenas de vezes, jamais a vi assim.

Em um primeiro momento, tenho certeza de que ela não me vê, pois está embrenhada demais na batalha.

Então ela para, e, embora por toda parte à nossa volta homens e mulheres lutem e morram, estamos presos a um bolsão de silêncio. Todas as memórias dela inundam minha mente ao mesmo tempo, palavras bruscas, surras e o seu olhar — sempre perscrutador, mais do que jamais percebi.

— Fique longe do Portador da Noite, Ilyaas — ela me adverte, e volto a um momento anos atrás, em um deserto longínquo, a oeste daqui. *Volte para a caravana, Ilyaas. Criaturas sombrias andam pelo deserto à noite.*

Antes que eu possa entender seu aviso, Keris parte, sua cimitarra se chocando contra a de um homem meio metro mais alto que ela e décadas mais velho. Seu pai. Meu avô.

— Vá, garoto — ele diz. — Há anos ela espera lutar comigo. Não vou decepcioná-la. Não nisso.

Quin se esquiva facilmente do primeiro ataque de Keris, embora ela se mexa duas vezes mais rápido e pareça antecipar cada golpe dele. A boca de meu avô é uma linha implacável, seu corpo está tenso, mas a autoconfiança astuta que estou acostumado a ver em seu olhar não está mais ali. Em vez disso, ele parece um homem assombrado, um homem que quer estar em qualquer lugar, menos aqui. A força e a esperteza de mais de setenta anos de combate podem ser suficientes para mantê-lo vivo contra Keris.

Ou talvez não.

Um grito faz com que eu vire a cabeça, e evito por um triz uma lança que vem em direção ao meu peito. Shan nocauteia o agressor e então é engolido pela batalha, mas, embora eu tente abrir caminho até ele, a massa compacta de corpos torna impossível passar, mesmo caminhando como o vento.

— Apanhador de Almas!

Darin surge sem fôlego, salpicado de sangue, acompanhado de Spiro.

— Onde está Laia?

— Não sei — digo. — Ela estava indo para o platô...

Darin olha sobre o ombro na direção do promontório rochoso, mas não consegue ver nada.

— Eu sei que ela não nos quer lá. — Ele está agitado. — Eu prometi que não interferiria, mas sinto que algo está errado. Tem algo se aproximando, e ela é a única família que me restou, Apanhador de Almas. Não posso deixá-la sozinha.

Laia temia que ele faria o que irmãos mais velhos fazem: se colocar em perigo para ajudá-la. Seguro o ombro dele, sentindo sua angústia e sua intenção.

— Se você for atrás dela, isso pode distraí-la. É a última coisa que ela quer ou precisa, Darin. Por favor...

Minhas palavras são abafadas por um guinchar de pedra. Faaz rola um rochedo enorme sobre as tropas mais distantes do nosso exército. As forças de Keris rugem, triunfantes, enquanto o rochedo cava uma vala profunda como um túmulo na terra, levando consigo dezenas de nossos soldados. Os Marciais e Eruditos em volta de Darin uivam diante da morte abrupta de tantos camaradas e atacam os homens de Keris com força renovada, empurrando-os para trás rumo à beira da escarpa. A ira de batalha cresce dentro de mim, gritando comigo para lutar e matar. *A guerra é o seu passado. A guerra é o seu presente. A guerra é o seu futuro.* Assim Talis, o djinn, me disse. E assim é. Cedo à raiva, as cimitarras abrindo caminho à minha volta.

— Darin! — chamo, mas ele não responde. Spiro Teluman está a meu lado, examinando os rostos ao redor em busca de seu aprendiz, mas Darin desapareceu. Ao longe, a Águia de Sangue berra ordens e Keris grita em um terrível triunfo. A terra ruge, um tremor causado pelos djinns, e rachaduras enormes se abrem, engolindo várias de minhas tropas. Uma das catapultas explode quando Faaz lança um rochedo nela. Duas mais se incendeiam, tomadas por chamas.

O ar, já pesado com a cacofonia da guerra, fica mais denso, como se uma tempestade estivesse prestes a irromper.

Banu al-Mauth.

A voz de Mauth é tão silenciosa, mas ressoa em minha mente como um sino.

Perdoe-me, Banu al-Mauth, ele diz. *Não tenho forças para detê-lo.*

Ah, malditos infernos, malditos infernos. Uma visão surge de súbito em minha mente: a previsão de Mauth. Uma bocarra faminta e aterrorizante que rompe a barreira de Mauth, escapando mundo afora.

— Mauth — sussurro. — Não.

L X
A ÁGUIA DE SANGUE

Quando vejo Elias correndo para a mata onde Laia desapareceu, sei que algo está errado.

Não posso ir até ele. Não posso nem chamá-lo. As forças de Keris mataram metade de nossos arqueiros, e Umber incendiou nossas catapultas com seu maldito gládio. Todas as nossas tentativas de deter os djinns se depararam com sua superioridade sobrenatural. O Apanhador de Almas disse que as criaturas se enfraqueceriam à medida que despejassem suas forças vitais em nos destruir.

Mas, se há alguma fraqueza, não consigo ver. Só vejo nossas forças sendo aniquiladas, sem sinal algum de Laia, sem indicação alguma de que ela esteja viva. Os efrits lutam com valentia e fracassam, pois não são páreo para os djinns, faíscas obscuras contra sóis flamejantes.

Espectros derramam-se das fileiras da comandante, e, embora os homens recuem, temerosos, os nossos não fogem do confronto. Eruditos ficam ombro a ombro com Marciais e Tribais. Uma onda de espectros paira sobre nós, seu frio infernal derrubando de joelhos sucessivos guerreiros. Mas eu grito e ponho minhas cimitarras em ação, arrancando suas cabeças como se fossem espigas de milho.

— *Imperator invictus!* — Minhas tropas se juntam a mim. — *Imperator invictus!*

Mas não é o suficiente. Há espectros demais, djinns demais, soldados inimigos demais.

O pânico me invade, o mesmo terror que senti em Antium. A desesperança da derrota e o conhecimento de que nada pode ser feito para evitá-la.

Você é a única capaz de conter a escuridão. Hoje não serei derrotada. Hoje me vingarei por Antium. Por Livia.

— Águia! — Harper surge a meu lado, ofegante e sangrando de inúmeros ferimentos. Anseio curá-lo. O sentimento é tão forte que já tenho sua canção nos lábios, mas eu a transformo em uma pergunta.

— Onde ela está, Harper? Isso não pode terminar até que ela seja destruída.

— O estandarte dela está lá... — À minha frente, depois das catapultas e perto da escarpa, a bandeira de Keris tremula no vento provocado pelos djinns. Perto dela, um homem aparece bem acima dos outros à sua volta, os cabelos brancos voando enquanto luta com a filha.

— Ela está lutando com Quin — digo. Esta é minha melhor chance. Eu me viro para Harper, mirando-o nos olhos. — Fique longe disso — peço. — Ela o usará contra mim. Você compreende? Fique longe disso.

Não o deixo protestar e abro caminho aos empurrões. Quando me aproximo do estandarte de Keris, Quin sai do meu campo de visão. Será que ela o matou? *Seu próprio pai, malditos infernos.*

Os soldados que vêm em minha direção são abatidos pelo fio da minha espada. Grito, rosno e tiro do caminho soldados duas vezes o meu tamanho, a ira consumindo minha mente, até que o emblema com a coroa pontiaguda de Keris está próximo e ela está diante de mim.

O demônio. A loucura mortal na forma de uma pessoinha musculosa. A assassina, eviscerando um de meus legionários e então virando o rosto para mim com uma careta.

Meus homens correm e se postam à minha volta, afastando os soldados de Keris. Então a cadela de Blackcliff e a Águia de Sangue ficam entregues uma à outra.

Não dê a menor vantagem para Keris, Águia de Sangue. Ela vai ter algo na manga. Ela sempre tem.

E quem disse que eu também não tenho, Apanhador de Almas?

Expulso a lembrança, pois com ela vêm as palavras que Karinna proferiu, o que ela me mostrou nas profundezas do Lugar de Espera. O Portador da Noite ou seus seguidores podem captar esses pensamentos da minha mente. Eles são uma fraqueza, e hoje não posso ter fraquezas. Hoje, tenho de ser mil vezes mais inteligente, rápida e eficiente do que jamais fui.

Keris libera sua fúria como se a estivesse poupando somente para mim. *Vou fazê-la pagar por cada fuga, cada insolência.* Ela grita as palavras com toda violência do seu corpo, a ferocidade das suas cimitarras. *Eu punirei você por todas elas.*

A selvageria de Keris é tão surpreendente que tropeço, na defensiva. Ela não é uma inimiga normal, tampouco justa. Essa é a mulher que me ensinou tudo que sei sobre guerra, sobrevivência, combate. A mulher que treinou máquinas de matar — nenhuma mais eficiente do que ela própria.

Embora ela conheça minhas habilidades, não conhece meu coração. Keris não testemunhou seus pais e sua irmã serem degolados diante dela. Não viu sua única irmã viva mirar fixamente os olhos do filho enquanto morria, todas as esperanças perdidas no brilho de uma lâmina.

Keris é movida pela raiva. Mas a minha é mais ardente por causa da dor. E eu a libero.

As armas escolhidas pela comandante são duas cimitarras. Ela é mais baixa, portanto tem de se arriscar para se aproximar. Eu a mantenho longe, esquivando-me de suas investidas, esgrimindo-a em pé de igualdade, até que acerto seu ombro e outra vez a lateral de seu pescoço.

Mas Keris se movimenta rápido demais para que eu golpeie suas pernas ou a garganta, seus pontos mais fracos.

Sinto uma queimação no rosto — e a corrente quente de sangue se derramando em minha bochecha. Jogo a cabeça para trás enquanto a lâmina de Keris passa a centímetros da minha garganta. Ela golpeia meu flanco esquerdo com a outra cimitarra, com tamanha violência que nem mesmo a armadura de Spiro consegue aparar o golpe. Se eu estivesse usando minha armadura habitual, estaria morta.

A batalha ainda redemoinha em volta, e vejo de relance Harper enfiar a cimitarra na garganta de um inimigo, evitando por um triz o golpe de um bastão em suas pernas. Embora em menor número, meus homens empurram as forças da Comandante para trás, e a visão é encorajadora.

Eu me movimento como se o sangue não jorrasse do meu flanco, me esquivando com a cimitarra na mão direita antes de girar em torno dela. Minha lâmina está a centímetros dos músculos posteriores das coxas de Keris e lhe dou uma estocada.

No entanto, em vez de sentir o metal cortando sua carne, sinto uma ardência profunda no pulso esquerdo. Ela me enganou. Manteve as costas desguarnecidas para que eu me posicionasse atrás dela e deixasse meu lado esquerdo, meu lado fraco, exposto. *Águia, sua tola.*

Minha cimitarra cai inutilmente da mão e sua lâmina corta minha armadura até o quadril. Recuo, trôpega, antes que ela me rasgue ao meio, minha visão ficando dupla. *Vamos, Águia! Vamos!*

Ergo a cimitarra que resta a tempo de defender um golpe que teria me decapitado. A força com a qual nossas cimitarras se chocam derruba minha arma, mas a comandante escorrega em um trecho enlameado, me dando a chance de me recuperar.

Porém isso pouco me ajuda. Não tenho mais armas, as cimitarras estão distantes demais para eu alcançar.

— Águia! — Sempre atento, Harper se livra da batalha à esquerda de Keris e me joga uma adaga. *Não. Não. Fique de fora disso. Fique longe, seu tolo!* Ela a apanha, mas Harper já jogou outra.

No instante em que ele me lança a segunda lâmina, enquanto a pego no ar, vejo que a placa em seu peito se soltou e está fora do lugar.

— Harper! — grito, mas Keris se virou, a lâmina em sua mão zunindo na direção dele. *A morte com asas.*

Ela se crava no peito de Harper.

Um ferimento superficial, penso e rastejo pela lama até ele. *Eu posso curar isso. Posso trazê-lo de volta com meu canto.* Mas outro brilho de aço corta o ar. Uma adaga se aloja no coração de Harper. Ele cai.

— Não! — Eu o alcanço com os joelhos afundados na lama. Seus olhos verdes brilham como se a vida o deixasse enquanto o sangue escorre de seu peito. — Harper, não... — sussurro. — Não... por favor...

— Helene... — Ele diz meu nome, mas não consigo ouvi-lo. A batalha é feroz demais, meu coração bate alto demais. *Não, não*. Não quero vencer se o preço a pagar for este.

— *Em-Emifal F-F-Firdaant...* — ele sussurra, e a mão que um instante atrás segurava a minha cai na lama.

Eu vou trazê-lo de volta com uma canção. Eu vou. Mas não, pois algo corta novamente meu flanco esquerdo. Não consigo evitar o grito que explode da minha garganta. Parece interminável, a soma de toda a minha dor, de toda a minha derrota e a minha tristeza.

Keris me observa. Com a adaga na mão, ela se aproxima, saboreando meu sofrimento, se aquecendo nele.

Tento me levantar, mas não consigo. *Leal. Leal até o fim.*

Mas o fim está aqui. E não estou pronta.

LXI
LAIA

Cuidado, Laia. A voz de Rehmat é incisiva em minha mente. *Algo não está certo.*

Fico quieta enquanto o Portador da Noite pousa com um ruído surdo no platô. O medo não vai tomar conta de minha mente. Eu vou derrotá-lo. Eu vou destruí-lo.

— Você consegue senti-lo, meu amor? — pergunta o Portador da Noite, e não sei se ele fala comigo ou com Rehmat. Quando ele avança em minha direção, Rehmat me puxa para trás, mesmo quando não recuo, fazendo-me tropeçar.

Fique comigo, digo para ela em minha cabeça. *Eu sei que é difícil. Eu sei que você o amava. Mas não podemos vencer se não nos movermos como uma só.*

— Nós vamos detê-lo — Rehmat e eu falamos juntas, e, embora minha voz trema, eu me firmo. — Você não vai entregar este mundo para o Mar do Sofrimento. Eu não vou deixar.

— Não vai? — Ele se aproxima e leva as mãos até meu rosto.

Fique comigo, repito para Rehmat, e dessa vez nos mantemos firmes enquanto, dentro da minha mente, ela se encolhe com o toque dele.

— Não precisa ser assim — dizemos. — Você é o Meherya. Nascido para amar. — Gesticulo para o campo de batalha abaixo. — Isso não é do seu feitio.

— Tudo o que eu faço é motivado pelo amor — ele diz, e seus olhos flamejantes se fixam nos meus. Meu coração, ou o de Rehmat, se acelera. — Amor por tudo que nos foi tirado. Amor pelo que restou.

Ele está tão próximo que, se minha foice estivesse à mão, eu poderia matá-lo. Lentamente, levo o braço para trás, mas Rehmat me contém. Meus membros não cooperam.

Nós temos de matá-lo, lembro a ela. *Você prometeu que não interferiria. Você jurou.*

Algo não está certo, ela sussurra.

— Não é assim que você deve agir — Rehmat fala agora, embora eu tente impedi-la. — Você não honra o nosso amor deixando que a vingança o consuma. Você não honra o nosso povo. Ou os nossos... filhos... — A última palavra sai engasgada, pois a mágica de sangue não permite que ela fale de sua vida com ele. — Demonstre remorso — ela suplica. — Arrependimento. Dedique sua vida à tarefa que Mauth lhe deu. Restaure o equilíbrio.

O que você está fazendo? Agora estou furiosa, pois o plano não era esse. *Não há perdão para o que ele fez.*

Rehmat não cede. *Contenha sua ira, Laia*, ela diz. *Pois algo não está certo, e preciso descobrir o que é.*

Rehmat não soa frágil ou diferente. Ela parece tão séria e alerta como sempre. E, no entanto, não se mexe. Não me deixa alcançar a foice. Cerro os dentes e luto contra ela, me esforçando para pegar a arma. O Portador da Noite agarra meu pulso.

— Você vai me matar, meu amor? — ele pergunta. — O seu Meherya?

Laia, você tem que fugir. A voz de Rehmat se torna estridente, desesperada. *Não sei o que ele planejou, mas você precisa escapar. Rápido.*

Tento me afastar dele para pegar a foice, mas não consigo. Meu corpo está congelado.

Me solte, Rehmat.

Não sou eu!, ela grita. *Lute, Laia! Liberte-se!*

Mas o Portador da Noite me mantém imóvel, e, embora eu me debata, não consigo nem piscar. Em meio às exortações cada vez mais desesperadas de Rehmat, ouço uma voz que me tirou de tantas situações.

— Laia! Eu estou aqui...

Darin.

Ele irrompe da mata, mas meu coração afunda, pois ele se atira rápido demais na direção do Portador da Noite. Em um minuto ele está a metros de distância, no seguinte, a apenas alguns centímetros. Sua cimitarra brilha com sal, e ele a ergue, na esperança de que um ataque me dê alguns segundos para escapar do domínio do Portador da Noite.

— Darin! — guincho. — Pare!

O Portador da Noite não chega nem a virar a cabeça. Ele simplesmente me solta, estende o braço para trás e quebra o pescoço de Darin.

O ruído.

Ele assombrou meus pesadelos durante meses. Foi assim que meu pai morreu. Que Lis morreu. Que a esperança da minha mãe morreu.

Darin desaba no chão, os olhos azul-escuros abertos, mas não mais desafiadores. Ele está...

Meu irmão está...

Ele jamais forjará outra cimitarra ou desenhará mundos inteiros com apenas alguns traços de carvão.

Não.

Ele jamais vai gargalhar até perder o fôlego, ou caçar livros raros para eu ler, ou lançar olhares brincalhões para Elias, ou me dizer que sou forte.

Não.

Eu jamais embalarei seus filhos. Ele jamais embalará os meus. Ele jamais dará conselhos, ou comerá bolos de lua, ou contará histórias da mãe, do pai e da Lis comigo.

Porque ele está morto.

Meu irmão está morto.

Laia, Rehmat grita em minha mente. *Não mate o Portador da Noite. É isso que ele quer. É disso que ele precisa. É a última...*

A voz dela some, e tudo que consigo ouvir é aquele estalo infernal. Quando olho para baixo, para o corpo destroçado de Darin, vejo minha mãe e meu pai. Vejo minha irmã, vovó, vovô, Izzi. Vejo os inúmeros Eruditos mortos, todos nós, crianças brutalizadas pela guerra, que tiveram tudo arrancado de si. Lares. Nomes. Famílias. Liberdade. Poder. Orgulho. Esperança.

Laia, sussurra Rehmat. *Preste atenção. Por favor. Ouça.*

Mas eu já ouvi demais.

LXII
O PORTADOR DA NOITE

O rosto de Laia se contorce com um horror que eu conheço bem. Ela treme, consumida pelo sofrimento. Um som entre um rosnado e um lamento irrompe de sua garganta e, segundos mais tarde, ela joga Rehmat para fora da sua mente. A forma reluzente da minha rainha se esparrama no chão atrás de mim.

As mãos de Laia se fecham sobre a foice. Rehmat luta para se aproximar dela. Não sei se ela previu o que está por vir ou simplesmente me conhece melhor. Não importa.

— Por favor, Laia — ela implora à garota. — É isso que ele quer.

Laia ignora minha rainha, assim como eu. Rehmat não existe. Tampouco a batalha abaixo. Esse momento é entre mim e a garota que amei. A garota que ajudou a salvar o meu povo sem se dar conta. A garota que eu traí e rejeitei.

Por um momento, enquanto ela ergue a foice e avança em minha direção, sou movido pela pena. Quero abraçá-la. Dizer-lhe que logo toda a nossa dor desaparecerá. O mundo será consumido pelo sofrimento encarnado e não haverá sobreviventes, nem o meu próprio povo.

Tudo ficará bem, pois tudo será escuridão, eu gostaria de dizer.

Pois eu a amei, essa garota brava de cabelos indomáveis e olhos dourados, aterrorizada, mas desafiadora, hesitante, mas determinada. Eu a amava por tudo que ela era e por tudo que ela se tornaria.

A foice sibila através do ar e corta minha garganta. Uma. Duas. Três vezes.

Laia não é cuidadosa. O treinamento que a Águia de Sangue lhe deu foi esquecido, roubando a elegância do assassinato. Ela não me mata. Ela mata todo o seu sofrimento. Tudo o que foi feito a ela, à sua família, ao seu povo.

Mas, como disse Keris, algumas coisas não morrem.

A dor me trespassa, o gelo penetrando o fogo que queima no meu cerne. Minhas pernas cedem e estou de joelhos, olhando fixamente para ela e chorando de gratidão.

Lágrimas correm por seu rosto enquanto ela compreende o que fez. Pois a alma de Laia é intrinsecamente boa. Ela larga a foice, com o corpo trêmulo. Mas não compreende completamente. Não ainda.

Embora me custe um grande esforço, troco de chamas para carne, para a forma humana que Laia conhecia, cabelos ruivos e olhos castanhos, sangrando, desaparecendo aos poucos. Talvez isso, no fim, traga algum conforto a ela.

— Laia. Laia, meu doce amor. — Embora ela não vá acreditar que eu a amei, essa é a coisa mais verdadeira que eu já disse.

Pois, ainda que Rehmat vivesse dentro dela, foi Laia de Serra quem caminhou a meu lado na última parte desta longa jornada. Foi Laia de Serra quem me desafiou e assegurou a ruína do seu povo e do seu mundo quando jurou me derrotar.

O Mar do Sofrimento virá me buscar agora. Ele abrirá um buraco nesse mundo. Ele me consumirá. Após meses caçando, matando e acumulando sofrimento, percebi que o desespero dos humanos jamais seria igual ao meu. Que a única maneira de liberar o redemoinho, de abrir um buraco entre este mundo e o de Mauth, seria derramar mil anos da minha própria dor no Mar do Sofrimento.

— Não chore, meu amor — sussurro para ela. — Este mundo era uma jaula. Obrigado por me libertar.

Meu corpo se enrijece e o mar está dentro de mim agora, explodindo para além da dimensão de Mauth e através de mim para essa dimensão maldita. Por um momento que parece uma eternidade, olho fixamente para o céu azul-claro com mechas de nuvens perambulando por ele.

Minha memória me leva para o rio Anoitecer. Rehmat está sentada a meu lado, a pele quente pressionada contra a minha, o cabelo escuro empilhado alto na cabeça. Nossos filhos não passam de bebês e dançam entre chamas e sombras, tropeçando em mim e dando risadinhas enquanto Rehmat e eu apontamos histórias nas nuvens.

Que belo dia.

E então tudo o que sou, tudo o que fui se rompe e se divide. O mar se derrama através de mim, comprimindo-se em algo minúsculo e impossivelmente pesado. Não escuridão, mas vazio, o branco mais branco, a ausência de esperança e a plenitude do sofrimento — um sofrimento de tentáculos, incisivo.

No campo de batalha abaixo e em Sher Djinnaat, meu povo para e se vira para mim. Eles sentem isso, o rompimento entre mundos. Então sobem como raios, talvez na esperança de evitá-lo. O Apanhador de Almas emerge da floresta, deslocando-se com uma força sobre-humana, agarrando uma Laia chocada e arrancando-a para longe da *coisa* monstruosa que toma forma dentro de mim.

Minha forma corpórea se desintegra, mas eu ainda existo. O mar me envolve e me consome. Cada traço da minha existência é sofrimento. Não mais o Meherya, nem o Rei Sem Nome, tampouco o Portador da Noite.

Mas algo totalmente diferente.

PARTE V
AS MÃES

LXIII
O APANHADOR DE ALMAS

Não sei o que faz Laia gritar, e só quando estou próximo do platô vejo Darin caído, com o pescoço quebrado. O choro dela é interminável, de uma tristeza infinita , como se não fosse só seu grito, mas o de milhares de irmãs, filhas e mães que perderam seus entes queridos para a loucura da guerra.

Ela golpeia o Portador da Noite na garganta sucessivas vezes. Mas há algo errado, pois, embora o corpo dele se contraia, seus braços estão relaxados. Ele não usa mágica alguma para impedi-la.

Porque o Portador da Noite estava esperando por este momento. Porque, se ele quiser a quantidade de sofrimento suficiente para liberar o mar, é a única criatura viva que pode proporcionar vidas e mais vidas ao mesmo tempo.

O corpo dele troca para a velha forma humana. O ar, já carregado, estanca completamente. Ao longe, em algum lugar além da compreensão humana, uma barreira se rompe. Profundamente exaurido, o poder de Mauth desaparece inteiramente enquanto o Mar do Sofrimento irrompe através da superfície.

Caminho como o vento até Laia e a afasto do alcance do Portador da Noite enquanto ele se dissolve, transformando-se em uma viscosa fumaça cinzenta. Uma figura se ajoelha dentro da nuvem, a cabeça inclinada para trás, olhando fixamente para o céu: o espírito do Portador da Noite, os olhos flamejantes agora sem brilho, aparentemente em paz.

Então o Mar do Sofrimento surge através dele, e ele explode em um enorme ciclone. O corpo de Darin desaparece no redemoinho, seguido por dois djinns que sobrevoavam próximos demais, e então árvores, rochas...

— Rehmat! — Meus pés escorregam, e, embora eu caminhe como o vento, a atração da tempestade é poderosa demais. Uma figura reluzente surge e, sem que eu precise explicar, se funde com Laia. Com toda a força, eu as empurro para a mata, para as árvores que se inclinam na direção do redemoinho, mas ainda não se quebraram.

O redemoinho arrasta meu corpo de volta, para longe de Laia. Luto contra a atração, tentando desesperadamente cravar os calcanhares no chão, mas o platô é uma rocha lisa e não tenho onde me segurar. O Mar do Sofrimento troveja, faminto. Tão faminto.

Minha vontade não se dobra. Não vou morrer agora, não assim. O redemoinho não me vai roubar a vida. Ele não vai me consumir. Sou o Banu al-Mauth, o Escolhido da Morte. Sou o Apanhador de Almas, o Guardião dos Portões.

Mas toda minha força de vontade não é nada contra a força do Mar do Sofrimento. Ele me quer e terá, pois não passo de ossos, sangue e dor, unidos por pele e músculos. *Laia. Laia, corra.* Eu a vejo lutando contra Rehmat enquanto tenta voltar para mim, enquanto a rainha djinn a força para longe.

Nossos olhares se cruzam por um instante desesperado. Então o Mar do Sofrimento me arrasta para a escuridão e me reivindica para si, de corpo e alma.

LXIV
LAIA

O corpo de Darin desaparece no ciclone. Mas não tenho tempo de chorar sua morte, pois estou subitamente consciente de que Elias está perto demais da tempestade. Aos gritos, avanço em sua direção, mas Rehmat me segura.

Você não pode salvá-lo, Laia. Sua voz soa angustiada, pois, de todas as criaturas, ela compreende o que isso significa para mim. *Ele deu a vida pela sua. Não deixe que seja em vão.*

Grito o nome dele. Olhos cinzentos encontram olhos dourados.

Ele desaparece em um átimo, como se jamais tivesse existido. Não sinto meu corpo, e é apenas por causa de Rehmat, que me dá forças e me obriga a me segurar a um galho de árvore, que sou impedida de ser tragada pelo redemoinho depois de Elias.

— Me solte — grito, pois o Portador da Noite venceu. Nossa batalha terminou. *O que foi que eu fiz? O que foi que eu liberei neste mundo?*

Minha voz se perde e fico tonta diante do fato de que o Portador da Noite não está morto, mas se transformou no próprio sofrimento que ele buscou liberar no mundo.

Um grito coletivo é ouvido abaixo à medida que o redemoinho desce varrendo o platô, um funil cinzento devorador. Em minutos, ele devasta o exército de Keris, sugando centenas, então milhares de soldados. A cada vida que traga, ele cresce em tamanho, alimentando-se de sofrimento. Um rugir profundo e sinistro ressoa de dentro dele, fruto da ira e da dor de uma eternidade.

Não podemos pará-lo. Ele consumirá tudo por minha culpa. Porque eu matei o Portador da Noite e lhe dei o que ele queria.

Achei que eu sabia o que era ser sozinha. Todas as noites como uma criança no grande silêncio do Bairro Erudito, ansiando por meus pais e minha irmã. O silêncio de Blackcliff quando achei que nunca mais veria Darin.

Mas essa solidão é diferente. É devoradora. A solidão de uma garota responsável pela destruição do mundo.

O mundo precisa ser destruído antes que possa ser refeito. Caso contrário, o equilíbrio jamais será restaurado.

Elias me disse isso meses atrás. *O mundo precisa ser destruído antes que possa ser refeito.*

Antes que possa ser refeito.

— Rehmat — digo. — Você disse que era as correntes dele.

Foi o que eu previ muito tempo atrás em minhas visões. Mas agora ele se foi, Laia. Perdido no Mar do Sofrimento. Eu falhei com você. Perdoe-me, mas eu falhei com você. Não percebi a intenção dele até ser tarde demais.

— Eu devia ter confiado em você, Rehmat. — Caminho até a beira do platô. — Porque você esteve comigo durante a minha vida inteira. Porque você é parte de mim. Eu confio em você agora. Mas você tem de confiar em mim também. Foram um djinn e um humano que começaram essa loucura mil anos atrás. E um djinn e um humano têm de pará-la. Eu preciso ir até ele.

Deixe-me ir com você.

— Quando eu estiver pronta — digo enquanto Rehmat se afasta de mim — eu a chamarei. Você virá, Rehmat de Sher Djinnaat?

— Sim, Laia de Serra.

Eu me viro na direção do ciclone feroz e o chamo com uma palavra.

— Meherya.

Ele se mexe na minha direção, irado e faminto, atraído pela minha dor. Espero até que ele tenha chegado ao promontório, até que esteja perto o suficiente para tocá-lo.

Então me lanço escuridão adentro.

LXV
O APANHADOR DE ALMAS

O Marcial que caminha a meu lado pelos corredores de Blackcliff é familiar, embora eu jamais o tenha encontrado. Ele tem a pele marrom-escura e cabelos negros que caem em ondas sobre os ombros, presos para trás por uma dúzia de tranças finas, um estilo comum às gens do norte.

Seus olhos são da cor dos primeiros brotos da primavera, e, apesar de sua altura, próxima da minha, e da largura imponente dos ombros, há uma bondade em seu rosto que me deixa imediatamente à vontade. Embora em vida tenha sido um Máscara, ele não usa uma agora.

— Saudações, meu filho — ele diz calmamente. — Que bom ver o seu rosto. — Seus olhos me examinam. — Você é alto como o seu avô. E tem as maçãs do rosto dele também. Mas o cabelo é meu. E as feições. Um pouco da minha pele. E... — Seu olhar cruza o meu.

— Os seus olhos — digo. — Você é Arius Harper. — *Meu pai,* não acrescento.

Ele inclina a cabeça.

Ajo com cautela em relação a ele. Tudo que sei sobre meu pai é o que Avitas me contou: Arius Harper amava a neve e jamais se acostumou aos verões quentes de Serra. Seu sorriso o fazia se sentir como se o sol tivesse acabado de surgir após um frio e longo inverno. Suas mãos eram grandes e carinhosas ao ensinar um jovem garoto a segurar uma atiradeira.

No entanto, meses atrás, em uma masmorra nos subterrâneos de Blackcliff, Keris Veturia disse uma frase que não me saiu da cabeça.

Eu não ia deixar que um filho me matasse depois que o pai havia fracassado.
— Você era casado quando conheceu a minha mãe.

Ele anui, e passamos de um dos corredores sombrios de Blackcliff para outro.

— Renatia e eu nos casamos jovens — ele diz. — Jovens demais, como a maioria dos Marciais. O casamento foi arranjado, como é comum às gens do norte. Nós... nos compreendíamos. Quando ela se apaixonou por outro, eu lhe disse para seguir seu coração. E ela fez o mesmo por mim.

— Mas você e Keris... Vocês... — Malditos infernos. Como perguntar ao seu pai se ele pegou sua mãe à força?

— Keris nem sempre foi como é agora — diz Arius. — Ela era uma caveira quando eu a conheci. Dezenove anos. E eu era um centurião de combate aqui. — Ele olha para as paredes negras e opressivas à nossa volta. — Ela se apaixonou por mim. E eu por ela.

— A comandante... — *Não é capaz de amar*, quero dizer. Mas claramente isso nem sempre foi verdade.

— Os Ilustres que me mataram a fizeram ver minha execução. — Meu pai pronuncia as palavras como se falasse de outra pessoa. — Disseram que, como Plebeu, eu não estava à altura dela. Ela tentou impedir, mas eles eram muitos. Isso a destruiu. Ela se entregou à dor.

Meu pai e eu deixamos os corredores mal iluminados de Blackcliff e adentramos o pátio da torre do sino. Reprimo um arrepio. Meu sangue lavou essas pedras. O meu e de tantos outros.

— Mauth demandou que eu abrisse mão das minhas emoções antes que ele me deixasse usar sua mágica — digo. — Eu fiz isso e ele me ajudou a reprimi-las. Afastou-as de mim. E eu quis isso. Porque me possibilitou esquecer todas as coisas terríveis que eu já fiz.

— Mas você não consegue esquecer — diz meu pai. — Você não deve esquecer. Mauth errou quando tirou o amor de você. Quando tirou a raiva, a alegria, o arrependimento, a tristeza, a paixão.

— Ele fez isso porque a ganância de Cain e o amor do Meherya levaram à ruína — digo ao meu pai. — Mas agora Mauth quer restaurar o equilíbrio. Ele quer a volta dos djinns. E eles não me ouvem.

— E por que deveriam? Você não pode convencê-los a não ser que se abra para toda a alegria... — Meu pai toca meu ombro. Vejo Mamie cantar uma história, sinto os lábios de Laia em mim, ouço o riso alegre da Águia de Sangue. — E todo o sofrimento — ele acrescenta, e agora vejo Cain me arrancando da tribo Saif. Grito com a dor da minha primeira surra, choro enquanto esfaqueio um rapaz, a primeira vida que tiro.

Eu quero que a morte termine. Ela não termina. Demetrius e Leander morrem por minhas mãos. Laia e eu escapamos de Serra, e eu executo um soldado após o outro. Kauf pega fogo, e prisioneiros morrem na destruição que se segue. Os fantasmas escapam do Lugar de Espera e matam milhares.

Assassino!, o efrit da caverna nas catacumbas serranas aponta e grita. *Matador! A morte em pessoa! A ceifadeira ambulante!*

Eu me sinto doente. Pois, embora conheça meus pecados, não os enfrentei. Toda vez que eles vieram à minha mente, Mauth os mandou embora.

— Como eu posso seguir em frente? — pergunto ao meu pai. — Quando provoquei tamanha devastação? Quando tudo que tenho para dar é a morte?

Anseio por Mauth então, por aquela injeção de calma e distanciamento que sua presença me dá. Mas ele não está aqui. Não existe nada entre mim e as memórias do que fiz, exceto puro horror.

— Força agora, meu filho — diz meu pai. — O que o seu avô lhe disse logo após a Segunda Eliminatória?

— Ele... Ele disse que eu passaria a contar fantasmas.

— Você conta o sofrimento agora também — continua meu pai. — Como o Portador da Noite. Como a sua mãe.

— O sofrimento é o copo do qual ambos bebem — cito Talis enquanto meu olhar cruza com o de meu pai. — É a língua que os dois falam. E é a arma que os dois empunham.

— Sim — ele diz. — Mas você não precisa ser como eles. Você sofreu. Criou sofrimento. Matou. Mas você também pagou. Com a sua vida, duas vezes agora, e com o seu coração, com a sua mente. Você encaminhou milhares de almas perdidas. Salvou milhares de vidas. Você fez o bem neste mundo. O que vai defini-lo? O bem? Ou o sofrimento?

Ele põe a mão em meu peito e testemunho o que teria sido tê-lo como pai. É uma vida tão diferente da minha que ela só poderia existir no além. Keris — minha mãe — me segura, seu doce sorriso uma revelação. Meu pai me pega do colo dela e me joga sobre os ombros. Avitas passa correndo por nós, os olhos verdes brilhando enquanto meu pai me coloca no chão e eu corro atrás dele. Meus pais conversam, e, embora eu não consiga ouvir as palavras, a linguagem que usam é a do amor.

Ver isso é uma cimitarra para minha alma, pois eu anseio tanto que fosse real. Que fosse uma lembrança e não um desejo. Eu queria que o sofrimento jamais tivesse tocado nenhum de nós.

— Ah, meu garoto. — Meu pai me toma nos braços. — Não era para ser.

Ele me abraça por longos minutos, então fecho os olhos e me deixo sentir a dor.

— E se eu não voltar? — Eu me afasto. — Eu poderia ficar aqui. Com você. Embora... — Olho em volta, pois uma névoa nos cobre, espessa e fria, e as paredes severas de Blackcliff desaparecem. — Onde é *aqui*? E como você está aqui? Você morreu há anos.

— Eu vivo no seu sangue, meu filho. Eu vivo na sua alma.

— Então eu também morri.

— Não — ele diz. — Quando o Mar do Sofrimento rompeu a barreira, tragou você, mas, antes que ele pudesse consumi-lo, Mauth o capturou. Você está entre os dois mundos. Caminhando sobre o fio de uma cimitarra, como fez por grande parte da vida. Você pode cair no Mar do Sofrimento e se perder na dor. Ou pode voltar para o mundo, pois você ainda é o Apanhador de Almas e tem um dever. O equilíbrio precisa ser restaurado.

— Os djinns. — *O seu dever é para com os mortos, mesmo que isso cause a ruptura do mundo.* — Mas o mundo está... — *Destruído*, eu estava prestes a dizer, antes de me lembrar das palavras que disse a Laia meses atrás. *O mundo precisa ser destruído antes que possa ser refeito.*

— Você vai ajudar a refazer o mundo, meu filho? — meu pai pergunta.

— Eu... Eu já implorei aos djinns — digo. — Eu disse que o equilíbrio não poderia ser restaurado sem a ajuda deles. Mas eles não ouviram.

— Porque foi o Apanhador de Almas quem lhes perguntou. — Meu pai me pega pelos ombros e sua força flui para mim. — Mas você não é apenas isso. Diga-me, quem você é?

— Eu sou o Banu al-Mauth. — Não compreendo. — Eu passo fantasmas adiante...

— Quem você é, meu filho?

— Eu... — Eu tinha um nome. Qual era o meu nome? Laia o disse. Repetidas vezes. Mas não consigo me lembrar.

— Quem você é?

— Eu sou... Eu... — *Quem sou eu?* — Eu sou nascido de Keris Veturia — digo. — Filho da kehanni que contou a História. Amante de Laia de Serra. Amigo da Águia de Sangue. Sou irmão de Avitas Harper e Shan An-Saif. Neto de Quin Veturius. Eu sou...

Duas palavras ecoam em minha mente, as últimas que Cain me disse antes de morrer. Palavras que mexem com meu sangue, palavras que meu avô me ensinou quando eu era um garoto de seis anos e ele me deu meu nome. Palavras que foram calcificadas em mim em Blackcliff.

— Sempre vitorioso.

Uma porta se escancara dentro de mim e Blackcliff desaparece. O grande redemoinho me arrasta, como se a conversa com meu pai jamais tivesse acontecido, como se tivessem se passado apenas alguns segundos entre o momento em que o Mar do Sofrimento me pegou e agora.

Luto para sair dali e vou em direção a uma luz que cintila ao longe. O mar está tão próximo que o sinto me arrastar pelos pés, mas me debato para subir para o mundo dos vivos, gritando incessantemente aquelas duas palavras.

Sempre vitorioso.

Sempre vitorioso.

Sempre vitorioso.

LXVI
KERIS VETURIA

A Águia de Sangue vai morrer como suas irmãs morreram. Como seus pais morreram. Degolada, uma morte lenta o suficiente para ela adentrar o mundo do além sabendo que eu a derrotei.

Parte de mim está furiosa com a facilidade com que ela caiu. Tudo que a Águia precisava fazer era não amar. Se ela não tivesse amado, teria sido uma adversária valorosa. Eu jamais conseguiria feri-la, não importa quem eu matasse.

Ao longe, ressoa um rosnado profundo, de sacudir a terra. Eu o ignoro.

A Águia segura o flanco enquanto me aproximo. Aí está ela, uma coisinha alquebrada. Uma versão de mim mesma, se eu tivesse permitido que a derrota entrasse em minhas veias como veneno, se tivesse me deixado amar ou me importar.

Deem-me um inimigo que me desafie, grito em minha mente. *Um inimigo que faça o meu corpo gritar, que me force a pensar mais rápido, a lutar mais arduamente.*

— Sua criatura deplorável — digo. — Olhe só para você. De joelhos na lama. O seu exército morrendo à sua volta e nem um deles é bravo o suficiente para vir em sua ajuda. Sua avezinha fraca e alquebrada, lamentando um homem morto no momento em que chamou o seu nome. Você é uma tola, Helene Aquilla. Achei que a havia treinado melhor.

Ela olha para mim com os olhos azuis perdendo a luz, o cabelo trançado como uma coroa suja de sangue e lama.

— Amorzinho.

A palavra é um sussurro, um expirar da boca da Águia. Meus dedos ficam entorpecidos e meu ventre se retorce como se tomado por cobras. Não reconheço o sentimento. Não é medo, certamente.

Como ela ficou sabendo desse nome?

— Era assim que ela chamava você. — A Águia segura o flanco sem que isso a ajude em nada.

Se eu não matá-la agora, ela vai sangrar até a morte.

Subitamente, não a quero morta. Não ainda.

Reduzo a distância entre nós e me agacho para agarrar sua garganta.

— Quem lhe contou esse nome? — sibilo. — Um Erudito? Um Marcial...

— Ninguém que esteja vivo — sussurra a Águia. — Um fantasma me contou. Karinna Veturia. Ela está à espera, aqui na Floresta do Anoitecer, Keris. Ela está à espera há mais de trinta anos.

Enquanto olho fixamente para a Águia, a batalha ainda sendo lutada ferozmente à nossa volta, memórias emergem, como um miasma escuro do qual me desfiz há muito tempo. Cabelos loiros e olhos tão azuis quanto um céu de verão serrano. Uma barcaça viajando ao longo do rio Rei em direção a Serra, ao norte. Longas horas com ela em uma cabine muito iluminada com lamparinas tribais multifacetadas e repleta de almofadas coloridas. O *tunk-tunk-tunk* reconfortante dos homens do meu pai mantendo guarda no convés.

Um barbante verde que dançava em suas mãos se transformando em uma vassoura e nos bigodes de um gato, um chapéu pontiagudo, uma escada, um homem com ostras às costas.

Como você faz isso?, lembro de perguntar.

Mágica, amorzinho, ela disse.

Mostre como, mamãe. Então ruídos estranhos ecoam acima de nós. Passos agourentos de botas pesadas. Gritos e fumaça. Fogo e rostos estranhos entrando pela porta, me agarrando. Agarrando minha mãe.

— Você era uma criança. — A Águia de Sangue me traz de volta para o campo de morte. Para a batalha. — Não é sua culpa que a Resistência levou sua mãe. Não é sua culpa que eles a machucaram.

Solto a Águia e recuo, trôpega. Sim, eu era uma criança. Uma criança que não fez nada exceto observar enquanto os rebeldes eruditos matavam nossos guardas e o capitão da barcaça. Uma criança que ficou paralisada enquanto minha mãe e eu éramos raptadas e levadas para um covil imundo nas montanhas. Uma criança que chorava e gemia enquanto os rebeldes torturavam a mãe no quarto ao lado.

Uma criança que não fez nada enquanto a mãe gritava.

E gritava.

E gritava.

Os rebeldes queriam chegar até meu pai. Eles queriam atingir uma das grandes famílias marciais. Mas ela já estava morta quando ele veio em nosso auxílio.

— A sua mãe tentou ser corajosa, Keris — diz a Águia de Sangue, e fico tão sobressaltada que ela ainda esteja falando que nem me importo em silenciá-la.

A Águia deveria estar morta. Por que ela ainda não morreu?

— A sua mãe tentou ficar em silêncio, mas os rebeldes a machucaram. Os gritos assustaram você em um primeiro momento. Ela conseguia ouvir você implorando que parassem de machucá-la.

Minha mãe. Meu primeiro amor. Eu chorei e então implorei e então gritei para ela parar, porque seu choro me deixava maluca. Ela foi fraca. Tão fraca. Mas eu fui fraca também. Eu poderia ter ficado em silêncio. Eu poderia ter sido forte por ela e não fui...

— Você era uma criança, Keris — diz a Águia de Sangue, embora eu não tenha falado meus pensamentos em voz alta. Ou falei? — O que os rebeldes eruditos fizeram com você e com a sua mãe foi imperdoável. Mas o que você fez, ralhar com ela para que ela parasse de gritar... Céus, ela perdoou você no momento em que isso aconteceu. Ela só quer ver você de novo.

A terra treme e um grande gemido corta o ar. Mas eu mal reparo, incapaz de tirar os olhos da Águia. Ela se ergue com dificuldade, não derrotada como eu esperava, mas obstinadamente determinada.

— Ela espera por você, Keris.

Ao longe, sinto a sombra que se desvencilha da batalha rugindo à nossa volta. Ela desliza uma lâmina pela parte de trás das minhas pernas, cortando os músculos posteriores das minhas coxas, e eu caio, sem compreender o que aconteceu. A sombra derruba minha cimitarra e gira à minha frente.

Então ela joga o capuz para trás e estou face a face com minha própria obra, um fantasma do passado, e minha mente se esvazia. Pela primeira vez em um longo tempo, sou surpreendida.

— Você vai morrer pelas minhas mãos, Keris Veturia — sussurra Mirra de Serra, vivíssima e ainda desgraçadamente marcada por cicatrizes, os olhos azuis ardendo com um fervor assassino.

Eu poderia detê-la. A Águia de Sangue vê e grita um aviso para Mirra, pois o instinto me fez sacar uma lâmina assim que ela emergiu da batalha.

Mas penso em minha mãe. *Ela espera por você, Keris.*

E a lâmina de Mirra encontra seu alvo.

A dor trespassa meu pescoço enquanto a Leoa enfia a adaga em minha garganta, enquanto ela me degola. Ela desconhece a minha força, que mesmo sangrando desse jeito posso esfaquear sua coxa, abrir um buraco em seu corpo que a matará em instantes. Mesmo à beira da morte, ainda posso destruí-la.

Mas, subitamente, não estou mais no campo de batalha. Eu me elevo acima dele, acima do meu corpo, que não passa de uma concha agora. Fraco, inútil e gelando na lama.

Um redemoinho enorme e violento gira na direção do meu exército, esfacelando-o e aniquilando-o diante dos meus olhos.

— Amorzinho?

— Mamãe. — Eu me viro. E é *ela*, minha mãe, que pranteei nos cantos esquecidos da minha alma. Seu sorriso é radiante, me atingindo com a força de um nascer do sol. Estendo a mão para ela.

Ela não a pega. Um grito sufocado lhe escapa, o choque se expandindo através de sua forma vítrea enquanto ela recua.

— K-Keris? — Ela me examina, atônita. — Você não é ela.

— Mamãe — sussurro. — Sou eu. Keris. O seu amorzinho.

Ela desliza para longe de mim, os olhos azuis familiares, enormes e feridos.

— Não — ela diz. — Você não é meu amorzinho. Meu amorzinho morreu.

Estendo a mão para ela novamente, e um som estranho e estrangulado sai da minha garganta. Algo mais se aproxima. Aquele rugir de fender a terra, como se mil cães estivessem ao alcance dos meus calcanhares. Eu me viro e me deparo com o redemoinho. Ele consome o horizonte, rodopiando, voraz.

Jamais vi nada parecido. E, no entanto, eu o conheço.

— Portador da Noite?

Keris. Ele pronuncia meu nome, embora não soe como de costume.

— Portador da Noite. Me leve de volta — digo. — Eu ainda não acabei. A batalha não terminou. Portador da Noite?

Ele não me ouve. Ou não se importa mais.

— Eu lutei por você — digo. — Eu jamais teria cruzado aquele rio ou combatido um inimigo em terreno mais alto se não fosse por você. Eu *confiei* em você...

A tempestade segue em frente, e sei então que estou morta. Que não haverá retorno.

A fúria me consome, e o terror. A traição no último instante por parte da única criatura em quem confiei na vida é inaceitável. Esta não pode ser a minha morte. Tem mais — tem de haver mais.

— Mamãe... — eu chamo, na tentativa de encontrá-la.

Mas ela partiu, e só há a fome, a tempestade e um sofrimento que, para mim, não termina jamais.

LXVII
LAIA

A tempestade tem dentes, e eles se cravam em minha mente, injetando-me com memórias. Meu pai, minha irmã, minha mãe — todos que já foram tomados de mim.

As memórias se desvanecem, substituídas por outras que não reconheço. Primeiro algumas, então centenas e milhares, que giram à minha volta. Sucessivas histórias. Sucessivas tristezas.

Embora os corpos dos mortos tenham desaparecido, ainda sou corpórea e me deixo ocultar em meio ao nada. Isso é uma maluquice produzida pelos djinns, e tive uma djinn vivendo dentro de mim por um longo tempo.

Mas ela não está mais com você, sibila o redemoinho. *Você está sozinha. Eu vou consumi-la, Laia de Serra. Pois tudo é sofrimento e o sofrimento é tudo.*

Um bruxulear reluz perto do meu campo de visão. Risos doces e pequenas figuras flamejantes — os filhos de Rehmat, me dou conta. Os filhos do Portador da Noite. Embora eu queira desviar o olhar, me forço a observar sua família, sua alegria. Eu me forço a testemunhar sua luz indo embora.

Esse redemoinho... é tudo por causa dele. Ele reuniu o sofrimento de gerações e o juntou ao seu. Ele estava certo. Para o Portador da Noite, o mundo era uma jaula. Agora ele está por toda parte. Vivendo em todas essas memórias, em todo esse sofrimento. Perdido nele.

Mas mesmo o redemoinho tem um centro. Um coração. E preciso encontrá-lo.

Cada passo leva uma era à medida que as lembranças passam gritando por mim. *Laia.* Viro a cabeça, sobressaltada, pois é a voz de Darin uivando da escuridão. Ele diz algo que não consigo compreender. Eu sei que, se buscá-lo, nos encontraremos. A morte terá levado todos nós — Darin, meu pai, minha mãe, Lis, vovó e vovô. Quando foi a última vez que nós sete estivemos juntos e felizes?

Quando foi a última vez que não estávamos correndo, nos escondendo ou sussurrando para que o Império não nos pegasse? Não lembro. Tudo o que lembro é do medo. Meus pais me deixando e a dor de perdê-los. O dia em que a vovó gritou por sua filha e eu soube que jamais veria meus pais novamente.

Mas minha mãe voltou. Ela voltou e lutou por mim, e eu me apego às suas palavras. *Eu te amo, Laia.* Mergulho em seu amor. Pois, por mais torturado que fosse, ainda assim era amor, da única maneira que ela sabia me dar.

Tudo é sofrimento, diz o redemoinho. *E o sofrimento é tudo.*

Quantas pessoas mais foram engolidas por esse ciclone? Sobrou alguém? Forço a mim mesma a pensar com clareza. Tem de haver. E enquanto restar pelo menos uma pessoa, ainda vale a pena lutar por ela.

Um passo depois do outro, abro caminho através do vento circulante. Se eu parar de lutar, mesmo que por um segundo, estarei perdida.

Mas então o Portador da Noite também estará perdido. Talvez, se eu aceitá-lo, nós acabaremos no mesmo lugar.

Eu me deixo levar.

Imagino que a tempestade vá me partir ao meio, mas em vez disso flutuo e sou levada como uma folha ao sabor do vento. As memórias do Portador da Noite fluem através de mim. Todos os anos e amores que não vi. Tudo que ele passou. Meu coração estremece diante da solidão. Certa vez, vislumbrei isso quando lhe dei o bracelete. Agora o abismo de sua dor se abre diante de mim e não há onde me esconder.

Percebo que estou circulando algo — o centro do redemoinho. Uma vez, duas vezes, cada volta mais curta, até que a névoa se assenta e consigo distinguir um traço branco reluzente: uma abertura entre mundos, através da qual sucessivas tristezas explodem, vivas, rasgando-se em um frenesi faminto, canibal.

No centro da abertura, um fio de alma se contorce, atormentado. Sua forma difusa e multicolorida é vagamente humana.

O Portador da Noite. Ou o que quer que ele tenha se tornado.

— O mundo inteiro vai acabar — sussurro. Se eu não conseguir que ele feche a abertura entre os mundos, estamos perdidos. — E eu sei que você não quer isso. Você precisa parar.

— O que uma criança pode saber sobre isso? — pergunta o Portador da Noite. — Você não passa de uma gota de orvalho sobre uma folha recém-nascida de grama. Eu sou a própria terra.

O redemoinho me açoita e me aproximo do Portador da Noite. Chamo seu nome. Mas ele me ignora, envolto em sua dor. As palavras de Rehmat retornam em minha mente.

A força dele está no nome. E a fraqueza também. O passado e o presente dele.

Portador da Noite foi o nome que os humanos lhe deram. Assim como *Rei Sem Nome*. Mas, antes disso, ele tinha outro nome.

— Meherya — digo. — Amado.

Então ele uiva, um lamento que ecoa quebrando algo dentro de mim. Mas ainda assim ele se esconde, pois não é mais o Amado também. Ele deu as costas para o seu dever e para a sua humanidade. Para Mauth.

Na realidade, porém, a humanidade se voltou contra ele primeiro. E Mauth, quem mais deveria ter amado o Meherya, não fez nada quando seu filho e tudo que ele acalentava foram destruídos. O Portador da Noite deu tudo a Mauth, e este retribuiu com mil anos de tormento.

E como eu, aquele que ela mais amava, lhe retribuí? Como eu agradeci à humana que me deu tudo?

As palavras de Mamie, quando ela se tornou o Portador da Noite e me contou a sua história. Quando ela me contou sobre Husani. A primeira — e talvez única — mãe que o Portador da Noite conheceu na vida.

— Nirbara — sussurro. — Abandonado.

Ele se vira.

— Abandonado pelos humanos e por Mauth — digo, o redemoinho ficando mais violento a cada palavra. — Abandonado pelos Eruditos, que você buscou apenas ajudar e que roubaram tudo o que você amava. Abandonado por Rehmat, que o deixou sozinho com toda a sua dor. Que coisa terrível é o amor, quando esse é o custo. Mas não precisa ser assim. Há milhões que ainda poderiam viver, que ainda poderiam amar, se você apenas devolvesse esse sofrimento para Mauth.

— Está feito — diz o Abandonado. — Você não conhece dor como a minha, garota. Tudo é sofrimento, e o sofrimento é tudo. Deixe-o destruir o mundo.

— Eu conheço o sofrimento — digo, e ele ergue a cabeça com um sibilar nos lábios. Mostro a palma das mãos. — Você acha que, porque é um djinn, o sente com mais profundidade? Porque você era o Amado, a sua dor é maior que a minha? Não é, Nirbara. Pois eu... eu também fui amada.

Luto para falar, para pôr em palavras toda a escuridão da minha vida, todas as coisas que jamais compreendi.

— Eu fui amada por minha mãe e meu pai. Fui amada por minha irmã, meu irmão e meus avós. Fui amada por Elias. Fui amada por você.

Eu queria poder tocá-lo. Queria que ele pudesse sentir o que eu sinto.

— Talvez você e eu sejamos amaldiçoados. — Minha voz é crua, dolorida. — Amaldiçoados a sofrer para sempre. Mas o que fazemos com essa dor é escolha nossa. Eu não posso odiar. Não para sempre. Você não está cansado disso, Nirbara? Não quer descansar?

Ele olha para mim e estremece, tão sozinho. Então estende as mãos e junto os fragmentos que restam dele. Os restos se solidificam na forma de um garoto de olhos castanhos, e, quando o abraço, ele desaba. Juntos, choramos a respeito de tudo o que fizemos e de tudo o que foi feito conosco. Embora eu não fale, derramo todo o amor que tenho nisso, na manifestação mais verdadeira de uma criatura alquebrada.

Há quanto tempo alguém não lhe oferecia afeto? Quão diferente seria sua vida se a ganância humana não o tivesse levado à loucura e à dor de milhões de pessoas?

Nós nos ajoelhamos, presos no abraço, enquanto o sofrimento de anos gira à nossa volta. Até que ele se afasta e não é mais uma criança, mas um homem. Ele é uma sombra que reconheço, que pulsa com a gravidade de milhares de anos e milhares de almas. Eu vejo tudo o que ele fez e escolho não o odiar.

O redemoinho que nos cerca diminui.

— Você não merecia isso — sussurro. — Nada disso. Mas aqueles que você machucou, eles também não mereciam. Dê um fim a essa loucura. Libere a sua dor. Pare de lutar com Mauth.

A ira faísca em seus olhos com a menção de seu pai.

— Mauth nos faria esquecer — diz o Abandonado. — Ele tiraria a dor do mundo e a trancaria...

— Para que pudéssemos viver livres dela — digo. — Mas eu não esquecerei.

Rehmat. Eu a chamo com todas as forças da minha mente. Sua luz é um farol em meio à névoa prateada que gira, e em um instante ela está ao meu lado.

Mas ela não fala comigo nem olha para mim. Tem olhos apenas para o seu Meherya.

— Meu amado — ela sussurra. — Venha comigo, eu esperei longos anos por isso, pelo nosso derradeiro encontro. Venha e me dê a sua dor. Eu preciso contê-la, para que você jamais espalhe essa agonia sobre o mundo novamente. Você precisa se submeter a mim.

— Finalmente, Rehmat — diz o Meherya —, eu compreendo o significado do seu nome. — Ele se vira para mim. — Não esqueça a história, Laia de Serra. Jure.

— Eu juro que não esquecerei — digo. — Tampouco meus filhos. Nem os filhos deles. Pelo tempo que a minha linhagem viver, Meherya, a História será contada.

O ar estremece com a força do juramento e o ruído de uma rachadura profunda ecoa debaixo de mim, como se o eixo da Terra tivesse mudado. Eu me pergunto o que leguei para meu próprio sangue.

O Meherya leva a mão ao meu rosto e sinto sua tristeza e seu amor, que ainda subsistem, apesar de tudo o que aconteceu.

Então ele se vira para Rehmat, que abre os braços, chamando-o para si. O corpo dourado dela estremece e se divide, explodindo em centenas de cordas flamejantes, inexoráveis enquanto se enrolam nele, cada vez mais apertadas. Ele não resiste e se perde na contenção à medida que ela tira sua dor, seu sofrimento e seu poder — e os libera de volta para Mauth.

O redemoinho perde força, dissolvendo-se primeiro nas extremidades enquanto escoa de volta pela fenda que o Meherya abriu. Em seguida se torna mais fino, desaparecendo cada vez mais rápido, girando azul, então cinza, então branco, até que finalmente não resta mais nada.

Eu me levanto no promontório, embora ele esteja partido ao meio como se atingido por um martelo gigante. A rachadura está a apenas alguns metros de distância e se fecha diante dos meus olhos.

Rehmat não está em parte alguma. Lamento sua perda. Lamento não poder dizer adeus e não lhe agradecer. E lamento que ela jamais tenha me contado o significado de seu nome.

Uma voz sussurra em meu ouvido.

— *Misericórdia* — ela diz. — Meu nome significa *misericórdia*.

A rainha dos djinns parte, arrastando seu prisioneiro para algum lugar desconhecido, aonde não posso segui-la. Nesse momento, o vento cessa. Tudo fica em silêncio. Tudo fica parado.

Pois o Amado que despertou no alvorecer do mundo não existe mais. E, por um único momento angustiado, a própria terra o lamenta.

LXVIII
O APANHADOR DE ALMAS

O platô se divide ao meio quando saio do redemoinho. A terra estremece com a força do fenômeno, um tremor que chega ao Lugar de Espera, provocando resmungos intensos na mata.

O abalo me derruba de joelhos e deslizo de volta em direção à linha de árvores. Uma figura emerge do ciclone e, tão subitamente quanto a tempestade entrou nesta dimensão, ela se esvai, como se através de uma fissura no ar. Tudo está em silêncio. Nem mesmo as árvores se mexem.

Então a figura à beira do platô desaba e o mundo respira novamente. Eu me levanto com dificuldade e, com o ruído, ela se vira.

— Você... Você é real? — Ela ergue um pouco a mão e em cinco passos chego até ela e a abraço, tremendo de alívio porque ela está impossível e milagrosamente viva. A rocha do platô geme e em instantes parto dali caminhando como o vento, passando pela linha das árvores, rumo aos limites do bosque dos djinns. — Ele se foi — Laia sussurra quando paramos. — Rehmat o acorrentou. No fim ele foi destruído, Elias. — Ela olha para as mãos e seus olhos se enchem de lágrimas, a voz trêmula. — Ele matou meu irmão. Darin está m-morto.

O que posso dizer para reconfortá-la? Laia derrotou uma criatura que desafia qualquer descrição — mais que um rei, mais que um djinn, mais que um inimigo. E no processo perdeu a única família que ainda lhe restava no mundo.

Um vento agita as árvores atrás de nós, e as primeiras florações das árvores tala se soltam e rodopiam no ar.

— *Na queda da flor, a órfã se curvará à foice* — ela diz. — *Na queda da flor, a filha pagará um dízimo de sangue.* — Seus olhos escuros estão vermelhos e opacos. — Malditas profecias.

— A mesma profecia disse que eu morreria. — Lembro da profecia da djinn tão claramente como se tivesse sido dita ontem. *O filho da sombra e herdeiro da morte combaterá e fracassará com seu último fôlego.* — Mas ela não disse que eu encontraria o caminho de volta. — Puxo Laia para perto. — E não disse que você venceria.

— Nós vencemos? — ela pergunta enquanto olhamos para o bosque dos djinns. Soldados dos dois lados da escarpa se levantam tropegamente, ainda abalados com o redemoinho. Musa tem um braço por baixo dos ombros da Águia de Sangue e juntos eles cambaleiam para longe da linha de frente, a angústia emanando de ambos. Spiro e Gibran carregam Afya, ferida, na direção das tendas de enfermaria.

Laia e eu caminhamos até a beira da escarpa e ela fica perplexa, pois o exército de Keris parece ter levado a pior diante da ira do redemoinho. Uma chaga profunda na terra e alguns bolsões de soldados chocados é tudo que restou da enorme hoste da comandante.

Quanto a Keris, seu estandarte tremula ao vento, próximo à beira da escarpa. Ao lado dele, seu corpo está caído, o rosto virado para cima, o cabelo loiro enlameado, a garganta coberta de sangue, os olhos cinzentos fixos no céu.

Morta.

Laia me solta e leva a mão à boca. Eu me ajoelho ao lado do corpo da minha mãe, cujo coração e mente serão para sempre um enigma. Apesar de sua violência, de seu ódio implacável, eu lamento sua morte. Sua pele é fria e macia sob minhas mãos enquanto fecho seus olhos. Meus olhos.

Fique longe do Portador da Noite, Ilyaas. Que aviso estranho e inesperado. Por que ela me advertiu, se passou tantos anos tentando me matar?

Talvez ela não estivesse tentando me matar. Talvez estivesse tentando matar alguma parte de si mesma. Mas jamais saberei. Não de verdade.

A apenas alguns metros, Avitas Harper está caído, sem vida também. Agora compreendo a devastação da Águia de Sangue. Nós tivemos uma conversa significativa, Avitas e eu. Não foi o suficiente.

Enquanto meu coração dói por meu irmão e minha mãe, a mágica de Mauth cresce, uma onda de esquecimento que ele vai liberar para lavar a confusão em minha mente.

— Não — sussurro, sabendo que ele pode me ouvir. — Meu dever não terminou ainda. Eu preciso restaurar o equilíbrio.

Você conversará com os djinns. Mauth retornou à sua potência máxima, e sua voz ribomba em meus ossos. *Mas tem de estar com a mente e o coração limpos, Apanhador de Almas. Não distraído pelo amor, o arrependimento, a esperança.*

— Isso é *exatamente* o que deve me distrair — digo a ele. — Amor, arrependimento e esperança é tudo que eu posso oferecer.

Há um longo silêncio enquanto ele pondera a questão. Laia me observa conscientemente — a única pessoa nesta terra que compreende a profunda intrusão de ter uma voz sobrenatural e estranha na própria mente.

Não me decepcione, Banu al-Mauth.

Atrás de mim, o ar assobia enquanto centenas de cimitarras deixam as bainhas.

— Olhe para aquilo, malditos infernos...

— Deve haver muitos deles vivendo naquela cidade...

Mais adiante, em Sher Djinnaat, talhando a terra, figuras emergem. A maioria em forma humana, embora algumas vistam sombras e outras rodopiem em chamas.

— Apanhador de Almas. — A Águia de Sangue manca até mim. Atrás dela, nossas fileiras de Tribais, Eruditos e Marciais se formam novamente em linhas organizadas. O olhar dela está fixo nos djinns que nos observam de Sher Djinnaat. — As catapultas. Duas delas ainda estão funcionando. — Ela eleva a voz. — Carreguem o sal...

Eu me viro para ela, o poder de Mauth me preenchendo, e minha voz retumba através do bosque dos djinns.

— Você não vai tocar neles.

A Águia de Sangue me olha, surpresa. À medida que o restante dos nossos homens se dá conta do que estou dizendo, um resmungar irado se eleva.

— Nós não podemos deixar barato o que eles fizeram, Apanhador de Almas — diz a Águia de Sangue. — O líder deles está morto. Seus seguidores estão mortos ou dispersos. Essa é a nossa chance.

— Eles não são o Portador da Noite — digo. — Os adivinhos aprisionaram os djinns por mil anos por não fazerem nada além de defender suas fronteiras. A não ser que você queira punir a si mesma por defender Antium contra invasores.

— Você viu o que eles são capazes de fazer com a força máxima. Uma ameaça dessas...

— Nós podemos negociar com eles — argumento. — Era essa a ideia dos adivinhos, Águia de Sangue. As profecias, a criação de Blackcliff, as Eliminatórias. Todas as maquinações deles foram para nos trazer até este momento. Eles sabiam há anos que haveria uma guerra. Desde que roubaram a mágica dos djinns, eles vinham tentando compensar o mal que fizeram. Mas não estão mais aqui para terminar o trabalho. — Olho de Laia para a Águia. — Isso cabe a nós.

Enquanto os observo, penso nas estranhas reviravoltas do destino que nos trouxeram até aqui. Na impossibilidade desse resultado, nós três vivos, juntos, diante de uma hoste de criaturas desesperadamente necessárias para restaurar o equilíbrio do nosso mundo.

— Certo. — Laia pega minha mão e a da Águia de Sangue. — Vamos acabar com isso.

De mãos dadas, descemos a escarpa e caminhamos em direção aos djinns, que nos esperam. Paramos a uma distância suficiente para que não se sintam ameaçados.

— Onde ele está? — Umber dá um passo à frente, reconhecível apenas pela voz irada e o gládio na mão. Seus olhos estão quase sem brilho, seu fogo uma mera fagulha do que foi na batalha.

— Ele partiu. — Laia avança um passo. — Foi acorrentado por Rehmat, que deu a própria vida para que a vida de vocês pudesse ser poupada. Pois ele teria destruído o mundo, e ainda há muito bem nesta terra.

— Não. — Umber se encolhe, chorando, não de raiva, como era de esperar, mas de desolação. — Não... Ele nos amava...

No entanto, os demais djinns ficam em silêncio, pois testemunharam tudo. Eles viram o que ele se tornou.

— Vocês são necessários neste mundo — prossegue Laia. — Não deveriam ser levados a se esconder ou à guerra pela ganância de um rei humano de mil anos atrás. Os djinns foram maltratados. O Portador da Noite vingou esse erro. Deixemos isso terminar agora.

— O que você quer que nós façamos? — A djinn Faaz dá um passo à frente em sua forma humana, exibindo cabelos castanhos e olhos escuros. — Que sirvamos à sua espécie de novo? Vocês só vão voltar para roubar os nossos poderes.

— Nós não faremos isso. — A Águia de Sangue avança um passo. — Eu sou a Águia de Sangue do Império Marcial e regente do imperador Zacharias. Em nome dele, juro que nenhum Marcial cruzará a fronteira do Lugar de Espera, a não ser que vocês o autorizem, e nenhum Marcial levantará armas contra vocês, a não ser em sua defesa. Nós não faremos nenhum acordo com nenhuma nação que não concorde com isso.

Olho para a Águia, surpreso, mas então considero o que ela me disse dias atrás. *Algum dia isso vai terminar, Apanhador de Almas? Ou será o legado que deixarei para o meu sobrinho?*

— Nós não podemos retroceder. — A multidão se abre para deixar passar um djinn. Ele é magro, tem ombros caídos e está vestindo um manto pesado, mas o reconheço instantaneamente. Maro, o djinn que enviava os fantasmas para o Meherya, que não fez nada enquanto milhares e milhares de humanos morriam. — Não depois de tudo que fizemos. Não depois de tudo que fizeram conosco.

— Sim, vocês podem. — Penso em meu pai. — Eu já salvei vidas e as tirei. Já fui açoitado, surrado e quebrado. Eu decepcionei o mundo, faltei com o meu dever. Meus erros me assombrarão até o dia da minha morte. Mas eu ainda posso fazer o bem. Posso passar os fantasmas adiante. Posso jurar não cometer os mesmos erros de novo.

Nesse momento, algo muda no ar, como se uma porta se abrisse em um quarto há muito fechado. Espíritos fluem do reino de Mauth para o Lugar de Espera. Centenas — não, milhares. Todos que morreram nesta batalha, que hoje alimentaram o Mar do Sofrimento.

A força de sua presença quase me faz cair de joelhos. Eles ficarão longe do bosque dos djinns, pois o detestam tanto quanto os próprios djinns. Mas em breve seus lamentos exigirão que os humanos encontrem algum tipo de refúgio.

Os djinns olham para as árvores. Maro caminha na direção delas, talvez sentindo a mesma compulsão que me aflige. Então se recompõe e dá as costas, retornando para Sher Djinnaat. A maioria dos djinns o segue.

Mas nem todos.

Talis fica sozinho, sua forma humana lentamente se transformando em uma chama vermelho-escura com um coração azul-celeste. Ele acena com uma mão para as árvores.

Um grupo de espíritos emerge e flui até ele. O vermelho da chama de Talis se aprofunda e ele caminha com eles em direção a Sher Djinnaat, a cabeça inclinada enquanto falam de sua dor. Ao chegar aos primeiros prédios, ele para e se vira.

— Deixe os corpos, Banu al-Mauth — diz. — Eles serão respeitados. Farei com que sejam enterrados. — Então parte, acompanhado por um grupo de fantasmas.

Enquanto ele se afasta, vozes djinns se elevam no ar, um coro de arrepiar, com camada sobre camada de uma bela melodia. O ar estremece com a força de sua canção, e Mauth se manifesta.

Um lamento pelo Meherya, ele diz. Um tributo a seu rei tombado.

— De centenas, apenas um retornou, Mauth. — Olho para a cidade onde Talis desapareceu. — Eu falhei com você.

Sem você tudo estaria perdido, Banu al-Mauth. Um é um começo. E, por ora, é o suficiente.

◆ ◆ ◆

Centenas estão feridos e milhares estão mortos. Os fantasmas me chamam, implorando para ser vistos, ouvidos, enviados para o outro lado. Mas eu preciso falar com Mamie e Shan, com Afya e Spiro, com Gibran e Aubarit. Preciso passar um tempo com os fakirs e fakiras e orientá-los sobre como seguir em frente com tantos de seus anciãos mortos. Na enfermaria, sangrando de uma dúzia de ferimentos, Quin demanda minha presença, e levo horas para persuadir os paters a deixar os corpos dos mortos.

Mas, no amanhecer após a batalha, o exército está pronto para marchar, e já falei com todos com quem precisava.

Bem. Quase todos.

Laia me encontra próximo à estrada que levará o exército para fora do Lugar de Espera. A Águia de Sangue, Musa e eu estamos discutindo como as tropas devem lidar com quaisquer fantasmas rebeldes. Quando Laia aparece, Musa chuta a Águia no tornozelo.

— *Infernos*, o que foi, Musa? Ah...

A Águia me lança um olhar severo — *Não a magoe, Elias* — e desaparece com o Erudito.

— Você não vem conosco? — Laia me atrai na direção das árvores, pois embora Rehmat tenha partido, sua mágica permanece com ela. Alguma parte da rainha djinn ainda vive dentro dela, de Musa e da Águia de Sangue. O suficiente para que a maioria dos fantasmas não os incomode.

— Os espíritos estão chamando. — Quero pegar suas mãos, mas me contenho. Nada vai tornar essa situação mais fácil. No entanto, não há razão para torná-la mais difícil. — Mesmo com Talis, há fantasmas demais para passar adiante.

Enfio a mão no bolso. O bracelete que ela me devolveu meses atrás ainda está comigo, embora muito mais entalhado que antes, pois trabalhei nele a cada momento de tranquilidade que tive. *Será que lhe dou o bracelete? Ela vai rejeitá-lo? Não está pronto ainda. Talvez eu deva esperar.*

— Laia...

— Eu não...

Falamos ao mesmo tempo, e gesticulo para que ela vá em frente.

— Eu não quero que você sofra pelo que nós temos, Elias. — Ela ergue a mão enquanto uma flor de tala flutua até ela. — Você está vivo. Onde quer que eu esteja, vou saber que em algum lugar do mundo você existe e está em paz. Isso é suficiente para mim.

— Bem, talvez seja suficiente para você — uma voz rouca se manifesta das sombras na floresta —, mas não é para mim.

Laia e eu olhamos fixamente para a figura que emerge das sombras, pequena e de cabelos brancos, com olhos de um azul-oceano tão duros quanto uma ágata, mas que se suavizam quando veem a filha.

— Como... — Laia finalmente consegue falar. — Os Karkauns...

— Não se deram o trabalho de checar o meu corpo — diz Mirra de Serra. — E eu toquei a Estrela, lembra? Nós somos difíceis de matar.

— Mas por que você não me procurou? — pergunta Laia. — Por que não tentou me encontrar?

— Porque para mim a vingança era mais importante que você — diz Mirra. Chocada, Laia dá um passo atrás. — Eu nunca fui uma boa m-m-mãe, garota. Você sabe disso. Eu sabia que ninguém teria chance contra a cadela de Blackcliff a não ser que ela fosse pega de surpresa. Os espiões dela disseram que eu estava morta. Então eu segui morta. Os únicos que sabiam que eu estava viva eram Harper, que me conseguiu um lugar para ficar em Antium, e a Águia de Sangue.

Diante da indignação estampada no rosto de Laia, Mirra ergue a mão.

— Não vá ficar brava com ela agora — diz. — Eu a ajudei nos túneis de Antium, mas ela não sabia que era eu. Ela não sabia que eu estava viva até a noite anterior à batalha. Depois de eu bater um papo com Karinna.

— Eu não senti você... — começo, e Mirra solta uma risada.

— Havia milhares de humanos na floresta, garoto — ela diz. — O que era um a mais? Eu podia confiar em Harper para manter seus pensamentos para si. Tinha uma mente de aço, aquele garoto. Quanto à Águia, ordenei a ela que mantivesse a boca fechada e nem pensasse no meu nome para o Portador da Noite não pescá-lo da cabeça dela.

— Acredito que seu aviso foi precisamente: "Se você disser uma palavra disso a alguém, garota, eu arranco suas tripas e uso a pele como capa". — A Águia de Sangue surge atrás de nós. — Sinto muito. — Ela olha de um jeito preocupado para Laia, como se esperasse sua ira. — Foi a única maneira de matar Keris.

Laia se joga nos braços da mãe, que balança para trás, surpresa, antes de erguer as mãos e abraçá-la apertado.

— Eu não estou sozinha. — Laia enterra o rosto no cabelo da mãe. — Achei que eu era tudo o que havia restado de nós.

Meus olhos ardem e a Águia de Sangue desvia o olhar, esfregando a mão nas faces e murmurando algo sobre ter terra nos cílios.

— Você não está sozinha — diz Mirra, com a voz mais suave agora. — E, se depender de mim, jamais estará de novo. — Ela solta Laia e se vira para mim. — Apanhador de Almas, você poderia chamar o seu mestre?

— Chamar? — pergunto. — Mauth? — Eu deveria parar de ser tão lacônico. A mãe da mulher que eu amo provavelmente pensa que sou burro.

— Sim — diz Mirra lentamente. — A rainha djinn mencionou um certo juramento que você fez para Mauth.

— Você conheceu Rehmat? — pergunta Laia.

— Um momento, Grilo. — Mirra ergue a mão, o olhar fixo em mim. — Rehmat me contou sobre o seu juramento. Algo a respeito de servir Mauth por toda a eternidade. Eu gostaria de falar com ele a respeito disso. Chame-o.

Mauth? Eu o procuro em minha mente e, quando não há resposta, balanço a cabeça. Mirra rosna com tamanha intensidade que Laia, a Águia e eu nos encolhemos.

— Não me ignore, seu bruto metido a besta — diz Mirra para a floresta. — Eu já caminhei pelo seu reino mais vezes do que posso contar. Já encarei o Mar do Sofrimento. Você disse para o garoto que ele não se livrará do juramento até que outro humano assuma o lugar dele. Bem, aqui estou eu. Pronta para tomar o lugar dele. E você não precisa nem me trazer de volta à vida.

Um longo silêncio, e então o ribombar antigo de Mauth. *Você sabe o que está pedindo, Leoa?*

Laia olha de mim para Mirra, pois não consegue ouvir Mauth. Mas, antes que eu possa explicar, Mirra responde.

— Alguns meses de treinamento do meu futuro genro... — Ela me dá um empurrão no peito, e quase engasgo. As faces de Laia enrubescem, e a Águia de Sangue sorri pela primeira vez em muito tempo. — Uma discussão ou outra com nossos amigos flamejantes de Sher Djinnaat. Um monte da deliciosa comida tribal, tendo em vista que serei a Bani al-Mauth deles. E a eternidade nesta floresta, passando os fantasmas adiante.

— Espere — diz Laia, ansiosa. — Só um momento. Você não pode...

— Você me quer no mundo dos vivos em vez disso? — pergunta Mirra. — Carregando o peso do meu ódio? Eu matei Keris Veturia. Deslizei uma adaga pela garganta dela e assisti enquanto ela morria. Mas tudo que eu quero é trazê-la dos mortos para poder matá-la de novo. — A voz dela baixa para um sussurro. — Eu sou assombrada, garota. Pelos olhos do seu p-p-pai. Pela voz da sua i-irmã. Por Dar... Dar... — A Leoa estremece. — Pelo riso do seu i-irmão — diz finalmente. — Eu não pertenço aos vivos. A rainha dos djinns disse que para ser uma Apanhadora de Almas é preciso sentir remorso. Eu sou feita disso. Me deixe ir. Me deixe fazer algum bem.

Leoa. Mauth fala antes que Laia consiga dizer alguma coisa. *Você vai fazer como o Banu al-Mauth e buscar se ater a quem você era? Ou vai abrir mão do seu passado para poder passar adiante os fantasmas com mais facilidade?*

— Apenas libere o garoto, Mauth. Infernos, eu faço o que você quiser. — Mirra considera. — Exceto esquecê-la. — Ela anui para Laia.

Você é a mãe dela, Leoa. Nenhum poder no universo poderia arrancá-la do seu coração. Ela é feita de você. Muito bem. Mirra de Serra, guerreira e Leoa, ouça-me. Governar o Lugar de Espera é iluminar o caminho para os fracos, os cansados, os tombados e os esquecidos na escuridão que se segue à morte. Você estará ligada a mim até que outro seja suficientemente valoroso para libertá-la. Você se submete?

Observo que ele não ameaça punir Mirra por deixar a floresta. Tampouco a chama de soberana do Lugar de Espera, como fez comigo.

Talvez ela não fique ligada a ele por uma eternidade, afinal.

— Sim, eu me submeto — diz Mirra.

O juramento dela é diferente do meu, pois Mauth não precisa trazê-la de volta à vida. Ainda assim, o corpo de Mirra fica tenso e sei o que ela sente: o poder de Mauth passando para ela enquanto ele lhe dá um toque de mágica que jamais poderá tirar.

Um momento mais tarde, a Leoa se apruma e vira para mim.

— Muito bem, então — ela diz. — É melhor você começar a contar o que eu preciso saber. E, tendo em vista que você não será o Apanhador de Almas por muito mais tempo, não se incomode se eu chamá-lo de Elias.

— *A Mãe guarda todos eles* — digo. Cain e sua maldita profecia. — Achei que o adivinho estava falando da comandante. Mas era de você, Mirra. Você é a Mãe.

— Isso eu sou, Elias. — A Leoa pega os dedos da filha em uma mão e os meus na outra. — Isso eu sou.

LXIX
A ÁGUIA DE SANGUE

O *dever primeiro, até a morte.* Aprendi essas palavras com meu pai, aos seis anos, na noite em que os adivinhos me levaram para Blackcliff.

O dever pode ser um fardo, minha filha. Meu pai se ajoelhou na minha frente, com as mãos em meus ombros. Então passou os polegares em meus olhos, para que os adivinhos não vissem minhas lágrimas. *Ou pode ser um aliado. A escolha é sua.*

Após a batalha no Lugar de Espera, o dever me leva às negociações com os generais de Keris e à rendição do que restou de suas tropas. Ele me mantém firme quando Elias agradece e dispensa seu exército de Tribais e efrits, pedindo que eu retire o meu destacamento da floresta.

O dever me mantém de pé quando Musa, com os olhos vermelhos pela perda de Darin, me encontra e me conduz para uma fileira de corpos, para que sejam enterrados no bosque dos djinns.

Olho para o corpo imóvel de Avitas Harper e o dever não me ajuda. Ele não me oferece consolo.

Sem que eu me dê conta, meus joelhos se afundam na lama onde ele está deitado. Seu rosto é tão sereno agora quanto em vida. Mas não há dúvida de que ele está morto. Mesmo com um manto jogado sobre o rasgo terrível feito por Keris, ele está coberto de sangue, cortado e ferido em muitos lugares.

Estendo a mão para tocar-lhe o rosto, mas a puxo de volta no último instante. Não faz muito tempo, ele aqueceu meus ossos e meu coração. Mas agora ele vai estar frio, pois a Morte levou o meu amor e todo o seu calor partiu deste mundo.

Maldito, grito para ele em pensamento. *Maldito por não ser mais rápido. Por não me amar menos. Por não estar envolvido em alguma outra batalha para que não precisasse se arriscar na minha.*

Mas não digo essas coisas. Olho o rosto dele e busco... não sei. Uma resposta. Um motivo para tudo o que aconteceu. Um significado.

Mas às vezes não há motivo. Às vezes, você mata e odeia matar, mas é um soldado até a raiz dos cabelos, então continua matando. Seus amigos morrem. Seus amantes morrem. E o que você tem ao fim da vida não é a certeza de que fez isso por alguma razão realmente importante, mas a dura percepção de que algo foi tirado de você e você também abriu mão disso. E você sabe que vai carregar esse fardo para sempre, pois é um arrependimento que só a morte alivia.

— Você chegou lá primeiro, meu amor — sussurro. — Eu o invejo tanto. Como vou seguir em frente sem você?

Não há resposta para minha pergunta, apenas seus olhos que seguirão fechados para sempre, a imobilidade de seu corpo sob minhas mãos e a chuva caindo fria sobre nós.

◆◆◆

Levamos três dias para retirar o exército da floresta — e mais duas semanas e meia para atravessar as colinas verdes ondulantes do Império até a guarnição de Estium, cravada em uma curva do rio Taius.

— O acampamento está pronto, Águia. — Quin Veturius, impecável como sempre, me encontra em minha tenda, em meio às tropas. — Você gostaria que preparássemos seus aposentos na guarnição?

Eu gostaria de ficar sozinha, mas minha tenda está cheia de gente. Laia chegou primeiro, trazendo consigo uma lata de geleia de manga que encontrou vá saber onde. Ela a espalha em um pão com queijo branco por cima, e o distribui silenciosamente para quem quer que entre na tenda.

Musa também está aqui, gesticulando com o pão enquanto flerta com Afya Ara-Nur. A Tribal ainda está pálida em razão do ferimento, fazendo careta mesmo quando ri. Mamie parece se divertir enquanto Spiro Teluman observa com um olhar reservado. O ferreiro não deveria se preocupar. O coração de Musa está tão despedaçado quanto o meu.

— Águia de Sangue?

Volto a atenção para Quin, afastando-o dos outros para não incomodá-los.

— Não há necessidade de aposentos na guarnição — digo a ele. — Todos já chegaram?

— Esperamos apenas pelo imperador — diz Quin. O velho está um pouco mais pálido que antes, tendo sobrevivido por um triz a uma luta brutal com sua filha. — Tenho algo para você — ele me diz, pescando um objeto prateado do manto. Então abre a mão para revelar uma máscara. — Do Elias. Você a deu para mim no ano passado. Acho que ela vai se juntar a você. De uma maneira que jamais se juntou ao meu neto.

Estendo a mão para tocar o metal vivo, quente e flexível. Que conforto seria usar uma máscara de novo, lembrar a todos que me vissem o que eu sou.

— Obrigada, Quin. — Corro o dedo pelos cortes pálidos que marcam minhas faces. — Mas eu me acostumei às cicatrizes.

Ele anui e guarda a máscara antes de examinar minha armadura salpicada de lama e minhas botas desgastadas. Talvez a única coisa limpa em mim seja o cabelo, e só porque Laia insistiu em penteá-lo enquanto eu estava comendo.

— Um pouco de lama na minha armadura não vai fazer mal, Quin — digo. — Vai lembrar aos paters que acabamos de vencer uma batalha.

— Você é quem decide — ele diz. — O imperador está a caminho. Estará aqui em menos de uma hora. Nós temos um pavilhão pronto para você e seu sobrinho no campo de treinamento da guarnição. Os generais de Keris estão acorrentados, esperando para jurar lealdade. Já mandei formar as tropas, como você pediu.

Laia e os outros se juntam a mim e seguimos pelo acampamento vazio até o campo de treinamento, grande o suficiente para acomodar as tropas: três mil Marciais e Eruditos, mais uns dois mil Tribais, alguns dos quais se estabelecerão em Estium enquanto o Império ajuda a reconstruir as cidades do deserto tribal.

Uma área de observação proporciona uma vista do campo, e vou até um toldo negro colocado sobre uma dúzia de cadeiras. A alguns metros dali, os aliados de Keris estão ajoelhados em uma fileira, acorrentados a argolas presas ao chão.

O retinir de cascos interrompe o zunzum da conversa. Uma fileira de Máscaras liderada por Dex adentra o campo, com uma carruagem a seguindo. Quando ela para, Coralia e Mariana Farrar emergem, com Zacharias no colo de Coralia. Ele está dormindo profundamente. Tas aparece logo depois e, quando vê Laia, corre até ela.

— Você está viva! — Ele quase a derruba com a força do abraço. — Rallius deve a mim e a Dex dez marcos. Rallius... — O garoto corre de volta para o Máscara corpulento que se mexe sem jeito sob o olhar duro de Laia.

Tenho vontade de correr até meu sobrinho, mas simplesmente acelero o passo, encontrando-o no pavilhão. Mariana murmura um cumprimento enquanto Coralia faz uma meia mesura.

— Saudações, Águia de Sangue — ela diz. — Ele estava um pouco mal-humorado quando caiu no sono.

— Provavelmente está tão animado quanto eu para aguentar essa cerimônia. — Beijo meu sobrinho carinhosamente, esperando que ele durma durante o que sem dúvida será um blá-blá-blá humilhante por parte dos ex-aliados de Keris.

Coralia estremece quando Zacharias se mexe, temerosa de que ele acorde. Mas, para minha surpresa, Mamie dá um passo à frente e pega a criança com mãos firmes. Ele abre os olhos e olha em volta, mal-humorado, com o narizinho vermelho.

— Ele não deveria estar com roupas tão leves. — Mamie olha severamente para Coralia e Mariana e estende a mão para Laia. A Erudita oferece seu manto sem a menor hesitação. Mamie enrola Zacharias nele e abre seu sorriso reluzente. Ele a olha fixamente, como se fosse a pessoa mais fascinante que ele já viu na vida. Então sorri de volta. — Não se preocupem com a criança. — Mamie dispensa Coralia e Mariana com um aceno. — Vou garantir que ele não incomode vocês.

— Águia de Sangue. — Musa se ajeita em um assento atrás de mim e olha para a outra extremidade do campo. — A sua plateia chegou.

Sigo seu olhar até os cinquenta Eruditos no público, muitos dos quais conhecidos de Antium. Perto dali, centenas de homens e mulheres finamente vestidos preenchem a área destinada à plateia. Paters e maters de todas as partes do Império. Alguns são meus aliados, alguns eram aliados de Keris. Há tanto Navegantes e Plebeus quanto Ilustres. Ao todo, eles representam quase quinhentas das famílias mais poderosas do Império.

Quin passa os olhos pela cena e anui de maneira aprovadora. Quando os paters e maters testemunharem os aliados mais intransigentes de Keris de joelhos, terão certeza de jamais desafiar nosso imperador de novo.

Os zaldars tribais aparecem logo depois, e, uma vez sentados, Quin deixa o pavilhão.

— Paters e maters, Eruditos e Tribais, peço sua atenção. — A voz dele retumba através do campo de treinamento até os assentos nos terraços. — Quinhentos anos atrás, Taius foi nomeado *imperator invictus* por sua valentia em batalha. Em tempo, ele foi nomeado imperador. Não por causa de sua família. Não porque ele governava pelo medo. E não porque um grupo de místicos de cabelos brancos decidiu que sabia o que era melhor para o Império. Taius foi saudado *imperator invictus* porque, quando o nosso povo sofreu, ele o salvou. Quando eles estavam divididos, ele os uniu.

Franzo o cenho para Quin e olho de relance para os Eruditos. "Os uniu" é uma maneira pouco precisa de dizer "dizimou e escravizou o inimigo". Esse não foi o discurso com o qual nós dois concordamos.

— Assim como Taius, Helene Aquilla lutou pelo nosso povo...

Sinto um sobressalto. Quin não me chamou de Águia de Sangue. Instantaneamente, compreendo sua intenção.

— Quin — sibilo, mas o velho segue, retumbante.

— Helene Aquilla poderia ter deixado Antium para sofrer o jugo do domínio karkaun — ele diz. — Em vez disso, ela reuniu suas tropas e libertou a cidade. Helene Aquilla poderia ter perdido as esperanças quando sua irmã, a imperatriz regente, foi morta. Em vez disso, ela convocou seu exército para se vingar da maior traidora que este Império já conheceu: Keris Veturia.

Helene Aquilla poderia ter roubado o Império de volta para seu sobrinho. Em vez disso, lutou por todos que estavam vivos: Eruditos, Tribais e Marciais, indistintamente.

— Aguente firme, Águia. — Musa me olha de soslaio. — Você está prestes a ganhar uma bela promoção.

— Nós fomos despedaçados pela guerra civil — segue Quin. — Um quarto do nosso exército está morto. Nós traímos e destruímos cidades em nosso protetorado. Nosso Império se encontra à beira da dissolução. Nós não precisamos de uma regente. Nós precisamos de uma *imperator invictus*. Nós precisamos de uma imperatriz.

Ele se vira e aponta para mim.

— E aqui está ela.

Neste instante, o sol, que havia aparecido e desaparecido em meio às nuvens durante toda a manhã, irrompe, banhando o campo de treinamento e o rio além com sua luminosidade.

— Vejam! — Quin não desperdiça um momento de drama. — Vejam como os céus a coroam!

Um raio de sol se derrama sobre meu penteado e a multidão sorri, espantada. Uma parte de mim deseja que Laia não tivesse arrumado meu cabelo, pois, se ele estivesse uma bagunça, talvez esta loucura terminasse.

— *Imperatriz! Imperatriz!* — O canto começa com o exército marcial, depois se espalha pelos líderes dos Plebeus, dos Ilustres, dos Mercadores.

Os Eruditos permanecem em silêncio, assim como os Tribais.

Como deveriam. Pois não posso aceitar a coroa. Meu sobrinho ainda vive. *Ele* é o imperador, não importa o que Quin diga.

— Eu não quero isso. — Encaro Quin. — Não quero nem ser a maldita regente. Nós *temos* um imperador.

— Águia. — Quin baixa a voz. — O seu primeiro dever não é consigo mesma, com a sua gens ou mesmo com o seu sobrinho. É com o Império. Nós precisamos da sua força. Da sua sabedoria.

Os Marciais ainda gritam:

— *Imperatriz! Imperatriz! Imperatriz!*

Harper, penso. *Que malditos infernos eu faço agora? O que eu digo?* Mas ele não está aqui. Em vez disso, Laia se manifesta ao meu lado.

— A profecia do adivinho, Helene. — E, antes que eu possa lhe dizer para me chamar de Águia, ela segura meu ombro e me vira de frente para ela. — Lembra? *Nunca foi um. Sempre foram três. A Águia de Sangue é a primeira. Laia de Serra, a segunda. E o Apanhador de Almas é o último.* Qual é o seu início, Águia? É Blackcliff. E quais são as palavras entalhadas na torre do sino de Blackcliff?

— *Da juventude calejada pela guerra surgirá o Pressagiado, o Maior Imperador, tormento de nossos inimigos, comandante do exército mais devastador.* — Fico tonta ao recitar as palavras e vejo aonde Laia quer chegar. Pois ela também, a seu modo, sobreviveu a Blackcliff. Ela também é uma jovem calejada pela guerra.

O canto continua, a multidão mal notando a conversa que se passa debaixo do pavilhão.

— *E o Império tornar-se-á inteiro.*

— Eu sou a segunda: o tormento — diz Laia. — Elias foi o último: o comandante. E você...

— A primeira — digo debilmente. O Maior Imperador. Então Cain sabia. Céus, ele praticamente me disse isso meses atrás, da primeira vez que o procurei em sua maldita caverna.

Você é minha obra-prima, Helene Aquilla, mas eu apenas comecei. Se você sobreviver, será uma força a ser temida neste mundo.

— Imperatriz! Imperatriz!

— Os adivinhos sabiam, Helene — diz Laia. — Esse é o seu destino. *E o Império tornar-se-á inteiro.* Isso quer dizer que você pode mudar as coisas. Torná-las melhores.

— Mas você fará isso? — pergunta Afya. — Você renegociará o lugar das tribos no Império, Helene Aquilla? O lugar dos Eruditos? Se não fizer, não podemos apoiá-la.

— Eu farei — digo. Se fizer essa promessa, terei de mantê-la. *E o Império tornar-se-á inteiro.* — Eu juro.

— Imperatriz! Imperatriz! Imperatriz!

O som ecoa em minha cabeça, um fardo pesado demais, e ergo as mãos, desesperada para que ele pare.

— Se vocês querem que eu seja a sua imperatriz — grito —, então primeiro terão de conhecer o meu coração. — *Pai*, penso. *Onde quer que você esteja, por favor, me dê as palavras.* — Na hora mais sombria do Império, não foi um Marcial que lutou ao meu lado, mas uma rebelde erudita. — Anuo para Laia e a multidão fica em silêncio. — Quando Keris e seus aliados estavam determinados a destruir o nosso mundo, não foram os Marciais que os desafiaram primeiro, mas os Tribais. Nós não somos nada se não estivermos unidos. E não estaremos unidos se não formos iguais. Não vou governar um Império com a intenção de esmagar Eruditos e Tribais. Se é o velho jeito que vocês desejam, então escolham outro para governá-los.

Não é isso que eles querem. Eu sei. Pois isso não será simples, organizado e limpo. Não varrerá os pecados do Império para debaixo do tapete ou permitirá que os que sempre tiveram tudo retornem àquela vida. Mas é isso que eles terão se eu for sua imperatriz. E eles merecem saber.

— Além disso — olho de relance para Quin —, não vou abandonar minha família. Cidadãos do Império. — Varro a multidão com o olhar. — Eu não me casarei. Não terei filhos. Pois, se eu for a imperatriz, então o Império será o meu marido e a minha esposa. Minha mãe e meu pai. Meu irmão e minha irmã. E eu nomearei Zacharias Marcus Livius Aquillus Farrar meu único herdeiro. — Saco minha faca e corto a mão, deixando que o sangue encharque o chão. — Eu juro, por sangue e por osso.

Há um silêncio mortal, e olho para Quin, esperando que ele dê a ordem para que eu seja retirada dali. Em vez disso, ele oferece um olhar afetado antes de levar o punho ao coração.

— Imperatriz! — ele grita, e o exército se junta quase imediatamente, pois, acima de todos os outros, eles compreendem que lutar e morrer juntos cria laços onde não havia nenhum. Os paters e maters os seguem.

Atrás de mim, Laia grita:

— Imperatriz! — Então Afya. Musa. Os Tribais. Os Eruditos.

Apenas Mamie está em silêncio.

Olho para ela, para Zacharias em seus braços. Ao nomeá-lo meu herdeiro, talvez eu o esteja condenando a uma vida que ele não vai querer. E talvez ele me odeie por isso.

— Ele não estará seguro em Antium — pondero em voz alta enquanto o canto continua. — Não por muitos anos, enquanto trabalho para estabilizar o Império. A mãe dele não o queria lá de qualquer forma, em meio às intrigas e confabulações.

— Eu já criei garotinhos antes, Helene Aquilla. — Mamie nina Zacharias junto ao peito. — Eles se tornaram homens decentes. E, se o destino dele é governar o Império, ele deve conhecer o seu povo. Todo o seu povo. Os Marciais, os Tribais e os Eruditos. — Ela olha para Laia de maneira significativa, e, diante da pergunta em meus olhos, a Erudita fala.

— Mamie vai me treinar como kehanni. — Laia não consegue esconder a alegria diante da perspectiva. — A tribo Saif concordou.

— Quem melhor para cuidar dele do que a mulher que o trouxe ao mundo? — digo. — E a kehanni que criou um dos melhores homens que conheço? Mas isso não será um fardo?

Mamie encontra meus olhos com as sobrancelhas arqueadas, e vejo os primeiros sinais de perdão ali.

— Não, imperatriz — ela diz. — Ele é da família. Assim como você. Assim como Laia. E, embora a família possa causar dor e cometer erros, ela jamais é um fardo. Jamais.

O canto se dissolve em um rugido. Dentro dele, ouço a voz de meu pai e de minha mãe. Ouço a voz de Hannah, de Livia e de Harper.

Leal até o fim, eles sussurram.

PARTE VI
A HISTÓRIA

LXX
ELIAS

Os primeiros dias após a batalha são difíceis, e meu coração se parte mais de uma vez. A primeira, quando me deparo com o fantasma de Avitas Harper, preso ao Lugar de Espera não por causa de algum conflito seu, mas por minha própria tristeza em perdê-lo.

— Eu ouço a voz do nosso pai — ele diz em voz baixa enquanto passamos por um tapete de flores róseas de tala, a caminho do rio. Avitas é o soldado em sua essência, em paz diante do fato de que morreu lutando, defendendo a mulher que amava. — Ele espera por mim. Há anos anseio por vê-lo. Deixe-me ir, irmão.

Nós tivemos pouquíssimo tempo juntos. Parte de mim se recusa a deixá-lo passar adiante, na tentativa de fazê-lo ficar. Mas, enquanto em vida Avitas foi um sujeito reservado, agora ele passa uma sensação de quietude. Seria errado mantê-lo aqui.

No rio, ele para e inclina a cabeça, um gesto que reconheço como dor, pois o faço da mesma forma.

— Diga a Helene que eu consegui o que queria, por favor. Diga que ela tem de viver.

Ele desaparece no rio, e algumas horas depois vejo Darin de Serra derivando junto ao promontório onde morreu. Ver sua forma espectral deixa claro o caráter inapelável de sua morte, e percebo que não consigo falar.

— Elias. — Ele se vira para mim e dá um sorriso amargo. — Tenho consciência de que estou morto. Você não precisa me fazer o discurso. Tudo o que eu quero é saber se Laia está bem.

— Ela está viva — respondo. — E ela derrotou o Portador da Noite.

A maioria dos espíritos que vêm ao Lugar de Espera está brava. Confusa. Não Darin. Seus olhos azuis chegam a brilhar de orgulho, e ele caminha comigo com disposição até as margens do rio Anoitecer. Olhamos fixamente suas águas reluzentes.

— Você vai procurá-la? — ele pergunta. Diante do meu anuir, ele inclina a cabeça. — Fico feliz. Pois, se alguém pode amá-la o suficiente por todas as pessoas que ela perdeu, é você. Eu lhe desejo felicidade, Elias.

Então ele também entra na água. Eu me sento à margem do rio por um longo tempo, lamentando todos que a guerra levou.

As semanas se passam, e, enquanto treino Mirra, enquanto amenizo a dor dos espíritos, tento apaziguar a minha. Encontrar paz com os fantasmas até que eu esteja livre deles.

A primavera cede lugar ao verão, e o viço da vegetação explode no Lugar de Espera. Sob o calor intenso do sol, o rio Anoitecer desenha seu caminho preguiçoso para o sul e, à noite, a doce fragrância de jasmim perfuma cada ravina e clareira.

Certo dia, quando a brisa do rio ainda é fresca e as estrelas estão começando a ceder espaço para o amanhecer arroxeado ao fundo, minha avó, Karinna Veturia, me encontra.

— Estou pronta, pequenino — ela diz. — Para passar para o outro lado.

Ela não está sozinha.

— Olá, Keris. — Eu me ajoelho e converso com a criança ao lado de Karinna. Atrás delas, Mirra me espera pacientemente.

Quando encontramos o fantasma de Keris Veturia entre os milhares que Mauth salvou do esquecimento, foi Mirra quem se ofereceu para passá-la adiante. Mirra quem ouviu enquanto minha mãe se enraivecia com a própria morte. Mirra quem testemunhou enquanto o espírito de Keris pranteava, forçado a sentir cada momento de dor excruciante que ela jogou sobre o mundo. E Mirra quem, em última análise, apaziguou uma vida de violência e sofrimento durante meses, para que Keris pudesse voltar ao seu último momento de paz e ali permanecer.

Isso fez bem à Leoa. O peso que ela carregava na alma foi aliviado, e há uma distância nela agora, uma tranquilidade em seu semblante que lentamente substituiu a virulência.

Com Talis, acompanhamos Keris e Karinna até o rio, parando para deixar a jovem fantasma se agachar na mata e observar uma aranha construir sua teia. Quando finalmente chegamos ao rio Anoitecer, as margens estão tomadas pelo verde, e as águas correm cristalinas. Desconfiada, a jovem Keris espia o rio, segurando-se mais firme à mãe. Então ela olha para trás, para Mirra.

— Você não vem? — pergunta.

Mirra se agacha.

— Não, Keris — diz com sua voz rouca. — Ainda tenho trabalho a fazer.

— Não tenha medo, amorzinho. — Karinna tem um brilho alegre agora, pois aquilo que ela tanto esperou finalmente aconteceu. — Eu estou aqui.

Minha avó olha de volta para mim e, pela primeira vez, eu a vejo sorrir.

— Até a próxima, pequenino — ela sussurra.

Então elas entram no rio, segurando-se firmemente uma à outra, e desaparecem. Por um momento, nós três ouvimos a água sussurrar em um silêncio reverente. Um passo soa atrás de nós.

É Azul, entrelaçando flores em seu longo cabelo negro. Dois meses atrás, ela chegou à cabana de Mirra com Talis para fazer as pazes conosco. Aquela primeira vez, ela apenas observou. Mas em poucas semanas, ela começou a caminhar novamente em meio aos fantasmas.

Ela anui para a mata ao sul.

— Um barco afundou perto de Lacertium — diz. — Os fantasmas nos esperam.

Nós nos preparamos para segui-la, mas então uma voz fala.

Banu al-Mauth.

Paramos onde estamos, pois Mauth não fala conosco desde que Mirra fez seu juramento. Talis e Azul trocam um olhar, mas a Erudita me observa. Então sei que Mauth já falou com ela.

Eu lhe agradeço, meu filho, pelos seus serviços a mim. A Leoa está pronta. Eu o libero de seu juramento. Você não é mais o Banu al-Mauth.

Eu espero me sentir diferente. Não ser capaz de ver os fantasmas, ou não sentir aquele zunido baixo de mágica na terra que me avisa que Mauth está perto. Mas nada muda.

Você sempre estará em casa em meio aos espíritos, Elias. Eu não esqueço meus filhos. Eu deixo para você o seu caminhar como o vento, como uma lembrança de seu tempo aqui. Talvez um dia, daqui a muitos anos, você venha a servir novamente.

Com isso, a voz cai no silêncio e me viro para Mirra, admirado, um pouco triste e incerto sobre o que fazer.

— Bem, garoto, o que você está esperando? — Ela exibe seu sorriso torto e me dá um empurrão. — Vá até ela.

◆ ◆ ◆

As ruas de Nur estão tomadas por comerciantes, mercadores, acrobatas e artistas de rua, vendedores ambulantes vendendo bolos de lua e crianças perambulando em bandos alegres. As vias estão enfeitadas com lanternas multicoloridas e os palcos de dança brilham à luz do sol. Uma tempestade está à espreita no horizonte, mas o povo de Nur a ignora. Eles já sobreviveram a situações piores.

Embora ainda tenha resquícios do ataque de Keris, a imperatriz mandou duas mil tropas para ajudar na reconstrução da cidade. As edificações de Nur foram repintadas e recuperadas, os destroços há muito foram carregados embora e as estradas ganharam pavimento novo. O oásis vibra com vida, pois hoje à noite é o Festival da Lua erudito. E o povo quer celebrá-lo para valer.

Na guarnição marcial onde Laia e eu enfrentamos o Meherya, a bandeira de Helene tremula sob o vento quente de verão. E então ela chega.

As carruagens da tribo Saif estão estacionadas junto a uma das muitas estalagens públicas de Nur, e por um longo tempo simplesmente observo o alvoroço.

A verdadeira liberdade — *do corpo e da alma.* Foi isso que Cain me prometeu muito tempo atrás. Mas, agora que ela chegou, não sei como confiar nela. Não sou um soldado, aluno ou Máscara. Não sou o Apanhador de Almas. A vida se estende à minha frente, desconhecida, incerta e cheia de possibilidades. Não sei como acreditar que ela vá durar.

Ouço um farfalhar de tecido e inspiro uma fragrância de frutas e açúcar. Então ela está ao meu lado, me puxando para perto, os olhos dourados se fechando enquanto se ergue na ponta dos pés. Eu a levanto e suas pernas estão em torno da minha cintura, os lábios macios colados aos meus, as mãos em meu cabelo.

— Ei!

Em meio ao beijo, sinto um tapa atrás da cabeça e me encolho, pondo Laia no chão enquanto Shan se enfia entre nós.

— Esta é a nossa kehanni em treinamento. — Ele me encara antes que seu rosto se abra em um largo sorriso. — E ela vai contar sua primeiríssima história hoje à noite. Mostre algum decoro, Marcial. Ou pelo menos — ele anui para uma carruagem pintada e brilhante junto à última estalagem — encontre uma carruagem.

Ele não precisa me falar duas vezes, e, enquanto eu e a garota que eu amo tropeçamos para dentro da carruagem dela, enquanto eu bato a cabeça no teto baixo e praguejo, enquanto ela me dá uma rasteira e me prende à sua cama, rindo, a tensão em meu coração se desfaz.

Mais tarde, quando olhamos para o teto de madeira rendado da carruagem, dou voz à pergunta que não sai da minha cabeça.

— Como confiar na nossa felicidade, Laia? — Eu me viro para ela, e ela percorre meus lábios com o dedo. — Como seguir em frente sem saber se isso não será tirado de nós?

Sinto-me agradecido que Laia não responda imediatamente, que ela compreenda por que eu pergunto. Laia não é quem ela costumava ser. A alegria dela é contida, como a minha. O coração dela é dolorido, como o meu. A mente dela é cautelosa, como a minha.

— Não acho que a resposta esteja em palavras, meu amor — ela diz. — Acho que está em viver. Em encontrar alegria, por menor que seja, no cotidiano. Talvez, em um primeiro momento, seja difícil confiar na felicidade. Mas podemos confiar em nós mesmos de sempre a buscarmos. Lembre-se do que a vovó dizia.

— Onde há vida, há esperança.

A resposta dela é mais um beijo, e, quando nos separamos, eu me surpreendo ao vê-la lançar um olhar desconfiado.

— Elias Veturius — ela diz, imperiosa —, dois anos atrás, na noite deste mesmo festival, você sussurrou algo bem intrigante no meu ouvido. Você precisa traduzir.

— Ah. Sim.

Eu me apoio nos cotovelos e com um beijo sigo a trilha de seu pescoço até a clavícula, descendo preguiçosamente até a barriga, meu desejo aumentando enquanto ela estremece.

— Eu me lembro — digo. — Mas não tem como traduzir muito bem. — Olho para ela sorrindo enquanto Laia prende a respiração. — Eu vou ter que te mostrar.

LXXI
HELENE

A dança começa antes do pôr do sol, e, quando a lua está alta, os palcos de Nur estão cheios e a música soa estridente.
Guardas marciais e tribais patrulham a cidade, mas examino o festival de qualquer forma, marcando saídas e entradas pelas quais um atacante poderia escapar. Esconderijos e janelas onde um assassino poderia se esconder. Velhos hábitos.

Com dois Máscaras às minhas costas, abro caminho em meio à multidão, encontrando-me com uma meia dúzia de zaldars tribais importantes antes que Mamie Rila me aborde.

— Chega de política, imperatriz. — Ela ergue o queixo para meus guardas e, quando anuo, eles se afastam. — Até mesmo uma imperatriz precisa dançar. Embora você devesse pôr um vestido. — Ela franze o cenho para minha armadura e então me empurra na direção de um Elias ligeiramente desalinhado, que também acabou de aparecer no palco.

— Onde está Laia? — Olho atrás dele. — Eu preferiria dançar com ela.

— Ela está se preparando para contar uma história. — Ele pega minha mão e me puxa para o centro do palco. — É a primeira história dela e ela está nervosa. Para o seu azar, terá de dançar comigo.

— Ela vai se sair muito bem — digo. — Eu a ouvi contar uma história para o Zacharias ontem à noite. Ele ficou hipnotizado.

— Onde ele está?

— Com o Tas, comendo bolos de lua. — Anuo para uma banca próxima da carruagem de Mamie, onde um garoto erudito, que parece ter crescido um metro desde que o vi pela última vez, abre um largo sorriso enquanto meu sobrinho enfia um bolo em sua boca. Fazendo companhia aos dois, Musa lhes passa mais um pedaço.

— Como você está? — Elias se afasta de mim e se vira, segurando minha mão acima da cabeça enquanto repito o movimento um momento mais tarde. Lembro quando isso era tudo o que eu queria. Segurar suas mãos nas minhas. Me sentir livre. Aquela época parece tão distante que é como olhar para a vida de outra pessoa.

— Há muito o que fazer — digo. — Preciso terminar de visitar as cidades tribais e então irei para Serra. Blackcliff está quase reconstruída.

— Dex é o comandante agora, ouvi dizer.

— Líder — eu o corrijo. — Não haverá outro comandante.

— Não. — Elias fica pensativo. — Suponho que não. Tampouco um poste de chibatadas, espero.

— Dex disse que Silvius o usou para acender uma fogueira — digo. — Eles darão as boas-vindas à nossa primeira classe de recrutas garotas em um mês. Interessado em se tornar professor?

Elias ri. Os tambores batem um pouco mais rápido e aceleramos o passo da dança.

— Talvez um dia. Eu recebi uma carta do seu Águia de Sangue. — Ele ergue uma sobrancelha, referindo-se ao seu avô. — Ele quer o herdeiro da Gens Veturia de volta a Serra. Com uma esposa erudita, se você acreditar nisso.

— Ela teria que dizer "sim" primeiro. — Sorrio com a maneira como ele franze o cenho, preocupado. — Mas realmente Quin diria isso. — Olho à nossa volta e vejo Musa atravessando a multidão em nossa direção. — Os Eruditos têm um defensor e tanto na corte ultimamente.

Elias inclina a cabeça, os olhos cinzentos sérios.

— Como está seu coração, Hel?

Por um longo momento, não respondo. Os tambores param e um grupo de músicos toca uma canção mais lenta com seus alaúdes.

Após a morte de Harper, minha vontade era arrancar o coração para ele parar de doer. Saber o que o espírito dele disse para Elias — uma mensagem que meu amigo me trouxe pessoalmente — não me ofereceu nenhum consolo. Eu caminhava pelas ruas de Antium tarde da noite, amaldiçoando minhas ações, revivendo a batalha, me atormentando com o que eu poderia ter feito.

Mas à medida que os dias se transformaram em semanas, depois em meses, comecei a me acostumar com a dor, da mesma maneira que aprendi a conviver com as cicatrizes em meu rosto. E, em vez de odiar meu coração, comecei a me admirar com a força dele, com o fato de ele bater insistentemente. *Estou aqui*, ele parece dizer. *Pois ainda não acabamos, Helene. Precisamos viver.*

— Antes de morrer — digo —, a Livvy me disse que eu precisaria ajustar contas com tudo o que tentei esconder de mim mesma. Ela disse que ia doer. — Meu olhar cruza com o do meu velho amigo. — E dói.

— Nós estamos contando fantasmas agora, Hel — ele diz, e há um estranho conforto em saber que ao menos existe alguém no mundo que compreende essa dor. — Tudo o que podemos fazer é não produzir mais fantasmas.

— Perdoe-me, Elias. — Musa aparece, com um pedaço de bolo na mão. Prontamente o roubo dele. Estou faminta. — Se você não se importa?

Elias faz uma mesura com a cabeça e Musa espera pacientemente enquanto devoro a guloseima. Assim que termino, ele pega minha mão e me puxa para perto.

Bem perto.

— Isso é um pouco inapropriado. — Olho de relance para ele e me vejo ligeiramente sem ar.

— Você gosta? — Musa arqueia uma sobrancelha fina e escura. Surpresa, considero a pergunta.

— Sim — respondo.

Ele dá de ombros.

— Então quem se importa?

— Ouvi dizer que o novo rei de Adisa lhe devolveu suas terras e seu título — digo. — Quando a sua caravana parte?

— Por quê, imperatriz? Está tentando se livrar de mim?

Estou? Musa tem sido inestimável na corte, encantando paters ilustres tão facilmente quanto fez com os Eruditos. Quando dividimos as propriedades dos principais aliados de Keris, foi Musa quem sugeriu que as concedêssemos aos Eruditos e Plebeus que haviam combatido na Batalha de Antium.

E, quando o luto ameaça me consumir, é Musa quem aparece com uma refeição e insiste que eu coma sob a luz do sol. É Musa quem me arrasta para as cozinhas do palácio para assar pão com ele, é Musa quem sugere que eu visite Zacharias, mesmo que isso signifique cancelar duas semanas na corte.

Em um primeiro momento, achei que o Erudito tinha diabretes me observando para se certificar de que eu não sucumbisse à depressão. Mas os diabretes, ele me disse, não são mais seus espiões.

Saber segredos demais não é particularmente agradável, ele disse certo dia, enquanto cavalgávamos. *Como vou levar o pater da Gens Visselia a sério quando sei que ele passa a maior parte do tempo compondo odes para seus cães?*

— Imperatriz? — Ele espera uma resposta para sua pergunta e eu me recomponho.

— Eu não quero mantê-lo no Império — não consigo encará-lo — se você não quiser ficar.

— *Você* quer que eu fique? — Apesar da arrogância que ele traja como uma armadura, ouço um traço de vulnerabilidade em sua voz que me fez mirar seus olhos escuros.

— Sim — respondo. — Eu quero que você fique, Musa.

Ele solta o ar.

— Graças aos céus — diz. — Na verdade, não gosto muito de abelhas. As diabinhas sempre me picam. E, de qualquer forma, você precisa de mim por aí.

Rio com desdém e piso no pé dele.

— Eu não *preciso* de você.

— Precisa, sim. O poder é uma coisa estranha. — Ele olha para Afya e Spiro, batendo palmas e girando a alguns metros, e para Mamie, que alimenta um Zacharias cheio de alegria com mais bolo de lua. — Ele pode transformar a solidão em desespero se não houver alguém por perto para ficar de olho.

— Eu não sou solitária! — É mentira, embora Musa seja cavalheiro demais para dizer isso.

— Mas você está sozinha, imperatriz. — Uma sombra passa pelo rosto dele, e sei que ele pensa em sua esposa, Nikla, morta seis meses atrás. — Assim como todos no poder estão. Mas não precisa ser assim.

Suas palavras doem. Porque são verdadeiras. O rosto normalmente alegre de Musa se suaviza enquanto ele me observa.

— Deveria ser ele dançando com você — diz Musa, e, com a emoção crua em sua voz, meus olhos ardem.

Neste momento, anseio pelas mãos de Harper. Sua graciosidade e seu sorriso raro. A maneira como eu podia olhá-lo nos olhos, pois era quase da sua altura. Seu amor tranquilo e constante. Eu nunca dancei com ele. Deveria ter dançado.

Parte de mim quer desesperadamente empurrar as memórias que tenho dele para o mesmo quarto escuro onde meus pais e minhas irmãs vivem. O quarto que abriga toda a minha dor.

Mas esse quarto não deve mais existir. Minha família merece ser lembrada. Pranteada. Sempre e com amor. E da mesma forma Harper.

Uma lágrima corre por minha face.

— Deveria ser ela ao seu lado — digo a Musa.

— Ai de mim. — O Erudito me faz girar em um círculo, então me puxa de volta. — Fomos nós que sobrevivemos, imperatriz. Infelizmente, talvez, mas este é o nosso destino. E, já que estamos aqui, é melhor vivermos.

Os violinistas e tocadores de alaúdes começam outra canção, e os tambores os acompanham, demandando uma dança mais rápida e solta.

Embora eu estivesse relutante momentos atrás, agora vejo que quero ceder à batida exuberante. Assim como Musa. Então rimos e dançamos novamente. Comemos uma dúzia de bolos de lua e afastamos a solidão para longe, duas pessoas machucadas que, esta noite pelo menos, formam uma só.

Mais tarde, quando Mamie Rila nos chama para ouvir a história de Laia, e enquanto nos ajeitamos com Zacharias e o restante da tribo Saif nos tapetes e almofadas colocados de frente para as caravanas, eu me apoio em Musa.

— Fico contente que você vai ficar — digo. — E serei grata pela sua companhia.

— Que bom. — Musa exibe seu sorriso brilhante, e dessa vez ele não está brincando. — Porque você ainda me deve um favor, imperatriz. E eu planejo cobrá-lo.

Minha risada é de prazer. Prazer que eu possa sentir uma emoção quando um homem com quem eu me importo me faz sorrir. Que eu possa ansiar pela história contada pela minha amiga. Que eu possa encontrar esperança nos olhos do garotinho que seguro nos braços.

Que, apesar de tudo que eu passei, ou talvez por causa disso, ainda haja alegria em meu coração.

LXXII
LAIA

Mamie me encontra em minha carruagem, andando de um lado para o outro no espaço apertado, murmurando a História para mim mesma. A lua está alta na rua e a fragrância de cardamomo, mel e chá envolve as caravanas.

— Laia, meu amor — ela diz. — Vamos.

Quando desço da carruagem, ela alisa meu vestido, uma *kurta* e *shalwar* tradicionais, as roupas eruditas que usávamos muito tempo atrás, antes da chegada dos Marciais. O tecido da *kurta* é do mesmo ébano quente que as calças justas por baixo e cai sobre meus joelhos. Ela brilha com bordados geométricos em fios prateados e verdes, para honrar a kehanni que está me ensinando. A gola é baixa e quadrada, o K que Keris gravou em mim claramente visível.

— É K de kehanni — falei para Elias mais cedo.

— Você sabe que história vai contar? — Mamie me pergunta enquanto seguimos para o palco da kehanni, onde um público enorme está reunido. Aubarit e Gibran abrem cobertores e tapetes, enquanto Spiro, que fez sua casa em Nur, ajuda Afya a passar xícaras de chá fumegante de mão em mão.

— Eu sei a história que quero contar — digo. — Mas... ela não é muito adequada para o Festival da Lua.

— A história escolhe você, Laia de Serra — diz Mamie. — Por que você deseja contar essa?

A multidão desaparece por um momento, e ouço o Meherya em minha mente. *Não esqueça a história, Laia de Serra.*

— Essa história é a forca na praça — digo. — O sangue nas pedras da rua. É o K gravado na pele de uma garota erudita. A mãe que esperou trinta anos pela filha. A agonia de uma família destruída. Essa história é um aviso. E uma promessa mantida.

— Então ela precisa ser contada. — Mamie segue para seu lugar na plateia cheia.

Enquanto subo ao palco, o público vai se calando. Elias está recostado em uma carruagem, o cabelo caindo nos olhos, o olhar distante. Helene está sentada perto dele com Musa, seus guardas próximos, a atenção dela em Zacharias, que se mexe em seu colo.

Ergo as mãos e todos fazem um silêncio súbito e reverente.

Não fique surpresa com o silêncio, Mamie me ensinou. *Exija-o. Pois você oferece a eles um presente que eles carregarão consigo para sempre. O presente de uma história.*

— Eu despertei no alvorecer de um mundo jovem. — Minha voz chega aos cantos mais distantes das caravanas. — Quando o homem sabia caçar, mas não cultivar, conhecia a pedra, mas não o aço. Havia um cheiro de chuva e terra e vida. Havia um cheiro de esperança.

Tiro a história das profundezas da minha alma, derramando meu amor nela, e meu perdão, minha raiva e minha empatia, minha alegria e minha tristeza.

O público está extasiado, a expressão nos rostos se alternando — do choque ao contentamento e ao horror — enquanto os levo pelas tempestades infindáveis da vida do Meherya.

Eles o conheciam apenas como um assassino e um algoz. Não como um rei ou pai ou marido. Não como uma criatura alquebrada, abandonada pelo seu criador.

Enquanto conto a história, percebo que perdoei o Meherya pelo que ele fez comigo. Com a minha família. Mas não tenho o direito de perdoá-lo pelo que fez para este mundo. Os crimes dele foram grandes demais — e apenas o tempo vai dizer se nos recuperaremos deles.

Quando chego à misericórdia de Rehmat, nos instantes finais da vida do Meherya, até Zacharias está calado, a mão enfiada na boca enquanto me olha fixamente, com os olhos arregalados.

— Naquele momento, o vento cessou. — Minha voz fica mais baixa, e todos se inclinam para a frente para ouvir. — Tudo caiu em silêncio. Tudo parou. Pois o Amado que despertou no alvorecer do mundo não existia mais. E, por um único momento angustiado, a própria terra o lamentou.

Meus ombros desabam. A história terminou, e cobrou seu preço. Ninguém diz uma palavra depois, e por um breve instante me pergunto se cometi algum erro ao contá-la.

Então as tribos explodem em palmas, gritando, chutando o chão e cantando:

— *Aaara! Aaara!*

Mais. Mais.

Nas construções que cercam as caravanas, figuras se mexem nas sombras, os olhos solares brilhando. Assim que as vejo, elas desaparecem — todas, menos uma. Por baixo do capuz, vejo olhos azul-escuros e cabelos brancos, um rosto marcado por cicatrizes e uma mão levada ao peito.

Mãe.

Após as fogueiras terem se apagado e os participantes do festival terem ido para suas casas e carruagens, deixo as caravanas e sigo para o deserto. É a hora mais escura da noite, quando até os fantasmas descansam. Nur brilha com milhares de lamparinas, uma constelação no coração das areias.

— Laia.

Conheço sua voz, mas, mais que isso, conheço seu sentimento, o conforto de sua presença, o perfume de canela em seu cabelo.

— Não precisava vir — digo a ela. — Eu sei que é difícil se afastar.

— Era a sua primeira história. — Ela não gagueja mais e exibe uma seriedade que me faz lembrar meu pai. Ela começou a se perdoar. — Eu não queria perder.

— Como estão os djinns?

— Rabugentos — ela diz. — Um pouco perdidos. Mas começando a encontrar o seu caminho, mesmo sem o Meherya. — Ela aperta minha mão.

— Eles gostaram da sua história.

Caminhamos em silêncio por um tempo e então paramos sobre uma grande duna. A galáxia brilha, reluzente, e observamos as estrelas percorrerem o céu em sua dança incognoscível, deixando-nos apreciar sua beleza. Ela me abraça e eu me recosto nela, fechando os olhos.

— Tenho saudades deles — sussurro.

— Eu também. Mas eles estarão lá, minha Grilo, do outro lado. Esperando por nós quando chegar a nossa hora — ela diz com um anseio que eu compreendo. — Mas não ainda. — Ela me cutuca incisivamente. — Nós temos muito que fazer neste mundo. Agora preciso ir. Os espíritos me chamam.

— E anui sobre meu ombro. — E tem alguém esperando você.

Elias se aproxima depois que minha mãe vai embora, caminhando como o vento.

— Ela é uma Apanhadora de Almas mil vezes melhor do que eu já fui um dia — ele diz.

— Você era excelente nisso. — Eu me viro para Nur e engancho o braço no dele, deleitando-me em sua solidez, em sua força. — Você só detestava.

— E agora que estou livre — ele diz —, estava pensando que preciso encontrar algo para fazer. Não posso ficar matando o tempo pela caravana enquanto você trabalha duro para se tornar uma kehanni. Eu preciso me ocupar.

— Você vai ser maravilhosamente bom no que quer que escolha fazer, Elias. O que você quer fazer?

Ele responde tão rápido que percebo que andou pensando nisso por um bom tempo.

— Tas quer aprender a manejar cimitarras, assim como algumas crianças da caravana Saif — ele diz. — E nosso futuro imperador vai precisar de lições em uma série de matérias.

A ideia de Elias ensinando Tas, as crianças da tribo Saif e Zacharias faz meu coração derreter um pouco.

— Você vai ser um professor incrível. — Rio. — Embora eu sinta um pouco de pena dessas crianças. Elas vão ter que se comportar.

Elias se afasta de mim e após um momento percebo que ele segura um objeto, girando-o tão rápido que não consigo vê-lo direito.

— Antes de qualquer coisa, eu... tenho algo para você. — Ele para e ergue a mão para revelar um bracelete ricamente entalhado com flores de damasco, cerejeira e tala, um legítimo jardim de frutas. Ao longo da borda, em letras vívidas, ele inscreveu os nomes da minha família. Fico sem palavras e estendo a mão para pegá-lo, mas ele ainda não me dá. — Eu gostaria de viver mil vidas para me apaixonar por você mil vezes — ele diz. — Mas se tudo que tivermos for esta, e eu a compartilhar com você, então não vou querer mais nada se... se você... aceitasse... se você... — Ele para, as mãos segurando com tanta força o bracelete que temo que vá quebrá-lo.

— Sim. *Sim.* — Pego o bracelete de suas mãos e o coloco em mim. — Sim! — Não consigo repetir o suficiente.

Ele me levanta do chão com um beijo que me faz lembrar por que quero passar a vida com ele, todas as coisas que quero fazer com ele. *Aventuras*, eu lhe disse. *Refeições. Madrugadas. Caminhadas na chuva.*

Mais tarde — bem mais tarde — tiro meu manto do chão e sacudo a poeira.

— Você não pode reclamar. — Ele corre a mão pelo cabelo, e alguns grãos de areia caem. O sorriso de Elias é um brilho branco na noite. — Foi você quem disse que queria que eu te convencesse a tirar a roupa em lugares inapropriados.

Ele se esquiva do meu empurrão com uma risada, e eu o ajudo a se levantar.

Elias entrelaça os dedos nos meus enquanto caminhamos. Ele me conta o que espera fazer em seu primeiro dia inteiro em casa, seu barítono vibrando em minhas veias como o alaúde mais doce e profundo tocando uma canção que espero ouvir para sempre. Que coisa insignificante parece, caminhar com a pessoa que você ama. Ansiar por um dia com ela. Eu me assombro com a simplicidade deste momento. E agradeço aos céus pelo milagre que ele representa.

Uma camada espessa de nuvens pousa sobre o horizonte a leste, e o céu clareia, o brilho laranja profundo de uma brasa que volta a arder com um sopro. Acima, as estrelas sussurram despedidas e desaparecem no domo azul infinito do firmamento.

AGRADECIMENTOS

Como agradecer a você, leitor, por ficar comigo até o fim? Vocês criam fan art, cosplays e esperam durante horas para ter os livros autografados. Dão o nome dos meus personagens a filhos, gatos e cães. Vocês vibram comigo, choram comigo e me levantam. Do fundo do meu coração e da minha alma, obrigada.

Por treze anos, minha família percorreu os altos e baixos desta jornada comigo. Meu agradecimento amoroso a mamãe, a Emberling número 1. Suas orações me levaram mais longe do que jamais sonhei. Papai, obrigada pelo dom da força de vontade e por sempre me perguntar primeiro como estou.

A Kashi, por me deixar roubar suas roupas mais macias e nossas maiores lembranças, por acessos de riso à meia-noite, por me ouvir ler e se demorar na forma de uma palavra e, o mais importante, por acreditar, bem antes do que eu. Obrigada.

Meus garotos, meus eternos pequeninos, sua paciência e positividade me inspiram todos os dias. Tudo isso, todas as coisas boas, são para vocês.

Amer, parceiro de escrita noite adentro, a voz mais calma, o mais ferrenho aliado. Obrigada por me ajudar a encontrar meu caminho neste livro e na vida. Eu estaria perdida sem você. Haroon, campeão de todos os campeões. Você é um cara durão, e a cada ano que passa isso fica mais claro. Obrigada por seguir lutando.

Alexandra, companheira de luta e de preocupações, ela que sempre acredita. Eu sei que este fim é na verdade apenas um início, mas não consigo imaginar nada disso sem você. Que possamos chegar ainda mais alto.

A minha irmã Tala: a cada livro, eu não consegui encontrar as palavras para nós. Então só vou dizer que jamais vou ouvir uma canção do DM e não sorrir e não pensar em tudo que passamos juntas.

Muito amor para Heelah, pelas risadas e os memes; tio e tia, pelas *duas* e por acreditarem em mim; Imaan, Armaan e Zakat, por me lembrarem por que eu escrevo; e Brittany, Lilly, Zoey, Anum e Bobby, por suas orações e amor.

Cathy Yardley, mentora e amiga, sou tão grata por seu encorajamento e por me ajudar a compreender meu cérebro esquisito.

Penguins, obrigada, obrigada, obrigada: a Jen Loja, por crer em mim e me apoiar, mas mais ainda pelo tempo, um presente que jamais esquecerei; a Casey McIntyre, Ruta Rimas e Gretchen Durning, pela paciência e por revisarem incansavelmente o meu manuscrito um milhão de vezes; a Shanta Newlin e a equipe de publicidade, que sempre trabalha duro; a Felicia Frazier e a incrível equipe de vendas; a Emily Romero e a equipe de marketing, maravilhosamente criativa; e a Carmela Iaria e a fantástica equipe de biblioteca e escola.

Meu profundo agradecimento também a Felicity Vallence, Jen Klonsky, Shane Rebenschied, Kristin Boyle, Krista Ahlberg, Jonathan Roberts, Jayne Ziemba, Rebecca Aidlin, Roxane Edouard, Savanna Wicks e Stephanie Koven; e às editoras, editores, capistas e tradutores estrangeiros, por tornarem meus livros suas melhores versões em tantas belas línguas.

Ben Schrank, a vida nos leva por caminhos inesperados, e sou grata que tenhamos caminhado juntos por este trecho. Obrigada por tudo que você fez por mim e por esta série.

Nicola Yoon, eu não teria conseguido sem você. Obrigada por me lembrar de toda a beleza que existe na escuridão. Você é uma amiga extraordinária e uma pessoa linda. Renée Ahdieh, amada irmã e sempre aliada, obrigada pela sabedoria e o amor, por ser você, nos momentos bons e nos ruins. Lauren DeStefano, que estava lá com palavras generosas nos dias difíceis e uma palavra severa nos preguiçosos, minha DRiC eterna, sou muito grata a você.

Meus agradecimentos carinhosos aos amigos que ofereceram amor, fotos de gatinhos/cachorrinhos/bebês, *chai*, música e conselhos: Abigail Wen, Adam Silvera, Haina Karim, Nyla Ibrahim, Zuha Warraich, Subha Kumar, Mari Nicholson, Sarah Balkin, Tomi Adeyemi, Samira Ahmed, Becky Albertalli, Victoria Aveyard, Leigh Bardugo, Sona Charaipotra, Dhonielle Clayton, Stephanie Garber, Kelly Loy Gilbert, Amie Kaufman, Stacey Lee, Marie Lu, Tahereh Mafi, Angela Mann, Tochi Onyebuchi, Aisha Saeed, Laini Taylor, Angie Thomas e David Yoon.

Um agradecimento que devo há muito tempo aos jornalistas e escritores que deixaram sua marca: Phillip Bennett, Terry Brooks, Milton Coleman, Alison Croggon, Tony Reid, Marilyn Robinson, Arundhati Roy, Mary Doria Russell, Antoine de Saint-Exupéry, Keith Sinzinger, Anthony Shadid, Jason Ukman, Elizabeth Ward, Emily Wax, Kathy Wenner e Marcus Zusak.

Meus livros seriam versões pífias de si mesmos sem a música que me inspira. Obrigada ao National por "Terrible Love", a Rihanna por "Love on the Brain", a Zola Jesus por "Dangerous Days", aos Lumineers por "Salt and the Sea", ao Aqualung por "Complicated", a Kendrick Lamar por "DNA", ao Hozier por "Would That I", ao Arcade Fire por "My Body Is a Cage", cantada por Peter Gabriel, a Autumn Walker por "Barking at the Buddha" e às Nooran Sisters por sua versão de "Dama Dam Mast Kalandar".

Meu último agradecimento, sempre, a Ele, An-Nur, o Iluminado, a voz que fala na noite solitária, a mão que me poupou de tanta dor. Todas as coisas, no fim, voltam para Você.

Impresso no Brasil pelo Sistema Cameron da Divisão Gráfica da
DISTRIBUIDORA RECORD DE SERVIÇOS DE IMPRENSA S.A.